FRANK SCHÄTZING

Tod und Teufel

Buch

Köln, im Jahre 1260: Jacop, wegen seiner feuerroten Haare auch »der Fuchs« genannt, schlägt sich als Bettler und Tagedieb mehr schlecht als recht durchs Leben. Eines Abends setzt er sich in den Kopf, die erlauchtesten Äpfel von Köln in seinen Besitz zu bringen, die des Erzbischofs Konrad von Hochstaden. Er schleicht sich in den erzbischöflichen Garten, der genau zwischen Konrads Palast und dem sich noch im Bau befindlichen Kölner Dom liegt. Als er sich gerade nach den größten Früchten streckt, sieht er den Dombaumeister Gerhard auf dem Baugerüst des neuen Domchors stehen. Jacop versteckt sich schnell in den Zweigen des Apfelbaums, um nicht auf frischer Tat ertappt zu werden. Doch plötzlich erscheint eine weitere, dunkle Gestalt auf den Gerüsten. Noch ehe Jacop Luft holen kann, wird er Zeuge eines Mordes – der Dombaumeister wird in die Tiefe gestoßen. Zu allem Übel bricht nun auch noch der Ast, auf dem Jacop saß, so dass er dem sterbenden Gerhard direkt vor die Füße fällt. Doch statt schnellstens zu verschwinden, beugt sich Jacop über den Sterbenden, der ihm seine letzten Worte ins Ohr flüstert. Das wiederum sieht der Mörder, und nun beginnt eine gnadenlose Hetzjagd auf Jacop, der zum Schweigen gebracht werden soll. Aber Jacop findet Freunde. Die hilfsbereite und freche Richmodis, die sich sofort in den jungen Dieb verliebt, ihr Vater Goddert, ein gutmütiger Färber, und dessen Bruder Jaspar, ein vorlauter Gelehrter, nehmen Jacop bei sich auf. Schnell wird ihnen klar, dass der Domsturz nur der Beginn einer ungeheuren Intrige war, die bis in die höchsten Kreise des Kölner Patriziats reicht. Dem Fuchs bleibt keine Wahl, als sich dem unheimlichen Gegner zu stellen, wenn er die Wahrheit finden will. Es beginnt ein Duell, das in die Abgründe der menschlichen Seele führt ...

Autor

Frank Schätzing, geboren 1957 in Köln, ist Gründer und kreativer Geschäftsführer einer Kölner Werbeagentur. Mit »Tod und Teufel« gelang ihm ein fulminantes Debüt.

Frank Schätzing

Tod und Teufel

Roman

GOLDMANN

Eine Erläuterung der Namen, Begriffe und Zitate finden Sie auf Seite 503ff.

Verlagsgruppe Random House FSC-DEU-0100
Das FSC-zertifizierte Papier *München Super* für Taschenbücher aus dem Goldmann-Verlag liefert Mochenwangen Papier.

11. Auflage
Genehmigte Taschenbuchausgabe Juli 2003

Ungekürzte Lizenzausgabe des gleichnamigen Romans
Umschlaggestaltung: Design Team München
Umschlagmotiv: Artothek/Westermann
Satz: IBV Satz- und Datentechnik GmbH, Berlin
Druck und Bindung: GGP Media GmbH, Pößneck
JE · Herstellung: Str
Made in Germany
ISBN 3 442 45531 6

www.goldmann-verlag.de

Für Jürgen,
voller Übermuth

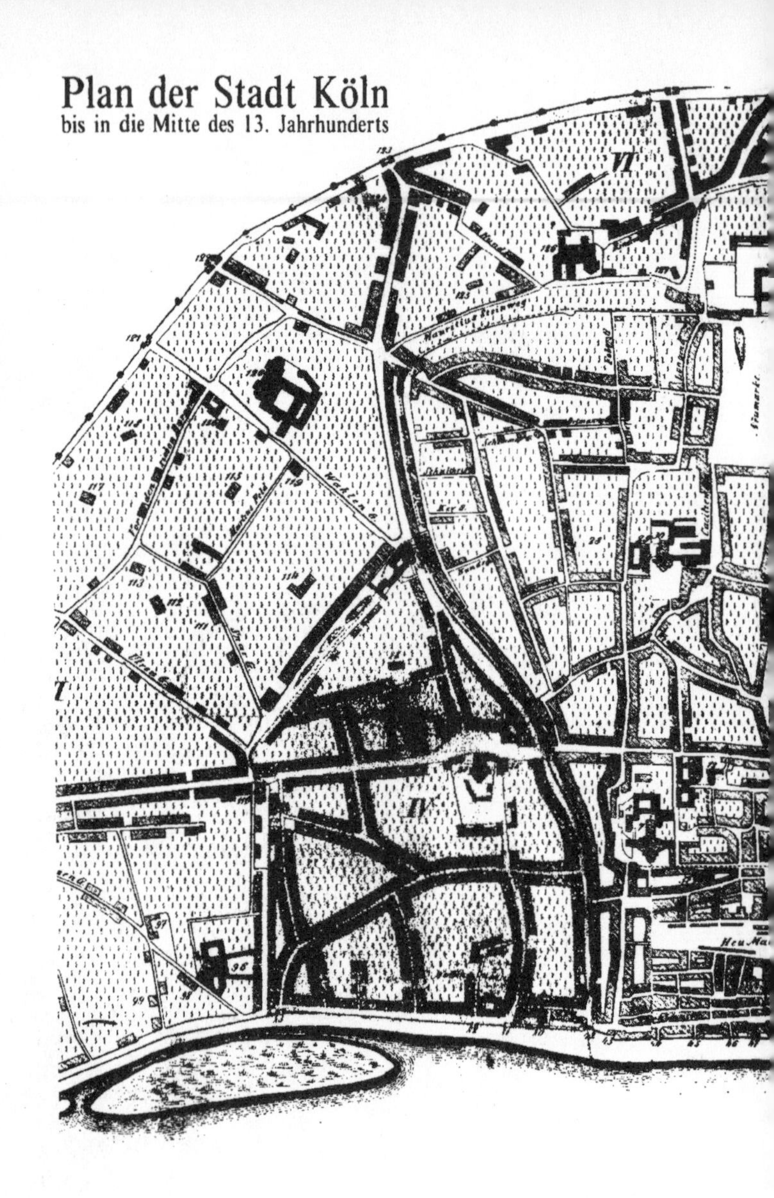

Plan der Stadt Köln
bis in die Mitte des 13. Jahrhunderts

Im Acker
V
VI
III
Alter Markt

Die Sprache ist nicht der Schleier des Wirklichen,
sondern sein Ausdruck.

Petrus Abaelardus

Prolog

Der Wolf stand auf der Anhöhe und fixierte den goldbeschienenen Ring der großen Mauer.

Sein Atem ging gleichmäßig. Die mächtigen Flanken zitterten leicht. Er war den ganzen Tag gelaufen, von der Gegend um Jülichs Burgen herab über das Hügelland bis hierher, wo das Dickicht endete und den Blick freigab auf die entfernt liegende Stadt. Trotzdem fühlte er sich weder erschöpft noch müde. Während der Feuerball der Sonne hinter ihm den Horizont berührte, warf er den Kopf in den Nacken und erkundete witternd seine Umgebung.

Die Eindrücke waren übermächtig. Er roch das Wasser vom Fluss, den Schlamm an den Ufern, das faulige Holz der Schiffsrümpfe. Er sog die Melange der Ausdünstungen in sich hinein, in der sich Tierisches mit Menschlichem und Menschgemachtem mischte, parfümierte Weine und Fäkalien, Weihrauch, Torf und Fleisch, das Salz verschwitzter Leiber und der Duft teurer Pelze, Blut, Honig, Kräuter, reifes Obst, Aussatz und Schimmel. Er roch Liebe und Angst, Furcht, Schwäche, Hass und Macht. Alles dort unten sprach eine eigene, duftende Sprache, erzählte ihm vom Leben hinter den steinernen Wällen und vom Tod.

Er drehte den Kopf.

Stille. Nur das Flüstern der Wälder ringsum.

Reglos wartete er, bis das Gold von der Mauer gewichen war und nur noch auf den Zinnen der Torburgen schimmerte. Eine kurze Weile, und es würde ganz verlöschen und den Tag der Erinnerungslosigkeit preisgeben. Die Nacht käme, um das Tal mit neuen, dumpfen Farben zu überziehen, bis auch diese den Schatten weichen und das Glühen seiner Augen die einzigen Lichter sein würden.

Die Zeit war nahe, da die Wölfe Einzug in die Träume der Menschen hielten. Die Zeit des Wandels und der Jagd.

Mit geschmeidigen Bewegungen lief der Wolf die Anhöhe hinunter und tauchte ein ins hohe, trockene Gras. Wenig später war er darin verschwunden.

Vereinzelt begannen die Vögel wieder zu singen.

10. September

Ante portas

»Ich finde, es ist kalt.«

»Ihr findet immer, es ist kalt. Ihr seid weiß Gott eine erbarmungswürdige Memme.«

Heinrich zog den Mantel enger um seine Schultern und funkelte den Reiter neben ihm zornig an.

»Das meint Ihr nicht so, Mathias. Ihr meint nicht, was Ihr sagt. Es ist kalt.«

Mathias zuckte die Achseln. »Verzeiht. Dann ist es eben kalt.«

»Ihr versteht mich nicht. Mir ist kalt im Herzen.« Heinrichs Hände beschrieben eine theatralische Geste. »Dass wir zu solchen Mitteln greifen müssen! Nichts liegt mir ferner als die Sprache der Gewalt, so wahr der barmherzige Gott mein Zeuge ist, jedoch –«

»Er ist nicht Euer Zeuge«, unterbrach ihn Mathias.

»Was?«

»Warum sollte Gott seine kostbare Zeit auf Euer Zetern und Jammern verschwenden? Es wundert mich, dass Ihr überhaupt aufs Pferd gefunden habt um diese Stunde.«

»Mit Verlaub, Ihr werdet unverschämt«, zischte Heinrich. »Zollt mir gefälligst ein bisschen Respekt.«

»Ich zolle jedem den Respekt, den er verdient.« Mathias lenkte sein Pferd um einen gestürzten Ochsenkarren herum, der unvermittelt aus der Dunkelheit vor ihnen aufgetaucht war. Die Sicht nahm rapide ab. Den ganzen Tag über hatte die Sonne geschienen, aber es war September, und abends wurde es jetzt schneller kalt und dunkel. Dann stiegen Nebel empor und verwandelten die Welt in ein düsteres Rätsel. Kölns Stadtmauer lag inzwischen mehr als einen halben Kilometer hinter ihnen, und sie hatten lediglich die Fackeln. Mathias wusste, dass Heinrich sich vor Angst fast in die Hosen machte, und das erfüllte ihn mit einer grimmigen Belustigung. Heinrich hatte seine Vorzüge, aber Mut gehörte nicht dazu. Er trieb sein Pferd zu größerer Eile und beschloss, ihn zu ignorieren.

Im Allgemeinen fiel es niemandem ein, um diese Zeit die Stadt zu verlassen, es sei denn, man warf ihn hinaus. Die Gegend war unsicher. Überall trieben sich Banden von Strolchen und Tagedieben herum, ungeachtet des Landfriedens, den der Kölner Erzbischof Konrad von Hochstaden im Einklang mit den geistlichen und weltlichen Fürsten der umliegenden Gebiete ausgerufen hatte. Das war 1259 gewesen, nicht mal ein Jahr zuvor. Es gab ein Papier darüber, schwer von Siegeln. Glaubte man dem Wisch, konnten Wanderer und Kaufleute nun das Rheinland durchqueren, ohne von Raubrittern und anderen Wegelagerern ausgeplündert und umgebracht zu werden. Aber was tagsüber einigermaßen funktionierte, vor allem, wenn es darum ging, die Kaufleute für das magere Schutzversprechen zur Kasse zu bitten, verlor nach Sonnenuntergang jede Gültigkeit. Erst kürzlich hatte man den Körper eines Mädchens gefunden, draußen auf dem Feld und nur wenige Schritte von der Friesenpforte entfernt. Sie lag auf dem Gelände eines Pachthofs, vergewaltigt und erdrosselt. Ihre Eltern waren angesehene Leute, eine Dynastie von Waffenschmieden, seit Generationen wohnhaft Unter Helmschläger gegenüber dem erzbischöflichen Palast. Es hieß, der Leibhaftige habe die Kleine mit einem Zauber hinausgelockt. Andere wollten den Bauern aufs Rad geflochten sehen, in dessen Feld sie den Leichnam gefunden hatten. Dabei ging es weniger um die Schuld des Bauern; aber was hatte eine anständige Bürgertochter tot auf seinem Grund und Boden zu liegen! Zumal sich kein Christenmensch erklären konnte, was sie so spät dort draußen gesucht hatte. Hörte man allerdings genauer hin, wusste plötzlich jeder, dass sie sich mit Spielleuten herumgetrieben hatte und noch schlimmerem Pack, Fetthändlern aus der Schmiergasse und Gesindel, das man besser gar nicht erst in die Stadt ließ. Also doch selber schuld. Wer glaubte schon dem Landfrieden.

»Wartet!«

Heinrich war weit hinter ihm. Mathias stellte fest, dass er dem Vollblut zu sehr die Zügel gelassen hatte, und ließ es in ein gemächliches Schritttempo zurückfallen, bis sein Begleiter wieder neben ihm ritt. Sie hatten jetzt mehrere Höfe zwischen sich und die Stadt gebracht und den Hag erreicht. Der Mond erhellte die Gegend nur schwach.

»Sollte er hier nicht irgendwo warten?« Heinrichs Stimme zitterte fast so sehr wie er selber.

»Nein.« Mathias spähte zwischen den ersten Baumreihen des Hags hindurch. Der Weg verlor sich in völligem Schwarz. »Wir müssen bis zur Lichtung. Hört, Heinrich, seid Ihr sicher, dass Ihr nicht umkehren möchtet?«

»Was denn, alleine?« Heinrich biss sich verlegen auf die Lippen, aber es war raus. Kurz besiegte der Zorn seine Feigheit. »Ständig versucht Ihr mich zu provozieren«, schimpfte er laut. »Als ob ich umkehrte! Als ob mir ein solcher Gedanke überhaupt käme, hier im Finstern mit Euch eingebildetem Pfau an meiner Seite, der das Maul zu weit aufreißt –«

Mathias zügelte sein Pferd, langte herüber und packte Heinrich an der Schulter.

»Betreffs des Mauls, da solltet Ihr das Eure vielleicht halten. Wäre ich derjenige, den wir treffen wollen, und ich hörte Euch lamentieren, würde ich mit Kopfschmerzen das Weite suchen.«

Der andere starrte ihn wütend und beschämt an. Dann riss er sich los und ritt geduckt unter den Bäumen durch. Mathias folgte ihm. Die Äste warfen im Licht der Fackeln tanzende Schatten. Nach wenigen Minuten erreichten sie die Lichtung und ließen die Pferde halten. Der Wind rauschte durchs Holz, sonst war nichts zu hören als ein monotoner Uhu irgendwo über ihnen.

Sie warteten schweigend.

Nach einer Weile begann Heinrich unruhig in seinem Sattel hin- und herzurutschen.

»Und wenn er nicht kommt?«

»Er wird kommen.«

»Was macht Euch da so sicher? Solche Leute taugen nichts. Sie sind heute hier und morgen da.«

»Er wird kommen. Wilhelm von Jülich hat ihn empfohlen, also wird er kommen.«

»Der Graf von Jülich wusste nicht das Geringste über ihn.«

»Es ist nicht von Bedeutung, was man über solche Leute weiß, nur, was sie tun. Er hat Wilhelm gute Dienste geleistet.«

»Ich hasse es aber, nichts über andere zu wissen.«

»Warum? Es ist bequemer so.«

»Trotzdem. Wir sollten vielleicht umkehren und das Ganze noch einmal durchdenken.«

»Und was wollt Ihr dann erzählen? Wie Ihr Euer Pferd durchnässt habt vor Angst?«

»Dafür werdet Ihr Euch entschuldigen!«

»Schweigt endlich.«

»Ich bin nicht so alt geworden, um mir von Euch den Mund verbieten zu lassen.«

»Vergesst nicht, ich bin drei Jahre älter«, spottete Mathias. »Und der Ältere ist immer weiser als der Jüngere. Da ich mich persönlich nicht für weise halte, könnt Ihr ungefähr ermessen, wo Ihr steht. Und jetzt Ruhe.«

Bevor Heinrich etwas entgegnen konnte, war Mathias abgestiegen und hatte sich ins Gras gesetzt. Heinrich beobachtete nervös den Scherenschnitt der Kiefern um sie herum und spähte nach dem Mond. Er verbarg sich hinter Schlieren. Hier und da wurde die Wolkendecke von ein paar Sternen unterbrochen. Diese Nacht gefiel ihm nicht. Genau genommen gefiel ihm keine Nacht, sofern er sie nicht im eigenen Bett verbrachte oder in den Armen einer Kurtisane.

Missmutig schaute er hinter sich und kniff die Augen zusammen, um sich zu vergewissern, dass niemand ihnen gefolgt war.

Ein Schatten huschte unter den Bäumen hindurch.

Heinrich fuhr der Schreck so sehr in die Glieder, dass er an sich halten musste, um seinem Pferd nicht die Fersen zu geben. Seine Kehle war plötzlich unangenehm trocken.

»Mathias –«

»Was?«

»Da ist etwas.«

Mathias war im Nu auf den Beinen und spähte in dieselbe Richtung.

»Ich kann nichts erkennen.«

»Aber es war da.«

»Hm. Vielleicht hat Euch der tiefe Wunsch nach Kampf und Heldentaten einen Feind sehen lassen. Manchmal sollen hier auch Hexen –«

»Macht jetzt keine Witze. Da, seht!«

Im Dunkeln tauchten zwei schwach glimmende gelbe Punkte auf und kamen langsam näher. Etwas hob sich kaum wahrnehmbar gegen das dunkle Unterholz ab, noch schwärzer als schwarz, drehte einen massigen Schädel.

Es beobachtete sie.

»Der Teufel«, entsetzte sich Heinrich. Seine Rechte tastete fahrig nach dem Schwertgriff und verfehlte ihn.

»Unsinn.« Mathias hielt die Fackel vor sich und trat einen Schritt auf den Waldrand zu.

»Seid Ihr von Sinnen? Kommt zurück, um Gottes willen.«

Mathias ging in die Hocke, um besser sehen zu können. Die Punkte verschwanden so schnell, wie sie aufgetaucht waren.

»Ein Wolf«, konstatierte er.

»Ein Wolf?« Heinrich schnappte nach Luft. »Was tun Wölfe so nah bei der Stadt?«

»Sie kommen, um zu jagen«, sagte jemand.

Beide fuhren herum. Dort, wo Mathias gesessen hatte, stand

ein hoch gewachsener Mann. Üppiges blondes Haar fiel über seine Schultern und lockte sich fast bis zur Taille. Sein Umhang war schwarz wie die Nacht. Keiner hatte ihn herantreten hören.

Mathias kniff die Augen zusammen.

»Urquhart, vermute ich?«

Der Blonde neigte leicht den Kopf.

Heinrich saß wie zur Salzsäule erstarrt auf seinem Pferd und begaffte den Ankömmling mit offenem Mund. Mathias sah geringschätzig zu ihm hoch.

»Ihr könnt jetzt absteigen, edler Herr und Ritter, reich an Jahren und Todesmut«, höhnte er.

Ein Zucken ging durch Heinrichs Gesichtszüge. Er schloss mit einem Klacken die Kiefer und rutschte mehr aus dem Sattel, als dass er stieg.

»Setzen wir uns«, schlug Mathias vor.

Sie ließen sich ein Stück von den Pferden entfernt nieder. Heinrich fand die Sprache wieder, straffte sich und setzte eine würdige Miene auf.

»Wir hörten Euch nicht kommen«, sagte er nörgelig.

»Natürlich nicht.« Urquhart entblößte zwei makellose Reihen weißschimmernder Zähne. »Ihr hattet genug mit Eurem Wolf zu tun. Wölfe sind schnell zur Stelle, wenn man sie ruft, war Euch das nicht bekannt?«

»Wovon redet Ihr?«, fragte Mathias mit einem Stirnrunzeln. »Niemand ist so verrückt, Wölfe herbeizurufen.«

Urquhart lächelte unergründlich.

»Ihr habt vermutlich Recht. Am Ende war es nur ein Hund, der Euch mehr fürchtete als Ihr ihn. Falls Euch das beruhigt«, fügte er höflich an Heinrich gewandt hinzu.

Heinrich starrte zu Boden und begann, Grashalme auszurupfen.

»Wo ist Euer Pferd?«, forschte Mathias.

»In Reichweite«, sagte Urquhart. »Ich werde es in der Stadt nicht brauchen.«

»Täuscht Euch nicht. Köln ist größer als die meisten Städte.«

»Und ich bin schneller als die meisten Pferde.«

Mathias betrachtete ihn abschätzend. »Soll mir recht sein. Der Graf von Jülich hat mit Euch über den Preis gesprochen?«

Urquhart nickte. »Wilhelm erwähnte tausend Silbermark. Ich halte das für angemessen.«

»Wir erhöhen unser Angebot«, sagte Mathias. »Eure Aufgabe hat sich erweitert. Doppelte Arbeit.«

»Gut. Dreifacher Lohn.«

»Das halte ich für unangemessen.«

»Und ich halte mangelnde Präzisierung für unangemessen. Wir feilschen hier nicht um Handelswaren. Dreifacher Lohn.«

»Seid Ihr das überhaupt wert?«, fragte Heinrich scharf.

Urquhart sah ihn eine Weile an. Seine Mundwinkel zuckten in milder Belustigung. Dann hob er die buschigen Brauen.

»Ja.«

»Also gut«, nickte Mathias. »Dreifacher Lohn.«

»Was?«, begehrte Heinrich auf. »Aber Ihr habt doch eben noch selber –«

»Es bleibt dabei. Besprechen wir die Einzelheiten.«

»Ganz wie Ihr wünscht«, sagte Urquhart.

Kultiviert und höflich, dachte Mathias. Ein seltsamer Bursche. Leise begann er, auf Urquhart einzureden. Sein Gegenüber hörte reglos zu und nickte verschiedene Male.

»Habt Ihr noch Fragen?«, schloss Mathias.

»Nein.«

»Gut.« Mathias stand auf und klopfte sich Gras und Erde von den Kleidern. Er brachte eine Schriftrolle aus seinem Mantel zum Vorschein und reichte sie dem Blonden. »Hier ist ein Empfehlungsschreiben vom Abt der minderen Brüder versus St. Kolumba. Macht Euch nicht die Mühe einer frommen Visite, niemand erwartet Euch dort. Ich glaube zwar nicht, dass man Euch kontrolliert, aber angesichts der Referenzen wird Euch keine Stadtwache den Zugang verwehren.«

Urquhart pfiff leise durch die Zähne. »Ich brauche kein Papier, um reinzukommen. Trotzdem, wie habt Ihr den Abt dazu bringen können, sein Siegel in Euren Dienst zu geben?«

Mathias lachte selbstzufrieden. »Unser gemeinsamer Freund Wilhelm von Jülich ist stolzer Besitzer eines Hofes Unter Spornmacher. Das ist um die Ecke gespuckt, und der Abt der minderen Brüder schuldet ihm verschiedene Gefallen. Wilhelm hat ihm ein paar Kostbarkeiten für die Sakristei überantwortet, wenn Ihr versteht, was ich meine.«

»Ich dachte, die Minoriten seien nach dem Willen des barmherzigen Gottes arm und mittellos.«

»Ja, und darum gehört alles auf ihrem Grund und Boden einzig dem Herrn. Aber solange der's nicht abholt, muss es ja verwaltet werden.«

»Oder gegessen?«

»Und getrunken.«

»Wollt Ihr endlich ein Ende machen?«, zeterte Heinrich gedämpft. »Die Porta hanonis wird Schlag zehn geschlossen. Nichts reizt mich weniger, als die Nacht vor den Toren zu verbringen.«

»Schon gut.« Mathias betrachtete Urquhart. »Entwickelt Euren Plan. Wir treffen uns morgen Abend an St. Ursula um die fünfte Stunde, um alles Weitere zu besprechen. Ich nehme an, Ihr wisst bis dahin für Eure Sicherheit zu sorgen.«

»Macht Euch keine Gedanken«, lächelte Urquhart. Er reckte die Glieder und sah zum Mond auf, der scheu zwischen den Wolken hervorlugte. »Ihr solltet reiten, Eure Zeit wird knapp.«

»Ich sehe Euch ohne Waffen.«

»Wie ich bereits sagte, macht Euch keine Gedanken. Ich pflege meine Waffen zu benutzen, nicht öffentlich auszustellen. Aber sie liegen bereit.« Er zwinkerte Mathias zu. »Ich führe sogar Vellum und Feder mit.«

»Das sind keine Waffen«, bemerkte Mathias.

»Doch. Das geschriebene Wort kann sehr wohl eine Waffe

sein. Alles kann eine Waffe sein, wenn man es entsprechend einzusetzen weiß.«

»Ihr werdet's wohl wissen.«

»Sicher. Reitet.«

Heinrich wandte sich missmutig ab und stapfte hinüber zu den Pferden. Mathias ging ihm nach. Als er sich noch einmal umdrehte, war Urquhart wie vom Erdboden verschluckt.

»Habt Ihr seine Augen gesehen?«, wisperte Heinrich.

»Was?«

»Urquharts Augen!«

Mathias versuchte, seine Gedanken zu sammeln. »Was ist mit seinen Augen?«

»Sie sind tot.«

Mathias starrte auf die Stelle, an der Urquhart zuletzt gestanden hatte. »Ihr träumt, Heinrich.«

»Augen wie von einem Toten. Er macht mir angst.«

»Mir nicht. Reiten wir.«

Sie ließen die Pferde ausgreifen, so schnell es die Dunkelheit und das Wurzelgewirr im Hag erlaubten. Als sie freies Feld erreichten, schlugen sie den Tieren die Fersen in die Seiten und erreichten die Porta rund zehn Minuten später. Langsam schlossen sich die Torflügel hinter ihnen, als sie in den Schutz der großen Mauer entkamen.

Die Nacht hatte wieder einmal gewonnen.

11. September

Forum feni

Jacop der Fuchs schlenderte über die Märkte und stellte sein Mittagessen zusammen.

Den Beinamen hatte er nicht von ungefähr. Für gewöhnlich leuchtete sein Kopf wie ein Burgfeuer. Klein und schlank von Statur, wäre er niemandem weiter aufgefallen, wenn nicht dieser unbändige Schopf roter Haare nach allen Himmelsrichtungen gegriffen hätte. Jede der drahtigen Strähnen schien einem eigenen Verlauf zu folgen, dessen Hauptmerkmal darin bestand, dass sie ihn mit keiner anderen teilen wollte. Das Ganze als Haartracht zu bezeichnen, war mehr als abwegig. Trotzdem, oder gerade deshalb, übte es auf Frauen den seltsamen Zwang aus, hineinzugreifen und daran herumzuzerren, mit den Fingern hindurchzufahren, als gelte es einen Wettstreit zu gewinnen, wer dem Gestrüpp zumindest ansatzweise so etwas wie Disziplin beizubringen vermochte. Bis jetzt hatte noch keine gewonnen, wofür Jacop seinem Schöpfer laut dankte und ein ums andere Mal für reichlich Unordnung auf der Kopfhaut sorgte. Das Interesse war entsprechend unvermindert groß, und wer sich einmal in der roten Hecke verfangen hatte, lief Gefahr, im hellblauen Wasser seiner Augen endgültig allen Boden unter den Füßen zu verlieren.

Heute allerdings, angeknurrt von seinem Magen, zog Jacop es vor, sich mit einem alten Fetzen zu bedecken, der nicht mal in seinen besten Zeiten den Namen Kapuze verdient hatte, und den Wunsch nach weiblicher Gesellschaft hintanzustellen. Kurzfristig wenigstens.

Der Geruch teuren holländischen Käses stieg ihm in die Nase. Schnell drängte er sich zwischen den geschäftigen Ständen hindurch und versuchte, ihn zu ignorieren. Er konnte sich lebhaft vorstellen, wie die Mittagssonne die oberste Schicht des Anschnitts schmolz, so dass sie von einem fetten Glanz überzogen war. Welcher Teufel auch immer den Duft geradewegs zu ihm herüberlenkte, auf dem Käsemarkt war augenblicklich zu viel los für einen schnellen Griff.

Der Gemüsemarkt gegenüber bot da schon bessere Möglichkeiten. Überhaupt war die nördliche Seite des Forum Fenn geeigneter, ohne Geld einzukaufen, weil sich hier die unterschiedlichsten Fluchtmöglichkeiten auftaten. Man konnte zwischen den Haufen der Kohlenhändler und dem Salzmarkt, wo das Forum in die Passage zum Alter Markt mündete, in tausend Gassen verschwinden, etwa zwischen den Häusern der Hosenmacher und der Brothalle hindurch, dann hoch zu den Hühnerständen und in die Judengasse. Andere Möglichkeiten boten sich zum Rhein hin. Die Salzgasse oder besser noch die Lintgasse, wo sie draußen Körbe und Seile aus Lindenbast flochten und die Fischverkäufer vor der Ecke Buttermarkt ihre offenen Buden hatten. Weiter zum Ufer hin lagen die Salmenbänke. Hier, im Schatten der mächtigen Klosterkirche Groß St. Martin, begann der eigentliche Fischmarkt und Köln nach Hering, Wels und Aal zu stinken, so dass die Verfolger spätestens an dieser Stelle umkehrten, die ehrwürdigen Brüder der Martinskirche arg bedauerten und Gott den Herrn gnädig priesen, dass sie ihre Waren nicht am Rheinufer feilbieten mussten.

Aber Jacop wollte keinen Fisch. Er hasste den Geruch, den Anblick, einfach alles daran. Nur Lebensgefahr konnte ihn so weit bringen, über den Fischmarkt zu laufen.

Er drängte sich zwischen Gruppen schnatternder Mägde und Schwestern von der heiligen Jungfrau hindurch, die lautstark um die Kürbispreise feilschten, übertönt vom melodischen Lärm der Ausrufer, rempelte einen reichgekleideten Kaufmann an und stolperte, Entschuldigungen brabbelnd, gegen einen Stand mit Möhren und Bleichsellerie. Das Manöver trug ihm drei Schimpfnamen ein, darunter erstaunlicherweise einen, mit dem man ihn in der Vergangenheit noch nicht bedacht hatte, sowie ein paar schöne, glatte Karotten, prall vor Saft. Schon mal nicht schlecht.

Er sah sich um und überlegte. Er konnte einen Abstecher zu den Apfelkisten der Bauern vom Alter Markt unternehmen. Das war der sichere Weg. Ein paar Stücke reifes Obst, die Möhren. Hunger und Durst gestillt.

Aber es war einer dieser Tage – Jacop wollte mehr. Und dieses Mehr lag leider auf der weniger sicheren Seite des Forums, im Süden, bezeichnenderweise dort, wo die Zahl der Geistlichen unter den Marktgängern zunahm. An den Fleischbänken.

Die Fleischbänke –

Dort war erst letzte Woche einer zum wiederholten Male erwischt worden. Sie hatten ihm etwas vorschnell die rechte Hand abgehackt und ihn tröstend darauf hingewiesen, jetzt habe er Fleisch. Im Nachhinein stellte die Kölner Gerichtsbarkeit klar, es habe sich hierbei um einen keineswegs gebilligten Akt der Selbstjustiz gehandelt, aber davon wuchs die Hand auch nicht mehr an. Und letzten Endes: selber schuld! Fleisch war nun mal kein Essen für die Armen.

Und doch, hatte nicht der Dekan von St. Cäcilien erst kürzlich erklärt, unter den Armen sei nur der mit Gott, der seine Armut ehrlich trage? War Jacop also gottlos? Und konnte man einem Gottlosen vorwerfen, dass er der Versuchung des Fleisches nicht zu widerstehen vermochte? So, wie ihn das Fleisch versuchte, war die Versuchung des heiligen Johannes jedenfalls ein Dreck dagegen.

Aber es war gefährlich.

Kein Gewimmel wie im Norden, wo man untertauchen konnte. Weniger Gässchen. Nach den Fleisch- und Speckbänken nur noch die öffentliche Tränke, und gleich im Anschluss der fatale öffentliche Platz am Malzbüchel, wo sie den armen Kerl von letzter Woche gestellt hatten. Besser vielleicht doch die Äpfel? Fleisch lag ohnehin zu schwer im Magen.

Andererseits lag es in seinem Magen besser als in einem Pfaffenmagen. Fand Jacop.

Sehnsüchtig schielte er hinüber zu den Ständen, wo die roten Stücke mit den fetten, gelben Rändern gehandelt wurden. Es war schon in Ordnung so. Das Schicksal hatte eben nicht gewollt, dass er ein Richer wurde. Aber dass er an gebrochenem Herzen starb, konnte es noch viel weniger gewollt haben.

Während er schwermütig zusah, wie die Objekte seiner Begierde munter die Besitzer wechselten, bemerkte Jacop Alexianer, Franziskaner und Konradiner, Prioren von den Kreuzbrüdern und die schwarzen Kutten der Minoriten zwischen stolzen Bürgerfrauen in weinroten Roben mit goldenen Schnallen, die hocherhobenen Häupter gekrönt von reichbestickten Seidenhauben.

Seit Erzbischof Konrad der Stadt im vergangenen Jahr endgültig das Stapelrecht verliehen hatte, gab es keinen glanzvolleren Markt als den zu Köln. Leute aller Stände trafen sich hier, niemand war sich zu schade, seinen Reichtum zur Schau zu stellen, indem er vor den Augen seiner Nächsten die Gademen leerkaufte. Der ganze Platz wimmelte zudem von Kindern, die ihre Standesunterschiede mit Holzstecken ausfochten oder einträchtig Schweine über den festgestampften Lehm jagten. Gegenüber dem von Bettlern umlagerten Kaufhaus der Leinwandhändler an der Ostseite des Forums begann der Rindfleischverkauf. Dort hingen getrocknete Würste, von denen ein rundes Dutzend soeben im Korb eines teuer gekleideten Alten mit spitzem Hut verschwand, und Jacop wäre am liebsten mit hineingekrochen.

Beziehungsweise, es verschwand nicht ganz. Als der Mann nämlich knöchern weiterschlurfte, baumelte eine der Würste keck heraus.

Jacop sah sie mit aufgerissenen Augen an.

Sie sah zurück. Sie versprach ihm den Vorhof zum Paradies,

das himmlische Jerusalem, die Seligkeit auf Erden. Sie platzte fast vor Schönheit. Im dunkelrotbraungeräucherten Fleisch unter der strammen Pelle blickten freundlich hunderte kleiner, weißer Fettstückchen zu ihm hin und schienen ihm vertraulich zuzuzwinkern. Ihm war, als rufe ihn die Wurst zur kühnsten aller Taten, sie einfach abzuzwicken und das Weite zu suchen. Er sah sich in seinem Verschlag an der Stadtmauer sitzen und darauf herumkauen, die Vorstellung wurde zur Wahrheit und die Wahrheit zur Besessenheit. Seine Füße setzten sich wie von selber in Bewegung. Alles war vergessen, die Gefahr, die Angst. Die Welt war eine Wurst.

Gleich einem Aal flutschte Jacop zwischen den Leuten hindurch und gelangte hinter den Alten, der jetzt stehen blieb und ein Bratenstück vom Pferd begutachtete. Offenbar sah er schlecht, weil er sich dafür weit über den Brettertisch beugen musste.

Jacop drückte sich dicht an ihn heran, ließ ihn einige Sekunden tasten und schnüffeln und schrie dann aus Leibeskräften:

»Ein Dieb! Seht nur, da hinten! Er macht sich mit dem Filet aus dem Staub, der Schweinehund.«

Die Köpfe der Menschen ruckten hin und her. Die Fleischer, da sie ja annehmen mussten, der Dieb befinde sich in entgegengesetzter Richtung, drehten sich hastig um, sahen natürlich nichts und blieben irritiert stehen. Jacops Finger brauchten keine Sekunde, dann glitt die Wurst in seinen Mantel. Jetzt nichts wie weg.

Sein Blick fiel auf die Fleischbank. Koteletts zum Greifen nahe. Und immer noch starrten die Fleischer ins Nichts.

Er streckte die Hand aus, zögerte. Gib dich zufrieden, raunte eine Stimme in ihm, hau endlich ab.

Aber die Versuchung war zu groß.

Er packte das zuvorderst liegende Kotelett in dem Moment, da sich einer der Fleischer wieder umdrehte. Der Blick des Mannes traf seine Hand wie die Axt des Henkers, während ihm das Blut zu Kopfe schoss.

»Halunke«, keuchte er.

»Dieb! Dieb!«, krähte der Alte neben ihm, verdrehte die Augen, ließ ein rasselndes Ächzen hören und kippte zwischen die Auslagen.

Jacop zögerte nicht länger. Er holte aus und warf dem Fleischer das Kotelett mitten ins Gesicht. Die Umstehenden begannen zu kreischen, Finger krallten sich in seinen alten Mantel, zerrten ihm die Kapuze weg. Sein Haar loderte in der Sonne auf. Er trat um sich, aber sie ließen ihn nicht entkommen, während der Fleischer mit einem Wutschrei über die Theke setzte.

Jacop sah sich ohne Hand, und das gefiel ihm nicht.

Mit aller Kraft riss er die Arme hoch und vollführte einen Satz in die Menge. Verblüfft stellte er fest, dass es leichter ging, als er dachte. Dann wurde ihm bewusst, dass er geradewegs aus seinem Mantel gesprungen war, den sie jetzt zerfetzten, als sei das jämmerliche Kleidungsstück der eigentliche Übeltäter. Er schlug um sich, bekam Luft und rannte über den Platz Richtung Malzbüchel. Zurück konnte er nicht. Der Fleischer war immer noch hinter ihm, und nicht nur der. Den Geräuschen der trappelnden Füße und den aufgebrachten Stimmen nach zu urteilen, hatte er das halbe Forum auf den Fersen, und alle schienen seine Hand dem Scharfrichter überantworten zu wollen. Was eindeutig nicht in Jacops Interesse lag.

Er schlitterte durch matschige Furchen und Geröll über den Malzbüchel und entging nur knapp den Hufen eines scheuenden Gauls. Weitere Leute drehten sich nach ihm um, angezogen von dem Schauspiel.

»Er ist ein Dieb!«, brüllten die anderen.

»Was? Wer?«

»Der mit den roten Haaren. Der Fuss!«

Und schon erhielt die Meute Verstärkung. Sie kamen aus der Rheingasse, der Plectrudis- und der Königstraße, selbst die Kirchgänger schienen aus St. Maria im Kapitol zu strömen, um ihn in Stücke zu reißen oder mindestens zu vierteilen.

Allmählich bekam er es tatsächlich mit der Angst zu tun. Der einzig offene Fluchtweg, durch die Malzmühlengasse unter der Kornpforte durch zur Bach, war blockiert. Jemand hatte ein Fuhrwerk dermaßen dämlich über den Weg gestellt, dass niemand dran vorbeikam.

Aber vielleicht drunter durch.

Jacop ließ sich im Lauf fallen, rollte sich unter der Deichsel hindurch auf die andere Seite, kam wieder auf die Beine und hastete rechts hoch auf die Bach. Der Fleischer versuchte, es ihm gleichzutun, aber da er dreimal so dick war wie Jacop, blieb er stecken und musste von den anderen unter Gezeter und Mordioschreien wieder hervorgezerrt werden. Die Bluthunde verloren wertvolle Sekunden.

Schließlich kletterten drei von ihnen beherzt über den Kutschbock und hefteten sich Jacop wieder auf die Spur.

Auf der Bach

Aber Jacop war verschwunden.

Nachdem sie einige Male hin- und hergelaufen waren, gaben die Verfolger auf. Obgleich sich der Verkehr die Bach hinauf in Grenzen hielt und nur wenige Färber um die Mittagszeit draußen arbeiteten, hatten sie ihn verloren. Sie schauten links in den Filzengraben, aber auch da war niemand zu sehen, den man hätte festnehmen können.

»Rote Haare«, murmelte einer der drei.

»Wie meint Ihr?«, fragte ein anderer.

»Rote Haare, verdammich! Er kann uns nicht entwischt sein! Wir hätten ihn sehen müssen.«

»Der Karren hat uns aufgehalten«, sagte der Dritte beschwichtigend. »Gehen wir. Soll er am Jüngsten Tage sehen, was er davon hat.«

»Nein!« Der erste Sprecher hatte sich einen Ärmel zerrissen, als er über den Wagen gesprungen war. Seine Augen sprühten vor Zorn. »Jemand muss ihn gesehen haben.«

Er stapfte die Bach hinauf, von seinen Begleitern widerwillig gefolgt. Die Straße entsprach dem Verlauf des Duffesbachs entlang der alten Römermauer. Hier waren sie im Viertel Oursburg. Sie fragten verschiedene Bürger, bis sie den Waidmarkt erreichten. Niemand wollte den Rotschopf gesehen haben.

»Lassen wir's«, sagte einer. »Mir jedenfalls ist nichts gestohlen worden.«

»Nie und nimmer!« Der mit dem zerrissenen Wams sah sich wild um. Sein Blick fiel auf eine junge Frau, die am Bach kniete und ein riesiges, blau gefärbtes Tuch darin wässerte. Sie war auf seltsame Weise hübsch, mit einer leicht schiefen Nase und aufgeworfenen Lippen. Er stellte sich vor sie hin, ließ die Brust schwellen und trompetete:

»Wir suchen einen Dieb, der ungeheuren Schaden angerichtet hat.«

Sie sah zu ihm hoch, nicht sonderlich interessiert, und widmete sich wortlos wieder ihrem Tuch.

»Wollt Ihr uns behilflich sein«, donnerte er, »oder müssen wir Euch mit dem Gefühl verlassen, dass man hier den Taugenichtsen Schutz gewährt?«

Die Frau machte ein erschrockenes Gesicht und riss die Augen auf. Dann holte sie tief Luft, was angesichts ihres Brustumfangs reichte, um den selbst ernannten Inquisitor alle Diebe der Welt vergessen zu lassen, stemmte die Arme in die Hüften und rief:

»Welch eilfertige Unterstellung! Hätten wir einen Dieb gesehen, säße er längst im Weckschnapp.«

»Da gehört er auch hin! Er hat mir das Wams zerrissen, ein halbes Pferd gestohlen, ach, was sage ich, ein ganzes, ist darauf hinfortgeritten, und es sollte mich nicht wundern, wenn er unterwegs den einen oder anderen ermordet hat.«

»Unglaublich!« Die Frau schüttelte in ehrlicher Entrüstung den Kopf, was zur Folge hatte, dass Massen dunkelbrauner Locken hin- und herflogen. Angesichts dessen fiel es dem Befrager immer schwerer, sich auf die Angelegenheit der Verfolgung und Ergreifung zu konzentrieren. »Wie sieht er denn aus?«, hakte sie nach.

»Feuerrote Mähne.« Der Mann schürzte die Lippen. »Nebenbei, seid Ihr nicht mitunter sehr alleine hier am Bach?«

Ein honigsüßes Lächeln breitete sich auf den Zügen der Frau aus. »Aber sicher.«

»Nun ja –« Er legte die Fingerspitzen aufeinander.

»Wisst Ihr«, fügte sie hinzu, »manchmal denke ich, es wäre schön, jemanden zu haben, der einfach dasitzt und mir zuhört. Denn wenn mein Gatte, Ihr müsst wissen, er ist ein angesehener Prediger der Dominikaner, auf der Kanzel spricht, dann bin ich ganz alleine. Sieben Kinder habe ich geboren, aber sie treiben sich rum und suchen wohl die anderen fünf.«

»Was?«, stammelte der Mann. »Welche anderen fünf? Ich denke, Ihr habt sieben.«

»Sieben aus der ersten Ehe. Mit dem Kanonikus sind's nochmal fünf, macht gemeinschaftlich zwölf hungrige Mäuler und nichts zu essen, denn glaubt ja nicht, dass das bisschen Färberei was abwirft.« Sie schaffte es, noch strahlender zu lächeln. »Nun frage ich mich, ob es sinnvoll wäre, dem Antoniter den Laufpass zu erteilen.«

»Äh – war's nicht eben noch ein Dominikaner?«

»Ja, vorhin. Aber jetzt spreche ich von meinem Antoniter. So ein schlapper Hund! Wenn ich dagegen Euch betrachte –«

»Nein, wartet.«

»Ein Mann von Eurer Größe, gebaut wie ein Heiliger, ein Quell der Weisheit, ganz anders als der Weinhändler, mit dem ich –«

»Ja, gewiss. Habt einen guten Tag.« Der Mann beeilte sich, seinen Kameraden zu folgen, die kopfschüttelnd zurück in Richtung Kornpforte gegangen waren. »Und solltet Ihr den Dieb sehen«, rief er ihr im Davonlaufen zu, »dann bestellt ihm – also, sagt ihm – fragt ihn –«

»Was, edler Herr?«

»Genau. Genau das.«

Sie blickte den Dreien nach, bis sie verschwunden waren.

Dann musste sie furchtbar lachen.

Ihr Lachen war lauter als die Glocken von St. Georg. Nach einer Weile taten ihr die Seiten weh, und die Tränen liefen ihr übers Gesicht, so dass sie kaum sah, wie sich das blaue Tuch aus den Fluten erhob, abgestreift wurde und ein tropfnasser, verzweifelt nach Luft japsender Jacop der Fuchs zum Vorschein kam.

Richmodis von Weiden

»Ihr seid also ein Dieb?«

Jacop lag neben ihr, immer noch benommen, und hustete den letzten Rest Wasser aus seinen Lungen. Es hatte einen scharfen Beigeschmack. Weiter oberhalb der Blaufärber hatten die Rotgerber ihr Quartier, und da geriet einiges in den Bach, was man besser nicht herunterschluckte.

»Ja«, keuchte er. Sein Brustkorb hob und senkte sich. »Und ein ganz schlimmer obendrein!«

Sie zog einen Schmollmund.

»Mir habt Ihr weisgemacht, selber vor Dieben und Mördern auf der Flucht zu sein.«

»Irgendwas musste ich ja erfinden. Tut mir Leid.«

»Ach was.« Sie versuchte, sich ein Kichern zu verkneifen, aber es gelang ihr nicht. »Pontius Pilatus wusch seine Hände in Unschuld. So wie Ihr gebadet habt, seid Ihr reif zum Predigen.«

Jacop stemmte sich hoch und schüttelte das Wasser aus seinen Haaren.

»Ich bin reif für was zu beißen. Mein Mittagessen war in dem Mantel.«

»Welchem Mantel?«

»Dem – na, meinem Mantel halt. Ich musste ihn auf dem Forum lassen. Widrige Umstände.«

»Wohl in Gestalt diverser Leute, die wiederhaben wollten, was Ihr ihnen nicht ganz rechtmäßig abgenommen habt.«

»Im weitesten Sinne – ja«, gab Jacop zu.

»Was war denn drin?«

»Im Mantel? Karotten, eine Wurst. Egal.«

Sie musterte ihn sichtlich amüsiert.

»So egal scheint Euch das aber nicht zu sein. Und viel geblieben ist Euch auch nicht«, feixte sie. »Immerhin eine Hose. Wenn auch keine, die ich meinem ärgsten Feind verkaufen würde.«

Jacop sah an sich herunter. Seine neue Freundin hatte nicht ganz unrecht. Aber Hose und Mantel waren das Einzige, was er an Kleidungsstücken besaß. Das heißt, besessen hatte. Er rieb sich die Augen und stocherte mit einem Finger im linken Ohr, das noch vom Wasser brauste.

»Habt Ihr sie eigentlich geglaubt?«, fragte er.

»Was?«

»Meine Geschichte.«

Sie sah ihn unter halbgeschlossenen Lidern an und grinste spöttisch, während ihre Hände das blaue Tuch durch und durch walkten.

»Wenn Ihr nur halb so schlecht im Klauen wie im Lügen seid, rate ich Euch, den Markt für die nächsten paar Jahrzehnte zu meiden.«

Jacop zog geräuschvoll die Nase hoch.

»Ich bin gar nicht so schlecht in diesen Dingen.«

»Nein. Ihr geht dabei nur baden.«

»Was wollt Ihr?« Er versuchte mehr schlecht als recht, sich den Anschein von gekränkter Eitelkeit zu geben. »Jeder Beruf hat seine Risiken. Außer vielleicht der des Färbers. Eine in höchstem Maße anregende Tätigkeit. Blaue Farbe morgens, blaue Farbe mittags, blaue –«

Ihr Zeigefinger spießte ihn fast auf.

»Was du nicht sagst, du hohle Nuss! Ich sitze friedlich hier am Wasser, und da kommt so ein abgebrochener roter Blitz wie du und will versteckt sein. Zu allem Überfluss muss ich mich deinetwegen in ein überflüssiges Palaver mit diesem Hahnrei einlassen, nur um schlussendlich festzustellen, dass der eigentliche Lump gleich vor mir in der Bach liegt. Und das nennst du kein Risiko?«

Jacop schwieg, während seine Gedanken zu dem entgangenen Mittagessen zurückwanderten.

»Was ist?«, schnauzte sie ihn an. »Hat's dir die Sprache verschlagen? Hat dir die lange Zeit im Wasser Kiemen wachsen lassen?«

»Ihr habt ja Recht! Was soll ich sagen?«

»Wie wäre es zur Abwechslung mit Danke?«

Jacop sprang in die Hocke und setzte seinen Hundeblick auf.

»Ihr wollt ein Dankeschön?«

»Das wäre ja wohl das Mindeste!«

»Alsdann. Ich werde sehen, was sich tun lässt.«

Zu ihrer Verwunderung begann er in den unergründlichen Weiten seiner Hose zu kramen, krempelte unter Murmeln und Flüchen das Innerste nach außen und das Zuvorderste nach hinten, bis ein Leuchten über seine Züge ging. Er zog etwas hervor und hielt es ihr triumphierend unter die Nase.

»Sie ist noch da!«

Die Färberin runzelte die Stirn und nahm das Ding in Augenschein. Ein löcheriges Stöckchen von der Länge ihres Zeigefingers.

»Na und? Was soll das sein?«

»Passt auf.«

Er setzte das Stöckchen an die Lippen und blies hinein. Eine helle, wunderliche kleine Melodie erklang.

»Eine Flöte!«, rief sie entzückt.

»Ja.« Schnell ließ er den Hundeblick fahren. Die Zeit schien gekommen für den Augenaufschlag des unwiderstehlichen Halunken. »Und ich schwöre beim Erzengel Gabriel, dass ich dieses Lied soeben einzig und allein für Euch erdacht und niemals einer anderen vorgespielt habe oder jemals vorspielen werde, oder der heilige Petrus soll mir die Geister der Löwen aus dem Circus Maximus auf den Buckel schicken.«

»Was Ihr alles wisst! Im Übrigen glaube ich Euch kein Wort.«

»Wie dumm. Also muss ich noch mehr des Guten tun.« Jacop warf das Stöckchen in die Luft und fing es mit der Rechten auf. Als seine Finger auseinanderfuhren, war die Flöte verschwunden.

Ihre Augen wurden zunehmend größer, bis Jacop fürchtete, sie würden aus den Höhlen kullern.

»Wie habt Ihr –?«

»Und nun gebt Acht.«

Rasch griff er hinter ihr Ohr, hexte die Flöte hervor, nahm ihre Linke aus dem Wasser und legte das winzige Instrument in ihre Handfläche.

»Für Euch«, strahlte er.

Sie errötete, schüttelte den Kopf und lachte leise. Jacop stellte fest, dass er ihr Lachen mochte. Er strahlte noch mehr.

Sie betrachtete eine Weile ihr Geschenk, dann fixierte sie ihn nachdenklich und krauste die Nase.

»Seid Ihr wirklich so ein Erzverbrecher?«

»Aber gewiss! Ich habe Dutzende von Männern erdrosselt, und das nur mit meinem kleinen Finger. Man nennt mich das Joch!« Wie zum Beweis spreizte er den kleinen Finger ab, kam zu dem Schluss, dass es der Geschichte am Odeur der Wahrhaftigkeit gebrach und ließ die Schultern hängen.

Sie bedachte ihn mit einem strafenden Blick, während ihre Lippen zuckten vor verhaltener Heiterkeit.

»Schon gut.« Er warf ein Steinchen ins Wasser. »Ich versuche einfach, am Leben zu bleiben. Das ist alles. Ich finde das Leben schön, was nicht immer leicht ist. Und ich denke, der da oben wird das irgendwie verstehen. Es sind ja nicht die Äpfel aus dem Paradies, die ich mitgehen lasse.«

»Aber es sind Gottes Äpfel.«

»Schon möglich. Aber mein Hunger ist nicht Gottes Hunger.«

»Was Ihr alles so daherredet! Helft mir lieber mit dem Tuch.«

Gemeinsam nahmen sie das vom Wasser schwere Leinen hoch und trugen es zu einem aus Holzstecken errichteten Gerüst vor dem Haus, in dem sie offenbar wohnte. Weitere Stoffe trockneten dort bereits in der Sonne. Es roch nach Wald, dem Farbstoff aus dem Jülicher Land, dank dessen die Blaufärber überhaupt blau färben konnten.

»Wie heißt Ihr eigentlich, da ich Euch nun schon mal das Leben gerettet habe?«, fragte sie, während sie den Stoff auf dem Gitter glatt zog und Acht gab, dass die Ränder nicht den Boden streiften.

Jacop fletschte die Zähne.

»Ich bin der Fuchs!«

»Man sieht's«, gab sie trocken zurück. »Habt Ihr auch einen Namen?«

»Jacop. Und Ihr?«

»Richmodis.«

»Was für ein schöner Name.«

»Was für ein einfallsloses Kompliment.«

Jacop musste lachen. »Lebt Ihr hier ganz alleine?«

Sie schüttelte den Kopf. »Nein. Ihr seid heute schon der Zweite, der mir die Frage stellt. Was muss ich eigentlich noch alles für Geschichten erfinden, damit ihr Strolche mich endlich zufrieden lasst?«

»Also wohnt Ihr mit Eurem Gatten hier?«

Sie verdrehte die Augen. »Ihr lasst nicht locker, was? Ich lebe bei meinem Vater. Eigentlich ist er der Färber, aber der Rücken macht ihm immer mehr zu schaffen, und seine Finger sind krumm vom Rheuma.«

Rheuma war die typische Färberkrankheit. Der ständige Umgang mit Wasser, egal zu welcher Jahreszeit, war daran schuld. Im Allgemeinen lebte man als Blaufärber nicht schlecht, weil aus den Stoffen Arbeitskittel geschnitten wurden, und über Mangel an Arbeit konnte sich im Reich keiner beklagen. Der Tribut war eine ruinierte Gesundheit. Aber was spielte das für eine Rolle, wo letzten Endes jedes Handwerk die Gesundheit ruinierte, jedes auf seine eigene Weise, und die reichen Kaufleute, die ihr Geld mehr mit dem Kopf verdienten, fast ausnahmslos von der Gicht geplagt wurden? Erst kürzlich, hieß es, hatte zwar der Leibarzt König Ludwigs des IX. von Frankreich in Royaumont öffentlich konstatiert, die Gicht erwachse dem übermäßigen Genuss von Schweinefleisch, aber die Medici vom heiligen Stuhl hatten dem entgegengehalten, wer reich sei, habe mehr Gelegenheit zur Sünde und dementsprechend mehr zu büßen. Was als Beweis dienen möge für die Gicht als einen Akt von Gottes Gnaden, der Selbstzucht und Kasteiung dienend, womit verbunden der Herr in seiner unendlichen Güte immerhin den Aderlass erfunden und so ein Licht entfacht habe im hohlen Schädel der Medizin. Darüber hinaus sei nicht einzusehen, was dieses Forschen nach Ursachen überhaupt bezwecke – als diene Gottes Wille konzilischen Disputen oder gar der niederen Vermessenheit aufrührerischer Ketzer und Häretiker!

»Tut mir Leid für Euren Vater«, sagte Jacop.

»Wir haben einen Physikus in der Familie.« Richmodis betrachtete prüfend das Tuch und zupfte eine Falte heraus. »Da ist er gerade und verschafft sich Linderung. Ich vermute aber sehr stark, dass es Linderung von jener Sorte ist, die man Rebsorte nennt und zu der mein Onkel eine überaus innige Beziehung pflegt.«

»Dann preist Euren Vater glücklich, dass er wenigstens den Becher halten kann.«

»Das kann er offenbar am besten. Und seine Kehle hat das Rheuma auch noch nicht betroffen.«

Damit schien die Unterhaltung einen toten Punkt erreicht zu haben. Beide warteten, dass der andere etwas Kluges sagte, aber eine Zeit lang hörte man auf der Bach nur das Bellen eines Hundes.

»Darf ich Euch etwas fragen?«, begann Jacop schließlich.

»Ihr dürft.«

»Warum habt Ihr keinen Mann, Richmodis?«

»Gute Frage. Warum habt Ihr kein Weib?«

»Ich – ich habe ein Weib.« Jacop fühlte Verlegenheit in sich aufsteigen. »Nein, eigentlich nicht. Wir verstehen einander nicht mehr so besonders. Nennt sie meinethalben eine Freundin.«

»Sorgt Ihr für sie?«

»Einer sorgt für den anderen, na ja. Sofern einer gerade was übrig hat.«

Jacop hatte nicht beabsichtigt, traurig zu klingen, aber zwischen Richmodis' Brauen bildete sich eine steile Falte. Sie lächelte nicht mehr, betrachtete ihn vielmehr, als wäge sie die unterschiedlichsten Möglichkeiten ab, auf das Gehörte zu reagieren. Ihr Blick wanderte die Bach hoch. Von den Nachbarn, die gerade draußen waren und ihre Färberbottiche füllten, sah einer zu ihnen herüber und dann schnell wieder weg.

»Sie werden sich das Maul zerreißen, was Goddert von Weidens Tochter alldieweil mit einem halb nackten Rotschopf zu schaffen hat«, schnaubte sie verächtlich. »Und bei der nächsten Gelegenheit erzählen sie's dann meinem Vater.«

»Schon gut«, sagte Jacop hastig. »Ihr habt genug getan. Ich verschwinde.«

»Ihr werdet nichts dergleichen tun«, fuhr sie ihn an. »Um den Alten braucht Ihr Euch nicht zu sorgen. Wartet hier.«

Ehe Jacop etwas sagen konnte, war sie im Haus verschwunden.

Er wartete also.

Jetzt, da er alleine war, starrten mehr Leute zu ihm herüber. Unverhohlene Neugier mischte sich mit offenem Misstrauen. Jemand zeigte auf ihn, und Jacop überlegte, ob es nicht doch besser sei, einfach zu verschwinden.

Aber was sollte Richmodis denken, wenn er einfach das Weite suchte? Wie könnte er das überhaupt angesichts der schönsten schiefen Nase, deren Besitzerin ihm je ihre Aufmerksamkeit gezollt hatte?

Versonnen nestelte er an dem Tuch herum.

Die Blicke der Nachbarn wurden sofort bedrohlich, und er zog die Hand weg. Jemand trieb eine Schar Gänse des Wegs daher und musterte ihn verstohlen.

Jacop begann zu pfeifen und vergnügte sich einstweilen damit, das Haus der von Weidens näher in Augenschein zu nehmen. Es war nicht unbedingt das prächtigste, stellte er fest. Sein vorkragender erster Stock wies sich durch zwei kleine Fenster aus, und mit dem gedrungenen Spitzdach darüber schien es zwischen den anliegenden Bauten beinahe zu verschwinden. Aber das Fachwerk war gepflegt, die Balken erst vor kurzem dunkel nachgestrichen, und neben der Türe blühte unter dem Fenster zur Stube ein Busch fetter, gelber Blumen. Offenkundig war das Richmodis' Werk.

Richmodis, die Entschwundene.

Er sog laut die Luft ein und trat von einem Bein aufs andere. Unklug, länger zu verweilen. Besser, er –

»Hier!« Richmodis erschien wieder unter dem Türbalken, einen Packen Zeug vor sich hertragend, wohinter sie fast vollständig verschwand. »Nehmt das. Der Mantel ist alt, aber immer noch besser, als dass Ihr ständig die Weiber erschreckt. Und da«, – ehe Jacop sich's versah, fühlte er etwas auf seinen Kopf gedrückt und verlor jede Sicht – »ein Hut gegen Regen und Schnee. Die Krempe hängt ein bisschen, aber dafür ist er dicht.«

»Die Krempe hängt ein bisschen sehr«, bemerkte Jacop und schob mit einer Hand das unförmige Ding in den Nacken, während er mit der anderen bemüht war, festzuhalten, was sie ihm auflud.

»Meckert nicht! Des Weiteren ein Wams und eine Hose. Mein Vater wird mich in den Kacks wünschen. Nehmt außerdem die Stiefel mit. Und jetzt macht Euch aus dem Staube, bevor sich halb Köln zu der Idee versteigt, Ihr wolltet um meine Hand anhalten.«

Jacop hatte eigentlich gedacht, dass ihn so schnell nichts aus der Fassung bringen könne. Jetzt starrte er auf seinen neuen Besitz und war entgegen seiner Natur sprachlos.

»Warum tut Ihr das?«, brachte er endlich heraus.

Ein spitzbübisches Lächeln zauberte winzige Fältchen um ihre Augen.

»Niemand schenkt mir ungestraft eine Flöte.«

»Oh!«

»Natürlich seid Ihr jetzt in der Verpflichtung, mir das Spielen beizubringen.«

Plötzlich hatte Jacop das innige Bedürfnis, den Fleischer und alle, die ihn auf die Bach gejagt hatten, an sein Herz zu drücken.

»Ich werde es bestimmt nicht vergessen.«

»Das will ich Euch auch nicht geraten haben.«

»Wisst Ihr was?«, krähte er übermütig. »Ich liebe Eure Nase!«

Dunkles Rot überzog ihre Wangen.

»Los jetzt. Ab mit Euch!«

Jacop grinste breit. Er machte auf dem nackten Absatz kehrt und sah zu, dass er Land gewann.

Richmodis schaute ihm nach, die Hände in die Hüften gestemmt. Ein hübscher Bursche, dachte sie. Dann fiel ihr ein, dass sie zu gerne in sein Haar gefasst hätte. Schade, dass er nicht zurückkommen würde. Kerle wie er waren niemandem verpflichtet außer sich selber. Der würde seinen roten Schopf so bald nicht wieder durch die Bach tragen.

Melancholisch bis vergnügt ging sie zurück ans Wasser, gewaltig im Irrtum.

Rheingasse

Die alte Frau saß im Schatten. Nur das Relief ihrer Hände hob sich fahl vom schwarzen Samt des Kleides ab, seltsam bizarr im schräg einfallenden Licht der Nachmittagssonne.

Der Raum, in dem sie saß, war groß und hoch. Er lag im ersten

Stock und verfügte an der nördlichen Längsseite über fünf eng beieinanderliegende Arkadenfenster zur Straße hin. Bis auf die prachtvollen Wandteppiche an der Rückfront und den Seitenwänden enthielt er fast kein Mobiliar. Lediglich ein wuchtiger, schwarzer Tisch und einige Lehnstühle verliehen ihm eine Andeutung von Wohnlichkeit. Im Allgemeinen wurde er als Festsaal oder für offizielle Zusammenkünfte benutzt.

Rechts von der alten Frau saß ein Mann Ende vierzig und trank Wein aus einem gehämmerten Pokal. Ein jüngerer stand reglos neben ihm. Im Türrahmen lehnte Mathias und fixierte nachdenklich einen Burschen Anfang zwanzig, der mit unruhigen Schritten den Raum entlang der Fensterfront durchmaß und schließlich vor dem Sitzenden stehen blieb.

»Gerhard wird schweigen«, sagte er.

Seine Stimme war ein einziges Flehen.

»Ich bezweifle nicht, dass er schweigen wird«, entgegnete der Mann mit dem Pokal nach längerer Pause, während der nichts als das rasselnde Keuchen der Alten zu hören war. »Ich frage mich nur, wie lange.«

»Er wird schweigen!«, wiederholte der Bursche eindringlich.

Mathias stieß sich vom Türrahmen ab und ging langsam in die Mitte des Raumes.

»Kuno, wir alle wissen um Eure Freundschaft mit dem Meister. Ich bin ebenso wie Ihr der Überzeugung, dass Gerhard keinen von uns verraten wird. Er hat mehr Ehre im kleinen Finger als sämtliche Pfaffen in ihren klerikalen Bälgern.« Er blieb vor dem Jungen stehen und sah ihm geradeheraus in die Augen. »Aber was ich glaube, muss nicht unbedingt den Tatsachen entsprechen. Wir haben alles zu gewinnen, aber auch alles zu verlieren.«

»In ein paar Tagen wird ohnehin alles ausgestanden sein«, sagte Kuno beschwörend. »Gerhard wird bis dahin nichts unternehmen, was uns schaden könnte.«

»Und hernach?« Der andere junge Mann, der bis dahin geschwiegen hatte, trat neben dem Lehnstuhl hervor und ballte wütend die Faust. »Was nützt uns alle Umsicht, wenn wir dann das Gelingen unseres Planes auf dem Rad bedauern dürfen, mit zerschmetterten Knochen, derweil sich die Raben an unseren Augen gütlich tun? Ha, und an Euren, Kuno! Sie werden Euch die verträumten Äuglein aus den Höhlen picken, die mit der Blödheit eines Neugeborenen die Welt betrachten.«

»Genug, Daniel.« Der Ältere hob die Hand.

»Genug?« Daniel ließ seine Faust auf die Tischplatte krachen. »Während dieser sentimentale Narr uns alle dem Verderben preisgibt?«

»Ich sagte, es ist genug!«

»Hör auf deinen Vater«, sagte Mathias beschwichtigend. »Wir dienen unserer Sache nicht mit Streit. Mir reicht es, einen Esel wie Heinrich in unseren Reihen zu wissen.«

»Das war ja nun mal nicht zu vermeiden«, brummte Daniel.

»Manchmal können auch Dummköpfe von Nutzen sein«, gab Mathias zu bedenken. »Und sein Gold ist ein wertvoller Verbündeter. Du siehst also, ich hadere nicht mit den Unwägbarkeiten des Schicksals. Allerdings«, er legte den Zeigefinger an die Lippen, wie er es zu tun pflegte, wenn er sich einer Sache nicht hundertprozentig sicher war, »müssen wir Gerhards Vertrauen suchen.«

»Wir haben es«, sagte Kuno leise.

»Wir haben einen Dreck«, schrie Daniel.

»Schluss jetzt!« Der ältere Mann sprang auf und knallte seinen Pokal auf den Tisch. »Benutzt gefälligst Euren Grips statt Eurer Trompeten, es kommen mir da zu viele Misstöne heraus. Wo liegt denn das Problem? Wir beraten gemeinsam eine Sache, und Gerhard, den wir alle schätzen, ein hoch geachteter Bürger dieser Stadt und lieber, enger Freund, mag sich uns nicht anschließen. Sein gutes Recht, sage ich. Wir hätten es wissen sollen, anstatt in seiner Gegenwart so leichtfertige Reden zu führen. Wenn es nun Probleme gibt, dann durch unsere Schuld.«

»Es geht hier nicht um Schuld«, sagte Daniel.

»Doch. Darum geht es das ganze Leben. Aber gut, es ist passiert. Kuno hier reklamiert, in Gerhard einen Freund zu haben, für dessen Verschwiegenheit er sich verbürgt.«

»Das kann er nicht«, stieß Daniel hervor. »Gerhard hat uns klar zu verstehen gegeben, was er von unserem Unterfangen hält.«

»Er hat unser Angebot, ihn in die Gruppe aufzunehmen, abgelehnt. Na und? Das heißt noch lange nicht, dass er uns verraten wird.«

Daniel sah mürrisch vor sich hin.

»Na gut, Johann«, seufzte Mathias. »Es heißt aber auch nicht, dass wir irgendwelche Garantien haben. Was schlägst du also vor?«

»Wir reden noch mal mit Gerhard. Prüfen seine Ergebenheit und Treue. So, wie ich ihn einschätze, werden wir danach ruhig schlafen können.« Johann sah zu Kuno hinüber, auf dessen Zügen sich ein Anflug von Erleichterung bemerkbar machte. »Ich denke, das wird auch im Interesse unseres jungen Freundes sein.«

»Ich danke Euch«, flüsterte Kuno. »Ihr werdet es gewiss nicht bereuen.«

Johann nickte ernst.

»Dann lasst auch Eure Brüder wissen, dass sie sich keine Sorgen mehr machen sollen.«

Der junge Mann zögerte, beugte kurz das Haupt und verließ den Raum. Zurück blieben Johann, Mathias, Daniel und die Frau im Schatten.

Von draußen erklang das schürfende Geräusch eines vorbeirollenden Fuhrwerks. Stimmen drangen schwach nach oben, Fetzen von Konversation. Eine Schar Kinder rannte lärmend und streitend vorbei.

Nach einer Weile sagte Johann tonlos: »Was sollen wir tun, Mutter?«

Die Hände begannen sich zu bewegen. Dürre Finger zuckten, krabbelten übereinander, raschelten in den Falten des schwarzen Brokats wie Spinnen.

Ihre Stimme war nicht mehr als ein Knistern.
»Bringt ihn um.«

Die große Mauer

Als Jacop zu dem Platz, den er seinen Wohnsitz nannte, zurücklief, beschloss er kurzfristig, Tilman zu besuchen, einen Freund, der in einer weniger feinen Gegend wohnte.

Die Klassifizierung war ein Witz. Keiner von ihnen wohnte in einer annähernd guten Gegend. Aber unter den Bettlern und Ärmsten der Armen, die nicht mal einen Platz in einem der Hospitäler und Konvente fanden, hatten sich während der letzten Jahre merkwürdige Hierarchien herausgebildet – und dazu gehörte auch das Mauerrecht oder Status muri.

Die Geschichte des Status begann genau genommen Ende des vorangegangenen Jahrhunderts, als die Kölner aus der schwelenden Feindschaft zwischen Kaiser Barbarossa und Heinrich dem Löwen Konsequenzen zogen, die das Erscheinungsbild der Stadt nachhaltig verändern sollten. Heinrich, Herzog von Sachsen, der Welfe war, hatte dem Staufer Barbarossa nämlich kurzerhand die Freundschaft aufgekündigt. Was nichts anderes hieß, als dass Barbarossa seine waffenstarrende Fehde mit Papst Alexander III. gefälligst ohne ihn auszufechten habe.

Das eigentlich Vertrackte an der Sache war, dass der damalige Kölner Erzbischof, Philipp von Heinsberg, in Barbarossas Kriegen fleißig mitmischte und den Löwen nun des Vertrauensbruchs auch gegen ihn bezichtigte. Erfahrungsgemäß führten solche Zwistigkeiten zu Mord und Totschlag, allerdings primär an denen, die für den Schlamassel gar nichts konnten. Für die Bauern machte es also keinen Unterschied, ob das jeweils durchziehende Heer ihrem oder dem feindlichen Herrscher diente. So oder so wurden ihre Frauen vergewaltigt, ihre Kinder erschlagen und sie selber mit den Füßen ins Feuer gehalten, bis sie verrieten, wo ihr bisschen Erspartes war. Ihr Hof wurde niedergebrannt, die Vorräte konfisziert oder an Ort und Stelle aufgegessen, und weil die Soldaten durchaus einsahen, dass ein Bauer ohne Hof nicht überlebensfähig war, hängten sie ihn der Ordnung halber an den nächsten Baum und zogen weiter.

Niemand regte sich groß darüber auf.

Kritischer wurde es allerdings, wenn sich der ständige Hader auf dem Rücken des Klerus entlud. Als Philipp von Heinsberg im Mai 1176 nach Italien zog, hatte der Löwe soeben auf Gegenkurs geschwenkt. Philipp reagierte, indem er das welfische Kloster Weingarten dem Erdboden gleichmachte, einschließlich eines gründlichen Gemetzels an den heiligen Brüdern. Das hielt Papst Alexander III. zwar nicht davon ab, ihn als Kölner Erzbischof zu bestätigen und mit Barbarossa Frieden zu schließen, aber der Löwe, Verlierer auf der ganzen Linie, kochte vor Wut und schlug nun seinerseits den Staufern die Schädel ein, wohlweislich aus dem Hinterhalt. Philipp nahm das zum Anlass, Westfalen zu verwüsten. Höfe und Klöster brannten. Der arg in Bedrängnis geratene Löwe entsann sich besserer Tage und versuchte, sich bei Barbarossa wieder einzuschmeicheln, was ihm durch eigene Schuld gründlich misslang. Ungefähr zu dieser Zeit mussten Gespräche zwischen Barbarossa und Philipp stattgefunden haben, was eine eventuelle Neuverteilung der Herzogtümer des Löwen anbetraf, jedenfalls witterte Philipp Morgenluft und zog nun erst recht mit Heerscharen Bewaffneter plündernd und brandschatzend gegen den Löwen, um ihn endgültig in die Knie zu zwingen.

Wie es aussah, konnte der Löwe nur noch beten.

Dann jedoch machte Philipp einen Fehler. Er wurde größenwahnsinnig und verscherzte es sich mit seinen Verbündeten, so dass sie ihn mitten in seinem Feldzug gegen den Löwen sitzen ließen. Nur das Kölner Fußvolk blieb ihm, aber damit alleine war kein Krieg zu gewinnen. Zerknirscht befahl er den Rückzug. Die allgemein schlechte Stimmung führte zum Desaster. Die kölnischen Streiter für den Herrn erschlugen jeden, der das Pech hatte, gerade in Sichtweite zu sein. Damit forcierten sie die Gefahr, dass sich die Kämpfe irgendwann auf Kölner Boden fortsetzten, beträchtlich. Was, wie man wusste, vor allem wieder das Leben jener kosten würde, die nichts weniger gewollt hatten als diesen vermaledeiten Unsinn von Krieg.

Jetzt aber hatten sie ihn am Hals.

In dieser Situation wurde es dem Kölner Stadtrat, der Philipp von Heinsberg bis dahin unterstützt hatte, endgültig zu bunt. Der Erzbischof war gerade nicht in der Stadt. Sofort begann man mit dem Bau einer neuen, erweiterten Befestigungsanlage, um die Stadt zu schützen, was von Rechts wegen nur dem Erzbischof oder dem Kaiser zustand. Wie erwartet gab es einen Riesenkrach. Philipp von Heinsberg tobte, verbot die Mauer, wurde ignoriert, schrie nach Barbarossa und ließ sich am Ende durch die Zahlung von zweitausend Mark besänftigen.

Damit stand der großen Mauer nichts mehr im Wege.

Jetzt, anno domini 1260 und gut achtzig Jahre nach Baubeginn, erklärte der Rat der Stadt das Werk für vollendet. Mit einer Länge von siebeneinhalb Kilometern, zwölf gewaltigen Torburgen und zweiundfünfzig Wehrtürmen stellte sie jede andere Stadtmauer im wortwörtlichsten Sinne in den Schatten. Ihr Lauf umfasste nicht nur das städtische Leben, sondern auch einen erheblichen Teil der Ländereien und Klosteranlagen, die bis dahin ungeschützt vor den Toren Kölns gelegen hatten. An den Rheinufern durch den wehrhaften Bayenturm und die Kunibertspforte begrenzt, zog sie sich halbkreisförmig um die Liegenschaften von St. Severin und St. Pantaleon im Süden, St. Mauritius im Westen und St. Gereon auf der nordwestlichen Seite, schloss viele der ertragreichen Obst- und Rebgärten mit ein und verwandelte die Stadt in eine eigene, beinahe autarke Welt.

Für die Kölner war die Mauer das Resultat einer klugen und mutigen Sicherheitspolitik, die ihr Selbstbewusstsein zum Leidwesen des jetzigen Erzbischofs Konrad von Hochstaden ungemein stärkte.

Für Jacop war sie ein Segen.

Weder verstand er sonderlich viel von Politik noch wollte er etwas davon verstehen. Aber die Konstrukteure der Mauer hatten eine architektonische Besonderheit erdacht, die ihm und anderen außerordentlich zustatten kam. In regelmäßiger Folge wies sie nämlich an der Innenseite Rundbögen auf, tief und hoch genug, um darunter Schutz zu suchen vor den Unbilden des Wetters und der Jahreszeiten. Irgendwann kam jemand auf die Idee, sich aus Brettern, Ästen und Lumpen eine provisorische Hütte in einen der Bögen zu bauen. Seither hatte es eine Hand voll Nachahmer gegeben. Einer davon war ein alter Tagelöhner namens Richolf Wichterich gewesen, der auf der Dombaustelle hin und wieder ins Schwungrad für die Winden stieg und auf seine bescheidene Weise überlebte. Als Jacop vor wenigen Monaten wieder nach Köln gekommen war, hatte er sich mit dem Alten angefreundet, aber Richolf war kurz darauf gestorben, und so hatte Jacop die Hütte bezogen. Damit besaß er, was in der Stadt bald nur noch spöttisch Status muri genannt wurde – das Privileg, unter allen jämmerlichen Daseinsformen zumindest eine leidlich trockene fristen zu dürfen, im Schutz einer Mauer, die selbstverständlich nur für seinesgleichen errichtet worden war.

Jacops Mauerbogen lag nicht weit von der nova porta eigelis, abseits genug, um den Männern des Burggrafen kein Dorn im Auge zu sein.

Im Gegensatz zu Jacop, der fast nichts hatte, hatte sein Freund Tilman gar nichts. Er schlief meistens am Entenpfuhl, der rückwärtigen Seite einer Mauererweiterung aus dem zehnten Jahrhundert, die St. Maximin und St. Ursula sowie die Klöster der Machabäer und Dominikaner umfasste. Dort gab es keine schützenden Bögen. Die Gegend war elend. Im gemächlich abfallenden Graben hatten sich faulige Tümpel gebildet, auf denen Enten dümpelten, dahinter ragten Weiden und Pappeln aus dem Schlamm, dann begannen die ausgedehnten Obstgärten der Klöster und Stifte. Es stank erbärmlich. Tilman pflegte zu sagen, dass es sich am Fuße seiner Mauer wohl noch erbärmlicher stürbe als auf freiem Feld, und unterstrich seine Ansicht mit einem bellenden Husten, der klang, als müsse er sich über solche Fragen nicht mehr lange Gedanken machen.

Als Jacop ihn nach einigem Suchen endlich fand, saß er mit dem Rücken zur Mauer auf dem Pfuhl und schaute in den Himmel. Sein magerer Körper steckte in einem langen, zerfetzten Hemd, die Füße waren mit Lumpen umwickelt. Tilman hätte ein stattlicher Mann sein können, aber er war dürr wie ein Stecken.

Jacop setzte sich neben ihn. Eine Zeit lang betrachteten beide die langsam treibenden Wolken.

Am Horizont zog eine schwarze Wand herauf.

Tilman hustete und drehte den Kopf zu Jacop. Seine geröteten Augen musterten ihn von oben bis unten.

»Steht dir«, meinte er.

Jacop schaute an sich herunter. In den Kleidern seines unfreiwilligen Wohltäters sah er immerhin aus wie ein einfacher Mann und nicht mehr wie ein Bettler, ungeachtet des Ungetüms von Hut. Beim Gedanken an sein Bad im Duffesbach musste er plötzlich lachen.

»Ich war auf der Bach«, sagte er.

»So?« Tilman grinste matt. »Möglich, dass ich auch mal auf die Bach gehen sollte.«

»Untersteh dich! Oder meinetwegen untersteh dich nicht. Man braucht gewisse Eigenschaften, um in den Genuss solcher Geschenke zu kommen. Wenn du verstehst, was ich meine.«

»Verstehe. Wie heißt sie?«

»Richmodis«, sagte Jacop stolz. Nur anständige Mädchen hießen Richmodis.

»Was tut sie?«

»Ihr Vater ist Färber. Aber sie macht alles alleine.« Jacop schüttelte den Kopf. »Tilman, das war eine vertrackte Geschichte. Ich kann dir nur empfehlen, die Finger von den Fleischbänken zu lassen. Es steht ein Unstern über allen Schinken und Würsten.«

»Sie haben dich erwischt«, konstatierte Tilman nicht sonderlich überrascht.

»Sie haben mich über das halbe Forum gejagt! Ich musste am Ende auf die Bach entweichen. Bin untergetaucht.«

»Und Frau Richmodis hat dich rausgeangelt, was?«

»Sie ist keine Frau.«

»Was dann?«

»Ein Geschöpf von höheren Gnaden.«

»Du lieber Himmel.«

Jacop dachte an ihre schwellende Figur unter den züchtigen Kleidern und die schiefe Nase. »Und sie ist noch zu haben«, ergänzte er, als verkünde er seine Vermählung.

»Ach, Jacop.«

»Na, und? Warum denn nicht?«

Tilman beugte sich vor. »Wenn ich dir einen Rat geben darf, meide das Forum ebenso wie die Bach und schlag dir den Wanst in nächster Zeit woanders voll. Deinen Haarschopf erkennt man bis nach Aachen.«

»Nur kein Neid! Ich hab bezahlen müssen für die Kleider.«

»Wie viel?«

»Viel.«

»Gib nicht so an. Was besitzt du schon?«

»Ich besaß. Drei Karotten und eine Rinderwurst.«

Tilman ließ sich zurück gegen die Mauer sinken.

»Das ist viel«, seufzte er.

»Ja! Und dafür hätten sie mich fast in Stücke gerissen.« Jacop gähnte gewaltig. »Nebenbei, wie läuft's bei dir?«

»Bei mir läuft gar nichts. Ich hab vor Mariengarten gesessen, aber es waren Pilger dort, die haben abkassiert bei den ehrwürdigen Schwestern, Gott trete sie in den Arsch allesamt! Es wimmelte vor Fremdbettlern und Betrügern, die Gebrechen vortäuschen, dass selbst der Barmherzigste das Geben leid wird, was soll man denn da machen? Einige andere liefen mit der Klapper durch die Stadt und sammelten für Melaten. Da bin ich weg. Ich will nicht auch noch die Lepra bekommen, dass einem die Hand beim Betteln abfällt.«

»Verständlich. Hast du gegessen?«

»Aber sicher. Ich war beim Bürgermeister eingeladen. Es gab Regelsberen, Wildschwein und gefüllte Tauben –«

»Also nichts.«

»Schlaumeier. Seh ich aus, als hätt ich was gegessen?«

Jacop zuckte die Achseln. »Hab ja nur gefragt.«

»Aber trinken werde ich«, rief Tilman triumphierend. »Heute Abend in der Henne!«

»Im Brauhaus zur Henne?«, fragte Jacop skeptisch.

»Ebenda.«

»Seit wann hast du Geld fürs Brauhaus?«

»Habe ich nicht, du Esel, sonst hätte ich's wohl verfressen. Aber einer, den ich kenne, hat was. Frag bloß nicht, woher, ich will's selber nicht wissen. Er will's aber wieder loswerden, sagt, Geld kann man nicht saufen, also hat er mich und ein paar andere eingeladen, uns die Kehle anzufeuchten.«

»Dein Mann muss einen hohlen Kürbis haben. Wann?«

»Zur sechsten Stunde. Weißt du was? Komm einfach dazu, der lässt sich schon nicht lumpen.«

Der Gedanke war verlockend.

»Weiß nicht«, sagte Jacop trotzdem. »Erst muss ich was Handfesteres auftreiben.«

»Ah! Auch noch nichts gegessen?«

»Keinen Bissen.«

»Was machst du dich auch an Würste ran! Warum bist du nicht auf den Alter Markt gegangen und hast ein paar Äpfel zum Mitkommen überredet?«

»Warum?« Jacop holte tief Luft. »Weil ich gestern Äpfel hatte. Weil ich vorgestern Äpfel hatte. Weil ich davor Äpfel hatte und Äpfel vor dem Davor, und vor dem Davor des Davor hatte ich ebenfalls Äpfel! Kann es sein, dass selbst ein armseliger Hund wie ich mitunter das Gefühl bekommt, er sei eine Apfelmade?«

»Du bist zu wählerisch.«

»Na, vielen Dank.«

Wieder schwiegen beide eine Zeit lang. Der Himmel zog sich weiter zu. Der Nachmittag schlich träge auf den Abend zu.

»Nichts zu beißen also.« Tilmans Quintessenz klang nüchtern. »Wie immer.«

Er hustete.

Es war dieses Husten. Beiläufig, endgültig. Jacop sprang auf und ballte die Fäuste.

»Also gut! Apfel!«

Tilman sah ihn lange an. Dann lächelte er.

»Also gut. Äpfel.«

Mathias

Nördlich der Fragmente des alten Doms verlief die Römermauer entlang der Dranckgasse. Einen Teil der Mauer hatte man bereits abgerissen, wo der mächtige Chor des neuen Doms von der altgewohnten Topographie Besitz ergriff. Aber nach wie vor flankierte ein Rest der römischen Mauer das alte Atrium.

Mathias war am Rheinufer entlangspaziert, hatte ohne besondere Hast das Entladen der Niederländer Schiffe verfolgt, die Pfeffer, Gewürze und Heringstonnen brachten, war dann am Frankenturm vorbei bis zur der Stelle gegangen, wo am Alten Ufer die Höfe begannen, und in die Dranckgasse eingebogen. Vor ihm zur Linken ragte der Kapellenkranz des neuen Doms empor, und Mathias fühlte Beklommenheit in sich aufsteigen.

Er kannte Gerhards Pläne. Was hier entstand, war, vorausgesetzt, es wurde jemals fertig, die perfekte Kirche, das Himmlische Jerusalem auf Erden. Alleine die Fassade mit den beiden Turmgebirgen hatte der Dombaumeister auf viereinhalb Metern Pergament niedergelegt, und Mathias hatte ihn gefragt, ob er sich seiner Sterblichkeit bewusst sei.

Gerhard hatte ihm geduldig zu erklären versucht, welche Konsequenzen eine fünfschiffige Choranlage nach sich zog, dass er einfach keine andere Wahl hatte, als die ganze riesige Kirche in einem einzigen genialen Wurf niederzulegen, getreu den Vorbildern von Paris und Bourges. Auch wenn Mathias nicht genau verstand, was er meinte, stellte er das Wort des Dombaumeisters nicht in Frage. Gerhards Wanderjahre hatten ihn auf das Hochgerüst der Kathedrale von Troyes geführt und auf die Bauplätze von Paris. Die vielgerühmte Sainte Chapelle, die im Hofe des Justizpalastes in die Höhe wuchs, hatte er genauestens studiert. Als der Chor von Amiens entstand, galt sein Wort bereits mehr als das mancher französischer Baumeister. Der Doctor lathomorum Pierre de Montereau, Baumeister der Abteikirche von St. Denis, war sein Lehrer gewesen, und zu Jean de Chelles, unter dessen Leitung Notre Dame entstand, pflegte er regen Kontakt. Gerhard Morart hatte weiß Gott eine beispiellose Schule genossen.

Vor allem aber hatte er es geschafft, eine ganze Hütte von Vorarbeitern aufzubauen, die in der neuen Stilform bewandert waren.

Einen Moment wünschte sich Mathias, einfach umzukehren und alles zu vergessen. Aber dafür war es jetzt zu spät. Es war schon zu spät gewesen, als ihre Gruppe sich das erste Mal zusammengefunden hatte.

Er schob die Zweifel beiseite und fühlte seine gewohnte Ruhe zurückkehren. Sein großer Vorteil war die Fähigkeit zum Stoizismus. Weder Johann noch Daniel besaßen den nötigen Pragmatismus, um ihr gemeinsames Vorhaben nüchtern anzugehen. Sie neigten zu Wutausbrüchen, moralischem Katzenjammer und Wankelmut. Im Grunde fühlte sich Mathias allenfalls der alten Frau verbunden. Nicht von Herzen, das überhaupt nicht! – Aber vom Verstand.

Die Glocke von St. Maria ad Gradus im Osten der Dombaustelle schlug fünf.

Mathias beschleunigte seinen Schritt und wanderte den neuen Kapellenkranz entlang, vorbei an den Resten der alten Römermauer, bog gegenüber der Pfaffenpforte rechts in die Marzellenstraße ein und folgte ihr, bis nach einigen hundert Metern die Abzweigung zum Ursula-Stift kam.

Hier waren kaum noch Menschen in den Gassen. Die Klosteranlage war von einer rund vier Meter hohen Mauer umgeben und besaß lediglich einen schmalen Durchgang, der gewöhnlich offen stand. Mathias schritt unter dem niedrigen Torbogen hindurch in den lang gestreckten Innenhof. Rechts lag die Stiftskirche, ein eher kleines, unscheinbares, aber nichtsdestoweniger schönes Gebäude mit einem einzigen, spitzen Turm und ein paar vorgelagerten Gebäuden. Angesichts der bieder-beschaulichen Atmosphäre holte die Wirklichkeit Mathias' bescheidene Vorstellungen von den Proportionen eines Gotteshauses wieder ein. Er wusste, dass es ihm an der nötigen Fantasie mangelte, sich den neuen Dom in seiner Vollendung vorzustellen. Manchmal bedauerte er die Blindheit der puren Vernunft. Dann wieder schien ihm das titanische Unterfangen ein Sinnbild seiner eigenen Bestrebungen zu sein, jede Mühe wert, und er verfolgte mit glühender Begeisterung, wie Stein auf Stein gesetzt wurde, erschauderte angesichts der Macht von Winkeleisen, Latte, Lot und Schnur, brachte Stunden damit zu, die Zimmerleute, Holzknechte und Steinmetze zu beobachten und den Windenknechten zuzusehen, wie sie kraft ihrer Arme und Beine Tonnen von Drachenfelser Gestein in die Lüfte hievten, wie die Maurer es oben kantengenau aufeinander schichteten und der Dom in den Himmel wuchs gleich einem lebendigen Wesen. In solchen Momenten fühlte er einen unbeschreiblichen Willen zur Macht, und er schloss die Augen und dachte voller Stolz an die Zukunft.

Dann dachte er wieder an die alte Frau, und plötzlich überkam ihn die Vision einer gigantischen Ruine.

Er lehnte sich mit dem Rücken gegen die Mauer, die den Baumgarten der Kirche umgab, und sah hinaus auf den leeren

Hof. In Höhe des Kirchturms stand ein Brunnen. Nach einer längeren Zeit kamen zwei ehrwürdige Stiftsdamen aus dem gegenüberliegenden Gebäude, um Wasser zu schöpfen. Sie warfen ihm einen schnellen Blick zu und taten, als interessiere er sie nicht.

Wenn der Mann, den er hier treffen wollte, nicht bald aufkreuzte, musste er unverrichteter Dinge wieder gehen.

Er fluchte leise.

»*Fiat lux*«, sagte Urquhart.

Mathias stieß sich heftig von der Mauer ab und taxierte den Hof nach allen Seiten. Niemand war zu sehen.

»Hier oben.«

Sein Blick wanderte die Mauer empor. Urquhart saß direkt über ihm auf der Kante und neigte lächelnd den Kopf.

»Was zum Teufel tut Ihr da?«, fragte Mathias.

»Ich warte auf Euch«, erwiderte Urquhart in der ihm eigenen Weise, Höflichkeit mit leisem Spott zu würzen.

»Und ich auf Euch«, erwiderte Mathias scharf. »Hättet Ihr wohl die Güte, herunterzukommen?«

»Wozu?« Urquhart lachte. »Kommt meinethalben zu mir auf die Mauer.«

Mathias betrachtete ihn ausdruckslos. »Ihr wisst genau, dass ich das nicht –« Dann stutzte er und sah genauer hin. »Wie habt Ihr überhaupt da raufgefunden?«, fragte er verblüfft.

»Ich bin gesprungen.«

Mathias wollte etwas erwidern, aber ihm fiel nichts Gescheites ein. Kein Mensch sprang zwölf Fuß hoch.

»Können wir uns unterhalten?«, fragte er stattdessen.

»Sicher.« Urquhart drehte sich geschmeidig um die eigene Achse und landete federnd neben Mathias auf dem Boden. Er hatte die blonden Haare zu einer Art Helm hochgesteckt, der ihn noch größer erscheinen ließ.

»Warten wir, bis die Damen gegangen sind«, brummte Mathias. Er war verärgert, weil Urquhart ihn unnötig lange hatte zappeln lassen.

Der Hüne setzte eine überraschte Miene auf.

»Wie kompliziert Ihr denkt! Ist nicht das Offensichtliche den Sehenden das größte Rätsel? *Oculi videant, sed ratio caecus est.* Würden wir uns wie Diebe geben, ängstlich um uns blicken und die Stimmen senken, wenn jemand daherkommt, verdienten wir den – na, wie nennt man diesen wunderbaren Turm in Köln – ah ja! Verdienten wir den Weckschnapp. Gebt Euch also offen und gelassen. Widmen wir den barmherzigen Dienerinnen des lebendigen Gottes unser Sinnen und ein wenig Höflichkeit.«

Er drehte sich zu den Stiftsdamen um und verbeugte sich galant.

»Es wird regnen«, rief er. »Besser, wieder ins Innere zu eilen.«

Die jüngere der beiden strahlte ihn an.

»Auch der Regen ist ein Geschenk Gottes«, rief sie fromm zurück.

»Ja, aber scheint er Euch das auch noch dann zu sein, wenn Ihr allein in Eurer Zelle liegt, während er unerbittlich gegen die Mauern hämmert, als begehre der gehörnte König Einlass?« Er hob spielerisch den Finger. »Seht Euch vor, meine Blume.«

»Gewiss«, stammelte sie erschrocken, während sie Urquhart anstarrte, als sei er der Fleisch gewordene Grund, das Kloster augenblicklich wieder zu verlassen. Dann senkte sie rasch den Blick und errötete. Mathias schätzte sie auf höchstens fünfzehn Jahre.

Ihre Begleiterin musterte sie von der Seite und schlug hastig das Kreuz.

»Kommt jetzt«, befahl sie. »Rasch!«

Sie machte auf dem Absatz kehrt und marschierte mit der Grazie eines Ackergauls hinüber zu den Stiftsgebäuden. Die Jüngere eilte ihr nach, wobei sie mehrmals sehnsüchtig über die Schulter blickte. Ihre Wangen glühten und in ihren Zügen stand das leibhaftige Verlangen. Urquhart verbeugte sich noch tiefer, während er sie unter seinen buschigen Brauen höhnisch musterte. Die Sache schien ihn zu amüsieren.

Dann waren sie wieder alleine auf dem Hof.

»Die wären wir los«, sagte Urquhart selbstzufrieden.

»Ist das eine Eurer Taktiken?«, forschte Mathias kühl.

»Gewissermaßen«, nickte Urquhart. »Das beste Versteck ist die Öffentlichkeit, die beste Methode, unerkannt zu bleiben, ist, aufzufallen. Keine der beiden wird uns beschreiben können, nicht einmal mich. Hätten wir uns abgewandt, wären sie hingegen neugierig geworden, warum wir sie nicht grüßen. Sie hätten ausgiebig unsere Gesichter studiert, unsere Kleidung, unsere Körperhaltung.«

»Was mich betrifft, habe ich keine Veranlassung, mich vor irgendjemandem zu verstecken.«

»Ihr seid ja auch ein Mann von Ehre.«

»Und ich will nicht, dass man uns zusammen sieht«, sagte Mathias ungerührt. »Unser nächstes Treffen werden wir besser tarnen müssen.«

»Ihr habt den Platz vorgeschlagen.«

»Ja, schon gut. Nun hört auf, den Geist harmloser Schwestern zu verwirren. Sagt mir lieber, wie Ihr die Sache angehen wollt.«

Urquhart brachte seinen Mund nahe an Mathias Ohr und redete einige Minuten leise auf ihn ein. Die Miene seines Zuhörers erhellte sich mit jedem Wort.

»Und die Zeugen?«, fragte er.

»Sind gefunden und bezahlt.«

Auf Mathias' Gesicht erschien ein Lächeln. Es war das erste Mal seit langer Zeit, dass er lächelte

»Dann habt Ihr meinen Segen, Urquhart.«

Der blonde Riese senkte ergeben das Haupt.

»Wenn es dem schrecklichen Gott gefällt«, sagte er.

Mathias runzelte die Stirn. Er versuchte, sich zu erinnern, wo er diese Formulierung schon gehört hatte. Der schreckliche, der alttestamentarische Gott der Rache, der den Königen furchtbar ist und den Geist der Fürsten hinwegnimmt –

Er spürte einen Schweißtropfen über seine Schläfe laufen, quälend langsam. Unsicher blickte er in Urquharts Augen, ob es wirklich die Augen eines Toten waren, wie Heinrich geflüstert hatte. Im selben Moment zwinkerte ihm sein Gegenüber belustigt zu, und Mathias kam sich töricht vor. Urquhart spielte mit Zitaten wie ein Possenreißer. Die Lebenden lebten, die Toten waren tot.

»Wir sollten uns nicht zweimal am selben Ort treffen, habt Ihr verstanden?«, sagte er eisig. »Morgen früh zur siebenten Stunde an St. Minoriten.«

»Wie Ihr wünscht.«

»Enttäuscht mich nicht.« Damit ließ er den anderen grußlos stehen und ging eilig den Weg zurück, den er gekommen war.

Es galt klarzustellen, wer wem diente.

Erst als er wieder auf der Dranckgasse war, beschlich ihn der peinliche Gedanke, dass er eigentlich vor Urquhart davongelaufen war.

Am Dom

Natürlich war es eine aberwitzige Idee.

Aber Jacop hatte sich in den Kopf gesetzt, die erlauchtesten Äpfel von ganz Köln in seinen Besitz zu bringen, und die gehörten nun mal Konrad von Hochstaden, Seiner erzbischöflichen Eminenz, Kriegsherr von Friedrichs Gnaden und zugleich Mentor des Gegenkönigs Wilhelm von Holland, kurz, ein äußerst mächtiger und unbequemer Mensch.

Um an diese Äpfel zu gelangen, bedurfte es einer Visite des erzbischöflichen Baum- und Tiergartens. Er lag zwischen Konrads Palast und dem aufstrebenden neuen Domchor, genauer gesagt ein Stück hinter beiden. Natürlich war die Anlage von einer Mauer umgeben und verschlossen. Bezüglich der Tiere erzählte man sich in Köln die aberwitzigsten Geschichten, etwa, dass Konrad sich Löwen halte und sogar ein sagenumwobenes Tier namens Elephantus mit einer teuflisch langen Nase und baumstammartigen Füßen. Tatsächlich lungerten zwischen den schwer tragenden Obstbäumen aber vornehmlich Pfauen und Fasane herum, die nicht nur schön anzusehen waren, sondern bei Bedarf auch ihren Weg in den erzbischöflichen Magen fanden, und das war, abgesehen von einigen Dutzend Eichhörnchen, das ganze Wunder.

Der einzige Weg in Konrads privates Paradies führte also über die Mauer. Die einzige Stelle wiederum, an der man es wagen konnte, einzudringen, war die Große Sparergasse. Der Name war denkbar unpassend. Die Gasse war winzig, fast ein Wurmloch zwischen dem Baugelände des Doms und dem Garten. Ihr einziger Daseinszweck schien darin zu bestehen, vom Domhof zu St. Maria ad Gradus und dem Margaretenkloster zu führen, die beide hinter dem Kapellenkranz des Doms gelegen waren. Die Gasse war beiderseits ummauert, zu hoch, als dass man sie ohne Leiter hätte überwinden können.

Aber das nutzte nichts. Nicht gegen Jacop den Fuchs.

Denn hier ragten aus dem erzbischöflichen Garten ein paar uralte, stattliche Apfelbäume weit über die Gasse und das angrenzende Baugelände hinaus. Die höheren Äste wiesen geradewegs auf den Dom, darunter bogen sich knorrige Arme tief genug in die Sparergasse, um sie mit beiden Händen mühelos zu erreichen und sich daran hochzuziehen.

Er musste genau genommen also nicht mal in den Garten. Andererseits hatte es die Natur in ihrer Boshaftigkeit so eingerichtet, dass nur der in den Genuss der Früchte kam, der ausgezeichnet klettern konnte. Einige versuchten es immer wieder, aber die meisten hingen dann wie die Fledermäuse an den Ästen und schafften es nicht, Halt zu finden, bevor die Gewaltrichter oder erzbischöflichen Schergen sie wieder herunterpflückten. So hielt sich der Apfeldiebstahl in Grenzen, und erst vor kurzem hatte Konrad weitere Vergehen unter drastische Strafen gestellt. Seitdem war überhaupt nichts mehr passiert.

Jacop gedachte das zu ändern.

Er stand unter den Ästen und wartete. Inzwischen war es nach sieben. Eben ging die Sonne unter. Obgleich die schwarze Regenfront unerbittlich näher rückte, hatte der Abend noch reichlich Licht am Himmel verteilt. Böiger Wind kam auf. An der Dombaustelle legten die Handwerker ihre Arbeit nieder und begaben sich nach Hause. Es war sinnlos, ihn weiterzubauen, wenn es zu dunkeln begann, man machte nur Fehler und musste am nächsten Tag von vorne beginnen.

Plötzlich, von einem Moment auf den anderen, war die Gasse wie leergefegt.

Jacop spannte die Muskeln, ging leicht in die Knie und stieß sich kraftvoll ab. Seine Hände umfassten den unteren Ast. Ohne in der Bewegung innezuhalten, bog er seinen Körper nach oben, immer weiter und höher, ging in die Grätsche und saß im nächsten Augenblick mitten im Blätterwald.

Niemand hatte ihn gesehen.

Er griff nach dem Ast über sich, hangelte sich in die zweite Etage und war nun völlig unsichtbar.

Aber dafür sah Jacop umso mehr, und der Anblick ließ sein Herz höher schlagen.

Rings um ihn prahlte die Natur mit verschwenderischer Fülle. Nichts auf der Welt hätte es mit diesen Äpfeln aufnehmen können. Gierig griff er zu, seine Zähne durchschlugen die feste grüne Haut und rissen die Frucht in zwei Hälften. Saft lief ihm übers Kinn. Der Apfel verschwand wie in einem Mahlwerk, ein zweiter folgte wenige Sekunden später, von dem dritten blieb immerhin der Stiel.

Jacop rülpste laut und sah erschrocken durch das Laub nach unten.

Keine Gefahr.

Er würde schreckliche Bauchschmerzen zu leiden haben, das wusste er. Sein Körper hatte nichts als Säure zu verarbeiten. Aber Bauchschmerzen gingen vorüber. Jetzt, nachdem sein erster Hunger gestillt war, konnte er sich daran machen, weitere Beute in seinem neuen und dankenswerterweise weiten Mantel zu verstauen. Er dachte an Tilman und an Maria, die Frau, unter deren Dach er manchmal Quartier fand, wenn ihr Geschäft es zuließ oder sich der Winter allzu ungnädig gebärdete. Seinen eigenen Bedarf hinzugerechnet, kam er nach mühseligem Abzählen an den Fingern auf drei mal zehn Äpfel.

Besser, keine Zeit zu verlieren!

Der Einfachkeit halber pflückte er zuerst die besten Stücke in unmittelbarer Griffweite. Dann sah er nur noch mindere, kleine Früchte um sich herum, ohne dass er annähernd genug beisammen hatte. Vorsichtig schob er sich den Ast entlang. Er hing nun mitten über der Gasse. Während er sich mit der Linken festklammerte, wanderte seine andere Hand geschäftig hin und her und bediente sich ausgiebig. Von dem, was hier wuchs, ließen sich Familien ernähren.

Die schönsten Äpfel lockten noch weiter vorne, aber er würde nur drankommen, wenn er sich noch weiter vorwagte. Kurz erwog er, sich mit dem Erbeuteten zu begnügen. Aber wenn er schon mal in den Obstbäumen des Erzbischofs saß, wollte er sich mit nichts weniger zufrieden geben als Konrad selber.

Er kniff die Augen zusammen und kroch ein weiteres Stück vor. Der Ast wurde merklich dünner, ragte jetzt über das Gelände der Dombaustelle. Hier teilte sich das Blattwerk und gab den Blick auf den von Gerüsten eingepferchten Domchor frei. Niemand war mehr darauf zu sehen. Morgen beim ersten Hahnenschrei würde wieder reges Treiben, Schreien, Hämmern und Dröhnen die Hacht erzittern lassen, aber nun lag das Gelände in einem seltsamen, entrückten Frieden da.

Einen Moment lang war Jacop verblüfft, wie nahe das Halbrund der steil emporstrebenden Fenster und Säulen ihm erschien. Oder spielten ihm seine Sinne einen Streich? War es lediglich die enorme Größe, die dem Wunderwerk eine Präsenz verlieh, als könne man es mit der bloßen Hand berühren? Aber es sollte ja noch viel größer werden! Mehr als doppelt so hoch, ohne die Türme! Kaum vorstellbar.

Und im Moment nicht wichtig. Jacop wandte seine Aufmerksamkeit wieder den Äpfeln zu. An einem Dom, hatte Maria gemeint, kann man sich nicht sattsehen.

Eben.

Im Augenblick, da seine Finger sich zu einem wahren Prachtexemplar vortasteten, tauchte hoch oben auf den Gerüsten plötzlich eine Gestalt auf. Jacop zuckte zurück und drückte sich dichter an die schroffe Rinde. Besser, sich zurückzuziehen! Aber das wäre zu schade gewesen. Lieber einfach eine Weile ruhig verhalten. Die Blätter überschatteten ihn, so dass er zwar alles sehen, aber kaum gesehen werden konnte. Neugierig folgten seine Augen dem Mann auf seinem Weg über die Planken. Selbst auf die Entfernung sah man, dass er teuer gekleidet war. Sein Mantel wies üppigen Pelzbesatz auf. Er ging aufrecht wie jemand, der gewohnt war, zu befehlen. Von Zeit zu Zeit rüttelte er an den Stangen des Gerüsts, wie um sich zu vergewissern, dass sie zusammenhielten. Dann wiederum legte er die Hände auf die Brüstung und schaute einfach in die Tiefe.

Auch wenn Jacop nur ein Gaukler und Tagedieb war, der niemanden kannte außer seinesgleichen, wusste er, wer da drüben sein Werk inspizierte. Jeder kannte den Dombaumeister. Gerhard Morart ging der Ruf voraus, für seinen Plan den Teufel herbeibemüht zu haben. Steinmetz von Profession, war er seit seiner denkwürdigen Ernennung zu einem der angesehensten und einflussreichsten Bürger aufgestiegen, vom Domkapitel mit einem Grundstück bedacht, auf dem er sich ein prächtiges Haus aus Stein errichtet hatte, ganz in der Manier der edlen Geschlechter. Er verkehrte mit den Familien der Overstolzen, derer von Mainz und den Kones, sämtlich Patrizier. Sein Rat war gefragt, seine Arbeit bewundert und zugleich gefürchtet wie er selber. Zu seinen Lebzeiten schon war Gerhard eine Legende geworden, und es gab nicht wenige, die glaubten, er würde es mit Hilfe des Leibhaftigen noch vor seinem Tode schaffen, das unmögliche Werk zu vollenden, um dann von der höchsten Domspitze geradewegs zur Hölle zu fahren, den hochtrabenden, eitlen Konrad als Gesellen.

Noch allerdings schien Jacop der Dom weniger das Resultat dunkler Verträge als vielmehr harter Arbeit zu sein.

Gerhard Morart hatte inzwischen die höchste Ebene des Gerüsts erstiegen. Seine massige Silhouette hob sich schwarz gegen das Licht ab, das vom Tag geblieben war. Der Wind zerrte ungestüm an seinem Mantel. Jacop fühlte die ersten Regentropfen herunterklatschen und erzitterte.

Sollte Gerhard doch die ganze Nacht da oben bleiben, wenn es ihm gefiel. Es wurde Zeit, sich die Taschen vollzumachen und schleunigst zu verschwinden.

Im selben Moment erschien eine zweite Gestalt auf dem Gerüst. Jacop war es, als komme sie geradewegs aus dem Nichts. Der Neuankömmling war weit größer als Gerhard. Er manifestierte sich so dicht bei dem Dombaumeister, dass ihre beiden Schatten einen Moment lang miteinander zu verschmelzen schienen.

Dann ertönte ein schriller Schrei, und Jacop sah Gerhard durch die Luft stürzen, vorbei an seinen Gerüsten, Säulen und Kapitellen, seinen Streben und Piscinen, Gewänden und Sockeln. Er ruderte mit den Armen, und eine schreckliche Sekunde lang sah es aus, als winke er Jacop in seinem Apfelbaum zu. Dann gab es ein dumpfes, trockenes Geräusch, als der Körper aufprallte, wie von einer Riesenfaust gepackt noch einmal hochfuhr und auf dem Rücken liegen blieb.

Jacop starrte auf den reglosen Meister. Er konnte den Sturz unmöglich überlebt haben. Hastig begann er, sich zurückzuschieben, aber er kam keinen Meter weit. Es gab ein reißendes Geräusch, als der Ast unter seinem Gewicht nachgab. Wie auf einem Besen reitend, fuhr er auf dem morschen Holz nach unten und landete geräuschvoll in einem Chaos aus Blättern und splitternder Rinde. Strampelnd versuchte er, sich freizumachen aus dem Gewirr, und schnappte verzweifelt nach Luft.

Gott und alle Heiligen! Er war auf die Dombaustelle gestürzt.

Immer noch keuchend kam er auf die Beine. Der Sturz hatte ihm den Hut vom Kopf gerissen. Er stülpte sich das unförmige Ding wieder über und sah sich wild nach allen Seiten um.

Weg, sagte eine Stimme in seinem Kopf. Weg, solange noch Zeit ist. Es war die gleiche Stimme, die ihn am Morgen auf dem Markt gewarnt hatte.

Weg hier!

Sein Blick wanderte zu Gerhard. Der verkrümmte Körper lag keine fünfzig Schritte von ihm entfernt. Hatte er sich getäuscht, oder war ein Stöhnen von dort herübergedrungen?

Er sah genauer hin.

Gerhard ist tot, sagte die Stimme.

Jacop ballte die Fäuste und fühlte, wie ihm der Schweiß ausbrach. Noch war Zeit, sich unauffällig davonzumachen.

Dann sah er die Bewegung. Nur ein bisschen hatte Gerhards Arm gezuckt, aber es stand außer Zweifel, dass der Mann noch lebte.

Eine Erinnerung wallte in Jacop hoch. Er zwang sie zurück.

Verschwinde, Fuchs!

»Hirnloses Rindvieh, wirst du denn niemals klug?«, flüsterte Jacop. In langen Sätzen hastete er zum Chor hinüber, während ihm der heftiger werdende Regen in die Augen schlug, und fiel neben dem Körper auf die Knie.

Gerhard starrte mit glasigen Augen zum Himmel. Wasser lief ihm übers Gesicht und durch das schüttere Haar. Seine pelzbesetzte Kappe lag neben ihm. Er sah überhaupt nicht aus wie jemand, der einen Pakt geschlossen hatte. Es war ein sanftes Gesicht mit vornehmen Zügen. Oder besser, war es gewesen. Jetzt stand der Schock des nahen Todes darin.

Die Brust des Dombaumeisters hob sich krampfartig. Seine Lippen zitterten. Jacop strich ihm das nasse Haar aus der Stirn und beugte sich über ihn. Gerhard schien sich seiner Anwesenheit bewusst zu werden. Unendlich mühsam drehte er den Kopf und sah Jacop an. Wieder bewegten sich seine Lippen.

Hatte er etwas gesagt?

Von jenseits des Doms näherten sich Stimmen und Schritte, wahrscheinlich Leute, die den Schrei gehört hatten. Jacop zögerte, dann brachte er sein Ohr dicht an Gerhards Mund und schloss die Augen.

Es waren drei Worte, die Gerhard sagte, und mit jeder Silbe hauchte er den letzten Rest Leben aus, der noch in ihm steckte.

Unwillkürlich ergriff Jacop die Hand des Sterbenden und drückte sie.

Ein dünner Faden Blut lief aus Gerhards Mundwinkel.

Er war tot.

Um Gottes willen, mach, dass du wegkommst, drängte die Stimme.

Über ihm erklangen seltsam scharrende Geräusche. Jacop fuhr hoch. Etwas kam das Gerüst herunter. Er legte den Kopf in den Nacken und sah nach oben.

Sein Atem stockte.

Der große, schwarze Schatten näherte sich über die verschiedenen Etagen. Aber er kletterte nicht, sondern sprang mit unheimlicher Behändigkeit nach unten, setzte flink wie ein Tier über die Planken. Ein Kometenschweif aus Haaren umgab seinen Kopf.

Er war fast schon bei ihm.

Wer oder was immer dort kam, Jacop hatte nicht das mindeste Bedürfnis, die Bekanntschaft zu vertiefen. Er machte kehrt und rannte davon, so schnell er konnte. Über den Domhof liefen Leute heran, rufend und gestikulierend. Jacop schlug einen Haken, huschte in den Schatten einer angrenzenden Baubaracke und schaffte es, sich von hinten unter die Menge zu mischen. Alle redeten durcheinander, jemand schrie die schlimme Nachricht heraus, schon trugen es andere über den Dom hinaus in die Gassen.

Nein, niemand hatte ihn gesehen. Mit Ausnahme des Schattens.

Seltsamerweise dachte Jacop in dieser Sekunde an die Äpfel. Seine Hände fuhren in die Taschen des Mantels. Einige waren noch da, waren nicht herausgerollt bei seinem Sturz vom Baum. Gut so!

Mehr gerettet als das blanke Leben.

So unauffällig wie möglich schlenderte er über den Domhof durch die Drachenpforte. Als er sich noch einmal umdrehte, war von dem schattenhaften Wesen auf dem Gerüst nichts mehr zu sehen.

Einigermaßen erleichtert beschleunigte er seinen Schritt und lief weiter in die Bechergasse.

Der Schatten

Urquhart folgte ihm in einigem Abstand. Er hatte den Umhang über die Haare gezogen und war trotz seiner Größe nurmehr ein Phantom zwischen den geschäftig dahereilenden Menschen, schwarz und unauffällig wie die hereinbrechende Nacht.

Es wäre ein Leichtes gewesen, den Burschen gleich auf der Baustelle zu töten. Urquhart wusste, dass er den Mord beobachtet hatte. Aber Gerhards Tod sollte aussehen wie ein Unfall. Der Meister zerschmettert und neben ihm ein anderer mit einem Bolzen in der Brust – nicht Sinn der Sache. Trotzdem musste er den unliebsamen Zeugen, der da so unvermutet aus dem Baum geprasselt war, schnell beseitigen, möglichst ein gutes Stück abseits der Dombaustelle und dort, wo nicht so viele Menschen unterwegs waren. Die Armbrust unter seinem Mantel war gespannt, aber im Gewühl des Marktviertels bot sich keine Gelegenheit für einen gezielten Schuss. Immer wieder verschwand der Kopf des Davoneilenden zwischen Passanten, die nach Hause oder zu den Vespergottesdiensten gingen, während er sich eilig stadtauswärts bewegte.

Was hatte Gerhard ihm zugeflüstert? Hatte er überhaupt noch etwas gesagt oder nur Blut zwischen den Zähnen hervorgestoßen, bevor er starb? Aber falls doch, dann trug dieser Kerl jetzt ein

Geheimnis mit sich herum. Es stand kaum zu erwarten, dass er es bei sich behalten würde.

Er konnte auf einen Schlag alles verderben.

Urquhart ging schneller, während sein Verstand mit jedem Schritt mehr über den anderen herauszufinden suchte. Beobachtungen fügten sich zusammen wie buntes Glas zu einem Mosaik. Der Mann war rothaarig. Beim Sturz aus dem Baum war ihm der Hut vom Kopf gerissen worden. Im späten Licht hatte Urquhart seinen roten Schopf aufflammen sehen, bevor er zu Gerhard gelaufen war. Er schien in ausgezeichneter körperlicher Verfassung zu sein, mit Sicherheit ein schneller Läufer. Das musste er auch sein. Wer sich um diese Zeit in den Bäumen des Erzbischofs herumdrückte, war unzweifelhaft ein Dieb, und Diebe konnten rennen wie die Hasen oder baumelten am Galgen. Dieser Dieb war überdies klug. Die Art, wie er in der Menge untergetaucht war, ließ auf einen wachen Verstand schließen, wie auch die Tatsache, dass er sich sofort in die belebtesten Straßen geschlagen hatte, wo man ihm schlechter folgen konnte.

Abgesehen von Urquhart dem Schatten.

Immer noch waren zu viele Menschen in den Straßen. Augenblicklich konnte er den Rothaarigen nur beobachten. Mit etwas Glück, und wenn er Diebesgut unter seinem Mantel trug, würde er sein Versteck aufsuchen, möglicherweise den Platz, an dem er schlief. Solche Plätze waren einsam. Diebe suchten die Einsamkeit aus Angst vor ihresgleichen.

Es sei denn, er besaß eine Bettstatt in einem Kloster. Die Stifte und Hospitäler waren schwer zugänglich. Ihm dorthin zu folgen, war schon schwieriger.

Es galt, keine Zeit mehr zu verlieren.

Urquhart fasste unter seinen Umhang und legte die Finger um den Griff der Armbrust. Sie waren jetzt in der Minoritenstraße, kurz vor der Ecke Drusiansgasse. Rechts lag die Klosteranlage der minderen Brüder.

Und plötzlich, von einem Moment auf den anderen, wollte es

der Zufall, dass sämtliche Leute in irgendwelchen Hauseingängen verschwanden. Nur vereinzelt sah man hier und da noch jemanden über den schlüpfrigen Untergrund hasten, geduckt gegen den Regen. Dann war die Straße für die Dauer eines Augenblicks menschenleer bis auf den dahineilenden Schlapphutträger, der zu viel gesehen und zu viel gehört hatte.

Urquhart hob den Arm mit der Waffe.

Und ließ sie schnell wieder sinken. Zu spät.

Aus einer Spelunke gegenüber dem Kloster traten vier Männer, allesamt extrem runtergekommen. Einer von ihnen begrüßte den Rothaarigen mit lautem Hallo. Die anderen umringten das Paar, und Urquhart sah nur noch Schultern und Rücken.

Er drückte sich in Hörweite zwischen die Schatten der Mauer um St. Minoriten und wartete.

»Tilman«, rief Jacop. Es war sein Freund vom Entenpfuhl, der da aus der Spelunke stakste. Jacop hatte die »Henne« angesteuert in der Hoffnung, Tilman dort zu finden, bevor die Quelle versiegte.

Und er brauchte jemanden zum Reden. Der Schreck saß ihm gewaltig in den Knochen.

Tilman grinste. Er sah nicht besser aus als vor zwei Stunden, aber jetzt war ein fiebriger Glanz in seine Augen getreten. Offensichtlich zeigte der Alkohol seine Wirkung.

Auch die anderen waren Bettler. Jacop kannte sie vom Sehen, bis auf einen, der den status muri mit ihm teilte, ein unangenehmer Fettwanst, mit dem er hin und wieder ein paar Worte gewechselt hatte. Nichts, was ihm in Erinnerung geblieben wäre. Man verstand sich eben. Aus der Halunkensprache übersetzt besagte das nichts weiter, als dass bislang noch keiner dem Kumpanen wegen ein paar Bissen den Schädel eingeschlagen hatte. Anderen vermutlich schon. Der Fette neigte zu jeder Art von Gewalt, wenn sie etwas einbrachte. In letzter Zeit hieß es, er sei leichtsinnig geworden. Jacop gab ihm kein halbes Jahr mehr, bis sein Kopf dem Scharfrichter vor die Füße rollen würde.

Das Brauhaus »Zur Henne« war eine jener Kneipen, die einen nicht gleich wieder rauswarfen, wenn man in Lumpen ging. Man zeigte sich den Armen gegenüber tolerant, solange sie bezahlen konnten. Viele Bettler führten ja durchaus ein ehrliches, gottesfürchtiges und dementsprechend kurzes Leben, weshalb es keinen Grund gab, sie nicht der Gnade kölnischer Braukunst teilhaftig werden zu lassen.

Im Laufe der Zeit war das Publikum allerdings so weit heruntergekommen, dass anständige Leute dort nicht mehr verkehrten. Der Wirt sah sich heftigen Anfeindungen vor allem der Minoriten ausgesetzt, deren Kloster gleich gegenüber lag. Zudem klagten ihn die stadtbekannten Dirnen an, eine Winkelwirtschaft für Schlupfhuren zu unterhalten, nach außen ehrbare Bürgerfrauen, die sich für gutes Geld an bessergestellte Herren vermitteln ließen, heimlich natürlich. Damit verdarben sie den Öffentlichen aber das Geschäft, womit sie wiederum den Zorn des städtischen Henkers auf sich zogen, dem die öffentlichen Huren unterstanden und Abgaben entrichteten.

Es hatte wiederholt Drohungen gegen die »Henne« gegeben, und seitdem war der Wirt vorsichtig geworden. In Cleve hatte man erst kürzlich einen Braumeister der Hexerei angeklagt und verbrannt. In derselben Nacht schmierten die ehrwürdigen Brüder der Minoriten mit Pech das Wort »Cleve« auf die Haustür des Hennenwirts, und die Kaufmannsfamilien der stolzen Häuser Groß und Klein Wasserfass nebenan dachten laut über eine Klage bei der Heiligen Inquisition nach, weil ihre Kinder schwarze Katzen aus der »Henne« hatten laufen sehen und drinnen die Teufel Abigor und Asmodius in der Gestalt unzüchtiger Weiber gotteslästerliche Obszönitäten geschrien und schwefeligen Gestank von sich gegeben hätten. Jacop fragte sich zwar, woher die Kinder wussten, dass es ausgerechnet diese beiden Teufel gewesen waren, wo es doch – wie viele waren es noch gleich? – mindestens zehn verschiedene geben musste, zehn Teufel, das hatte er in Erinnerung, aber um die »Henne« stand es nicht besonders gut.

Darum, erfuhr Jacop jetzt von dem Fettwanst, habe man sie halt doch rausgeworfen!

»Unsinn«, flüsterte Tilman ihm zu. »Das Geld war alle. Du kommst zu spät.«

»Rausgeschmissen!«, krächzte der Fette, der das gehört hatte und offenbar der großzügige Gastgeber war.

Tilman hustete langanhaltend.

»Egal«, keuchte er. »Geh ich eben wieder zum Pfuhl.«

»Ja, leg dich hin und stirb«, lachte ein anderer und schlug ihm auf die Schulter. Es war kein freudiges Lachen.

Jacop fühlte Enttäuschung in sich aufsteigen. Warum hatte ihm bloß die Sache am Dom passieren müssen! Die Gelegenheit, etwas anderes zu trinken als stinkendes Wasser, kam so schnell nicht wieder.

Dann fielen ihm seine Äpfel ein und Maria.

»Komm«, sagte er und zog Tilman am Arm. Die Bettler fluchten, weil ihr Geld nicht für einen anständigen Rausch gereicht hatte, und machten sich in entgegengesetzter Richtung davon.

»Hast du die Äpfel?«, fragte Tilman außer Atem.

»Hier.« Jacop zog einen hervor. Tilman biss hinein, als hätte er seit Tagen nichts mehr zwischen die Zähne bekommen. Vielleicht war es auch so.

Hinter ihnen rumpelte ein spätes Fuhrwerk quer über die Gasse.

»Wo gehen wir überhaupt hin?«, wollte er wissen. Die letzten Silben gingen in einem neuerlichen Hustenanfall unter.

»Zu Maria.«

»Wir sehen uns morgen.« Tilman machte Anstalten, sich zu verabschieden. Jacop hielt seinen Arm umklammert und schritt weiter rasch aus.

»Du gehst nirgendwohin. Erstens muss ich dir und Maria eine unglaubliche Geschichte erzählen.«

»Du und deine Geschichten. Wann wäre je eine davon wahr gewesen?«

»Zweitens geht es dir nicht gut. Wenn du heute Nacht kein trockenes Lager findest, brauchst du bald keine Äpfel mehr.«

»Du weißt, dass Maria mich nicht ausstehen kann«, wandte Tilman unglücklich ein, lief aber mit.

»Ich weiß, dass sie keine Lust mehr hat, jedem armen Hund Unterschlupf zu gewähren. Aber du bist mein Freund, und wer sagt denn, dass ihr Gemüt nicht gerade heute Abend dank einer glücklichen Fügung –«

»Vergiss deine glücklichen Fügungen.«

»Du kommst mit!«

»Ist ja gut. Ist ja schon gut.«

Der Ochsenkarren ratterte seitlich aus der Drusiansgasse und nahm Urquhart die Sicht. Als der Rothaarige und sein Begleiter wieder vor ihm auftauchten, waren sie schon ein ganzes Stück weiter. Ein paar mindere Brüder kehrten offenbar gerade vom Neumarkt zu Sankt Minoriten zurück, dünne Holzleisten auf einem Handkarren hinter sich herziehend. Urquhart wich ihnen aus und holte wieder auf, aber jetzt kamen wieder Leute aus den anliegenden Gassen.

Er musste sich gedulden.

Urquhart überlegte. Das Zusammentreffen mit der Bettlerhorde war zu kurz gewesen, als dass der Rothaarige etwas hätte erzählen können. Bei dem, der mitgekommen war, sah das schon anders aus. Mit jedem Atemzug wuchs das Risiko, dass Gerhard Morarts letzte Botschaft Verbreitung fand.

Natürlich war es ebenso gut möglich, dass der Dombaumeister gar nichts gesagt hatte, einfach nur geröchelt und gestöhnt, um dann zu sterben. Möglich war es.

Aber Urquhart zog es vor, das Gegenteil zu glauben.

Nach wenigen Minuten bogen die beiden rechts ab auf den Berlich, eine unfeine, dünn besiedelte Gegend Kölns, die man vor allem wegen der Schweinezüchter kannte. Dementsprechend waren die Gerüche. Aber noch jemand war hier ansässig.

Wollten sie zu den Dirnen?

Urquhart huschte lautlos an den dunklen, schäbigen Häuschen entlang. Weiter vorne hörte er, wie jemand leise »Maria!« rief, dann öffnete sich spaltbreit eine Tür. Der Rothaarige und der andere drückten sich nach innen.

Sie hatten es geschafft, ihm zu entwischen.

Vorläufig.

Kurz erwog er die Möglichkeit, hinterherzugehen und alle Probleme in einem Aufwasch zu lösen. Dann entschied er sich dagegen. Er wusste nicht, wie viele Menschen sich in dem Haus aufhielten. Es war ein kleines Haus, offenbar aber ein Bordell, vielleicht von einem Hurenwirt geführt. Jemand kam herausgetorkelt und schlurfte in seine Richtung. Keiner von denen, die er verfolgt hatte. Augenscheinlich ein Kaufmann, teuer gekleidet und zu betrunken, um ihn zu bemerken. Er verschwand vor sich hingrummelnd hinter ein paar Ställen.

Er sah ihm nach und richtete seinen Blick dann wieder auf das Haus. Im ersten Stock flackerte Licht auf, dann schloss jemand mit einem Knall die Läden.

Irgendwann mussten sie ja wieder rauskommen.

Urquhart verschmolz mit der Dunkelheit. Er konnte warten.

Berlich

Es war tatsächlich ein Hurenhaus. Der Wirt hieß Clemens Brabanter und war ein vierschrötiger, gutmütiger Bursche. Er pflegte seinen Kunden sozusagen als Entree vier Pinten Wein zu berechnen, von denen er aber nur drei ausschenkte. Unten brannte ein Torffeuer und verrußte die billige Stube, die das komplette Erdgeschoss einnahm. Clemens selber schlief hinter einem speckigen Vorhang. Über dem Feuer wurde fettes, knorpeliges Fleisch gegrillt, meistens schwarz verbrannt, es sei denn, einer der Gäste brachte etwas Besseres mit. Dann saß Clemens neben dem Feuer und drehte und wendete die Köstlichkeiten aufmerksam, damit es seinem Gast ja schmecke. Die Mädchen bekamen nur etwas ab, sofern der Besucher sie einlud. Weil Clemens aber von Herzen der Moral und der Gerechtigkeit verpflichtet war, nahm er sich von dieser Regel nicht aus und hatte damit den Respekt der Mädchen auf seiner Seite, zumal er davon absah, sie zu schlagen.

Ähnliches galt für den Wein. Im Allgemeinen führte Clemens den »nassen Lodewig«, wie man in Köln das Resultat schlechter Ernten nannte, ein saures Nichts ohne Körper und Abgang, das man kaum schmeckte und dennoch mit erheblichem Sodbrennen bezahlen musste. Dann wiederum gab es Freier, für die Clemens in seinen Keller stieg und eine ganz andere Qualität zapfte. Im Wissen darum kamen bestimmte Herren aus höheren Kreisen immer wieder, und Clemens' kostbarstes Kapital, die drei Frauen im ersten Stock, sahen bis auf eine, die Gott der Herr mit Magerkeit und einem scheelen Auge gestraft hatte, durchweg üppig und einladend aus.

Neben dem Geschäftlichen waren zwei der Huren, Wilhilde und Margarethe, verheiratet. Ihre Männer arbeiteten in den Handelshäusern unten am Rhein als Aufhalter. Jeweils vier bis sechs von ihnen wurden gebraucht, um die großen Säcke aufzuhalten, in die das Salz gefüllt wurde. Als Aufhalter verdiente man so gut wie nichts, aber man musste auch so gut wie nichts können. Am Ende blieb dann doch genug, um einigermaßen über die Runden zu kommen, und zusammen mit dem Verdienst aus dem Hurengeschäft ließ es sich zumindest besser leben als sterben.

Die dritte in Clemens' Bunde galt allgemein als die schönste auf dem ganzen Berlich. Ihr Name war Maria. Sie war einundzwanzig Jahre alt, wenngleich die Ringe unter ihren Augen und der Verlust einiger Zähne das Bild ein bisschen verdarben. Dafür aber hatte Maria wunderbares, seidiges Haar und katzengrüne Augen unter madonnenhaft geschwungenen Brauen. Ihr Mund sei eine Blüte, hatte kürzlich einer der Domherren, die sich hin und wieder herschlichen, trunken in ihr Ohr gestammelt, ihre Brüste seien Tempel der Wollust und ihr Schoß das Fegefeuer!

Es verwunderte angesichts dessen niemanden, dass Maria immer stolzer wurde und des öfteren davon sprach, den Berlich irgendwann zu verlassen und einen bessergestellten Herrn zu ehelichen, mit dem sie ein gottgefälliges Leben in einem schmucken, soliden Haus führen wollte, ohne den Geruch von Schweinemist und das Schreien und Stöhnen aus den Stuben nebenan.

Ihre Beziehung zu Jacop litt darunter. Anfangs hatte sie sich über jede seiner Gesten, jedes kleine Mitbringsel, ja, einfach über ihn selber gefreut. Oft genug, wenn keine Freier für die Nacht mehr kamen, hatte er mit ihr in einem Bett geschlafen. Er brachte ihr Lebensmittel, was sich eben so ergattern ließ, und musste dafür nicht bezahlen und hinterher auch nicht gehen. Clemens, den Jacop klugerweise nie vergaß, wenn er seine Diebesbeute aufteilte, genehmigte das Arrangement ebenso, wie er es bei den Ehemännern der anderen Mädchen tat. Nur das Geschäft ging vor! Klopfte einer spät an die Tür und begehrte die Sünde, konnte einer so verheiratet sein, wie er wollte, Clemens warf ihn unerbittlich hinaus.

Inzwischen war das Feuer zwischen ihnen einigermaßen niedergebrannt. Maria zog es zu Höherem, und es gab ständig Streit, zumal Jacop sich Tilman gegenüber aus unerfindlichem Grunde verpflichtet fühlte und ihn ständig mit auf den Berlich schleppte. Manchmal nächtigten sie zu dritt in der winzigen Kammer. Tilman kam dabei nicht zum Zuge. Er konnte sich Maria nicht leisten, und Maria hätte sich für kein Geld der Welt mit Tilman auf dasselbe Lager begeben, sofern es weniger als eine Silbermark betrug. Mittlerweile geriet sie schon in Wut, wenn der Name Tilman nur erwähnt wurde. Jacop wusste, dass ihre Verbindung kurz vor dem Ende stand.

Vielleicht darum hatte er jetzt kurzentschlossen darauf bestanden, dass Tilman mitkam. Wenn er und Maria sich sowieso streiten würden, sollte es wenigstens für einen guten Zweck sein. So, wie Tilman aussah, bedurfte es eines Wunders, ihn je genesen zu lassen von dem schrecklichen, blutigen Husten, aber wenigstens wollte Jacop ihn nicht eines Morgens tot auf dem Entenpfuhl finden, von den Raben belagert, die an ihm zerrten und seinen dürren, kalten Körper auseinanderzwickten.

Es war düster in der Stube. Clemens hatte wieder etwas Undefinierbares auf dem Feuer, saß davor und wärmte sich die Hände. Durch die Ritzen der Fensterläden zog es jämmerlich. Jacop stellte fest, dass der Hurenwirt täglich krummer wurde. Bald würden sich seine Hände und Füße zu einem perfekten Kreis zusammenfinden, und man konnte ihn die Bach hinunterrollen. Auf der Bank neben der Tür saß Margarethe und musterte die Ankömmlinge in ihrer scheelen Art, so dass man ihr nachsagte, sie halte immer nach zwei Herren zugleich Ausschau und sehe deshalb gar keinen.

Sonst war die Stube leer.

»Hallo, Jacop«, knurrte Clemens.

Jacop schenkte Margarethe ein flüchtiges Lächeln und ließ sich auf einen der grobgezimmerten Hocker fallen. Erst jetzt spürte er schmerzhaft die blauen Flecken von seinem Sturz. Sein ganzer Körper schien ein einziger Bluterguss zu sein. »Ist Maria da?«

Clemens nickte grimmig. »Kannst du sie dir verdienen?«

»Hier.« Jacop griff in seinen Mantel und legte drei Äpfel auf den Tisch. Clemens riss die Augen auf, rappelte sich von seiner Feuerstelle hoch und kam herübergekrochen. Seine klobigen Finger strichen fast zärtlich über die glatte Oberfläche.

»Wo hast du die denn her? So was gibt's auf keinem Markt!«

»Sind vom Himmel gefallen. Komm schon, Clemens, können wir nach oben?«

»Nun ja –«

Jacop seufzte, langte in die Tasche und brachte einen weiteren Apfel zum Vorschein.

»Sicher, Jacop.« Die Äpfel verschwanden in einem Korb. »Der Kunde ist eben gegangen, wie du sehen konntest.«

»Reich?«

»Nicht arm. Aber knausrig. Er zahlt den niedrigsten Tarif, und dafür geb ich ihm den Lodewig zu saufen. Gottverdammich! Scheint ihm aber zu genügen.«

»Und Wilhilde?«

»Hat Besuch.«

»Freut mich. Riecht übrigens gut, was du da auf dem Feuer hast.«

»Ja, das könnte dir so passen«, schnappte Clemens. »Ist nicht für dich! Kannst froh sein, dass ich dir nicht deine lausigen Äpfel ins Kreuz werfe!«

Jacop war schon auf der Stiege nach oben, Tilman im Schlepptau.

»Sag das bloß kein zweites Mal«, rief er, »du könntest den Erzbischof erzürnen.«

Clemens hob die Brauen und sah zu dem Korb hinüber.

»Und mach ihr keine Bälger«, schrie er Jacop nach.

Tilman schüttelte entnervt den Kopf und folgte Jacop in den ersten Stock. Sein Körper bebte von verhaltenem Husten.

»Kannst du versuchen, eine Weile nicht zu husten?«, bat Jacop.

»Witzbold!«

»Schon gut.« Er stieß die Tür zu Marias Kammer auf.

Sie stand, ein ehemals weißes Laken um die Schultern, am Fenster und entzündete gerade eine neue Kerze. Clemens sorgte gut für Kerzen. Als Jacop und Tilman eintraten, stellte sie den Leuchter neben das Bett, griff nach den Fensterläden und knallte sie zu.

Der Raum war kaum möbliert. Ein niedriger Tisch, zwei Hocker. Ein grob zusammengehauenes Bett, mit Stroh gefüllt, darauf eine verfilzte Decke, in der, wie Jacop wusste, mindestens so viele Läuse lebten wie Einwohner in Köln. Unter dem Fenster eine Truhe, in der sie ihre Habseligkeiten aufbewahrte. Es war ein Kleid darin, das ihr einige Monate zuvor ein Mann geschenkt hatte, den sie sehr mochte. Er redete meistens nur, wenn er sie besuchte. Eines Tages hatte er ihr das Kleid gebracht, war wieder gegangen und nie wieder erschienen. Maria wusste nicht einmal seinen Namen. Aber zum Kirchgang, wenn sie dieses Kleid anzog, schien sie Jacop mehr als jede andere einer ehrbaren Frau zu gleichen, und er wagte nicht, sich an ihrer Seite sehen zu lassen. Dann war er plötzlich überzeugt, dass sie dem Schicksal ein Schnippchen schlagen und tatsächlich einen frommen und angesehenen Mann finden würde.

Jetzt lag das Kleid in der Truhe, und die Truhe war zu. Wäre es nach dem großen geistlichen Berthold von Regensburg gegangen, hätte sie es ohnehin nie wieder anziehen dürfen. Er hatte in einer Donnerpredigt gegen das Unwesen der Dirnen gefordert, sie allesamt in Gelb zu kleiden und damit der öffentlichen Ächtung preiszugeben.

Ein leerer Krug stand auf dem Tisch, ein umgekippter Becher. Der Betrunkene hatte sie an seinem Gelage nicht teilhaben lassen.

»Hast du was mitgebracht?«, fragte sie ohne weitere Begrüßung.

Jacop nickte stumm und legte die Äpfel, die ihm geblieben waren, neben den Krug.

Sie lächelte und nahm ihn in die Arme, ohne ihn richtig an sich zu ziehen. Tilman schenkte sie keinen Blick. Der Kranke schüttelte sich und schlich zu einem der Stühle, wo er sich möglichst geräuschlos niederließ.

»Mir ist etwas Seltsames widerfahren«, sagte Jacop und ließ sich auf das Lager fallen, dass es bedenklich in den Balken knirschte.

»Und?«

Er starrte an die Decke.

»Der Dombaumeister ist tot.«

Sie setzte sich neben ihn auf die Kante der Bettstatt und strich ihm durchs Haar, den Blick auf die Tür gerichtet. Dann sah sie ihn an. Die Ringe unter ihren Augen waren noch dunkler als sonst, aber vielleicht war es auch nur das spärliche Flackern der

Kerze, das die Täler in ihre Züge furchte. Und trotzdem war sie schön. Zu schön für dieses Leben.

»Ja«, sagte sie sanft, »er hat sich ins Verderben gestürzt.«

Jacop richtete sich auf und betrachtete sie nachdenklich.

»Woher weißt du das?«

Sie hob die Hand und wies mit dem Daumen zur Wand. Dahinter hatte Wilhilde ihre Kammer.

»Hat das der Mann in ihrem Zimmer erzählt?«, forschte Jacop.

»Er kam kurz vor dir, ein Leineweber. Ist oft bei Wilhilde. Er hat sofort davon angefangen. Hat es auch nur von anderen gehört, die sahen, wie Gerhard einen Fehltritt beging. Vielleicht den einzigen in seinem Leben.« Sie schüttelte den Kopf. »Aber Gott hat ihn dafür vor seinen Thron gerufen. Und wie viele Fehltritte begehen wir? Manchmal weiß ich nicht, wozu wir auf der Welt sind.«

»Augenblick mal.« Jacop setzte sich auf. »Welche anderen?«

»Was?« Maria schien verwirrt.

»Du sagtest, andere haben gesehen, wie Gerhard einen Fehltritt beging.«

»Ja.«

»Welche anderen?«

Sie sah ihn an, als hätte er den Verstand verloren. »Na, die anderen halt. Die Leute.«

»Welche Leute?«

»Himmel, Jacop! Was ist denn daran so wichtig?«

Jacop fuhr sich mit der Hand über die Augen. Die Leute –

»Maria«, sagte er ruhig, »es gibt also Zeugen, die gesehen haben, wie Gerhard durch eigene Unachtsamkeit in den Tod stürzte. Ist das richtig?«

»Aber ja!«

»Nein!« Jacop schüttelte heftig den Kopf und sprang vom Bett. »Das ist nicht richtig.«

»Was willst du damit andeuten?«, erkundigte sich Tilman, musste wieder husten und versuchte, es zu unterdrücken, was fürchterliche Laute in seinem Innern verursachte.

Jacop legte die Finger an seine Schläfen und schloss die Augen. Vor seinem Geist wurde alles wieder lebendig, Gerhards Schrei, der Schatten, der Sturz und seine letzten Worte, die ihm wie ins Hirn gebrannt waren.

»Das ist nicht richtig«, wiederholte er. »Der Dombaumeister Gerhard Morart, soweit wir denselben meinen, ist nicht durch Unvorsichtigkeit zu Tode gekommen, sondern wurde ermordet. Und keiner hat es gesehen außer mir. Da war niemand.« Er machte eine Pause, atmete tief durch und öffnete die Augen wieder.

Beide, Maria und Tilman, starrten ihn an.

»Ich dachte, ich wäre betrunken, nicht du«, bemerkte Tilman.

»Gerhard wurde umgebracht«, erregte sich Jacop. »Ich war dabei! Ich saß in diesem vermaledeiten Apfelbaum, als dieses schwarze Ding auf dem Gerüst auftauchte und ihn in die Tiefe stieß.«

Immer noch hing atemlose Stille in der Kammer.

»Verdammt, es war so!!!«

Maria begann zu kichern.

»Du Spinner.«

»Was verzapfst du als Nächstes?«, hustete Tilman. »Dass der Teufel ihn geholt hat?«

»Halt die Schnauze!«, fuhr ihn Maria an. »Du hast hier gar nichts zu sagen, du unablässig kotzendes Nachtgespenst.«

»Ich –«

»Nicht hier!«

Jacop hörte ihre Stimmen wie durch Watte. Mit allem hatte er gerechnet, nur nicht, dass sie ihm nicht glaubten.

»– habe mich nicht darum gerissen, in deiner Hurenkammer rumzusitzen«, schrie Tilman gerade, »das war Jacops Idee. Bevor ich von dir was nehme, will ich lieber –«

»– hätte Jacop niemals zugelassen, du hast ihn eingeseift mit deinem lächerlichen Husten«, fuhr ihm Maria wutentbrannt dazwischen.

»Was du lächerlich nennst, wird mein Tod sein!«

»Ja, je eher, je lieber, aber in Wahrheit geht es dir ja besser als uns allen.«

»Herr steh mir bei! Jacop, ich gehe. Ich will lieber sterben als mich von deiner Hure abkanzeln lassen –«

»Nenn mich nicht Hure!«, kreischte Maria.

»Wenn du doch eine bist!«

»Nicht du. Ich mag eine sein, aber bevor ich für dich die Beine breit mache, will ich lieber aus der Kloake trinken!«

»Das wäre eine gute Idee, da gäbe es reichlich für dich zu tun, du zahnloses Miststück, du abgehalfterter Versuch einer Versuchung –«

»Zerbrich dir bloß nicht die Zunge!«

»Elende Vettel, ich will nichts mehr hören, und schon gar nicht diese Geschichten vom Teufel!«

Tilman sprang auf und stürmte zur Tür, wo er unvermittelt in die Knie ging. Jacop eilte hinzu und fasste ihn unter den Armen.

»Wirf ihn raus«, forderte Maria.

»Nein.« Jacop schüttelte den Kopf. »Er ist krank, siehst du das nicht?« Maria kroch auf ihr Bett und kauerte sich dort zusammen.

»Er soll gehen.« Sie war kurz davor, in Tränen auszubrechen.

Tilman keuchte schwer. Auf seiner Oberlippe glänzte eiskalter Schweiß. »Er ist krank, Maria«, wiederholte Jacop sanft.

Sie streckte beide Arme aus und spreizte die Finger wie Krallen.

»Dann geh meinetwegen du. Hau ab!«

»Maria –«

»Ich will dich nicht mehr sehen!«

Sie schlug die Hände vors Gesicht und begann zu schluchzen.

»Maria, ich –«

»Raus!!!«

Jacop senkte den Kopf.

Urquhart

Mittlerweile regnete es in Strömen. Jede Betriebsamkeit auf dem Berlich war zum Erliegen gekommen. Hier und da drang Licht durch die Ritzen der geschlossenen Läden.

Urquhart wartete.

Plötzlich öffnete sich die Tür des Hurenhauses, und ein Mann stürmte hinaus und die Gasse hoch in Richtung alte Mauer. Er zog die Schultern hoch in dem Sauwetter, schien nur noch aus Schlapphut und Mantel zu bestehen. Aber Urquhart hatte sich die Kleidung des Rothaarigen genauestens eingeprägt.

Es wurde Zeit, die leidige Sache zu beenden. Ohne Hast setzte er sich in Bewegung und folgte dem Davoneilenden.

Der stolperte bei jedem zweiten Schritt über seine eigenen Füße, legte dabei allerdings ein erstaunliches Tempo vor. Urquhart entschied, ihm eine Weile hinterherzugehen, bis er zur Ruhe kam. Irgendwann würde er aufhören, in dieser Geschwindigkeit zu rennen und Halt machen.

Es war entspannender, ihn zu töten, wenn er sich weniger bewegte.

Mantel und Schlapphut überquerten den Entenpfuhl und schlugen sich über einen schmalen Weg in die Obst- und Weingärten. Hier war es so dunkel, dass man die Hand kaum noch vor Augen sehen konnte. Mit Ausnahme Urquharts. Er sah noch in einer Höllenschwärze. Seine Sinne waren wie die eines Raubtiers, sie erfassten jede Bewegung des Läufers vor ihm. Befriedigt registrierte er, dass der Schritt des Mannes immer langsamer wurde. Gut so. Es würde bald vorbei sein.

Er fragte sich, wie viel der Rothaarige hatte rumerzählen können. Da war der Begleiter, den er mit ins Hurenhaus geschleppt hatte, scheinbar ein Freund. Es würde kein Problem sein, ihm auf die Spur zu kommen. Urquhart hatte sich seine Züge eingeprägt, als er ihnen zum Berlich gefolgt war, und die Huren würden ihm weitere Hinweise geben. Nötig war es im Grunde nicht, in dieser Sache weitere Schritte zu unternehmen. Gefährlich war nur der wirkliche Zeuge. Einen Bettler mit einer unglaublichen Geschichte aus zweiter Hand konnte man beinahe vergessen.

Aber sicher war sicher.

Sie waren nun auf der Plackgasse, einer Verbindung von St. Gereon zum Eigelstein, die parallel zur Stadtmauer verlief. Mit einer Gasse hatte sie lediglich den Namen gemeinsam. Auf ihrer ganzen Länge gab es weniger als ein halbes Dutzend landwirtschaftlicher Gebäude, ansonsten säumten Bäume und Zaunreihen den Weg, der jetzt zu einer gefährlichen Rutschbahn aus Schlamm und Kies geworden war. Die Ländereien ringsum gehörten vorwiegend den reichen Herren von Klockring, die außerdem verschiedene Zinshäuser auf der Weidengasse besaßen, wo die Plackgasse endete.

Der Rothaarige erfreute sich offenbar des Status muri.

Jetzt wurde sein Gang schleppend. Er stemmte sich gegen den peitschenden Wind, und Urquhart wunderte sich, seine Kräfte falsch eingeschätzt zu haben. Vor den schwarzen, dahintreibenden Wolken bogen sich die Weiden, als wollten sie den Naturgewalten huldigen. Immer noch war kein Haus zu sehen. Bald würde der Mann kein Bein mehr vor das andere setzen können.

Im nächsten Moment rutschte er aus und saß im Matsch. Urquhart blieb stehen. Schlapphut und Mantel des Sitzenden verhüllten seine Gestalt so vollständig, dass man ihn für einen großen Stein hätte halten können. Dann bewegte er sich, versuchte, wieder hochzukommen.

Fast hatte er es geschafft.

Er hustete.

Mit wenigen Schritten war Urquhart dicht hinter ihm, hob die Armbrust, richtete sie auf seinen Nacken und drückte ab. Der Pfeil drang mit solcher Wucht ein, dass der Körper nach vorne geschleudert wurde, hart auf die Knie fiel, zusammenklappte und in einer grotesken Haltung verharrte, als preise er den Herrn.

Urquhart betrachtete ihn ohne sonderliche Regung.

Weder war er stolz auf sein Werk, noch bedauerte er den Mord. Ihm war unverständlich, wie manche, die ähnliche Taten begingen, hinterher jammerten oder sich damit brüsteten. Der Tod war einmalig, die Geschichte dieses Mannes zu Ende. Es gab nichts daran zu ändern. Nichts, worüber es sich lohnte, weiter nachzudenken.

Er drehte sich um und ging zurück in Richtung Berlich.

Hinter ihm verschmolz der Tote mit der Nacht zu einem unförmigen Etwas ohne Namen und Bedeutung.

Berlich

Maria hatte sich einigermaßen beruhigt, nachdem Tilman gegangen war, aber die Stimmung war verdorben. Jacop starrte in die Kerze. Lange Zeit fiel kein Wort. »Und was hast du jetzt davon?«, fragte sie schließlich mürrisch.

»Wovon?«

»Dass du ihm deinen Mantel gegeben hast und deinen Hut und deinen Platz im Mauerbogen.«

»Es ist doch nur für heute Nacht, Maria.« Sie zog die Nase hoch und schlang die Arme um ihren Körper, als sei ihr kalt.

»Ich bin nicht hartherzig«, sagte sie nach einer Weile.

Jacop seufzte. »Das hat auch keiner behauptet.«

»Doch!«, gab sie trotzig zurück. Ihre Augen funkelten voller Zorn. »Du sagst das, und dein schrecklicher Freund Tilman sagt das. Kannst du dir vorstellen, wie es ist, wenn man mit Müh und Not ein Dach überm Kopf gefunden hat und es dann mit jedem Dahergelaufenen teilen soll?«

»Wen meinst du denn mit dahergelaufen?«, fragte Jacop scharf. »Ich versorge dich, so gut ich kann. Tut mir Leid, dass ich kein Patrizier bin, der den ganzen Tag Schweinepfeffer mit Korinthen frisst und teuren Wein säuft.«

»Ich habe nicht dich gemeint.«

»Es klang aber so.«

»Du könntest fragen, wen ich gemeint habe. Im Übrigen, was tue denn ich? Lege mich hin für Gottweißwen! Lebe davon eben so, um nicht in irgendeinem stinkenden Graben zu schlafen. Jeder muss sehen, wo er bleibt. Trotzdem lasse ich dich herkommen, wann immer es geht, aber du kannst es gar nicht schlecht genug haben, was? Kaum gibt dir jemand was, verschenkst du es weiter, kaum gewährt dir jemand Unterschlupf, schleppst du dieses Pack an.«

»Es ist das gleiche Pack, zu dem auch ich gehöre, Maria!«

»Aber es ist meine Kammer! Und ganz allein meine Sache, wen ich hier dulde und wen nicht.«

Jacop schwieg. Im Grunde hatte sie Recht. Wäre es nach denen gegangen, die ihm Leid taten, hätte der ganze Berlich nicht ausgereicht, sie alle unterzubringen.

»Iss doch einen Apfel«, sagte er etwas hilflos.

Sie machte keine Anstalten, zuzugreifen, aber das war der pure Stolz, denn ihr Blick ruhte sehnsüchtig auf den Früchten.

»Sehen gut aus«, gab sie wenigstens zu.

»Natürlich. Sie gehören immerhin dem Erzbischof. Gehörten.«

»Wärst du bloß nie dahin gegangen.«

»Warum?«

»Jetzt ist dir der Blitz ins Hirn gefahren, und du erzählst Geschichten vom Teufel, dass mir angst und bange wird.«

»Ich weiß nicht, ob es der Teufel war.«

»Es war überhaupt niemand. Wilhildes Freier sagt, zwei Männer haben gegenüber vom Kapellenkranz gestanden und gesehen, wie Gerhard ausrutschte.«

»Sie lügen.«

»Warum sollten sie das tun? Du bist also vom Baum gefallen, und dann kamen Leute, und der schwarze Schatten hat dich gejagt. Warum haben denn die vielen Leute keinen schwarzen Schatten gesehen, he?«

»Maria.«

»Weil es keinen gab!«, schloss sie triumphierend.

»Und warum erzähle ich dir dann diese ganze Geschichte? Hältst du mich für einen solchen Lügner?«

Sie lächelte schlau. »Nein. Aber du könntest dich mit deinem Märchen interessant machen wollen, und dann will jeder es hören. Sie machen dir den Becher voll, immer wieder musst du es erzählen, und es gibt eine Untersuchung, sie zitieren dich vor die Heilige Inquisition« – bei der Erwähnung schlug sie hastig das Kreuz – »und wollen noch mehr von dir wissen, und ganz plötzlich ist aus dem bedeutungslosen Fuchs ein stattlicher Bär geworden.«

»Du bist verrückt. Heilige Inquisition, die gibt's in Köln gar nicht. Denkst du, ein Mensch würde etwas auf meine Worte geben, wenn nicht mal du mir glaubst?«

Sie schaute ihn versonnen an.

»Ja. Das denke ich. Es gibt reichlich Narren in der Welt. Die glauben alles, wenn es nur schön schaurig klingt.«

»Es ist aber wahr!«

»Jacop.« In ihrer Stimme schwang ein bedrohlicher Unterton mit. »Willst du mich ärgern?«

»Herrgott!«, fuhr er auf. »Ich habe sogar noch mit Gerhard gesprochen.«

»Das wird ja immer besser.«

»Er sagte –«

»Jetzt bin ich aber gespannt!«

Es war zu viel Spott in ihrer Stimme.

Jacop verlor jede Lust. Er stand von seinem Hocker auf und ging zur Türe, ohne Maria anzusehen. Dort verharrte er. Sein Blick folgte dem Verlauf der Maserung in den Bohlen.

Er zitterte vor Zorn an allen Gliedern.

»Vielleicht findest du ja deinen Edelmann, der dich hier rausholt«, stieß er hervor. »Ich kann mir allerdings nicht vorstellen, wer sich soweit herablässt, dass er sein letztes bisschen Stolz vergisst.«

Ihre Sprachlosigkeit war greifbar.

Jacop wartete nicht auf eine Erwiderung, sondern stapfte nach draußen und die Stiege hinunter. Nie wieder würde er einen Fuß über diese Schwelle setzen, schwor er sich.

Nie wieder!

Er war so gut wie unten, als er ihren Wutschrei hörte. Etwas flog aus der geöffneten Tür und knallte gegen die Wand. Wahrscheinlich hatte sie ihm den Leuchter hinterhergeworfen. Mit zusammengebissenen Zähnen ging er hinaus in den Regen, während sich Clemens und Margarethe ratlos ansahen und dann wieder achselzuckend ihre Beschäftigungen aufnahmen.

Er sah den Schatten nicht, der am hinteren Straßenende auftauchte, und der Schatten sah ihn nicht.

Sie verpassten sich um die Dauer eines Herzschlags.

Urquhart ging zu dem Hurenhaus, schlug mit der Faust gegen die Eingangstüre und trat ein, ohne eine Aufforderung abzuwarten. Der Rahmen war so niedrig, dass er sich bücken musste. Er zog die schwarze Kapuze zurück.

Ein krummer, speckiger Kerl briet etwas über einem Feuer und starrte ihn mit gerunzelter Stirn an. Auf einer Bank saßen dösend zwei Frauen. Die eine war recht hübsch, die andere wahrscheinlich preiswert. Es roch nach einer Mischung aus Kohl, verbranntem Fleisch und Undefinierbarem, dessen Natur man besser nicht erforschte.

»Guten Abend«, sagte er leise.

Der Alte am Feuer setzte zu einer Bemerkung an und hielt inne. Er musterte Urquhart ausgiebig. Dann erschien ein serviles Lächeln auf seinen Zügen. Er sprang auf, soweit sein buckeliger Rücken das erlaubte, und schlurfte ihm entgegen. Offenbar hatte er entschieden, dass Urquhart gut fürs Geschäft sein könnte. Die hübschere der beiden Frauen staunte den blonden Riesen an und weckte hastig die andere, die hochschrak, die Augen öffnete und sich bei der Gelegenheit durch heftiges Schielen auswies.

Urquhart schritt langsam bis in die Mitte der Stube und sah sich um. Der Wirt musterte ihn erwartungsvoll.

»Ein Mädchen?«, fragte er vorsichtig.

Urquhart schaute den Alten sinnend an. Dann legte er ihm einen Arm um die knotige Schulter, nahm ihn beiseite und flüsterte: »Später. Mag sein, Ihr könnt mir helfen.«

»Mag wohl sein«, sagte der Wirt gedehnt. Er grinste ihn schief von unten an. »Mag auch sein, Ihr habt ein wenig Mitleid mit uns armen Leuten. Ansonsten – ich meine, man wird vergesslich im Alter –«

Urquhart lächelte. »Ihr werdet meinen Besuch nicht vergessen.«

»Dann ist es etwas anderes!« Der Bucklige setzte seine eifrigste Miene auf. »Womit kann ich dienen?«

»Jemand, dessen Name mir entfallen ist, war heute Abend hier. Seine Haare sind« – er zwinkerte dem Wirt vertraulich zu – »mindestens so auffällig wie meine. Wenngleich sie erheblich seltener mit einem Kamm in Berührung gekommen sein dürften.«

Die Miene des Wirts hellte sich auf.

»Rot? Feuerrot?«

»Ihr sagt es.«

»Ha, das ist Jacop!«

»Jacop?«

»Jacop der Fuchs. So nennt man ihn.« Der Wirt ließ einen Finger um seinen Kopf zirkulieren. »Ihr wisst schon.« Er lachte, als seien er und Urquhart alte Freunde.

»Natürlich.« Er hatte also einen Jacop getötet. Auch gut. Ein Jacop weniger.

Die beiden Frauen sahen neugierig herüber.

»Schert Euch ums Essen!«, fuhr der Alte sie an. »Und klappt die Ohren zu. Soll der Herr denken, er wäre in einem Stall voller Hasen gelandet?«

»Er war also hier?«, forschte Urquhart.

»Und ob er hier war.«

»Und was hat er so erzählt?«

Der Wirt blinzelte verständnislos. »Was soll er denn erzählt haben?«

»Das frage ich Euch.« Urquhart griff in seinen Mantel, förderte eine Münze zu Tage und drückte sie dem Alten in die Hand, der daraufhin das physiognomisch Unmögliche fertig brachte und ein noch breiteres Grinsen zur Schau stellte.

»Na ja, er spekulierte auf den Braten«, raunte er mit Blick auf das Ding über dem Feuer, das also ein Braten war. »Dachte wohl, ich gebe ihm was ab. Pah!«

»Sonst nichts?«

»Wenn Ihr mich fragt, war er kurz angebunden, der Hund. Hatte so einen anderen armen Schlucker bei sich. Nein, nichts hat er gesagt, er ist gleich rauf zu Maria.«

»Ah, Maria –« Urquhart tat, als denke er nach. »Mir scheint fast, er hat sie das eine oder andere Mal erwähnt.«

»Ja, sie ist mein ganzer Stolz!« Der Wirt versuchte, sich in die Brust zu werfen, was zu einer grotesken Verrenkung führte. Dann zupfte er Urquhart am Ärmel und funkelte ihn verschwörerisch an. »Ich könnte es einrichten, dass sie Euch zu Diensten ist«, flüsterte er. Er wies verächtlich mit dem Daumen über die Schulter. »Sie ist weit ansehnlicher als die da.«

»Später. Er hat sonst mit niemandem gesprochen?«

Nun tat seinerseits der Wirt, als müsse er tief in die Gewölbe seines Erinnerungsvermögens hinabsteigen. Darin schien allerdings hartnäckige Dunkelheit zu herrschen. Urquhart ließ ihn eine weitere Münze sehen und klappte die Hand zu, bevor er danach greifen konnte.

»Nein, nein, gewiss nicht, er hat nichts gesagt«, versicherte der Alte eilig. »Ich war ja ständig hier unten, ebenso Margarethe, und Wilhilde hier hatte – äh, sie hatte zu dieser Zeit Besuch.«

»Was ist mit dem anderen, von dem Ihr spracht? Ist er noch hier?«

»Tilman? Nein.«

»Hm.« Urquhart legte den Kopf in den Nacken. Tilman? Er würde sich später um ihn kümmern. Erst musste er hier Klarheit gewinnen.

»Habt Ihr von Gerhard Morart gehört?«, fragte er.

Sofort wechselte die Miene des Wirts zu einem Ausdruck tiefer und frommer Betrübnis.

»Ja, der arme Meister Gerhard.« Ein doppeltes Klagen von der Bank unterstützte ihn in seiner plötzlichen Trauer. »Was für ein schrecklicher Unfall. Wilhildes – äh, Besucher brachte die Nachricht. So verklärt vom Himmelreich sei der Meister gewesen, dass ihn seine Schritte geradewegs in die bloße Luft geleitet haben.«

»Friede seiner Seele«, sagte Urquhart andächtig. Der Alte schlug ein schlampiges Kreuz.

Sie wussten tatsächlich nichts.

»In solchen Stunden tröstet uns einzig die Liebe einer schönen Frau«, seufzte der Wirt. »Nicht wahr?«

»Ja.« Urquhart lachte leise. »Warum nicht?«

Jacop

Der Regen hatte nachgelassen. Sogar der Mond kam hin und wieder zum Vorschein.

Jacop war bis zum Neumarkt gelaufen, ohne eigentlich zu wissen, warum. Er hatte einfach nur das Bedürfnis, irgendwo hinzugehen und nachzudenken. Der Ort spielte keine Rolle. Am liebsten wäre ihm zwar ein stattliches Brauhaus gewesen, aber was sollte er in einem Brauhaus ohne Geld. So war er einfach drauflosgegangen und hatte sich auf der großen Wiese zwischen St. Aposteln und dem Cäcilienstift wiedergefunden, wo tagsüber die Viehmärkte stattfanden, Pferde und Rinder zum Verkauf getrieben wurden, Peitschen knallten, Käufer und Verkäufer lauthals feilschten und Quacksalber hochgenommen wurden, alles dominiert vom beißenden Gestank der Exkremente.

Derselbe Platz lag jetzt dunkel da und menschenleer. Die wenigen Bäume flüsterten im Wind. Vom imposanten Hof des Grafen von Gymnich an der Ostseite drang kaum Licht herüber, eine einsame Fackel leuchtete vor dem Eingang zum »Spaten«, dem Brauhaus, das Jacop jetzt gerne betreten und möglichst auf allen Vieren wieder verlassen hätte. Alle übrigen Gebäude, die breite Front des Schwerthofs, das Anwesen der Patrizierfamilie Hirzelin, die Stifte, Kapellen und Herrschaftshäuser, wirkten wie ausgestorben. Um diese Zeit waren die Fensterläden zu und anständige Menschen im Bett.

Heute wünschte sich Jacop mehr denn je, anständig zu sein.

Verdrossen schlenderte er über die morastige Wiese bis zur Viehtränke und ließ sich an der Pumpe nieder.

Er versuchte, betroffen zu sein über Marias Wut, spürte aber nur seinen eigenen verletzten Stolz. Sie war eine Hure, na gut. Wenigstens war sie überhaupt etwas. Ihre Schönheit würde zurückkehren in einem ehrlichen Haus mit einem fleißigen Handwerker als Mann, der sich nicht zu schade war, sie aus Clemens' Rattenloch herauszuholen. Jacop hingegen konnte ihr nur bieten, was er anderen stahl, und auch nur dann, wenn sie ihn nicht ertappten wie an diesem Morgen oder er aus dem Baum des Erzbischofs fiel.

Seine Gedanken wanderten zu der Färberin.

Er und Maria hatten einander nichts mehr zu sagen, so viel stand fest. Ihr Hochmut hatte das schäbige Band der Armut zerschlissen, das sie einige Wochen zusammengehalten hatte. Das Schlimme aber war, dass er diesen Hochmut durchaus verstand. Maria tat ja nichts anderes, als sich nach ihren Träumen zu strecken, in der Hoffnung, eine Hand aus der ehrlichen und wohlhabenden Welt ergreifen zu können, aus der manche ihrer Freier sich herabbegaben. Sie war dafür bereit, es sich mit allen zu verscherzen, die ihr bisheriges Leben begleitet hatten, den Geprügelten und Kranken, Bettlern und Dieben, Todgeweihten, Ehrlosen, Verlierern. Ihren Freunden.

Die Letzten werden die Ersten sein, dachte Jacop. Warum ist sie nicht zufrieden mit dem gottgewollten Schicksal? Die Armen sind arm. Die Reichen sind da, um den Armen zu geben, die Armen, um für das Seelenheil der Reichen zu beten, was im Allgemeinen bitter nötig war. So lief es in der Welt, und was war falsch daran?

Nichts war falsch.

Aber, dachte er plötzlich weiter, wenn nichts falsch ist, dann kann auch nichts richtig sein. Verblüfft von der zwingenden Logik des Gedankens sprang er auf. Das erklärte sein mulmiges Gefühl, wenn der Klerus von der gerechten Verteilung der Rollen sprach. Das Beharren. Was konnte Gott dagegen haben, wenn ein Armer versuchte, aufzusteigen? Gab es nicht auch Reiche, die arm wurden, wie der Kaufmann Berengar aus der Salzgasse, dessen Geschäfte am Ende so schlecht liefen, dass man ihn jetzt mit der Bettelschale sah?

Vielleicht würde Maria scheitern. Vielleicht war sie nur eine naive Träumerin. Aber ihr Stolz würde nicht scheitern.

Und was war mit seinem Stolz?

Er ließ sich wieder an der Pumpe nieder und begann, mit sich zu hadern. War es ihre Schuld, wenn er keine höheren Ziele anstrebte als eben so viel zu essen, wie in seinen schmalen Körper passte, bei jeder Gelegenheit zu stehlen, den Kölner Jungfrauen die Unschuld zu rauben und ansonsten in den Tag hineinzuleben?

War es ihre Schuld, dass er jedes Mal davonlief, wenn es im Leben verbindlich oder gar unangenehm wurde? Was sollte einer wie er ihr bieten, was sie nicht schon bis zum Überdruss hatte? Was konnte er schon groß?

Was hatte er jemals versucht zu können?

Seine Finger griffen in die weite Hose, die ihm das Färbermädchen geschenkt hatte. Er hatte etwas eingesteckt, das Einzige, was er im Überfluss besaß, weil er immer wieder neue Exemplare davon schnitzte und verschenkte.

Eines seiner krummen Flötchen kam zum Vorschein.

Jacops Zunge flitzte die Lippen entlang. Im nächsten Moment erklang eine schnelle, lustige Melodie. Wie Bienen schwirrten die Klänge über den Novo mercato. Und mit einem Mal war es ihm, als ob die Bäume ihr Rauschen eingestellt hätten und ihm lauschten, als ob der Mond nur seinetwegen hinter den Wolken hervorluge und sich das hohe Gras im Takt der Musik zu wiegen beginne, und Jacop sah, dass er doch etwas konnte und ließ seine Holzflöte jubilieren und sich zu immer neuen, raffinierteren Kaskaden der Fröhlichkeit emporschwingen –

Unvermittelt brach er ab.

Vor seinem inneren Auge sah er den Schatten auf dem Baugerüst. Das nachtschwarze Wesen mit den langen, fliegenden Haaren, das die Gestalt eines Menschen und die Behändigkeit und Wildheit einer Bestie offenbart hatte.

Es hatte den Dombaumeister ermordet.

Und dann hatte es ihn angestarrt.

Der Teufel!

Jacop schüttelte den Kopf. Nein, es war ein Mensch gewesen, ein besonders großer und sehr schneller Mensch, nichts weiter. Ein Mörder.

Aber warum sollte jemand Gerhard Morart töten?

Die Zeugen fielen ihm wieder ein. Es hatte keine Zeugen gegeben. Niemand außer ihm war in der Nähe gewesen, um Gerhards Todessturz mitzuerleben. Wer immer das behauptete, log. Nur er, Jacop, kannte die Wahrheit. Er hatte Gerhards Mörder als Einziger gesehen.

Und der Mörder hatte ihn gesehen.

Plötzlich fuhr ihm die Kälte in alle Glieder. Er zog die Knie an die Brust und starrte hinüber zu der wuchtigen Kulisse von St. Aposteln.

Maria

Sie betrachtete, auf einen Ellbogen gestützt, die pelzige Landschaft von Urquharts Brust. Ihr Zeigefinger durchwanderte das Haar und drehte es zu Löckchen.

Maria kicherte.

»So vergnügt?«, fragte Urquhart.

»Ich dachte gerade, wie lange es wohl dauern würde, Euch auf diese Weise zu verzieren.«

Urquhart grinste.

»Euer Leben könnte darüber hingehen«, sagte er.

»Nun ja.« Maria hob die Brauen. Dann lachte sie, warf sich auf ihn und schlang die Arme um seinen Hals. »Ich habe in meinem ganzen Leben jedenfalls noch keinen getroffen, der so viel Haar am Körper hatte. Ihr seht beinahe aus wie ein« – sie rang nach einem passenden Vergleich –, »ein Wolf!«

Er zog ihren Kopf zu sich herunter und küsste sie.

»Wölfe sind zärtlich«, flüsterte er.

Maria machte sich los und sprang von der Bettstatt. Sie fühlte immer noch sein Gewicht, seinen heißen Atem, spürte ihn über sich und in sich. Er hatte sie wild und ungestüm geliebt in einer Weise, die sie aufs Äußerste erregt und zugleich seltsam beunruhigt hatte.

»Wölfe sind grausam«, gab sie zurück.

Ihre Hände fuhren über den weichen Stoff seines Umhangs, der ihren Tisch bedeckte.

Urquhart verwirrte sie. Sie hatte viele Männer gehabt, gute und schlechte Liebhaber, ungeduldige und gemächliche, brutale und solche, die wie Kinder waren. Manche waren nett zu ihr gewesen, hatten ihr mehr Geld als ausgemacht zugesteckt, was Clemens nicht wissen durfte, und sie zum Wein, manchmal sogar zu etwas Essbarem eingeladen. Andere hingegen behandelten sie wie eine Sache, wie ein Ding ohne Seele und Verstand. Dann gab es die Einsamen, die oft nur reden wollten, und die Unersättlichen. Da waren die Sorgenvollen und die Überschwänglichen, die Gewissenlosen und die Reumütigen, denen die Qual der Sünde ständig das Antlitz verzerrte, so dass Maria oft nicht wusste, ob sie vor Lust oder vor Entsetzen stöhnten. Und ganz andere gab es noch mit seltsamen Vorlieben, von Gott Verfluchte. Aber auch denen hatte sie sich hingegeben, wenn sie nur zahlten. Jeden erkannte sie und ordnete ihn seinesgleichen zu, kategorisierte ihn wie ein Heilkraut oder eine Tierart. Es war ihre Art, damit fertig zu werden, dass die Männer ihren Körper nahmen, indem sie sich über sie stellte und sie aus einer interessierten Distanz studierte. Etwas von jedem blieb bei ihr, jeder ließ ein winziges bisschen seines Stolzes in ihrer Kammer, und sie sammelte diesen Stolz wie Trophäen und sperrte ihn in das Verlies am Grunde ihrer Seele.

Nur Jacop hatte den Weg in ihr Herz gefunden, als er vor drei Monaten nach Köln gekommen war, und seinen Stolz behalten.

Jetzt war auch Jacop ein für alle Mal Geschichte. Sie hatte den unmöglichen Vorsatz gefasst, der Armut zu entfliehen. Dafür musste sie Jacop opfern, für die vage Möglichkeit, eines Tages erhöht zu werden von einem braven Mann, der ihr ein besseres Leben bieten würde als dieses Dasein in Clemens' stinkender Höhle.

Aber mit jedem, der kam, schrumpfte die Hoffnung zu einem törichten Traum, und immer schwerer und schmerzlicher wurde es, der Heiligen Jungfrau zu vertrauen, dass sie eine Hure in den Stand einer Bürgerin erheben würde. In jeder Sekunde, die sie alleine war, betete Maria zu Maria, und dann brachte Clemens wieder die alten Bekannten her, die Männer, und sie waren wie Obst auf einem Marktstand, hier die Äpfel, grün und rot, reif oder verfault, dort die Quitten, die Pfirsiche, Kirschen und Beeren, jeder auf seine Weise einer Sorte zugehörig, jeder auf seine Weise gleich, jeder feige, jeder eine Enttäuschung.

Urquhart war keiner von ihnen.

In ihm atmete eine Wesenheit, die sie erschaudern ließ. Und

doch wünschte sie sich, ihm auf ewig verfallen zu dürfen, ihm überall hin zu folgen, sei es in den Wohlstand oder in die Verdammung.

Einen Moment lang spürte sie den Drang, einfach aus der Tür zu laufen. Aber wenn nun er es war, auf den sie gewartet hatte?

Wölfe sind zärtlich. Wölfe sind grausam.

Sie drehte sich zu ihm herum und lächelte scheu. Urquhart betrachtete sie.

»Willst du gehen?«, fragte er.

Sie zuckte die Achseln. »Wohin?«

Urquhart nickte. Sein langes, offenes Haar umgab ihn wie einen Mantel.

»Ja«, sagte er kaum hörbar. »Wohin.«

Er reckte sich und stand auf.

»Und Ihr? Geht Ihr?« Maria wusste nicht, ob sie die Worte mit Bedauern oder Erleichterung hervorgestoßen hatte.

»Ja.« Er begann, sich anzukleiden.

»Und kommt Ihr wieder?«, fragte sie zaghaft.

Urquhart warf sich den schwarzen Umhang über die Schultern. Etwas hing an der Innenseite, ein Ding wie eine Armbrust, nur kleiner. Dann war es verschwunden, als sich der Stoff vor Urquharts Brust schloss.

»Vielleicht. Es hängt davon ab, was du mir erzählst.«

»Erzählst?«

»Da ist ein Mann. Er heißt Jacop, du kennst ihn.«

Maria war verblüfft über den plötzlichen Themenwechsel. Was hatte Urquhart mit Jacop zu schaffen?

»Ja, ich kenne ihn.«

»Er braucht Hilfe.«

»Was?«

»Sein Geist braucht Hilfe.« Urquhart trat dicht vor Maria und hob ihr Kinn. »Unser gemeinsamer Freund läuft Gefahr, sich um seinen Kopf zu reden. Er behauptet seltsame Dinge über etwas, das er heute Abend erlebt haben will.«

»Ach, du lieber Himmel!«, entfuhr es Maria. »Der Dombaumeister!«

»Was hat er dir erzählt?«

Warum solltest du es ihm verraten, dachte sie, aber gleichzeitig begann sie schon draufloszureden. »Jacop ist ein verdammter Schwätzer. Pah! Er will gesehen haben, dass jemand den Dombaumeister in die Tiefe stieß. Er will sogar mit ihm gesprochen haben.«

»Mit dem Teufel?«

»Ach was!« Maria schüttelte den Kopf. Ihr Ärger über Jacop machte sich Luft, während sie gleichzeitig den überraschenden Wunsch verspürte, ihn bei sich zu haben.

»Also mit Gerhard?«

»Ja. Das hat er jedenfalls behauptet.«

»Und was soll Gerhard gesagt haben?«

Vorsicht, wisperte es in ihr. Sie missachtete die Warnung, gefangen im Bernstein seiner Augen. Seltsame Augen. Ein Abgrund lag dahinter, erschreckend, unergründlich.

»Ich weiß nicht. Keine Ahnung.«

»Der Klerus wird solche Geschichten nicht gerne hören.«

»Woher kennt Ihr Jacop?«, fragte sie.

»Später, schöne Maria. Wir wollen doch beide, dass er keine Dummheiten macht. Er hat also den Teufel gesehen? Wie sah der Teufel denn aus?«

»Ich weiß es nicht. Ich wollte das alles nicht hören!« Sie stieß einen Seufzer aus. Armer, dummer Jacop. »Aber ich werde ihn danach fragen, wenn er wiederkommt«, sagte sie leise, mehr zu sich selbst.

Wenn er wiederkommt –

Urquhart schwieg.

»Ich hätte nicht so mit ihm umspringen sollen. Jacop war immer gut zu mir. Er ist ständig gut zu irgendjemandem, ohne dass er es überhaupt merkt, wisst Ihr.« Sie schüttelte den Kopf, sah Urquhart an und wusste nicht, ob sie lachen oder weinen sollte. »Er gibt einem alles, was er hat, der Wahnsinnige. Er bringt diesen Tilman mit, ich werfe ihn wieder raus, und er hat nichts Besseres zu tun, als ihm seinen Hut und seinen Mantel zu schenken und seinen Schlafplatz obendrein.«

Es war, als ginge ein Donnerschlag durch Urquharts Körper.

»Was sagt Ihr?«, flüsterte er. Seine Gesichtszüge waren wie versteinert.

»Könnt Ihr Euch vorstellen, wie mich das verzehrt, zur Weißglut treibt? Dass ich ihn angeschrien, seinen Stolz verletzt, ihn gedemütigt habe? Aber er muss das doch begreifen, ich bin doch kein Armenhospital, ich kann doch nicht –« Sie biss sich auf die Lippen. »Verzeiht. Ich langweile Euch. Verzeiht!«

»Wann ist Jacop fort?«, fragte Urquhart tonlos.

»Fort? Unmittelbar, bevor Ihr kamt. Gut möglich, dass Ihr ihm noch begegnet seid.«

»Wohin?«

Sie senkte den Blick. »Ich weiß es nicht. Vielleicht in seinen Verschlag im Mauerbogen.«

»Mauerbogen?«

Sie nickte. »Porta eigelis. Habt Ihr niemals vom Status muri gehört?«

Urquharts Blick wanderte ins Nichts.

»Ich muss gehen«, sagte er.

Maria erschrak. Dann geh doch, schrie ein Teil von ihr. Geh so weit weg wie möglich, du bist nicht, was ich suche, du machst mir Angst! Und gleichzeitig fühlte sie ihr Herz schlagen und die Hoffnung, dass er sie mitnehmen möge.

Nein, besser geh –!

»Kommt zurück«, sagte sie stattdessen atemlos. »Kommt, wann immer Ihr wollt. Ich will für Euch da sein, einzig und allein für Euch!«

Urquhart lächelte.

»Danke«, sagte er sanft. »Das wird nicht nötig sein.«

Jacop war es satt, die Kirche anzustarren.

Es musste über eine Stunde her sein, dass er Maria verlassen hatte. Mittlerweile war sein Zorn verraucht und das Selbstmitleid war ihm langweilig geworden. Am besten, er vergaß den ganzen heutigen Tag, strich ihn einfach aus seinem Gedächtnis und versuchte, sich wieder mit Maria zu vertragen. Wenigstens konnten sie Freunde bleiben.

Die klamme Kälte steckte ihm in allen Gliedern. Er schickte ein Stoßgebet in die Nacht, Clemens möge ihn am Feuer sitzen lassen, schüttelte sich wie ein Hund und begann, zum Berlich zurückzuschlendern. Den kürzesten Weg durch die Vilsgasse mied er. Man erzählte sich neuerdings von einem dort ansässigen Fleischer, der nachts Leute in sein Haus zerrte, erschlug und zu Wurst verarbeitete. Weder gab es in der Vilsgasse einen Fleischer, noch lebten schlimmere Diebe dort, als Jacop selber einer war. Aber die Macht der Gerüchte war ungebrochen, und Satan hatte ohnehin in allem seine Finger. Jacop zog den Weg entlang der alten Mauer vor.

Mittlerweile hatten sich die Wolken weitestgehend verzogen. Der Mond tauchte die spitzgiebligen Fachwerkhäuser zu seiner Rechten in Silber. Außer ihm waren nur noch ein paar Betrunkene unterwegs, deren Stimmen er aus einer Seitenstraße hörte. Weiter vor ihm fingen zwei Hunde ein wütendes Gebell an. Für die Dauer einiger Schritte begleitete ihn eine Katze auf dem Mauersims und tauchte dann lautlos in die Dunkelheit.

Auch die Mäuseteufel schliefen nie.

Dann lag der Berlich vor ihm, still und verschwiegen. Ein Hort schäbiger kleiner Geheimnisse. Erkaltete Seelen vor lustig prasselnden Kaminfeuern. Die kleine Hölle. Am anderen Ende spielte der Wind mit einem schlanken Baum, und Jacop kniff die Augen zusammen.

Der Baum war verschwunden. Überhaupt war da niemals einer gewesen. Er hatte die Silhouette eines Mannes gesehen, eines ungewöhnlich großen Mannes mit wehenden Haaren, der soeben in entgegengesetzter Richtung verschwunden war.

Jacops Schritt verlangsamte sich.

Wie viele große, nachtschwarze Männer gab es in Köln?

Verstimmt über sein memmenhaftes Getue ging er eilig weiter. Lächerlich! Am Ende wurde ihm die Sache mit dem Dom noch zur fixen Idee. Er wollte nicht mehr daran denken. Was hatte er mit Gerhard Morart zu schaffen und irgendwelchen Unwesen, die sich auf Gerüsten herumtrieben? Viel sinnvoller war es beispielsweise, über die Beschaffung von Essbarem nachzudenken – oder, besser noch, Wein! Jacop konnte sich kaum erinnern, wann er das letzte Mal welchen getrunken hatte. Irgendetwas würde er jedenfalls auftreiben, gleich am nächsten Morgen, um Maria zu versöhnen und dann guten Gewissens auf der Bach nach dem Rechten zu sehen.

Wenn Maria sich versöhnen ließ.

Wieder blieb er stehen. Sein Gefühl sagte ihm, dass Maria nicht mehr auf ihn wartete.

Es war einer jener seltenen Momente, in denen Jacop die Wahrheit kannte, ohne sich ihrer im Geringsten vergewissert zu haben. Jede Verbindung zu ihr war abgerissen. Vielleicht war sie schon weg, hatte ihren ehrlichen Bräutigam gefunden, wie es der Zufall wollte, gerade in dieser letzten, feige dahingeschlichenen Stunde. Oder sie schlief, das Gesicht zur Wand gedreht, wie sie es immer tat. Hatte Clemens eingeschärft, ihn ja nicht reinzulassen. Was auch immer es war, sie hatte aufgehört, auf ihn zu warten.

Die Empfindung war seltsam. Jacop konnte sich nicht erklären, was diese rigorose Gewissheit ausmachte. Sie hatten sich mehr als einmal gestritten, aber man konnte Maria weiß Gott nicht nachsagen, sie sei unversöhnlich.

Sollte er gehen?

Sein Blick wanderte zu dem Eckhaus. Zwischen den geschlossenen Läden im ersten Stock stach ein winziger Spalt Licht hervor. Also war sie noch wach.

Und er war ein gedankenverlorener Trottel, wenn er jetzt nicht auf der Stelle da reinging.

Als er nach mehrmaligem Klopfen die Stube betrat, schien alles wie immer. Clemens war eben dabei, den Braten vom Feuer zu nehmen. Auf dem Tisch stand eine große Schüssel mit Hirsebrei. Margarethe und Wilhilde stellten vier Becher und einen Krug Wein dazu.

»Du schon wieder«, bemerkte Clemens.

»Ich schon wieder.«

»Warst doch eben erst hier.«

Jacop zuckte die Achseln und liebkoste das schwarzverbrannte Fleisch mit Blicken.

»Ein Festmahl?«, fragte er miesepetrig. »Wozu?«

»Die Geschäfte laufen gut«, knurrte Clemens in einem Tonfall, der nicht nach guten Geschäften klang. »Im Übrigen geht dich das nichts an, was hier in die Mägen kommt. Willst Maria ihren Anteil wegfressen. Bah. Kannst du vergessen.«

»Wo ist sie überhaupt, du alter Nörgler?«

Clemens machte eine Kopfbewegung zur Stiege.

»Wird gleich runterkommen, schätze ich. Ihr Letzter für heute ist gerade weg. 'n feiner Herr. Kannte dich, was mir überhaupt nicht in den Kopf will.«

»Wer?«, rief Jacop überrascht.

»Wer, wer! Seinen Namen hab ich nicht wissen wollen.«

»Ich kenne keine feinen Herren«, sagte Jacop und machte Anstalten, nach oben zu klettern. »Wie sah er denn aus?«

Clemens fletschte ihn an.

»Besser als du jedenfalls.«

»Ist mir klar.«

»Doppelt so groß, würde ich sagen.« Er lachte heiser. »Nein, dreimal so groß. Und die Haare –«

»Die Haare eines Engels«, lächelte Margarethe versonnen.

»Bis zum Boden«, stöhnte Wilhilde trunken vor Erinnerung.

Jacop sah auf die weiß hervortretenden Knöchel seiner Hand, mit der er die Stiegensprosse umklammert hielt, und fühlte sein Blut erkalten.

»Dunkle Kleidung?«, fragte er.

»Schwarz wie die Nacht.«

Es kann nicht sein, dachte er. Seine Gedanken rasten.

Schneller als je zuvor erklomm er die Stiege. Vor ihrer Tür verharrte er.

»Maria?«

Es kam keine Antwort.

»Maria!« Nun lauter.

Es kann nicht sein, es kann nicht sein –

Fiebernd vor Angst stieß er die Türe auf.

Maria stand am Fenster, den Rücken an die Wand gelehnt, und schaute ihn an. Sie sagte kein Wort.

»Maria, ich –« Er verstummte. Irgendetwas stimmte nicht mit ihrem Gesicht. Unsicher trat er näher, sah genauer hin.

Seine Kinnlade begann zu beben.

Maria schaute ihn an.

Aber nur mit einem Auge.

Durch das andere war der Bolzen einer Armbrust geschossen worden, hatte die hintere Schädeldecke zerschlagen und sie aufrecht an die Bohlen genagelt.

Filzengraben

»Ich haue ihn in Stücke!«

Kunos Stimme war ein einziger Aufschrei. Tränen liefen ihm über die Wangen, als er in den von Kerzen erleuchteten Raum stürmte. Seine Fäuste knallten auf die Kante des mächtigen Eichentischs, an dem die sieben Männer ihr opulentes Abendessen einnahmen. Er zitterte vor Erregung an allen Gliedern.

»Dafür werdet Ihr Euch zu verantworten haben«, fuhr er Johann an. »Ihr und die Hexe Blithildis.«

Mathias warf den Hühnerknochen von sich, an dem er beim Eintreten des jungen Mannes genagt hatte, und sprang auf.

»Und Ihr werdet lernen, anzuklopfen«, gab er scharf zurück.

»Achtet auf Eure Worte!«, schrie Kuno. »Ihr habt es gewagt, mich zu täuschen, Ihr habt mir Euer heiliges Versprechen gegeben, Gerhard zu schonen, und jetzt wird in allen Gassen geredet, er sei tot!«

»Er ist es. Aber nicht, weil wir ihm etwas angetan haben, sondern durch eigene Unachtsamkeit.«

»Indem er vom Gerüst fiel?« Kuno hob unter hysterischem Lachen die Hände zur Decke. »Hört ihr das, oh ihr Heiligen? Hört ihr die Lügen –«

»Das ist nicht der Moment, die Heiligen anzurufen!«, fuhr ihm Johann dazwischen. »Wenn Ihr unbedingt beten wollt, betet um Eure Seele, dass ihr verziehen wird, was wir gemeinsam beschlossen haben. Ihr seid nicht besser als wir und wir nicht schlechter als Ihr, habt Ihr das verstanden?«

»Lasst mich ihn aus dem Fenster werfen«, stieß Daniel mühsam beherrscht hervor.

»Warum habt Ihr es getan?«, schluchzte Kuno. Er sank in sich zusammen und schlug die Hände vors Gesicht. Dann starrte er die anderen der Reihe nach an. »Und ich bin daran schuld«, flüsterte er. »Ja, ich bin schuldig. Das ist das Allerschlimmste. Schuldig.«

Theoderich nahm einen Pokal, füllte ihn mit Wein und stellte ihn vor Kuno auf den Tisch.

»Wen wolltet Ihr denn in Stücke hauen?«, fragte er beiläufig.

»Urquhart«, keuchte Kuno.

Theoderich schüttelte den Kopf. »Trinkt, Kuno. Was hat Urquhart damit zu tun? Es gibt zwei Zeugen, die gesehen haben, wie Meister Gerhard vom Gerüst fiel, weil er einen fatalen Fehltritt beging. Glaubt mir, wir sind genauso erschüttert wie Ihr.«

Er legte dem Jungen besänftigend die Hand auf die Schulter. Kuno schüttelte ihn ab, stierte den Pokal an und nahm schließlich einen tiefen Zug. »Zeugen«, zischte er verächtlich.

»Ja, Zeugen.«

»Es war Urquhart.«

»Urquhart tut nur, was wir ihm sagen und wofür wir ihn bezahlen.«

»Dann habt Ihr ihn für Gerhards Tod bezahlt.«

»Nimm dein Maul nicht so voll!«, schrie Daniel. »Wenn du es noch einmal wagen solltest, meine Großmutter eine Hexe zu nennen, werde ich ihr nicht mal mehr Gelegenheit lassen, dich in eine Kröte zu verwandeln, sondern dir sofort deinen Hohlkopf spalten, du Stück Aas.«

»Dafür sollt Ihr –«, fuhr Kuno auf.

»Nehmt euch gefälligst zusammen!« Johann gebot Schweigen. »Und zwar alle.«

»Mistfresser«, setzte Daniel leise nach.

»Wir wollen offen miteinander reden«, sagte Johann. »Seit diese leidige Sache mit Gerhard geschehen ist, herrscht Zwietracht zwischen uns, und das muss enden. Also gut, es stimmt, wir haben Gerhard nicht genug vertraut. Es stimmt ebenfalls, dass Urquharts Auftrag im Zuge dieser betrüblichen Entwicklung eine Erweiterung erfuhr. Die Zeugen waren seine Idee. Sie sind natürlich gekauft.«

»Vater.« Daniel sah ihn ungläubig an. »Warum erzählt Ihr ihm das alles?«

Johann musterte Kuno eindringlich. »Weil er ein Mann von Ehre und Ritterlichkeit ist, der an unsere Sache glaubt. Gerhard war wie ein Vater für ihn. Ich verstehe, dass er aufgebracht ist, aber ich weiß auch, dass wir in Kuno unverändert einen starken und treuen Freund haben, und zwar einen« – seine Stimme hob sich, wurde schneidend –, »der sich seiner eigenen Versündigungen genügend bewusst ist, um angesichts dessen, was geschehen musste, nicht den Stab über uns zu brechen.« Leiser fuhr er fort: »Wir sind nur neun. Lorenzo will ich nicht zählen, er dient einzig unserem Geld, aber wir Übrigen bilden einen Bund. Wenn wir beginnen, einander zu misstrauen und zu belügen, wird unser Tun nicht von Erfolg beschieden sein. Wir werden scheitern. Ich bitte und befehle euch also, keinen weiteren Streit zu führen. Daniel?«

Daniels Kiefer mahlten. Dann nickte er widerwillig.

»Kuno?«

Der Angesprochene senkte den Blick.

»Ihr könnt nicht verlangen, dass ich in Jubel ausbreche«, murrte er.

»Keinem von uns ist nach Jubel«, sagte Mathias. »Aber denkt an den Tag, da alles hinter uns liegt. Denkt an den Tag!«

»Wir werden triumphieren!«, sagte Heinrich und beugte sich mit salbungsvollem Lächeln zu Kuno vor. »Wir verstehen Euren Schmerz. Aber bedenkt, was geschehen wäre, wenn Gerhards Gewissen ihm keine Wahl gelassen hätte, als uns zu verraten. Denkt auch an unseren Schmerz, Kuno.«

»Hätte bloß Hardefust den Fleischer nicht erschlagen«, knurrte Daniel ergrimmt.

»Das hat er aber nun mal.« Mathias griff achselzuckend in eine Schale mit Schöffenkuchen. »Und wäre das nicht geschehen, hätte es Anlässe genug gegeben, um das Rad der Geschichte in die gleiche Richtung zu drehen. Was wir tun, ist richtig.«

»Was wir tun, ist richtig«, bekräftigte Johann.

Kuno schwieg mit düsterer Miene.

»Morgen früh, bevor die Glocken sieben läuten, treffe ich Lorenzo wegen der Einzelheiten«, sagte Mathias in die Stille hinein. »Danach wird mir Urquhart berichten. Ich bin zuversichtlich. Es sieht so aus, als hätte der Graf von Jülich uns den Besten geschickt.«

»Er ist mir unheimlich«, kam es dumpf von Heinrich.

Auf Mathias' Zunge sammelten sich tausend Erwiderungen, prächtige, spitzzüngige Kränkungen, eine treffender als die andere.

Dann seufzte er. Ihre verschwiegene Bruderschaft lief auf mindestens drei Bocksfüßen – Daniels Unbeherrschtheit, Kunos Sentimentalität und Heinrichs ständige Furcht. Es war nicht mehr zu ändern. Er konnte nur hoffen, dass keiner der drei einen Fehler machen würde.

Ergeben langte er über den Tisch und senkte die Hand zwischen die gebratenen Stücke dreier scharf gewürzter Hasen.

Flucht

Jacop wurde übel. Er taumelte rückwärts aus dem schiefen Zimmer, in dem Marias Träume ihr gewaltsames Ende gefunden hatten. Sein Rücken berührte die Wand, und immer noch sah sie ihn mit dem einen Auge an, seltsam vorwurfsvoll, als wolle sie ihn fragen, warum er nicht da gewesen sei.

Er wollte das Kreuz schlagen, aber seine Arme waren wie gelähmt.

Aus der Stube drangen das Klappern der Becher und Clemens' Schmatzen nach oben.

»Was ist, Maria?«, rief er. »Komm, bevor alles weg ist. Gibt's nicht jeden Tag, so'n feines Essen.«

Die Spannung löste sich.

Jacop rutschte, stolperte, fiel die Stiege herunter. Die Frauen erschraken. Clemens drehte sich schwerfällig zu ihm um.

»Jacop –«, hauchte Wilhilde. »Du bist ja weiß wie der Tod.«

Einen schrecklichen Augenblick lang wusste er nicht, was er tun sollte. Sein Blick wanderte hektisch zwischen den Essenden hin und her. Über Clemens' Brauen bildeten sich steile Furchen.

»Was ist los, Jacop?« Seine Augen wanderten unwillkürlich zur Stiege.

»Maria?«, rief er laut.

Jacop verlor den Kopf. Mit einem Satz war er bei der Tür und draußen auf der Straße.

»Maria?«, hörte er Clemens ein weiteres Mal brüllen.

Er begann zu rennen, den Berlich entlang. In seinem Kopf herrschte ein fürchterliches Chaos. Alles, woran er denken konnte, war, wegzukommen von hier, weg von Maria, weg von ihrem schönen, einäugigen Gesicht, das ihn immer noch ansah, immer noch, wo er schon an der alten Römermauer vorbei und auf dem Entenpfuhl war, eingebrannt in sein Hirn für alle Zeiten. Er lief, bis ihm die Seiten wehtaten, und wagte nicht, anzuhalten, aus Furcht, die Wirklichkeit könne ihn einholen, panisch, besessen. Seine Füße platschten durch die Pfützen des Grabens.

Dann stürzte er, fiel mit dem Gesicht ins Wasser und rollte sich instinktiv auf den Rücken, bevor er in dem fauligen Tümpel erstickte.

Über ihm, zum Greifen nahe, war der Mond und sah auf ihn herunter. Der Mond war Marias Auge.

Sie verfolgte ihn.

Er kam hoch, drehte den Kopf weg von dem unerbittlichen Bild und erbrach sich.

Halb liegend, auf den Ellbogen aufgestützt, verharrte er, bis das Würgen nachließ. Danach ging es ihm etwas besser. Wackelig kam er auf die Beine und trottete weiter.

Maria hatte sterben müssen. Warum?

Dumpf überlegte er, was er tun sollte. Es war zwecklos. Seine Gedanken wirbelten konfus durcheinander. Gleichzeitig wurden seine Augen schwer von Müdigkeit. Er musste sich hinlegen, zusammenrollen, einschlafen und träumen, etwas Schönes, etwas vom Paradies, von Gott und den Engeln, Christus und den Heiligen, von einer Welt ohne Elend und Schlechtigkeit. Er blieb stehen und bekreuzigte sich, immer wieder und wieder. Seine Lippen murmelten lautlos das Vaterunser. Es war das einzige vollständige Gebet, das er kannte.

Schlafen. Zur großen Mauer.

Wie von selber setzten sich seine Füße in Bewegung und führten ihn durch die Obstgärten auf die einsame, weidengesäumte

Plackgasse. Tilman würde hoffentlich ein bisschen Platz im Bogen gelassen haben. Falls er das Angebot überhaupt in Anspruch genommen hatte. Jacop bezweifelte es.

Einfach schlafen.

Maria.

Nach einer Weile sah er vor sich auf dem Weg einen großen, dunklen Brocken liegen. Er ging hier fast täglich entlang, konnte sich aber an einen Findling dieses Ausmaßes nicht erinnern. Apathisch näherte er sich dem Ding.

Etwas versuchte, seine Lethargie zu durchdringen, ihm zu sagen, es sei kein Findling. Er achtete nicht darauf.

Erst als er mit dem Fuß dagegenstieß, wurde ihm bewusst, dass sein Mantel über dem Ding hing, und dass es überhaupt kein Ding war, sondern ein Mensch, grotesk zusammengekauert.

Sein Hut lag davor –

Tilman.

Jacops Gedanken klärten sich. Tilman musste auf dem Weg zum Mauerbogen zusammengebrochen sein. Der Stoff des Mantels glänzte noch vom Regen.

»He«, sagte Jacop. Es war weniger ein Wort als ein undeutliches Krächzen, was sich ihm entrang, als hätte er seit Jahren keinen Laut hervorgebracht. Er ging in die Knie und streckte die Hand aus, um den reglosen Körper zu schütteln.

Sein Blick fiel auf den Bolzen. Derselbe Bolzen wie –

Mit einem Aufschrei war er auf den Beinen und begann wieder zu rennen. Rechts und links säumten jetzt Häuser den Weg. Vor ihm lag die Weidengasse. Er gewahrte einen Mann mit einer Laterne und sprang zur Seite in einen Toreingang.

Plötzlich nahm sein Verstand die Arbeit wieder auf, schnell und analytisch, beinahe emotionslos, als sei ein schwarzes Tuch von ihm genommen worden. Er spähte vorsichtig aus seinem Versteck. Immer noch sah er den Mann, aber es war kein hoch gewachsener Schatten, sondern nur ein Nachtwächter, der sich in Richtung Eigelstein entfernte.

Maria war tot. Tilman war tot. Bis jetzt war jeder, mit dem sich Jacop nach der Rückkehr vom Dom unterhalten hatte, umgebracht worden. Jeder auf dieselbe Weise.

Aber warum? Warum Maria?

Warum Tilman?

Weil Tilman in seinen Sachen ausgesehen hatte wie Jacop der Fuchs.

Die Erkenntnis traf ihn wie ein Blitzschlag.

Er war das Opfer. Er hatte sterben sollen. Und sollte es wahrscheinlich immer noch.

Zögernd trat Jacop zurück auf die Plackgasse. Vielleicht war es besser, sich die nächsten Tage in der Stadt nicht sehen zu lassen. Einfach in seinem Mauerbogen zu bleiben. Er dachte darüber nach, während er weiter in die Weidengasse zockelte. Von hier konnte er die Bögen schon ausmachen, ein noch tieferes Schwarz in der dunklen Fläche der großen Mauer. Das Licht reichte nicht aus, um festzustellen, ob sonst noch jemand dort war.

Er blieb stehen. Sonst jemand? Wer denn?

Maria musste nach Tilman getötet worden sein. Der Mörder hatte womöglich mit ihr gesprochen. Wusste er von seinem Irrtum?

Entsetzt wurde ihm klar, dass er mitten auf der Straße stand, kaum hundert Schritte mehr von seinem Bogen entfernt und von dort mit Sicherheit gut zu erkennen.

Er starrte angestrengt in die Schwärze.

Das Schwarz bewegte sich. Etwas lauerte darin.

Jacop wirbelte herum und lief los.

Er hatte sich nicht getäuscht. Wer immer ihn im Bogen erwartet hatte, machte sich keine Mühe mehr, seine Anwesenheit zu verbergen. Er hörte die Füße des anderen auf den harten Untergrund schlagen, erschreckend kurz hintereinander.

Sie kamen näher.

Die Armbrust! Konnte Marias Mörder auch im Laufen damit zielen?

Jacop begann Haken zu schlagen, torkelig zu laufen, auch wenn er dadurch langsamer wurde. Sein Verfolger hatte schon zweimal seine Treffsicherheit unter Beweis gestellt. Jacops einzige Chance war, ihn gar nicht erst zum Schuss kommen zu lassen.

Verzweifelt hielt er Ausschau nach dem Wächter mit der Laterne. Er war verschwunden, vielleicht in eine Seitengasse gegangen.

Alles wie ausgestorben.

Vor ihm lag die große Kreuzung, an der die Weidengasse von Norden und der Entenpfuhl von Süden kommend auf den Eigelstein stießen, um auf der anderen Seite in den Alten Graben zu münden, der zum Rhein führte. Dazwischen spannte sich der baufällige Bogen der antiqua porta eigelis, des älteren Eigelsteintors, hinter dem der Eigelstein bald in die Marzellenstraße überging. Es gab also mindestens drei Möglichkeiten, weiterzulaufen, ließ man den Rückweg zur großen Mauer außer Acht.

Aber keine Möglichkeit, auch nur einen Herzschlag lang darüber nachzudenken.

Sein Verfolger holte auf.

Jacop hastete zwischen den Wehrtürmen der porta hindurch den Eigelstein hinauf. Links erhoben sich die Türme von St. Machabei über die gezackte Linie der Dächer. Die Häuser schienen sich unter der Allgewalt der Kirche zu ducken und furchtsam zusammenzurücken.

Ja! Duck dich!

Jacop beugte den Oberkörper, bis er annähernd wie ein Wiesel auf allen Vieren rannte. Fast hätte er aufgelacht bei dem Gedanken, dass ihn sein Jäger so allenfalls in den Arsch schießen konnte. Das war noch dümmer, als aufrecht in den Tod zu gehen. Wie unwürdig, zu sterben, bloß weil man vor Schmerzen im Hintern nicht mehr laufen konnte. Mit seltsamer Nüchternheit prüfte ein Teil von Jacop die verschiedenen Varianten, an einem Armbrustbolzen zu sterben, während er stoisch weiterrannte und die schrecklichen Seitenstiche zu ignorieren versuchte, die ihn wie Vorboten seiner endgültigen Niederlage zu peinigen begannen.

Lass die Finten. Lauf schneller!

Er war der Meute auf dem Forum entwischt. Er hatte bis jetzt noch jeden abgehängt. Hätte man ihn nach dem schnellsten Läufer von Köln gefragt, würde er ohne zu zögern seinen Namen genannt haben.

Er war schnell. Aber nicht ausdauernd.

Auf dem kopfsteingepflasterten Untergrund der alten römischen Heerstraße, die der Eigelstein einmal gewesen war, schlugen die Füße des Unbekannten einen gleichmäßigen, fast entspannten Trommelrhythmus. Dem Geräusch nach verursachte ihm das Laufen nicht die geringste Anstrengung, während Jacop inzwischen glaubte, seine Lungen müssten platzen.

Er hätte mich längst töten können, fuhr es ihm durch den Kopf. Warum hat er es noch nicht getan? Will er warten, bis ich zusammenbreche? Natürlich, er spielt mit mir! Er weiß, dass ich ihm nicht entkommen kann. Warum soll er also schießen? Er wird mich einfach weiterhetzen, bis ich so langsam werde, dass er sauber zielen kann. Er ist nichts als ein fauler, verwöhnter Hund, das ist alles.

Vor ihm tat sich die nächste Kreuzung auf. Rechts ging es hoch zum Ursulinenkloster, links runter zum Rhein. Er konnte sich aussuchen, auf welchem der Wege er sterben wollte. Breit genug waren beide.

Wut durchlohte ihn.

Es reichte. Alles reichte! Er war es leid, weitere Haken zu schlagen, leid, davonzurennen, das ganze Leben immer nur im Laufschritt zu verbringen. Er hatte es satt bis obenhin!

Dann sah er wenige Meter vor der Abzweigung zum Rhein einen Durchgang zwischen den Häusern klaffen.

Schwach kam ihm die Erinnerung, dass dahinter die Bethlehemskapelle lag, eine winzige Kirche, die zu einem der angrenzenden Höfe gehörte. Wenn ihn sein Gedächtnis nicht täuschte, führte der Durchgang geradewegs in eine schmale, von Unkraut und Bäumen überwucherte Gasse, die sich in einem Gewirr von

Wegen durch die stiftseigenen Weingärten verzweigte. Er war hier schon einmal gewesen. Das Gelände um die Kapelle war nicht sonderlich gepflegt, die Mauern und Zäune teilweise verfallen, so dass man leicht in die Gärten gelangte.

Dort konnte er entwischen!

Im Unterholz war Jacop nicht einmal von diesem teuflisch schnellen Verfolger zu schlagen.

Er lief, bis er fast schon dran vorbei war. Dann sprang er unvermittelt nach links und schlitterte in die Gasse hinein, so haarscharf, dass seine Schulter schmerzhaft am Stein der Mauereinfassung entlangschürfte. Hinter ihm geriet der gleichmäßige Lauf des anderen ins Stocken. Er versuchte zu bremsen, verlor Zeit. Jacop hatte einen Vorsprung herausgeschlagen, so viel war sicher. Jetzt hing alles nur noch von seinem Orientierungsvermögen ab.

Im ersten Moment sah er nichts als dichteste Schwärze, dann konnte er schwach die Konturen der Bäume und das Seitenschiff der Kapelle ausmachen.

Und noch etwas. Direkt vor ihm.

Jacop wollte es nicht fassen.

Das war nicht die Gasse, die er in Erinnerung hatte. Hier ging es überhaupt nicht weiter. In absehbarer Entfernung endete der Weg vor einer mehrere Meter hohen Mauer. Er hatte sich geirrt.

Die Schritte hinter ihm rückten näher, jetzt wieder schnell und gleichmäßig. Der Abstand verringerte sich. Wenn ihm nicht bald eine verdammt gute Idee kam, konnte er genauso gut stehen bleiben.

Augenblick! Das war eine verdammt gute Idee!

Jacop keuchte. Beinahe spürte er schon den Bolzen im Rücken, wusste, ohne es zu sehen, dass der andere die Armbrust hob, seinen Triumph auskostete.

Noch einmal legte er mit letzter Kraft an Geschwindigkeit zu, ungeachtet der näher rückenden Mauer.

Dann bremste er abrupt, fuhr herum und rannte seinem Verfolger entgegen.

Filzengraben

Johann erklomm die Stiege und verharrte unschlüssig vor der prächtig verzierten Türe. Im Flackern seiner Kerze wurde das kostbare Schnitzwerk lebendig. Als Kind hatte er oft davorgestanden, kurz nachdem sein Onkel Gottschalk die Schnitzereien und Intarsien in einem Florentiner Handelshaus entdeckt und mitgebracht hatte. Es hieß, die Arbeit stamme aus der Gegend um Byzanz und sei während des ersten Kreuzzugs in die Hände venezianischer Ritter gefallen. Oft, wenn das Licht entsprechend war, fuhren gemaserte Schiffe über einen Ozean aus dunklem altem Holz, reckten Ungeheuer und Dämonen mahagonifarbene Hälse und grinsten eichene Fratzen mit Astlöchern statt Augen und wurmstichigen Zähnen auf ihn herab, während Cherubim und Seraphim, Nussbaum und Esche in den Flügeln, über sie kamen, und die heilige Stadt aus purem Ebenholz am Horizont erglänzte, so herrlich anzusehen, dass es ihm die Schamesröte ins Gesicht trieb, nicht bei ihrer Befreiung mitzuwirken!

Aber er war nur ein Kind gewesen mit einem Kopf voller Idole.

Jetzt war er beinahe fünfzig, ein ziemlich alter Mann. Er hatte keinen Kreuzzug mitgemacht und doch mehr von der Schöpfung gesehen als viele der selbst ernannten Befreier, die alle Welt im Namen Gottes geißelten und selber schrecklich gegeißelt wurden in seldschukischen Kerkern und petschenegischen Folterverliesen und deren Köpfe auf endlosen Lanzenspalieren die Torwege der Heiden schmückten. Über dem Studium des Geldverdienens waren Johanns geistliche Tugenden in den Hintergrund getreten, aber er hatte nie vergessen, den *psalmum, miserere mei deus est* zu beten und seinen Reichtum mit den Augen der Bescheidenheit zu sehen.

Er würde eine Kirche stiften, schwor er sich zum wiederholten Male, so wie einst Hermann de Novo Foro, dem die Stadt Köln St. Mauritius verdankte, und ein Altarbild wollte er dafür malen lassen, eine gewaltige Passion Christi auf goldenem Grund. Er würde alles in die Wege leiten, wenn die nächsten Tage vorüber waren und die Sorgen und Selbstzweifel und schlaflosen Nächte.

Jetzt hatte er anderes zu tun.

Er klopfte an und trat in das dahinterliegende Zimmer.

Die alte Frau saß im Dunkeln, aber sie war wach. Johann wusste, dass sie so gut wie nie richtig schlief. Die Blindheit war ihr Schlaf genug, und in diesem Schlaf berauschte sie sich an den Bildern ihres Lebens, als sie noch jung gewesen war und mit Werner, längst verstorben und fast vergessen, Hof gehalten hatte in der Rheingasse. Es waren Feste gewesen, von denen die Kunde bis nach London, Paris und Rom gedrungen war. Sie hatte römischen Kardinälen auftischen lassen, reiche Kaufleute aus Cornwall im großen Festsaal tanzen und flandrische Herren mit spitzen Hüten und prallen Börsen vor ihr auf die Knie sinken sehen. Man hatte sie bewundert für ihren Geschäftssinn, verehrt für ihre Klugheit und begehrt für ihre Schönheit.

Das alles lag weit zurück.

Trotzdem lebte sie nicht in der Vergangenheit, sondern im Hier und Jetzt. Hinter ihren eingefallenen Lidern sah sie in die Zukunft, und manchmal war es, als sehe sie weit mehr als alle anderen, die glaubten, sehen zu können.

Johann setzte sich auf die Kante des Stuhls ihr gegenüber und stellte den silbernen Leuchter ab.

Er schwieg und starrte in die Flamme.

Nach einer Weile beugte sie sich langsam vor. Im Widerschein der Kerze schienen ihre Züge wie in weißen Marmor geschlagen. Trotz der geschlossenen Augen und der tiefen Furchen erahnte man die Faszination, die sie einmal ausgestrahlt hatte. Es war, als betrachte man die Totenmaske einer sehr alten und sehr schönen Frau.

»Du hast Kummer«, flüsterte sie. Von ihrer vollen, melodischen Stimme war nur ein Rascheln geblieben, trockenes Laub, das der Wind gegen die Mauern blies.

»Ja.«

Johann legte die Fingerspitzen aufeinander. Sie seufzte kaum hörbar.

»Glaubst du nicht mehr an unsere Sache?«

Er schüttelte den Kopf, als könne sie es sehen.

»Das ist es nicht, Mutter. Ich glaube fester daran als je zuvor. Was wir tun, ist richtig.«

»Aber du glaubst nicht unbedingt an unsere Gemeinschaft.«

»Nein.«

»Hm.« Die weißen Finger begannen wieder ihren Weg über den schwarzen Samt des Rockes anzutreten, suchten einander, verschränkten sich. »Nun, Gerhard Morart ist tot. Er musste sterben, nicht weil wir grausam sind – weil ich grausam bin! –, sondern weil die Sache es erforderte.« Sie machte eine Pause. »Aber mancher aus unserer Runde scheint das nicht zu verstehen. Heute denken die Narren, sie könnten durchs Feuer gehen, ohne sich die Füße zu verbrennen.«

»Ins Feuer müssen wir alle«, sagte Johann leise. »Irgendwann.«

»Natürlich. Aber was ist gottgefällig und was nicht? Hast du je darüber nachgedacht, wie vermessen es ist, Gottes Wille kennen zu wollen und andererseits in seinem Namen Recht zu sprechen? Wenn nicht einmal der Papst nachweisen kann, dass er ein wirklicher Diener des Herrn ist, wenn also Gottes Wege unergründlich sind, wie es die Bibel lehrt, dann mag vielleicht der Papst der wahre Splitter im Auge Gottes sein. Wer wird also eher brennen? Derjenige, der die oberste Autorität der heiligen römischen Kirche in Frage stellt, oder der so genannte Heilige Vater?«

»Das scheint mir eine Spitzfindigkeit, die kein Sterblicher je wird beantworten können.«

»Es mag spitzfindig sein, Gottes Wort auslegen zu wollen, wie es uns gefällt. Und eben darum sollst du dich nicht unnötig quälen, mein Sohn. Du wirst in dieser Welt keine der Antworten finden, nach denen wir streben. Aber sollen wir, da wir nicht wissen können, darum auch nicht handeln?«

»Wir werden handeln!«, sagte Johann entschlossen.

Pergamentene Haut spannte sich über die Zähne der alten Frau. Sie lächelte.

»Ich wäre nur froh«, fuhr er fort »wenn ich eine bessere Truppe beisammen hätte. Mathias' Befürchtungen bezüglich des Mainzers kann ich zwar nicht teilen. Heinrich ist nur ein ziemlicher Hasenfuß. Aber dafür gibt es andere.«

»Ja, ich weiß.« Sie hob den Kopf und reckte das Kinn vor. Ihre Nasenflügel bebten, als versuche sie, einem flüchtigen Duft auf die Spur zu kommen. »Du sorgst dich um Daniel, nicht wahr. Er ist hitzig. Eines Tages wird er jemanden töten.«

»Oder getötet werden. Daniel ist ein *periculum in familia*.«

»Ich halte Kuno für bedenklicher.«

»Ja«, sagte Johann dumpf. »Kuno ist der andere, den ich meinte.«

»Aber wir dürfen Kuno nicht verurteilen, weil sein Herz spricht. Gerhard Morart hat ihn auf den Knien geschaukelt. Kuno wollte Steinmetz werden wie er. Als Gerhard auf Wanderschaft ging, bedrängte er seinen Vater, mitgehen zu dürfen, obschon er doch nur ein kleiner, sehr kleiner Junge war, eben des Denkens und Sprechens fähig. Er hat den Dombaumeister über alles geliebt.«

»Umso schlimmer.«

Die alte Frau streckte eine Hand vor und tastete nach Johanns Kopf. Die dürren Finger berührten sein Haar.

»Kuno ist ja kein Dummkopf«, sagte sie besänftigend. »Er wird sich besinnen und uns wieder zur Seite stehen, wie wir es uns gegenseitig gelobt haben.«

»Und wenn nicht?«

Die Alte schwieg.

Johann stand auf und küsste sie sacht auf die Stirn.

»Gute Nacht, Mutter.«

Er nahm seine Kerze und ging zur Tür.

»Johann.«

»Mutter?«

»Vielleicht solltest du dich ein wenig entspannen. Lies in den Psalmen. Ich glaube, im achten Abschnitt des Hilferufs gegen erbarmungslose Feinde findest du den Rat, nach dem du suchst.«

»Ja. Sicher hast du Recht.«

Er verließ ihr Zimmer, schloss leise die Tür hinter sich und trat zu einem englischen Schränkchen unter einem Wandteppich, der eine Jagdszene aus der griechischen Mythologie zeigte. Beiderseits des Schränkchens spendeten armdicke Kerzen auf Eichenständern genügend Licht, um lesen zu können. Er zog eine Schublade auf, holte die Heilige Schrift hervor und schlug den schweren Einband auf.

Von unten drangen Stimmen herauf. Theoderich und Daniel saßen beim Brettspiel. Hadewig, Johanns Hausfrau, sang ein altes Lied mit unglaublich vielen Strophen.

Er lächelte.

Jetzt, wo die Tage kürzer und die Nächte kühler wurden, saßen sie wieder öfter zusammen am Kamin und erzählten sich Geschichten. Die Familie wohnte in ganz Köln verstreut, aber hier im Hof des Filzengrabens waren sie am liebsten, wo die alte Frau von vergangenen und zukünftigen Tagen träumte und ihre Träume durch das ganze Haus spann, so dass man sich darin verfing und die Zeit vergaß und die Kälte der Welt.

Seine Finger blätterten rasch, suchten die Stelle, die sie ihm gesagt hatte. Es ging nicht ums Entspannen. Sie wusste, dass seine Bibelkenntnisse nicht ausreichten, dass er nachschlagen musste, um ihre Botschaft zu verstehen.

Johann fand die Seite. Sein Zeigefinger wanderte die Zeilen entlang.

Eine Weile stand er reglos da. Dann klappte er das Buch zu, legte es zurück an seinen Platz und ging nach unten, um sich zu wärmen.

Jacop

In langen Sätzen hielt Jacop auf den Schatten zu. Offenbar hatte sein Verfolger mit der plötzlichen Kehrtwende nicht gerechnet. Er war zu nahe und wahrscheinlich viel zu verblüfft, um seinen Lauf noch stoppen oder ausweichen zu können. Sie würden wie zwei Böcke aufeinander prallen. Nur Gott wusste, wer danach imstande war, die Gasse wieder zu verlassen. Aber es war besser, als sich von hinten einen Bolzen zwischen die Schultern schießen zu lassen.

Jacop empfand ein seltsames Gefühl der Befriedigung, seinen Gegner endlich sehen zu können. Der Fremde erschien ihm nicht mehr ganz so riesenhaft wie auf dem Domgerüst, aber immer noch von imposanter Größe. Was er in der ausgestreckten Hand hielt, erinnerte tatsächlich an eine Armbrust, nur sehr viel kleiner. Seine Kleidung war schwarz wie das Gefieder eines Rabens, die Gesichtszüge kaum erkennbar in der Dunkelheit. Breite Wangenknochen, Brauen wie Hecken, darüber eine hohe Stirn und ein Meer langer, fliegender Haare. Jacop hätte nicht zu sagen gewusst, ob es ein schönes oder abscheuliches Antlitz war. Er spürte etwas Ungezähmtes, Bestialisches in den Bewegungen des anderen. Das Wesen dort vor ihm hatte Gerhard Morart, Tilman und Maria getötet. Wenn es der Teufel war, blieb Jacop nicht einmal Zeit zu einem letzten Gebet.

Aber wenn es ein Mensch war – welche Hexe auch immer ihn gezeugt und mit Hilfe des Leibhaftigen großgezogen hatte! –, konnte man ihn überlisten. Sogar der Teufel war schon überlistet worden.

Und wenn du ein Tier bist, dachte Jacop grimmig, dann erst recht. Ich bin auch ein Tier. Ich bin der Fuchs!

Er wartete auf den Zusammenprall.

Er blieb aus.

Sein Gegner breitete stattdessen die Arme aus und stieß sich ab. Jacop sah den schwarzen Umhang vor sich aufsteigen, höher und höher, spürte den Stoff rau sein Gesicht berühren, als der Riese mit einem gewaltigen Satz über ihn hinwegsprang.

Niemand sprang so hoch. Egal.

Außer Atem rannte er aus der Sackgasse heraus und um die nächste Ecke zum Rhein hinunter. Hinter sich hörte er den anderen die Verfolgung wieder aufnehmen. Jacop drehte den Kopf, erwartete, ihn dicht auf seinen Fersen zu sehen, aber sein Vorsprung war offensichtlich größer ausgefallen als erwartet. Die Finte war geglückt.

Er bog in eine winzige Gasse ein, von der er wusste, dass sie zum Dom führte, rannte so schnell er konnte, Bäume ringsum und Mauern, links die Anlagen von St. Maximin, dahindämmernd. Um eins begann für die Mönche der Tag. Er würde in ihr Kloster eintreten, schwor er sich, allem entsagen, mit ihnen beten, wenn er nur um eins noch leben und atmen durfte. Äste peitschten ihm gegen Arme und Beine, zerkratzten sein Gesicht. Er merkte nichts davon.

Am Wegesrand tauchte eine Kirche auf, klein und unscheinbar. Ein Mann warf etwas auf den Weg, machte Anstalten, wieder hineinzugehen. Seine Kutte blähte sich im Wind.

»Vater!«

Jacop rutschte vor seine Füße und griff nach seinem Ärmel. Der Mönch erschrak und versuchte, ihn abzuschütteln. Er war dick und kahlköpfig und schnaufte.

»Lasst mich ein«, keuchte Jacop.

Die Äuglein des Bruders funkelten Jacop über die Schweinsbacken hinweg argwöhnisch an.

»Dafür ist es zu spät«, schnappte er.

»Zu spät?«

»Die Messe ist längst gelesen.«

»Bitte lasst mich ein. Nur einen Moment, ich flehe Euch an.«

»Ich sagte doch, das ist unmöglich, mein lieber Sohn, du solltest morgen wiederk –«

»Ehrwürdiger Vater!« Jacop ergriff die Hände des Mannes und drückte sie. »Nehmt mir die Beichte ab. Jetzt sofort! Ihr wisst, dass Ihr mir diese Gnade zu keiner Stunde versagen dürft, es ist Gottes Wille und Gesetz, das wisst Ihr ganz genau!« Er überlegte, ob es wirklich Gottes Wille und Gesetz war. Vielleicht auch nicht. Er kannte sich in klerikalen Dingen nicht sonderlich gut aus, aber den Versuch war es immerhin wert.

Der Mönch hob erstaunt die Brauen. Er schien unschlüssig.

»Nun ja –«

Vom Ende der Gasse erklangen Schritte. Leise, schnell und regelmäßig.

»Vater, bitte!«

»Also gut. Du bist ja sonst nicht fortzukriegen.« Er stieß Jacop unwirsch ins Innere der Kapelle und schloss hinter ihm das Portal.

Jacop dachte fieberhaft nach. Wie konnte ihm der andere schon wieder auf den Fersen sein? Woher wusste er, welchen Weg er genommen hatte?

Wie ein Tier, das Witterung aufgenommen hat.

Plötzlich kam ihm eine Idee.

»Weihwasser, Vater. Wo ist Weihwasser?«

Der Dicke schlug die Hände über dem Kopf zusammen. »Weihwasser will er! Wo ist Weihwasser? Wo ist in einer Kirche Weihwasser? Jesus Christus, barmherziger Gott, wann warst du das letzte Mal in einem Gotteshaus? Da!« Sein dicker, kurzer Finger schnellte vor und wies auf ein einfaches, steinernes Becken auf einer Säule. »Da ist Weihwasser. Aber denk jetzt bloß nicht, dass du einfach – He! Was machst du denn da? – Hat der Leibhaftige dir ins Hirn gespien? Das ist kein Tümpel, in dem du baden kannst!!!«

Jacop war zu der Schale getreten, hatte sie heruntergenommen und sich den Inhalt mit einem gewaltigen Schwung über den Kopf gegossen. Wenn er dem Mörder nicht durch Schnelligkeit entkommen konnte, dann vielleicht durch die Kraft der Weihe. Gott würde ihn schützen.

Der Mönch riss ihm die Schale aus der Hand und lief puterrot an.

»Bist du von allen guten Geistern verlassen?«, schrie er außer sich. »Raus mit dir!«

»Wartet.« Jacop lief zu einem winzigen Fensterchen neben dem Portal.

»Ich werde – ich werde –«

»Haltet den Mund. Draußen lauert der Teufel.«

Der Mönch war sprachlos. Mit aufgerissenen Augen, soweit die Speckwülste es ihm gestatteten, bekreuzigte er sich.

Jacop spähte hinaus.

Beim Anblick des Schattens zuckte er zusammen. Er kam den Weg herunter bis vor die Kirche. Dort blieb er stehen und drehte unsicher den Kopf.

Jacop wagte nicht zu atmen.

Der Schatten ging einige Schritte weiter, blieb wieder stehen, sah herüber. Eine Weile schien sein fahler Blick direkt auf Jacop zu ruhen.

Dann fuhr sein Kopf ruckartig nach rechts, wieder nach links, hin und her. Er sah zum Himmel hinauf. Der Mond zeichnete sein Profil silbern gegen den dunklen Grund der Bäume und Mauern, goss Licht über die langen Haare.

Er ist verwirrt, frohlockte Jacop. Er kann nicht begreifen, wohin ich verschwunden bin. Sein Verstand sagt ihm, dass ich da sein muss, irgendwo in der Nähe, aber seine Sinne sagen ihm das Gegenteil.

Er wird seinen Sinnen vertrauen! Jedes Raubtier tut das.

Angespannt wartete er, bis die Gestalt ihren zögernden Schritt wieder aufnahm. Nach einer Weile war sie eins geworden mit der Dunkelheit.

Der Schatten hatte ihn verloren!

»Mein Sohn, die Beichte«, flüsterte der Mönch. Auf seiner Stirn hatten sich winzige Schweißperlen gebildet. Er zitterte.

»Noch ein wenig Geduld, ich bitte Euch.«

Quälend langsam kroch die Zeit durch das düstere Kirchenschiff. Der Mönch hatte es offenbar dermaßen mit der Angst vor dem Teufel zu tun bekommen, dass er nicht wagte, seinen Platz zu verlassen.

Als Jacop endlich sicher war, seinen Gegner abgehängt zu haben, sank er an der kalten Steinwand nieder, schloss die Augen und schickte der heiligen Ursula ein kurzes Dankgebet. Sie war ihm von allen Heiligen die sympathischste. Kurzerhand beschloss er, ihr die Rettung seines armseligen Sünderlebens zu danken und dafür großzügig zu vergessen, dass er eben noch Mönch in St. Maximin hatte werden wollen.

»Was erzählst du da vom Teufel?«, bibberte der Mönch.

Jacop schreckte hoch.

»Teufel? Ach so. Vergesst es.«

»Und die Beichte?«

»Ach ja, die Beichte. Wisst Ihr, wenn ich's recht bedenke, hat das eigentlich noch Zeit.«

»Aber –«

»Eben ist mir eingefallen, dass ich heute Morgen erst gebeichtet habe. Stellt Euch vor! Oder war's gestern Abend? Sagt, Vater, kann ein einfacher, ehrlicher Mann im Laufe eines Tages so viel Unfug anstellen, dass sich dafür die Beichte lohnt?«

Der Mönch glotzte ihn an, als hätte er sich verhört. Dann gewann er mit einem Mal seine Fassung zurück. Er lächelte humorlos. Ein Mondgesicht ohne die Lieblichkeit des Mondes.

»Mein lieber Sohn –«

Jacop sah zu, dass er auf die Beine kam. Der liebe Sohn klang nicht nach liebem Sohn.

»– als ich in deinem Alter war, konnte ich drei Burschen deines Formats so auf den Hut hauen, dass sie hernach durch ihre Rippen guckten wie der Hahn durchs Gitter. Dazu bin ich jetzt natürlich viel zu alt und viel zu fromm.« Er kam mit raschen Schritten heran und zerrte Jacop zum Portal. »Aber um dich mit einem gottgefälligen Tritt aus meiner Kirche zu befördern, dürfte es noch reichen!«

Jacop dachte darüber nach.

»Tja«, sagte er. »Das glaube ich auch.«

Ohne eine Erwiderung abzuwarten, öffnete er die schwere Bohlentüre, warf einen Blick auf den Weg und hastete geduckt davon. Er hoffte nur, der Schatten würde nicht doch noch auf ihn warten.

Aber dieses Mal folgte ihm niemand.

Kopfschüttelnd trat der Mönch hinaus vor seine Kirche und stemmte die Arme in die Hüften.

Die Beichte!? Der rote Lump sollte ihm noch mal beichten kommen!

Dann verflog sein Ärger. Andächtig sog er die klare Luft ein und murmelte ein schnelles *Ave Maria*.

Was für eine schöne und friedliche Nacht.

12. September

Jacop

Jacop erwachte mit einem schrecklich trockenen Mund. Er hatte höchstens drei Stunden geschlafen, und davon waren zwei eine Qual gewesen, eine Hölle böser Träume.

Aber er lebte.

Mit schmerzenden Knochen setzte er sich auf und fragte sich einen Moment lang, warum ihm alles wehtat, als hätte man ihn ausgepeitscht oder aufs Rad geflochten. Dann sah er die Seile, auf denen er gelegen hatte. Dick wie Schlangen wanden sie sich über den Boden des kleinen Schiffes. Vermutlich wies sein Körper das abenteuerlichste Muster auf.

Er zog sich hoch und zuckte zusammen vor Schmerz. Als er die kurzen Ärmel des Wamses zurückschob, sah er, dass seine rechte Schulter rotblau angelaufen und aufgerissen war. Er war damit an die Mauer des Torbogens gerasselt, als er versucht hatte, seinen nächtlichen Verfolger an der Petruskapelle abzuhängen. Mit den Fingerspitzen betastete er die Stelle und stöhnte auf. Das fühlte sich noch schlimmer an, als es aussah.

Vorsichtig spähte er über die Reling hinaus auf die Geschäftigkeit an der Leystapelwerft. Mehrere bauchige Oberländer lagen vor Anker. Sie mussten in der Nacht eingetroffen sein. Schiffsknechte waren damit befasst, den Leyen vom Mittelrhein an Land zu schleppen und auf Ochsenkarren zu verladen. Dazwischen sah er Hafenmeister mit Schriftrolle und Federkiel die Arbeit überwachen. Es ging laut und hektisch zu, obwohl es dem Stand der Sonne nach nicht einmal sechs geschlagen hatte. Aber am Hafen begann die Arbeit schon vor Tagesanbruch.

Höchste Zeit, dass er fortkam.

Mit lahmen Gliedern kletterte er über die Reling und ließ sich zu Boden fallen in der Hoffnung, dass niemand ihn gesehen hatte. Es war nur ein kleines Boot, das zudem auf dem Trockenen lag und offenkundig keine Waren mehr an Bord hatte, aber die Aufseher mochten es nicht, wenn Bettler und Gesindel darin schliefen. Erwischt zu werden hieß, in den Verdacht des Diebstahls zu geraten, was im Allgemeinen ja auch stimmte. Ob einer wie Jacop diesmal nur sein Leben hatte retten wollen, spielte kaum eine Rolle.

Er schlenderte über die Werft wie einer, der gerne zuguckt. Am Rheingassentor herrschte Hochbetrieb. Es war eines der wenigen Nadelöhre, durch die Waren in die Stadt eingeführt werden durften, und zudem Standort der öffentlichen Kornwaage. Entsprechend lang war die Schlange der Karren und Fuhrwerke. Ein Stück weiter links am Filzengrabentor waren eine Gruppe städtischer Büttel und mehrere Gewaltrichter in ihren bunten Roben damit befasst, einige abgerissen aussehende Gestalten zu kontrollieren. Jacop fiel die missglückte Entführung des Koteletts ein. Besser, sich da nicht sehen zu lassen. Jeder andere Weg in die Stadt war zwar ein Umweg, aber wahrscheinlich sicherer.

Während er die Stadtmauer mit ihren Wehrtürmen und Zinnenhäuschen entlangschritt, musterte er unauffällig die vorbeieilenden Arbeiter, schwatzenden Schiffer, Aufseher und Zöllner. Er war darauf vorbereitet, sofort wieder die Beine in die Hand zu nehmen. Augenblicklich schien allerdings keine unmittelbare Gefahr zu drohen. Sein Gegner von letzter Nacht hatte ihn hoffentlich aus den Augen, oder besser, aus der Witterung verloren, nachdem er sich mit Weihwasser übergossen hatte. Was wiederum dafür sprach, es mit einem Halbwesen zu tun zu haben, einem Dämonen oder am Ende dem Satan selbst.

Jacop schauderte.

Aber konnte man dem Leibhaftigen entkommen? Der Teufel hätte ihn überall aufgetrieben. Der Schatten hingegen hatte ihn verloren.

Doch nur ein Mensch?

Plötzlich dachte er an Maria. Sie war tot. Es kostete ihn beinahe Mühe, sich an ihren Anblick zu erinnern. Er hatte ihr Bild verdrängt. Was sich letzte Nacht zugetragen hatte, schien in seltsam weiter Ferne zu liegen, fast, als existierten all die grauenvollen Erlebnisse in der Erinnerung eines anderen Menschen. Jacop war klug genug, um zu wissen, wie trügerisch diese Empfindung war. Er hatte das unbestimmte Gefühl, dass die Geschichte noch nicht ausgestanden war, sondern gerade erst ihren Anfang nahm, und dass er gut daran tat, mit dem Schlimmsten zu rechnen. Er konnte nicht ständig in Weihwasser baden. Köln war groß, aber einer, der ihn beharrlich suchte, würde ihn irgendwann auch aufspüren. Und dass der Schatten ihn suchte, stand außer Zweifel.

Er war das Opfer. Nicht Tilman.

Vielleicht war es klüger, Köln zu verlassen. Er war schließlich sein Leben lang geflohen, warum nicht auch jetzt? Aber wie oft würde er noch fliehen müssen?

Jacop wollte nicht weg. Nicht schon wieder.

Das nächste Tor war die Waschpforte. Von hier gelangte man auf den Thurnmarkt. Jacop ging ohne sonderliche Hast unter dem Fachwerkvorbau durch, in dem die Zöllner saßen und Frachtpapiere ausschrieben, zwängte sich zwischen die Leute und ließ sich im Gewühl mittreiben. Kurz vor dem Forum feni wich er in die Rheingasse aus, lief an dem steingemauerten Prunkhaus der Familie Overstolz vorbei und durch die Malzmühlengasse auf den Filzengraben. Auf dem Forum wollte er sich vorerst nicht sehen lassen, wenngleich sein Magen Laute extremer Verärgerung von sich gab. Aber dort hatten sie seinen Rotschopf vermutlich noch in allzu schlechter Erinnerung, speziell an den Fleischbänken.

Seine Haare!

War es möglich, dass der Schatten seine Haare gesehen hatte? Beim Sturz vom Baum war ihm der Hut vom Kopf gerutscht, und es war noch nicht zu dunkel gewesen, um die Farbe eines Haarschopfes zu erkennen. Ein Kinderspiel, ihn aufzustöbern, er leuchtete ja schon von weitem, als wolle er öffentlich um seine Hinrichtung ersuchen. Und der Hut war unwiederbringlich verloren. Tilman trug ihn. Beziehungsweise das, was von ihm übrig war.

Dutzendschaften von Tausendfüßlern wimmelten durch seine Eingeweide. Schnell huschte er unter den Türgiebel des Overstolzenhauses, zog sein Wams aus und begann, es sich um den Kopf zu wickeln. Ein schmerzhaftes Stechen ging durch seine Schulter; sein rechter Arm war kaum zu gebrauchen! Das Gewebe rutschte ihm über die Augen. Fluchend riss er es herunter und versuchte es ein weiteres Mal, ohne Erfolg.

»Was tust du da?«, fragte eine Stimme hinter ihm scharf.

Sein Herz setzte aus.

Langsam drehte er sich um und stieß erleichtert den Atem aus. Kein langmähniger Riese, der die Armbrust auf ihn richtete. Der Mann trug einen nussbraunen, offenen Mantel mit schwarzem Pelzbesatz über einem weinroten Faltenrock. Den Kopf bedeckte eine bestickte Mütze mit Ohrenschutz. Ein grau melierter Bart zierte sein Kinn. Die Augen funkelten ihn kalt an.

»Verzeiht!«, flüsterte Jacop.

»Lungere hier nicht rum, hörst du? Ich könnte dir ein paar stattliche Köter auf den Hals hetzen.«

»Ja. Ja, natürlich. Nochmals, verzeiht.« Jacop packte sein Wams und drückte sich an dem Mann vorbei.

»He!«

Er blieb stehen. In seiner Kehle steckte ein Kloß und wollte sich selbst durch heftiges Schlucken nicht dazu bewegen lassen, sie zu verlassen.

Der Mann kam näher. Jacop sah seine Hand den Mantel zurückschieben und den Knauf eines zierlichen Schwerts umfassen, das in einer goldbeschlagenen Scheide von seiner Hüfte hing.

»Ich wollte – wollte mich nur ein wenig ausruhen«, beeilte sich Jacop zu versichern.

Der andere runzelte die Stirn.

»Du bist ein Bettler«, sagte er. »Warum bettelst du nicht vor den Kirchen?«

»Ich wollte nicht betteln.«

Moment mal. Warum eigentlich nicht?

»Es ist nur der Hunger, wisst Ihr!« Jacop setzte seine erbärmlichste Leidensmiene auf und zeigte vielsagend auf seinen Bauch, der in der Tat kein Gramm Fett zu viel aufwies. »Meine Knie sind wie Wachs in der Sonne geworden, und ebendiese Sonne verbrennt mir schier das Hirn. Ich weiß nicht, ob ich den heutigen Abend noch erleben werde. Meine armen Kinder! Meine Hausfrau! Aber verzeiht, Herr, verzeiht ein weiteres Mal, wenn ich Euch im Weg gestanden habe, ich wollte nichts Böses, nur ein bisschen von Gottes Gnade und eine Kleinigkeit im Magen, verzeiht.«

Das war eine ziemlich ölige Rede gewesen, aber sie verfehlte ihre Wirkung nicht. Der Mann betrachtete ihn abschätzend von oben bis unten. Dann schmunzelte er.

»Wie heißt du?«

»Jacop, Herr. Man nennt mich den Fuchs.«

Der Mann griff in eine Tasche seines Mantels und drückte Jacop eine Münze in die Hand.

»Bete für mich, Fuchs.«

Jacop nickte eifrig. »Das werde ich, Herr. Ich verspreche es.«

Er schloss die Finger um seinen Schatz und hastete davon.

»Und kauf dir was zu essen, Fuchs, bevor du es stiehlst!«, rief ihm der andere nach.

Jacop drehte sich um und sah ihn in dem großen Haus verschwinden. Ein Patrizier! Gott und alle Heiligen! Der Mann musste aus dem Geschlecht der Overstolzen stammen, der einflussreichsten Familie in ganz Köln und Umgebung. Wenn das kein guter Handel gewesen war!

Er betrachtete die Münze. Ein Gulden! Das war genug, um die Dämonen der Nacht einen köstlichen Augenblick lang zu vertreiben.

Aber nicht genug, um sie zu vergessen.

Das kühle Metall umklammernd ging er eilig weiter, während er mit der linken Hand versuchte, das verfluchte Wams so auf seinem Kopf zu drapieren, dass es seine Haare verdeckte. Als er schon fast auf dem Filzengraben war, gelang es ihm endlich. Er wagte sich nicht vorzustellen, wie das aussah, und schon gar nicht, was Richmodis dazu sagen würde.

Wieder zog ein Stechen durch seine Schulter.

Fürs Erste war sie die Einzige, die ihm helfen konnte. Sein Blick wanderte hoch auf die Bach. Heute waren dort mehr Leute zu sehen als am Vortag.

Er hoffte inständig, Richmodis mit seinem Erscheinen nicht in Gefahr zu bringen. Dass er noch lebte, nahm er als Zeichen für seine augenblickliche Sicherheit, aber bis jetzt waren schon zwei Menschen getötet worden für etwas, das er gesehen hatte und nicht hatte sehen dürfen. Wenigstens nahm er das an. Viel Zeit, darüber nachzudenken, hatte er bis jetzt noch nicht gefunden.

Im Näherkommen suchte er den Duffesbach ab. Richmodis war nirgendwo zu sehen.

Er musste wieder gehen. Oder es wagen, bei ihr anzuklopfen, aber dann riskierte er, dass ihm der alte von Weiden das Fell über die Ohren zog, weil er sein Wams und seine Stiefel trug. Vielleicht würde er alles wiederhaben wollen und ihn bei den Schöffen des Diebstahls anklagen.

Sicher, hörte Jacop sich sagen, nehmt Euch ruhig zurück, was Euer ist. Bezüglich des Mantels und des Huts empfehle ich Euch auf die Plackgasse, da liegt einer mit einem Bolzen im Genick, der wird Euch keine großen Schwierigkeiten machen.

Ah! Ein Bolzen. Hast ihn am Ende selber umgebracht, was?

Jacop spürte, wie ihm der Schweiß auf die Stirn trat. Er ließ sich an der schmalen Uferböschung nieder und tauchte die Hände ins Wasser. Darüber hatte er ja noch gar nicht nachgedacht!

Es war zu viel auf einmal. Jacop ließ sich zurücksinken, breitete die Arme aus und starrte in den blauen Himmel.

Wahrscheinlich waren ihm die Gewaltrichter, Büttel und Schöffen auch schon auf den Fersen. Dazu Gerhards Mörder und ganz nebenbei der eine oder andere Fleischer.

Fein, fein.

Er schloss die Augen. Wenn er doch nur einschlafen könnte.

»Na, wolltet Ihr mir nicht die Flötentöne beibringen?«

»Richmodis!«

Ihr Gesicht stand auf dem Kopf, die herabhängenden Locken schienen nach ihm zu greifen. Er fuhr hoch und spürte, wie der Schmerz seine Schulter durchschnitt. Das Wams rutschte ihm vom Kopf, entknäulte sich und fiel in den Dreck.

Sie trat vor und lächelte. Am Arm trug sie einen abgedeckten Korb.

»Ich hätte nicht gedacht, Euch so bald wiederzusehen.«

»Ich habe doch gesagt, ich liebe Eure Nase.« Jacop versuchte, sich aufzurichten. Sie bemerkte die lädierte Schulter und verzog das Gesicht.

»Du lieber Himmel! Wo habt Ihr das denn her?«

»Türe war zu eng.«

Er rappelte sich hoch, nahm das Wams vom Boden und schüttelte schuldbewusst den Staub heraus. Ihr Blick ging von seiner Schulter zu dem Kleidungsstück, inspizierte ihn von Kopf bis Fuß und wanderte wieder zu der Schulter. Sie griff danach und drückte zu.

»Au!«

»Nanana. Ihr jault ja wie ein Dompfaffe.«

»Richmodis!« Jacop umfasste ihre Schultern, besann sich eines Besseren und nahm seine Hände wieder weg. »Ich weiß, es ist ein bisschen viel verlangt, aber –« Er sah sich um. Wieder Leute, die herüberstarrten.

»Was habt Ihr diesmal angestellt?«, seufzte sie.

»Ihr habt gesagt, Euer Onkel ist ein Physikus.«

»Er ist sogar ein Doctor und Dechant zu St. Maria Magdalena und kennt wichtige Leute. Warum?«

»Er muss – ich weiß nicht, was mit meiner Schulter ist. Sie sind hinter mir her, weil ich alles mitangesehen habe, bloß wegen dem blöden Baum, und es tut mir Leid wegen der Kleider, aber ich wollte Tilman doch nur helfen und –«

Richmodis schüttelte energisch den Kopf und hob die Hände.

»Aufhören! Wer ist hinter Euch her? Was habt Ihr gesehen? Wer ist Tilman? Ich verstehe kein Wort.«

»Ich auch nicht«, gab Jacop zu.

»Dann kommt.« Sie nahm ihn beim Arm und zog ihn zum Haus. »Ich will Euch nicht schon wieder unter Tüchern ertränken müssen und dahergelaufenen Schönschwätzern das Märchen von meinen tausend Männern auftischen.« Sie öffnete die Tür und wies ins Innere. »Rein mit Euch.«

»Bekommt Ihr keine Schwierigkeiten mit Eurem Vater?«, fragte Jacop matt.

»Langweilt mich nicht mit Eurem schlechten Gewissen. Da, setzt Euch.« Sie wies auf eine Bank neben dem Kamin. Es knisterte ein Feuerchen darin. Die Stube war einfach, aber gemütlich eingerichtet.

Jacop schüttelte den Kopf. »Nein. Hört zu, ich mag ja nicht gerade aus besseren Kreisen kommen, aber ich weiß, dass ehrbare Bürgerstöchter keinen wie mich mit in die Stube nehmen sollten, wenn alle Welt zuschaut. Es ist besser, ich gehe.«

»Kommt nicht in Frage!«

»Ich meine es ernst.«

»Ich meine es auch ernst«, sagte sie bestimmt. »Lustige Flöten verteilen und Wämser einsacken, meines Vaters Hut und Mantel, über deren Verbleib ich übrigens schon sehr gespannt bin, und dann das Weite suchen? Ich warne Euch.« Sie sah ihn ungnädig an, versuchte zu schmollen und musste dann lachen. »Und von meiner Nase dürft Ihr nicht einmal mehr träumen.«

Jacop breitete ergeben die Hände aus und ließ sich zurücksinken. Sie hob den Zeigefinger.

»Dageblieben! Bin gleich zurück.«

Er nickte und atmete tief durch. Es war unverantwortlich gewesen, Richmodis aufzusuchen, aber er wusste nicht, was er sonst hätte tun können. Er war verletzt, und zu allem Überfluss bestand die Gefahr, dass Clemens ihn für Marias Tod verantwortlich machte. Es war saudumm gewesen, einfach davonzulaufen. Wer fortlief, war schuldig. Das fehlte noch, dass sie ihm den Mord anhängten und den von Tilman gleich dazu. Am Ende hieß es womöglich, er hätte Gerhard vom Gerüst gestoßen. Aber nein! Wenigstens von dem Verdacht würde er frei bleiben. Es gab ja Zeugen dafür, dass es ein Unfall war. Zeugen, die nicht dabei gewesen waren.

Richmodis kehrte mit einem Bottich voll Wasser zurück. Sie kam aus der hinteren Stube, die zum Hof führte. Offenbar besaßen die von Weidens einen eigenen Brunnen. Das war nicht unbedingt eine Selbstverständlichkeit. Die meisten Anwohner gehörten einer Brunnengemeinschaft an und teilten sich die Brunnen an den Straßenkreuzungen und Ecken.

Rittlings kniete sie sich neben ihn auf die Bank und begann, die Wunde mit einem Lappen vorsichtig auszuwaschen. Dabei ging sie so behutsam vor, dass es beinahe eine Wohltat war. Unter anderen Umständen hätte Jacop weitere Verletzungen hinzu erfunden, nur um ihre sanften Hände noch ein wenig zu spüren.

»So.« Sie klatschte den Lappen in den Bottich und betrachtete prüfend ihr Werk. »Mehr kann ich im Augenblick nicht tun.«

Jacop äugte auf seine Schulter. Sie schillerte in allen möglichen Farben.

»Richmodis –« Er nahm ihre Hand und drückte sie. Sie ließ es geschehen, schaute ihn aus ihren grünen Augen an und wartete. Er wusste nicht recht, wo er beginnen sollte.

»Ihr seid auf der Flucht«, half sie ihm schließlich.

»Ja.«

»Das wart Ihr gestern auch.«

»Gestern hatte ich gestohlen. Das ist etwas anderes. Das gehört zu meiner Profession.«

»Ah – Profession.« Sie hob in spöttischer Anerkennung die Brauen.

»Es trifft nicht zu, was Ihr denkt«, sagte er eindringlich. »Ich bin ein Schwindler und ein Dieb, unbestritten. Aber diesmal ist es anders. Mein einziger Fehler war, zur falschen Zeit am falschen Ort zu sein. Ich habe gesehen, wie jemand ermordet wurde, und der Mörder hat mich gesehen, und jeder, mit dem ich bis jetzt darüber gesprochen habe, ist tot!« Bei der Erinnerung an Maria versagte ihm plötzlich die Stimme. Er verspürte ein Kratzen im Hals und sah schnell zur Seite.

Ihr Zeigefinger legte sich unter seine Kinnspitze und bugsierte ihn mit sanfter Kraft wieder zurück. »Also, was weiter?«

Er schüttelte den Kopf. »Nichts weiter. Ich sitze in der Klemme, und ich will nicht, dass Ihr mit reingezogen werdet. Glaubt mir, ich habe mir wirklich gewünscht, Euch wiederzusehen –«

»Das will ich auch schwer hoffen!«

»– aber vielleicht bringe ich Euch damit in Lebensgefahr! Dieses Ungeheuer hat mich letzte Nacht durch Köln gejagt, ich wundere mich, dass ich überhaupt noch lebe.«

»Ungeheuer?« Die kleine Falte zwischen ihren Brauen war wieder da.

»Gerhards Mörder.«

»Aber Ihr seid ihm entkommen?«

»Ja. Für den Augenblick.«

»Gut. Dann müssen wir uns keine Sorgen machen. Wenn er Euch mittlerweile wiedergefunden hätte, wärt Ihr doch jetzt wahrscheinlich mausetot.« Ihre Hände fuhren in sein Haar, packten zu und rissen mit solcher Macht daran, dass er unwillkürlich aufschrie. »Wie ich aber höre, lebt Ihr.«

Sie ließ ihn los, sprang von der Bank und ging aus der Stube. Jenseits der offenen Tür erklangen knarrende und raschelnde Geräusch.

»Und wessen Ermordung habt Ihr beobachtet, dass man Euch so rüde ans Leben will?«, rief sie.

»Nicht so laut!« Jacop verdrehte die Augen und lief ihr schnell hinterher. Der hintere Raum war eine Mischung aus Küche und nach unten verlegtem Speicher, wie es schien. Sie hatte eine große Truhe geöffnet und wühlte zwischen Stoffen und allerlei Kram. Er ließ sich an den Türrahmen fallen und stöhnte auf. Seine Schulter! Richmodis warf ihm einen kurzen Blick zu und widmete sich dann wieder dem Durcheinander.

»Verstehe«, sagte sie. »Der Mörder ist in dieser Truhe und hört jedes Wort mit.«

»Ich kann's Euch nicht sagen. Ich will nicht, dass noch jemand stirbt.«

»Hier, zieht das über.« Sie warf ihm einen lohfarbenen Mantel zu und eine Ohrenmütze. »Wenn Ihr nicht darüber reden wollt, müssen wir eben handeln. Worauf wartet Ihr noch?«

Jacop betrachtete die Kleidungsstücke. Sie waren aus feinem Tuch und schön gearbeitet. Er hatte nie zuvor so etwas getragen.

Richmodis klatschte in die Hände.

»Was ist denn? Wünscht der hohe Herr, angekleidet zu werden?«

Jacop kam ihrer Aufforderung eilig nach und zog sich die Mütze so weit über den Kopf, bis auch das letzte rote Haar verschwunden war. Richmodis stolzierte um ihn herum, zerrte und zuppelte an allen Seiten und besah ihn sich voller Zufriedenheit. Jacop fühlte sich steif und ungelenk. Er hätte gerne den abgelegten alten Mantel wiedergehabt.

»Und nun?«

»Nun? Wir gehen spazieren.«

»Wohin?«

»Zu meinem Onkel. Er soll Eure Schulter inspizieren, Euch was Ordentliches zu trinken geben, und dann erzählt Ihr Eure Geschichte. Wenn Ihr es schafft, ihn zu beeindrucken, wird er alles für Euch tun, um etwas Pfeffer in sein studiertes Dasein zu bringen. Falls nicht, wird er Euch in den Graben werfen. Ohne Hut und Mantel.«

Jacop wusste nicht, was er erwidern sollte. Sie verließen das Haus und gingen quer über die Bach zum Waidmarkt. Er wandte sich um, ob jemand sie beobachtete, woraufhin sie ihn missbilligend in die Seite knuffte und ihren Schritt beschleunigte.

»Nicht umdrehen«, flüsterte sie. »Die gucken ohnehin.«

Sie ließen St. Georg und St. Jacob zur Linken und passierten das Karmeliterkloster.

»Und wo wohnt Euer Onkel?«, fragte Jacop und wich einem Ferkel aus, das ihm quiekend zwischen die Füße lief.

»Ich sagte doch, er ist Dechant zu St. Maria Magdalena.«

»Kenne ich aber nicht.«

»Ihr unchristlicher Mensch!«

»Ich bin kein unchristlicher Mensch. Ich war nur lange nicht in Köln.«

»St. Maria Magdalena ist eine Pfarrkapelle gegenüber von St. Severin. Zugegebenermaßen etwas klein. Mein Onkel wohnt drei Häuser weiter, und da hat er auch seine Studierkammer.«

»Richmodis, da ist noch was –«

»Mhm?«

»Diese Kleider –«

»Sind von meinem Vater, stimmt.«

Auch das noch!

»War er Euch sehr böse wegen der Sachen, die Ihr mir geschenkt habt?«

»Aber sicher. Er hat mich durchs Haus getrieben und Mordio geschrien, dass die Nachbarn vor der Tür gestanden haben.«

»Um Himmels willen. Gut, dass er heute nicht da war.«

»Ja, was für ein Glück.«

Sie passierten die alte Römerpforte, hinter der die Severinstraße begann und schnurgerade auf die große Mauer zulief. Ab hier drängten sich die Kirchen, Klöster und Kapellen geradezu, das Barfüßerkloster, St. Katharinen und so weiter. Dazwischen Patrizierbauten und Brauhäuser, also gewissermaßen für jeden etwas. Die Severinstraße konnte sich weiß Gott sehen lassen.

Richmodis schritt energisch aus.

»Sagt mal, schönste Nase des Abendlandes«, rief er nach einer Weile. »Wo ist er denn überhaupt?«

»Wer?«

»Euer Vater?«

Sie blieb stehen und sah ihn an, als hätte sie in ihrem ganzen Leben noch keine derart dumme Frage gehört.

»Na, wo schon? Bei meinem Onkel!«

Morgenspaziergang

Pünktlich zur siebenten Stunde fand sich Mathias am Minoritenkloster ein. Er musste zweimal hinschauen, bevor er Urquhart erkannte. Der Mörder trug nun die schwarze Kutte der minderen Brüder, hatte die Kapuze weit übers Gesicht gezogen und hielt den Kopf gesenkt. Er sah aus, als sei er in tiefe Andacht versunken.

Mathias stellte sich wie zufällig neben ihn und blinzelte in die Sonne.

»Wozu die Verkleidung?«, fragte er.

Urquhart wandte den Kopf und sah ihn ausdruckslos an.

»Es scheint mir geraten, dass Ihr einen frommen Bruder auf seinem Spaziergang begleitet«, sagte er. »Gestern habt Ihr wenig Interesse bekundet, dass man uns zusammen sieht. Nun, Ihr habt vielleicht Recht.«

»Das war vielleicht ein bisschen übertrieben«, bemerkte Mathias. »Niemand weiß schließlich, wer Gerhard –«

»Nicht hier. Kommt.«

Sie gingen gemessenen Schrittes bis zur nächsten Straßenecke und bogen an den dunklen Taxusbüschen des Mirweiler Hofs rechts ab, in denen tausende von Spatzen ihr Morgenspektakel veranstalteten. Vor und hinter ihnen erstreckte sich eine der belebtesten Kölner Handwerksstraßen, noch von den Römern erbaut und gepflastert. Von allen Seiten erscholl Hämmern, Hobeln und Klopfen, vermischt mit dem Rattern der Wagen und dem Stampfen und Brüllen der Zugtiere, mit Gekläffe, Geschrei und Schweinegrunzen, alle Augenblicke unterbrochen vom Glockengeläut der zahlreichen Kirchen und Kapellen ringsum. Sie waren jetzt Unter Spornmacher, wo das Geschirr für die Pferde gefertigt wurde. Mathias hatte hier einen Sattel in Auftrag gegeben, der partout nicht fertig werden wollte, inzwischen aber so viel Geld verschlungen hatte, dass er eine Klage bei der Zunft erwog.

Sie flanierten an offenen Werkstätten, noblen Stadthäusern und dem Brauhaus »Münster« entlang, das Daniel zum Ärger der Familie immer häufiger frequentierte. Dann erschien rechts ein großes Anwesen.

»Euer Freund«, sagte Mathias spöttisch.

»Freund?«

»Der Hof des Grafen von Jülich.«

»Wilhelm ist nicht mein Freund«, sagte Urquhart gelangweilt. »Ich habe ihm eine Zeit lang gedient, und er hat seinen Nutzen draus gezogen. Jetzt diene ich Euch.«

»Und nicht zum schlechtesten«, bemerkte Mathias gönnerhaft. Er holte eine Birne aus seiner Manteltasche und biss mit Appetit hinein. »Gerhard ist tot. Alle Welt spricht von einem Unfall. Eure Zeugen waren gut.«

»Zwei meiner Zeugen waren gut.«

»Ihr hattet doch nur zwei, oder irre ich mich?«

»Ich hatte drei.«

»So?« Mathias Zeigefinger fuhr an seine Lippen. »Es scheint, ich werde alt. Aber drei sind natürlich noch viel besser!«

»Das sind sie keineswegs. Der dritte war nicht vorgesehen.«

Mathias starrte auf die Einkerbungen seiner Zähne in der Birne.

»Sagt das nochmal.«

»Da war ein Dieb«, erläuterte Urquhart. »Wohl unterwegs, um

das Obst des Erzbischofs zu stehlen. Er hat gesehen, wie ich Gerhard vom Gerüst stieß, äußerst dumm, das Ganze. Ich konnte unmöglich wissen, dass er in einem der Bäume saß wie eine Klette, bis er daraus zu Boden stürzte. Wohl vor lauter Angst.« Er sog verächtlich die Luft durch die Zähne.

»Und was jetzt?«, rief Mathias einigermaßen entsetzt.

»Senkt Eure Stimme. Jetzt haben wir einen, der die Kölner Christenheit vom Gegenteil überzeugen könnte, dass Gerhard nämlich keinen falschen Schritt getan hat.«

»Ach was! Wer glaubt schon einem Dieb und Bettler?«

»Keiner, denke ich.« Urquhart blieb stehen und blitzte Mathias aus dem Schatten seiner Kapuze an. »Aber wollt Ihr es drauf ankommen lassen?«

»Wieso ich?«, fuhr Mathias auf. »Das ist Euer Verschulden!«

»Nein«, gab Urquhart ruhig zurück. »Man kann nicht jeden Vogel kennen, der in den Ästen nistet. Nicht einmal ich. Aber lamentiert nicht vorzeitig, es kommt nämlich noch viel besser. Möglicherweise – aber das will ich nicht um jeden Preis beschwören – hat Gerhard mit dem Mann gesprochen.«

»Was? Ich denke, Gerhard war tot! Ihr stürzt mich von einer Verwirrung in die andere.«

Urquhart lächelte milde.

»Er ist gestorben. Das ist nicht dasselbe wie tot sein. Sterbende können ihren Willen ändern, Gott verfluchen, alles im letzten Atemzug vor ihrem Dahinscheiden. Herumliegende Dombaumeister können beispielsweise Euren Namen nennen.«

Mathias packte Urquhart am Arm und stellte sich dem Riesen in den Weg.

»Ich finde das nicht komisch«, zischte er. »Warum habt Ihr den Vogel nicht einfach eingefangen?«

»Ich habe es versucht.« Urquhart ging weiter, und Mathias musste aus dem Weg springen. Wütend schleuderte er den Rest der Birne gegen ein Haustor und schickte sich wieder in den scheinbar so erbaulichen Spaziergang.

»Und was ist herausgekommen bei Eurem – Versuch?«

»Irgendwann habe ich seine Spur verloren.«

»Dann wird er es wahrscheinlich überall herumerzählt haben«, stöhnte Mathias. »Jetzt weiß es schon halb Köln.«

»Ja, er hat es einigen erzählt. Aber die leben nicht mehr.«

»Wie bitte?« Mathias glaubte, sich verhört zu haben. Die Pfannenschläger hatten ihren Straßenzug noch ein ganzes Stück weit vor ihnen, an deren beständigem Hämmern konnte es also nicht liegen, dass ihm die Ohren dröhnten.

Urquhart hob gleichmütig die Schultern.

»Ich habe getan, was nötig war.«

»Wartet.« Mathias versuchte, seine Gefasstheit wiederzuerlangen. »Ihr wollt sagen, Ihr habt weitere Menschen umgebracht?«

»Natürlich.«

»Heilige Jungfrau!«

»Lasst die Frömmeleien«, meinte Urquhart. »Was macht es schon, wenn ich dem Dombaumeister ein paar Weggefährten schicke? Wenn ich Euch recht verstehe, seid Ihr am Gelingen Eures Plans mehr interessiert als am Leben und Wohlergehen Eurer Mitbürger.«

Er trat zu einem Stand, an dem gerauchte Honigschnitten und süße Kuchen mit Nüssen feilgeboten wurden. Es roch verführerisch. Eine Münze wechselte den Besitzer. Urquhart begann zu kauen und hielt Mathias ein Stück hin.

»Mögt Ihr?«

»Verdammt noch mal, nein!«

Schweigend gingen sie nebeneinander her. Es wurde enger. Die Straße war voller Menschen, die Einkäufe tätigten, Waren prüften, mit Seiden- und Wappenstickern feilschten oder einfach ihren Geschäften nachgingen. Eine Schar Kinder kam kreischend aus der Richtung gelaufen, von der nun das Hämmern der Schmiede und Pfannenschläger herüberdröhnte. Es war ein beliebtes Spiel, die Männer, die vom ohrenbetäubenden Lärm ihres

Handwerks sämtlich halbtaub waren, im Vorbeigehen nach der Tageszeit zu fragen und dann loszurennen, weil ihnen mit Sicherheit ein halbes Dutzend Hämmer hinterherflog.

»Macht Euch keine Sorgen«, sagte Urquhart.

»Ich soll mir keine Sorgen machen?« Mathias lachte erbittert auf. »Da läuft jemand durch die Stadt, der alles verderben kann, und Ihr ergötzt Euch an Gebäck.«

»Wir werden ihn finden.«

»Wer ist wir?«

»Ich brauche ein paar Leute. Natürlich würde ich Euch nicht damit behelligen, wenn es nicht so eilig wäre. Aber ich habe keine Zeit, sie selber auszusuchen wie die Zeugen. Gebt mir drei, vier Männer aus Eurer Knechtschaft, und wenn ich Euch raten darf, die schnellsten.«

»Zum Teufel mit Euch! Wisst Ihr wenigstens genau, wonach Ihr sucht?«

»Ja.« Urquhart stopfte sich das letzte Stück Kuchen in den Mund. Mathias wurde schlecht vom Hinsehen.

»Und? Wie heißt er? Wie sieht er aus? Redet!«

Urquhart wischte sich die Mundwinkel ab.

»Klein, schmal und rote Haare. Rot wie Ofenglut. Hört auf den Namen Jacop.«

Mathias blieb wie vom Blitz getroffen stehen. Er hatte das Gefühl, als erzittere der Boden unter seinen Füßen.

»Sagt, dass Ihr lügt«, flüsterte er.

Von einer Sekunde auf die andere wich Urquharts Lässigkeit hochkonzentrierter Wachsamkeit.

»Warum?«

»Warum?« Mathias schüttelte entgeistert den Kopf. »Weil ich – nein, das kann nicht wahr sein! –, weil ich diesem Jacop vor nicht ganz einer Stunde einen Gulden gegeben habe.«

Urquharts buschige Brauen zogen sich zusammen. Jetzt war es an ihm, fassungslos zu sein.

»Ihr habt was?«, fragte er leise.

»Einen Gulden. Jacop der Fuchs! Machte seltsame Verrenkungen vor unserem Haus in der Rheingasse. Mir kam es fast so vor, als wollte er sein – sein Haupt verhüllen.«

Natürlich. Was denn sonst?

»Jacop der Fuchs«, murmelte sein Begleiter anerkennend. »Ein Fuchs ist er in der Tat.«

»Und ich Esel gebe ihm einen Gulden!«

»Davon habt Ihr nun weiß Gott genug, Overstolz«, bemerkte Urquhart maliziös.

Mathias Overstolz, Neffe eines der reichsten und mächtigsten Dynasten unter den Kölner Patrizierfamilien und selber reich an Geld und Einfluss, fühlte sich einen fürchterlichen Augenblick lang armselig und machtlos. Dann siedete Wut in ihm hoch. Sie hatten genug gejammert und die Hände überm Kopf zusammengeschlagen. Es wurde Zeit, etwas zu unternehmen.

»Schauen wir nach den Männern«, sagte er und machte kehrt. »Ich werde Euch ein Dutzend aus meiner Dienerschaft an die Seite stellen und außerdem versuchen, ein paar Soldaten aufzutreiben. Wir schildern ihnen diesen Fuchs als das, was er ist – als einen Dieb, an dessen Ergreifung das Geschlecht der Overstolzen ein primäres Interesse hat.«

»Ich werde mit den Leuten reden müssen«, sagte Urquhart.

»Lässt sich das nicht vermeiden?«

»Nein.«

»Mit den Soldaten kann ich Euch nicht reden lassen. Lorenzo, einer, dem wir Geld gegeben haben, wird sie vielleicht bereitstellen können, aber sie dürfen Euch keinesfalls sehen.«

»Ich verstehe.«

»Bei den Knechten ist das was anderes. In Eurer Minoritentracht werde ich Euch wohl in unser Haus mitnehmen können. Verhaltet Euch wie ein wahrer Geistlicher und Freund der Familie. Es geht darum, einen Dieb seiner gerechten Strafe vor Gott zuzuführen, wir sprachen darüber, und da hattet Ihr eben zufällig eine fromme Idee, wie sich das anstellen ließe.«

Urquhart nickte.

»Und was soll er gestohlen haben, unser Fuchs?«

Mathias dachte darüber nach. Dann kam ihm eine Idee. Eine köstliche Idee!

Er lächelte grimmig.

»Sagen wir ihnen, er hat mir Geld gestohlen. Ja, das ist gut. Er hat mir Geld gestohlen. Einen Goldgulden.«

Physikus

St. Maria Magdalena war in der Tat kein beeindruckendes Zeugnis kirchlicher Baukunst und wirkte zudem etwas verfallen. Die Kölner Pfarrer, Canonici, Weihbischöfe und sonstigen Geistlichen führten oft genug an, dass sie schon mit dem Zehnten nicht zurande kämen, woher also die Mittel für die Instandhaltung der Gotteshäuser nehmen? Das war insofern etwas übertrieben, als die großen Kirchen dank üppiger Zuwendungen seitens Handwerkern, Kaufleuten und Geschlechtern makellos erglänzten und das Geld ja schließlich auch für einen neuen Dom reichte. Allerdings konzentrierte sich der Segen auf das Zentrum und die großen Klöster in den Randgebieten. Kleine Pfarrkirchen wie St. Maria Magdalena waren auf ihr jeweiliges Kirchspiel angewiesen, also die Menschen im Pfarrbezirk, und da war natürlich irgendwann Ebbe im Opferstock.

So erschien St. Maria Magdalena um so schäbiger, als gleich gegenüber die stattliche Severinskirche ihr steinernes Haupt erhob und klarstellte, wo Gott wohl übernachten würde, wenn er nur einmal in die Gegend käme.

Bei aller Unscheinbarkeit erwies sich die kleine Pfarrkirche dennoch als wahrer Augenschmaus, verglichen mit dem Etwas, in dem Richmodis' Onkel wohnte. Es reihte sich ein in etwa ein Dutzend weiterer windschiefer Bauwerke, die allesamt aussahen wie eine Bande Betrunkener, und offenbar soeben kollektiv zu

Boden gingen. Richmodis erklärte Jacop, ihr Vater und ihr Onkel hätten schon zum wiederholten Male Stein und Bein geschworen, die Häuschen stünden kerzengerade, was aber darauf zurückzuführen sei, dass ihre eigene Schräglage den architektonischen Gegebenheiten entspreche und sie somit einer optischen Täuschung zum Opfer fielen.

Jacop verstand kein Wort.

»Ihr seid ja auch ein Dummkopf«, bemerkte Richmodis hochnäsig und pochte gegen die Haustüre.

»Dann erklärt's mir.«

»Ähem – später, ja? Ist denn wieder niemand zu Hause?«

Kurzentschlossen trat sie ein. Jacop folgte ihr widerwillig und verwünschte herzlich von Weidens Kleider an seinem Leib. Wenn der Alte wirklich hier war, konnten sie sich wohl auf einiges gefasst machen.

In der Stube lungerte allerdings nur eine graue Katze herum. Sie sahen im Hinterhaus nach, dann in dem winzigen Hof, gingen wieder ins Innere. Richmodis rief ein paarmal, kletterte in den ersten Stock und von da in den Speicher. Kurze Zeit später kam sie mit wissender Miene nach unten.

»Gefunden?«, fragte Jacop.

»Nein. Aber meines Vaters Mantel ist hier, also ist auch er hier. Und wo der eine ist, da ist der andere nicht weit.«

Sie zog Jacop wieder in den Hof und wies auf eine geschlossene Luke aus Brettern im Boden, an der ein rostiger Ring befestigt war.

»Was mag das wohl sein?«, fragte sie spitz.

»Ein Keller?«, mutmaßte Jacop.

»Oh, nein! In normalen Häusern wäre dahinter vielleicht ein Keller. Hier kommen wir direkt in die Hölle. Passt mal auf.«

Sie bückte sich, packte den Ring und stemmte die Luke hoch. Eine steile, schlüpfrige Stiege führte nach unten, und zusammen mit einem Schwall moderiger Luft entstiegen dem Loch die Worte:

»– dass ich es in Zukunft ablehne, mit jemandem zu verkehren, der anderer Leute Pisse säuft!«

»Das tue ich aber gar nicht, du krummer Buckel«, antwortete eine zweite Stimme. »Ich schmecke den Urin, was nämlich etwas gänzlich anderes ist als trinken, verstehst du das?«

»Pisse bleibt Pisse.«

»Urin, nicht Pisse, du Unflat! Und nur ein Tröpfchen, das mir sagt, ob der Erkrankte wohl am Diabetes mellitus leidet, hier auf der Spitze meiner Zunge kann ich das schmecken, siehst du, da!«

»Bah, geh mir weg mit deiner gelben Schweinezunge.«

»So, gelbe Zunge? Und wie erklärst du es dir dann, dass diese Schweinezunge über ein so ungleich größeres und gelehrteres Vokabular verfügt, als dein verhurter Geist in hundert Jahren aufzubringen imstande wäre?«

»Ich habe nicht gehurt, aber von dir weiß ich, dass du am Davidstag nach den Christtagen in die Schemmergasse gegangen bist und diese zwei Seidenspinnerinnen kommen mussten, sechzehn Fuder Wein habt ihr da versoffen, du und dein Gelumpe von Studenten!«

»Das ist nicht wahr!«

»Wohl ist es wahr, und bei den Weibern habt ihr gelegen, dass es mich wundert, dich noch gesund an Leib und Gliedern zu erleben. Man sollte meinen, dein Instrument der Wollust wäre längst schon abgefault.«

»Was weißt du fette Färberseele denn vom Instrumentarium der Wollust? Du kannst ja keinen Furz von einem Seufzer unterscheiden.«

»Aber Wein von Pisse!«

»Ha! *Quod esset demonstrandum.* Wenn man dir nicht sagen würde, dass es Wein ist – übrigens, trinken wir noch einen?«

»Trinken wir noch einen!«

»Was ist denn das?«, entfuhr es Jacop.

Richmodis sah grimmig in das Kellerloch hinab, aus dem rötlicher Kerzenschein flackerte.

»Das? Das sind mein Vater und mein Onkel.«

»Was tun sie da?«

»Sie nennen es gelehrte Disputationen. Das Geleerteste daran sind hinterher die Fässer.«

»Machen sie das öfter?«

»Sooft sie ein Thema finden.« Richmodis seufzte. »Kommt, steigen wir zu ihnen runter. Rauf kommen die wahrscheinlich nur mit äußerster Mühe.«

»Aber es ist früher Morgen!«, rief Jacop bestürzt.

Sie warf ihm einen verständnislosen Blick zu. »Na und? Ich danke ja schon den Aposteln, dass sie nicht im Schlafe saufen.«

Kopfschüttelnd stieg Jacop hinter ihr die Stiege herunter und gab Acht, auf den glatten Steinen nicht auszurutschen. Dann standen sie in etwas, das eher einer Höhle glich denn einem Kellergewölbe, erstaunlich groß und auf den ersten Blick als gutgefüllter Weinzapf zu erkennen. Von der Decke tropfte es unablässig. Es roch faulig und ein wenig nach der Kloake, die Jacop gleich neben dem Keller ausgemacht hatte. Das Verlies, denn kein passenderes Wort fiel ihm in diesem Moment ein, war ein Kuriosum ohnegleichen.

Noch erstaunlicher allerdings waren die zwei Männer, die da auf dem Boden saßen, eine Kerze zwischen sich, jeder einen irdenen Krug in der Hand und unablässig debattierend, als seien Jacop und Richmodis nur zwei weitere Fässer, die man irgendwann zur Grundlage eines erneuten gelehrten Disputs machen würde. Beide mochten um die fünfzig sein. Der eine war klein, dick und völlig halslos, mit einem knallroten Gesicht und Resten von Haar, dessen Farbe im Laufe der Zeit einem Zustand zwischen braun und gar nichts gewichen war. Seine Finger waren grotesk verbogen und erinnerten an Bäume, in die der Blitz geschlagen hatte. Ein dünner, lockiger Vollbart versuchte, es Jacops Schopf gleichzutun und spross in alle möglichen Richtungen. Trotz der Kühle rann ihm der Schweiß aus sämtlichen Poren.

Der andere war das genaue Gegenteil. Aus der schlichten Kutte ragte ein langer, dürrer Hals, auf dem ein runder Schädel unablässig vor und zurück zuckte, ausgestattet mit einer gefährlich langen, spitzen Nase und einem ebensolchen Kinn, die vereint ständig anzugreifen schienen. Bis auf die rundgebogenen Brauen war er zur Gänze kahl. In der Summierung aller körperlichen Attribute hätte er von erschreckender Hässlichkeit sein müssen, aber seltsamerweise war er es nicht. Die kleinen Augen sprühten vor Intelligenz und Übermut und um die Mundwinkel lag ein Zug beständigen Humors. Jacop mochte ihn sofort.

Und beide redeten und lamentierten und lamentierten und redeten.

»Ruhe!«, schrie Richmodis.

Es war, als hätte der heilige Augustinus ein Wunder getan. Sie schlossen die Mäuler und sahen sich ratlos an. Der Dicke verzog das Gesicht, als hätte er Kopfschmerzen.

»Warum schreist du, Richmodis, mein Kind?«, fragte er.

»Jacop«, sagte sie, ohne ihn aus den Augen zu lassen. »Das ist Goddert von Weiden, mein lieber und leiblicher Vater. Daneben erblickt Ihr den hochgelehrten Dechanten, Doctor und Physikus Jaspar Rodenkirchen, außerdem Ordinarius und Lektor für Canonisches Recht An den Franziskanern sowie Magister der sieben freien Künste, der mein Onkel ist. Beide dürften nun seit etwa gestern Mittag in diesem Keller liegen und fragen mich, warum ich schreie.«

»Ich bin ganz und gar der Ansicht meiner Tochter, dass wir uns unchristlich aufgeführt haben«, sagte Goddert von Weiden mit einer Stimme wie zur Grundsteinlegung. »Hättest du nicht beizeiten dein Gewölbe mit Wein gefüllt, könnte ich ein gottgefälligeres Leben führen.«

»Die Tatsache deiner Geburt war schon nicht gottgefällig«, frotzelte Jaspar Rodenkirchen und zwinkerte Jacop zu. Sie hatten es nach einigem Hin und Her geschafft, die beiden Disputanten aus dem Keller zu locken. Auf dem Weg nach oben stritten sie sich weiter, erwiesen sich allerdings als weniger betrunken, als Richmodis befürchtet hatte. Jetzt saßen sie in der Stube des Vorderhauses unter einer erdrückend niedrigen Balkendecke um den Tisch herum, über dessen Platte ein kunstvoll gewirktes Tuch gebreitet war, das den heiligen Franziskus beim Predigen zeigte.

»Ihr tragt meinen Mantel«, bemerkte Goddert.

Jacop fühlte sich matt und ausgelaugt. Der Schmerz in seiner Schulter war beinahe unerträglich geworden. Am liebsten hätte er Godderts Mantel auf der Stelle ausgezogen, aber sein Arm war mittlerweile steif und nahezu unbeweglich.

»Er trägt deinen Mantel, weil er Hilfe braucht.« Richmodis kam aus dem Hinterhaus und stellte einen süßen Wecken auf den Tisch.

»Ausgezeichnet!«, rief der Physikus.

»Verdient hat es keiner von euch. Damit du's weißt, Vater, ich versorge seit gestern unser Haus und unsere Kundschaft, färbe und schufte und erfinde die tollsten Geschichten, um mir die Kerle vom Leib zu halten.«

»Ihn auch?«, fragte Goddert vorsichtig und zeigte auf Jacop.

»Natürlich nicht!« Sie schenkte Jacop einen warmherzigen Blick und begann, Stücke von dem Wecken abzureißen und zu verteilen.

»Jacop hat mir eine Flöte geschenkt«, sagte sie mit unüberhörbarem Stolz.

»Und was hast du ihm dafür geschenkt?«, kicherte Jaspar.

»Vaters alte Kleider.«

Goddert von Weiden wurde noch roter im Gesicht, setzte zu einer Donnerpredigt an, räusperte sich und biss ein Stück von seinem Wecken ab. Jacop war völlig verdutzt.

»Habt Ihr mir nicht erzählt, er hätte Euch durchs Haus gejagt?«, flüsterte er ihr zu.

Sie lächelte vielsagend. »Sicher.«

»Aber er –«

Sie beugte sich zu ihm herunter und flüsterte zurück: »Ich habe

Euch zum Narren gehalten. Um offen zu sein, er ist eine Seele von Mensch. Aber das dürft Ihr ihm niemals sagen, sonst bildet er sich am Ende was drauf ein.«

»He«, rief Goddert mit herabgezogenen Mundwinkeln und vollen Backen. »Wollt Ihr wohl aufhören herumzutuscheln!«

»Warum lässt du sie denn nicht?«, fuhr ihn Jaspar an. »Nur weil mit dir keine mehr tuscheln will!«

»Mit mir tuscheln sie alldieweil, Hornochse. Bei dir kommen sie's höchstens beichten.«

»Wenn ich darauf warten wollte, dass mir die Weiber von dir beichten kommen, könnte ich genauso gut meinen Beichtstuhl zunageln.«

»Das wirst du nicht tun, dann hättest du ja keinen Platz zum Buhlen mehr.«

»Lästere nicht das Sakrament der Beichte, du Waldenser!«

»Was? Ich ein Waldenser?«

»Und ein verlogener obendrein!«

»Das ist ja lachhaft. Willst einen ehrbaren Handwerker der Ketzerei beschuldigen! Im Übrigen sind die Waldenser –«

»Ich weiß, ich weiß.«

»Du weißt eben nichts, weil dich das Geistliche ja gar nicht interessiert. Wobei ich deine Abneigung gegen die Waldenser wohl verstehe, immerhin verbieten sie deinesgleichen, die Messe zu lesen und Geschenke anzunehmen.«

»Was heißt hier meinesgleichen?«

»Unwürdige Pfaffen, die auf Buhlschaft gehen.«

»Das haben die Waldenser nie gesagt, du einfältiger Trampel, und wenn, dann wäre es mir auch egal. Ist dir das Rheuma ins Hirn gezogen, dass du versuchst, mit einem studioso über so etwas wie die Waldenser zu reden? Weißt du denn, dass sie das Fegefeuer ablehnen und ihre Laienbrüder in der ganzen Christenheit die Abkehr von der Heiligenverehrung fordern?«

»Tun sie nicht!«

»Doch. Du kannst dann nicht mehr zum heiligen Franziskus

beten, wenn dir der Rücken wehtut, und wenn du tot bist, gibt es keine Seelenmesse, keine Gebete, nichts. So wollen es nämlich deine sauberen Waldenser, nur dass sie sich selbst an keine ihrer Regeln halten.«

»Von wegen! Sie sind sämtlich unbeweibt und –«

»Na ja.«

»Und tun nichts, als nur die reine Lehre Christi zu befolgen.«

»So? Und warum ist dann jüngst in Aachen dreien der Prozess gemacht worden, diesen Sommer erst?«

»Bestimmt nicht, weil sie in die Schemmergasse gingen.«

»Ich war nicht in der Schemmergasse!«

»Papperlapapp.«

»Und noch etwas will ich dir sagen, Goddert, Sohn eines Erdferkels, dass sie Häretiker sind, über die auf der Synode von Verona nicht von ungefähr Reichsacht und Kirchenbann verkündet wurden.«

»Die Synode von Verona war ein Witz. Das wurde nur verkündet, weil der Papst um seinen Ablass bangte.«

»Sie wurde in frommer Eintracht verkündet von Gottes Stellvertreter auf Erden Papst Lucius III. und Friedrich Barbarossa, weil, wie du erstaunlicherweise zu wissen scheinst, deine abgerissenen Waldenser in ihren sabbatati gegen den Ablass sind. Jetzt frage ich dich, wo soll es hinkommen, wenn wir keinen Ablass mehr haben? Willst du die Menschen ins Unglück stürzen, ihnen die gottgewollte Chance entreißen, sich von ihren kleinen Verfehlungen loszukaufen? Ich sage dir, Goddert, es gibt eine bedenkliche Tendenz, die Armut des Klerus zu übertreiben, so dass ich manchmal fürchte, wir möchten ein Volk von Katharern, Publicanern und Albingensern werden. Ist dir eigentlich klar, dass unser großartiger Dom, der die Christenheit überragen wird, nur möglich wurde durch den Ablass?«

»Bleib mir vom Leib mit deinem Ablass, das mag ja alles stimmen. Aber es kann nicht gottgefällig sein, Prediger zum Tode zu verurteilen, die selber gegen die Todesstrafe sind.«

»Das sind die Waldenser aber nur, damit sie ungestraft ihre ketzerischen Reden verbreiten können.«

»Überhaupt nicht. Es ist die pure christliche Moral, ich behaupte sogar, Christus selber spricht durch ihren Mund.«

»Dass dich bloß keiner hört.«

»Mich kann jeder hören. Ich sage ja gar nicht, dass ich ein Waldenser sein will, aber mir scheint das Beharren auf den Sakramenten Buße, Abendmahl und Taufe doch erheblich mehr im Sinne Christi zu sein, als etwa das empörende Lotterleben der Sackbrüder, die eine Schande für Köln sind, oder dein kostspieliger Weinkeller.«

»Was hast du plötzlich gegen meinen Weinkeller?«

»Nichts. Trinken wir noch einen?«

»Trinken wir noch einen!«

»Schluss!« Richmodis schlug mit der flachen Hand auf den Tisch.

»Und was meint Ihr zu diesem Thema?«, erkundigte sich Goddert bei Jacop. Offenbar suchte er nach Verbündeten.

»Ich interessiere mich nicht für Politik«, sagte Jacop schwach und stöhnte auf, als wieder ein mörderisches Stechen durch seine Schulter ging.

»Da seht ihr's«, schimpfte Richmodis. »Er braucht Hilfe, und ihr streitet euch wie die Kesselflicker. Hier trinkt überhaupt keiner mehr was. Auch du nicht, Vater.«

»Was sagt man dazu?« Goddert rang verzweifelt die Hände. »Andere Kinder sprechen ehrerbietig mit ihren Eltern. Nun denn. Jaspar, du bist der Physikus. Tu was.«

Jaspar Rodenkirchen musterte Jacop unter streng zusammengezogenen Brauen.

»Schmerzen?«, fragte er.

»In der Schulter«, nickte Jacop. »Es wird ständig schlimmer.«

»Wie ist das passiert?«

»Bin gegen eine Mauer gerannt.«

»Überaus sinnvoll. Könnt Ihr den Arm bewegen?«

Jacop versuchte es, aber es brachte ihm nichts ein als eine Welle erneuten Schmerzes.

»Nun gut.« Der Physikus erhob sich. »Richmodis, hilf ihm, Mantel und Wams auszuziehen. Ich will mir das mal ansehen.«

»Mit Vergnügen«, lachte Richmodis und begann sofort, an Jacop herumzunesteln.

»Soll ich helfen?«, fragte Goddert und machte Anstalten, sich zu erheben.

»Besser nicht. Wir wollen ihn ja gesünder machen und nicht umbringen.«

Nicht umbringen?, dachte Jacop, während er sich mit Richmodis' Hilfe des Mantels entledigte. Macht Euch bloß keine Gedanken. Das haben schon andere vor. Mühsam schälte er sich auch noch aus dem Wams.

Jaspar trat zu ihm und betastete ausgiebig Schulter und Arm.

»Hm«, sagte er.

Seine Finger wanderten zum Schulterblatt, erkundeten die Nackenpartie und das Schlüsselbein.

»Hm, hm.«

Er untersuchte die Achselhöhle, dann wieder das Schultergelenk.

»Hm.«

»Etwas Schlimmes?«, fragte Richmodis bang.

»Schlimm ist die Lepra. Richmodis, komm einmal her.«

Jacop sah, wie er ihr etwas ins Ohr wisperte, konnte aber kein Wort verstehen. Sie nickte und kehrte zu ihm zurück.

»Hättet Ihr etwas dagegen«, fragte sie mit kokettem Lächeln, »wenn ich Euch umarme?«

»Äh –« Jacop warf Goddert einen fragenden Blick zu, aber der zuckte nur die Schultern. »Nein, natürlich nicht.«

Richmodis grinste. Jacop fühlte, wie ihre weichen Arme ihn umschlangen. Sie hielt ihn fest und drückte sich so nahe an ihn, dass er kaum zu atmen wagte. Sie war warm. Sie war aufregend. Jacop vergaß einen Moment lang seine Schmerzen, merkte nicht, dass sie seinen verletzten Arm nicht in die Umklammerung miteinbezogen hatte, spürte kaum, wie Jaspar seine Hand ergriff.

Richmodis sah ihn an.

Sie öffnete leicht die Lippen, und Jacop –

»Aaaarrrrggggghhhhh!«

Ihm wurde schwarz vor Augen und speiübel. Jaspar hatte ihm ohne Vorwarnung fast den Arm ausgerissen, während Richmodis ihn mit aller Kraft in die entgegengesetzte Richtung zog. Jetzt ließ sie ihn los. Er ging in die Knie, fing sich und taumelte zu der Bank.

»Was sollte das denn?«, keuchte er.

»Bewegt Euren Arm«, sagte Jaspar ruhig.

»Ihr seid mir eine Erklärung – nanu?« Jacop rieb seine Schulter und streckte den Arm aus. Es tat immer noch weh, aber längst nicht mehr so sehr wie zuvor.

»Was habt Ihr getan?«, fragte er unsicher.

»Nichts. Ich habe lediglich den Knochen wieder eingerenkt. Er war ein bisschen aus der Fassung geraten. Nicht richtig ausgekugelt, die Schmerzen hättet Ihr keine Minute lang ertragen, aber die Sache entsprach auch nicht mehr ganz dem göttlichen Plan. Geht es Euch jetzt besser?«

Jacop nickte. Seine jämmerliche Stimmung war wie weggeblasen. Mit der Beweglichkeit seines Arms war auch sein Geist wieder beweglich geworden.

»Danke«, sagte er.

»Nicht der Rede wert«, trompetete Goddert leutselig.

»Was willst denn du?«, rief Jaspar aufgebracht. »Hättest du geholfen, müssten wir ihn jetzt beerdigen.«

Richmodis schlug wieder auf den Tisch. »Könntet ihr mal mit dem Gezänk aufhören? Jacop hat uns etwas zu erzählen.«

»Eine Frage hätte ich zuvor«, rief Goddert und hob den Finger.

»Und?«

»Wer ist denn dieser Jacop eigentlich?«

»Ja, richtig«, fiel Jaspar ein. »Das ist eine verdammt gute Frage. Wen habe ich da überhaupt kuriert?«

»Er ist ein –«, begann Richmodis.

Jacop hob die Hand und brachte sie damit erstaunlicherweise alle zum Schweigen.

Dann begann er zu erzählen.

Aus dem Leben eines Fuchses

Es war ein ruhiges Jahr.

Der Kaiser erließ eine allgemeine und ungeliebte Verordnung gegen die Autonomie der bischöflichen Städte, insbesondere für das Erzstift Köln. Der damalige Kölner Erzbischof bestätigte die Weihe der Machabäerkirche. In der Stolkgasse siedelte sich der Predigerorden an, und ein Pfarrer wurde des Mordes überführt und hingerichtet. Sonst geschah nicht viel.

Und Jacop wurde geboren.

Er verlor relativ früh die Übersicht über die Anzahl seiner Lebensjahre. Das war nichts Besonderes. Nur wenige wussten genau, wie alt sie waren. Seine Eltern waren schweigsame Bauern, die auf dem Hofverband des Kölners Domkapitels zu Worringen eine Hufe bewirtschafteten. Jährlich zahlten sie zwei Pfennige Pachtzins an den Schultheißen, der den Hof verwaltete. Verheiratet waren sie nicht, denn dafür wären weitere sechs Pfennige fällig gewesen, und die hatte man nicht übrig oder wollte sie zumindest nicht missen.

Jacops früheste Erinnerung war eine Lehmmulde im Haus. Darin musste er sitzen, wenn Eltern und Geschwister draußen auf dem Feld waren oder Frondienst auf dem Herrenhof zu leisten hatten. Über den Rand konnte er die Feuerstelle in der Mitte des einzigen Raumes sehen und den großen, irdenen Kessel darüber, aus dem es unablässig dampfte. Im ersten Jahr war er zu klein, um aus eigener Kraft aus der Mulde zu kriechen, dann riss er immer häufiger aus. Fanden sie ihn irgendwo zwischen den Ackerfurchen oder Schweinen, setzten sie ihn wieder zurück in die

Mulde, bis das keinen Sinn mehr machte und die Mulde dem Nachwuchs überlassen wurde.

Wie viele Geschwister er überhaupt hatte, wusste Jacop nicht. Seine Mutter sprach von einem gottverfluchten Haufen, aber dabei lächelte sie. Sie hatte Schwierigkeiten mit dem Zählen, zumal einige der Kinder kurz nach der Geburt starben und sie ständig schwanger war. Der Bauer schlug sie dafür, aber er schlug sie auch, wenn sie ihm nicht zu Willen sein wollte. Jacop konnte sich nicht erinnern, dass sie je dagegen aufbegehrt hätte. Immer versuchte sie zu lächeln, während ihre Augen immer trauriger wurden.

Es war halt einfach so.

Als er laufen und damit nach Meinung seines Vaters auch arbeiten konnte, starben auf einen Schlag mehrere seiner Geschwister an einem Fieber. Er hatte nicht den Eindruck, dass es seinem Vater sonderlich Leid tat. Seine Mutter weinte, aber sie tat es wohl mehr der eigenen Schmerzen wegen, die sie hatte erdulden müssen. Dann entschuldigte sie sich bei Gott, dass sie ihrer Trauer so zügellos nachgegeben hatte, und starrte vor sich hin. Es kam ein Geistlicher, und die Kinder wurden fortgeschafft.

Die Portionen beim gemeinsamen Essen wurden darum nicht größer. Sie aßen Hirsebrei und Hirsebrei und Hirsebrei. Inzwischen hatte Jacop herausgefunden, dass es in dem Hofverband, der einige Dutzend dienstbare Hufen zählte, weitaus wohlhabendere Bauern gab, die in gutem Einvernehmen mit dem Schultheiß standen und zum Teil sogar über einen Sonntagsstaat verfügten. Sein Vater, der tagein, tagaus nichts anderes trug als Bruch, Beinlinge und seinen dunkelgrauen Leibrock, schimpfte bei jeder Gelegenheit auf diese Bauern und nannte sie Pfefferlecker und Spitzhüte, ohne jedoch selber auf einen grünen Zweig zu kommen. Jacop wusste nicht, warum sein Vater arm war. Er wusste eigentlich gar nichts, außer dass er weg wollte und die Welt sehen.

Als er vielleicht drei oder vier Jahre alt war, nahm ihn seine

Mutter mit nach Köln. Sie hatte dort im Auftrag des Domkapitels selbstgenähte Hosen abzuliefern, was zu ihren Pflichten gehörte, und Jacop hatte ihr die Ohren vollgeheult, bis er mitdurfte. Einer aus dem Gefolge des Schultheiß fuhr zufällig am gleichen Tag nach Köln und erbot sich, die beiden auf seinem Karren hin- und zurückzubringen, was immerhin besser war als wandern. So kam Jacop nach Köln.

Und so verliebte er sich das erste Mal.

Es war ein kühler Tag im Mai, aber die ganze Stadt war auf den Beinen und drängte sich in den Straßen, während zugleich Tausende festlich gekleidete Bürger mit Blumen und Zweigen aus den Toren zogen. Es hieß, die Leute seien zusammengelaufen, um Isabella von England zu sehen, die engelsgleiche Prinzessin, die auf dem Weg zu ihrer Vermählung mit Kaiser Friedrich II. war. Der Kölner Erzbischof Heinrich von Müllenark hatte im Namen des Kaisers ihr Jawort entgegengenommen. Jetzt geleitete er sie nach Worms, wo die Hochzeit stattfinden sollte. Zum Ruhme der Stadt hatte Heinrich einen sechswöchigen Zwischenaufenthalt in Köln arrangiert, denn immerhin war Isabella die künftige Kaiserin. Zwar wusste jeder, dass Heinrich unter dem Ruhm Kölns vornehmlich seinen eigenen verstand, aber diesmal ging man mit dem Erzbischof in allen Punkten einig. Isabella in Köln! Die herrliche Braut, von der es hieß, sie sei schöner als die Sonne und lieblicher als der Morgentau. Ein überwältigter Propst Arnold von St. Gereon war auserkoren, Isabella für die Dauer ihres Aufenthalts in seinem Hause wohnen zu lassen und mit jedem erdenklichen Luxus zu verwöhnen, natürlich wiederum im Interesse der Stadt Köln. Arnold, dessen Stolz nur noch von seiner Geschwätzigkeit übertroffen wurde, lag jedermann damit in den Ohren und prahlte im Folgenden so unverschämt, dass Heinrich kurzerhand erwog, ihn der Gnade wieder zu entheben. Danach fügte sich Arnold in ein eher stilles Glück und harrte nun, wie zigtausende andere Kölner, erzitternd Isabellas Ankunft.

Jacops Mutter beschloss kurzerhand, die Rückkehr zum Worringer Hof ein wenig aufzuschieben und dabei zu sein, wenn Isabella Einzug halten würde. Sie lachte und scherzte, und plötzlich war wieder Leben in ihren sonst so traurigen Augen. Plappernd schoben sie sich im Gedränge auf der Ehrenstraße Stück für Stück vor, bis sie ganz vorne standen und Jacop atemlos dem Wunder entgegenfieberte, von dem alle Welt so trunken war – der unvergleichlichen Isabella.

Und sie kam.

Es war ein gewaltiges Spektakel! Irgendeine findige Seele war auf die Idee gekommen, Schiffe zu konstruieren, die scheinbar auf dem Trockenen ruderten und von versteckten, durch seidene Decken verhüllten Pferden gezogen wurden. Im Innern saßen Geistliche mit Fidel, Harfe, Lira, Zinnpfeife und Garkleinflötlein und spielten liebliche Weisen, während Geharnischte auf vielfältig geschmückten Pferden den Tross begleiteten und Scharen weiß gekleideter Kinder mit Lilien im Haar der Braut Girlanden schwenkend vorausliefen.

Die Welt stand Kopf.

Dann endlich kam Isabella selbst, thronend auf einem sandbraunen Falben mit prächtiger weißer Mähne und ebensolchem Schweif, gefolgt von Heinrich und dem kaiserlichen Großhofrichter Petrus de Viena. Vier blumenbekränzte Jünglinge in goldenen Blusen und purpurfarbenen Hosen, den schwarzen Adler auf die Brust gestickt, schirmten ihr erhabenes Wesen gegen die Sonne ab, krönten sie mit einem Baldachin voller Schleifen und Troddeln, einem herrlichen zweiten Himmel, unter dem sie – rätselhaft verschleiert, der Welt entrückt, im Bunde mit den Mächten der Legende – dem Ideal der Heiligen Jungfrau näher zu sein schien als je ein weibliches Geschöpf zuvor, ja, die Gottesmutter fast verblassen ließ, so dass die Menge in blasphemischer Ekstase in die Knie sank und einige zu beten anfingen und vergaßen, wo die Wahrheit endet und die satanische Verblendung ihren Anfang nimmt, das Gift des Antichristen, und die so schönen und doch selbst unverschleiert nicht annähernd so schönen vornehmen Frauen auf ihren Söllern, gepeinigt von den rasenden Schmerzen ihrer Eitelkeit, das köstliche und verwerfliche Leiden der Rivalität in Lauten falscher Ehrerbietung hervorstöhnend, aufgezehrt von den Flammen der Ungewissheit und des Neids, verlangten, endlich ihr Antlitz zu sehen, das Gesicht der englischen Heiligen, Prinzessin, Edlen, Hure, Schlampe, Erzfeindin, Vernichterin, das Gesicht, das Gesicht, das Gesicht!!!

Und wie nun alle danach schrien und die Masse rasend wurde, führte Isabella ihre kleinen weißen Hände zum Kopf und nahm mit einer schlichten Gebärde Hut und Schleier ab, und die Welt erblickte das Geheimnis, und das Geheimnis erblickte die Welt.

Da wusste Jacop, dass es einen Gott gab.

Er fühlte es in seinem kleinen Körper, er ward durchdrungen von der Liebe und der Ehrfurcht gegenüber dem wahrhaft Schönen, trank aus dem Kelch der Labsal und der Barmherzigkeit, wurde sich seines kleinen pochenden Herzens bewusst und dem Fieber auf seiner Stirn, kostete die unendliche Gnade des Allmächtigen, verging in der Seligkeit des verliebten Toren, der nichts will als alles, und das sofort.

Sie standen und staunten, und Jacops Mutter vergaß den Mann mit dem Karren, der sie zurückfahren wollte, und Stunden später war er längst fort. Sie mussten wandern. Nach Worringen war es zu Fuß mehr als weit, zumal für Jacop, dessen Herz um so vieles größer war als seine Puste, und der sanft einschlief in der Nacht, als sie unter einer Eiche saßen, Isabella im Herzen und die Hoffnung, dass es Gott am Ende doch noch gut meint mit den Menschen.

Sie erreichten den Hof am späten Nachmittag des folgenden Tages.

Der Bauer schlug sie, bis sie zusammenbrach. Er schrie sie an, was um alles in der Welt sie sich dabei gedacht habe, so lange fortzubleiben. Sie antwortete nicht. Es gab keine Worte mehr für dieses Leben, und keine für das andere, auf das sie einen Blick geworfen hatte, einen einzigen, fatalen Blick.

Wenige Tage gingen ins Land.

Dann starb sie.

Jacops Mutter ging dahin ohne ihr Lächeln, und der Bauer stand daneben mit steinernem Gesicht.

Von diesem Tag an war das Leben auf dem Hof die Hölle. Im folgenden Jahr kam das Fieber zurück und raffte weitere Geschwister Jacops dahin. Dem jüngsten erging es noch übler, als es in seiner Mulde saß und der Henkel des Kessels über dem Feuer brach. Eine Flut kochenden Wassers überschwemmte den Boden und die Mulde. Diesmal kam der Pfarrer nicht. Es hieß, er habe sich um wichtige Belange der Allmende zu kümmern und werde voraussichtlich erst um den nächsten Vollmond erscheinen können. Jacops Vater wartete nicht so lange, und hinter dem Haus entstand ein weiteres, kleines Grab. Danach sprach er überhaupt nicht mehr, und es gab niemanden, der noch etwas mit ihm zu tun haben wollte. Irgendwann hörte Jacop von anderen Kindern, sein Vater sei ein Hexer und habe vermutlich diverse Leute in Schweine verwandelt, um auf diese Weise seinen Viehbestand zu mehren. Jacop galt plötzlich als suspekt. Rote Haare waren nicht eben ein Zeichen frommer Gesinnung: Man begann, mit Steinen nach ihm zu werfen, ohne dass er wusste, warum.

Dann klopfte eines Tages einer an die Tür, der auf Wanderschaft war, um ein Lager bat und Neuigkeiten aus Köln brachte. Was immer seinen Vater in diesem Moment trieb, ob es die unerbittliche Einsamkeit war oder vielleicht die immer größer werdende Angst um sein Leben, weil man ihn der schwarzen Künste verdächtigte, jedenfalls bot er dem Landfahrer an, einige Tage zu bleiben. Als Gegenleistung für die Unterkunft und das harte, dunkle Bauernbrot erzählte der Mann unablässig, was sich in der Welt zutrug, und sein Vater hörte – schweigend wie immer – zu und schüttelte nur ein ums andere Mal den Kopf.

Auch Jacop hörte zu, atemlos und mit leuchtenden Augen. Derart merkwürdige Geschichten waren es, die in der dunklen Stube plötzlich lebendig wurden, dass er jedes Wort begierig in sich aufsog, ohne dass sein kindlicher Verstand das Mindeste begriff. Und doch spürte er zugleich wieder die Faszination einer fremden, aufregenden Welt, in der alles von ungeheurer Komplexität zu sein schien.

So erfuhren sie, dass Erzbischof Heinrich von Müllenark, hoch verschuldet bei den römischen Kaufleuten, gestorben und Konrad von Hochstaden neuer Erzbischof zu Köln geworden war, ein rigoroser junger Mann, von dem man sich die abenteuerlichsten Dinge erzählte. Glaubte man den Berichten des Landfahrers, war dieser Konrad ein ziemlich krummer Hund, gewalttätig und gefährlich, der auch vor einem opportunen Unfall nicht zurückschreckte. Bis zu seiner Wahl hatte er das Amt des Propstes von St. Maria ad gradus bekleidet und wohl irgendwann beschlossen, das reiche nicht für einen Mann von seinen Fähigkeiten. Im Folgenden übertrug er sich von eigenen Gnaden auch noch das Amt des Dompropstes, obgleich da schon einer saß und von Rechts wegen eingesetzt war. Konrad störte das nicht im Mindesten. Er legte dem alten Dompropst nahe, gefälligst sein Haus zu räumen, und zwar schnell, was der aber nicht tat. Es entstand eine peinliche Situation, als deren Konsequenz Konrad seine Beziehungen spielen und den alten Propst bannen ließ.

Der Skandal war perfekt, der Ärger unbeschreiblich.

Es kam, wie es kommen musste: Prozess vor der Kurie! Konrad hatte in Rom zu erscheinen. Aber die Römer kannten ihren Konrad nicht. Wenn der Hochstadener nicht wollte, erschien er nirgendwo. Prompt kam die Quittung, indem die päpstlichen Bevollmächtigten in Köln auftauchten, um den alten Propst offiziell in seinem Amt zu bestätigen. Der saß allerdings in seinem Haus und traute sich nicht in den Dom, wo Konrad mit ein paar ungemütlich aussehenden Burschen Hof hielt und großspurig erklärte, er werde jeden hinausbefördern, der seine Autorität nicht anerkenne. Also schickte der Propst einen Vertreter, den die päpstlichen Legaten einstweilen installieren sollten, er selber würde die Sache dann schon wieder in die Hand nehmen, wenn

Konrad in seinen verdammten Marienpfuhl zurückgekrochen wäre und klein beigegeben hätte.

Konrad tat den Teufel. Schäumend vor Wut schleifte er den Vertreter an den Haaren aus dem Chor. Anschließend zog er mit seiner Horde zum Haus des Propstes, schlug dort alles kurz und klein, plünderte, was nicht niet- und nagelfest war und machte den bibbernden Alten zu seinem Gefangenen.

Jetzt wurde es dem Papst zu bunt. Ein Lamm in seiner Herde, das die Macht der heiligen römischen Kirche und einige ihrer verdientesten Ministerialen mit Füßen trat? Kurz darauf sah sich Konrad exkommuniziert. Der Heilige Vater verkündete das Interdikt über sämtliche Orte, an denen sich Konrad und seine Bande aufhielten, und das Ganze hätte wohl ein böses Ende gefunden, wenn nicht etwas vollkommen Absurdes geschehen wäre.

Konrad wurde zum Erzbischof gewählt.

Hätte Konrad Zeit gehabt, hätte er sich wahrscheinlich totgelacht. Leutselig entließ er den alten Propst aus seiner Gefangenschaft, entschuldigte sich bei ihm und strich ihm die Kleider glatt. Was kümmerten ihn die Niederungen seiner Streitigkeiten? Dompropst? Sollte der Alte doch Dompropst bleiben.

Jetzt hatten die Kölner also einen Raufbold zum Erzbischof. Aber Konrad war alles andere als dumm. Er wusste, dass die Kölner mehr als einmal klargestellt hatten, was sie von ihren erzbischöflichen Landesherren hielten, nämlich gar nichts. Irgendwie hatten die Erzbischöfe mit den Kölnern nichts als Ärger. Vor knapp zweihundert Jahren hatten aufgebrachte Bürger Erzbischof Anno aus der Stadt geworfen, weil er für seinen Gast, den Bischof von Münster, ein Kaufmannsschiff beschlagnahmt hatte – Herrgott! Was war schon so ein Schiff und die paar Waren, die man kurzerhand in den Rhein geworfen hatte, damit der Münsteraner nicht zwischen Flachs und Käse sitzen musste? Aber Anno hatte fliehen müssen, durch einen Gang wie eine Ratte, wahrscheinlich hätten die Kölner ihn sonst totgeschlagen.

Und dann Philipp von Heinsberg, dem sie die Mauer vor die Nase gesetzt hatten, kaum dass er seiner Stadt den Rücken kehrte. Schön zwar, dass die Mauer da war. Aber hätten sie nicht wenigstens fragen können, die Hurensöhne?!

Schließlich Engelbert von Berg. Den hatte sein eigener Neffe hinterrücks ermordet. Der Neffe war zwar kein Kölner, aber was tat das zur Sache? Engelbert war der Kölner Landesherr gewesen, und als solcher hatte er dran glauben müssen. Blut klebte an den Händen der Kölner, heiliges Blut!

Und Heinrich von Müllenark? Schulden hatte der gemacht, na ja. Was waren Schulden im Dienste des universellen Seelenheils? Was war Geld im Kampf gegen den Teufel? Was ums Verrecken trieb die Kölner Kaufleute – gleich den römischen –, auf der Rückzahlung ihrer Darlehen zu beharren, als sei ein Erzbischof ein gemeiner Schuldner, um ihn dann zu allem Überfluss bei Papst Gregor anzuschwärzen, er führe einen unsittlichen Lebenswandel, treibe Unzucht mit den Frauen deutscher Ritter und werfe das Geld für Orgien und Geprasse zum Fenster raus?

Sie waren undankbar und unverschämt, die Kölner!

Aber sie waren auch die erste Handelsmacht im Reich. Genossen landesherrliche Rechte, waren praktisch jetzt schon freie Reichsstadt. Zoll- und Münzwesen lagen in ihrer Hand. Sich mit den Kölnern anzulegen, brachte nur Probleme. Besser also, ihre Rechte anzuerkennen.

Zumindest fürs Erste.

Der Landfahrer hatte aber auch gehört, dass man Konrad nicht so recht trauen wollte in Köln. Jeder wusste, dass die Intelligenz des neuen Erzbischofs nur noch von seiner Skrupellosigkeit übertroffen wurde. Augenscheinlich gab er sich lammfromm. Nach Meinung der Kölner war er allerdings weder fromm noch einem harmlosen Grasfresser vergleichbar. Sie würden schon noch ihren Spaß mit Konrad bekommen, so viel stand fest.

Er war einfach zu gerissen.

Vorerst jedoch konnte ihm niemand etwas vorwerfen, im

Gegenteil. Eben erst hatte er, der sich in typischer Hochmut auch noch Erzkanzler für Italien titulierte, zwei Gruithäuser errichtet, das »Medehuys« am Alter Markt und das »Middes« an der Follerstraße. Damit war zwar auch eine Bierakzise fällig geworden, aber solange die Kölner Bier trinken durften, war ihnen jede Steuer ziemlich wurscht. Niemand hatte die schreckliche Zeit vergessen, anno 1225, als Erzbischof Engelbert kurzzeitig das Bierbrauen verboten hatte. Mit dem Bier nahm man den Kölnern ihren Lebenswillen, das sagten zumindest die Kölner, und die mussten es besser als jeder andere wissen.

Im »Medehuys« war der Landfahrer gewesen, und es hatte ihm geschmeckt. Er schwärmte vom Bier, pries jedes Bläschen im Schaum und schilderte das Trinken dieser für Jacop unbekannten Flüssigkeit auf eine Weise, dass Jacop sich fühlte wie ein staubiger Krug. Er lauschte fasziniert.

Und mit jedem Wort, das der abgerissene Wandergeselle von sich gab, während er Brocken von Brot in sich hineinstopfte und sich in seiner Gier auf die Finger biss, entfernte Jacop sich ein wenig mehr von seinem Vater und dem Hof und träumte sich in die Stadt hinein, wenn er auch nicht wusste, was ein Propst war und ein päpstlicher Legat und ein Erzbischof. Er sah nur immer wieder Isabellas reines, weißes Gesicht vor sich, erlebte jenen Tag in Köln aufs Neue, und die Stadt erschien ihm mehr denn je das wirkliche Leben zu sein, von dem seine Mutter ihm immer erzählt hatte, als er sich noch an ihrem Lächeln hatte wärmen können.

Sein Vater verfluchte Köln. Sonst sagte er nichts.

Der Landfahrer zog weiter, und Jacop schuftete wieder auf den Feldern. Ein weiteres seiner Geschwister starb, nur er und ein Älterer waren noch übrig. Sein Vater trieb sie an wie Ochsen. Die Wochen quälten sich dahin, ein Tag wie der andere, es wurde Sommer, und immer erschien ihm Isabella und rief ihn ins heilige Köln. Er war vergiftet von der Liebe und der Sehnsucht nach der anderen Welt.

In einer sehr heißen, sehr unruhigen Nacht stand er leise von seinem Strohlager auf, nahm einen Kanten Brot und ging nach draußen, fort von der Hütte, entlang der Hufe, bis er das kleine, klumpige Haus nicht mehr sehen konnte.

Dann begann er zu laufen.

Nach einer Weile musste er ausruhen. Der Hofverband lag inzwischen weit hinter ihm, am Horizont dämmerte der Tag. Hungrig biss er von dem Brot ab, beschloss, einen Augenblick Atem zu schöpfen und schlief mitten auf einer Wiese ein.

Das Summen der Bienen weckte ihn. Mit verklebten Augen taumelte er hoch und wusste zuerst nicht, wo er sich befand und wie er hierhergelangt war. Die Sonne stand senkrecht am Himmel. Ringsum sah er nichts als Natur, sanft geschwungene Wiesen, durchbrochen von Buschwerk und hohen Sträuchern. Etliche Schritte weiter verlief der Rand eines Waldes.

Dann erinnerte er sich. Er war fortgelaufen.

Und plötzlich kam er sich klein und schäbig vor, und er wagte kaum den Blick zum Himmel zu heben. Gottes Blick lastete auf ihm wie ein Todesurteil. Du hast deinen Vater und deinen Bruder im Stich gelassen, den Hof, alles, sagte Gott. Du bist ein Feigling und Verräter, Jacop. Du verdienst nicht, dass du lebst. Bereue!

Kehr um!

Einen Moment lang zögerte Jacop. Isabella! Die Stadt. Das andere, glühende Leben, das Pochen in seiner Brust. Dann nahm er den Rest vom Brot, machte trübsinnig kehrt und versuchte, sich ins Gedächtnis zu rufen, aus welcher Richtung er gekommen war. Nach einigem Herumraten fand er den Pfad wieder, der zu den Hufen führte. Er war tatsächlich ein ordentliches Stück gelaufen, stellte er fest, und schritt aus, was die Beine hergaben.

Es war später Nachmittag, als er, einen Stein im Herzen und zugleich bereit, seine verdiente Strafe mannhaft zu ertragen, um die letzte Hecke bog, hinter der das Pachtland seines Vaters begann und man von ferne die Hütte sehen konnte, und trotz seiner Angst freute er sich beinahe, zurückzukehren. Er würde irgendeine Erklärung finden, vielleicht würde er auch einfach die Wahrheit sagen. Totschlagen konnte ihn sein Vater nicht. Er brauchte ihn schließlich auf dem Feld. Möglicherweise gab es einen Tag lang nichts zu essen, na gut. Oder er musste die Schweine hüten, wenn eigentlich sein Bruder dran gewesen wäre. Alles Konsequenzen, mit denen es sich leben ließ. Oder aber, er musste –

Seine Gedankenspiele kamen zu einem jähen Ende.

Weit vor ihm, dort, wo er zu Hause war, stieg eine Säule schmutzigbraunen Qualms in den blauen Himmel.

Zuerst dachte er, sein Vater hätte irgendetwas verbrannt. Es musste ein großes Feuer sein, das er angezündet hatte. Zu groß. Es gab keinen Grund für ein solches Feuer, nichts, was ihm eingeleuchtet hätte, und er sah genauer hin.

Die Hütte war verschwunden.

Jacop fühlte seine Gliedmaßen ertauben, während vor seinem Geist ein Riegel zuschnappte. Er hatte das Gefühl, nicht mehr atmen zu können. Seine Vernunft meldete sich und reklamierte, es habe dort bitteschön eine Hütte zu stehen, bezichtigte die Wirklichkeit, ungültig zu sein und forderte sie auf, augenblicklich zum gewohnten Bild zurückzukehren.

Die Säule blieb.

Jacop ließ das Brot fallen. Mit einem Aufschrei lief er los, stolperte durch die krümeligen Ackerfurchen, wild mit den Händen fuchtelnd, bis er dem dunklen Qualm so nahe gekommen war, dass er deutlich die zusammengestürzten Reste der Hütte erkennen konnte.

Seine Augen brannten. Er weigerte sich, zu verstehen.

Ganz allmählich kroch die furchtbare Wahrheit in ihn hinein wie eine Spinne.

Er ging näher heran.

Noch ein Stück –

Noch einen Schritt –

– und sah –

– sah –

»Was?«, fragte Richmodis leise.

Jacop blickte ins Leere. Ihm war, als sei er durch die Zeit zurückgefallen. Mühsam zwang er sich wieder in die Gegenwart.

»Ja, was!« Jaspar Rodenkirchen beugte sich vor. »Was habt Ihr da gesehen?«

Jacop schwieg.

»Nichts«, sagte er schließlich.

»Nichts! Was heißt hier, nichts?«, entfuhr es Goddert von Weiden. Offensichtlich war er höchst unzufrieden mit der Antwort.

Jacop zuckte die Achseln.

»Nichts. Da war nichts. Nur schwarzverbrannte Balken und rauchende Torfreste.«

»Und dann? Was tatet Ihr dann?«

»Ich tat, was ich ohnehin vorgehabt hatte. Ich ging nach Köln.«

»Und Euer Vater? Euer Bruder? Was war mit –?«

»Augenblick«, fiel ihm Jaspar ins Wort. »Unser junger Freund hat sich bestimmt nicht bei uns eingefunden, um sein ganzes Leben vor uns auszubreiten. Wenngleich es mir ans Herz geht, das muss ich bei allen Heiligen gestehen.«

Jacop war tatsächlich ratlos. Er hatte nicht vorgehabt, das alles zu erzählen. Er kannte diese Leute kaum, aber sie hingen an seinen Lippen, als predige er vom Jüngsten Gericht. Dabei war es doch nur die Geschichte irgendeines kleinen Jungen.

Eines Jungen, den ich mal gekannt habe, fuhr es Jacop durch den Kopf. Bin ich das wirklich gewesen? Ihm kam es plötzlich vor, als habe er die Geschichte eines anderen erzählt, ohne recht zu wissen, warum.

»Ich ging nach Köln«, wiederholte er versonnen.

Richmodis legte eine Hand auf seinen Unterarm.

»Ihr müsst nicht weiter darüber reden.«

»Warum denn nicht?«, trompetete Goddert. »Es ist eine wahrhaft schöne und interessante Geschichte. Man hört nicht viele solcher Geschichten heutzutage, und ich empfinde die Bezahlung eines Physikus durch eine Geschichte als höchst originell.«

»Das ist nicht abzustreiten, lieber Goddert«, nickte Jaspar. »Wenngleich du mal wieder nicht weiterdenkst als bis zu deiner roten Nasenspitze, oder glaubst du, ich könnte mit Geschichten Wein kaufen?«

»Natürlich kann er das«, sagte Jacop.

»So?« Kinn und Nase des Physikus griffen vereint an. »Da wisst Ihr mehr als ich. Wie soll das gehen?«

»Es geht. Ich hatte einen Freund in Köln, Bram, einen alten Flöter. Er lebte in der Spielmannsgasse, gleich gegenüber dem Anwesen, das jetzt dem Henricus Videlere gehört.« Der Ioculator Henricus war einer der wenigen Spielleute, der es zu einem eigenen Haus und Grundbesitz gebracht hatte. Mechthild, seine Frau, war eine Citharista. Es hieß, sie hätten gemeinsam schon beim Erzbischof aufgespielt, jedenfalls erfreuten sie sich eines bescheidenen Wohlstands. Ansonsten war die platea mimorum, wie die Spielmannsgasse offiziell hieß, eher eine Art Lager für das fahrende Volk, durchreisende Spaßmacher, Schausteller und Schauspieler, Musikanten und Sänger, alles in allem wenig angesehene Leute. Dazwischen gab es einige öffentliche Häuser zur Unterbringung sesshafter Künstler, die eben so viel Geld aufbringen konnten, um ihren Platz dort zu bezahlen.

»Der alte Bram war so ein Geschichtenerzähler«, fuhr Jacop fort. »Er stellte sich an irgendeine Ecke und begann, auf seiner Flöte zu spielen, bis die Leute stehen blieben. Dann legte er los und berichtete von fernen Ländern, sagenhaften Königreichen und verzauberten Burgen, schönen Prinzessinnen und furchtlosen Rittern, erzählte von Fahrten über fremde, sturmumtoste Meere, Zweikämpfen mit Riesen und Seeungeheuern und vom Rand der Welt.«

»Niemand war je am Rand der Welt!«, schnaubte Goddert.

»Mag sein. Aber Bram hat ziemlich viel Geld bekommen für seine Berichte.«

»Ich erinnere mich an Bram«, sagte Jaspar mit gerunzelter Stirn. »Er behauptete, ein Kreuzfahrer zu sein.«

»Ja.« Jacop nickte. »Er ist auf dem letzten Kreuzzug mit dabei gewesen. Ihr hättet ihn erleben müssen, wenn er am Forum stand. Jeder hörte ihm zu, selbst die Hirzelins und Hardefusts, Quattermarts, Lyskirchener oder Kleingedancks, und wie sie alle heißen. Sie ließen ihre Pferde halten und lauschten. Patrizier wie Geistliche, fromme Brüder und Schwestern der Bettelorden und der Weihbischof von Groß St. Martin, der immer wieder gegen die Zeugnisse des Teufels wetterte und doch immer wieder dabeistand. Und Bram erzählte! Die Kaufleute lachten ihn aus und spotteten, seine Schilderungen entbehrten jeglicher Wahrheit, aber auch sie blieben wie gebannt stehen. Und sie alle gaben etwas, Geld oder Wein und Früchte. Wir lebten weiß Gott gut die ersten Jahre.«

»Ich sage ja immer, die Spielleute haben's nicht schlecht«, bekräftigte Goddert.

»Bram hat mich aufgelesen, als ich nach Tagen des Umherirrens endlich die Stadt erreichte. Ich glaube kaum, dass ich einen schönen Anblick geboten habe. Ein rotfelliges, mageres Etwas mit riesengroßen Augen und noch größerem Hunger.«

»Ein Füchschen«, grinste Jaspar.

»Den Beinamen Fuchs bekam ich von Bram. Seltsamerweise nicht wegen meiner Haare. Ich muss ihn eben auf eine ziemlich ausgefuchste Weise bequatscht haben, bis er selber davon überzeugt war, ich Hungerleider könne ihm von Nutzen sein.«

»Und? Seid Ihr es gewesen?«

Jacop schüttelte den Kopf. »Ich weiß es nicht.«

»Wo ist er jetzt?«, fragte Richmodis. »Ich kann mich nicht erinnern, von Eurem Bram gehört zu haben.«

»Er ist tot. Vor vielen Jahren gestorben. Zuletzt war er so krank, dass ich für uns beide loszog und selber Flöte spielte. Bram hatte mir alles beigebracht, was er konnte und wusste, sogar ein paar ziemlich raffinierte kleine Zaubertricks.«

»Stimmt! Jacop fischt dir eine Flöte aus dem Ohr!«, rief Richmodis begeistert und zupfte den alten von Weiden am Bart.

»Aua, willst du das lassen? Es passen keine Flöten in die Ohren anständiger Leute!«

»Doch«, mischte sich Jaspar ein, »wenn es dahinter an Gehirn fehlt. Meines Erachtens kann man aus deinen Ohren auch noch Mainz und Aachen mit Flöten versorgen.«

»Es hat aber nicht viel eingebracht«, beeilte sich Jacop zu versichern, bevor die beiden wieder aufeinander losgingen. »Ich habe Flöte gespielt und versucht, Brams Geschichten zum Besten zu geben, aber bei mir blieben die Leute nicht stehen.«

»Obwohl Ihr so gut spielt«, sagt Richmodis und zog eine Grimasse der Entrüstung.

»Halb Köln spielt Flöte.«

»Aber Ihr spielt besser!«, beharrte sie.

Jacop lächelte dankbar. »Ich werde es Euch beibringen, das habe ich versprochen und halte es.«

»Und jetzt?«, wollte Goddert wissen. »Lebt Ihr immer noch in der Spielmannsgasse?«

Jacop sah betreten auf sein Stück Wecken.

»Nein. Nach Brams Tod konnte ich das Geld nicht mehr aufbringen. Ich bekam außerdem Streit mit einer Bande von Bettlern. Also habe ich Köln verlassen und versucht, in Aachen weiterzukommen. Aber da gab's auch Schwierigkeiten. Die letzten Jahre bin ich nur herumgezogen. Es fällt mir einfach schwer, lange an einem Ort zu bleiben.«

»Und was hat Euch dann zurück nach Köln geführt?«

»Ich weiß nicht. Die Vergangenheit? Ich hatte Glück, dass ich sozusagen die Hütte im Mauerbogen erbte. Kurz darauf habe ich Maria kennen gelernt, sie hatte ein richtiges Dach überm Kopf. Anfangs verstanden wir uns gut, so gut, dass ich dem armen Tilman versprach, ihm den Mauerbogen bald zu überlassen, weil ich dachte, bei Maria und ihrem Hurenwirt unterzukommen. Na ja – falsch gedacht.«

»Und nun?«

»Ich spiele Flöte. Zu selten, obgleich ich ständig neue schnitze, um sie zu verkaufen. Hin und wieder finde ich Arbeit am Hafen. Dann wiederum –«

»Dann wiederum stehlt Ihr Euch zusammen, was Ihr braucht«, stellte Jaspar fest. Er musterte Jacop. »Aber das ist nicht die Geschichte, die Ihr uns erzählen wollt. Oder besser gesagt, müsst, falls mich mein Instinkt nicht trügt, damit Ihr mit Gottes Hilfe aus Eurem offensichtlichen Schlamassel findet. Gut, Jacop, Ihr habt uns wohl unterhalten. Jaspar Rodenkirchen ist nicht undankbar, und selbst in Godderts halslosem Fass von einem Körper schlägt das Herz eines wahren Christenmenschen. Wie können wir Euch also helfen, vorausgesetzt, Ihr habt niemanden umgebracht?«

Jacop fühlte ihre Blicke auf sich ruhen. Kurz erwog er, zu gehen. Marias Bild schob sich vor seine Augen, Tilmans grotesk verkrümmter Körper. Als bedürfe es allein der Schilderung des düsteren Geschehens, um seine Zuhörer zum Tode zu verurteilen, alle, wie sie da saßen, Richmodis, Jaspar und Goddert. Als könne sie nichts mehr schützen vor der kleinen Armbrust und den schnellen, kurzen Bolzen, wenn sie erst einmal sein Geheimnis kannten. Er durfte niemanden mehr der Wahrheit opfern.

Also weglaufen. Einmal mehr.

Richmodis schien seine Gedanken zu erraten.

»Traut Ihr uns nicht?«, fragte sie.

Es war ein Trick. Richmodis wusste es, und Jacop wusste es ebenfalls. Jetzt war es nicht mehr alleine seine Sache, wie er sich entschied, sondern auch die ihre. Es ging um die Vertrauenswürdigkeit seiner Gastgeber, um ihre Rechtschaffenheit und Ehre. Sie hatte ihn festgenagelt.

Jaspar warf Richmodis einen schnellen Blick zu.

»Halbe Geschichten sind gar keine Geschichten«, sagte er gedehnt. Dann hob er die Brauen, als müsse er sich in ein unerfreuliches Schicksal fügen. »Aber wenn Ihr uns natürlich nicht traut –«

»Ja«, brummte Goddert, »gegen mangelndes Vertrauen kann man nichts machen.«

Jacop atmete tief durch und sah sie der Reihe nach an. »Doch«, stieß er zwischen zusammengebissenen Zähnen hervor. »Ich traue euch.«

Richmodis verzog die Lippen zu einem Siegerlächeln. Jaspar und Goddert feixten einander zu.

»Mehr, als euch lieb sein wird«, flüsterte Jacop.

Filzengraben

Um die Tafel war ein Dutzend Männer versammelt, grobknochige Gestalten mit Schwielen an den Händen und wettergegerbten Gesichtern. Sie starrten Urquharts hoch gewachsene Gestalt mit einer Mischung aus Furcht, Unsicherheit und Ehrerbietung an. Mathias lehnte an der Tür, die Arme verschränkt, während Urquhart den Knechten seine Anweisungen gab. Nach einer Weile verließ er einigermaßen beruhigt den Raum und ging nach draußen. Die Pferde für ihn und Johann standen bereit.

»Ich halte das für keine besonders gute Idee«, sagte Johann, während er sich von einem Knappen in den Sattel helfen ließ. Er trug einen langen schwarzen Mantel, gleich dem von Mathias, als Zeichen der Trauer.

»Es ist die einzige Idee, die Sinn macht«, erwiderte Mathias.

Johann entließ den Knappen mit einer Bewegung seiner schwarzbehandschuhten Rechten und wartete, bis er außer Hörweite war.

»Urquhart ist ein Mörder und Gottloser«, sagte er verärgert. »Dass wir uns seiner bedienen, ist kein Grund, ihn in unser Haus zu bringen. Abgesehen davon halte ich es für höchst gefährlich.«

»Ich weiß.« Mathias schwang sich auf den Rücken des Pferdes und tätschelte den muskulösen Hals. Das Tier schnaubte. »Also, was hätten wir tun können, deiner Meinung nach? Ein Treffen ausmachen ante portas, einen verschwiegenen Winkel suchen und zwölf Männer aus den umliegenden Höfen zusammentrommeln? Darüber wäre der Tag hingegangen. Oder gar nichts unternehmen und darauf hoffen, dass dieser rothaarige Bastard sein ungewaschenes Maul hält?«

»Das wäre unklug«, gab Johann widerstrebend zu.

»Eben. Nach Gerhards Beisetzung werde ich mit Lorenzo sprechen und ihn bitten, ein paar Soldaten für uns abzustellen.«

»Urquhart darf auf keinen Fall mit ihnen –«

»Schon gut. Er wird es nicht. Lorenzo soll den Männern die gleiche Geschichte erzählen wie Urquhart den Knechten, dass ein rothaariger Spitzbube die Overstolzen um einen Goldgulden erleichtert hat, und sie dann an den wichtigsten Torburgen postieren. Möglicherweise fällt es unserem Fuchs ein, die Stadt verlassen zu wollen.«

»Ist Lorenzo überhaupt dazu befugt?«

»Ich habe ihn nach seinen Befugnissen ausgewählt, Johann. Er wird es auf jeden Fall versuchen. Schließlich soll er das viele Geld, das wir ihm bezahlen, auch wert sein.«

»Hm, na gut«, knurrte Johann. »Wir müssen es den anderen sagen.«

Sie ließen die Pferde in langsamen Schritt fallen und ritten durch das große Tor des Hofs hinaus auf den Filzengraben. Es war viel Volk unterwegs. Beim Anblick der Patrizier in ihrer dunklen Kluft machten die Leute augenblicklich Platz. Viele murmelten ein schnelles Gebet. Die Nachricht vom Tod des Dombaumeisters war mittlerweile bis in die hintersten Winkel Kölns gedrungen, und jeder wusste, zu welch letztem Gruß die beiden Reiter unterwegs waren.

»Theoderich wird alle zusammentrommeln.« Mathias lenkte sein Pferd zwischen zwei apathisch wirkenden Bettlern hindurch, die sich unter der Kornpforte niedergelassen hatten und den Durchgang zum Malzbüchel blockierten. »Ich schätze aber, wir werden unser sauberes Grüppchen recht vollständig in der Marzellenstraße treffen.«

»Man kann nie wissen«, brummte Johann.

»Du hast Recht. Daniel zum Beispiel habe ich heute Morgen hinter den Ställen gesehen, sollte er etwa da geschlafen haben?«

»Ich weiß nicht, was Daniel hinter den Ställen zu schaffen hat«, sagte Johann unwillig. Offenbar bedauerte er, das Thema mit seiner Bemerkung aufgebracht zu haben.

Mathias runzelte die Stirn.

»Du solltest besser auf ihn Acht geben«, sagte er mit deutlichem Vorwurf in der Stimme.

»So?« Johann verzog spöttisch die Mundwinkel. »Und wer gibt auf deine Kinder Acht? Ich habe Gertrud sagen hören, dass sie sich ebenso gut mit dem zugefrorenen Rhein hätte vermählen können, es wäre auf das Gleiche rausgekommen wie die Ehe mit dir. Legst du deinen Kindern gegenüber auch so viel Herzlichkeit an den Tag?«

Mathias betrachtete ihn finster. Er wusste, dass er im weit verzweigten Clan der Overstolzen den zweifelhaften Ruf genoss, ohne Gefühl und Mitleid zu sein.

»Das gehört jetzt nicht hierher«, sagte er kühl.

»Nein«, seufzte Johann. »Es gehört nie hierher. Aber gut. Wir alle wissen, dass Daniel es nicht verkraftet hat, das Amt des Schöffen zu verlieren. Er war einer der Jüngsten. Ich kann ihn maßregeln, aber nicht dafür verurteilen, dass Verbitterung in seinem Herzen wohnt.«

»Immer die alte Leier.« Mathias schnaubte verächtlich. »Daniel haben wir das Schöffenamt gekauft, hast du das vergessen? Und war ich nicht auch Schöffe? Hat mich Konrad nicht ebenso kaltschnäuzig abserviert wie Daniel? Ziehe ich deswegen durch die Brauhäuser und mache mich mit dem niederen Volk gemein, pöbele, saufe wie ein Loch und belästige anständige Frauen?«

Johann schwieg. Er hatte keine Lust, das Thema weiter zu strapazieren. Seit der Kölner Erzbischof im vergangenen Jahr fast sämtliche Schöffen und Schöffenbrüder sowie den Bürgermeister von der Mühlengasse ihres Amts enthoben hatte, wurde über nichts anderes mehr gesprochen. Sowohl Mathias als auch Daniel hatten im Zuge dieser umstrittenen Maßnahme ihre politische Karriere als gescheitert betrachten müssen. Im neuen Schöffenrat saßen nun weitaus weniger Patrizier als zuvor. Und sie übten ihr Amt zusammen mit Handwerkern und Kaufleuten niederen Standes aus.

»Ich hatte kürzlich das Vergnügen, lesen zu dürfen, was unser guter Gottfried Hagen zu Konrads neuen Schöffen schreibt«, sagte Johann im Bemühen, dem Gespräch eine andere Wendung zu geben. »›*Und wär es nicht Sünde, ich würde es hassen, dass an die Spitze der heiligen Stadt Köln solche Esel gestellt wurden. Versuch's und steck einen Esel in eines Löwen Haut, es schreit doch immer daraus des Esels Laut.*‹«

Mathias grinste säuerlich.

»Und weiter schreibt er: ›*Sie beschatzen arm und reich mehr als zuvor je geschehen, und sie teilen mit dem Bischof solchen Raub. Wenn sie ein Urteil sollten weisen, fragen sie erst beim Bischof an, wie ihm das Urteil genehm sei, damit sie seine Gnade nicht verloren; stets richten sie sich nach dem Wunsch und Ausspruch des Bischofs, und nichts geschah, was er nicht wollte.*‹«

»Gottfried schreibt sich nochmal an den Galgen. Aber er hat natürlich Recht. Verdammte Narren und Speichellecker! Ein Schöffe muss sich heute die giftigsten Anfeindungen gefallen lassen, wenn er sich zu Gunsten der Geschlechter äußert.«

»Alles wird sich ändern«, sagte Johann sehr bestimmt.

Sie hatten das Marktgewühl am Forum und Alter Markt hinter sich gelassen. Linker Hand lagen die Gebäude um den erzbischöflichen Palast, dahinter waren Teile des neuen Domchors zu sehen. Das Gewimmel am Hof und in den angrenzenden Straßen und Gassen stand dem an den Märkten jedoch in nichts nach. Erst jenseits der Pfaffenpforte durften sie mit eiligerem Durchkommen rechnen.

»Sicher«, bekräftigte Mathias, »alles wird sich ändern. Ich hoffe nur, in unserem Sinne.«

»Warum bist du so besorgt? Wir werden deinen Rothaarigen schon finden. Überhaupt, wer glaubt einem Bettler?«

»Das habe ich auch gesagt. Aber erstens ist Urquhart der Ansicht, dass gewisse Leute durchaus willens wären, dem größten Haderlumpen zuzuhören, und zweitens sorge ich mich um den Zusammenhalt unseres Bundes. Es tut mir Leid, dass ausgerechnet dein Sohn mir nach Kuno den größten Kummer bereitet, aber es ist so!«

Johann fühlte sein Herz schwer werden.

»Und du weißt es selber, Johann«, setzte Mathias hinzu.

Johann nickte düster.

»Daniel wird mir gehorchen. Ich verspreche es!«

Mathias sah ihn an. Dann versuchte er sich in einem versöhnlichen Lächeln.

»Ich will mich nicht in die Erziehung deiner Söhne einmischen, Johann. Versteh mich nicht falsch. Aber unser Spiel ist nun mal gewagt. Du und ich, wir erfreuen uns eines klaren Verstandes. Der Hass hat unser Denken noch nicht zersetzt. Heinrich ist einfach nur ein Hasenfuß, mit dem kann ich leben. Aber Daniel und Kuno neigen zu übertriebenen Gefühlsausbrüchen, und die Abneigung zwischen ihnen wächst mit jeder Stunde.«

»Ich weiß.«

»Halten wir die beiden auseinander, wo es geht.«

»Das wird kaum möglich sein. Sieh.«

Mathias' Blick folgte Johanns ausgestrecktem Zeigefinger. Sie waren in die Marzellenstraße eingebogen. Nicht weit vor ihnen lag das große, steinerne Haus von Gerhard Morart. Alte und junge, Arme und Reiche waren gekommen, um dem Dombaumeister die letzte Ehre zu erweisen. Sie erkannten Mitglieder der edlen Familien von Mainz, darunter Heinrich von Mainz, den Ritter Quattermart, einige der Scherfgins und Gyrs und Overstolzen. Es war ein Aufgebot von Patriziern, wie man es selten sah: Ausdruck jener beispiellosen Wertschätzung eines Mannes, der die perfekte Kirche hatte bauen wollen und den Gott dafür in seiner Gnade und Barmherzigkeit erhöht und ins verdiente Paradies gerufen hatte.

Auch Kuno war unter ihnen.

Von der anderen Seite der Marzellenstraße näherte sich Daniel. Ein zufriedenes Lächeln umspielte seine Züge.

Dem Ärger stand nichts mehr im Wege.

Severinstraße

Jacop war erschöpft.

Er stand am Fenster und sah Richmodis nach, die ihren murrenden und widerwillig mitschlurfenden Vater nach Hause schleppte. Goddert war für Jacops Geschichte Feuer und Flamme gewesen. Zutiefst entsetzt und empört hatte er darauf bestanden, augenblicklich an die Verfolgung des Dämonen zu gehen, die Gewaltrichter und Büttel, nein, am besten gleich den Greven und den Henker, ach was, den Erzbischof zu informieren und ein Kolleg aus Geistlichen zusammenzustellen, das den Teufel unter der Wucht seiner Gebete zermalmen sollte.

»Heute zermalmen wir gar nichts mehr«, war Jaspars einziger Kommentar gewesen.

»Warum denn nicht?«, hatte Goddert gebellt. »Bist du etwa zu feige?«

»Nein, zu klug. Du magst beten, bis dir die Decke auf den Kopf fällt, ich werde den meinen benutzen.«

»Bah! Deinen Kopf kann man ja noch nicht mal mehr dazu benutzen, um eine Tonsur hineinzuscheren. Wenn diese geschundene Seele«, und damit deutete er theatralisch auf Jacop, »Verfolgung durch den Teufel oder einen seiner Dämonen leidet, darf man nicht zögern, man muss den Herrn anrufen, schon um seiner, aber erst recht um Gerhard Morarts willen!«

»Das setzt voraus, dass die geschundene Seele Recht hat. Wer sagt, dass es der Teufel war? Oder dass Jacop überhaupt die Wahrheit erzählt? Warst du dabei?«

»Dabei, dabei! Warst du dabei, als sie damals den armen Erzbischof Engelbert geschlachtet haben? Und doch kannst du nicht bestreiten, dass er einem Mord zum Opfer fiel.«

»Ich kann nicht bestreiten, dass du dumm bist, Goddert, den der Esel im Galopp verloren hat. Gerhard Morart, der Herr sei seiner gnädig, fiel aus großer Höhe und zerbrach sich seine Knochen, was nicht unbedingt der Täterschaft des Teufels zuzuschreiben ist. Hingegen wies der Körper Engelberts exakt siebenundvierzig Verletzungen auf –«

»Über dreihundert waren es!«

»– wie Cäsarius von Heisterbach in *Vita, passio et miracula beati Engelberti Coloniensis Archiepiscopi* verlässlich niederschreibt. Wunden, die er sich kaum selber beigebracht haben wird, und sein Mörder war auch nicht der Teufel, sondern Friedrich von Isenburg.«

»Der war auch ein Teufel!«

»Er war sein Neffe, du Spatzenverstand. Im Übrigen möchte ich anmerken, dass Engelbert nicht arm war, er war ein Räuber und Schläger wie unser Konrad, den der Papst nicht von ungefähr exkommunizierte.«

»Ja, das zeigt wieder mal deine respektlose Einstellung gegenüber der Kirchenobrigkeit. Ebenso gut weißt du aber, dass Engelbert dem Kreuzzug gegen die Waldenser und Albigenser vorausritt –«

»Um sich weiterzuprügeln.«

»Um Sühne zu tun, du Schandmaul!«

»Unsinn. Der konnte doch Sünde und Sühne gar nicht auseinander halten.«

»Mehr jedenfalls als du!«

Und so weiter und so fort.

Die Disputation entfernte sich vom Ausgangsthema wie ein Trupp wildgewordener Reiter. Jacop fühlte eine taube Erschöpfung in seinem Kopf.

Richmodis streichelte ihm durchs Haar.

»Ihr dürft Euch in Jaspar nicht täuschen«, sagte sie leise. »Er streitet sich zum Spaß, aber wenn's drauf ankommt, beweist er messerscharfen Verstand.«

»Ich hoffe es«, seufzte Jacop. »Gespräche dieser Art halte ich keinen Atemzug lang durch.«

Sie sah ihn an, und in ihren Augen lag ein mitleidiger, fast zärtlicher Ausdruck. Plötzlich hatte Jacop Angst, sie könnte gehen, und er würde sie nie wiedersehen.

»Ich komme Euch besuchen, so bald ich kann«, sagte sie, als hätte sie seine Gedanken erraten. Wahrscheinlich standen sie ihm allzu deutlich im Gesicht geschrieben.

»Glaubt Ihr mir?«, fragte Jacop.

Sie dachte kurz nach. »Ja. Ich denke schon.«

»Trinken wir einen!«, rief Goddert gerade, womit er den befürchteten Kreis der Disputationen schloss, die er und Jaspar zu führen pflegten.

»Nein!« Richmodis sprang auf, bevor der Physikus zu seiner obligatorischen Antwort ansetzen konnte. »Ihr trinkt keinen. Wir gehen nach Hause, wenn du weißt, wo das ist.«

»Aber –«

»Kein Aber.«

Goddert fügte sich zähneknirschend in sein Schicksal und brummte unverständliches Zeug. Binnen kurzem würde er wahrscheinlich seinen Rausch ausschlafen. Wie er die Straße heruntertapste, erinnerte er Jacop an einen der Tanzbären, die fahrende Slawen manchmal auf den Alter Markt brachten. Neben ihm wirkte Richmodis, als habe sie ihn abgerichtet.

Der Wind spielte mit ihren braunen Locken.

»Sie ist ein hübsches Kind, nicht wahr?«, sagte Jaspar.

»Sie hat eine hübsche Nase«, erwiderte Jacop. Er drehte sich um, ging zu dem gekachelten Kamin und ließ sich auf die Bank fallen. Maria war auch hübsch gewesen. Sie hätte schön sein können. Wieder werden können, wenn nicht –

Jacop schüttelte den Kopf. Er wollte nicht daran denken.

Jaspar betrachtete ihn schweigend.

»Ihr glaubt mir nicht«, stellte Jacop fest.

»Nun ja.« Jaspar massierte sein Nasenbein. »Zwischen Glauben und Unglauben liegen im Allgemeinen Welten. Ich glaube Euch, dass Ihr etwas gesehen habt. Aber wissen wir, ob es auch da war?«

»Es war da.«

»Vielleicht habt Ihr Verschiedenes verkehrt gedeutet.«

»Ich deute den Dombaumeister als tot. Ich deute Maria und Tilman als tot und mich als so gut wie tot. Was wollt Ihr noch?«

Jaspar zog die Brauen zusammen. »Die Wahrheit.«

»Es ist die Wahrheit.«

»So? Ich denke eher, es ist das, was Ihr gesehen habt. In unserer Zeit wird allzu schnell die Wahrheit verkündet, vor allem, wenn es um den Teufel geht. War es der Teufel?«

Jacop musterte ihn abschätzend.

»Wenn Ihr mir nicht glaubt«, sagte er kühl, »warum werft Ihr mich dann nicht hinaus?«

Der Physikus wirkte verärgert und belustigt zugleich.

»Ich weiß es nicht.«

»Gut.« Jacop erhob sich. »Oder auch nicht gut. Habt Dank für die Zeit, die Ihr mir geopfert habt.«

»Ihr wollt gehen?«

»Ja.«

»Das halte ich für unklug.«

»Warum?«

Jaspar trat dicht vor ihn hin, bis seine Nasenspitze fast die Jacops berührte. Seine Augen funkelten.

»Weil Ihr kein Hirn im Kopf habt, sondern einen eingelegten

Hering! Weil, wenn Ihr jetzt hier herausgeht, Gott einen Narren geschaffen hat, der nichts anderes verdient, als was ihm zusteht. Ist Euer Verstand so einfach gesponnen, dass er nur Ja und Nein, Schwarz und Weiß, Tag und Nacht kennt? Macht Euch nicht lächerlich! Was glaubt Ihr wohl, warum ich Euch solange zugehört habe, anstatt Euch der erzbischöflichen Gerichtsbarkeit zu überstellen, wie es angesichts Eurer sicherlich zahllosen Vergehen und Versündigungen meine Pflicht gewesen wäre? Was erfrecht Ihr Euch, in mein Haus zu kommen, mir die Ohren vollzuheulen und mich dann mit Eurem kleinen, schäbigen Halunkenstolz zu langweilen? Wäre ich jemand, dem bei jeder so genannten Wahrheit gleich das Maul offen steht, ich würde Euch den denkbar schlechtesten Dienst mit meiner Hilfe erweisen. Ein Narr, der eines Narren Leben schützt, Heilige Jungfrau! Denkt doch mal nach! Wenn ich nicht sage, dass ich Euch glaube, habe ich damit nicht behauptet, dass ich Euch für einen Lügner – oh, zu viele Negationen! Oh, oh! Zu kompliziert. Verzeiht, dass ich dem Fisch in Eurem Schädel solch diffiziles Zeug zumute. Geht nur immerzu hin und sucht Euch einen Zweiten, der dahergelaufene Bettler und Diebe an seine Tafel bittet, um ihr Leben anzuhören.« Jaspar rückte noch näher heran und fletschte die Zähne. »Aber dann kommt mir nicht mehr über die Schwelle, habt Ihr das verstanden, Ihr vor Selbstmitleid triefender Kadaver von einem Hanswurst?«

In Jacop kroch dumpfe Wut hoch und holte zu einer vernichtenden Antwort aus.

»Ja«, hörte er sich stattdessen brav sagen.

Jaspar nickte mit grimmigem Lächeln. »Das ist fein. Dann setzt Euch mal wieder auf die Bank.«

Jacop sah sich um, als könne er irgendwo seinen Trotz erblicken, um daran festzuhalten.

Dann gab er auf.

Sein Zorn wich einem Gefühl, als habe man ihn mit dem Kopf in einen eiskalten Weiher getaucht. Er ging zurück zu der Kaminbank und ließ sich darauf nieder.

»Also Ihr glaubt mir nicht?«, fragte er vorsichtig.

»Nicht unbedingt.«

»Seid Ihr dann der Meinung, dass ich lüge?«

»Ah!«, rief Jaspar und vollführte einen komisch aussehenden Sprung. »Unser Freund lernt Dialektik. Wollt Ihr mich am Ende in einen sokratischen Dialog verwickeln? Nein, ich bin nicht der Meinung, dass Ihr lügt.«

»Aber das gibt keinen Sinn«, jammerte Jacop hilflos.

Der Physikus seufzte. »Also doch kein Sokrates.« Er nahm neben Jacop Platz und verschränkte die Arme hinter seiner Glatze. »Da sind zwei Männer, die einander nichts getan haben und in Frieden leben. Doch einem davon erscheint des Nachts der Erzengel und verkündet ihm, der andere werde ihn schon bald erschlagen. Voller Angst ergreift der Mann einen Stein und schmettert ihn seinem Nachbarn über den Schädel, im Bemühen, dessen schändlicher Absicht zuvorzukommen. Aber er trifft nicht gut, und jener andere, solcherart attackiert, nimmt seinerseits den Stein und erschlägt damit den ersten, natürlich in Notwehr, weil er ja in Wirklichkeit nichts Schändliches im Sinne hatte, womit sich die Prophezeiung erfüllt. Hat nun der Erzengel die Wahrheit gesprochen?«

Jacop dachte darüber nach.

»Wer zweifelt an den Worten eines Erzengels?«, sagte er. »Ich verstehe nicht, worauf Ihr hinauswollt.«

»Auf die Wahrheit. Denn der Erzengel hat dem Manne zwar gesagt, dass der andere ihn erschlagen wird. Aber er hat nicht gesagt, dass der andere vorhat, ihn zu erschlagen. Der Mann jedoch hat in diesem Augenblick als Wahrheit akzeptiert, was ihm die Wahrheit zu sein schien, nicht, was sie tatsächlich war. So gesehen hat er durch falsches Deuten der Verkündung, also Unwahrheit, ihre Erfüllung, also Wahrheit, erst herbeigeführt. Hingegen wäre nichts geschehen, wenn er die Warnung in den Wind geschlagen hätte. Dann allerdings hätte der Erzengel nicht die Wahrheit gesprochen, was, wie Ihr richtig erkannt habt, de facto unmöglich ist. Ganz offenbar ein Dilemma. Könnt Ihr mir folgen?«

»Ich – ich versuche es. Ja, ich glaube schon.«

»Gut«, sagte Jaspar zufrieden. »Wo ist also die Wahrheit in der Geschichte?«

In Jacops Kopf war Jahrmarkt. Buden wurden aufgebaut, Musik erklang, Bauern tanzten stampfend auf dem Platz und machten Lärm.

Wie mühsam war bloß dieses Nachdenken!

»Und?«, forschte Jaspar.

»Die Wahrheit liegt allein beim Erzengel«, verkündete Jacop.

»So? Hat er denn die Wahrheit gesagt?«

»Natürlich. Was er sagte, ist ja eingetroffen.«

»Aber nur, weil der Mann die Wahrheit nicht verstanden hat. Wenn er sie aber nicht verstanden hat, dann hat der Erzengel die Wahrheit wohl gemeint, aber er hat sie nicht gesagt.«

»Das ist unmöglich.«

»Eben. Jede göttliche Prophezeiung ist klar, oder sollten wir annehmen, die geistigen Fähigkeiten eines Engels reichten nicht aus, sich einem normalen Sterblichen mitzuteilen?«

»Vielleicht wollte der Erzengel ja, dass der Mann ihn missversteht?«, versuchte es Jacop zögernd.

»Möglich. Dann hätte er bewusst gelogen, indem er das Missverständnis provozierte. Wo ist also dann die Wahrheit der Geschichte?«

»Augenblick!«, rief Jacop. Der Jahrmarkt in seinem Kopf drohte in Chaos auszuarten. »Die Wahrheit ist, dass der Erzengel eben die Wahrheit gesagt hat. Der Mann wurde erschlagen.«

»Dass ein Donnerwetter in deinen Schädel fahre! Er wurde aber doch erschlagen, hast du gerade selbst gesagt, weil der Erzengel nicht die Wahrheit sagte.«

Jacop zuckte zusammen.

»Ach ja«, sagte er kleinlaut.

»Aber ein Erzengel sagt immer die Wahrheit, oder?«

»Ich –«

»Und? Wo ist sie nun, die Wahrheit?«

»Können wir uns nicht über was anderes unterhalten?«

»Nein.«

»Es gibt keine Wahrheit in Eurer Geschichte, verdammt!«

»Wirklich nicht?«

»Ich weiß nicht, wo. Warum erzählt Ihr mir das alles?«

Jaspar lächelte.

»Weil Ihr dem Mann gleicht, dem der Erzengel erschienen ist. Auch Ihr beurteilt die Dinge nach dem Schein. Weiter denkt Ihr nicht. Möglicherweise habt Ihr tatsächlich die Wahrheit gesagt, und alles hat sich ebenso zugetragen wie in Eurem Bericht. Aber könnt Ihr dessen sicher sein?«

Jacop schwieg eine lange Zeit.

»Sagt mir, wo die Wahrheit ist«, bat er.

»Die Wahrheit? Ganz einfach. Es gab keinen Erzengel. Der Mann hatte keine Vision, er hatte sich den Erzengel nur eingebildet. Schon haben wir kein Dilemma mehr.«

Jacop starrte ihn mit offenem Mund an.

»Ihr verfluchter Gaukler.«

»Danke.«

»Bitte. Heißt das, ich habe ebenfalls geträumt?«

Jaspar schüttelte den Kopf. »Wer weiß? Ihr seht, wie schwierig die Wahrheit zu fassen ist. Kann ich Euch also ohne Vorbehalte glauben, selbst wenn Ihr felsenfest von der Wahrhaftigkeit Eurer Worte überzeugt seid?«

»Nein«, gab Jacop zu.

»Seht Ihr? Das wollte ich Euch klarmachen. Nicht mehr und nicht weniger. Um die Wahrheit zu erkennen, müsst Ihr an ihr zweifeln können. Anders gesagt, wenn Ihr in Bedrängnis seid, habt Ihr zwei Möglichkeiten. Heillose Flucht wie bisher –«

»Oder?«

»Oder Ihr gebraucht Euren Kopf.« Jaspar erhob sich. »Aber vergesst nicht«, sagte er streng, »ich habe immer noch keinen Beweis dafür, dass Ihr wirklich die Wahrheit sagt.« Dann stahl sich das Lächeln wieder um seine Mundwinkel. »Aber ich mag Euch und will zumindest darangehen, es herauszufinden. Einstweilen könnt Ihr hier wohnen. Betrachtet Euch einfach als meinen Knecht. Und jetzt legt Euch ein paar Stunden aufs Ohr. Ihr seid ein bisschen blass um die Nase.«

Jacop atmete langsam aus.

»Wie habt Ihr das gemeint?«

»Was?«

»Dass ich meinen Kopf gebrauchen soll. Was soll ich Eurer Meinung nach tun, statt fliehen?«

Jaspar breitete die Hände aus.

»Ist das nicht offensichtlich? Angreifen!«

Memento mori

Mathias stand vor dem aufgebahrten Körper Gerhard Morarts und hing seinen Erinnerungen nach.

Er hatte sich gut verstanden mit dem Dombaumeister. Sie waren nicht unbedingt Freunde gewesen. Einen Freund hätte Mathias nicht geopfert. Er hätte es auch kaum gekonnt, weil er im Grunde keine Freunde hatte. Aber ein wesentlicher Charakterzug verband ihn mit Gerhard, eine ausgeprägte Nüchternheit des Denkens und die Fähigkeit, Monate und Jahre zu verplanen. Allzu wenige Menschen sahen die Zeit als etwas Planbares an. Die Mystiker leugneten gar ihre Existenz, weil innerhalb einer sich kontinuierlich vollziehenden Zeit möglich wurde, was sie als Häresie verurteilten: Fortschritt – das Gift der Logiker mit ihrem Roscellinus von Compiègne, Petrus Abaelardus, Roger Bacon, Anselmus, und wie sie alle hießen. Zeit erschien den meisten als etwas Gottgegebenes, das es nicht zu nutzen, sondern zu verbrauchen galt, eingeteilt in Vigilien und Laudes, Prim, Terz, Sext, Non, Vesper und Komplet, Schlafen, Aufstehen, Essen, Arbeiten, Essen, Schlafen.

Mit der Zeit als Bühne schöpferischen Schaffens tat sich allerdings die Frage auf, was ein Mensch in einer Lebensspanne überhaupt schaffen konnte. Der mystischen Stasis traten die Begriffe des Beginns und vor allem der Vollendung entgegen. Um aber etwas zu vollenden, musste man lange genug leben. Im Umkehrschluss hörte man aus intellektuellen Kreisen immer häufiger die Frage, ob der Mensch lange genug lebe, um vollenden zu können, was er beginne. Eine Frage, angesichts derer die Traditionalisten aufschrien – Kritik an Gott! Häresie! Der Mensch hatte Dulder zu sein, nicht Schöpfer! Wenn der wiederaufflammende Symbolismus und Mystizismus vom Kreuzzug sprach, dann meinte er auch den Kreuzzug gegen die Humanisten. Die Christenheit spaltete sich einmal mehr in feindliche Lager, und Gerhard Morart, der sich die Vollendung des schier Unvollendbaren vorgenommen hatte, sah sich hin- und hergerissen.

Auch Mathias interessierte der Streit. Schließlich setzte er genauso Stein auf Stein, indem er am Imperium der Overstolzen baute. Nicht von ungefähr nannte man die Kaufleute in spöttischer Besorgnis Zeitverkäufer. Von Stillstand keine Spur.

Sie hatten sich des Öfteren über die Frage auseinandergesetzt, ob die Vollendung eines Werkes wirklich dessen Krönung sei; ob der Gedanke und das Vorhaben, einen neuen Dom zu bauen, unbedingt erfordere, ihn auch fertig zu stellen, und ob es wichtig sei, die Fertigstellung eigener Ideen selber zu erleben. Hier allerdings wichen ihre Vorstellungen voneinander ab. Während Mathias' Nüchternheit, wie er selber wusste, auf einen Mangel an Fantasie zurückzuführen war und sich stattdessen in kaufmännischer Zielstrebigkeit und schnellen Gewinnen niederschlug, war das Nüchterne für Gerhard nur die beste aller Methoden, dem offensichtlich Undurchführbaren ein Fundament der Wahrscheinlichkeit zu schaffen. Letzten Endes war Gerhard ein glühender Visionär gewesen, beseelt von dem Gedanken, etwas vollkommen Neuartiges zu schaffen, einen revolutionären Stil in die Baukunst einzuführen, um der massiven und erdverhafteten, von

Stein und Schatten dominierten Architektur seiner Ära pures Licht entgegenzusetzen, aufstrebend, schlank und erhaben und vor allem ohne Größenbeschränkung. Der Vorgriff auf das himmlische Jerusalem, wo Gott mit seinen Engeln thronte, sollte nichts Burgenhaftes mehr haben. In Burgen hauste nur der Teufel.

Das war in der Tat etwas Neues. Für den Geschmack einiger Zeitgenossen allerdings, auch wenn sie ihn fast ausnahmslos verehrten und bewunderten, gefiel sich Gerhard allzu offensichtlich in der Schöpferrolle. Es war im Grunde nicht verwunderlich, dass ihm das einfache Volk mit der Zeit magische Kräfte zuschrieb und munkelte, er habe bei Nacht und Nebel den Gehörnten bemüht. Gerade aus dem Lager der Bettelorden gab es viele, die ihn gerne der Ketzerei angeklagt gesehen hätten, Seite an Seite brennend mit Konrad von Hochstaden und Albert dem Großen. Hatte nicht Joachim von Fiore, den die Franziskaner so sehr schätzten, für 1260 den Anbruch eines neuen Zeitalters angekündigt, einer wahrhaft armen Kirche? Sollte diese monströse Anmaßung menschlicher Eitelkeit, die dort entstand, der Ausdruck jener Armut sein? An Joachims Prophezeiung gab es für viele nichts zu rütteln, also konnte der neue Dom, dieses ehrgeizigste aller Unterfangen, nur der Einflussnahme des Teufels zuzuschreiben sein.

Aber neben Gerhard hätten dann auch Papst und Kaiser brennen müssen, die den Dombau befürworteten. Deren Entscheidung öffentlich in Zweifel zu ziehen war jedoch unklug, wollte man nicht unversehens enthauptet, ertränkt, in Öl gesotten oder gevierteilt werden. Der Pontifex hatte den Dom als heiliges Werk bezeichnet, und heilige Werke ließ man besser unangetastet.

Also begnügten sich die Kritiker des Dombaus zu Köln damit, ganz allgemein von den Lasterhöhlen der Eitelkeit zu predigen, womit sie nichts Neues erzählten, aber auch nichts riskierten, und Gerhards angeblicher Pakt wurde bald nur noch mit folkloristischer Gutmütigkeit zitiert.

Das wahre Genie des Dombaumeisters hatte allerdings weniger darin bestanden, sich ein Bauwerk wie den neuen Dom, die perfekte Kirche schlechthin, auszudenken, als sie tatsächlich entstehen zu lassen. Die Pläne waren nicht das Resultat schwärmerischen Überschwangs, sondern logischer Vernunft. Gerhard empfand sich als Wissenschaftler in Verfolgung absolut unwissenschaftlicher Ziele. Er steckte den Raum zur freiesten aller spirituellen Entfaltungen mit Maßband und Zirkel ab, unterwarf die göttliche Inspiration im Bestreben, ihr zu universalem Recht zu verhelfen, dem kalten Lot, ließ den Rausch des unendlich aufwärts Strebenden in einer messbaren Höhe gipfeln. Mit jeder Spanne, die der Dom wuchs, wurde ihm nur umso schmerzlicher bewusst, wie klein der Mensch im Angesicht Gottes war, und wie erbärmlich sein Versuch, über sich hinauszuwachsen.

Der offensichtliche Widerspruch in seiner Arbeit hatte Gerhard an sich zweifeln lassen. Es mochte ihm gelingen, die unmögliche Kirche zu vollenden, nicht aber, ihr einen Sinn zu geben. Das Werk widerlegte sich im Augenblick seines Entstehens. Es funktionierte nur im Kopf, und keines der Ziele, um derentwillen sie überhaupt erst mit dem Bau begonnen hatten, würden sie erreichen.

Erzbischof Konrad hatte nicht den Grundstein zum neuen Dom gelegt, sondern einen Grabstein.

Trotzdem hatte es nie so geklungen, als erwäge Gerhard auch nur einen Moment lang, den Auftrag zurückzugeben. Im Innersten zerrissen, hatte er sich in die Weltlichkeit seiner Mission gefügt und sich dem Taumel der Architektur und Kunstbesessenheit ergeben. Geld war reichlich vorhanden. Der Papst schrieb bereitwillig Ablassbriefe, wohlhabende Fürsten und Kleriker stifteten beträchtliche Summen, hinzu kamen die Gaben vom Altar des heiligen Petrus. Unterdessen zogen unermüdlich die erzbischöflichen *petitores* durch die Welt – vor wenigen Jahren erst hatte Konrad von Hochstaden Heinrich III. von England gebeten, die Sammler seinem Volke zu empfehlen, und die Erträge waren beispiellos.

Gerhard baute, als ginge es um sein Leben. Und eben darum ging es auch.

Als ihm endgültig klar wurde, dass er sein fertiges Werk nie sehen würde, nicht einmal den kompletten Chor, hatte er sich nur umso verbissener in die Arbeit gestürzt. Es war seine Kirche, seine Idee, er war der *initiator nove fabrice maioris ecclesie!* Und es gab immer noch die Macht der Logik. Auf dem Pergament hatte er den Dom vollendet. In seinem Kopf hatte die unmögliche Kathedrale gelebt, jenseits jeglicher Verhaftung in Raum und Zeit, solange er selber gelebt hatte.

Mathias schüttelte mitleidig den Kopf. »Du hattest Recht«, sagte er leise zu dem Toten. »Du hast keines deiner Ziele erreicht.«

Gerhard trug ein kostbares Totenhemd. Er hatte es schon vor geraumer Zeit fertigen lassen und bei Konrad von Hochstaden die Gunst erwirkt, es auf die leibhaftigen Gebeine der Heiligen Drei Könige legen zu dürfen, nur einen Moment lang. Das Geleit der Weisen war sein innigster Wunsch gewesen.

Memento mori!

Mathias sah zu, wie Dominikanermönche das Tuch über Gerhards Kopf zogen und zusammennähten. Jeder führte einen Stich, während ihr leises Singen und Beten den Raum erfüllte. Weihrauch schwängerte die Luft. Gerhard wurde inzensiert und mit Weihwasser besprengt.

Guda, Gerhards Witwe, saß bei dem Toten, ebenfalls in tiefes Gebet versunken. Sie hatte die Leiche in der Nacht zuvor gewaschen, die Priester hatten sie gesalbt und dann zusammen mit den Angehörigen und Nachbarn Wache gehalten und für Gerhards Seelenheil gebetet.

Warum bete ich nicht für ihn?, dachte Mathias. Ich hatte keinen Zwist mit ihm.

Weil ich es nicht kann, stellte er nüchtern fest.

Er sah sich um.

Nicht viele waren in der dämmrigen Stube versammelt. Die

Straße wimmelte von Menschen, die Abschied nehmen wollten oder einfach neugierig auf den Trauerzug waren. Ins Haus hingegen durften nur Geistliche, Familienangehörige, Freunde und Edle. Bis auf einige der Mönche kannte Mathias jeden. Von den Overstolzen waren schon in der Nacht zuvor seine Hausfrau Gertrud und Johanns Gattin Hadewig herbeigeeilt, um Guda in ihrer Trauer beizustehen und gemeinsam Trost im Gebet zu finden. Johann und Theoderich standen hinter ihm und starrten ausdruckslos auf den eingenähten Leichnam, während Daniel gelangweilt zur Decke sah. Verschiedene Meister aus der Zunft der Steinmetze hatten offenbar hastig eine Gebetsbruderschaft auf die Beine gestellt. Zwei Söhne Gerhards aus den Klöstern St. Gereon und St. Pantaleon sowie eine Tochter aus dem Zisterzienserinnenkloster Gevelsberg, die zu Besuch gewesen war, als das Unglück geschah, knieten bei Guda. Weitere edle Familien hatten sich eingefunden.

Aus dem Geschlecht der Kones war nur Kuno anwesend. Er ignorierte die anderen mit steinerner Miene.

Mathias beobachtete ihn unter zusammengezogenen Brauen.

Plötzlich fielen ihm zwei Fremde auf, die den Raum betraten, vor dem Toten auf die Knie sanken, sich bekreuzigten und Guda demütig zunickten, bevor sie wieder nach draußen gingen. Der Kleidung nach gehörten sie zu einem der zahlreichen Bettelorden. Sie waren nur wenige Augenblicke geblieben, aber Mathias glaubte zu wissen, wer sie waren. Er löste sich unauffällig aus der Gruppe der Trauernden und ging ihnen rasch hinterher.

Sie standen vor dem Haus und sprachen gestikulierend auf die Leute ein.

»– und betrachtete den Himmel, während er über die Planken schritt«, sagte der eine laut.

»Sicher hat er den Heiligen Geist gesehen!«, schrie der andere. »Es war die reine Verklärung in seinen Zügen –«

»Gott hat ihm bedeutet, komm, ich will dich in mein Reich geleiten –«

»Was immer er gesehen hat, er verlor den sicheren Grund aus den Augen –«

»So war's!«

»Und doch, im eifrigen Bestreben, ihn zu retten, rief ich noch –«

»– ich auch, ich auch!«

»Herr, rief ich, achtet auf Eure Schritte –«

»Ihr werdet stürzen –«

»– geht nicht weiter, aber es war zu spät. Ich sah ihn fallen, fallen sah ich ihn gleich einem verdorrten Apfel –«

»Er fiel, und es zerschellte ihm die Glieder!«

»– und brach ihn entzwei wie einen morschen Stecken!«

Die Menge hielt den Atem an. Mathias lehnte sich an den Türpfosten und beobachtete interessiert das Schauspiel. Der Kleinere von beiden, ein korpulenter Bursche, hatte sich in Rage geredet.

»Und als wir gingen hin«, deklamierte er, »zu sehen nach dem gestürzten Bruder und geistlichen Beistand ihm zu spenden, tat er noch einmal die Augen auf –«

»Und beichtete!«

»Beichtete seine Sünden, ja! Möge der Herr mir meine große Schuld vergeben, sprach er, wie auch ich vergebe meinen Schuldigern –«

»Amen!«

»– auf dass die Gnade Gottes mich umfange –«

»Amen! Und starb.«

»– und ewiger Friede mir gewiss sei, sagte er, und –«

»Und starb!«

»In Gottes Namen, ja! Und starb!«

»Amen! Amen!«

Die Leute waren ergriffen. Einige schlugen das Kreuz.

Die beiden Mönche sahen sich mit offensichtlicher Zufriedenheit an.

»Erzählt's noch einmal, ehrwürdige Brüder!«, kreischte eine

Frau und zerrte nacheinander ein paar schmutzige Kinder nach vorne. »Die Kleinen haben es noch nicht gehört.«

Der Mönch mit der lauteren Stimme hob beschwörend die Hände und riss die Augen auf.

»Oh, Herr«, lamentierte er, »wie es schmerzt, immer wieder aufs Neue Zeugnis abzulegen vom Tode deines geliebten Sohnes Gerardo, *magister lapicide, rectori fabrice ipsius ecclesie.* Mein Leben hätte ich für ihn hingegeben, aber dein Wille geschehe. Dennoch! Ihn stürzen zu sehen, derweil mein Bruder hier, Andreas von Helmerode, und ich selber in frommer Einkehr am Fuße des Kapellenkranzes weilten, o Heilige Jungfrau Maria, holdes Gefäß der Gnade und Barmherzigkeit, es war, als quälten mich tausend glühende Dolche. Mein Augenlicht wollte schwinden vor Gram. Aber dürfen wir klagen, wenn es Gott gefallen hat, Bruder Gerhard zu sich zu nehmen? Müssen wir nicht in heiliger Freude den Augenblick preisen, da er – seines unwichtigen, irdischen Weges nicht mehr achtend – zur Wiedergeburt schritt? Denn, ihr Brüder und Schwestern, was ist der Tod als die eigentliche Geburt in Gott, was sonst soll uns erfüllen als Erregung im Antlitz des Todes, da auch wir vielleicht schon bald vor den Richter treten, um seiner unendlichen Milde teilhaftig zu werden? Gewiss, der Dom, er hat seinen Meister verloren, aber es werden andere folgen, und Gerhards Geist wird sie durchwallen. Nicht eitel wollen wir sein zu dieser Stunde, nicht uns verlieren in der unreinen Liebe zu den Dingen, zu Steinen und Türmen, buntem Glas und Mosaik. Ja, wir sahen Gerhard fallen, sahen ihn stürzen vom höchsten Punkte des Gerüsts, da er wandelte in Gott! Nennt es einen Unfall, ich nenne es göttliche Vorsehung und Gnade!«

»Was hat Gerhard denn gebeichtet?«, schrie ein anderer.

Der Mönch lief puterrot an und ballte die Faust.

»Gottes Blitz fahre auf dich herab und verbrenne dich an Leib und Seele!«, brüllte er. »Wie kannst du es wagen?«

»Beten sollt ihr statt Fragen stellen!«, fiel der zweite Mönch ein und schlug einmal mehr das Kreuz. »Unablässig soll euer Beten sein! Wollt ihr im Traum der armen Seele ansichtig werden, die euch anklagt, nicht all euer Sinnen auf fromme Hilfe gewendet zu haben? Stimmt an das *Credo,* singt das *Te Deum!* Bedenket, der Tote wandelt vor das himmlische Gericht, seine Sünde ist seine Last und seine Reue seine demütig darzubringende Gabe. Aber wehe! – jenseits des Pfades lauern die Teufel, ja, die Teuflischen! Sie erwarten das Lamm auf seinem Weg zu seinem gnadenvollen Hirten, die Wölfe der Finsternis, der stinkende Unflat, das höllische Geschmeiß!« Er vollführte eine weitausholende Geste, als wolle er ganz Köln nebst Vororten verdammen. »Doch wahrlich, ihr alle, jeder von euch, wird diesen Weg zu gehen haben, und jeder wird sich sämtliche Gebete der Christenheit wünschen, ihn zu schützen vor den Klauen des Bösen, der seine Seele hinabzuziehen trachtet in die innerste, finsterste Hölle, wo Leviathan sich in unbeschreiblicher Ekstase windet auf dem glühenden Rost, und Menschen zerdrücket mit jeder seiner ungezählten Klauen. *Memento mori, memento Ijob:* Er öffnet die Tore seines Maules, rings um seine Zähne lagert Schrecken – seine Augen sind wie des Frührots Wimpern! – Aus seinem Maul fahren brennende Fackeln, feurige Funken schießen hervor! Rauch dampft aus seinen Nüstern wie aus kochendem, heißem Topf. Sein Atem entflammt glühende Kohlen. Auf Erden gibt es seinesgleichen nicht!«

Die Schreckensgemälde taten ihre Wirkung, zumal es niemandem aufzufallen schien, dass der eifrige Prediger die Darstellung des Teufels mit der alttestamentarischen Schilderung des Krokodils durcheinander brachte. Viele der Umstehenden wurden schlagartig blass, einige fassten sich an den Kopf und stöhnten laut auf. »Herr, vergib uns!«

»So, vergeben? Dann betet! Haben nicht die Engel, als sie den heiligen Martin ins Jenseits geleiteten, solch fürchterliche Kämpfe mit den Mächten der Hölle auszufechten gehabt, dass der himmlische Gesang verstummte? Betet! Betet!«

»Ja, beten, beten!«, durchfuhr es die Menge. Köpfe neigten

sich, Hände wurden gefaltet, manche sanken schluchzend und zitternd in die Knie.

Der dickere Mönch warf dem anderen einen viel sagenden Blick zu und machte eine Kopfbewegung in Richtung Straßenende. Offenbar hielt er die Zeit für gekommen, zu verschwinden. Die beiden schritten langsam aus dem Kreis der Menschen und beschleunigten ihren Schritt.

Urquharts Zeugen.

Mathias raffte seinen Mantel, drängte sich durch die Menge der Betenden und eilte ihnen nach. »Ehrwürdige Brüder!«, rief er.

Die Mönche blieben stehen und drehten sich zu ihm um. Misstrauen lag in ihren Augen. Als sie sahen, dass er von vornehmer Herkunft war, bekam ihre Haltung augenblicklich etwas Devotes, und sie neigten die Häupter.

»Wie können wir Euch zu Diensten sein?«, fragte der Dicke.

»Ihr wart in der Tat die Einzigen, die Gerhard fallen sahen?«, fragte Mathias.

»Gewiss!«

»Dann bitte ich euch nur um eines: Mehrt Gerhard Morarts Ruhm, wohin auch immer ihr gelangt.«

»Nun, äh –«

»Ihr seid doch Wanderer?«

»Ja.« Der Größere hob selbstgefällig das Kinn. »Es gefällt dem Herrn, uns allerorten predigen zu lassen. Wir lesen Messen in den Dörfern und Weilern, aber manchmal kommen wir auch in die Städte.«

»Eine herrliche Stadt, dieses Köln, eine heilige Stadt!«, fügte der andere ergriffen hinzu und bewegte den Kopf schnell hierhin und dorthin, als könne er sich nicht sattsehen.

Mathias lächelte.

»Ja, natürlich. Berichtet also, was ihr am Dom gesehen habt. Erzählt es überall. Denn«, er beugte sich vor und setzte eine verschwörerische Miene auf, »es soll da welche geben, die ziehen Gerhards Andenken schamlos durch den Dreck.«

»Ist das möglich?«, keuchte der Dicke.

»Leider. Sie legen falsches Zeugnis wider euch ab und behaupten, es sei überhaupt kein Unfall gewesen.«

Im Blick seines Gegenübers blitzte Wachsamkeit auf.

»Sondern?«

»Sondern Mord! Am Ende gar der Teufel.«

»Das ist natürlich ein gewaltiger Blödsinn«, sagte der Mönch gedehnt.

»Und eine große Sünde, derartiges zu behaupten«, ergänzte der andere. »Gut, dass die Gebäude solcher Lügen ohne Fundamente sind, da wir ja bezeugen können, wie es wirklich war.«

»Ein Segen, liebe Brüder«, nickte Mathias. »Danken wir dem Herrn, dass er euch zur rechten Zeit an den rechten Ort geleitete. Ich kann mich auf euch verlassen?«

Die beiden nickten eifrig.

»Ohne Frage!«

»Wir werden davon künden, wo immer man uns aufnimmt.«

»Vorausgesetzt, Gott wacht über unsere Schritte und füllt unsere Mägen mit bescheidenen Speisen.«

»Was er nicht immer tut.«

»Ach, Bruder! Wer wollte den Schöpfer kritisieren? Aber gewiss, er tut's nicht immer, sicherlich, um uns zu läutern und zur Buße anzuhalten. Fassen wir uns also in Demut.«

»Und Hunger. Bisweilen.«

Sie starrten ihn an und lächelten. Mathias zog ein Geldstück hervor.

»Der Herr sei mit Euch«, säuselte der Dicke salbungsvoll. Die Münze verschwand in den Tiefen seiner schmutzigen Kutte. »Und nun entschuldigt uns. Christliche Pflichten rufen.«

»Selbstverständlich, ehrwürdige Brüder.«

Sie grinsten noch einmal Verzeihung heischend und machten sich aus dem Staub. Mathias sah ihnen nach, bis sie um die nächste Ecke gebogen waren.

Er hatte nicht gewusst, dass Urquhart die zwei hierhergeschickt hatte. Keine schlechte Idee. Die Leute hatten ihre Version der Ereignisse gefressen. Der Rothaarige würde es schwerer haben als bisher.

Aber noch nicht schwer genug.

Mathias fröstelte bei dem Gedanken, was er anrichten konnte. Sie mussten ihn finden!

Er eilte zurück zu Gerhards Haus.

Soeben verließ der Leichenzug das Gebäude. Dumpf hatten die Glocken des alten Doms zu läuten begonnen. Der Bahre voraus gingen Ordensleute, Diakone und Ministranten, der Dompropst und der Weihbischof in vollem Ornat, mit Vortragekreuz, Weihwasserbecken, Weihrauchfässern und Lichtern, obwohl es heller Tag war. Der Leichnam selbst wurde von den Meistern und Genossen aus der Zunft der Steinmetze getragen, gefolgt von Guda, den Verwandten und Freunden. Nonnen und kerzentragende Beginen sangen Psalmen und beteten. Eine der Schwestern stieß eine andere zur Seite, um näher bei dem Toten zu sein. Zank dieser Art war bei angesehenen Persönlichkeiten an der Tagesordnung. Wer am meisten für das Seelenheil eines Würdenträgers betete, stand umso besser da vor dem Jüngsten Gericht.

Drei Tage würde Gerhard im Dom aufgebahrt werden. Mönche würden an seiner Seite sitzen, das *Kyrie* skandieren und vielleicht – verbotenerweise – den einen oder anderen heidnischen Gesang, dabei beständig die Weihrauchbehälter schwenkend, um der unvermeidlichen Gerüche Herr zu werden. Jetzt, im kühleren September, war es damit nicht mehr ganz so schlimm, aber drei Tage blieben drei Tage.

Erst stand ihnen allerdings die Totenmesse bevor. Das hieß, ohne Unterlass Predigten hören und dann unter der Wucht des *Dies irae* Weltende und Jüngstes Gericht heraufbeschwören, das Ertönen der Posaune, vor dem sogar der Tod erstarrte. Seit die Franziskaner dieses Gedicht eines Unbekannten, von dem man sagte, er habe es mit Hammerschlägen in Stein gehauen, in die Messe eingeführt hatten, bannte es die Gläubigen mit schaurigen

Bildern und apokalyptischen Visionen, um dann Trost zu spenden im Gedanken an die Barmherzigkeit Jesu.

Mathias reihte sich ein und dachte an Geschäfte.

In diesem Augenblick ging der Streit los.

Was immer Daniel, der unglücklicherweise direkt neben Kuno ging, gesagt haben mochte, er stürzte plötzlich wie von der Axt gefällt zu Boden. Kuno hatte ihn mit der Faust niedergestreckt. Jetzt zerrte er den Gestürzten hoch und holte zu einem neuen Schlag aus, das Gesicht wutverzerrt.

Daniel blutete aus der Nase. Er duckte sich und rammte Kuno seinen Schädel in den Bauch. Kuno japste nach Luft, taumelte zurück und trat Daniel zwischen die Beine, was den gewünschten Effekt erzielte.

Der vordere Teil des Zuges bewegte sich weiter, als sei nichts geschehen. Die zweite Hälfte geriet ins Stocken.

Daniel zog sein Schwert. Mathias war mit ein paar schnellen Sätzen bei ihm und schlug ihm die Waffe aus der Hand. Sofort ging Kuno auf seinen Widersacher los. Johann sprang von hinten dazu und hielt ihn fest, während Mathias den tobenden Daniel in seinen Griff zwang.

»Lasst ihn doch!«, schrie Kuno.

»Genug!«, herrschte ihn Johann an.

»Nein. Lasst ihn sein Schwert gebrauchen, soll doch jeder sehen, was für einer Bande von Mördern er angehört!«

»Du Schwachkopf«, zischte Daniel. »Du willst mein Schwert? Du kannst es haben, am besten zwischen die Augen, wenn du mich fragst.«

Mathias schlug ihm ein paarmal schnell hintereinander ins Gesicht. Daniel hob schützend die Hände.

»Du sagst keinen Ton mehr, hörst du!«

»Aber er hat angefangen, ich –«

»Du hältst das Maul!«, knurrte Mathias bebend vor Zorn. »Das hier ist ein Leichenzug, du Schande für einen Overstolzen, kein Sauf- und Raufzug. Sollen wir euch gleich mitbeerdigen?«

»Er hat –«

»Mir ist es elendiglich egal, was er hat.« Er fuhr zu Kuno herum. »Und du, mach dich fort. Ich will dich hier nicht mehr sehen. Wir reden später.«

»Ich lasse mir von Euch nichts sagen«, brauste Kuno auf und wand sich aus Johanns Griff. »Und schon gar nicht von diesem Totschläger, diesem Bastard, dieser –«

»Doch«, unterbrach ihn Johann ruhig. »Du lässt dir alles sagen, weil ich dich sonst öffentlich auspeitschen lasse. Ich warne dich, Kuno, von Totschlägern zu sprechen.«

Die Nachfolgenden, Kleriker, Patrizier und Bürger, drängten sich neugierig zusammen.

»Ich warne dich!«, wiederholte Johann.

Schwer atmend standen sie einander gegenüber, Kuno wachsweiß im Gesicht, sein Widersacher mit vor Hass und Abscheu verzerrten Zügen.

»Verräter!«, entfuhr es Daniel heiser. Er wischte das Blut von seiner Oberlippe, nahm sein Schwert auf und schloss sich humpelnd wieder dem Leichenzug an, ohne die anderen noch eines Blickes zu würdigen.

Kuno sah ihm nach. Dann wurde ihm bewusst, wie alle ihn anstarrten. Er straffte sich. Mit einiger Würde wandte er der Versammlung den Rücken zu und ging steif in entgegengesetzter Richtung davon.

»Er hat ihn zu sehr geliebt«, murmelte Johann.

»Ja, er hat Gerhard geliebt«, sagte Mathias laut und wandte sich zu den Leuten. »Und auch Daniel hat ihn geliebt, und in ihrer Liebe wurden sie blind und wollten ihm jeder der Nächste sein. So wird aus Liebe Hass und aus Freunden werden Feinde. Vergebt ihnen. Folgen wir Gerhard auf seinem letzten Geleit.«

Seltsam, die Menge schien zu verstehen, was er da so eilig zusammengeschustert hatte. Als ob Daniel je so etwas wie Liebe zu Gerhard empfunden hätte. Gemeinsam setzte man sich wieder in Bewegung.

Johann rückte neben ihn.

»Gut gelogen«, sagte er leise.

»Hurenmist!«, fluchte Mathias entgegen seiner sonstigen Abneigung gegen Kraftausdrücke. »Wenn Kuno so weitermacht, können wir alle unser letztes Vaterunser sprechen.«

Johann schwieg eine Weile.

»Er wird nicht so weitermachen«, sagte er schließlich.

»Das behauptest du! Und dein verrückter Sohn, der dem anderen Verrückten fast das Haupt gespalten hätte? Diese Dinge müssen aufhören, Johann.«

»Sie werden aufhören.«

Mathias grummelte einen weiteren Fluch in sich hinein. Die Prozession näherte sich gemächlich dem Dom. Das Läuten der Glocken brachte ihre Körper zum Schwingen.

Sie werden aufhören –

»Was willst du damit sagen?«, hakte Mathias nach.

»Ich habe gestern Abend mit Mutter gesprochen. Sie empfahl mir bezüglich Kunos die Lektüre der Heiligen Schrift.«

»Was ist los mit Blithildis?«, wunderte sich Mathias. »Sie pflegt im Allgemeinen handfestere Ratschläge zu geben. Ich kann nicht glauben, dass sie am Ende sentimental wird. Schließlich war es ihre Idee mit –«

»Still.« Johann hob den Zeigefinger zu den Lippen.

»Entschuldige«, brummte Mathias.

»Sie hat mich an die Psalmen verwiesen, weil es da eine Stelle gibt, die ihr auf die Situation zu passen scheint. Wie gut kennst du die Bibel?«

»Meine Rechnungsbücher kenne ich besser.«

»Das war zu erwarten. Fünftes Buch. Bitte um Hilfe gegen erbarmungslose Feinde.«

Mathias runzelte die Stirn.

»Keine Ahnung.«

»Hatte ich auch nicht. Also bin ich hingegangen und habe nachgesehen, was Mutter uns rät.«

»Und?«

Johann seufzte schwer. »Was da steht, ist ziemlich deutlich: *Nur gering sei die Zahl seiner Tage –«*

»Alle Wetter«, stieß Mathias leise hervor. »Das also hat sie gemeint.«

»– sein Amt soll ein andrer erhalten.«

Forum feni

Urquhart stand unter den Linden und beobachtete den Markt.

Er wusste, dass seine Überlegungen das schlichte Begriffsvermögen der Knechte überforderte. Er hatte sie nach dem Kettenprinzip verteilt, eine Strategie, die man in den schottischen Hochgebieten pflegte, wo es schwierig war, sich über große Distanzen zu verständigen. Jeweils zwei standen zusammen und hielten einen festgelegten Bezirk im Auge, eben noch in Sichtweite mit einem anderen Paar. Sie trugen Pechfackeln bei sich. Sahen sie einen Feind, entzündete einer die Fackel und hielt sie hoch über seinen Kopf, damit ihr Schein und der unvermeidliche klebrigschwarze Rauch von weither gesehen werden konnten, während der andere zum Schein mit der Waffe gegen die Eindringlinge vorging, sofern es nicht zuviele waren, und rechtzeitig die Flucht ergriff, um den Feind in Richtung der anderen Bezirke zu locken. Die dortigen Wachen entzündeten wiederum ihre Fackeln. Das Signal bedeutete den Verbündeten, zusammenzurücken. Mit einigem Geschick gelang es weitverstreuten Kämpfern auf diese Weise, den Feind langsam einzukesseln, der am Ende ständig jemand anderem hinterherjagte, bis er zu spät begriff, dass er in die Falle gegangen war.

Urquhart hatte die Sache dahingehend modifiziert, dass auch die Knechte paarweise losziehen und einen bestimmten Bezirk im Auge behalten sollten. Auf Sichtkontakt konnte man in einer Stadt allerdings nicht bauen. Es kam also darauf an, den Rothaarigen, sobald man ihn erblickte, den anderen Gruppen zuzutreiben, bis sie ihn in der Zange hatten, ohne dass er noch entweichen konnte. An sich ein simpler Plan.

Mathias' Knechte hatten ihn angestarrt wie die Blöden. Mehrfach hatte er das Prinzip erklären müssen. Hatten sie es endlich begriffen, vergaßen sie wiederum Jacops Haarfarbe und sein Aussehen. Urquhart blieb höflich und fand sich damit ab, aber ihre Dummheit widerte ihn an. Im Grunde war es hoffnungslos. Wenn Jacop über Grips verfügte, und es hatte ganz den Anschein, würde er sich ohnehin bis zur Unkenntlichkeit verhüllen. Er konnte nur hoffen, dass der Fuchs einen Fehler beging.

Jetzt kontrollierte je ein Gespann das Forum, eines den Alter Markt und eines den Bezirk um die Hacht und die Dombaustelle. Sechs Männer für den bestenfalls zehnten Teil der Stadt. Es ging nicht anders. Er musste die meisten der Knechte dort zusammenziehen, wo Köln am belebtesten war. Die anderen drei Paare bewegten sich zwischen St. Severin und der Bach, von St. Aposteln über den Neumarkt bis zu St. Cäcilien und im Bereich um St. Ursula bis zur porta eigelis.

Urquhart widmete ihnen keinen weiteren Gedanken. Er hoffte, dass Mathias' Verbündeter die Soldaten an den Torburgen würde postieren können.

Unter dem Mantel spürte er die kleine Armbrust, augenblicklich das beruhigendste Gefühl. Langsam schlenderte er über das Forum und studierte die Gesichter. Das Markttreiben war in vollem Gange. Er schritt die Fleischbänke entlang, musterte jeden dort für ein paar hochkonzentrierte Sekunden, um sich dann dem nächsten zuzuwenden. Es war ein festgelegtes Schema, nach dem er sich durch die Menschenmengen arbeitete, ein Prinzip, das es ihm ermöglichte, äußerst schnell das Wesentliche zu erfassen, zu kategorisieren, zu beurteilen und entweder zu handeln oder in seiner Beobachtung fortzufahren. Die Fähigkeit war antrainiert, die Systematik seines Vorgehens ließ sich niemandem erklären. Urquhart war weit davon entfernt, sich der Eitelkeit hinzugeben, aber er kannte kaum einen Menschen, dessen Verstand in ähnlicher Weise fähig war, Muster zu erfassen oder überhaupt logisch zu denken. Das Begriffsvermögen seiner Zeit war vernebelt, und der Nebel hieß Glaube.

Das war sein Vorteil. Denn Urquhart glaubte an nichts. Er glaubte an keinen Gott und keinen Teufel. Im Grunde glaubte er nicht einmal an die Gültigkeit seiner eigenen oder irgendeiner beliebigen Existenz.

Vielleicht, dachte er, während sein Blick ein neues Gesicht einfing, einfror, ertastete, losließ, wäre dieser Dombaumeister ein würdiger Gesprächspartner gewesen, jemand, mit dem man sich bei einem Krug guten Weins über die Welt hätte lustig machen können. Was er von dem begonnenen Kirchenbau gesehen hatte, fand seine Bewunderung. Falls es tatsächlich den gesamten Bauplan repräsentierte, hatte er ein Gebilde der Logik vor sich. Denn dieser Kapellenkranz, diese steile, beinahe gewaltsam hochschießende Karikatur der Perfektion, war kalt. Die mathematische Exaktheit verdammte jede Inspiration zur Skulptur.

Einfangen, ertasten, loslassen –

Etwas weiter lag der Kotzmarkt, wo Innereien feilgeboten wurden, Leber, Herzen und Gedärm, Pansen und Kutteln. Er schob sich von hinten an die Kotzmenger und sah ihnen zu, wie sie Hände voller bläulich rot geäderter oder fahlweißer Klumpen, Stränge und Lappen abwogen und über die Bank reichten. Einer griff in einen undefinierbaren Haufen und zog einen langen, verknäulten Darm heraus. Der Haufen geriet in Bewegung. Die Massen rutschten übereinander, ein Anblick wie gehäutete Schlangen, zuckende, noch warme Leiber. Er sah den Arm des Mengers immer wieder hineintauchen in den Haufen, offenbar, weil dem Kunden die dargebotenen Stücke mal zu lang, mal zu kurz oder zu dünn oder zu dick waren. Wieder und wieder griff der Mann in die feuchte Masse und zog etwas daraus hervor –

Die Welt färbte sich rot.

Er sah einen Menschen in einer Rüstung, dessen eiserne Kralle niederfuhr und etwas herausriss aus dem Körper eines Kindes, warm, glänzend, klebrig, und das Kind lebte noch und schien der Urheber eines hohen, unirdisch schrillen Geräuschs zu sein, und drumherum –

Rasender Kopfschmerz.

Urquhart schloss die Augen und presste beide Fäuste gegen die Schläfen.

Das Bild verblasste.

»Herr, was habt Ihr? Ist Euch nicht gut?«

Er blinzelte. Vor ihm wieder der Markt. Nur Innereien von toten Tieren.

»Braucht Ihr Hilfe?«

Er wandte der Sprecherin den Kopf zu und sah sie an, ohne sie recht zu registrieren. Eine Nonne. Besorgnis.

Urquhart quälte ein Lächeln auf seine Lippen. Dann merkte er, wie es ihm schnell wieder besser ging. Die merkwürdige Erinnerung eines anderen Menschen an ein anderes Leben verging.

»Danke, ehrwürdige Schwester«, summte er und neigte zuvorkommend den Kopf.

»Ihr seid ganz sicher?«

»Ein bisschen Kopfweh, nichts weiter. Die unverhoffte Labsal Eurer frommen Anteilnahme tat Wunder. Ich danke Euch.«

Sie errötete. »Der Herr sei mit Euch.«

»Und auch mit Euch. Danke, Schwester.«

Sie schlug das Kreuz über ihn und ging eiligen Schrittes weiter. Urquhart sah ihr nach und überlegte, was geschehen war. Die Heimsuchungen hatten ihn lange verschont. Warum kamen sie jetzt wieder?

Was hatte er da überhaupt gesehen?

Er wusste es nicht mehr. Das Ungeheuer war in den schwarzen Fluten des Vergessens untergetaucht.

Fast von selber fand sein Blick die Gesichter der geschäftig hin und her eilenden Leute, fing sie ein, ertastete sie, ließ sie los, ging über zum nächsten. Schnell, präzise, ohne Emotion.

Deus lo volt!

Als Jacop erwachte, dämmerte es bereits. Er wälzte sich auf dem Strohlager herum und sah in die gelblich glimmenden Augen einer Katze.

»Was tust du denn hier?«, murmelte er. »Willst du mich in Brand stecken?«

Das passierte immer wieder in den engen, holzgezimmerten Häusern. Die Katzen legten sich in die noch heiße Asche des Kamins, und wenn man sie von ihrem Platz vertrieb, blieben etliche glühende Kohlensplitter in ihrem Fell hängen. Damit liefen sie dann auf den Speicher, wo Reisig, tannene Hobelspäne oder sonstiger leicht brennbarer Kram herumlagen, und im nächsten Moment stand alles in Flammen.

Die Unterstellung gefiel der Katze nicht. Sie maunzte Jacop an, drehte ihm das Hinterteil zu und entließ einen reichlichen Strahl Urin. Jacop streckte die Glieder und überlegte, wie lange er wohl geschlafen hatte. Nachdem Jaspar Rodenkirchen ihn mit der Geschichte des Erzengels schier zur Verzweiflung getrieben hatte, war er kraftlos auf den Speicher gekrabbelt, hatte sich auf einen Haufen Reisig fallen lassen und war augenblicklich eingeschlafen. Er hatte also den Tag verschnarcht.

Und, was das Wichtigste war, er lebte noch.

Beim Gedanken an die letzten vierundzwanzig Stunden kroch mit einem Mal wieder klamme Furcht in seine Knochen. Aber sie beherrschte ihn nicht länger. Der Schmerz in seiner Schulter hatte nachgelassen, und Jacop fühlte sich kräftig und ausgeruht. Er verspürte den dringenden Wunsch, etwas zu unternehmen. Vermutlich war Jaspar in der Stube. Jacop fand die Luke, fuhr sich durchs Haar, um einigermaßen ordentlich auszusehen, und kletterte nach unten.

In der Stube saß ein massiger Mann mit gutmütigem Gesicht am Feuer und kaute auf einem Stück Speck herum. Im ersten

Moment war Jacop nach Davonlaufen. Aber der da sah nicht aus, als stecke er mit Mördern und Teufeln unter einer Decke. Misstrauisch trat Jacop näher und neigte grüßend den Kopf.

»Grüße dich auch«, sagte der Mann mit vollen Backen, so dass man seine Worte eben noch verstehen konnte.

Jacop ließ sich vorsichtig auf der Bank nieder und betrachtete ihn ausgiebig.

»Ich heiße Jacop«, begann er.

Der andere nickte, stieß ein Grunzen aus und zerrte an seinem Speck herum.

»Jacop der Fuchs. So nennt man mich. Vielleicht hat Jaspar von mir gesprochen?«

Ein weiteres Grunzen war die Antwort – unmöglich zu sagen, ob es der Zustimmung oder der Begeisterung über das feine Essen erwuchs. Gesprächig war der Bursche offenbar nicht.

»Also gut«, meinte Jacop und schlug die Beine übereinander. »Ihr seid dran.«

»Rolof.«

»Was?«

»Heiße Rolof. Knecht.«

»Ah. Jaspars Knecht?«

»Mhm.« Rolof holte tief Luft und ließ ein mächtiges Rülpsen erschallen, neben dem die Posaunen von Jericho das reinste Fröschequaken waren.

»Und? Wo ist er? Ich meine, Jaspar?«

Rolof schien begriffen zu haben, dass er sich einem Gespräch nicht länger entziehen konnte, auch wenn es beschwerlich und das Verzehren von Speck dem Wohlbefinden weitaus zuträglicher war.

»Jaspar ist in St. Magdalena«, schmatzte er. »Hält Predigt. Brief an die Hebräer, ja? Hat er jedenfalls gesagt.«

»St. Magdalena? Die kleine Kirche gegenüber St. Severin?«

»Mhm. Ist Dechant in St. Magdalena. Kleine Kirche, ja? Aber schön. Nich so'n Riesenbiest wie Severin, ja?«

Ach richtig.

»Hör mal, Rolof«, begann Jacop und rückte näher an den Massigen heran. »Was du da hast, den Speck – ich meine, könntest du dir vorstellen, also nur unter Umständen, sofern du nicht wirklich der Meinung bist, das ganze große Stück zu brauchen, weil man davon nämlich ganz grauenvolle Magenschmerzen bekommt, mein Onkel beispielsweise, der hat eines Tages so ein Riesenstück alleine aufgegessen, gerad' erst vor kurzem, und ist dran gestorben, und seine Leiche hat noch tagelang nach Speck gestunken, so dass die Totengräber ihm hinterhergekotzt haben, und wahrscheinlich ist er darum auch nicht ins Paradies gekommen, alles wegen dem Speck, was meinst du, willst du das?«

Rolof saß lange wie erstarrt. Dann betrachtete er erst den Speck und anschließend Jacop.

»Nein«, sagte er lahm.

»Das dachte ich mir.« Jacop lächelte jovial und legte ihm einen Arm um die Schultern. »Nun, ich würde mich bereit erklären, dich von einem Stückchen, sagen wir mal der Hälfte, zu erlösen.«

Rolof nickte, grinste freundlich zurück und fuhr fort, das geräucherte Fleisch mit seinem enormen Gebiss zu bearbeiten. Längere Zeit geschah nichts anderes.

Jacop wurde unruhig.

»Rolof?«

»Mhm.«

»Du willst doch ins Paradies?«

»Mhm.«

»Hast du auch verstanden, was ich dir gesagt habe?«

»Ja. Du hast gesagt, wenn ich sterbe, stinke ich nach Speck. Find ich gut, ja? Weiß jeder, Rolof war reicher Mann und konnte fressen Speck, ja?«

»Nicht zu fassen«, murmelte Jacop und verkroch sich wieder in seine Ecke.

Nach einer Weile beugte sich Rolof zu ihm herüber und fletschte die Zähne. »Hast du Hunger?«

»Was? Du stellst Fragen! Natürlich hab ich Hunger.«

»Da.« Er hielt Jacop tatsächlich die Hälfte seiner Schwarte hin. Jacop fühlte sein Herz einen Schlag lang aussetzen, dann packte er das Ding und biss hinein, dass es spritzte. Er wusste nicht, wie lange es her war, dass er so etwas gegessen hatte. Allenfalls beim alten Bram. Wenn überhaupt.

Es schmeckte salzig. Ranzig! Köstlich!!!

Rolof lehnte sich behäbig wieder zurück und begann, seine Finger abzulecken. Er wirkte äußerst zufrieden.

»Jaspar meint, ich hab großen Vorteil«, grunzte er. »Sagt, ich mache saublöden Eindruck, ja?«

Jacop hörte auf zu kauen und starrte ihn unsicher an. Er wusste nicht recht, was er dazu sagen sollte. Jeder Kommentar konnte eigentlich nur falsch sein.

»Aber«, fuhr Rolof fort und machte ein schlaues Gesicht, »bin's nich. Willst Speck, ja? Erzählst mir Riesengeschichte. Du bist kein Fuchs, du bist ein Ochse, ja? Dummes Rindvieh mit Fuchsfell. Hättest fragen können.«

»Ich habe gefragt!«, protestierte Jacop.

Rolof lachte. »Hast gelogen. Deine Geschichte ist Quatsch. Kann nicht sein.« Er hob einen Zeigefinger und strahlte. »Hast nämlich gar keinen Onkel. Jaspar sagt, du hast kein' Menschen nich und nie gehabt. Kann aber nich stimmen mit dem Speck ohne Onkel, ja?« Er strich sich im Vollgefühl seiner geistigen Überlegenheit den Bauch und schloss die Augen. Wenig später erbebte die Stube von seinem Schnarchen.

»Ich vermute, du solltest auf mich Acht geben«, kicherte Jacop und widmete sich ausgiebig seinem Stückchen Eden.

Endlich kam Jaspar, und die beschauliche Ruhe in der kleinen, schiefen Kammer fand ihr Ende. Er wirkte aufgebracht und trat unsanft gegen die Bank. Rolof schreckte hoch. Dann fiel der Blick des Physikus auf Jacop. Er hob die Brauen, als sehe er ihn zum ersten Mal, kratzte sich den Kahlkopf und bezupfte seine Nasenspitze.

»Ach ja«, sagte er, räusperte sich und verschwand.

»Oh«, machte Rolof. »Besser, ich gehe, ja? Immer, wenn Jaspar von den Hebräern spricht – oh, oh!«

»Was ist mit den Hebräern?«, fragte Jacop und stand auf, um nach dem Physikus Ausschau zu halten. Er hörte das Geräusch der Bodenklappe aus dem Hinterhof. Offenbar besuchte Jaspar seinen Weinkeller.

Rolof sah nach rechts und links, eilte heran und flüsterte vertraulich: »Leute verstehen ihn nich, den Jaspar Rodenkirchen!« Er machte eine wegwerfende Handbewegung. »Mann zu schlau. Kann reden, bis ihm die Zähne wehtun, ja? Weil, die Hebräer – ich weiß ja nix davon, nur, dass was drinsteht von Liebe und Frieden und Gastfreundschaft und guten Sachen alles, find ich jedenfalls. Aber da wird er immer wütend, ist wie ein Tier und geifert – so ungefähr, bäh, brrräähhh!«

»Ja, weil das die einzigen Worte sind, die du verstehst«, herrschte ihn Jaspar im Hereinkommen an, einen gut gefüllten Krug im Arm. »Brääähh, bräääh, darin erkennt der gute Rolof einen ganzen, geraden Satz mit Objekt, Subjekt, Prädikat und Aussage, und darum versteht er auch die Schweine. Was sagen die Schweine, Rolof? Wie spricht das Schwein? Iss mich, iss mich, sagen sie das nicht? Kaum zu fassen, dass einer die Schweine versteht, nicht mal der heilige Franziskus hat ihre Sprache so fließend und fehlerfrei beherrscht!«

»Kommt vom Speck«, raunte Jacop dem armen Rolof zu.

Der ließ ein dröhnendes Gelächter hören, bis ihm die Puste ausging. Dann stand er da und schien nicht recht zu wissen, was man nach dem Lachen noch Sinnvolles tun könnte. Er versuchte es mit Gähnen. Das klappte.

»Spät«, stellte er fest.

»Sehr gut!«, höhnte Jaspar. »Wir haben gelernt, den Abend vom frühen Morgen zu unterscheiden, welch eine gewaltige Leistung der Epistemologie. Dass die Erde erzittere aus Scham vor dem glühenden Feuer deines Geistes.«

»Ja«, nickte Rolof unbekümmert. »Gehe dann schlafen.«

Er gähnte noch einmal und kletterte die Stiege nach oben. Sie hörten ihn irgendetwas singen, eine unmelodische Plage, die plötzlich abbrach. Das schon bekannte Schnarchen löste die verirrte Weise ab und ließ keinen Zweifel daran, dass es für jedes scheußliche Geräusch ein noch scheußlicheres gab.

Jaspar stellte zwei Becher auf den Tisch, goss ein und bedeutete Jacop zu trinken. Sie leerten die Becher auf einen Zug, Jacop voller Gier, Jaspar mit der Bedächtigkeit des erfahrenen Trinkers.

»So«, sagte er und knallte den Becher auf den Tisch, goss sich wieder ein, setzte wieder an, stellte wieder ab, goss ein, trank aus, stellte ab und betrachtete Jacop nun mit wesentlich klarerem Blick als zuvor.

»Wie habt Ihr denn geschlafen, Füchschen?«

Jacop fühlte sich seltsam. Das Zeug stieg ihm zu Kopf.

»Wie ein Füchschen halt«, sagte er.

»Na, wunderbar. Mein Haus, ein Fuchsbau. Und wie geht es Eurem Arm?«

»Besser.«

»Besser? Das ist gut.«

Sie schwiegen eine Weile. Jacop überlegte, wie er das Thema auf seine Angelegenheit bringen konnte, obschon er viel lieber alles vergessen hätte.

Das Schweigen begann lästig zu werden.

»Ihr habt über die Hebräer gesprochen?«, forschte er mehr aus Höflichkeit.

Jaspar sah ihn überrascht an.

»Woher wisst Ihr – ach so, Rolof. Ja, ich habe ihm gesagt, worüber ich predigen will. Der verdammte Rolof, ich weiß manchmal wahrhaftig nicht, ob er das Gehirn eines Frischlings hat oder die abgefeimte Verstellungsgabe meiner Katze. Dafür ist er ein guter Knecht, wenn er nicht schläft oder frisst. Ja, ich habe über die Hebräer gesprochen, aber es hat einigen sauberen Herrschaften nicht gefallen.«

Er klappte den Mund zu. Sein Zorn war greifbar. Sie konnten so weitermachen, schweigen und trinken, aber der Gedanke missfiel ihm. Es drängte ihn plötzlich, mehr über Jaspar zu erfahren.

»Warum nicht?«, fragte er.

»Warum nicht?«, brummte Jaspar und goss sich nach. »Weil sie bis ins Mark verlogen und verstockt sind, die Damen und Herren Christen, und weil dieser unsägliche Hurensohn Alexander den Kreuzzug gepredigt hat, was sie mit Wohlgefallen quittieren, anstatt sich zu empören. Als hätte nicht das so genannte heilige Köln allen Grund, den Einflüsterungen der römischen Schlange zu misstrauen, die sich Papst nennt. Gerade die Kölner!«

»Wieso gerade die Kölner?«

Jaspar verdrehte die Augen. »O Herr! Sieh deinen Sohn Jacop, er lebt in den Mauern der Colonia Claudia Ara Agrippinensium, jedoch der Grad seiner Erleuchtung gleicht einem niedergebrannten Torffeuer. Jacop, der Ihr weniger wisst als nichts, habt Ihr denn nie von den verlorenen Kindern gehört? Anno domini 1212?«

Jacop schüttelte stumm den Kopf.

»Dachte ich mir! Aber was ein Kreuzzug ist, das wisst Ihr?«

»Ja. Ein gerechter Krieg zur Rückeroberung des Heiligen Landes von den Heiden.«

»Donnerwetter! Gut gesprochen, gut gelernt, eilfertig herausgespien aus dem Fundus Eures Unverstands und unter konsequenter Umgehung des Nachdenkens. *Sancta simplicitas!* Wenn Ihr mich fragt, ist der Kreuzzug eine Verhöhnung der Lehren des Augustinus, in die Welt gesetzt von einem anderen Trottel namens Urban II. – ach Gott, was rede ich zu Euch vom Kreuzzug und vom Augustinus? Ich muss von Sinnen sein.«

»Vielleicht.« Jacop wurde zornig. »Ja, mit Sicherheit. Ihr seid von Sinnen, und ich bin dämlich. Ist doch ein wunderbarer Zusammenschluss, verehrungswürdiger Jaspar Rodenkirchen, Dechant und Physikus und was Ihr noch alles sein mögt. Nichts zu wissen ist unverzeihlich, was?«

»Unverzeihlich ist, nichts im Kopf zu haben.«

»Oh. Richtig, es ist meine Schuld. Schließlich war ich ja mein Leben lang von Weisen umgeben. Hätte ja nur fragen müssen. Alle Welt hat Tag für Tag darauf gewartet, mein Wissen zu erweitern. Ich bin also ein Dummkopf? Unverzeihlich, in der Tat!«

Aufgebracht griff er nach dem Krug, füllte sich nach und stürzte den Inhalt hinunter. Jaspar sah ihm einigermaßen verblüfft zu.

»Was redet Ihr denn da? Die Armen schämen sich ihrer Unwissenheit nicht, das weiß ich. Keiner verlangt von Leuten wie Euch ein philosophisches Traktat. Selig, die arm im Geiste, denn ihrer –«

»Ich bin aber nicht arm im Geiste! Und falls ich nichts weiß, stört mich das spätestens dann, wenn es mir einer unter die Nase reibt und mir im selben Atemzug mit Binsenweisheiten kommt, etwa, dass ich meinen Kopf gebrauchen soll. Womit denn, verehrungswürdiger Meister, da ich doch offenbar kein Hirn besitze? Stimmt, augenblicklich weiß ich nicht mal, was ich tun soll, um die nächsten Tage zu überleben. Ich bin in der Tat ein vollkommen unwissender Fuchs, wahrscheinlich eher ein armseliges Eichhörnchen, aber ich lasse mich von niemandem beleidigen! Nicht mal von Euch, und wenn Ihr tausendmal damit prahlt, mir helfen zu wollen.«

Er verschluckte sich, hustete und musste Luft holen. Jaspar betrachtete ihn, dann langte er herüber und schlug ihm kräftig auf den Rücken.

»So? Ihr wollt also wirklich wissen, was es mit den Kreuzzügen auf sich hat?«

»Ja«, keuchte Jacop. »Warum nicht?«

»Nachhilfe in Geschichte. Vorsicht, das wird trocken!«

»Egal.«

»Hm. Also gut. Ich muss ein bisschen ausholen. Schenkt Euch mittlerweile nach, ist noch was in dem Krug?«

»Es dürfte reichen.«

»Gut. Das christliche römische Reich ist Euch bekannt?«

»Natürlich.«

Jaspar schüttelte heftig den Kopf. »So natürlich ist das eben nicht. Genau genommen ist es ein gespaltenes Christenreich, über die Jahrhunderte zerborsten. Dort das Oströmische Reich, dessen weltliches und geistiges Zentrum Byzanz ist, und demgegenüber das Weströmische um Rom. Wenn wir uns heute in Turbulenzen wähnen, solltet Ihr wissen, dass es zur Zeit des endgültigen Zerfalls – vor rund zweihundert Jahren – weit schlimmer zuging. Der Papst zog mit glühenden Worten gegen das angeblich liederliche Leben der Könige und Kaiser zu Felde. Die alte Geschichte. Wenn Geistlichkeit und Weltlichkeit sich an die Gurgel gehen, schieben sie immer wieder gerne unseren Herrn Jesus Christus vor. Der König, solchermaßen in Konflikt mit dem Papst, ließ einen Gegenpapst küren. Da gab es plötzlich zwei Päpste, zwei Stellvertreter des Herrn auf Erden, die einander nicht grün waren und jeder etwas anderes verkündete als sein Pendant. Der eine sprach vom Misthaufen in Rom, der andere von der Hure der Könige, erbauliche Zustände insgesamt. Der Römerpapst belegte den König als Antwort kurzerhand mit dem Kirchenbann. Großes Ohrfeigenausteilen. Aber damit hatte er sein Machtwort lediglich über das Weströmische Christenreich gesprochen. Da gab es nun aber auch noch das Oströmische und den byzantinischen Kaiser, der sich um Rom nicht viel scherte. Ein zwielichtiger Bursche, der sich in einer blutigen Nacht- und Nebelaktion auf den Thron gestohlen und den Vatikan damit zutiefst verärgert hatte. Was tat also der Papst in seinem heiligen Zorn? Was glaubt Ihr?«

Jacop zuckte die Schultern. »Schwer zu sagen.«

»Was hättet Ihr getan als römischer Papst?«

»Ich hätte den Bann auf Byzanz ausgeweitet.«

»Sehr gut, Füchschen! Das machte er auch, der Pontifex. Er exkommunizierte den byzantinischen Kaiser gleich mit. Dem war das aber gleich. Im Grunde war ihm alles gleich, sogar, dass die Seldschuken vor seiner Tür standen –«

»Seldschuken?«

»Verzeiht. Seldschuken, Petschenegen, alles Türkenstämme, die Mohammed mit den Arabern geeint hatte. Damit erstreckte sich deren Reich von Horasan über Iran und Kaukasus, über Mesopotamien, Syrien und Palästina bis nach Hidschaz. Eine gewaltige Menge Land. Jetzt wollten die Ungläubigen auch noch Byzanz. Angesichts der verworrenen Interessenlage in der Christenheit bestand allerdings kaum Aussicht, ihnen mehr entgegenzuhalten als zahnlose Bibelzitate. Der byzantinische Kaiser war ebenso falsch wie schwach, und das war vielleicht auch ganz gut so, weil man ihn so leichter stürzen konnte. Es gab also die schon vertraute Palastrevolution, und nun kam in Byzanz ein bemerkenswerter junger Mann an die Macht mit Namen Alexios. Als er seine Position so weit gefestigt hatte, zog er Bilanz, und die war düster. Weite Teile des byzantinischen Reiches waren in türkischer Hand, dem kümmerlichen Rest drohte es nicht anders zu ergehen. Sehr verzwickt!«

Jaspar leckte sich über die Lippen und trank.

»Zudem«, fuhr er fort, »hatte auch Alexios Ärger mit der weströmischen Kirche, der päpstliche Bann war nämlich auf ihn übergegangen wie die Klauenseuche. Keine Hoffnung auf Hilfe aus dem Abendland. Also begann Alexios im Alleingang mit Feldzügen gegen die Seldschuken und Petschenegen, machte ihnen den Garaus, wo er sie fand, schlug sie zurück und schaffte es am Ende, so etwas wie einen wackeligen Frieden auszuhandeln, eine ziemlich kränkelnde Sache, aber immerhin. Zum Wohle der Christenheit, wie er verkünden ließ. Im Grunde ging es ihm natürlich nur ums Land. Was den Papst so sehr erboste, dass nämlich die heiligen Orte der christlichen Kirche, das Land Palästina, das Grab des Herrn, Jerusalem und Antiocha, Petris Stadt, unter seldschukischer Herrschaft standen, war ihm verhältnismäßig gleich. Zumal die Gräuelmärchen von den gottlosen Türken, die christliche Pilger zu Tausenden abschlachteten, rösteten und auffraßen, eher der Fantasie überdrehter Säulenheiliger entsprangen. Die Christen in den besetzten Gebieten genossen islamisches Recht, wenn Ihr mich fragt, das toleranteste überhaupt. Sie wurden nicht in der Ausübung ihres Glaubens gehindert und hatten sich demzufolge auch noch nicht groß beschwert oder gar einen formellen Hilferuf ins Abendland entsandt. Soweit die Vorgeschichte. Seid Ihr überfordert, oder verlangt es Euch nach dem Rest?«

»Doch, ja! Erzählt weiter.«

Jaspar lächelte. »Ihr seid ja gar nicht so wirr im Kopf, wie Euer roter Schopf vermuten lässt. Also schön. Gehen wir wieder nach Rom. Die Zustände besserten sich, Papst und Gegenpapst starben, und ein neuer Pontifex bestieg den römischen Thron. Er nannte sich Urban II., und wenn ich vorhin gesagt habe, er sei ein Trottel gewesen, so ist das nur die halbe Wahrheit. Blöde war er jedenfalls nicht. Aber dieser Urban neigte zu einer geradezu gotteslästerlichen Bequemlichkeit und hatte schlicht und einfach keine Lust, sich mit irgendjemandem zu streiten. Als Erstes befreite er den exkommunizierten Alexios vom Bann, der da im fernen Byzanz mit dem Rücken zur Wand stand, und schloss einen Freundschaftsbund mit ihm. Fortan versicherten sich die beiden Gauner ihrer gegenseitigen Wertschätzung, ha! Alexios sann sofort darüber nach, wie er seinem neuen Freund ein paar fromme Kämpfer entlocken könne, die ihm bei der Rückgewinnung einiger besetzter Gebiete, insbesondere Anatoliens, behilflich sein sollten. Aber so weit schien die Freundschaft denn doch nicht zu gehen, weil Urban halt am Krieg nicht interessiert war. Er bestellte seine Kirche. Aus, fertig. Alexios passte das nicht, jetzt hatte er plötzlich einen Verbündeten, der nichts unternahm. Also schickte er eine Gesandtschaft von zwölf Botschaftern nach Piacenza, wo Urban eben ein Konzil abhielt. Und diese Gesandten beklagten nun des Langen und Breiten das Leid der Christen unter dem Joch des Islam, schrien Ach und Weh ob der Belagerung des heiligen Jerusalem und dass die Pilger auf dem Weg nach Palästina an den Füßen aufgehängt und bei lebendigem Leib in Stücke geschnitten würden und was weiß ich nicht alles für Blödsinn. Alles war maßlos übertrieben, überwuchert von orientalischer Rhetorik, die sie da unten gelernt hatten, aber es verfehlte seine Wirkung nicht. Urban versprach Hilfe. Mit dem Maul war er schon immer schnell dabei gewesen.«

»Und? Schickte er Hilfe?«

»Urban? Erst mal nicht.« Jaspar kicherte. »Ich sagte ja, er war ein reiner Kleriker, der sich lieber den üblichen Angelegenheiten der Heiligsprechungen und Hexenverbrennungen widmete. Aber versprochen hatte er's zumindest. Alexios rieb sich die Hände und rechnete mit einer gutausgerüsteten Hundertschaft wackerer Ritter, und die hätte Urban sicherlich auch früher oder später zusammengetrommelt, wenn nicht – ja, verdammich, wenn er nicht diesen Traum gehabt hätte!«

Jacop, der fasziniert zuhörte, wollte nachgießen, aber es gab nichts nachzugießen.

»Oh«, machte Jaspar. »Ebbe.« Er stand auf und stakste nach hinten.

»Das stört mich nicht!«, rief ihm Jacop nach.

»Mich aber.«

»Ihr könnt doch jetzt nicht einfach aufhören!«

»Warum nicht?«, schallte Jaspars Stimme von jenseits der Kammer. »Die Geschichte hat Jahrhunderte und Jahrtausende gebraucht, um Geschichte zu werden, und Ihr kriegt den Hals nicht voll.«

»Ich will aber wissen, wie es weiterging. Und Ihr habt mir noch nichts von den verlorenen Kindern erzählt!«

Jaspar machte sich an der Klappe im Hof zu schaffen.

»Kommt meinethalben her, wenn Ihr's hören wollt!«, schrie er.

Jacop sprang auf und ging in den dunklen Hof. Jaspar hatte eine Kerze entzündet und bedeutete ihm, voranzugehen. Vorsichtig bewegten sie sich auf den schlüpfrigen Stufen nach unten. Der feuchte Modergeruch fing Jacop wieder ein, und ein seltsames Gefühl der Zeitlosigkeit befiel ihn. Vorne im Düsteren tropfte es hallend. Dann erfüllte der Schein der Kerze die unmittelbare Umgebung. Jaspar stand neben ihm.

»Könnt Ihr Euch vorstellen, hier drin den Rest Eures Lebens zu verbringen?«, fragte er. »Nicht, wenn Ihr dürft, wenn Ihr müsst.«

»Nicht mal, wenn ich dürfte.«

Der Physikus lachte trocken. »Und doch seid Ihr hier im Paradies. Was wissen wir denn von den Kreuzzügen?« Er ging in die Mitte des Gewölbes, machte sich an einem Fass zu schaffen und füllte drei, vier Pinten ab. Jacop lief ihm leichtfüßig nach. Er war das Zeug nicht gewohnt. Ziemlich beschwingt drehte er sich um seine Achse, breitete die Arme aus und fühlte sich wie eine Feder auf den kühlen Boden sinken.

Jaspar betrachtete ihn prüfend und stellte die Kerze vor ihn hin. Dann nahm er Jacop gegenüber Platz und füllte die Becher.

»Hier ist ein besserer Platz, um über die Kreuzzüge zu sprechen«, sagte er und trank.

Jacop tat es ihm gleich.

»Zugegeben«, meinte er.

»Nein, Ihr versteht mich falsch. Dieser Keller ist ein Loch. Er ist ungesund und bedrückend. Er ist mein Bußgefäß.«

»Interessante Buße«, lachte Jacop.

»Ich könnte oben weitertrinken, Füchschen, wo's hübsch warm ist. Aber ich will nicht. In einer gutbeheizten, gemütlichen Stube über das Unrecht zu sprechen und den Schrecken, das kommt einer Verspottung all derer gleich, die wirklichen Schrecken erfahren. Ihr wollt wissen, was Urban träumte? Nun, angeblich erschien ihm der Herr und befahl ihm, einen Krieg zu führen im Namen des Kreuzes gegen die Heiden und Ungläubigen. Im November des gleichen Jahres, anno domini 1095, predigte er auf dem Konzil in Clermont den Kreuzzug, beschwor Arm und Reich, die Türken in einem ungeheuren Feldzug, einem heiligen, gerechten Krieg, wie es seinesgleichen bis dahin nicht gegeben habe, zu vernichten, und alle, wie sie da waren – und es waren eine

Menge da, zuviele! – Bürger, Kaufleute, Geistliche und Bewaffnete, viel zu viele, zerrissen ihre Kleider zu Kreuzen, und sie schrien *Deus lo volt, Deus lo volt!*«

Er schwieg eine Weile. Jacop fragte nicht nach der Bedeutung des Schlachtrufs. Er konnte es sich denken.

»Dann zogen sie los, die Ritter, Kaiser und Könige, Fürsten, Diebe und Bettler, Priester und Bischöfe, der Pöbel von der Straße, Betrüger und Mörder und alle, die laufen oder reiten konnten. Jubelnd machten sie sich auf, für den Herrn zu kämpfen, bestochen durch einen beispiellosen Ablass ihrer Sünden, wenn sie nur das Schwert in die Hand nehmen und in die heiligen Gebiete fahren wollten. Und immer wieder schrien sie *Deus lo volt!* – als könne Gott gewollt haben, dass sie auf ihrem Weg, während ihre Haufen und Horden sich gegen die Ungläubigen wälzten, auch gleich die Ungläubigen im eigenen Land hinschlachteten und ihre Hände in das Blut der Juden von Mainz, Worms, Speyer und anderen Städten tauchten, sinnlose Pogrome abhielten, an deren Ende sie unschuldige Männer, Frauen und Kinder köpften, verbrannten, aufschlitzten, dass sie brandschatzten und plünderten und zur Geißel der Christenheit wurden, die sie zu befreien trachteten!« Jaspar spuckte aus. »Gott will es? Die Geschichten deines Bram vom Kreuzzug sind ein lächerlicher Dreck, ich habe sie gehört, kein Märchen kann weiter von der Wahrheit entfernt sein als sein Geschwätz, auch wenn er es gut darzubieten wusste. Bram war kein Kreuzritter. Er hatte ein paar von denen gekannt, die zurückgekommen waren ohne Arme, ohne Beine oder ohne Verstand. Ungarn und Byzanz, Istrien, Konstantinopel, alles wurde dem Erdboden gleichgemacht. Ich habe gelesen, was ein Chronist aus Mainz geschrieben hat, bevor sie auch ihn abschlachteten. *Warum verdunkelte sich nicht der Himmel,* schrieb er, *warum zogen die Sterne ihren Lichtglanz nicht ein, und Sonne und Mond, warum verfinsterten sie sich nicht an ihrem Gewölbe, als an einem Tag elfhundert heilige Personen ermordet und hingeschlachtet wurden, so viele Kleine und Säuglinge, die noch nicht gefrevelt und ge-*

sündigt hatten, so viele arme und unschuldige Seelen!? Sie beschworen den Ewigen, aber der Ewige war gerade woanders, vielleicht fand er auch, sie hätten es verdient. Und das alles geschah noch hier, in unseren Städten.«

Er schüttelte den Kopf.

»Dann zogen sie weiter ins Heilige Land, im Namen des Herrn. Der Pöbel, das Fußvolk, die wilden Haufen, die kamen gar nicht erst an, waren unterwegs verhungert oder erschlagen worden oder einfach umgefallen. Aber die großen Ritterheere, die schafften es. Sie belagerten Jerusalem. Fünf Wochen lang! Sie schwitzten sich tot in ihren Rüstungen, sie müssen darunter gestunken haben wie die Schweine, sie verfaulten und verwesten, aber sie hielten aus. Dann drangen sie in die Stadt ein, und von diesem Tage heißt es, die Unsrigen seien bis zu den Knöcheln, bis zu den Knien der Pferde im Blut der Sarazenen gewatet. Wisst Ihr, worauf sie ihr neues christliches Königreich gründeten? Auf Mord! Auf Verstümmelung und Folter! Auf Plünderung und Vergewaltigung! Das ist unser verdammter christlicher Habitus, auf den wir so stolz sind, unsere himmelschreiende Nächstenliebe!« Er zischte verächtlich. »Und was steht demgegenüber im Brief an die Hebräer? Ein paar schlichte, fast langweilige Sätze: ›Die Bruderliebe soll bleiben. Vergesst die Gastfreundschaft nicht, denn durch sie haben einige, ohne es zu ahnen, Engel beherbergt. Denkt an die Gefangenen, als wäret ihr mitgefangen. Denkt an die Misshandelten, denn auch ihr lebt noch in eurem irdischen Leib.‹«

Jacop schwenkte seinen Becher und versuchte, nicht das Gleichgewicht zu verlieren.

»Aber das ist doch alles lange her«, sagte er. Die Worte verbanden sich zu einem Wurm von Lauten.

»Nein!« Jaspar schüttelte heftig den Kopf. »Nein, die Sarazenen eroberten Jerusalem ja zurück! Ein Kreuzzug folgte auf den anderen, nachdem selbst ein Heiliger wie Bernhard von Clairvaux sich in den Dienst der Metzger stellte. Du kennst Bernhard, Junge?«

»Nicht, dass ich –«

»Natürlich nicht. Und wieder gab es Ablass, wie auf den Märkten ging das zu, die päpstlichen Bullen legitimierten neuen und wieder neuen Mord, und die Ritter – langweilig ist das Leben auf der Burg, wenn Ritter nicht mehr gefragt sind – warfen sich ins Eisen und schrien wieder *Deus lo volt!* Aber es nützte ihnen nichts. Der jämmerliche Erfolg ließ sich nicht wiederholen. Sie gingen ins Heilige Land, um zu scheitern und zu sterben, während sie ihre Machtspielchen untereinander ausfochten, die Kirche ihre Führerschaft zu festigen suchte und weit draußen sagenhafte Schätze lockten. Du siehst, alles ehrbare Gründe. Lichte Flammen vom heiligen Feuer des Glaubens. Und dann kam der Kreuzzug nach Köln, das heißt, sein böser Odem blies durch die Gassen der Stadt und streifte einen Knaben namens Nikolaus und noch einen anderen, zwei zehnjährige Bengel. Dieser Nikolaus stellte sich hin und rief alle Kinder auf, ihm nach Jerusalem zu folgen und die Sarazenen alleine mit der Kraft des Glaubens zu bezwingen. Sie wollten das Mittelmeer teilen wie einst Moses das Rote Meer, die infantilen Horden, denen anzuschließen sich selbst Pilger und Priester nicht zu schade waren, von Knechten und Mägden ganz zu schweigen. Gott weiß, wie sie über die Alpen kamen, die Jüngsten nicht mal sechs Jahre alt. In Genua war ihr Haufen kärglich zusammengeschmolzen, der größte Teil war tot. Und was passierte? Was passierte, he?«

Jaspar ließ die Faust auf den steinernen Boden sausen. »Nichts! Gar nichts! Das Meer hat ihnen was geschissen! Teilen, ich? Da muss doch bitte schon ein Prophet kommen oder wenigstens ein Heiliger vom Schlage des Clairvaux. Da standen sie, die verlorenen Kinder, ausgeraubt, kraftlos, heulend und zähneknirschend. Und in St. Denis, da war noch so ein Verlorener, Stephan, noch keinen Bart hatte der im Gesicht, aber auch dem liefen Tausende nach, und sie marschierten nach Marseille. Lasset die Kindlein zu mir kommen, spricht der Herr, aber das sprachen an Ort und Stelle auch zwei Kaufleute. Sie packten die Kinder auf Schiffe und verkauften sie als Sklaven in die Hände derer, die hatten bezwungen werden sollen, Ägypter und Algerier. Und da fragst du, warum es gerade die Kölner nötig haben, sich für den Kreuzzug zu begeistern?«

Jaspars Stimme hatte begonnen, Jacop zu umkreisen, wie ein kläffender Köter, der zubeißen will und noch nicht weiß, wohin. Jacop stellte seinen Becher ab. Er fiel um.

»Man hätte diesen Kindern ein paar Ohrfeigen geben sollen«, lallte er.

»Ja, hätte man. Hat aber keiner. Weißt du, was die Kirche damals sagte? Fürwitz, sagte sie. Vorwitzige Knaben, als hätten sie Obst gestohlen oder die Kesselflicker gezankt. Willst du die Worte des Papstes hören? *Diese Knaben beschämen Uns. Denn während sie eilen, das Heilige Land zurückzugewinnen, liegen Wir im Schlafe.* Das hat er gesagt. Aber ein Jahr später, als die Katastrophe offenbar geworden war, haben sie den Vater des Nikolaus in Köln gehängt, der war plötzlich an allem schuld, er hätte seinem Sohn aus purer Ruhmessucht zu dieser Wahnsinnstat geraten. Sieh mal, plötzlich waren alle der Meinung, es sei Wahnsinn gewesen. Ist das nicht komisch? Und heute? Konrad von Hochstaden hat für übermorgen eine Predigt gegen die Ungläubigen angekündigt, im Kapellenkranz des neuen Doms wird er predigen, und in Rom wurde jüngst ein neuer Kreuzzug gegen die Tataren ausgerufen. Fällt dir was auf?«

Jacop dachte unter unsäglicher Mühsal nach. Fiel ihm was auf?

»Nein«, beschloss er.

Jaspar langte herüber und packte ihn am Wams.

»Doch! Sie sind schon wieder so weit. Ich rede von Nächstenliebe und christlichem Lebenswandel, und sie reden vom Kreuzzug. Ich bin weiß Gott alles andere als einer mit zu viel Moral, ich saufe, fluche, ja, ich buhle, wie Goddert ganz richtig bemerkt hat, und ich bin der Meinung, man sollte die Waldenser strafen und noch einige ungewaschene Hunde dazu – aber der Kreuzzug kann nicht im Sinne Gottes sein, dafür ist er zu grausam. Er verhöhnt das Kreuz, an dem Christus gestorben ist, und der ist verdammt noch mal nicht gestorben, damit wir in Jerusalem oder sonstwo auf der Welt ein Blutbad anrichten!«

Jacop sah ihn an. Langsam wanderte Jaspars Kinn in Stirnhöhe, während sich die Nase verdoppelte. Er rülpste.

Dann verschwand Jaspars Gesicht nach unten, während dafür die schattendurchwirkte Decke des Gewölbes mehr und mehr in sein Blickfeld geriet. Außer Stande, an etwas anderes zu denken als Schlaf, sank Jacop sanft zu Boden.

Jaspars Hand zupfte ihn an der Hose.

»He, warte, Füchschen. Mir fällt ein, dass ich dich noch was fragen wollte. Du hast heute Morgen vergessen, es zu erwähnen.«

»Ich verstehe nichts von Politik«, murmelte Jacop mit geschlossenen Augen.

»Vergiss die Politik. Jacop? He, Füchschen?«

»Mhm?«

»Was hat er gesagt?«

»W – was hat wer gesagt?«

»Gerhard, verdammt. Was hat er zu dir gesagt? Seine letzten Worte?«

»Letzte –?«

Was hatte Gerhard denn gesagt? Wer war überhaupt Gerhard?

Dann fiel es ihm wieder ein.

»Er – hat – gesagt –«

»Ja?«

Eine Weile war es still.

Dann begann Jacop leise zu schnarchen.

Filzengraben

Die Stimmung war so düster wie der Abend.

Um den breiten, schwarzen Tisch versammelt saß fast die ganze Gruppe. Von den Overstolzen Johann, Mathias, Daniel und

Theoderich, außerdem Heinrich von Mainz. Von den Kones war nur Kuno anwesend, denn Bruno und Hermann, seine Brüder, konnten nicht teilnehmen. Sie lebten im Exil. Es wäre lebensgefährlich für sie gewesen, sich in Köln blicken zu lassen.

Blithildis Overstolz saß ein wenig abseits. Sie wirkte, als ob sie schlafe. Nur ein leichtes Zittern ihrer Finger verriet, dass sie hellwach und angespannt war.

Nichts war aufgetischt. Kein Wein, keine Früchte.

Johann sah in die Runde.

»Also gut«, sagte er. »Wir sind vollzählig. Sieben, die einen geheimen Plan teilen. Dazu zwei Verbannte, deren Schicksal in unseren Händen liegt.« Er machte eine Pause. »Das sind nicht viele, bedenkt man, was wir uns vorgenommen haben und in wessen Interesse wir handeln. Jeder von uns hat einen Eid geleistet, in dem er sich auf absolutes, bedingungsloses Stillschweigen und nicht verhandelbaren Gehorsam gegenüber unserer Sache verpflichtet hat. Man sollte meinen, eine solche Hand voll Getreuer sei wie ein Kettenhemd, dessen verschlungene Glieder niemand auseinander zu reißen vermag. Ein Bund wie Einer.« Sein Blick wanderte über den Tisch und blieb an dem jungen Kone hängen, der mit gesenktem Kopf dasaß. »Ich habe mich offenbar geirrt. Kannst du mir erklären, Kuno, warum?«

Kuno wandte ihm das Gesicht zu, sah Johann aber nicht an.

»Fragt Daniel«, entgegnete er leise.

»Daniel werde ich früh genug fragen. Einstweilen geht es darum, dass du ihn niedergeschlagen hast, während Gerhard zu Grabe getragen wurde, was ungeachtet der Gefahr für unser aller Leib und Leben einen beispiellosen Frevel darstellt.«

»Frevel?«, rief Kuno und sprang auf. »Ihr sprecht von Frevel, der Ihr Gerhard habt ermorden lassen?«

Daniels Augen waren voller Blitze, aber er schwieg.

»Setz dich wieder hin«, sagte Johann ruhig. »Wenn du von Gerhards Mördern sprichst, benutze die richtigen Pronomina. Du bist ebenso sein Mörder wie wir alle.«

»Ihr habt das beschlossen, nicht ich!«

»Nein, wir haben gewisse Maßnahmen ergriffen zur Erreichung gewisser Ziele, die wir alle und viele unseres Standes anstreben. Auch du, Kuno! Deine Brüder von ihrem Los zu befreien und ihnen eine ehrenvolle Rückkehr zu ermöglichen, hast du mit glühenden Wangen bejaht, ohne dabei von der Sache Abstand zu nehmen, die uns allen unvermeidlich schien. Glaubst du im Ernst, dass du dir die Verantwortung häppchenweise herauspicken kannst, dich bekennen zu dem, was dir sinnig und vertretbar erscheint, während alles andere bei uns liegen soll, nur weil es dir nicht zusagt? Initiator des Todes zu sein hast du ohne mit der Wimper zu zucken akzeptiert, du warst einer der ersten. Aber Tod scheint dir nicht gleichbedeutend mit Tod zu sein, das Verderben des einen billigst du, das des anderen nicht, wiewohl beides Frevel und schwere Sünde ist. Bist du also weniger ein Frevler als wir, weil du den Tod des Menschen, den du liebtest, nicht mit einkalkuliert und darum nicht gewollt hast? Es geht nicht darum, welche Tat im Einzelnen du verantworten willst und welche nicht, wenn alle diese Taten Konsequenzen ein und derselben Entscheidung sind, die du gefällt hast. Du magst Gerhards Tod nicht gewollt haben, aber du hast ihn zu verantworten, ob es dir gefällt oder nicht. Leugnest du diese Verantwortung, leugnest du uns und stellst dich außerhalb der Gruppe. Wir müssen dich dann als jemanden betrachten, dem wir nicht trauen können.«

Kuno war blass geworden. Er setzte zum Sprechen an, schüttelte heftig den Kopf und setzte sich.

»Daniel, zu dir«, fuhr Johann tonlos fort. »Du wusstest um Kunos Schmerz. Kuno Kone ist ohne Eltern, und Gerhard Morart war für ihn Vater und Freund. Was hast du auf dem Leichenzug zu ihm gesagt?«

Daniel fletschte die Zähne.

»Er sei eine Memme, habe ich zu ihm gesagt. Ist das ein Grund, auf mich loszugehen?«

»Das ist nicht wahr!«, schrie ihn Kuno an. »Du hast Gerhard und mir eine – eine widernatürliche Sache unterstellt –«

»Du bist verrückt!«

»Verrückt? Wie würdest du es denn nennen, wenn dich jemand fragte, ob –« Er brach ab. Sein Kinn begann zu zittern.

»Was hast du zu Kuno gesagt?«, wiederholte Johann seine Frage.

Daniels Lippen bebten vor Verachtung. Er sah Kuno unter halbgeschlossenen Lidern an und lehnte sich zurück.

»Ich habe ihn gefragt, wo er denn sein starkes Parfüm gelassen habe, da er doch die nächsten drei Nächte bei einem Toten zu liegen komme.«

Betroffenes Schweigen legte sich über die Runde. Alle Blicke wandten sich von Daniel ab. Er zog die Brauen zusammen und verschränkte trotzig die Arme.

»Daniel«, sagte Mathias leise, »wenn ich die Freiheit hätte, würde ich dich prügeln, bis dir das Fleisch von den Knochen springt.«

Daniel sah an die Decke.

»Na schön.« Johann legte die Fingerspitzen aufeinander. »Unsere Sache hat sich nicht zum Besten entwickelt. Wir haben die äußerste Grenze des Aufsehens riskiert, indem wir einige unserer Knechte in Urquharts Dienst stellten. Noch ist der Rothaarige nicht gefunden. Urquharts Idee, seine gekauften Zeugen vor Gerhards Haus predigen zu lassen, war taktisch ebenso klug wie brisant, aber ruhig schlafen können wir darum noch lange nicht, da dieser Jacop in jeder Sekunde, die Gott vergehen lässt, sein Wissen weitertragen kann. Auch wir werden also die Augen offen halten. Die Situation hat leider den Tod weiterer Menschen erforderlich gemacht –«

»Eine Hure und ein Bettler«, murmelte Daniel abfällig.

»Du solltest nicht so leichtfertig über Huren reden«, bemerkte Theoderich. »Wenn ich mich nicht irre, nimmst du sie allzu oft in Anspruch.«

»– und wird auch den Tod des Rothaarigen zur Folge haben«, fuhr Johann mühsam beherrscht fort. »Wir müssen damit leben, und wir werden dafür büßen. Ich bete zum Herrn, dass Urquhart es dabei belässt, bevor er zu seinem eigentlichen Auftrag schreitet, ohne dass uns weiterer Schaden erwachsen mag. So weit der Stand der Dinge.«

»Ja«, seufzte Heinrich von Mainz. »Schlimm genug.«

Blithildis Kopf fuhr hoch.

»Schlimm? Oh, nein.«

Die wenigen Worte reichten aus, dass augenblicklich Totenstille einkehrte. Die Männer starrten die Tischplatte an und regten sich nicht.

»Als die Unsrigen vor Konrad auf den Knien rutschen mussten«, flüsterte die alte Frau, »um Verzeihung zu erflehen für ihre gerechten und gottgefälligen Taten, während zwanzigtausend zusahen, das war schlimm. Als jene von uns, die ihren Stolz keinem korrupten, verbrecherischen Erzbischof andienen wollten, als freie Bürger die Stadt verließen, um wie Diebsgesindel zurückgeholt und enthauptet zu werden, war das ein schlimmer Tag. Vierundzwanzig Patrizier in Konrads Haft zu wissen, ausgeliefert seiner Habgier und seinem verhärteten Herzen, und so viele von uns vogelfrei und in die Welt zerstreut, als hätte der Zorn von Babel sie auseinandergetrieben, ich weiß nichts Schlimmeres. Und schlimm sind der Kleinmut und der schäbige Zweifel der Moralisten, denen jede Entschuldigung recht ist, nicht handeln zu müssen, die Angst der Hasen, die vorgeben, Löwen zu sein, und doch beim Anblick eines zahnlosen Köters quieken und zittern. Das Schlimmste aber sind die geheimen Bünde und Bruderschaften, wenn sie ihr Leben auf ein hohes und edles Ziel schwören, die Faust recken und Parolen schreien, um dann als Haufen greinender Schwächlinge alles zu verraten, wofür sie einzustehen gelobten mit Leib und Seele. Die das Schwert tragen und doch keine Ratte erschlagen können, das sind die Schlimmsten.«

Sie hob die Hände zu einer knochenstarren Beschwörung.

»Unser Tun ist richtig. Die Toten sind zu bedauern, und ich bete für sie in jeder Minute meines verlöschenden Daseins. Wie soll ich auch ihren Tod nicht im Innersten leiden, da ich selbst schon von seinem schweren Frieden durchdrungen bin? Der Bruder des Schlafes hat sich mir zur Seite gelegt, ein letzter, köstlicher Liebender, bevor ich eingehe in das Licht und die Herrlichkeit und das Geschenk des Odems zurückgebe an den Schöpfer. Aber dennoch: Jeder Schlag, den mein Herz noch tut, ist ein Schlag gegen die, die uns verderben wollen, die Huren des Baphomet und des großen Tieres, mit jedem Atemzug keuche ich nach Gerechtigkeit und Rache für unsere Toten und Vertriebenen! Wer von euch will mir sagen, mein Sehnen sei umsonst und dass ich unerfüllt und voller Trauer hinübergehen soll, dass ich umsonst gehofft und gebetet habe? Will es einer sagen, so trete er vor. Ich werde ihn sehen, auch wenn ich ein altes, blindes Weib bin, aber ich werde ihn erkennen.«

Ihre Hände sanken kraftlos herab. Sie hatte die Stille des Grabes über die Runde gebracht, die Sprachlosigkeit der Scham und der Erkenntnis.

Jetzt senkte sie den Kopf und schwieg.

Johann räusperte sich.

»Wir werden nicht ablassen von unserem Plan«, stellte er fest. »Der Schwur gilt. Ich denke, jeder von uns kennt seinen Platz. Kuno –«

Der Angesprochene starrte unverändert vor sich hin.

»– ich halte es für besser, wenn du an unseren weiteren Beratungen nicht mehr teilnimmst. Das wäre alles.«

Johann stand auf und verließ den Raum ohne ein weiteres Wort.

Nocturno

»Ich kann nicht einschlafen.«

Richmodis seufzte. Sie drehte sich auf die Seite und sah durch das Dunkel zu Godderts Bett. Die Decke wölbte sich über seinem Bauch, ein kleiner Ararat, auf dem nur noch die winzige Arche fehlte.

»Was ist denn los?«, fragte sie sanft.

»Dieser Kerl beschäftigt mich«, brummte Goddert.

»Jacop?«

»Er hat den Teufel gesehen. Ich mag den Gedanken nicht, dass der Teufel auf dem Dom sitzt und auf uns herunterspuckt!«

Sie überlegte. Dann setzte sie sich auf, tapste auf nackten Füßen zu Goddert und nahm seine Hand.

»Und wenn es nicht der Teufel war?«, fragte sie.

»Nicht der Teufel?« Goddert stieß ein Knurren aus. »Es kann nur der Teufel gewesen sein, dann ist er eben in der Gestalt eines Menschen aufgetreten, wie so oft. In was für Zeiten leben wir, da der Satan sich der Seele eines Dombaumeisters bemächtigt!«

»Hm. Vater?«

»Was?«

»Erzähl mir nichts vom Teufel, ja? Sag mir einfach, worauf du hinauswillst.«

Godderts Finger schabten durch seinen dünnen Bart.

»Na ja«, meinte er vorsichtig.

»Na ja?«

»Er hat überhaupt sehr viel erzählt, dieser Rothaarige. Man sollte ihm zur Seite stehen, meinst du nicht auch?«

»Sicher.«

»Oder hältst du ihn für einen Lügner? Ich meine, anders gesagt, wenn er jetzt kein Lügner ist, dann erfordert es die Nächstenliebe, ihm zu helfen. Aber kann man ihm auch trauen? Er könnte ein Lump sein. Ich will das nur zu bedenken geben.«

»Richtig. Könnte er.«

»Herrgott!«, schnaubte Goddert. »Wie soll ich es ausdrücken, ich bin ein wohltätiger Mensch, und das hast du bestimmt von mir, dass du ihm was Warmes für auf die Knochen schenkst. Daran ist auch nichts Bedenkliches, an sich –«

»Aber?«

Goddert verschränkte die Hände hinter dem Kopf. Die Bettstatt quietschte unter seinem Gewicht.

»Na ja.«

Richmodis lächelte und zupfte ihn am Bart. »Vater, weißt du, was ich glaube? Dein gutes Herz sagt, man muss ihm helfen. Aber indem du ihm helfen willst, glaubst du ihm, das heißt, du vertraust ihm. Und es gibt leider keinen Grund, jemandem, dem du vertraust, den Umgang mit deiner Tochter zu verbieten. Nur, die willst du nicht hergeben. Böse Zwickmühle, was?«

»Bah, Blödsinn«, polterte Goddert, »närrisches Geschwätz! Nimm dich nicht so wichtig, blöde Gans! Als ob das eine Rolle spielte. Dergleichen steht nicht zur Debatte, hab ich nicht gemeint und nicht gesagt. Ein Bettler und Taugenichts, wozu bist du aus gutem Haus, an so was habe ich im Traum nicht gedacht!«

»Haha. Du bist nämlich eifersüchtig, wie alle Väter.«

»Ach, rutsch mir den Buckel runter. Warum schläfst du nicht? Los, geh ins Bett, wird's bald?«

»Ich tu sowieso, was ich für richtig halte.«

Goddert schob beleidigt die Unterlippe vor, kroch tiefer unter die Decke und drehte sich zur Wand.

»Eifersüchtig«, grummelte er. »Hat man so was schon gehört? Kindergewäsch.«

Richmodis gab ihm einen Kuss und machte, dass sie wieder ins Warme kam.

Nach einer Weile rief der Nachtwächter draußen die zehnte Stunde aus. Sie hörte das Klappern der Hufe, als er unter dem Fenster vorbeiritt. Das Geräusch war beruhigend. Sie zog die Knie an und kuschelte sich tiefer in die Decke.

»Richmodis?«

Aha.

»Magst du diesen Burschen?«

Sie kicherte, drehte Goddert im Geiste eine lange Nase und schlang die Arme um ihren Körper.

Die zehnte Stunde ging vorbei.

Johann kniete vor dem kleinen Altar und versuchte zu beten. Er sah zu dem breiten Bett hinüber, in dem sonst Hadewig schlief. Jetzt hielt sie Wache bei Gerhard Morart. Seine Frau wusste nichts von dem Bund, keine ihrer Frauen wusste es. Sie hatte keine Ahnung, dass er, in dessen Haus Gerhard verkehrt hatte wie auch in den Häusern der Kones und vieler Patrizierfamilien, den Mord gebilligt hatte. Sie wusste nicht einmal, dass es Mord gewesen war.

Aber wie lange noch?

Plötzlich wurde Johann klar, dass sie alle sich im Augenblick, da sie ihre verschworene Allianz besiegelten, unaufhaltsam von ihren Familien entfernt hatten. Sie waren Außenseiter im eigenen Haus geworden. Er wünschte sich, mit Hadewig darüber reden zu können. Er liebte sie, und sie liebte ihn. Und trotzdem war er einsam.

Er fragte sich, welchen Preis sie würden zahlen müssen. Nicht den Preis der Gerechtigkeit, sie würden ja – wenn alles gut ging – nie entdeckt werden, sondern das, was einem die Selbstachtung abverlangt, was zu Lebzeiten stirbt mit jeder Entschuldigung, die man sich durchgehen lässt für die Versündigung am Leben, das Schmiergeld, mit dem man sich besticht und im Erkennen der eigenen Käuflichkeit zugleich erniedrigt. Was würde von ihnen bleiben, wenn alles vorüber war?

Was blieb von ihm?

Johann dachte an Urquhart da draußen.

Er wusste so gut wie nichts von ihm, ebenso wenig wie Wilhelm von Jülich, der Urquharts Dienste vermittelt hatte, seine

Geschichte kannte. Er erschien als tiefroter Schatten auf dieser goldhintergründigen Zeit, in der alles einander um so näher und vertrauter anmutete, je weiter es auseinander lag, Tränen der Minne neben Strömen von Blut, höfischer Schöngeist Seite an Seite mit dem derben Bauernleben, aufeinander angewiesen, einander bedingend. Das Schreckliche und das Schöne, die zwei Seiten des salomeischen Spiegels. Und hindurch traten die Menschen von der einen in die andere Welt und waren doch immer in ein und derselben.

In welcher Welt lebte Urquhart?

War er die Hölle, oder war die Hölle in ihm? Der Tod war den Menschen vertraut, die Leidenschaft, mit der man Mörder richtete, entsprach der Leidenschaft zum Morden in jeder ihrer Facetten. Aber die Kälte in Urquhart entsetzte und faszinierte Johann, weil er kein Motiv dafür fand, nicht einmal das Blutgeld. Wie viele hatten im Namen des Glaubens gemordet und gemetzelt, aber sie taten es in religiösem Wahn, andere wiederum aus Grausamkeit, die Qual der Opfer brachte ihnen krankhaftes Vergnügen, dann gab es die Räuber, denen an Beute gelegen war, und es gab die, die hassten, und jene, die zu sehr liebten.

Und es gab die gedungenen Mörder. Stumpf und grausam.

Aber Urquhart war nicht stumpf und grausam. Aus seinem Blick sprach kalte Intelligenz. Ein Blick, an dem man sich schneiden konnte! Seine Stirn war hoch und schön, seine Stimme leise und kultiviert, beinahe sanft und gehoben von feinem Spott.

Warum tötete er?

Johann schüttelte den Kopf. Unsinnige Gedanken. Einmal, ein einziges Mal an diesem Morgen hatte er Urquhart gesehen und kurz mit ihm gesprochen, als Mathias ihn ins Haus gebracht hatte. Was trieb ihn dazu, sich derart mit dem Mörder auseinanderzusetzen?

Es ist die Angst, dachte er. Die Angst vor der Frage, wie weit ich entfernt bin von dem, was Urquhart ist. Ob wir uns im Wesen unterscheiden oder nur im Stadium.

Die Angst, zu erfahren, wie man so wird.

Johann hob die Rechte, um sich zu bekreuzigen.

Es gelang ihm nicht.

Die beiden Nachtwächter lenkten ihre Pferde aus der Saxengasse auf das Forum. Sie hatten soeben Mitternacht ausgerufen. In einer Stunde würden die Klosterbrüder der Minoriten, Benediktiner und Karmeliter aufstehen und sich zur Matutin begeben, um den neuen Tag mit Psalmen zu begrüßen und den Lesungen der Kirchenväter zu lauschen – die meisten mit geschlossenen Augen und schnarchend.

»Kalt geworden«, gähnte der eine.

Sein Partner winkte ab. »Sei froh. Wenn's kalt wird, bleiben die Strolche, wo sie sind, die Habenichtse erfrieren, und in den Gassen ist Frieden.«

Die Eingänge der Häuser zogen an ihnen vorbei, ausgegossen mit Dunkelheit.

»Hast du gehört, dass sie heute Morgen zwei Tote gefunden haben? Auf dem Berlich eine Hure, die hatte einen Bolzen im Auge, und einen auf dem Entenpfuhl, dem war er durchs Genick gefahren. Komische kleine Dinger. Wie von einer Armbrust, aber irgendwie zu klein.«

»Na und? Geschmeiß.«

»Trotzdem.« Er fröstelte. »Schon seltsam.«

»Mir soll's recht sein, wenn sie sich gegenseitig an die Kehle gehen. Haben wir unsere Ruhe.«

»Ja, aber wer schießt denn mit komischen kleinen Bolzen um sich, wie man sie noch nicht gesehen hat? Der Kanonikus von St. Margareten hat den Teufel ins Gespräch gebracht. Schon denkbar, meinst du nicht? Meine Eltern jedenfalls haben den Tisch vor die Tür geschoben aus lauter Angst.«

»Wozu denn?« Der Mann lachte derb. »Soll der Teufel doch kommen. Wir halten die Augen offen.«

Der andere knurrte etwas Zustimmendes. Schweigend ritten

sie weiter, über das Forum an der alten Kornwaage vorbei zum Malzbüchel. Das Pferd des Vorderen begann zu schnauben. Er kraulte ihm die Mähne, beruhigte es mit leisen Worten und nahm dann wieder seine schläfrige, leicht nach vorn gebeugte Haltung ein.

Urquhart sah ihnen nach.

Sie waren so dicht an ihm vorbeigeritten, dass er nur die Hand hätte ausstrecken brauchen, um dem Gaul die Flanke zu tätscheln. Seine Finger strichen beinahe zärtlich über das blank polierte Holz der kleinen Armbrust.

Dann machte er sich zu den Kirchen auf, vor denen die Armen schliefen.

13. September

Pläne

»Ich weiß jetzt, was wir machen«, sagte Jaspar, die Backen voller Rosinengrieß.

Jacop hielt sich den Kopf.

»Was habt Ihr denn?«, wunderte sich Jaspar. »Schon wieder krank?«

»Betrunken.«

»Papperlapapp. Getrunken habt Ihr gestern. Schaut nach draußen, die Sonne scheint, der Herr hat einen neuen Tag werden lassen und neue, phänomenale Gedanken in meinen Schädel gegeben, da schon nichts drauf wachsen will.« Er fuchtelte ungeduldig mit dem Finger über Jacops Schüssel herum. »Was ist denn los, Allerhöchster? Wozu lasse ich die Magd einen süßen Brei kochen, und Ihr sitzt davor, als hätten die Rosinen Beine?«

»Mir scheint, mein Magen hat Beine«, jammerte Jacop. Über ihm wummerte etwas. Rolof arbeitete auf dem Speicher, und er tat es geräuschvoll. Zu geräuschvoll für Jacops Verfassung.

»Jugend.« Jaspar schüttelte den Kopf. »Geht meinethalben raus und haltet Eure Birne in den Brunnen.«

»Ich hab keinen gesehen.«

»Wo wart Ihr denn, im Hof? Da ist auch keiner. Ich verfüge nicht über den Luxus eines Goddert von Weiden. An St. Severin vorbei, da ist – ach, Unsinn, Rodenkirchen, altes Transchaf! Ihr könnt Euch ja gar nicht blicken lassen mit Eurem brennenden Dornbusch. Muss mal sehen, ob ich eine Kutte für Euch finde.«

Er kratzte die Reste seines Breis zusammen, leckte liebevoll die Finger ab und schmatzte genießerisch.

»Vorzüglich! Esst endlich auf.«

»Ich kann nicht.«

»Ihr müsst, sonst werfe ich Euch wieder auf die Straße.« Er grinste verschmitzt. »Und das wäre doch schade, wo ich so einen schönen Plan ersonnen habe.«

Jacop griff ergeben nach der Schüssel und machte sich an die Arbeit. Jaspar hatte Recht. Das Zeug war nicht nur gut, es tat auch gut.

»Was für einen Plan?«, sagte er mit vollem Mund.

»Ganz einfach. Da waren zwei Zeugen, sagt Ihr, die von einem Unfall sprachen. Wenn nun Eure Geschichte stimmt – den Gehalt einmal weniger am Tatsächlichen als am Subjektiven gemessen –, müssen die beiden ergo gelogen haben. Aber was hätten sie davon? Eine schöne, dramatische Mordgeschichte lässt sich doch viel besser ausschlachten, also warum bemühen sie so einen stinklangweiligen kleinen Fehltritt herbei? Was meint Ihr wohl?«

»Ich meine gar nichts. Mein Kopf wird erst wieder funktionieren, wenn ich mir diese Köstlichkeit hier reingequält habe.«

»Aber das liegt doch auf der Hand! Selbst Goddert würde das allzu Offensichtliche erkennen.«

»Na schön.« Jacop schob die Schüssel von sich und versuchte, nachzudenken. »Sie haben gelogen, offenbar ohne erkennbaren Vorteil. Es sei denn, sie haben ihn selber umgebracht.«

»Nah dran. Wenn ich aber richtig informiert bin, war es nur einer, den Ihr auf dem Hochgerüst gesehen habt, und von dem wir mal annehmen wollen, dass er nicht der Teufel war. Wo war der zweite Zeuge?«

»Es war überhaupt niemand da.«

»Eben. Und unsere eifrigen Zeugen haben auch niemanden umgebracht. Trotzdem stecken sie mit dem Mörder unter einer Decke. Warum? Weil er sie nämlich bestochen hat! Sie hielten sich bereit, um möglichst rasch am Orte des Geschehens zu sein und dann brühwarm ihr Märchen aufzutischen. Und was heißt das, Füchschen, in Hinblick auf den Täter?«

Jacop zögerte.

»Er hat sein Verbrechen vorbereitet«, mutmaßte er.

Jaspar stieß einen beifälligen Pfiff aus. »Nicht schlecht für einen dicken Kopf. Ich würde aber noch weiter gehen und behaupten, dass er sich Gerhards Tod auch leisten konnte, denn Bestechung ist nun mal an Geld gekoppelt. Sicher, sie könnten einfach in seiner Schuld gestanden haben. Spielt keine Rolle. So oder so, die Zeugen waren gekauft. Nun denke ich in meinem frommen und naiven Kopf, dass, wer ein Lump ist, auch zu weiteren Lumpereien bereit sein sollte. Jemand, der sein Wort für Geld verhökert, hat damit auch seine Ehre feilgeboten. Künftig ist er käuflich. Käuflichkeit ist Prostitution der Seele, gekoppelt an das lukrativste Angebot.« Er grinste. »Was wäre also, wenn wir diesen so genannten Zeugen ein ebensolches machen?«

»Geld? Dafür müsste ich erst eine Kirche plündern.«

»Das wäre mir nicht ganz so recht«, versetzte Jaspar trocken. »Ich dachte eher an ein Angebot zum Schein.«

Jacop nickte. »Sicher. Ich ziehe also los und frage laut und vernehmlich nach den Zeugen von Gerhard Morarts Unfall. Wie lange, glaubt Ihr, kann ich das überleben?«

Jaspar verdrehte die Augen und murmelte ein lautloses Stoßgebet.

»Stellt Euch nicht dämlicher an, als Ihr seid«, sagte er. »Glaubt Ihr, das habe ich vergessen? Die Angelegenheit von Gerhards Tod ist dem Schöffenkollegium zur Kenntnis gegeben worden, und die Zeugen, nach denen wir suchen, wurden mit Sicherheit zu Protokoll genommen. Nun will es aber der Zufall, dass ich mit einem dieser Schöffen befreundet bin, nachdem unser guter Konrad von Hochstaden die alte Riege abgesägt und durch eine neue ersetzt hat. Der Mann heißt Bodo, ist Zunftmeister der Brauer, Ihr seht, es vereint uns ein elementares Interesse. Ich werde ihn fragen, wo man die beiden findet.«

»Die Schöffen«, sinnierte Jacop. Das war gut. Die Schöffen hatten die Gerichtsgewalt. »Wie bald könnt Ihr diesen Bodo sehen?«

Jaspar breitete die Hände aus.

»Sobald ich will. Jetzt meinethalben. Er wohnt nicht weit.«

»Gut. Gebt mir eine Kutte oder einen Hut, irgendwas, womit ich meinen Kopf bedecken kann, und lasst uns gehen!«

»Langsam, Füchschen. Ihr geht überhaupt nicht, sondern habt die Freundlichkeit, das Holz in meinem Hof zu hacken.«

»Aber –«

»Kein aber. Ich tue was für Euch, Ihr tut was für mich.«

»Ich werde alles für Euch tun, nur nehmt mich mit, hört Ihr? Verkleidet und in Eurer Begleitung droht mir keine Gefahr, wir reden immerhin mit einem Schöffen.«

»Ich höre«, seufzte Jaspar. »Und ich sehe Euch schon dumme Dinge tun und hinter mir herschleichen, also werde ich Rolof nach Richmodis schicken, damit Ihr einen triftigen Grund findet, es nicht zu tun.«

»Ich –«

Hatte Jaspar Richmodis gesagt?

»In Ordnung.«

»Seht Ihr?« Jaspar rieb die Hände. »Ist das nicht fein? Der alte Onkel Rodenkirchen bestellt das Feld für Euch und wirft den Samen der Vernunft aus. Ihr dürft Euch bedanken. Sollte was draus erwachsen, könnt Ihr immer noch mitkommen.« Er legte den Finger an die Nasenspitze. »Wartet mal, irgendwas wollte ich noch von Euch. Wollte was wissen. Zum Teufel, man wird nicht jünger – na, egal! Ich bin ein Stündchen weg oder zwei, macht einstweilen keinen Mist, sonst mache ich welchen mit Euch.«

Jacop dachte an Richmodis.

»Bestimmt nicht.« Dann fiel ihm etwas ein. »Wenn Richmodis herkommt, soll sie ihre Flöte mitbringen!«

Jaspar drehte sich an der Stiege zu ihm um und setzte eine strafende Miene auf.

»Sagte ich nicht was von Holz hacken?«

»Kein Problem. Sie soll ja spielen.«

»Aber das kann sie doch noch gar nicht, Menschenskind!«

»Darum soll sie es ja lernen.«

»Und warum überhaupt?«

»Damit ich Holz hacken kann.«

»*Ut desint vires, tamen est laudanda voluntas*«, murmelte Jaspar und ging los, um Rolof aufzutreiben.

Jaspar

Bodo Schuif, der Braumeister, sah an diesem Morgen nicht aus wie einer, der den Tag zwischen Gruit und Kessel verbringen will. Als Jaspar Rodenkirchen sein Anwesen in der Keygasse betrat, samt Brauerei und Lagerschuppen das größte gegenüber der schönen Hofanlage des Henricus Keige, trug er seinen besten Rock und war offenbar im Begriff, auszugehen.

»Trotzdem«, beeilte er sich zu versichern, während er Jaspar jovial um die Schulter fasste und in die hintere Stube geleitete, »bleibt immer noch Zeit für einen kräftigen Schluck, was meinst du, Physikus?«

»Du müsstest mir versichern, dass Bier auf größere Mengen Rotwein einen reinigenden Effekt hat, die Verdauung fördert und dem harmonischen Miteinander meiner Organe und Körpersäfte keinen Schaden tut«, gab Jaspar zu bedenken.

»Das kann ich dir in die Hand versprechen.«

»Dann her damit.«

Der Braumeister gab der Magd einen Wink. Es dauerte nicht lange, und zwei schaumgekrönte Krüge standen auf Bodos Tafel. Wieder einen Augenblick später und beiden Männern waren weiße Schnauzbärte gewachsen.

»Wo ist denn deine liebe Hausfrau?«, fragte Jaspar beiläufig.

Bodo stieß ein lang gezogenes, rumpelndes Rülpsen aus. »Sie ist zum Markt gegangen. Ich habe mir für heute Mittag einen Kuchen von Krebsen gewünscht, darin ist sie nicht zu übertreffen. Was meinst du, hast du Lust, ihn mit uns zu teilen?«

Jaspar lief das Wasser im Munde zusammen.

»Eher nicht«, sagte er. »Im Augenblick sieht es leider so aus, als kämen mir einige dringliche Geschäfte dazwischen.«

»Mir auch«, seufzte Bodo. »Ständig und immerfort kommt irgendwas dazwischen! Seit sie mich zum Schöffen gewählt haben, bin ich mehr im Rathaus als sonstwo. Gleich ist wieder so eine Sitzung, von der ich nicht weiß, was sie überhaupt soll, da es etwas von Bedeutung weder zu verhandeln noch zu besprechen gibt. Mein Geschäft liegt dieser Tage in den Händen meiner Frau, ich muss allerdings sagen, da liegt es fast besser als in meinen eigenen, gepriesen sei der Herr!«

Er lachte und nahm einen ordentlichen Zug.

»Ja, aber weißt du«, fuhr er fort, nachdem er sich den Schaum vom Mund gewischt hatte, »den eigentlichen Ärger hat man mit den Lümmeln, die sich edle Geschlechter nennen, es ist zum Totlachen. Anstatt dass nun unser Schöffenkollegium sich selber zur Ehre gereicht und Recht spricht, wie es sich gehört, zanken wir uns mit den paar verbliebenen Patriziern herum, die doch bitteschön in ihrer Richerzeche glücklich werden sollen. Und selbst jetzt, nachdem Konrad die Kloake entleert hat, die sich vordem Schöffenkollegium nannte und nun gottlob ersetzt ist durch anständige Handwerker und Kaufleute, wird das Gremium ja immer noch durchsetzt vom Patriziat. Da frage ich dich nun, was wollen sie denn, die edlen Geschlechter? Tun, als hätten sie jeden Einfluss verloren, dabei ist es ihnen lediglich ein Dorn im Auge, dass überhaupt ein Bürgerlicher ihre vermeintlichen Privilegien ankratzt und ein öffentliches Amt bekleidet.«

»Ja, das können sie nicht vertragen.«

»Du weißt, wie ich darüber denke! Ich bin nicht kleinlich, jedem, was ihm zusteht! Aber die Schöffen dienen der Verwaltung und der Gerichtsbarkeit und damit Köln. Das heißt, den Kölnern! Wo kämen wir denn hin, wenn jene, die allen, also auch den Armen und Niederen verpflichtet sind, ausschließlich den Reihen der Geschlechter entstammen würden?«

»Würden? So war's ja nun mal.«

»Ja, und Jesus Christus sei Lob und Dank, dass unser erzbischöflicher Landesherr die Mistgabel in diesen – verzeih! – großen Haufen Scheiße getrieben hat. Ein Unding, die damaligen Zustände! Ich gebe zu, die Handwerkszünfte waren keineswegs unschuldig, ganz bestimmt nicht. Wir haben zugelassen, dass die Patrizier uns infiltrierten, haben sie aus purer Gewinnsucht sogar zu Meistern gewählt. Aber sonst? War es etwa unsere Schuld, dass die Geschlechter nicht nur immer reicher, sondern auch immer einflussreicher wurden? Dass sie wie der Mehltau in sämtliche Schlüsselstellungen drangen und gar die Rechtsprechung an sich rissen, so dass unser Herr von Hochstaden sehr zu recht ein Gezeter anhub und sie beschuldigte, Verbrecher zu schützen und seiner Gerichtsbarkeit auf schmähliche Art und Weise zu entziehen?«

Jaspar grinste. Bodo war dermaßen stolz auf sein Amt, dass er nicht müde wurde, die sattsam bekannten Fakten ständig aufs Neue herunterzubeten. Seit er Schöffe war, befleißigte er sich zudem einer amüsant pathetischen Ausdrucksweise, die ihm mangels entsprechender Bildung oft genug zur Karikatur geriet. Kein Wunder, dass die studierten und weit gereisten Patrizier auf Leute vom Schlage Bodos reagierten, als hätte er die Krätze. Ungeachtet dessen, dass satzungsgemäß jedermann Schöffe werden durfte, der frei von körperlichen Fehlern war, als ehelich geboren und unbescholten galt, waren halt früher nur die Edlen auf die Schöffenstühle gelangt. Wäre es nach ihnen gegangen, hätte man einen wie den Bodo Schuif nicht zum Schöffen, sondern zur Sau machen sollen. Ein Bierbrauer als Schöffe war eine Ohrfeige ins Gesicht des Patriziats und umso schlimmer, da Konrad von Hochstaden sie vergeben hatte.

»Und?«, fragte Bodo stirnrunzelnd.

»Du hast Recht wie immer, lieber Bodo.«

»Darum geht's nicht. Ich meine, schmeckt dir mein Zaubertrank? Du legst eine beinahe beleidigende Zurückhaltung an den Tag.«

»Entschuldige!« Jaspar leerte seinen Humpen demonstrativ in einem Zug. Das Bier war süß und zäh am Gaumen, fast eine Mahlzeit.

»So ist es richtig«, freute sich Bodo. Er stand von der Tafel auf und strich seinen Rock glatt. »Na, dann will ich mal los. Das heißt –« Er runzelte die Stirn und sah Jaspar fragend an. »Weswegen bist du überhaupt gekommen?«

»Och, nichts Besonderes. Mich interessiert der tragische Unglücksfall des armen Gerhard Morart.«

Bodo nickte heftig. »Ja, eine schlimme, eine böse Sache, wo doch der Bau so zügig fortschritt. Kann Gott gewollt haben, dass sein Diener die perfekte Kirche nicht zu Ende baut? Ich habe da so meine Theorie.«

»Pah!« Jaspar winkte ab. »Gerhard hätte hundert Jahre alt werden können, ohne sie zu vollenden.«

»Sag das nicht! Es gibt Wunder –«

»Es gibt Architekten. Ich habe nichts gegen Wunder, aber Gerhard war ein Mensch wie du und ich.«

Bodo stützte sich mit den Knöcheln auf die Tischplatte und beugte sich verschwörerisch herab.

»Ja, vielleicht muss man es aber auch einfach anders benennen, ein Wunder spricht man sicherlich gemeinhin einem Heiligen zu, du hast schon Recht. Sollten wir also besser vom Teufel sprechen?«

»Nicht schon wieder«, stöhnte Jaspar.

»Was heißt hier, nicht schon wieder? Und warum denn nicht, bitteschön? Also, wenn du mich fragst, hat Gerhard sich mit dem Leibhaftigen eingelassen. Meine Frau sagt, in die Tiefe gesprungen ist er!«

Jaspar lehnte sich kopfschüttelnd zurück. »Deine Frau soll Krebskuchen backen. Glaubst du das wirklich?«

»Alles ist möglich«, sagte Bodo schlau und hob den Zeigefinger.

»Wenn alles möglich ist«, meinte Jaspar, »was hältst du dann von einer anderen Theorie – dass der gute Gerhard gar nicht sprang, sondern einer ihn –«

»Ja, was?«

Jaspar biss sich auf die Lippen. Besser, er schwieg darüber.

»Hast du mal mit den Zeugen gesprochen?«, fragte er stattdessen.

Bodo wirkte konsterniert. Dann räusperte er sich gewichtig.

»Ja, wir haben sie vernommen.«

»Glaubwürdig?«

»Ich meine schon. Zwei Mönche, die zur Zeit in Köln logieren, anständige Prediger und ehrwürdige Brüder. Benediktiner, wenn ich mich nicht täusche.«

»Ah«, machte Jaspar. »Da werden sie ja wohl auch bei denselben Unterschlupf gefunden haben?«

»Nein, sie wohnen bei den Brüdern von St. Gereon, wenn du's genau wissen willst. Nebenbei, warum willst du es überhaupt wissen?«

»Ich will noch viel mehr wissen, wenn du gestattest. Mich würden die Namen der beiden interessieren.«

»Ja, warum nicht? Der eine hieß – Augenblick – Justus? Bruder Justus oder Justinius? Weiß nicht mehr genau, der andere ist ein Andreas von Helmerode. Ich kann mir beim besten Willen nicht vorstellen, warum du das nun wieder wissen willst, aber bei dir ist immer alles rätselhaft. Mein Weib sagt, du fragst ein Loch quer durch die Weltgeschichte, und wenn du auf der anderen Seite wieder rauskommst, wirst du feststellen, dass es hüben ist wie drüben.«

»Ich sagte doch, reine Neugier.« Jaspar erhob sich. »Danke für das Bier. Vielleicht kommst du demnächst mal auf eine Pinte Wein vorbei.«

»Gerne. Wenn meine Amtsgeschäfte mir Zeit lassen.«

»Ich hätte einen Gegenvorschlag. Lass dir selber Zeit.«

Bodo runzelte die Stirn und grübelte so offenkundig über den Unterschied zwischen den beiden Formulierungen nach, dass Jaspar ihm zum Abschied wortlos auf die Schulter klopfte und eilig das Haus verließ.

Als er die Pilgerherberge von St. Gereon betrat, herrschte dort reger Betrieb. Das war nichts Besonderes. Köln erfreute sich eines großen Zustroms von Wallfahrern, was angesichts so bedeutender Reliquien wie Kaspars, Balthasars und Melchiors Gebeine – Reinald von Dassel sei gepriesen in Ewigkeit! – oder der Jungfrauenschreine nicht weiter verwunderte. St. Gereon reklamierte für sich selbst die Gebeine eben dieses heiligen Gereon sowie des heiligen Gregorius Maurus und seiner Gefährten, die man bei Reliquiengrabungen im Boden der Kirche gefunden hatte, und die Chorherren und Brüder erglühten darüber in frommem Stolz.

Vor nicht langer Zeit war das alte römische Atrium aus dem vierten Jahrhundert, das dem Anwesen zu Grunde lag, zu einer imposanten Kreuzganganlage umgebaut worden, vor einem Jahr die Herberge eröffnet worden. St. Gereon war ein schöner Ort, und Jaspar nahm sich ein wenig Zeit, um den Kreuzgang entlangzuwandern.

Ein Mönch lief ihm entgegen, den Arm voller Schriftrollen. Offenbar einer aus dem Skriptorium.

»Verzeiht!«, rief Jaspar.

Der Mönch erschrak, bekreuzigte sich und verlor dabei die Hälfte seiner Schätze. Jaspar ging in die Hocke und machte Anstalten, sie aufzuheben.

»Nein!« Der Mönch stieß ihn weg und raffte die Schriftrollen an sich.

»Ich wollte nur helfen.«

»Gewiss. Es war mein Verschulden, Bruder –?«

»Jaspar Rodenkirchen, Physikus und Dechant zu St. Maria Magdalena.«

»Bruder Jaspar. Diese Pergamente dürfen nicht berührt werden, es sei denn von Befugten.«

»Deren Ihr einer seid, nehme ich an?«

»So ist es. Kann ich Euch behilflich sein?«

»Nun ja, ich suche zwei Brüder, sie waren Zeuge, als Gott unseren Dombaumeister Gerhard zu sich rief. Andreas von Helmerode heißt der eine wohl, der Name des anderen könnte Justus sein –«

»Justinius von Singen!« Der Mönch nickte eifrig. »Wir haben die Ehre, beide Brüder unter unserem unwürdigen Obdach zu bewirten. Sie haben den Heimgang des Meisters gesehen, aber ich würde doch sagen, es war eine verdammte Schande, dass er starb!«

»Bruder!«, entsetzte sich Jaspar.

Erschrocken über den ungewollt blasphemischen Gehalt seiner Rede wollte sich der Mönch erneut bekreuzigen, hielt aber rechtzeitig inne.

»Gottes Wille geschehe«, stieß er hervor.

»Wie im Himmel, so auf Erden«, nickte Jaspar streng. »Und nun sagt mir, ehrwürdiger Bruder, auf dass ich Euch nicht länger in Euren gewiss bedeutsamen Angelegenheiten aufhalte, wo finde ich Andreas und Justinius?«

»Ich werde einen Novizen schicken, sie zu holen.«

Der Mönch wandte sich ab und verschwand in einem Durchgang. Binnen kurzem sah Jaspar einen pickelübersäten Knaben in Novizentracht daraus hervorhasten und im jenseitigen Gebäudetrakt verschwinden. Es dauerte wieder eine Weile, und er kehrte, zwei Brüder im Schlepptau, die eindeutig den Bettelmönchen zuzuordnen waren, zurück.

»Dort ist der, der Euch sprechen wollte«, nuschelte der Junge, neigte scheu den Kopf und stolperte rückwärts in den Gang hinein. Nach wenigen Metern drehte er sich herum und rannte atemlos davon.

»Andreas von Helmerode? Justinius von Singen?«, vergewisserte sich Jaspar.

Die zwei sahen sich unschlüssig an.

»Justinius bin ich«, erklärte der kleinere und dickere von beiden. »Aber wer seid Ihr?«

Jaspar schlug sich gegen die Stirn. »Verzeiht, dass ich vergaß, mich vorzustellen. Ich bin der Dechant von St. Maria Magdalena und war ein guter Freund von Gerhard Morart. Man sagte mir nun, Ihr hättet seinen tragischen Sturz aus nächster Nähe miterlebt –«

Das Misstrauen verschwand aus den Gesichtern der Mönche. Derlei Fragen waren sie hinreichend gewohnt. Justinius trat näher und breitete die Arme aus.

»Wie ein Vogel war er im Angesicht des Herrn«, deklamierte er. »Während sein Körper sich der Erde annäherte, aus der er gekommen und in die er eingehen wird, stieg sein Geist umso prächtiger hinauf, um zu verschmelzen mit dem Allerhöchsten – wie es auch schon bei den Philippern heißt: Strebt nach dem, was im Himmel ist, wo Christus zur Rechten Gottes sitzt!«

»Das habt Ihr schön gesagt«, nickte Jaspar lächelnd. »Und war es nicht sogar vielmehr bei den Kolossern, wo der Fromme besagte Worte findet, während es bei den Philippern heißt: Unsere Heimat aber ist im Himmel?«

Das verbindliche Lächeln des Dicken fror ein. »Ja, möglich, da doch die Wege des Herrn unergründlich sind und die Heilige Schrift von verantwortungslosen Übersetzern mehr zerstört denn transkribiert wurde, so dass man sich gar nicht mehr auskennt.«

»Es ändert ja auch nichts am Wesen jener Zeilen«, bekräftigte Andreas von Helmerode.

»Nun, es ist mir jedenfalls ein Trost«, sagte Jaspar und trat zu einem Fenster, das den Blick auf die schönen, großen Obstgärten des Stifts freigab, »Euch bei Gerhard gewusst zu haben, als er starb. Wie man mir berichtete, habt Ihr ihm gar die Beichte abgenommen?«

»Oh, gewiss!«

»Und ihn gesalbt?«

Andreas betrachtete ihn komisch. »Wie sollten wir ihn gesalbt haben, Bruder, da wir das Öl nicht bei uns führten? Hätten wir natürlich gewusst –«

»Was wir aber nicht haben!«, fiel Justinius ein.

»Nun, das wundert mich, liebe Brüder«, sagte Jaspar sanft.

»Ach ja?«

»Ja, da Ihr doch sehr wohl wusstet, dass Gerhard Morart an diesem Abend und zu dieser Stunde sterben würde, wie es Euch sein Mörder angekündigt hatte.«

Es war, als hätten die beiden Mönche Sodoms Untergang erblickt.

»Und weiter«, fuhr Jaspar ungerührt fort, »wusstet Ihr auch vorher schon, was Ihr hinterher erzählen würdet, war es nicht so?«

»Ihr seid – Ihr habt –«, keuchte Justinius.

»Bruder, Ihr müsst Euch irren«, fiel ihm Andreas hastig ins Wort. »Gewiss habt Ihr einen guten Grund, derlei Anschuldigungen, ja, ich muss einen solchen Terminus wählen, abscheuliche Anschuldigungen gegen uns vorzubringen, indes vertut Ihr Euch in den Personen. Wir sind nur zwei demütige Wanderer und Diener im Angesicht des Herrn, und Ihr kein Inquisitor.«

»Ja ja, ich weiß, und Ihr eifert selbstverständlich dem Ideal des heiligen Benedikt nach.«

»Ganz und gar!«

»Ganz und gar«, sagte Justinius und wischte sich den Schweiß von der Stirn.

Jaspar lächelte und begann, auf und ab zu gehen. »Wir alle huldigen dem benediktinischen Verständnis von der Armut Christi und seiner Jünger«, sagte er, »und tun wohl daran. Mir scheint allerdings bisweilen, dass der damit verbundene Hunger – und ich meine den Hunger auf alles; auf das Leben, auf die Huren, auf den Schweinebraten – der Frömmigkeit ein gewisses Knurren entlockt, Ihr versteht. Ich meine, Bettelmönch zu sein impliziert ja durchaus, das Erbettelte anzunehmen –«

»Aber nicht um des eigenen Besitzes willen!«, insistierte Justinius.

»Natürlich nicht. Die Hand der Armut hat Euch berührt, und Euer ganzes Trachten dient dem Wohle der Christenheit und der Lobpreisung des Herrn. Kann es trotzdem sein, dass da einer kam und Euch eine größere Summe Geldes geboten hat für einen, sagen wir mal, speziellen Dienst?«

»Spezielle Dienste können mannigfacher Natur sein«, lenkte Justinius vorsichtig ein.

»So?« Jaspar beendete seinen Gang und baute sich dicht vor den beiden auf. »Dann lasst mich konkreter werden. Ich rede von der Summe, die man Euch gezahlt hat, um Meister Gerhards Ermordung öffentlich als Unfall hinzustellen.«

»Das ist eine Frechheit!«, brüllte Andreas.

»Eine Gotteslästerung!«, schrie Justinius.

»Ich habe Gott nicht gelästert«, sagte Jaspar ruhig.

»Ihr lästert ihn, indem Ihr seine Diener lästert!«

»Ist es nicht eher umgekehrt? Lästern ihn nicht seine Diener, indem sie die Unwahrheit sagen?«

Justinius öffnete den Mund, pumpte sich voller Luft und schluckte schwer.

»Ich sehe keine Veranlassung, diesen Disput fortzusetzen«, presste er hervor. »Nie zuvor bin ich auf solche Weise gekränkt, ach, was sage ich, verletzt, nein, gedemütigt worden!«

Er machte auf der Sandale kehrt und stürmte davon. Andreas blitzte Jaspar an und machte Anstalten, ihm zu folgen.

»Einhundert Goldmark«, sagte Jaspar mehr zu sich selbst.

Andreas verharrte.

Jaspar wandte ihm das Gesicht zu und legte den Zeigefinger auf seine Nasenspitze.

»War es so viel?«

»Ich weiß nicht, wovon Ihr redet«, erwiderte Andreas mürrisch, aber in seiner Stimme schwang Unsicherheit mit.

»Ich rede von Geld, ehrwürdiger Andreas von Helmerode.

Leider, da Ihr so offenkundig nicht bereit seid, mich in der Formulierung meines Angebots zu unterstützen, kann ich nur mutmaßen.«

»Welches Angebot?«

»Das Doppelte von dem, was Gerhards Mörder Euch gezahlt hat.«

»Den kenne ich nicht«, beharrte Andreas, blieb aber wie angewurzelt stehen.

»Der große Mann mit den langen Haaren, wir wissen doch beide, von wem die Rede ist. Sagt, habt Ihr schon darüber nachgedacht, wie Ihr Euch vor dem Jüngsten Gericht verantworten wollt für Eure bezahlte Lüge? Die Teufel schauen uns über die Schulter, Bruder, jeden Tag, sie zählen die Zahl der verschluckten Silben beim Chorgesang und notieren jede Minute Schlaf während der Predigt. Nun stellt Euch vor, dass ich Euch die schwere Sünde nicht nur erlasse, wie es mir kraft meiner Position in gewissen Grenzen möglich ist, sondern Ihr ebenso geläutert wie bereichert aus der Sache hervorgeht.«

Andreas starrte vor sich hin. Seine Finger bogen sich zu Krallen. Offenbar stand er unter höchster Anspannung.

»Mein Lohn ist Gottes Lohn«, sagte er wenig überzeugend.

»Ich weiß, lieber Bruder«, säuselte Jaspar und tätschelte Andreas freundschaftlich die Wange. »Aber Gott wird wenig erbaut sein von dem Umstand, dass Ihr einen Mörder schützt und noch dazu blutiges Geld genommen habt. Gut, Geld kann man waschen. Kann man aber auch die Seele waschen? Ist nicht vielmehr das *purgatorium* unser erster Lohn, von dem Paulus gesagt hat, dieses Feuer werde prüfen, was das Werk eines jeden tauge? Schaute nicht der Gewährsmann des Bonifatius die grässlichen Feuerschächte und den *tartareum flumen* auf dem Weg zum himmlischen Jerusalem, in dessen kochender Masse sich entscheidet, wer schön und gereinigt dem jenseitigen Ufer entsteigt oder hinabfährt in den tiefen, nie von der Sonne erhellten Abgrund? Wollt Ihr ewig brennen für Eure Sünden, Andreas, wo ich

Euch doch anbiete, Eure Verfehlung büßen zu dürfen, und Euch sogar dafür entlohne?«

Andreas von Helmerode dachte mit abgewandtem Gesicht nach.

»Wie viel würde Euch meine Reue wert sein?«, fragte er.

»Wie viel habt Ihr denn erhalten?«

»Zehn Goldmark.«

»Nur zehn?«, staunte Jaspar. »Allzu billig habt Ihr Euch verkauft! Was haltet Ihr also von zwanzig?«

Jetzt schaute Andreas ihn an.

»Für jeden?«

»Hm. Versprochen. Aber dafür will ich die Wahrheit.«

»Erst das Geld!«

»Langsam.« Jaspar wies mit dem Daumen in die Richtung, in der Justinius verschwunden war. »Was ist überhaupt mit Eurem Freund?«

»Justinius? Für zwanzig Goldmark würde er sogar den Mord an den elftausend Jungfrauen gestehen.«

»So gefällt mir das schon besser«, lächelte Jaspar. »Und damit wir uns recht verstehen – ich will die Wahrheit. Dann Eure Aussage vor dem Rat der Stadt, damit nicht weiterhin Unschuldige ihr Leben verlieren, denn Eure törichte Lüge hat unerfreuliche Begleitumstände nach sich gezogen. Dafür gebe ich Euch mein Wort, dass ich Eure Seele läutern will –«, er zwinkerte Andreas zu, »– und Euren Geldbeutel.«

Andreas schaute sich nervös um. Immer wieder kamen Mönche oder Pilger in ihre Nähe, ohne dass ihnen jemand zu nahe trat. Aber die Neugierde auf den Gesichtern einiger, speziell der jüngeren Brüder, war nicht zu verkennen. Sie waren immerzu neugierig, gegenüber allem und jedem.

»Nicht hier und nicht jetzt«, befand er.

»Wo dann?«

»Justinius und ich wollen in die Badstube vor Klein St. Martin, gleich nach der Messe, um uns – äh – zu reinigen.«

Die Badstube vor Klein St. Martin war bekannt für vielerlei Annehmlichkeiten. Die Läuterung der Seele gehörte nicht dazu. Jaspar wusste das, und er haderte bisweilen mit sich selber, denn leider zog ihn sein schwaches Fleisch allzu oft vor Klein St. Martin, wo man nichts unversucht ließ, es für seine Schwäche zu belohnen.

»Wann soll ich dort sein?«, fragte er.

Andreas lächelte verhalten.

»Oh, Bruder. Erst wollen wir uns in Besinnlichkeit fügen und Gott für die kathartische Wirkung der heißen Wassergüsse und Massagen – ich meine, Fußbäder, danken. Kommt also um die Mittagszeit, kurz nach Sext, und bringt das Geld mit. Man kann die Dinge dann ungestört bereden.«

»Eine gute Idee, Bruder«, sagte Jaspar. »Darf ich Euch bis dahin einen freundlichen Rat geben?«

»Wie immer Ihr wünscht.«

»Haltet Euch nicht für schlauer, als Ihr seid.«

Domus civium

Die Glocken im alten Dom schlugen zehn.

Mit aller ihm zu Gebote stehenden Würde und Erhabenheit betrat Bodo den großen Versammlungssaal des *domus, in quam cives conveniunt,* wie es in den Balken über dem Portal eingeritzt war.

Unterwegs hatte er seine Schuhe säubern müssen, nachdem er in eine mittelgroße Herde von Ferkeln geraten war, die quiekend und schlammaufspritzend über den Kriegmarkt schossen. Dann war ihm aus der Sternengasse ein himmlischer Geruch in die Nase gestiegen, und er hatte den kandierten Kastanien eines fahrenden Händlers aus Lyon einen kurzen Abstecher gewidmet, um schließlich direkt vor dem *Domus civium* in ein Gespräch über die Situation der Kölner Juden verwickelt zu werden. Das passierte nicht selten, denn das Haus der Bürger lag mitten im jüdischen Viertel, nur wenige Schritte nordöstlich der versteckten Synagoge mit ihren prachtvollen Glasgemälden, die Löwen, Schlangen und allerlei Getier zeigten, das angeblich in den entferntesten Winkeln der Welt zu Hause war wie hier zu Lande Hunde und Katzen. Bodo begegnete dem mit Skepsis. Welches Wesen trug schon ein Horn auf der Nase, wenn nicht der Teufel, dessen Natur sich nie vollständig tarnen ließ? Und was sollte das für ein Pferd sein, dessen Rücken sich wie eine Doppelzinne bog, und das einen Hals besaß wie ein sarazenisches Krummschwert? Gut bekannt mit dem Synagogendiener, hatte Bodo einen Blick auf die Gemälde werfen dürfen und war beeindruckt gewesen, aber keineswegs überzeugt. Welcher kühne Geist auch immer sie geschaffen hatte im Zuge des Wiederaufbaus nach der Zerstörung durch die ersten Kreuzfahrer, er musste den Vorhof der Hölle geschaut haben.

Das jüdische Viertel war das älteste seiner Art im deutschen Reich und eine weitgehend autonome Enklave. Es hatte sein eigenes Hochzeits- und Spillhaus, in dem sich die Gemeinde zu ihren Festen und Beratungen traf, verfügte über ein Hospital für die Alten und Kranken, ein Backhaus und eine Frauenschule. Bodo mochte es. Auch die Mikwe hatte er sehen dürfen, eine besondere Ehre, denn das Bad hatte mit den gängigen Badehäusern nichts gemein. Es diente höchsten jüdischen Weihen und rituellen Waschungen.

Nach außen gab man sich im jüdischen Viertel eher unauffällig und bescheiden, um nicht den Zorn der privilegierten Christen auf sich zu ziehen. Zwar standen die jüdischen Bewohner Kölns unter dem besonderen Schutz des Erzbischofs, wofür sie ihren jährlichen Obolus entrichteten, aber die Pogrome der Vergangenheit hatten unheilbare Wunden geschlagen. Seit Mar juda bar Abraham, der legendäre Oberste aller Juden und wortgewaltige Prediger, 1096 von den Kreuzfahrern in Altenahr erschlagen worden war, hatten die Juden keine Ruhe mehr gefunden. Jeder Grund war den Christen recht, ihren schwelenden Hass auf die Verräter Jesu zu entladen. Sah man allerdings genauer hin, kaschierte das Martyrium des Heilands eher den Neid auf das jüdische Vermögen. Ihr Sonderstatus erlaubte den Juden den Geldverleih, den anzuprangern der Klerus nicht müde wurde, um sich dann hintenrum in den Genuss größerer Darlehen zu bringen. Auf diese Weise verschuldeten sich auch die Fürsten und Adligen, und da sie im Allgemeinen keine Rückzahlungen zu leisten vermochten, bot sich immer mal wieder der heilige Zorn der Gerechten an, die Verfolgung der jüdischen Bevölkerung, die Einverleibung ihrer Häuser und Schätze, alles im Namen Gottes, versteht sich. Wundersamerweise erwies sich Gott im Laufe der Jahre aber als käuflich, denn Geldgeschenke an Erzbischof Arnold hatten beispielsweise Ausschreitungen gegen die Juden verhindert, als der Benediktiner Radolf in Köln gegen sie predigte, damals zur Zeit des zweiten Kreuzzugs. So viel zur Kraft des Glaubens, der allzu oft seine Entsprechung in der Kraft des Geldes fand.

Im Augenblick herrschte Ruhe. Erzbischof Konrad hatte im Vorjahr die neuen Schöffen sowie Richter, Bruderschaften und Bürger zur Bekräftigung des Schutzvertrages angehalten, und man kam miteinander aus, wenn man einander auch nicht liebte. Bodo hatte dem Pakt freudig zugestimmt, schon alleine, weil ein Großteil der Patrizier es nicht getan hätte. Aber die waren hübsch still geworden, nachdem Konrad ihre Macht im Rat beschnitten hatte.

Zumindest hatte es den Anschein.

Bodo straffte sich und trat zu einer kleinen Gruppe von Schöffen, die leise miteinander redeten.

»Ah, der Herr Schuif«, sagte einer. »Und? Wie ist Eure Meinung?«

»Zu was?«, fragte Bodo.

»Zu den Morden auf dem Berlich und am Entenpfuhl.«

»Nicht eben die ausgesuchtesten Vertreter der Christenheit«, meinte ein anderer. »Doch immerhin Menschen!«

»Ich bin vorerst nur der Meinung, dass sie tot sind«, sagte Bodo. »Gibt es Beschuldigte?«

»Es gibt immer welche, die von anderen bezichtigt werden«, erwiderte der erste. »Aber man muss fein Acht geben, wen man am Ende der peinlichen Befragung unterzieht. Das alte Kollegium, so erinnere ich mich, hat einen aufs Rad flechten lassen, dem sagte man nach, er sei ein Werwolf. Aber hinterher stellte sich dann raus, dass sein einziges Vergehen in der Wahrung einer robusten Gesundheit bestanden hatte, die ihn nicht sterben und seine Frau nicht erben ließ.«

Ein wissendes Lachen klang auf, wurde unter Blicken weitergereicht und konspirativ verstaut.

»Die Dinge sind oft gar nicht, was sie scheinen«, bemerkte der erste Schöffe.

»Und scheinen oft nicht, was sie sind!«, ergänzte der andere.

»Welch luzider Standpunkt.«

»Aber richtig«, schwang sich Bodo auf. »Nehmen wir den Fall Gerhard Morart, da hatte ich gleich heute Morgen ein interessantes Gespräch mit einem alten Freund, der mich nach den Namen der beiden Zeugen fragte. Ihr wisst, die zwei Bettelmönche, die ihn stürzen sahen. Es war ein Unfall, sagen die einen. Er ist – vom Leibhaftigen besessen – in die Tiefe gesprungen, dünkt die anderen wahrscheinlicher.« Er senkte seine Stimme zu einem Flüstern. »Aber mein guter Freund erging sich in Andeutungen, dass es noch eine dritte Möglichkeit gäbe, wenngleich ihn die Schicklichkeit oder meinethalben auch bessere Einsicht daran hinderte, auszusprechen, was er dachte.«

»Und was«, fragte der erste Schöffe gedehnt, »mag das für ein Verdacht gewesen sein?«

»Ich wollte nicht in ihn dringen, muss auch zugeben, dass ich erst später, als mir seine Worte wieder durch den Kopf gingen, stutzig wurde. Mir scheint aber, er wollte andeuten, Gerhard Morart sei zumindest nicht durch eigene Schuld umgekommen.«

»Durch wessen dann? Des Teufels?«

»Auch nicht, also nicht direkt.«

»Macht es nicht so spannend, Braumeister!«

»Nun ja.« Bodo hob wichtig das Kinn. »Wenn ihn denn jemand gestoßen hätte –«

»Ein Mord?« Der Schöffe lachte laut auf und schüttelte den Kopf. »Euer Freund muss ein ganz schöner Wirrkopf sein. Zwei unbescholtene geistliche Brüder bekunden den Unfall, ja, sie haben ihm sogar die Beichte abgenommen –«

»Und wir haben lange mit den beiden gesprochen«, ergänzte der andere. »Hätte jemand Gerhard hinuntergestoßen, dann dürften sie es wohl gesehen und berichtet haben.«

»Ich weiß. Trotzdem.«

»Weit hergeholt, Herr Schuif. Hat Euer Freund wirklich von Mord gesprochen?«

Bodo zögerte. »Nicht direkt«, gab er zu.

»Aber Ihr vermutet es?«

»Ich kenne Jaspar, er beliebt, in Rätseln zu sprechen, und oft begreife ich ihn nicht. Diesmal allerdings –«

»Diesmal allerdings wollen wir uns wichtigeren Themen widmen und zur Versammlung schreiten«, unterbrach ihn der andere. Er schien das Interesse verloren zu haben.

Bodo zuckte die Achseln. Gemeinsam erstiegen sie die Treppe zum ersten Stock, wo der Versammlungssaal lag. Auf der Hälfte fühlte sich Bodo von einer Hand auf seiner Schulter zurückgehalten. Er verlangsamte seinen Schritt.

Es war der zweite Schöffe.

»Verzeiht, wenn ich Euch so offen misstraut habe«, sagte er im Flüsterton, während sie langsam weitergingen. »Ihr sprecht ein heikles Thema an. Gewisse – Personen sind ähnlicher Ansicht wie Euer Freund. Behaltet das für Euch! Aus verschiedenen Gründen scheint es nicht opportun, das Thema laut zu erörtern. Wie, sagtet Ihr, heißt euer Freund?«

»Jaspar Rodenkirchen«, antwortete Bodo erregt. »Und Ihr glaubt wirklich –?«

»Was ich glaube, spielt keine Rolle. Sagen wir, man muss der Wahrheit zu gegebener Zeit Vorschub leisten. Ist dieser Jaspar ein besonnener Mann?«

»Das will ich meinen! Er ist Physikus und Dechant zu St. Maria Magdalena, Magister artium, und so weiter und so fort, ich weiß nicht, was er noch alles ist.«

»Und Ihr meint, er will die Zeugen neu befragen?«

»Das habt Ihr gesagt.«

»Mhm. Verstehe. Ich hoffe nur, er und die anderen sind im Unrecht, aber meine Hoffnung ist kein Richtspruch und mein Wunsch weniger objektiv als eine Untersuchung. Möge Gerhard seinen Frieden finden, und mögen, wenn Euer Freund Recht behält, die Mörder unsägliche Qualen leiden! Aber die Gerichtsbarkeit ist Sache der Schöffen, nicht seine, also solltet Ihr Eurem Freund von jeglicher Eigenmächtigkeit abraten. Empfehlt ihm, sich uns anzuvertrauen.«

Sie hatten den Versammlungssaal erreicht.

»Nach Euch«, sagte der Schöffe und ließ Bodo Schuif mit einem freundlichen Lächeln den Vortritt.

Bodo nickte würdig und ging hinein.

Der andere sah ihm nach. Dann machte er kehrt und rannte die Treppe in langen Sätzen wieder herunter und hinaus auf die Judengasse.

Letzte Worte

»Mittelfinger«, sagte Jacop.

»Das lernt sie nie, ja?«

»Rolof, altes Stinktier, wenn ich deine Meinung hätte wissen wollen, würde ich gegrunzt haben«, fuhr ihn Richmodis lachend an.

»Sprich nicht so mit Rolof«, knurrte Goddert aus seiner Ecke und goss Wein in seinen Humpen. Er hatte es sich nicht nehmen lassen, mitzukommen. »Auch das Stinktier ist eine Schöpfung Gottes.«

Jacop nahm ihren Mittelfinger und führte ihn mit sanfter Gewalt auf das richtige Loch in der kleinen Flöte. Seit Jaspar fortgegangen war, hatten sie geübt. Leider stand Richmodis' Talent in keinerlei Verhältnis zu ihren sonstigen Vorzügen. Ihr Spiel war und blieb so schief wie ihre Nase.

»Ich schaffe diesen Wechsel von da nach dort nicht«, klagte sie.

»Wo ist denn von da nach dort?«, wollte Jacop wissen.

»Na, von da – nach dort!«

»Ihr schafft alles, wenn Ihr nur wollt. Jetzt blast hinein.«

Richmodis setzte folgsam das Instrument an die Lippen und holte tief Luft. Das Resultat war kaum als solches zu bezeichnen. Lieblich wie ein Schlangenbiss, dachte Jacop.

»Sag ich doch«, brummte Rolof. »Lernt sie nie.«

»Doch«, gab Goddert trotzig zurück. »Sie braucht nur noch ein bisschen Übung.«

»Ich habe das Gefühl, meine Finger brechen ab.« Richmodis knallte die Flöte auf den Tisch, zog einen Schmollmund und sah Jacop unter langen Wimpern an. »Ich rette Euch das Leben, und Ihr quält mich!«

»Quälen?«, rief Jacop fassungslos. »Ihr wolltet doch –«

»Weibliche Logik«, kicherte Goddert. »So geht das bei uns den ganzen Tag.«

»Ach, Jacop«, summte sie. »Könnt Ihr nicht was spielen?«

»Richmodis! So lernt Ihr das nie!«

»Ich will es ja lernen! Aber ich brauche – Inspiration!« Sie lächelte zuckersüß, und Jacop fühlte sein Herz schmelzen. »Einmal noch, bitte, bitte, damit der dicke Rolof in Bewegung kommt. Spielt was zum Tanzen, und ich verspreche Euch, Tag und Nacht zu üben.«

»So?« Jacop grinste. »Nun, dagegen bin ich machtlos.«

Er griff nach seiner Flöte und begann, eine schnelle, bäuerliche Weise zu spielen.

Sofort sprang Richmodis auf und zerrte an Rolof herum, bis der Knecht murrend und knurrend und mit schwerfälligen Tanzschritten durch die Stube polterte. Dann begann ihm die Sache Spaß zu machen, und aus dem Poltern wurde ein Stampfen, dass der Boden zitterte und dröhnte. Richmodis umrundete ihn jauchzend. Jacop sah ihr Haar fliegen und beschleunigte den Rhythmus, während sein Fuß den Takt auf die Bohlen schlug. Goddert beschloss, mitzumachen und ließ die Faust auf die Tischplatte krachen.

Die Tür ging auf.

Jaspar Rodenkirchen betrat den Raum, starrte sie aus kugelrunden Augen an und ging wieder nach draußen.

»Oh«, machte Rolof.

Jacop setzte die Flöte ab.

Richmodis schnitt ein Gesicht, legte die Hände an den Mund und rief: »Onkel Jaspar!«

Jaspar kam wieder herein und stieß einen Seufzer der Erleichterung aus.

»Was war denn los?«, fragte Goddert vorsichtig.

»Was los war?« Jaspar kratzte sich den Schädel. »Ich war im falschen Haus. Muss eins zu weit gegangen sein, da waren vier Blödsinnige damit befasst, die Wände einzureißen. Gott sei es gedankt, dass ihr hingegen alle so sittsam und vernünftig seid und Jacop ganz gewiss das Holz gehackt hat. Stimmt's, Füchschen?«

»Das Holz, ahhh – mmmja.«

»Und Goddert, der Gute, trinkt Wasser aus dem Brunnen. Lass mal sehen, Goddert, du fetter Flusskrebs. Oh, Wein! Wo hast du den denn her?«

»Ja, weißt du –«, wand sich Goddert.

»Nein. Weiß ich nicht.«

»Dein Weinkeller stand offen, und ich dachte, bevor da einer reinsteigt und alles stiehlt – du verstehst, ich war in äußerster Besorgnis –«

»Ach so. Ich dachte schon, du hättest das Wunder von Kanaa wiederholt. Kann es sein, dass das mein Weinkeller ist und ergo auch mein Wein?«

»Deiner?«, wunderte sich Goddert und warf einen verblüfften Blick in den Krug. »Wie ist das aber möglich, lieber Jaspar, wo doch der heilige Benedikt dem Mönch die *Vita apostolica* auferlegt hat, die ja wohl besagt, dass gar nichts dir gehört, nicht mal die Kutte an deinem Körper.«

»Du bist unverschämt! Du säufst meinen Wein und wagst es, mir den heiligen Benedikt an den Kopf zu werfen!«

»Na, und du? Missgönnst einem alten Freund den letzten Tropfen!«

»Was?«, schrie Jaspar entsetzt. »So weit bist du schon?«

»Nein, aber stell dir vor, ich stürbe, dann wäre dieser Krug Wein vielleicht meine letzte Freude. Willst du mir die verwehren?«

»Du stirbst nicht. Du bist viel zu sehr damit beschäftigt, mich zu ruinieren.«

»Was? Stell dir vor, mich trifft der Schlag, just in diesem Augenblick.«

»Undenkbar!«

»Doch. Was spricht dagegen?«

»Stimmt, nicht das Geringste.«

»Dass ein Donnerwetter auf dich niederkomme, herzloser Mistkerl! Stell dir also vor, man käme, sagen wir mal, um mich – ungerechtfertigterweise natürlich – eines Verbrechens anzuklagen und vor den Toren zu verbrennen, müsstest du da nicht vor Gram vergehen?«

»Du brennst nicht. Du bestehst nur aus Wein und Fett. Es würde stinken, aber nicht brennen.«

»Wie kannst du nur so unbarmherzig sein?«

»Ich bin überhaupt nicht unbarmherzig!«

»Doch, geizig bist du! Zierst dich wegen der paar Pinten! Bah, wie abscheulich, wie ich mich für dich schäme, kaum, dass ich deinen blöden Wein noch runterkriege, alter Knicker! Nimm dir ein Beispiel am Priester Ensfried, wie er am Festtag des heiligen Gereon zur Kirche gehen wollte und ein Armer um Almosen bat. Und weil er nun nichts bei sich trug, der fromme Mann, trat er in einen Winkel der Kirche unserer seligen Gottesmutter Maria, du weißt, wo am Palmsonntag die Bischöfe dem Volk gewöhnlich den Ablass erteilen, zog seine Hose aus und gab sie her um der Barmherzigkeit Christi willen. Und selbst dieses gute Werk noch wollte er verheimlichen, so dass er hernach am Kamin den Pelz nicht ablegen konnte und der Stiftsherr Friedrich –«

»Papperlapapp, dein Priester Ensfried ist eine Erfindung vom alten Heisterbacher. Verlangst du am Ende, ich soll dir meine Hose geben?«

»Der Herr bewahre uns vor deiner hüllenlosen Ungestalt!«

»Ich will dir mal was sagen, Goddert, du kannst meinethalben trinken, bis du platzt, aber ich will vorher gefragt werden, das bisschen Respekt habe ich mir verdient, bevor du dich da runterwälzt und Pinten zapfst.«

»Also gut, also gut! Ich frage dich also hiermit. Trinken wir noch einen?«

»Trinken wir noch einen!« Jaspar schnalzte, wieder in bester Laune, mit der Zunge. »Und während Goddert einen zweiten Becher da herholt, wo er seinen gefunden hat, könnte ich mich vielleicht herablassen, über die Erfolge des Vormittags zu sprechen.«

»Warum nur zwei Becher?«, fragte Richmodis mit deutlichem Unterton.

»Weil das Trinken vor der Sext nur langgeübten Säufern gestattet ist und Jacop einen klaren Kopf braucht.«

»Habt Ihr die Zeugen aufgespürt?«, fragte Jacop erregt. Zugleich fühlte er wieder die Angst in sich aufsteigen, die er in den letzten Stunden einigermaßen niedergekämpft hatte.

»Hm«, überlegte Jaspar. »Sollte ich Euch das wirklich sagen?«

»Ich bitte Euch!«

»*Manus manum lavat.* Hättet Ihr das Holz gehackt –«

»Ich hacke Euch einen ganzen Wald, aber spannt mich nicht auf die Folter!« Ich muss wissen, ob ich verrückt bin, dachte Jacop. Sein Erlebnis schien so weit zurückzuliegen, so unwirklich, dass er plötzlich zu zweifeln begann, ob er den Schatten mit der teuflisch langen Mähne tatsächlich gesehen hatte.

Aber Maria und Tilman waren tot. Oder hatte er auch das geträumt?

Jaspar wartete seelenruhig, bis Goddert mit dem Becher kam, genehmigte sich einen langen Schluck und leckte sich die Lippen.

»Ah, ich wusste, mir fehlt was! Gut, Jacop, Ihr hattet Recht. Ich habe diese obskuren Zeugen nicht nur aufgespürt, sondern sogar mit ihnen gesprochen.«

»Und?«

»Zwei Bettelmönche, Justinius von Singen und Andreas von Helmerode. Der eine tut, als könne er kein Wässerchen trüben. Sein Bruder im Geiste ist da schon empfänglicher für die kleinen Versuchungen des Lebens, wenn sie in Form klingender Münze auftreten. Er will umschwenken.«

»Das heißt, sie wurden tatsächlich bestochen!«

»Ja.«

»Verdammt!« Jacop ließ sich zurückfallen und holte tief Atem.

»Wir haben eine Verabredung mit den sauberen Brüdern. Diesmal solltet Ihr mitgehen, ich versorge Euch mit einer schönen Kutte und einer Haube, wie man sie im Bade trägt.«

»Wieso im Bade?«

»Ach ja, das vergaß ich zu erwähnen. Wir treffen die zwei in der Badstube gegenüber von Klein St. Martin.«

»Mönche in der Badstube?«

»Das – äh –«, sagte Jaspar sehr gedehnt, »soll vorkommen. Im Übrigen, was hat Euch das zu interessieren? Wollt Ihr mir nicht danken für meine aufopferungsvollen Dienste? Natürlich sehe ich mich außer Stande, vierzig Goldmark aufzutreiben, so viel würden es sich Andreas und Justinius nämlich kosten lassen, ihre

Meinung zu ändern und vor dem Rat der Stadt Köln öffentlich zu bekunden.«

»Sie werden gar nichts tun«, fuhr ihm Richmodis dazwischen. »Vielleicht verraten sie's dir, dass man sie gekauft hat, aber nicht den Richtern. Damit würden sie ja zugeben, vorher gelogen zu haben.«

»Na und, du vorlaute Gans? Was kann denn passieren? Umgebracht haben sie keinen, sie müssen ja nur zugeben, dass sie jemanden sahen, und ihn beschreiben. Lass sie doch behaupten, aus Angst geschwiegen zu haben, weil sie meinten, sie kriegten es mit dem Teufel zu tun. Jetzt kommen sie reumütig angewinselt, also wirft man sie wahrscheinlich aus der Stadt, und das ist alles. Mit vierzig Goldmark in der Tasche kann ihnen das nicht viel bedeuten.«

»Die sie aber nicht bekommen werden.«

»Nein. Aber wenn sie uns verraten, wer Gerhards Mörder ist, machen wir es ohnehin publik, und dann ist ihr Leben keinen Pfifferling mehr wert. Es sei denn, sie begeben sich unter den Schutz der Schöffen. Es bleibt ihnen also keine Wahl, als sich zur Wahrheit zu bekennen, Geld hin oder her.«

»Wann ist die Verabredung?«, fragte Jacop.

»Wir haben noch gut zwei Stunden Zeit«, erwiderte Jaspar gelassen.

»Zwei Stunden«, murmelte Goddert. »Wir sollten zur Jungfrau Maria beten –«

»Schön, Goddert, tu das. Du übernimmst das Beten, während ich nachdenke.« Er sah Jacop an und legte die Stirn in Falten. Dann erhellte sich seine Miene. »Ha! Jetzt fällt mir wieder ein, was ich heute Morgen wissen wollte! Ihr habt sie mir immer noch nicht gesagt.«

»Was?«

»Gerhards letzte Worte.«

Tatsächlich! Wie hatte er etwas so Bedeutendes vergessen können?

»Also?«

Jacop dachte nach. »Es ist falsch.«

»Was ist falsch?«, fragte Richmodis verwundert.

»Das sagte Gerhard: Es ist falsch. Das waren seine letzten Worte, es ist falsch. Mir scheint nichts Rätselhaftes darin zu liegen. Man hat ihn immerhin in den Tod gestürzt, ich hätte das an seiner Stelle auch falsch gefunden.«

Rolof stieß ein prustendes Lachen aus und wurde augenblicklich wieder ernst.

»Es ist falsch«, sinnierte Jaspar, ohne weiter auf ihn zu achten. »Ihr meint, er hat damit das Verbrechen an sich selber gemeint?«

»Was sonst?«

Der Physikus schüttelte energisch den Kopf. »Das glaube ich nicht.«

»Letzte Worte haben nämlich immer etwas Mystisches und Verklärtes«, pflichtete ihm Goddert mit erhobenem Zeigefinger bei.

»Nein, Goddert, haben sie nicht«, entgegnete Jaspar ärgerlich. »Das ist ein großer Blödsinn mit den letzten Worten. Glaubst du, jemand, der zerschmettert am Boden liegt, macht sich die Mühe eines möglichst originellen und verschleierten Abgesangs, als würde plötzlich jeder Esel zum Poeten, bloß weil es ihn dahinrafft?«

»Die Befreiung der Seele aus dem Kerker des Fleisches hat schon manch einen zu erbaulichen Worten inspiriert. Der heilige Franz von Assisi hat sogar gedichtet.« Goddert warf sich in die Brust und deklamierte:

»Gelobt seist Du, Herr,
Durch unsere Schwester, den leiblichen Tod;
Ihm kann kein lebender Mensch entrinnen.
Wehe denen, die sterben in schweren Sünden!
Selig, die er in Deinem heiligsten Willen findet!
Denn sie versehrt nicht der zweite Tod.«

»Alle Wetter, Goddert, von dem ich dachte, dass er nichts gelernt hat!«, staunte Jaspar. »Trotzdem bist du im Unrecht, weil der große Heilige diese Zeilen schon lange vorher seinem Sonnengesang eingeschrieben hatte, sie jedoch erst auf seinem Sterbebett kundtat. Daran war viel Schönes, aber nichts Spontanes.«

»Dann nimm Erzbischof Anno, hat der nicht das Ende Kölns gesehen auf dem Sterbebett?«

»Anno lag im Fieber, und sein Sterben dauerte mehr als neun Wochen. Er hatte ausreichend Zeit, sich seine letzten Worte gut zu überlegen.«

»Aber er rief Petrus und alle Heiligen an, Köln zu schützen.«

»Das diente wohl mehr der eigenen Läuterung, nachdem er glaubte, die Jungfrau habe ihm die schrecklichen Visionen als Strafe auferlegt für seinen nicht gerade zimperlichen Umgang mit den Kölnern.«

»Anno war ein großer Kölner Herr und Heiliger, der solche gedanklichen Winkelzüge gar nicht nötig hatte! Er liebte seine Kölner aus ganzem Herzen.«

»Du kanntest ihn ja auch so besonders gut, da sein Tod eben mal zweihundert Jahre zurückliegt, während ich nur die *Vita Annonis* gelesen habe. Deine Frömmigkeit in allen Ehren, aber wenn du wirklich wissen willst, wie Anno zu seinen Kölnern stand, darfst du dich getrost ins Kloster Siegburg begeben. Wenn er die Kölner so sehr liebte, warum liegt er dann dort begraben und nicht in St. Maria ad Gradus? Und was seine Heiligkeit betrifft, so bezweifele ich nicht die Zahl seiner Mirakel, aber wenn du mich fragst, hat er mehr Augen ausreißen lassen als geheilt. Kein Wunder, dass er auf dem Sterbebett Versöhnung mit den Kölnern suchte, aber bestimmt nicht, weil sein Trachten den Kölnern galt, sondern einzig dem *purgatorium*.«

»Wäre ich ein Geistlicher wie du, würde ich dich lästerlicher Reden bezichtigen. Manchmal frage ich mich wirklich, wer von uns beiden geistlicher ist, du mit deiner Kutte oder ich braver Färber.«

»Du bist kein braver Färber, sondern ein alter Säufer mit einer braven Tochter. Um dir also die Flausen zu nehmen bezüglich letzter Worte, solltest du wissen, dass Clara von Assisi vor sieben Jahren mit den Worten Jesu aus dem Leben schied – Vater, in deine Hände lege ich meinen Geist –, was fromm, aber keineswegs spektakulär oder besonders mystisch ist.«

»Und was war mit all den Heiligen, die gewaltsam zu Tode kamen«, rief Goddert, der puterrot angelaufen war, »und trotzdem noch Worte der Verachtung für ihre Peiniger fanden oder die Zukunft schauten?«

»Warst du dabei? Die meisten von ihnen werden Aua gesagt haben. Letzte Worte werden gehandelt wie Reliquien. Vor drei Monaten hat Konrad dem Franzosenkönig einen Schrein nach Royaumont geschickt, der, wie es heißt, die Gebeine der heiligen Berga in sich trage. Wenn das so weitergeht, müssen wir den elftausend Jungfrauen noch eine Null hinzufügen, um das wundersame Auftreten heiliger Knochen zu erklären.«

Goddert setzte zu einer Antwort an, ließ stattdessen ein ersticktes Knurren hören und stürzte einen Becher Wein hinunter.

»Und jetzt ein Zerschmetterter«, sagte Jaspar und sah nachdenklich in die Runde. »Was geht in ihm vor? Er stirbt, und er weiß es. Würde er seinen eigenen Tod mit den Worten ›Es ist falsch‹ kommentieren? Kein Mensch käme auf die Idee, Gott falschen Handelns zu bezichtigen, wenn es ihm gefällt, ihn zu sich zu rufen, und sei es durch die Hand eines Mörders.«

»Aber was ist dann falsch?«, fragte Jacop verwirrt. »Wenn Gerhard nicht sich selber meinte, haben wir es vielleicht doch mit etwas Mystischem zu tun, wie Goddert sagte.«

Goddert nickte heftig.

»Nicht mystisch«, meinte Jaspar. Er stützte das lange Kinn in die Hände. »Petrus Abaelardus hat gesagt, die Sprache sei nicht der Schleier des Wirklichen, sondern sein Ausdruck. Welche Wirklichkeit hat Gerhard also ausdrücken wollen? Anders gefragt, warum musste er überhaupt sterben?«

»Vielleicht ein Rivale«, schlug Goddert zögernd vor. »Viele wären gerne Dombaumeister.«

»Es gibt da einen jungen Burschen namens Arnold«, sinnierte Jaspar. »Guter Steinmetz. Hm. Soweit ich weiß, liebäugelt das Domkapitel schon länger mit ihm.«

»Ich wollte auf gar keinen Fall das Domkapitel schändlicher Dinge bezichtigen«, beeilte sich Goddert hastig zu versichern. »Ich dachte nur –«

»Warum eigentlich nicht?«

Goddert starrte ihn mit offenem Munde an. Diesmal schien er tatsächlich erschüttert.

»Jaspar! Wie könnte auch nur der Schatten eines Verdachts auf die ehrwürdigen Domherren fallen! Immerhin verdanken wir ihnen die Entstehung des heiligen Werkes.«

»Meinst du den Dom? Der ist kein heiliges Werk.«

Goddert lief noch roter an.

»Warum sagst du das jetzt? Wie kannst du so was sagen? Du bist ein Ziegenbock, der meckern will um jeden Preis.«

»Nein. Ich weiß nur zufällig, dass Konrad von Hochstaden den Grundstein ausgerechnet an die Stelle seines späteren Grabmals gelegt hat, was ja wohl die Frage rechtfertigt, wessen Tempel hier eigentlich gebaut wird – der des Herrn oder der des Erzbischofs. Und dass sie im Domkapitel solange um den Bau herumgeredet haben, bis Goswin von Randerath und Ulrich vom Steine die Bemerkung anbrachten, man könne damit dem Prioreninstitut eins auswischen, worüber man herzhaft lachte.«

»Das hast du dir ausgedacht!«, schnaubte Goddert.

»Das hat mir der Scholaster Franco erzählt, und der muss es wissen, er war ja dabei. Überleg doch mal. Noch im letzten Jahrhundert haben die Prioren den Bischof gewählt, jetzt ist es das Domkapitel, dessen Chorgestühl sich so illustrer Persönlichkeiten wie Erzbischof, Papst und Kaiser erfreut. Nach Meinung gerade der Bettelorden hat das Kapitel seine kirchliche Aufgabe jedoch aufs schmählichste vernachlässigt, da man nicht mal mehr zusammen lebt, wie es sich für eine fromme Gemeinschaft ziemt –«

»Wie sollen denn Papst und Kaiser auch zusammen leben, das ist doch Zinnober!«

»Das wissen die Gegner des Domkapitels genauso gut wie du. Trotzdem haben die Prioren versucht, Unterstützung bei den mächtigen Ordensführern einzuholen, um den Domherren wieder die Macht zu entreißen. Der Papst ist wankelmütig, und dem Kaiser ist es gleich, wer den Bischof wählt. Wenn sie morgen Mitglieder des Prioreninstituts sind, auch gut. In dieser Situation wurde der Dombau beschlossen, lieber Goddert, weil Konrad sich ein Denkmal setzen will und die Macht des Domkapitels auf den Fundamenten einer solchen Kathedrale kaum noch zu erschüttern ist. Der Dom ist Politik.«

Goddert schlug mit der flachen Hand auf den Tisch.

»Alles ziehst du in den Dreck!«, rief er böse.

»Schon gut.« Jaspar hob beschwichtigend die Hände. »Der Herr erhalte dir deinen Glauben. Es wird dich freuen, dass ich trotzdem zu den gleichen Schlüssen gelange wie du. Das Domkapitel hat nichts mit Gerhards Tod zu tun, sie hätten sich ja gar keinen Besseren wünschen können. Und von diesem Arnold weiß man auch nichts Schlechtes. Wahrscheinlich wird er Gerhards Nachfolger, weil er einfach ein sehr fähiger junger Steinmetz ist.« Er seufzte. »Womit wir wieder bei der Frage wären, was Gerhard meinte, als er sagte: Es ist falsch.«

»Vielleicht meinte er die Zukunft«, warf Jacop ein.

»Zukunft?«, echote Goddert.

»Ja. Etwas, das noch geschehen wird. Etwas von solcher Wichtigkeit, dass er seine letzten Worte darauf verwandte. Vielleicht hatte er Kenntnis von geheimen Dingen, die seine Seele belastet haben. So sehr, dass zu erwarten stand, er würde sich vor aller Welt erklären und öffentlich herausposaunen, was er für falsch hielt.«

»Und damit sein düsteres Geheimnis offenbaren, das zugleich ein Geheimnis anderer ist. Ausgezeichnet, Fuchs!« Jaspar geriet in höchste Erregung. »Gerhard Morart hat etwas gewusst, das er nicht wissen durfte. Man hat ihn umgebracht, damit er ebendieses Geheimnis – oder besser, das seines Mörders – mit ins Grab nimmt. Er war zu einer Gefahr geworden.«

Richmodis schluckte und sah Jaspar an. »Dann geht es also gar nicht um das Verbrechen am Dombaumeister?«

»Nein. Es geht wahrscheinlich um ein anderes. Eines, das noch geschehen wird.«

»Der Herr steh uns bei«, flüsterte Goddert. »Ich wage nicht, mir auszumalen, was dahinter stecken mag. Wer den Tod des Dombaumeisters in Kauf nimmt, hat mehr im Sinn als kleine Gaunereien.«

»Noch einen Mord, ja?«, sagte Rolof gleichmütig.

Alle Köpfe fuhren zu ihm herum.

Aber Rolof war schon wieder mit einer Birne beschäftigt.

»Das kann nicht mein Rolof sein«, spottete Jaspar. »Jemand muss durch ihn gesprochen haben.«

»Aber er könnte die Wahrheit sagen!«, rief Richmodis.

»Du musst zu deinem Schöffenfreund gehen«, drängte Goddert. »Du musst ihm alles erzählen!«

»Nein«, beschied Jaspar. »Noch nicht.«

»Es ist zu gefährlich, der Sache selber nachzuforschen.«

»Dann lauf doch nach Hause, alter Feigling. Du warst es doch, der Jacop unbedingt helfen wollte. Wir können noch nicht zu den Schöffen gehen, erst müssen wir die angeblichen Zeugen auf unsere Seite bringen. Dabei fällt mir ein, hast du vierzig Goldmark übrig?«

»Jaspar«, säuselte Goddert. »Ich habe deren gar viertausend. Ich bin der reichste Mann in ganz Köln.«

»Schon gut.«

»Onkel Jaspar, ich halte das für keine schlechte Idee«, sagte Richmodis. »Geben wir dem Schöffenkollegium Nachricht, es ist der einzige Weg, Jacop zu schützen, und wir können trotzdem mit den Zeugen reden.«

»Sie werden uns nicht glauben, Kind«, sagte Jaspar eindringlich. Immer wenn er Kind zu ihr sagte, meinte er es wirklich ernst. »Wir haben keinerlei Beweis, und Jacop ist nicht unbedingt das, was ich gesellschaftsfähig nennen würde. Und überhaupt, was willst du von den Schöffen noch erwarten, nachdem die Wölfe von einst einer Herde Lämmer gewichen sind? Marionetten von Konrad, wo du hinsiehst. Von den Geschlechtern, auch wenn sie hochmütig, korrupt und grausam sind, haben sich allzu wenige im Kollegium behaupten können. Erst heute Morgen hat mir Bodo wieder die Ohren vollgeprahlt mit seinem hohen Amt. Ich mag den alten Brauer, aber er ist genauso ein Heupferd und Schlappschwanz wie die meisten Handwerker, die sich von Konrad haben beschwatzen lassen, nachdem er bei den Patriziern auf Grund gelaufen ist.«

»Es sind immer noch Patrizier dabei.«

»Aber sie haben an Einfluss verloren. Vielleicht ist es ja auch gut so, aber zu viel ist zu viel. Alleine die Overstolzen stellen lediglich einen einzigen Schöffen, das ist alles, was von ihrer Kraft und ihrem Durchsetzungsvermögen geblieben ist.«

»Stimmt«, sagte Goddert. »Habe kürzlich noch seinen Namen gehört. Wie hieß er gleich?«

Jaspar seufzte.

»Theoderich. Aber das tut nichts zur Sache.«

Rheingasse

»Bodo Schuif«, sagte Theoderich. »Aber das tut nichts zur Sache.«

»Bodo Schuif«, wiederholte Mathias sinnend und durchmaß mit langsamen Schritten den Raum. »Das ist doch dieser ungebildete Esel von einem Brauer. Und er glaubt die Mordgeschichte?«

»Bodo glaubt an alles und jeden, bis ihn einer vom Gegenteil überzeugt. Er ist nicht gefährlich. Womit wir uns beschäftigen sollten, ist dieser Jaspar Rodenkirchen.«

»Meinst du, er hat mit dem Rothaarigen gesprochen?«

»Ich nehme es zumindest stark an.«

»Was weißt du über ihn?«

Theoderich Overstolz zuckte die Achseln. »Die Zeit war knapp. Ich habe mein Möglichstes getan. Jaspar ist der Dechant von St. Maria Magdalena, zudem bezeichnet er sich selber als Physikus und Magister der sieben freien Künste. Wohnhaft schräg gegenüber von St. Severin. Ein Aufschneider, wenn du mich fragst, den Gott mit bemerkenswerter Hässlichkeit gestraft hat, aber seine Gemeinde liebt und verehrt ihn.«

Mathias sah ihn unter zusammengezogenen Brauen an.

»Wir können es uns nicht erlauben, ständig Leute umzubringen. Das Schicksal einer Hure ist mir gleich, aber ein Dechant –«

»Vergiss den Dechanten, den können wir leben lassen. Ich meine vielmehr, dass wir über ihn an den Rothaarigen gelangen dürften.«

»Das spielt keine Rolle mehr. Der Fuchs hat den Dechanten ins Bild gesetzt, sie sind also beide ein Risiko.« Mathias wippte auf den Fersen hin und her. Er war nervös und ärgerlich, weil ihm keine Lösung einfiel.

»Reden wir mit Urquhart«, schlug Theoderich vor.

»Ja«, sagte Mathias nachdenklich.

»Ich stimme Johann übrigens zu«, bemerkte der Schöffe. Er griff in einen Teller mit Trauben und schob sich mehrere Früchte in den Mund. »Es war wirklich keine besonders gute Idee von dir, Urquhart in unser Haus zu bringen. Im Grunde kann uns dieser Rotschopf doch völlig egal sein, Hauptsache, man bringt den Mörder nicht mit uns in Verbindung.«

Mathias schüttelte unwirsch den Kopf.

»Zum hundertsten Male, als ich ihn herbrachte, trug er die Kutte eines Minoriten und war bis zur Unkenntlichkeit verhüllt, begreifst du das nicht? Wir haben andere Sorgen. Wir müssen verhindern, dass sich dieses Mordgeschwätz ausbreitet und plötzlich alle in erhöhte Wachsamkeit verfallen. Den Tod von Huren und Lumpen wird keiner sonderlich zur Kenntnis nehmen, so was passiert. Wie sollen wir aber unseren Plan ausführen, wenn angesehene Bürger zu dem Schluss gelangen, in Köln ihres Lebens nicht mehr sicher zu sein? Verdammt! Und dann auch noch das Problem mit Gerhards letzten Worten!«

»Gerhard fiel vom Dom«, sagte Theoderich gleichmütig kauend. »Der hatte keine Worte mehr.«

Mathias kam mit schnellen Schritten zu ihm herüber und riss ihm die Trauben aus der Hand. Seine Hand krallte sich um Theoderichs Kragen.

»Urquhart hat gesagt, dieser Fuchs, oder wie immer er sich nennt, hätte sein Ohr an Gerhards Mund gelegt, du Idiot«, fuhr er ihn an. »Was, wenn er doch noch reden konnte? Vielleicht hat er gesagt, ja, einer meiner Mörder heißt Theoderich Overstolz und ist Schöffe, Ihr kennt ihn alle! Und Jacop erzählt es dem Dechanten, und der Dechant bearbeitet Urquharts Zeugen, und morgen kommen sie dich holen und mich auch. Und sie werden deine alte blinde Tante Blithildis auf den Richtplatz zerren und zwischen zwei Gäule spannen, bevor sie dich an den blauen Stein stoßen!«

Theoderich holte tief Luft.

»In Ordnung«, sagte er heiser.

»Na also.« Mathias richtete sich auf und wischte sich die Hand am Hosenbein ab.

»Mathias, wir beginnen uns zu streiten.«

»Sei nicht so zimperlich.«

»Das meine ich nicht. Unser Bund steckt in einer Krise, und ich sehe keine Besserung. Das ist gefährlich. Denk an Daniel und Kuno. Selbst Johann und du, ihr seid nicht immer einer Meinung.«

Mathias brütete vor sich hin.

»Du hast Recht«, sagte er leise. »Kurz vor dem Ziel drohen wir auseinanderzubrechen.« Er straffte sich. »Zurück zu dem Dechanten. Du hast mit Bodo gesprochen, was wird dieser Rodenkirchen seiner Meinung nach tun?«

»Er wird die Zeugen aufsuchen.«

»Mhm. Die Zeugen.«

»Uns bleibt wenig Zeit. Es ist zehn durch. Und ich weiß nicht, wo Urquhart sich gerade aufhält –«

»Aber ich. Er hat die Knechte über die Stadt verteilt. Sein Revier ist das Marktviertel. Ich werde nicht lange brauchen, ihn zu finden. Siehst du, wir stehen doch gar nicht mal so schlecht da, lieber Theoderich. Wir wissen jetzt, wo der Fuchs sich höchstwahrscheinlich versteckt hält, kennen seinen Beschützer und wissen, dass sie den Zeugen auf der Spur sind.« Mathias lächelte in sich hinein. »Daraus müsste Urquhart eigentlich was machen können.«

Badstube

»Aaaaah«, frohlockte Justinius von Singen.

Das Mädchen lachte und goss einen weiteren Schwall heißen Wassers über ihn aus.

Sie war hübsch und jede Sünde wert.

»Oh, Herr, ich danke dir«, flüsterte Justinius halb hingebungsvoll, halb reuig, während seine Rechte die Brüste seiner Wohltäterin ertastete und ihren Bauch hinabfuhr unter die Wasseroberfläche. Zugleich sah er in das Gesicht einer Harfenistin, einer in voller Blüte stehenden Jungfrau, die am Beckenrand saß und, an Gestalt und Zügen einer Göttin gleich, in ihr Instrument sang. Ein dünnes weißes Gewand bedeckte ihren Körper und enthüllte viel mehr, als es verbarg.

Trunken vor Glück begann Justinius, unmelodisch mitzusummen, während sein Blick auf Wanderschaft ging, weg von der schönen Harfenistin hoch zu den Galerien über den Badenden, wo Jünglinge und reife Männer, auch Greise, zusammenstanden und bisweilen Münzen und aus Blumen geflochtene Kränze herunterwarfen. Dann sprangen die Mädchen hoch und versuchten, die Gaben lachend mit ausgebreitetem Gewand aufzufangen, einander im Spiel wegstoßend, wobei ihre geheimeren Schönheiten enthüllt wurden, alles unter dem ständigen Klang der Flöten und Lauten. Die Musik, der Gesang, das Plätschern des Wassers und der Konversation vereinten sich zu einem zeitlosen Strom, in dem jedes Denken größte Torheit und jede Hingabe an die geheime Stimme der Verführung höchste Lust war.

Justinius rülpste und lehnte seinen Kopf an die Schulter des Mädchens.

Die Badstube vor Klein St. Martin war gut besucht um diese Zeit, kurz nach der zwölften Stunde. Geistliche Brüder schlichen sich im Allgemeinen mehr hinein, als dass sie die Stube betraten, denn in Liebesdingen war man hier mindestens so bewandert wie in der Verabreichung von heißen und kalten Güssen, Massagen, dem Schlagen mit dem Badewedel und Abreiben mit Bürsten aus kräftigen Kardendisteln, so dass man sich hinterher fühlte, als durchlohe flüssiges Feuer die Adern. Es hatte wohl mal eine Scheidewand gegeben, ein dünnes Tuch, das den Raum in einen Trakt für die Männer und einen für die Frauen unterteilt hatte, aber davon kündeten nur noch drei eiserne Ringe in der Decke.

Jetzt waren die großen gemauerten Becken und kupfernen Wannen für alle zugänglich. Auf dem Wasser schwammen verzierte Tafeln, reich beladen mit Weinkrügen und diversen Schmausereien. Justinius hatte ein solches direkt vor seinem Bauch, und es gefiel ihm ganz außerordentlich, denn es war ein Hühnchen darauf zu sehen, und das Hühnchen war knusprig golden gebraten.

Das Mädchen kicherte noch mehr und schob seine Hand weg.

»Ooooch«, sagte Justinius und zwinkerte Andreas zu, der auf der anderen Seite des Beckens saß und von alledem keine Notiz nahm.

Justinius runzelte die Stirn.

Dann spritzte er einen Schwall Wasser nach drüben.

»He! Warum so trübe?«

»Wie?« Andreas schüttelte den Kopf. »Ich bin nicht trübe. Mir geht nur dieser Besucher von heute Morgen nicht mehr aus dem Kopf.«

»Ach, der«, seufzte Justinius. »Du bist zu ängstlich, Andreas, habe ich dir das nicht immer wieder gepredigt? Bin ich nicht, nachdem du mich über das Angebot des noblen Fremden informiert hast, mit dir einig gegangen, es anzunehmen und Köln dann schnellstens zu verlassen?«

»Wir sollen vor dem Rat aussagen!«, ermahnte ihn Andreas. »Das ist nicht dasselbe wie abhauen.«

»Ach was, der Rat! Wir nehmen das Geld, erzählen dem Fremden, was wir wissen, und bevor der Rat dreimal gezwinkert hat, verjuxen wir schon alles in Aachen!« Er beugte sich vor und grinste. »Aachen soll herrlich sein. Warst du mal da? Was wäre anderes zu erwarten von der Stadt, in der sie die Könige krönen, als dass man dort im Überfluss zu leben versteht?« Er legte den Kopf schief und hob die Schultern. »Andererseits heißt es wiederum, nichts komme Köln gleich, also verstehe ich deinen Unmut in gewisser Weise.« Er vergrub seinen Kopf in der Halsbeuge des Mädchens und brummte wie ein Bär im Winter.

Andreas schürzte die Lippen. »Ich hoffe, du hast Recht.«

»Ich habe immer Recht. Der große Bursche mit dem langen Haar hat uns was gegeben, und wir haben getan, was er wollte. Nun gibt uns ein anderer mehr, also tun wir, was der andere will, na und?«

»Ich weiß nicht. Woher hat er überhaupt von unserer Vereinbarung mit dem Blonden gewusst?«

»Spielt das eine Rolle? Gleich wird dieser Jaspar hier sein, da gehen wir dann in einen Nebenraum und machen den Handel klar, nehmen das Geld, sagen ihm, wie's war und was wir wissen – denn ich bin weiß Gott ein ehrlicher Mann, Andreas! –, und entschwinden zu einem anderen schönen Ort, wo man der Sau den Bratspieß zu schmecken gibt. Bis der Blonde gemerkt hat, dass wir nicht ganz loyal waren, sind wir über alle Berge.«

»Ich hoffe, du hast Recht«, wiederholte Andreas von Helmerode, nun schon etwas entspannter.

»Na sicher! Schau dich um! Hier ist das Leben. Und wir werden ewig leben, Gott verzeihe mir meine sündige Rede.«

»Hier verzeiht er dir alles«, lachte das Mädchen und ließ einen weiteren Wasserguss auf ihn niederprasseln.

Justinius schüttelte sich genüsslich und stemmte sich hoch.

»Welch männliches Begehren«, rief er, »hat unser Schöpfer an uns zugelassen. Bleib mir gewogen, meine Rose, du Perle des Abendlands! Ich will mich zur Massage begeben, und danach sollst du dem Schwert meines Verlangens ein williges Opfer sein, du gebenedeiter Leib der Hure von Babylon!«

Andreas sah ihn scheel an.

»Du solltest mal wieder in die Heilige Schrift schauen«, sagte er. »Das war gerade völliger Blödsinn.«

Justinius stieß ein brüllendes Lachen aus.

»Das ganze Leben ist doch völliger Blödsinn!«

»Ja«, seufzte Andreas. »Da könntest du ausnahmsweise mal die Wahrheit sagen.«

Justinius begab sich, immer noch lachend, zum rückwärtigen Teil der Badstube und schob einen Vorhang beiseite. Dahinter lag ein kleiner, abgetrennter Raum mit einer von Tüchern und Decken verhüllten hölzernen Liege. Außerdem ein Zuber mit dampfendem Wasser, ein paar Krüge voll des duftendsten Öls, Kerzen, weiter nichts. Es gab mehrere dieser verschwiegenen Kammern, in denen man sich vom Badstuber und seinen Gehilfen oder aber von den Mädchen massieren lassen konnte. Gemeinhin rechtfertigte die Körperpflege durch letztere den Vorhang, wie er selbst einem lüsternen Christenmenschen anstand, denn was sich dahinter vollzog, wurde vom Rat nur geduldet, solange es augenscheinlich nicht beweisbar war. Im Übrigen sehr zur Freude und Beruhigung eben dieser Stadträte.

Justinius kroch schwerfällig auf die Liege, drückte seinen Bauch auf den weichen Decken platt und schloss die Augen. Er hatte sich gleich für alles auf einmal entschieden. Zuerst das ordentliche Durchkneten von Männerhand. Dann würde er sich genüsslich auf den Rücken rollen und die süße Last der Sünde auf sich nehmen, in wessen wohlgeformter Gestalt auch immer sie erscheinen mochte. Der Badstuber war diskret und bewies in der Auswahl seiner Schönheiten ein sicheres Gespür. Es machte viel mehr Spaß, sich überraschen zu lassen.

Leise begann Justinius zu summen.

Hinter ihm raschelte der Vorhang. Er hörte den Masseur hereinkommen. Müßig, sich deswegen umzudrehen. Ein schürfendes Geräusch näherte sich der Liege. Offenbar zog der Mann einen der Ölkrüge heran.

»Bringt ordentlich mein Blut in Wallung«, kicherte Justinius, ohne die Augen zu öffnen. »Ich muss einer Naturgewalt gleichen, versteht Ihr?«

Der Mann lachte leise und legte seine Hände auf Justinius' Rücken. Sie waren angenehm warm. Kräftig und doch sanft verteilte er das Öl über Schultern und Nacken und begann, die Muskeln durch rhythmisches Kneten zu lockern. Justinius grunzte beglückt.

»Es gefällt Euch?«, fragte der Masseur leise.

»Oh, ja. Ihr macht das ausgezeichnet.«

»Danke.«

»Wenngleich – aber nehmt es nicht persönlich – Euch natürlich die Vorzüge jener Blume abgehen, die sogleich in diesem Tempel erblühen wird, um mich auf ganz andere und köstlichere Weise zu verwöhnen.«

»Natürlich.«

Die Hände wanderten über seine Schulterblätter in die Mitte zum Rückgrat, strebten wieder auseinander, fuhren erneut zusammen, während sie sich langsam zur Taille hinabbewegten. Justinius fühlte, wie sein Körper sich zu erhitzen begann.

»Ein Fest wird das«, grinste er voller Vorfreude. »Ein schöner Abschied vom heiligen Köln.«

»Alles zu seiner Zeit«, erwiderte der Masseur. »Seid Ihr nicht ein geistlicher Bruder?«

»Sicher.« Justinius runzelte die Brauen. Was sollte eine solche Frage an diesem Ort?

»Nun, es gibt schlimmere Sünden«, fügte er eilig hinzu, ohne recht zu wissen, warum er sich bei dem Kerl eigentlich entschuldigte.

Andererseits, Gott sah alles. Sah er auch in die hintersten Winkel einer Kölner Badstube?

»Erregt Euch nicht«, sagte der Masseur sanft. Seine Daumen fuhren über die Rippen bis zu den Achselhöhlen. »Es soll manchen Heiligen gegeben haben, der den Frauen in höchst eindeutiger Weise zugetan war. Die Enthaltsamkeit ist eine Erfindung der Neuzeit. Es gibt keinen Grund für falsche Rücksicht. Vor Jahren war ich mit einigen Studenten bekannt, die das Erbe der Goliarden pflegten und mir von der parisiana fames klagten. Sie ließen nichts unversucht, ihre Studien vor allem auf den Erwerb fetter Pfründe und wohlgestalteter Frauen zu richten. Es gibt da ein Lied –«

Die Fingerspitzen schoben das Fettgewebe über Justinius' Nacken zusammen, pressten sich hinein und ließen wieder locker, setzten weiter unten erneut an. Der Masseur schien nachzudenken.

»Es handelt von der Absolution, die sich die Studentenbanden jener Tage zu erteilen pflegten, indem sie sich naiv und willenlos gaben. *Ich bin ein leicht' Ding,* sangen sie, *wie das Blatt, mit dem der Sturmwind spielt. Die Schönheit der Mädchen traf meine Brust. Kann ich sie nicht berühren, so trage ich sie im Herzen.*«

»Das ist ein gutes Lied«, pflichtete Justinius ihm bei, während in einer hinteren Ecke seines Verstandes eine seltsame Unruhe aufzog. Er hatte plötzlich das Gefühl, diesen Masseur zu kennen.

»*Gieriger bin ich nach Wollust als nach ewigem Heil, ist meine Seele tot, so kümmert mich nur das Fleisch*«, fuhr der Mann fort. Die Bewegungen seiner Hände folgten dem Rhythmus des Gedichts, oder war es umgekehrt? »*Wie hart ist es, die Natur zu bezähmen! Und beim Anblick einer Schönen reinen Geistes zu bleiben. Die Jugend kann ein so hartes Gesetz nicht befolgen, ihre lustvollen Körper fordern ihr Recht.*«

»Sehr richtig«, sagte Justinius zögernd.

»Oder denkt an Jean de Meung und seinen Rosenroman: *Die Ehe ist eine hassenswerte Bindung, die Natur ist doch nicht so blöde, dass sie Mariette nur für Robichon in die Welt setzt, noch Robichon für Mariette, oder Agnes oder Perette; zweifle nicht, schönes Kind, sie hat uns alle für alle bestimmt.* Nur zu wahr! Und weiter die berühmte Tirade: *Folgt unbedenklich der Natur; ich vergebe Euch alle Sünden, wenn Ihr nur ordentlich am Werk der Natur arbeitet. Seid schneller als die Eichhörnchen, rafft Eure Kleider hoch, um den Wind zu genießen, oder, wenn es Euch beliebt, zieht Euch nackt aus*, und so weiter und so fort. Und doch sind die angeblichen Lästerer und Schreiber solcher Verse am Ende gute Christenmenschen geworden, seht Ihr? Der Archipoeta von Köln sang zuletzt in höchsten Tönen Barbarossas Loblied, Hugo Primas lehrte in Paris und Orleans, Serlo von Wilton ließ sich in England bekehren und starb als frommer Zisterzienser und treuer Anhänger Königin Mathildes, Walther von Chatillon als Kanoniker, allesamt große Prasser und Genießer, die sich um die Regeln des Klerus wenig scherten.«

»Wie tröstlich«, murmelte Justinius. Was sollte das alles? Was waren das alles für Namen und Dinge, die der Kerl wusste, viel zu viel gebildetes Zeug für einen Badstubengehilfen? Und dann war da noch diese Stimme, die er ganz eindeutig kannte! – nur woher?

»Hört«, sagte Justinius, »ich –«

»Aber«, fuhren die kräftigen, wohltuenden Hände ungerührt fort, »wie viele sind elendiglich geendet? Der keusche, gottesfürchtige Tristan, so durchloht von der Liebe und dem fleischlichen Begehren, dass er daran erkrankte und zugrunde ging. Auch wenn man ihn post mortem mit seiner Liebsten vereinte, wie hat er dafür leiden müssen!«

Wer, zum Teufel, war Tristan? Justinius von Singen war kein Mönch, er war ein Fälscher und Scharlatan in einer Kutte, der Bibelstandard herunterlamentierte und des Öfteren durcheinanderwarf. Was wollte dieser Bastard von ihm?

Mit einem Mal hatte er Angst

»Ich will, dass Ihr aufhört«, stieß er hastig hervor.

Als hätte er nichts dergleichen vernommen, knetete der Masseur weiter, grub seine Fingerspitzen zwischen Justinius' Rippen.

»Und Isolde die Schöne, Isolde die Blonde, dem Herrscher von Cornwall versprochen«, führte er im Tonfall eines Dozenten aus. »Wohin hat die Liebe sie geführt, was hat sie ihr genützt gegen den betrogenen König, der darüber nachsann, ob er sie lieber dem Feuer oder den Aussätzigen überlassen sollte. Und als er sich schließlich beugte und sie gehen ließ, was blieb von allem? Ihr Herz ist gebrochen an Tristans Leichnam, Justinius, sie hat sich niedergelegt an die Seite eines verfaulenden Toten! Welch ein Ende für die Liebe!«

»Was wollt Ihr bloß?«, keuchte Justinius und versuchte, sich hochzustemmen.

Die Finger flitzten geschmeidig seine Rückenwirbel entlang.

»Denn es gibt keine Geheimnisse auf Erden, alles kommt ans Licht, und bei Licht sieht alles schäbig aus, und das Licht ist die Strafe, und die Strafe ist – der Schmerz.«

»Bitte, ich –«

Etwas knackste.

Justinius heulte auf vor Schmerzen. Sein Kopf wurde heruntergedrückt, dann massierten ihn die Hände wieder sanft und freundlich wie zuvor.

»Und nun zeigt sich«, sagte die schrecklich vertraute Stimme, »wer den Schmerz ertragen kann. Und wer nicht.«

Wieder war es, als stoße eine Lanze zwischen Justinius' Knochen. Er schrie, wollte hoch, aber der eiserne Griff presste ihn unbarmherzig auf die Liege und sein Gesicht in die Tücher.

Sein Peiniger lachte.

»Seht Ihr, Justinius, das ist der Vorteil solcher Badstuben. Die hörbaren Zeugen höchster Lust werden den Badenden unhörbar gemacht, wie es sich für ein diskretes Haus gehört. Überall Musik da draußen. Ihr könnt schreien, so viel Ihr wollt.«

»Was habe ich Euch denn getan«, wimmerte Justinius.

»Getan?« Weich umfassten die Hände seine Schultern und massierten die Muskeln oberhalb des Schlüsselbeins. »Ihr habt mich verraten, ehrwürdiger Bruder. Ich hatte Euch gut entlohnt für Eure Zeugenaussage, aber Ihr zieht es offensichtlich vor, Euch mit dem Dechanten von St. Maria Magdalena einzulassen.«

Das war es also. Das war die Stimme.

»Bitte –«, flehte Justinius.

»Aber, aber. Ich will Euch doch nicht wehtun. Sagt mir einfach die Wahrheit.«

Die Wahrheit?

»Es – es war nichts«, stöhnte Justinius. »Ja, da kam dieser Dechant, ich weiß nicht, was er wollte, wir haben uns über Verschiedenes unterhalten, aber nicht über Gerhard, er –«

Der Satz ging in neuerlichem Heulen unter. Justinius' Finger klammerten sich um den Rand der Liege.

»Ein interessantes Studienobjekt, die menschliche Anatomie«, sagte die Stimme ruhig. »Wusstet Ihr bis eben, wie zerbrechlich so ein Schlüsselbein ist?«

Tränen rannen Justinius über die Wangen. Er weinte vor Schmerzen.

»Wollt Ihr mir jetzt die Wahrheit sagen?«

Justinius versuchte zu antworten, aber es entrang sich ihm nur ein Winseln. In einem Akt lächerlicher Gegenwehr zog er sich nach vorne, um über den Rand der Liege davonzukriechen. Die Hände umschlossen ihn und holten ihn zurück.

»He, Justinius! Nicht doch. Ihr seid ja ganz verkrampft. Entspannt Euch, wie sollen alte Freunde denn da ein vernünftiges Gespräch führen?«

»Er –«, schluchzte Justinius, »er hat von Euch gewusst. Er weiß auch, dass Ihr Gerhard umgebracht habt, ich schwöre, das ist die Wahrheit, ich schwöre bei Gott!«

»Schon besser.« Wie zur Belohnung vollführten die Hände angenehme, kreisende Bewegungen auf seinen Schultern. »Aber er hat Euch ein Gegenangebot gemacht, nicht wahr?«

»Das Doppelte.«

»Nicht mehr?«

»Nein«, schrie Justinius, »bei Gott, nein!«

»Und Ihr habt es angenommen?«

»Nein, gewiss nicht, wir –«

Das Geräusch der brechenden Knochen war entsetzlich. Der Schmerz machte ihn fast besinnungslos.

»Justinius? Seid Ihr noch da? Bei einer guten Massage geht es bisweilen etwas rau zu. Habt Ihr das Angebot akzeptiert?«

Justinius stieß ein undeutliches Gebrabbel aus. Speichel rann ihm übers Kinn.

»Etwas deutlicher, bitte.«

»Ja. Ja!«

»Wann und wo werdet Ihr Euch mit dem Dechanten treffen?«

»Hier«, hauchte Justinius. »Bitte tut mir nicht mehr weh – Vater unser, der du bist im Himmel –«

»Oh, Ihr kennt ein Gebet? Eure Frömmigkeit beschämt mich. Ich fragte, wann.«

»Gleich, er – er muss gleich kommen – bitte – ich flehe Euch an, keine Schmerzen mehr, bitte –«

Der andere brachte sein Gesicht dicht neben das seine. Justinius fühlte etwas Weiches seinen Rücken streicheln. Haare. Lange, blonde Haare.

»Keine Angst, Justinius«, sagte Urquhart sanft. »Du wirst keine Schmerzen mehr haben.«

Seine Finger erreichten das Genick.

Das letzte trockene Knacken hörte Justinius nicht mehr.

Andreas von Helmerode lehnte sich im Becken zurück. Er war zutiefst beunruhigt. Einerseits wünschte er, die Dinge so gelassen sehen zu können wie Justinius. Der lag jetzt da drinnen auf der Pritsche und war mit Sicherheit durch nichts aus der Ruhe zu bringen. Andererseits hatte er sich und Justinius mehr als einmal aus dem Schlamassel ziehen müssen. Sobald Geld ins Spiel kam, gab Justinius jede Vorsicht auf.

Vielleicht war es an der Zeit, ein ehrbares Leben zu führen. Sie hatten lange genug herumgegaunert und betrogen, als falsche Priester das Elend und die Trauer der Hinterbliebenen, den Eifer der allzu Gläubigen und Leichtgläubigen ausgenutzt. Das Angebot des Fremden vor wenigen Tagen war zudem ein Geschenk des Himmels gewesen – eine der leichtesten Aufgaben, dafür zu lügen und nichts weiter. Dank Andreas' Umsicht hatten sie über die Jahre nicht alles verprasst, sondern Geld zurückgelegt, auch vom Gold des Blonden. Im Grunde hatten sie genug. Besser aufhören, solange noch Gelegenheit war.

Die Harfenistin lächelte ihm zu und hob ihre Stimme zu einem süßen, durchdringenden Tremolo.

Höchste Zeit, dass dieser glatzköpfige Dechant auftauchte. Dann das Geld nehmen und nichts wie weg. Nach Aachen oder sonstwohin.

»Hauptsache, raus aus Köln«, brummte Andreas zu sich selbst. Er nahm einen Fuß hoch und begann, Horn abzuzwicken.

Neben ihm glitt jemand ins Wasser.

Andreas achtete nicht weiter auf ihn. Er studierte seine Zehen und schickte der Harfenistin einen freundlichen Blick. Aber sie hatte sich einem anderen zugewandt. Selber schuld, dachte Andreas, wenn du ständig ein langes Gesicht ziehst.

Er rutschte nach vorne, bis er völlig unter der Wasseroberfläche verschwunden war.

Warm. Angenehm und belebend.

Was war er doch für ein hoffnungsloser Griesgram! Er sollte aufhören, sich Sorgen zu machen, und stattdessen um die schöne Harfe buhlen. Entschlossen stützte er sich mit den Händen ab, um wieder aufzutauchen.

Es gelang ihm nicht.

Verblüfft stellte er fest, dass ihn jemand unter Wasser drückte. Einen Moment lang glaubte er an einen Scherz. Dann befiel ihn Panik und er begann zu strampeln.

Eine Hand umspannte sein Genick.

Alles ging sehr schnell.

Urquhart schloss Andreas' Augen und Mund unter Wasser und zog ihn wieder hoch. Jetzt saß er da, als schlafe er. Niemand hatte etwas bemerkt, alle waren zu sehr mit sich selbst beschäftigt, und die Männer auf der Empore hatten nur Augen für die Schönen des Bades.

Ohne den Toten eines weiteren Blickes zu würdigen, erhob sich Urquhart und verließ das Becken. Trotz seiner Größe und Stattlichkeit fiel er nicht weiter auf. Er hatte sich für solche Gelegenheiten einen leicht gebückten Gang angeeignet, den Gang der Glücklosen und Geschlagenen. Wenn er wollte, beherrschte seine Erscheinung einen vollbesetzten Raum. Wenn nicht, wie jetzt, war er nahezu unsichtbar, ein Nichts.

Er griff nach einem Tuch, trocknete sich ab und ging nach vorne, wo in einer separaten Kammer die Kleidung der Badenden verwahrt wurde, zog sich an und schlenderte auf die Straße.

Helles Licht prallte ihm entgegen. Die Sonne schien.

Unnatürlich hell.

Er fuhr sich über die Augen, aber die Helligkeit blieb. Und in der Helligkeit sah er wieder das Kind und die eiserne Hand, die hineinfuhr in den zuckenden, sich windenden Körper –

Nein! Er durfte nicht zulassen, dass die Anfälle wiederkehrten! Nicht jetzt und niemals wieder.

Urquhart sog seine Lungen voll Sauerstoff, bis er glaubte, seine Brust bersten zu hören, und ließ dann langsam und kontrolliert den Atem entweichen. Dann hielt er seine rechte Hand waagerecht vor sich hin.

Nach einigen Sekunden begann sie leicht zu zittern. Wieder atmete er tief und konzentriert durch und versuchte es aufs Neue.

Diesmal zitterte er nicht.

Sein Blick suchte die Straße ab. Irgendwo in der Nähe mussten zwei von Mathias' Knechten unterwegs sein, sofern sie sich an seine Anweisungen hielten. Nach einer kurzen Weile sah er sie schwatzend die Straße herunterkommen. Er hob die Hand zum vereinbarten Zeichen und ging ihnen ein Stück entgegen.

Mochte Jacop der Fuchs sein rotes Haupt verhüllen, den Dechanten würden sie erkennen. So wie Mathias ihn vor einer Stunde, als sie sich am Forum besprochen hatten, geschildert hatte, gab es einen ähnlichen Kopf kein zweites Mal. Jaspar Rodenkirchen würde alleine kommen oder mit dem Fuchs, ahnungslos, dass er erwartet wurde. So oder so lief er in die Falle. Von da an würden sie ihm unauffällig auf den Fersen bleiben.

Die Knechte, um genau zu sein.

Er selber, Urquhart, hatte andere Pläne. Brachte Jaspar Rodenkirchen den Fuchs mit zum Badehaus, umso besser. Kam der Dechant alleine, war Jacop mit Sicherheit dort, wo Urquhart hinzugehen gedachte.

Die Falle

»Ich habe übrigens ein bisschen über Euren Freund nachgedacht«, sagte Jaspar, während sie gemeinsam die Severinstraße entlanggingen.

»Welchen Freund?«, wollte Jacop wissen. Unsicher zog er die Kapuze von Jaspars abgelegter Kutte weiter nach vorne. In den letzten Tagen hatte er mehr Mäntel und Umhänge anderer Leute getragen als in seinem ganzen Leben zuvor. Trotz seiner Verkleidung fühlte er sich wie auf einem silbernen Tablett.

»Der Euch ans Leder will«, erwiderte Jaspar. »Inzwischen hat sich herumgesprochen, dass einer in Köln seltsame kleine Pfeile verschießt, und wir wissen ja, wer dahinter steckt, wir beide. Aber welche Art von Waffe steckt dahinter?«

»Eine Armbrust, habe ich das nicht erzählt?«

»Doch. Es kann ja nur eine Armbrust sein, die Wucht des Durchschlags ist enorm. Nur, dass die Bolzen für jede bekannte Art Armbrust zu kurz sind.«

»Zu kurz?« Jacop dachte nach. Es stimmte, die Bolzen waren kurz gewesen. Aber er verstand nichts von Waffen.

»Was sagtet Ihr noch, Füchschen, trug der Mörder bei sich, als er Euch verfolgte?«

»Wovon wir die ganze Zeit reden!«

»Ja, aber wie hielt er sie?«

»Hielt?«

»Herr im Himmel, beschreibt mir einfach, wie er die Waffe gehalten hat.«

Jacop runzelte die Stirn und streckte seine rechte Hand aus.

»Ich – ich glaube, ungefähr so.«

»In der Rechten?« Jaspar schnalzte mit der Zunge. »Nicht mit beiden Händen?«

»Nein.«

»Seid Ihr sicher?«

Jacop versuchte, das Bild in seinem Kopf erneut entstehen zu lassen, als er sich in der engen Gasse umgedreht und seinem Verfolger in die Augen geblickt hatte.

»Ja«, bekräftigte er. »Völlig sicher.«

»Das ist interessant.« Jaspar lächelte vielsagend. »Es gibt nämlich keine Armbrust, die man mit einer Hand halten und dabei auch noch jemandem hinterherlaufen kann.«

»Aber es war eine Armbrust!«, beteuerte Jacop.

»Natürlich war es das.« Jaspar wirkte sehr zufrieden.

»Na schön«, seufzte Jacop nach einer Weile. »Was wisst Ihr nun schon wieder, Ihr Ausbund an Gelehrsamkeit, was anderen Menschen verborgen bleibt?«

»Oh«, sagte Jaspar und zog eine demütige Miene, »ich weiß, dass ich nichts weiß. Hat ein alter Mann in Griechenland gesagt, mir gefällt der Spruch. Wenn Ihr etwas über die platonischen Ideen –«

»Bleibt mir endlich vom Leib mit Eurem Fachgeplänkel«, herrschte Jacop ihn an.

»Ihr wollt nichts lernen? Auch gut. Also, ich weiß eine Menge über die Kreuzzüge, was Euch nicht entgangen sein dürfte, kenne die Augenzeugenberichte und das Schicksal diverser armer Schweine, die heimgekehrt sind. Ich kenne vielleicht auch das eine oder andere Geheimnis des Morgenlandes, die Algebra des Al-Kharizmi, die Heilkunde Rhazez' und den *Canon medicinae* von Avicenna, die machtvolle Philosophie eines Al Farabi – obschon mir viel zu wenig davon gegenwärtig ist, ich wüsste gerne mehr. Aber das wesentliche Geheimnis der Muslime ist mir wohl bekannt. Es heißt Fortschritt. Sie sind uns in vielerlei Hinsicht eine gute Nasenlänge voraus.«

Die Glocken von St. Georg, St. Jakob und den Karmelitern schlugen zugleich die erste Nachmittagsstunde. Jaspar beschleunigte seinen Schritt.

»Los, beeilen wir uns, bevor es sich die beiden Halunken wieder anders überlegen. Zum Thema Waffen. Die Kreuzritter stellten fest, dass die Ungläubigen in dieser Hinsicht ausgesprochen erfinderisch sind. Es gibt erstaunliche Zeugnisse über rollende Festungstürme, lanzenstarrende Burgen auf den Rücken von Elefanten, und Wurfmaschinen, deren Ladung nicht nur ins feindliche Lager fliegt, sondern sogar trifft, was man zu treffen beabsichtigt. Und zwischen all diesen Berichten kam mir vor Jahren dann auch der von den kleinen Einhandarmbrüsten zu Ohren. Jemand erzählte mir davon. Es ist eine ganz leichte Bauweise, ein Kunstwerk fast, von äußerster Elastizität, mit kleinen, festen

Bolzen. Man kann weniger weit damit schießen als mit den großen Apparaten. Dafür ist man schneller und behält die andere Hand zum Kämpfen mit dem Säbel frei. Geübte Schützen der Sarazenen, wurde mir berichtet, vollbringen wahre Wunder an Treffsicherheit, während sie durch die feindlichen Reihen stürmen, meist zu Pferde, aber auch schon mal auf Schusters Rappen. Kaum hast du dich versehen, steckt so ein kleiner Bolzen in deiner Brust. Ärgerlich.«

Jacop lief nachdenklich neben ihm her.

»Wenn der Mörder ein Kreuzritter ist«, sagte er, »warum sollte uns das weiterhelfen?«

»War«, berichtigte ihn der Physikus. »Er war ein Kreuzritter. Dann hat er wohl diese Waffe mitgebracht. Eine neuere Erfindung übrigens. Meines Wissens sind die einzigen Exemplare im letzten großen Kreuzzugunternehmen unter Ludwig IX. aufgetaucht. Er startete Anno domini 1248 von Frankreich und nahm den Weg über Zypern und das Reich der Ajjubiden, wo er Damiette an der Mündung des Nils in seine Gewalt brachte. Die Scheußlichkeiten dieser Eroberung will ich Euch ersparen. Anschließend geriet er in Gefangenschaft, kam aber unverständlicherweise gegen Lösegeld wieder frei. Sein Kreuzzug endete im Königreich Jerusalem, jedoch nicht in Jerusalem selber, das schaffte er nicht mehr. Sein Heer wurde bei Akko an der Küste aufgerieben. Es war ein vollkommenes Desaster. Von denen, die es zurück in die Heimat schafften, wussten die meisten mit den Erlebnissen nicht fertig zu werden. Das Bewusstsein des Scheiterns, die eigene Verdammnis vor Augen angesichts der Tatsache, dass sie Gottes Willen auch diesmal nicht hatten durchsetzen können, was immer sie darunter verstanden haben mögen, dazu die ständigen Gemetzel, denen immer weniger der christliche Befreiungsgedanke zugrunde lag als vielmehr die Pervertierung des menschlichen Geistes! – Nun, Ihr müsst wissen, dass einige der Kreuzfahrer, so sehr ich sie für ihr Tun verurteile, immerhin von einer Vision getrieben wurden, wenngleich einer eher teuflischen denn himmlischen. Aber die meisten waren gewissenlose Abenteurer, und sie hatten keine Vorstellung, was sie tatsächlich erwartete, sie schwelgten in Gedanken an unermesslichen Reichtum und großzügigen Ablass. Andere, das waren durchaus tapfere Ritter, kampferprobt, verblendet von den Gralslegenden, hatten sich die Sache wohl eher wie ein schönes, großes Turnier vorgestellt.« Jaspar schüttelte den Kopf. »Aber ich weiß nicht, was ich da alles zusammenschwatze, wir haben keine Zeit dafür. Jedenfalls hörte ich anlässlich dieses Kreuzzugs von der kleinen Armbrust, ein armer Teufel, den es in Akko die Beine gekostet hat, brabbelte mir in der Beichte davon vor. Ich wusste damals nicht, ob ich seinen Erzählungen so ohne weiteres Glauben schenken sollte, er war zudem ein bisschen –« Jaspar tippte sich gegen die Stirn.

»Wann ging dieser Kreuzzug zu Ende?«, fragte Jacop.

»Vor sechs Jahren. Das könnte also hinkommen mit dem Unhold, der Köln unsicher macht. Damit kennen wir ihn schon ein wenig besser.«

»Na und? Was hilft es uns, ihn zu kennen?«

»Kenntnis hilft immer, will das nicht in Euer leeres Wasserfass von Kopf?«, sagte Jaspar streng, während sie die Bach entlangschritten. »Er ist ein ehemaliger Kreuzritter, der nun mordet und weitermorden wird, wenn wir davon ausgehen, dass die eigentliche Tat noch folgt. Die wesentliche Frage, die sich mir stellt, ist, ob der Mörder auf eigene Faust handelt oder wiederum im Auftrag anderer. Schon Gerhards Tod hat Köln erschüttert. Wenn das aber nur der Auftakt war, steckt sicher mehr dahinter als ein amoklaufender Kreuzfahrer, zumal die Sache gut geplant war. Nehmen wir also an, der Bursche wird bezahlt. Gut bezahlt wahrscheinlich, sie haben ihn sorgfältig ausgewählt.«

»Wer sind sie?«

»Woher soll ich das wissen? Irgendjemand mit Geld und Einfluss, vermute ich. Jedenfalls lassen sie was springen für einen lautlosen, unsichtbaren Henker, dem wahrscheinlich eine äußerst schwierige Aufgabe bevorsteht. Er ist also Mörder von Profession. Er kauft Zeugen und schafft es, die zwei einzigen Menschen, denen Ihr von Eurem Erlebnis berichtet habt, noch am selben Abend aus dem Weg zu räumen. Das deutet auf einen logisch planenden Verstand hin, selten in diesen Tagen, wo sich die Jünger des heiligen Bernhard gegen die Vernunft aussprechen und das Rad der Zeit anhalten wollen. Er ist intelligent, dabei schnell und geschickt, dürfte über enorme Körperkräfte verfügen und ist zudem ein meisterhafter Schütze. Demgegenüber steht, dass die meisten Kreuzfahrer ausgemachte Schafsnasen waren. Einer wie unser Mörder dürfte zur Elite gehört haben.«

»Und warum zieht er dann mordend durch die Gegend? Der Kreuzzug ist vorbei. Wenn er so ein kluger Bursche ist, warum verzieht er sich samt seiner Klugheit nicht einfach wieder nach Hause?«

»Ja«, nickte Jaspar. »Das ist allerdings die Frage.«

Sie überquerten den Malzbüchel und erreichten die Einmündung zur Straße vor Klein St. Martin. Etwas weiter sahen sie links die Kirche liegen, direkt gegenüber befand sich laut Jaspar die Badstube, in der sie Justinius von Singen und Andreas von Helmerode treffen wollten. Jacop war noch nie in einer Badstube gewesen, aber augenblicklich interessierte ihn nur die Aussage der falschen Zeugen. Er hoffte inständig, sie würden auf ihre Seite wechseln. Wenn es ihm und Jaspar gelang, sie zu einer Aussage vor dem Rat zu bewegen, möglichst sofort, dann würde dieser Albtraum vielleicht endlich ein Ende finden und das langmähnige Ungeheuer wieder in den Höllenschlund zurückkehren, aus dem es hervorgekrochen war. Wenn nur –!

»Wartet«, sagte Jaspar leise und blieb stehen.

Jacop stolperte noch einen Schritt weiter und drehte sich zu ihm um.

»Was ist? Warum gehen wir nicht weiter?«

Jaspar wies stumm auf eine größere Menschenansammlung vor der Badstube, die sich offenbar in heller Aufregung befand.

Eine Schar Kinder kam von dort herübergelaufen und wollte an ihnen vorbei. Jaspar hielt eins von ihnen am Ärmel fest.

»Lasst mich los!«, schrie der Bengel. Jaspars kahler Schädel mit der ewig langen Nase schien ihm gehörig Angst zu machen.

»Sofort, mein Kleiner, wenn du mir sagst, was da vorne passiert ist.«

»Da hamse zwei umgebracht. Ich hab nix getan, lasst mich los, ich hab nix gemacht!«

»Hör auf zu schreien«, zischte Jaspar und gab ihn frei. Der Junge rannte seinen Kameraden hinterher, als sei ihm der Teufel auf den Fersen.

Jaspar machte auf dem Absatz kehrt und nahm Jacop beim Arm.

»Wir müssen weg.«

»Aber –«

Weg? Jacop sah sich verzweifelt um.

»Geht weiter«, sagte Jaspar scharf. »Benehmt euch unauffällig. Keine Hast.«

»Was ist denn los«, fragte Jacop voll banger Ahnung.

»Unser Mörder war schon wieder schneller. Wir sind Idioten, philosophieren über seine Klugheit, während wir zum Badehaus tapern wie Schlachtvieh und ich meine Glatze in die Sonne halte.«

Wieder sah Jacop hinter sich. Aus der Menge hatten sich vier Männer, grobe Kerle in der Kleidung von Hausknechten, gelöst und kamen ihnen hinterher.

»Verfolger?«, fragte Jaspar, ohne den Kopf zu wenden.

»Vier«, sagte Jacop atemlos.

»Vielleicht haben wir Glück«, meinte Jaspar. Jacop warf wieder einen Blick hinter sich und sah, dass die Männer ihren Schritt beschleunigten. Jetzt liefen sie fast. »Sie haben nicht damit gerechnet, dass wir hier schon wieder kehrtmachen. Wenn wir am Malzbüchel sind, teilen wir uns, Ihr lauft nach links über das Forum in die Menge, ich schlage mich in die Gegenrichtung.«

»Aber wo werden wir uns –?«

»Habt Ihr das verstanden, zum Teufel?«

»Ja.«

»Ich finde Euch schon irgendwo wieder. Jetzt!«

Jacop fand keine Zeit mehr, zu antworten. Jaspar gab ihm einen Stoß und rannte rechts in den Lichthof auf St. Maria im Kapitol zu. Im Herumwirbeln sah Jacop, wie die vier Männer, aufgeregt durcheinanderschreiend und nun jede Tarnung fallen lassend, die Verfolgung aufnahmen.

Dann stürzte er sich in die Menschenmenge rund um die Marktstände.

Severinstraße

Rolof fluchte.

Nacheinander verfluchte er Jaspars Wirtschafterin und Köchin, weil sie seit Tagen krank war und es nichts Vernünftiges zu essen gab, und die Magd, da sie am Morgen zu wenig von dem Rosinengrieß gekocht und sich dann für eine Woche aufs Land zu ihren Eltern verzogen hatte. Er verfluchte den Umstand, dass nun er es war, der Holz hacken, einkaufen und sauber machen musste, alles alleine, und dann verfluchte er auch Jaspar Rodenkirchen, weil schließlich einer an allem schuld sein musste. Schnell, während er die große Handkarre mit dem Heringsfässchen und dem Sack Erbsen entlud, auch das Lot Ingwer, den braunen Zucker und die Butter nach hinten trug, verfluchte er noch Jacop, immerhin hatte der den Rosinenbrei bekommen und nicht er, dann Richmodis und Goddert, schließlich den Erzbischof, den König und den Papst. Danach fiel ihm keiner mehr ein, und Heilige zu verfluchen traute er sich nicht.

Im Übrigen liebte Rolof die Menschen von Herzen, Jaspar, Richmodis und Goddert im Besonderen. Das Verfluchen war nur seine natürliche Reaktion auf Arbeit.

Vom Fluchen und Entladen müde geworden, wischte er sich den Schweiß ab und strich sich den Bauch. Sein Blick fiel auf die Karre, die er hochkant ans Haus gelehnt hatte. An der Karre quietschte ein Rad. Er überlegte, ob er sich an die Reparatur begeben sollte. Das bedeutete weitere Arbeit und noch mehr fluchen. Fluchen wiederum hieß reden oder zumindest murmeln. Rolof verstand die Aufgabe des Mundes aber weniger im Sinne des Hervorbringens als des Hineinsteckens. Er schaute in die Sonne und dachte ausführlich darüber nach, was zu tun sei. Nach einer Weile gelangte er zu dem Schluss, es sei nichts zu tun, zumindest fürs Erste. Er dankte dem Herrn für die weise Erkenntnis, betrat das Haus und ließ sich auf die Kaminbank sinken.

Augenblick! Jaspar hatte das Holz im Hinterhof erwähnt. Sollte es nicht gehackt werden?

Jacop hatte keines gehackt, aber er hatte sollen. Andererseits, wäre es so wichtig gewesen, hätte Jaspar sicherlich darauf bestanden. Jacop hatte trotzdem nicht gemusst. Wozu dann Rolof? Seiner Meinung nach war es ohnehin überflüssig, schönes Holz zu verbrennen, solange noch die Sonne schien und etwas natürliche Wärme ins Haus zauberte. Also nicht.

Wenn aber doch?

Ein Schlafender kann kein Holz hacken, dachte Rolof. Hei, das war ein guter Plan! Schlafengehen. Er reckte sich, gähnte und wollte sich soeben daranmachen, die Stiege zu erklettern, als jemand an die Tür pochte.

»Auch das noch«, brummte er verdrießlich.

Immer noch gähnend schlurfte er zur Tür und öffnete.

»Der Herr sei mit dir«, sagte der Mann draußen und lächelte freundlich. »Ist Jaspar zu Hause?«

Rolof blinzelte und betrachtete den Fremden von oben bis unten. Oben hieß in diesem Fall, den Kopf in den Nacken zu legen. Der Mann war groß. Er trug den schwarzen Rock der Dominikaner.

»Seid Ihr'n Bekannter?«, fragte Rolof.

Der Mann hob überrascht die buschigen Brauen.

»Aber sicher! Jaspar und ich sind alte Studienkollegen. Ich habe ihn seit Ewigkeiten nicht gesehen, den alten Glatzkopf, darf ich übrigens hereinkommen?«

Rolof zögerte. »Jaspar is nich da, ja?«

»Oh, wie schade. Gar niemand im Haus?«

Rolof dachte nach. »Doch«, sagte er langsam. »Ich. Glaube ich.«

»Nun, vielleicht kann ich warten. Siehst du, ich bin auf der Durchreise und ziemlich erschöpft. In wenigen Stunden muss ich weiter und in einem Dorf die Messe lesen, es wäre eine wahre Schande, wenn ich den Burschen nicht wenigstens noch einmal in die Arme schließen könnte.«

Er strahlte Rolof an. Der Knecht kratzte sich das Kinn, aber Gastfreundschaft ging schließlich über alles, das hatte Jaspar gesagt. Vielleicht, weil Gastfreundschaft mit Trinken verbunden war. Trinken war gut. Außerdem war der Fremde geistlichen Standes, wenngleich er sich keiner Tonsur befleißigte, aber was wusste man schon von den Orden!

Rolof zuckte die Achseln.

»Bitte sehr, Vater«, flötete er mit aller ihm zu Gebote stehenden Höflichkeit, trat beiseite und neigte ehrerbietig den Kopf.

»Ich danke dir.« Der Mann überschritt die Schwelle und sah sich interessiert um.

»Äh – da!« Rolof wies auf den flackernden Kamin. »Setzt Euch ans Feuer, ich seh mal, ob noch Wein –«

»Nicht doch.« Der Fremde nahm auf der Kaminbank Platz und verschränkte seine Arme. »Mach dir um Gottes willen keine Mühe, mein Sohn, setz dich einfach zu mir. Mag sein, wir werden uns prächtig unterhalten, was?«

»Unterhalten?«, echote Rolof mit mehr als skeptischer Miene.

»Warum nicht? Ich hörte, es passiert so einiges in Köln. Leider war es mir bis jetzt nicht möglich, Genaueres zu erfahren, nur, dass mir zu Ohren kam, Euer Dombaumeister habe sich zu Tode gestürzt. Ist das wahr?«

Rolof starrte ihn an und sah dann ins Feuer.

»Ja«, entgegnete er einsilbig.

»Wie schrecklich, ein so gewaltiges Vorhaben, und dann das!« Der Fremde schüttelte den Kopf. »Aber die Wege des Herrn sind unergründlich. Wie ist es passiert?«

Rolof sank in sich zusammen. Er war Unterhaltungen nicht gewachsen. Dass Gerhard gar nicht vom Gerüst gefallen, sondern heruntergestoßen worden war, hatte er begriffen, auch, dass irgendetwas Schreckliches bevorstand. Seltsam, wie er selber sich hatte sagen hören, es müsse noch jemand sterben. Aber dann war er müde geworden und hatte geschwiegen. Und jetzt? Was sollte er sagen?

Der Fremde beugte sich vor und nickte ihm aufmunternd zu.

»Du würdest mein Herz erfreuen, lieber Sohn, wenn du es mir erzählst, auch wenn der Inhalt deiner Rede es zugleich betrüben mag. Denn, weißt du, ich hörte auch, man sei sich über die –« Er schaute sich um, als sei noch jemand im Raum, rückte näher und senkte die Stimme. »– die Umstände seines Todes nicht ganz einig.«

»Es war der Teufel!«, platzte Rolof heraus.

»Ah, der Teufel! Wer sagt das?«

»Der –« Rolof stutzte. »Der Mann«, meinte er vorsichtig.

»Welcher Mann?«

»Der hier war.«

»Ach so, ich verstehe. Rothaarig, nicht wahr?«

Rolof sah den Fremden an und zermarterte sich das Hirn, wie er antworten solle. Würde nur Jaspar endlich kommen!

Langsam, mit zusammengekniffenen Lippen, nickte er.

Der Fremde wirkte sehr befriedigt.

»Dachte ich's mir! Ich kenne den Rothaarigen, er hat eine blühende Fantasie. Ein Lügner, wusstest du das? Wem hat er den Unsinn erzählt, liebster – wie ist eigentlich dein Name?«

»Rolof.«

»Liebster Rolof, der Herr schaut auf dich hinab und sieht seinen frommen Diener. Aber ungern schaut der Herr auf Verleumder und Wichtigtuer. Erleichtere dein Herz und sage mir, mit wem der Rothaarige – ist nicht Jacop sein Name? Jacop der Fuchs nennt er sich sogar in seinem lästerlichen Hochmut, als sei er klug und weise, pah – mit wem also dieser Jacop über den armen Dombaumeister gesprochen hat.«

»Oh, nun ja.« Rolof rutschte unruhig auf der Bank hin und her. »Der kam gestern hier an, ja? Waren nur Jaspar und Goddert da, haben getrunken wie immer. Und Richmodis! Die ist süß.« Rolof lächelte verzückt. »Hat 'ne Nase wie'n Baum im Wind.«

»Schön gesagt, mein Freund, ich hoffe, es war ein Kompliment an das Fräulein.«

»Richmodis ist süß. Der Rothaarige hat komische Dinge erzählt, ich weiß nicht, ob ich darüber –« Er biss sich auf die Zunge und schwieg. Rolof, dachte er, halt dein ungewaschenes Maul.

Sein Gegenüber lächelte nicht mehr. »Wem hat er es sonst erzählt?«

»Sonst?«

»Sonst. Außer Euch.«

»Weiß nicht.«

»Wann kommt Jaspar zurück?«

»Weiß nicht.«

»Und Jacop? Jacop der Fuchs?«

»Weiß nicht.«

Der Fremde betrachtete ihn abschätzend. Dann lehnte er sich entspannt zurück und bleckte fröhlich die Zähne.

»Ist die Welt nicht schön, mein liebster Rolof? Ich werde mir wohl doch einen Becher Wein genehmigen, wenn du so freundlich wärest. Selig die Unwissenden.«

»Selig die Unwissenden«, murmelte Rolof unglücklich.

Jacop

Die Verfolger hatten sich offenbar aufgeteilt. Als Jacop sich bei den Fleischbänken umsah, bemerkte er nur noch zwei von ihnen. Er schlitterte durch den Schlamm und hielt auf das Gassengewirr hinter dem Eisenmarkt zu. Nur dort bot sich eine Chance, den Häschern zu entwischen, dort war Jacop ihnen überlegen, weil er jeden Winkel kannte.

Sie kamen näher. Es war unbeschreiblich eng.

Fluchend setzte er über einen großen Hund hinweg und sah sich plötzlich einer äußerst beleibten Bürgersfrau gegenüber, die den kompletten Durchgang zwischen den Käseständen und den Gemüsebauern einnahm und ihn böse anfunkelte. Offenbar hatte sie nicht die Absicht, auch nur einen Zentimeter von der Stelle zu weichen. Hinter ihm erklang wütendes Bellen, das plötzlich in Winseln und Gejaule überging, dann hörte er wieder den wohlvertrauten, schrecklichen Ruf:

»Dieb! Dieb! Der in der Kutte, lasst ihn nicht entkommen!«

Jacop fuhr herum. Die zwei Männer und der Köter bildeten ein Knäuel von Gliedmaßen und schwarzen Pfoten. Die Kerle kamen soeben wieder hoch, die Arme nach ihm ausgestreckt.

»Dieb!«, fiel die Frau sofort mit ein, holte mit einem riesigen Rettich aus und zog ihn Jacop über den Schädel, dass er für einen Augenblick den prachtvollsten Sternenhimmel vor sich aufgehen sah. Er riss ihr den Rettich aus der Hand und schleuderte ihn gegen seine Verfolger, während er zugleich einen seitlichen Satz vollführte und zwischen Stapeln gelber Käselaibe landete. Einen Moment lang sah er in das entsetzte Gesicht des Händlers, rollte sich ab und stieß ihn aus dem Weg.

»Dieb!«, kreischte die Frau hinter ihm. »Er hat mir meinen Rettich abgenommen! Mein schöner Rettich!«

Rettich! Rette dich!

Jacop wartete nicht ab, ob die Männer ihm über die Käsestände folgten, sondern rannte zwischen den funkelnden Pyramiden der Eisenhändler hindurch ins südliche Fassbindergässchen, fort vom Forum in das Labyrinth, welches den großen Markt vom Rheinufer trennte. Hinter sich hörte er Füße über den Lehm scharren. Sie waren immer noch hinter ihm her. Zwecklos, sich zu verstecken, solange sie ihn im Blick hatten. Vor ihm endete die Welt in der großen Fassbindergasse, rechts und links konnte er entwischen. Jacop entschied sich für die Salzgasse, gewahrte einen großen Haufen liegender, sorgfältig übereinandergetürmter Fässer, leer und zur Auslieferung bereit, und jemanden dahinter, der sie auf einem Pergament deklarierte. Er hastete an dem Stapel vorbei und darum herum. Aus dem Gässchen tauchten eben die Häscher auf, die Gesichter vor Wut verzerrt.

»Tut mir Leid!«, sagte Jacop.

Unvermittelt gab er dem Mann mit der Pergamentrolle einen kräftigen Stoß. Er stürzte, aufschreiend und mit den Händen wedelnd, gegen die Fässer und brachte damit den ganzen Stapel aus der Balance. Mit hohlem Poltern krachte die Konstruktion in sich zusammen. Ober- und nebeneinander rollten die Fässer den Verfolgern entgegen. Jacop sah ihre erschrocken aufgerissenen Augen, dann schepperte es fürchterlich. Einer ging sofort zu Boden, der andere wirbelte herum und entkam zurück in das Gässchen. Jacop weidete sich nicht lange an dem Schauspiel, sondern sah zu, dass er endgültig wegkam. Mit wenigen Sätzen war er in der Salzgasse und von dort am Fischmarkt.

Keuchend hielt er inne.

Wohin jetzt? Was waren das überhaupt für Leute gewesen, die ihm und Jaspar nachgelaufen waren, was hatten sie mit dem Langhaarigen zu tun, und wo war der?

Ein Irrtum, schoss es ihm durch den Kopf. Sie haben überhaupt nichts damit zu tun, gar nichts! Ein Doppelmord in der Badstube, und dann zwei Kerle, die plötzlich kehrtmachen. Sie hatten sich verdächtig gemacht. Vielleicht hatte man sie gar für die Mörder gehalten.

Und wer sagte überhaupt, dass die Toten Justinius von Singen und Andreas von Helmerode waren? Jaspar hatte falsch reagiert, das war alles!

Er hatte ihre einzige Chance vertan.

»Dieb! Der da!«

Oder doch nicht? Keine Zeit zum Überlegen. Einer der Männer lief aus der Salzgasse auf ihn zu, hatte es offenbar geschafft, der Fässerlawine zu entkommen. Seine Hand zeigte auf Jacop, aber sein Blick war auf etwas hinter ihm gerichtet. Jacop drehte sich schnell um und sah drei weitere Männer, ähnlich gekleidet wie der erste, die ihn anstarrten.

»Scheiße«, murmelte er.

Sie kreisten ihn von rechts und links ein. Zurück konnte er nicht mehr, und vor ihm lagen die Fischbänke dicht an dicht. Daran vorbeizulaufen war nicht mehr möglich. Die Häscher waren zu nah.

Fisch! Ausgerechnet!

»Ich mag keinen Fisch«, greinte Jacop. Dann fügte er sich in das Unvermeidliche und hechtete los, nach allen Seiten Knüffe verteilend, geradewegs auf den größten der Stände zu. Hinter ihm erhob sich Geschrei. Die lange Theke, gehäuft voll mit Aalen, Heringen, Makrelen, Welsen und Flusskrebsen, wuchs bedrohlich an, ein stinkender, glitschiger Albtraum, Frauen und Männer dahinter mitten im Verkauf, die ihm ungläubig entgegensahen, mit hängenden Kinnladen, langsam begreifend, dass er nicht vorhatte, seinen Lauf zu stoppen, endlich ihre Ware fallen ließen und hastig zur Seite wichen, die Hände zum Schutz erhoben –

Jacop sprang.

Unter ihm zog der schwarze Schlangenhaufen der Aale vorbei, das zackige rote Meer der Krebse und Langusten, die silbrige Sardinenflut. Endlos schien diese Theke zu sein, als baue ein grausamer Teufel, wann immer Jacop ein Stück übersprungen hatte, ein neues hintendran, und immer andere Sorten von Meeresgetier warteten auf ihn, begierig, ihn zu verschlingen und in Schleim zu ertränken, und er streckte sich und betete um Flügel. Dann sank er nach unten, und immer noch war kein Ende abzusehen, die Welt war ein Ozean ohne Wasser, feuchte, zuckende Leiber und japsende Mäuler, Scheren und Spinnenbeine, klackende Werkzeuge der Exekution, Glanz und Glibber, der sich bewegte, dahinfließender Ekel, und mitten hinein fiel Jacop, fiel tiefer, ruderte noch einmal verzweifelt mit den Armen und platschte ergeben in einen Haufen Polypen.

Zuerst sah er nur Tentakel. Sie griffen nach ihm, saugten sich an seiner Kleidung fest. Dann bekam er den Blick frei auf das heillose Chaos, das seiner Attacke gefolgt war. Tatsächlich hatten es seine Häscher, nachdem sie ihrer ersten Verblüffung Herr geworden waren, versucht, ihm nachzutun, aber diesmal waren die Händler schneller gewesen und hatten sich ihnen in den Weg gestellt. Zwei der Verfolger konnten ihren Lauf nicht mehr bremsen. Sie prallten gegen die aufgebrachten Verkäufer, rissen sie mit und wurden allesamt über die Theke geschleudert, inmitten von Myriaden fliegender Fische. Die komplette Bank geriet ins Wanken. Frauen sprangen kreischend aus dem Weg und wehrten die zu so wunderbarem Leben erwachten Meeresbewohner ab, die ihnen entgegenschossen. Im Haufen der Aale entstand ein Strudel, in dem einer der Häscher kopfüber verschwand, während sich die Theke immer mehr neigte, es regnete Krabben auf den anderen, dann endlich war es soweit und der riesige, lange Tisch stürzte um, Händler, Häscher und Kundschaft unter sich begrabend. Jacop sah mehrere Karpfen über den Boden auf sich zuflitzen, wälzte sich aus dem Krakenbrei, rutschte aus und schaffte es endlich, auf die Beine zu kommen. Niemand beachtete ihn, obschon er der Urheber des furchtbaren Schlamassels war, weil alle viel zu sehr damit beschäftigt waren, sich in Sicherheit zu bringen. Alles war blitzschnell gegangen.

Dann sah er die beiden anderen Verfolger um den gestürzten Stand rennen und begann wieder zu laufen, die Kehle ein einziger

Brechreiz, an Groß St. Martin vorbei zwischen den übrigen Fischständen hindurch. Die anderen hingen ihm an den Fersen, aber langsam wurde der Abstand größer. Er musste alles daransetzen, sie abzuschütteln, bevor wieder unvermutet Verstärkung aus der Gegenrichtung auftauchte. Keuchend jagte er zwischen der Stadtmauer am Rheinufer und dem Dombaugelände hindurch und die Dranckgasse hinauf. Damit hatten ihn die Häscher kurzzeitig aus den Augen verloren, wenngleich ihnen nicht entgangen sein konnte, wohin Jacop gelaufen war. Gleich würden sie wieder hinter ihm auftauchen. Er musste sich unsichtbar machen, irgendwie. Er musste –

Am Wegesrand rumpelte ein Planwagen dahin, gezogen von zwei zottigen Kaltblütern. Der Kutscher döste in der Sonne. Die Plane stand einen Spaltbreit offen. Unmöglich auszumachen, welche Ladung das Gefährt mit sich führte. Es gab nur einen Weg, es herauszufinden. Hineinspringen. Jacop sammelte seine Kräfte zu einem weiteren Satz und schoss zwischen den Planenhälften hindurch in die Schwärze.

Sein Kopf knallte gegen etwas Hartes. Stöhnend wälzte er sich auf den Rücken und setzte sich auf.

Fässer!

Mit dröhnendem Schädel kroch er an den Rand der Pritsche und sah vorsichtig unter dem Planenrand auf die Dranckgasse hinaus. Unten an der Mauer waren die beiden Männer aufgetaucht. Sie schienen verwirrt zu sein und redeten gestikulierend aufeinander ein, uneins, wohin sie sich wenden sollten.

Dann zeigte einer auf den Planwagen.

»Was habe ich dem Teufel bloß getan?«, seufzte Jacop. Hastig sah er sich im Halbdunkel nach einem Versteck um, aber außer den Fässern gab es nichts. Sie füllten die ganze hintere Hälfte aus, lückenlos und ohne einen Spalt, um dahinterzukriechen.

Plötzlich quietschte es schrecklich in den Achsen. Jacop verlor den Halt und purzelte auf die Seite, während der Wagen langsam und unter den absonderlichsten Geräuschen nach links abbog.

Sie mussten unter der Pfaffenpforte hindurchgefahren sein! Damit waren sie für die Häscher außer Sichtweite, wenigstens einen Moment lang. Schnell robbte Jacop zur Plane und ließ sich hinausfallen, blieb mit dem Fuß an der Pritsche hängen und schlug erneut hart mit dem Kopf auf. Undeutlich hörte er Schritte näher kommen. Vor seinen Augen drehte sich alles.

»Der Wagen ist da reingefahren!«, schrie eine Stimme.

»Und wenn er nicht drin ist?«, fragte eine zweite außer Atem.

»Wo soll er denn sonst sein, Blödmann!«

Sie kamen. Hier lag er, Jacop der Fuchs, zum Abholen bereit auf der Pfaffenstraße. Wenn er nur klar denken könnte.

Taumelnd richtete er sich auf und lief dem Wagen wieder hinterher, bis er daneben war. Dann ließ er sich fallen, kroch darunter, entging nur knapp den eisenbespannten Rädern, hievte sich auf die breite Mitteldeichsel, zog die Beine an und schob die Finger in die Lücken zwischen den Holzplanken über ihm. Er klebte jetzt unter dem Wagen wie eine Fledermaus. Wenn sie dort nicht nachsahen, war er unsichtbar.

Die Schritte bogen um die Ecke, holten auf. Er wandte den schmerzenden Kopf und sah zwei Paar Beine.

»He, du, Kutscher. Halt an!«

»Waaas?«

»Du sollst anhalten, verdammich!«

Der Wagen kam abrupt zum Stehen, und Jacop krallte sich fester ins Holz, um durch den Ruck nicht von der Deichsel zu fallen.

»Was wollt Ihr?«, hörte er den Kutscher unwirsch fragen.

»In deinen Wagen sehen.«

»Warum?«

»Du hast einen Dieb hintendrin versteckt.«

»Einen Dieb?« Der Kutscher lachte dröhnend. »Das wüsste ich, du Esel. Wein hab ich da drin.«

»Dann lass uns nachsehen, wenn du nichts zu verbergen hast«, beharrte der Häscher.

»Meinetwegen«, knurrte der Kutscher. Er sprang zu Boden. Jacop sah sie gemeinsam den Wagen umrunden, dann hörte er, wie die Plane über ihm zurückgeschlagen wurde. Wieder rumpelte es. Das Gefährt schwang auf und ab, als einer der Häscher hineinsprang und gebückt darin umherschritt.

»Und«, rief der andere. »Was zu sehen?«

»Fässer«, erklang es von drinnen gereizt. »Was ist in den Fässern, Alter?«

»Diebe«, krächzte der Kutscher vergnügt. »Eingemachte gepökelte Diebe, einer in jedem Fass.«

»Ha,ha, ha«, keifte der im Innern. Die Bohlen knarrten unter seinen Schritten. Er kam näher, war nun genau über Jacop.

Zu spät fiel ihm ein, dass seine Finger ein Stück zwischen den Ritzen hinausragten. Im nächsten Moment trat der Mann drauf. Um Jacop wurde es schwarz und rot zugleich. Er biss sich auf die Zunge, um nicht loszuschreien. Bitte, dachte er, geh runter. Geh endlich runter!

»Nun komm schon«, schimpfte sein Genosse gerade. »Er ist nicht drin, ich hab's dir doch gesagt.«

Der andere drehte sich ein wenig auf dem Stiefelabsatz und schürfte Jacop die Haut von den Knochen. Der Schweiß brach ihm aus auf seiner Deichsel. Kaum noch Herr seiner Sinne, biss er die Zähne aufeinander.

»Es stinkt nach Fisch hier drin.«

»Das bildest du dir ein. Wir stinken alle nach Fisch. Komm endlich.«

»Na gut.«

Herrlich! Befreiend! Weg war der Stiefel. Zitternd ließ Jacop den angehaltenen Atem entweichen.

»Was hat er denn gestohlen, Euer Dieb?«, forschte der Kutscher neugierig, als der Mann wieder nach draußen sprang.

»Das geht dich nichts an!«

»Na, hört mal. Wenn ich schon halte und Euch in den Wagen gucken lasse, könnt Ihr mir wenigstens was erzählen.«

»Er hat unserem edlen Herrn Mathias Overstolz einen Gulden gestohlen«, erklärte der andere. »Mitten auf der Straße, direkt vor seinem Haus in der Rheingasse.«

»Nicht zu fassen!«

Jacop glaubte, sich verhört zu haben. Einen Gulden gestohlen? Er? Wann denn, um Himmel willen?!

»Ein rothaariger Bastard, Alter. Wenn du ihn siehst, sag uns Bescheid. Wir werden noch einige Zeit hier patrouillieren.«

»So viel Aufwand wegen eines Guldens?«

»Der Herr Overstolz mag halt nicht bestohlen werden.«

»Nein, und er mag's auch nicht, wenn wir viel quatschen«, fuhr ihm der erste Häscher dazwischen. »Fahr jetzt weiter, Alter.«

Der Kutscher brummte etwas Unverständliches und ging wieder nach vorne.

»Mathias wird toben«, sagte einer der Häscher leise.

»Und erst sein seltsamer Freund«, erwiderte der zweite.

»Der langhaarige Dominikaner?«

»Mhm.«

»Ach was, ich glaube, der hat ihm nur einen Gefallen –«

Der Wagen ruckte an, dass Jacop fast von der Deichsel gefallen wäre. In letzter Sekunde fing er sich und hörte unter sich etwas auf dem lehmigen Boden aufschlagen, dann noch etwas. Mühsam verrenkte er sich den Hals und spähte nach unten.

Tintenfische!

Sie fielen aus seiner Kutte. Du lieber Gott! Er hatte bei seinem Sturz in den Fischstand Passagiere mit an Bord genommen!

Das war's dann also.

Aber noch einmal war ihm das Schicksal gnädig. Niemand schrie »He, Alter, stehen bleiben!«, keiner sah mit glühendem Triumphieren unter den Wagen. Ihre Stimmen entfernten sich. Sie gingen fort.

Jacop klammerte sich so fest, wie es seine schmerzenden Finger zuließen. Besser, sich noch ein Weilchen fahren zu lassen, bevor er absprang. Langsam polterte der Wagen die Pfaffenstraße hinauf und bog in die Minoritenstraße ein. Jacop wurde durchgeschüttelt, bis er glaubte, kein Knochen sei mehr da, wo er hingehöre. Unter äußerster Willensanstrengung ertrug er auch das, überstand die komplette Breite Straße mit ihren Schlaglöchern und Steinen, das ständige Halten und Anfahren, bis sie in Höhe von St. Aposteln waren. Dort beschloss er abzuspringen.

Er ließ los, um die Finger zwischen den Bohlen herauszuziehen.

Es ging nicht.

Noch einmal versuchte er es. Ohne Erfolg. Er steckte fest.

Ich muss träumen, dachte er. Das kann alles nicht sein.

Mit einem Ruck versuchte er, sich zu befreien. Als Resultat entfuhr ihm ein unterdrückter Schmerzensschrei, sonst tat sich nicht das Geringste.

Er steckte fest!

»Halt!«

Wieder stoppte das Fuhrwerk unter Knarren und Schaukeln. Jacop sah die eisenbeschlagenen Stiefel und Beinschienen von Soldaten um den Wagen laufen und hörte, wie erneut die Plane zurückgeschlagen wurde. Offenbar waren sie am Stadttor angelangt. Die Soldaten tauschten gemurmelte Bemerkungen aus. Jacop hielt den Atem an. Eine weitere Gestalt trat in sein Blickfeld. Die Schuhe unter dem Saum der reichbestickten Robe waren seitlich mit Spangen verziert. Sie hatten die Form von Lilien und funkelten violett im Sonnenlicht. Nach einer schieren Ewigkeit klappte die Plane wieder zu. »Nichts, Exzellenz!«

»Nur Fässer.« Ein zustimmendes Brummen erfolgte von den violetten Spangen. Die Soldaten traten zurück, und der Kutscher rief sein »Ho!« Fassungslos lag Jacop auf der Deichsel, während der Karren unter der Porta frisonum hindurchratterte und ihn aus Köln herausfuhr ins Irgendwo.

»Pah! Dein lieber Jacop liegt im Bad unter Klein St. Martin und gibt sich Ausschweifungen hin«, knurrte Goddert zur selben Zeit auf der Bach. Seine krummen Finger wanden sich, um einen Knoten zu machen.

»Weißt du was?«, fauchte Richmodis. »Halt den Schnabel und verschnür deine Pakete.«

Sie waren zusammen mit Jaspar und Jacop aufgebrochen und zurück auf die Bach gegangen. Es wurde Zeit, sich wieder ums Geschäft zu kümmern. Goddert schien plötzlich ein anderer Mensch geworden zu sein, er klagte nicht mehr über sein Rheuma und die damit verbundene Unfähigkeit zu arbeiten, sondern packte an wie in alten Tagen, wenngleich mürrisch und verbissen. Richmodis wusste genau, warum. Er kam sich nutzlos und albern vor. Seine Hände waren verkrüppelt, sein Intellekt gegenüber Jaspar zu hoffnungslosen Niederlagen verurteilt. Er hatte nur sie. Aber Richmodis brauchte ihn immer weniger und er sie dafür umso mehr. Niemand war geblieben, der zu ihm aufsah.

Schweigend schnürten sie die Pakete mit dem blauen Tuch. Goddert hatte sich entschlossen, sie selber auszuliefern. Er musste dafür halb Köln abklappern. Es würde also später Abend werden, bis er zurückkam, aber starrköpfig hatte er jede Hilfe abgelehnt.

»Halt den Schnabel«, brummte er leise. »Wenn ich das jemandem erzähle, wie meine Tochter mit mir umgeht.«

»Nicht anders als du mit ihr.« Richmodis ließ den Packen mit dem blauen Stoff sinken und strich sich die schweißnassen Locken aus der Stirn. »Vater, sieh mal –«

»Andere Kinder sprechen ihre Eltern mit Ehrfurcht an.«

»Ich habe Ehrfurcht vor dir!«

»Hast du eben nicht.«

Sie ging zu ihm hinüber und schlang die Arme um seinen tonnenförmigen Körper.

»Ich habe Ehrfurcht vor jedem Kilo, das du wiegst«, lachte sie. »Kannst du dir so viel Ehrfurcht überhaupt vorstellen?«

Goddert versteifte sich und drehte den Kopf zur Seite.

»Vater«, seufzte Richmodis.

»Schon gut.«

»Ich weiß nicht, was in dich gefahren ist. Ich mag ihn, diesen Jacop, und damit Schluss. Was ist denn daran so schlimm?«

Goddert kratzte sich den Bart. Endlich sah er ihr in die Augen.

»Nichts. Es gibt da den einen oder anderen Bengel, den ich für dich ausgesucht hatte, aber –«

»Ja?«

»Herrgott! Warum kann unsere Familie nicht sein wie andere? Es gehört sich eben so, dass der Vater den Gatten bestimmt!«

»Du lieber Himmel!« Richmodis verdrehte die Augen. »Was bringt dich bloß auf den Gedanken, ich könnte an diesem hergelaufenen Fuchs mehr finden als an jedem anderen bemitleidenswerten Geschöpf, dem Unrecht geschieht? Habe ich das jemals behauptet?«

»Hm«, machte Goddert.

»Im Übrigen«, sagte sie und zog ihn mit beiden Händen kräftig am Bart, »mache ich sowieso, was ich will.«

»Ja, das sagst du ständig!«, fuhr Goddert auf. »Das ist es ja, was ich meine!«

»Und? Wo ist das Problem?«

»Das Problem ist, dass du mich nicht täuschen kannst.«

»Du magst ihn doch auch.«

»Ja, sicher –«

»Und meine Mutter hast du gegen den Willen deines Vaters geheiratet.«

»Ich habe was?«, fragte Goddert überrumpelt.

Richmodis zuckte die Achseln. »Du hast zumindest immer damit angegeben, dich nichts und niemandem gebeugt zu haben und mit dem Kopf durch die Wand gegangen zu sein.«

Goddert schien noch kleiner und dicker zu werden. Dann räusperte er sich umständlich und fummelte wieder an seinem Knoten herum.

»Das ist aber nicht dasselbe«, knurrte er, ohne sich ein Grinsen verkneifen zu können.

»Doch. Das ist es.«

»Du bist ein Mädchen.«

»Danke, dass du mich drauf aufmerksam machst. Ich hatte es fast vergessen.«

»Göre.«

»Sturer Hammel.«

Goddert schnappte nach Luft und drohte ihr mit dem Finger.

»Heute Abend bring ich dir Manieren bei!«

»Ich kann's kaum erwarten!«

»Pah!«

Sie drehte Goddert eine lange Nase und half ihm, die Pakete aufzuschnüren.

»Bist du zum Abendessen wieder da?«, wollte sie wissen.

»Schwer zu sagen! Das ist ein ordentlicher Haufen Zeug.«

»Tu mir einen Gefallen, ja? Wenn der Packen dir zu schwer wird, lass es bleiben. Du bist kein junger Mann mehr.«

»Wird mir nicht zu schwer.«

»Du musst keinem was beweisen. Mir am allerwenigsten.«

»Er wird mir aber nicht zu schwer!«

»Jaja.« Sie gab ihm einen Kuss. »Dann lass uns mal los.«

»Wieso wir?«

»Ich wollte rüber zu Jaspar, vielleicht sind sie schon zurück. Außerdem dachte ich, der alte Säufer kann ein bisschen Obst vertragen.«

Sie nahm einen Korb und füllte ihn mit Birnen. Gemeinsam verließen sie das Haus. Goddert, klein, eckig und krumm unter seiner Last, stapfte Richtung Mauritiussteinweg. Richmodis sah ihm nach und überlegte, wie sie dem Alten bloß klar machen sollte, dass sie ihn auch als rheumageplagten Faulpelz liebte. Wenn er nur ein bisschen weniger trinken würde.

Sie musste mal ein ernstes Wort mit Jaspar reden.

Schließlich machte sie sich auf den Weg, schlenderte, den Korb im Arm, pfeifend die Severinstraße entlang. Schon von weitem sah sie den großen Handkarren an der Wand von Jaspars Häuschen lehnen. Rolof hatte offenbar gearbeitet. Wen mochte er diesmal alles dabei verflucht haben?

Sie klopfte kurz an und trat ein.

Rolof saß auf der Kaminbank und warf sofort einen heißhungrigen Blick auf das Körbchen mit den Birnen.

»Für mich?«, fragte er strahlend.

»Nicht für dich, alter Vielfraß, die hab ich –«

Sie stockte und betrachtete den Mann am anderen Ende der Bank, der sich bei ihrem Eintreten erhoben hatte. Er war von ungewöhnlicher Größe. Über seine schwarze Dominikanerkutte floss ein Strom weicher blonder Locken bis hinunter zum Gürtel. Seine Stirn war hoch, die Nase schmal und edel, die Zähne von perfekter Ebenmäßigkeit, als er lächelte. Die Augen unter den fingerbreiten Brauen schimmerten bernsteinfarben mit goldfunkelnden Einschlüssen.

Dahinter lag noch etwas anderes. Ein Abgrund.

Sie sah ihn an und wusste, wer er war.

Jacops Beschreibung war dürftig gewesen. Trotzdem war kein Irrtum möglich. Kurz überlegte sie, ob es ratsam sei, fortzulaufen. Der Dominikaner, besser gesagt, der Mann, der vorgab, ein Dominikaner zu sein, trat näher zu ihr heran. Unwillkürlich wich sie einen Schritt zurück. Er blieb stehen.

»Verzeiht, wenn Eure Schönheit mich zu sehr gefangen nahm.« Seine Stimme war leise und kultiviert. »Würdet Ihr mir die Freude Eures Namens erweisen?«

Richmodis biss sich auf die Lippen.

»Das ist Richmodis«, grinste Rolof. »Hab ich nich gesagt, die ist süß?«

»Und wahrhaftig, mein Sohn, das hast du.« Er sah sie unverwandt an. »Richmodis ist ein Name wie Zauberklang, aber dem

Liebreiz Eurer Erscheinung wären die Lieder eines Wolfram von Eschenbach weit eher angemessen, als es je ein Name sein könnte! Seid Ihr – eine Verwandte meines lieben Freundes Jaspar?«

»Ja«, sagte sie und stellte den Korb auf den Tisch. Tausend Gedanken schossen ihr gleichzeitig durch den Kopf. Vielleicht war es im Moment das beste, sich unbefangen zu geben. »Und nein«, fügte sie schnell hinzu. »Ich bin eine Freundin, wenn Ihr so wollt –« Sie hielt inne. »Ehrwürdiger Vater.«

»Blödsinn«, lachte Rolof und griff sich schneller eine Birne, als sie es verhindern konnte. »Sie is seine Nichte, ja? Freches Ding, aber lieb.«

»Rolof! Wer hat dich gefragt?«

Rolof, der die Zähne schon ins Fruchtfleisch geschlagen hatte, verharrte und sah unsicher drein.

»Tut mir – tut mir Leid«, murmelte er mit einem scheuen Blick auf den Fremden. Aber der hatte nur Augen für Richmodis. Und in diesen Augen fand mit einem Mal eine seltsame Veränderung statt, als braue sich ein Plan dahinter zusammen.

»Seine Nichte«, wiederholte er.

»Na ja.« Sie schlenkerte mit den Armen und warf den Kopf nach hinten, dass die Locken flogen. Mit klopfendem Herzen, aber zugleich keck erhobenem Kinn trat sie ihrerseits auf ihn zu und musterte ihn. »Ob Ihr nun aber ein verehrungswürdiger Bruder seid oder nicht«, bemerkte sie spitz, »so will ich Euch doch für Euer Benehmen tadeln, genauer für die Unhöflichkeit, mir Euren Namen zu verschweigen, während ich meinen preisgegeben habe. Gebietet es nicht die Regel, sich vorzustellen, wenn man in ein fremdes Haus kommt?«

Der Mann hob belustigt die Brauen.

»Ich muss mich in der Tat entschuldigen.«

»Euren Namen also«, forderte sie.

»Hier habt Ihr ihn.«

Er holte aus und schlug ihr so plötzlich ins Gesicht, dass sie vor Überraschung sprachlos war. Der nächste Hieb schleuderte sie von den Füßen. Mit ausgebreiteten Armen flog sie über einen Hocker, prallte gegen die Wand und sank zu Boden.

Rolof schrie auf. Verschwommen sah sie ihn die Birne fortwerfen und sich auf den Angreifer stürzen.

Dann wurde alles schwarz.

Rheinufer

Die Kräne ächzten unter ihrer Last, und in den Treträdern der Kräne ächzten die Windenknechte. Es war das sechste Schiff, das entladen wurde. Ausnahmslos bestand die Ware aus Ballen dichtgeschnürten holländischen Tuchs, schwer wie Blei.

Mathias überflog, an einen Stapel Kisten gelehnt, die Aufstellung der eingetroffenen Güter. Nacheinander hakte er ab, was sein Kontor zu erwerben gedachte. Das Stapelprivileg entwickelte sich zu einem soliden Pfeiler der Kölner Wirtschaft, stellte er befriedigt fest. Seit etwas über einem Jahr durfte kein Kaufmann aus Ungarn, Böhmen, Polen, Bayern, Schwaben, Thüringen, Hessen und anderen östlichen Ländern mehr über Köln hinausziehen, keiner aus Flandern, Brabant oder anderen Gegenden jenseits der Maas und den Niederlanden über Rodenkirchen hinaus, keiner vom Oberrhein weiter als Riehl, ohne seine Waren drei Tage lang öffentlich auf dem Kölner Markt feilzubieten. Die Regelung umfasste ebenso sämtliche Güter, die auf dem Landweg hierher kamen. Alles musste in Köln entladen beziehungsweise gestapelt werden, woraus sich der seltsame Name ableitete.

Für Mathias' Geschmack hatte die Erteilung des Stapelrechts schon viel zu lange auf sich warten lassen. Die Kölner jagten dem Privileg seit über hundert Jahren hinterher wie der Teufel der armen Seele – weil nämlich die Fahrrinne des Mittelrheins, der in Köln begann, relativ flach war, hatten die flussaufwärts fahrenden Rheinschiffer gar keine andere Wahl, als ihre Fracht hier auf kleinere Schiffe umzuladen. War es ergo nicht logisch, sie dann auch gleich zum Verkauf anzubieten? Natürlich leiteten sich aus naturgewollten Umständen keinerlei Ansprüche ab. Gott hatte den Rhein schließlich nicht in flachere Gewässer münden lassen, damit er sich dann goldschimmernd in die Börsen der Kaufleute ergoss.

Aber dann hatte ausgerechnet die Kirche den säkularen Interessen der Kaufleute und Patrizier entsprochen. Es war Konrad von Hochstaden, seiner Herde wie immer zugetan in liebevoller Abscheu, dem die Kölner das Privileg verdankten! Ein politischer Winkelzug, mit dem er sie zwar nicht am Herzen packte, aber dafür an der Gier. Das Schöne am Stapelrecht war ja, dass in den drei prallen Tagen ausschließlich Kölner kaufberechtigt waren, mehr noch, dass sie die angebotenen Waren sogar offiziell prüfen und bei Beanstandung in den Rhein kippen durften! Als Folge kamen in Köln ausschließlich der frischeste Fisch und der beste Wein auf die Tische, und auch sonst verblieben die gefragtesten aller Güter diesseits der Sauerbratengrenze.

Nur eines fuchste Mathias ungemein. Sich Konrad deswegen zu Dankbarkeit verpflichtet fühlen zu müssen. Es war eine paradoxe Situation, die einzig der pure Verstand zu beherrschen vermochte. Mathias verfügte über einen solchen Verstand, eine der wenigen Gegebenheiten, für die er seinem Schöpfer dankte. Wenigstens hin und wieder, wenn er gerade Zeit fand.

Rasch glitt sein Zeigefinger über die Listen und verblieb auf einem Posten Brokat.

»Prüfen und kaufen«, sagte er.

Der Kontorleiter an seiner Seite nickte ergeben, nahm die Liste und eilte hinüber zu den Schiffseignern, die den Entlademannschaften Anweisungen zuschrien und sich für erste Verkaufsgespräche bereithielten. Lautlos addierte Mathias ein paar Zahlen und beschloss, es sei ein schöner Tag. Schön genug, um über den Ankauf einiger Fässer kostbaren Weins nachzudenken, die aus Spanien hierhergefunden hatten.

»Mathias!«

Er sah hinaus auf den Rhein und fühlte seine gute Stimmung wieder schwinden.

»Was wollt Ihr?«, fragte er kühl.

Kuno Kone war von hinten an ihn herangetreten. Langsam schritt er um Mathias herum und baute sich vor ihm auf.

»Ich möchte mit Euch reden. Wenn Ihr höflichst gestattet.«

Mathias schielte unentschlossen zu dem Posten Fässer. Dann verlor er die Lust daran und zuckte die Achseln.

»Ich wüsste nicht, worüber«, sagte er mürrisch.

»Ich aber schon. Ihr habt mich aus Euren Versammlungen ausgeschlossen.«

»Das war Johann. Nicht ich.«

»Doch, auch Ihr«, beharrte Kuno heftig. »Ihr seid ebenso wie Johann der Meinung, ich könne zum Verräter werden. Was für ein unheiliger Verdacht!«

»Unheilig? Ach Gott, jetzt sind wir auf einmal unheilig!« Mathias verzog spöttisch die Mundwinkel. »Kommt mir nicht mit solch abgedroschenem Vokabular! Wie hättet Ihr Euch denn verhalten, wenn ich beispielsweise Johann oder Theoderich zu Boden geschlagen hätte?«

»Ich – wäre differenzierter vorgegangen.«

»Ah, differenzierter!« Mathias lachte trocken. »Ihr seid ein gefühlsduseliger Wicht, Kuno. Ich unterstelle Euch ja keinerlei verräterische Absichten, wohl aber ein vom Sentiment durchweichtes Hirn. Das ist noch viel schlimmer, weil Ihr nämlich in bestem Glauben das Schlechteste für uns erwirken könntet. Darum haben wir Euch ausgeschlossen. Basta!«

»Nein!« Kuno schüttelte energisch den Kopf. »Ich will überhören, dass Ihr mich kränkt und beleidigt. Aber habt Ihr vergessen, dass meine Brüder im Exil leben, geächtet und vogelfrei?«

»Natürlich nicht.«

»Auch sie waren Schöffen, Mathias, genau wie – Daniel.« Der Name schien ihm nicht über die Lippen zu wollen. »Bruno und Hermann würden sterben für unseren Bund, sie –«

»Keiner stirbt für einen Bund, dessen einzige Funktion in der Durchsetzung seiner Interessen besteht.«

»Aber sie glauben an den Bund, und sie glauben an mich! Wer soll sie denn künftig in Kenntnis setzen, wenn nicht ich?«

»Das hättet Ihr Euch vorher überlegen sollen.«

»Zur Reue ist es nie zu spät, Mathias!«

Mathias schaute weiter auf den Rhein hinaus und schüttelte langsam den Kopf. »Zu spät für Euch«, sagte er.

»Mathias, ich flehe Euch an! Vertraut mir. Ich muss wissen, wie es steht. Was ist mit dem Rothaarigen? Hat Urquhart ihn –?«

»Lasst mich zufrieden.«

»Und was soll ich meinen Brüdern sagen?«

Mathias starrte ihn unter zusammengezogenen Brauen an. »Sagt ihnen meinethalben, sie hätten einen unbeherrschten Schwächling zum Verwandten. Bruno und Hermann können sich ja bei mir beschweren, wenn Kölns Tore wieder für sie offen stehen. Einstweilen –«

Er unterbrach sich. Von jenseits der Zollpforte kam einer der Knechte gelaufen, die er Urquhart zugeteilt hatte.

»Ich beschwöre Euch –«, bettelte Kuno.

Mathias schnitt ihm mit einer Handbewegung das Wort ab. Gespannt wartete er, bis der Bote angelangt war. Der Mann war völlig außer Atem. Er griff in sein Wams und hielt Mathias eine zugeschnürte Rolle Pergament entgegen.

»Was ist das?«

»Der blonde Dominikaner, Euer Freund«, keuchte der Knecht.

»Ja, und? Drück dich gefälligst verständlich aus.«

»Er hat sie mir gegeben, Herr.«

»Ohne was zu sagen?«, fragte Mathias scharf. »Nimm dich zusammen. Wo hast du ihn getroffen?«

»Er hat mich getroffen, Herr. Wir suchten die Gegend um St. Cäcilien ab, als er sich plötzlich am Peters Pfuhl einfand. Er schob einen großen Handkarren vor sich her, vollbeladen, eine Decke drüber, ich weiß nichts, als dass er – nein, wartet, ich soll

Euch sagen, jener Karren sei voller Leben, und dass es von, von – wie drückte er sich aus, Heilige Jungfrau? – äußerster Wichtigkeit sei, dass Ihr seine Botschaft lest – und, und –«

Der Mann stockte. Sein verzweifelter Gesichtsausdruck ließ darauf schließen, dass er Urquharts Worte nicht mehr recht zusammenbekam.

»Rede«, fuhr ihn Mathias an. »Oder du redest zum letzten Mal.«

»– keine Zeit verliert!«, stieß der Knecht hervor und verdrehte erleichtert die Augen.

Mathias riss ihm ungeduldig die Rolle aus der Hand, löste den schmalen Lederriemen und las.

Aus den Augenwinkeln sah er Kuno näher herantreten. Er ließ das Pergament sinken und bedachte ihn mit einem eisigen Blick.

»Verschwindet endlich.«

»Ihr könnt mich nicht einfach fortschicken«, jammerte Kuno. »Ich gelobe, dass ich meinen Fehler wieder gutmachen –«

»Verschwindet!«

Kuno atmete schwer. Einen Augenblick lang fixierte er Mathias, als schwanke er zwischen Mord und Kniefall. Dann raffte er zornig seinen Umhang zusammen, drehte sich wortlos um und stakste davon. Mathias sah ihm nach, bis er unter der Pforte verschwunden war.

Der Knecht trat nervös von einem Bein aufs andere.

»Herr, da ist noch etwas –«

»Dann mach dein Maul auf!«

Der Mann zuckte zusammen. Stammelnd begann er zu erzählen. Zuerst verstand Mathias nicht, was er überhaupt wollte, so sehr wand er sich um die Tatsachen herum. Endlich begriff er, dass sie den Rothaarigen und den Dechanten hatten entwischen lassen.

Mathias starrte auf das Pergament. Dann lächelte er dünn.

»Man sollte dich und deinesgleichen durchprügeln«, sagte er. »Aber schade – deine Nachricht wiegt weniger schwer, als du es verdient hättest. Geh zurück auf deinen Posten, bevor sich mir der Magen umstülpt und ich's mir anders überlege.«

Der Knecht verbeugte sich linkisch und rannte davon.

Mathias winkte den Kontorleiter herbei und gab ihm eine Reihe von Anweisungen. Dann verließ er die Werft, eilte die Rheingasse hinauf, vorbei an dem gewaltigen Overstolzenhaus bis zu dem unscheinbaren Bau, in dem Johann seiner höchst beeindruckenden Buchführung nachging. Im Laufschritt nahm er die Stiege ins erste Obergeschoss und stürmte in Johanns Schreibstube.

»Der Dechant und der Fuchs sind entkommen!«, rief er und knallte Johann die Schriftrolle vor die Nase.

Johann sah auf. Er wirkte müde und abgekämpft.

»Ich weiß«, sagte er tonlos. »Meinerseits kann ich berichten, dass wir zwei weitere Tote – tja, soll ich sagen, zu beweinen oder zu bejubeln? – haben.«

»Was? Wen?«

»Urquharts Zeugen. Die Dinge sprechen sich herum. Ein Unbekannter hat die geruhsame Badeordnung unter Klein St. Martin in schreckliche Unordnung gebracht. Als Erstes führten sie daraufhin den Badstuber ab, dann seine Gehilfen. Ein paar Huren wurden ebenfalls verdächtigt.« Johann schnaubte. »Aber die Huren sollen schon wieder frei sein, weil niemand sich erklären kann, wie es ihnen möglich war, einem Gast drei Rippen, das Schlüsselbein und das Genick zu brechen.«

»Und der andere?«, fragte Mathias fasziniert.

Johann zuckte die Achseln. »Man ist sich nicht einig, ob er ertrank oder erstickte.«

»Allerhand.«

Johann erhob sich und ging zum Fenster. »Mathias, ich kann nicht behaupten, dass mir wohl in meiner Haut ist. Ich dachte, Urquhart sei nur ein Werkzeug, aber inzwischen fühle ich mich wie ein Schlachter, der sich den Wolf zum Gesellen bestellt hat. Verstehst du das?«

»Natürlich.« Mathias trat neben ihn und hielt ihm das Pergament unter die Augen. »Aber bevor du dich wegen Urquhart sorgst, solltest du seine Botschaft lesen.«

Johann sah ihn zweifelnd an. Dann nahm er die Rolle. Er las die Zeilen, las sie noch einmal und schüttelte ungläubig den Kopf.

»Er hat eine Geisel?«

»Aber ja!«, rief Mathias. »Und wir haben einen Platz, um sie unterzubringen.«

»Doch nicht im Haus!«

Mathias hob beschwichtigend die Hände. »Nicht im Haus. Ich dachte an den alten Lagerschuppen am Rhein. Kein Mensch kommt dahin. Wenn Gott oder meinethalben der Teufel es will, ist morgen ohnehin alles überstanden, und dann kann er mit seiner Geisel machen, was er will, und mit sämtlichen Füchsen und Dechanten obendrein. Hauptsache, bis dahin halten alle ihren Mund.«

»Morgen«, flüsterte Johann.

Mathias packte ihn am Arm und drückte zu. »Wir sind so nah dran, Johann, wir dürfen jetzt nicht mutlos werden! Ja, morgen! Lass uns an morgen denken.«

Johann sah weiter hinaus. Das Leben draußen war so friedlich, so geordnet, alles hatte seinen Platz.

Wie würde es aussehen nach dem morgigen Tag?

»Schick ihm einen der Knechte«, sagte er. »Der soll ihm den Weg zeigen.«

»Die Knechte sind dämlich!« knurrte Mathias unwillig. »Der mir erzählt hat, wie ihnen Jaspar und der Fuchs durch die Lappen gingen, vergaß beispielsweise zu erwähnen, dass es im Bad zwei Tote gab. Ich würde Urquhart lieber selber treffen.«

»Zu riskant. Es war schlimm genug, dass du ihn in unser Haus gebracht hast –«

»Ich –«

»Aber mir wäre auch nichts Besseres eingefallen, beruhige

dich. Einer der Knechte soll mit ihm gehen, nein, besser, ihm einfach nur sagen, wie er hinkommt und ihm einen größeren Posten Lederriemen überantworten.« Er lachte freudlos. »Geiseln eignen sich ja wohl am besten, wenn man sie fest an seine Interessen bindet.«

»Das wird er«, grinste Mathias.

»Ich hoffe es.« Johann strich sich durchs Haar und kehrte zu seinem Schreibtisch zurück. »Die ganze Arbeit bleibt über der Sache liegen, es ist ein Jammer«, seufzte er.

»Nein, das ist es wert!«

»Jaja! Du hast ja Recht. Leite alles Erforderliche in die Wege, ich informiere die anderen.«

Mathias ging hinaus. In der Tür verharrte er und drehte sich noch einmal um.

»Kuno will übrigens wieder mitmachen«, sagte er zögernd.

Johann sah auf. »Hat er dir das gesagt?«

»Ja. Vorhin.«

»Und was hast du ihm geantwortet?«

»Ich habe ihn fortgeschickt. Obwohl –« Mathias legte die Stirn in Falten.

»Vielleicht wäre es am klügsten, ihn gleich zur Hölle zu schicken.«

»Das will ich nicht gehört haben«, sagte Johann finster.

»Nun ja.« Mathias spreizte orakelnd die Finger. »Alles zu seiner Zeit, Johann. Alles zu seiner Zeit.«

Lebende Tote

Rrrrums!

Ein Schlagloch. Voller Wasser!

Jacop hätte zu gern sein Gerippe abgetastet, weil ihn der Verdacht beschlich, das Brustbein sei in die Beckengegend gerutscht. Aber er hatte den Versuch, sich aus der Bretterfalle zu befreien, vorerst aufgegeben. Solange der Karren nicht stand, blieb ihm nichts zu tun, als duldsam zu verharren und zu irgendeinem Heiligen zu beten, dem schon mal was Ähnliches passiert war.

Er triefte. Sein Kopf war voller Windmühlen. Keinem Heiligen war so was Ähnliches passiert. Sie waren auf kleiner Flamme geröstet, in ausgezeichnetem Olivenöl gesotten, mit glühenden Zangen zerkleinert oder von Pferden in sämtliche Richtungen gleichzeitig gezerrt worden. Aber keiner hatte den Gang ins ewige Leben auf einer Deichsel angetreten.

Es war einfach zu blöde!

Jacop starrte auf die Bohlen. Inzwischen kannte er jede Maserung im Holz. In seiner Fantasie wurden sie zu Flüssen durch schwarzwaldiges Gebiet, zu unbefestigten Straßen wie dieser, zerklüftet von Scharten und Gruben, geriet das Panorama der Wurmlöcher zu einem Abbild höllischer Krater und das Astloch zu einem geheimnisvollen Land jenseits menschlicher Vorstellungskraft. Jacop hatte nicht gewusst, wie beredt ein Brett sein konnte, wenn man es längere Zeit vor dem Kopfe trug.

Nach einer halben Ewigkeit hörte er den Kutscher die Pferde Halt machen. Um sie herum war nichts, was auf Zivilisation hindeutete, soweit es ihm seine begrenzte Weltsicht gestattete. Er sah die Beine des Kutschers, als er heruntersprang. Sie entfernten sich vom Wagen, spreizten sich. Etwas plätscherte.

Systematisch begann Jacop wieder, sich aus den Ritzen zu befreien, in die er so leichtfertig gegriffen hatte. Anstatt alle Finger gleichzeitig herauszuziehen, begann er nun mit dem kleinen der linken Hand, drehte und wand ihn, gewann Stückchen für Stückchen Freiheit, bis er endlich ganz draußen war. Einer von Zehnen! Immerhin. Wenn er einen herausbekommen hatte, bestand Hoffnung, Gottes Schöpfung noch einmal aufrecht stehend zu erleben.

Weiter drehen, weiter sich winden –!

Erleichtert kam der Kutscher zurück, schwang sich auf den

Bock und trieb die Pferde an. Es blieb fürs Erste beim kleinen Finger.

Eine Weile später sah Jacop am Wegesrand Mauern vorbeiziehen. Einmal hörte er kurz Stimmen. Dann bog der Karren unter Hervorbringung der schon bekannten enervierenden Geräusche rechts ab und fuhr auf festgestampften Lehm, wo er endlich stehen blieb, offenbar im Sinne eines längeren Aufenthalts. Denn diesmal verschwand der Kutscher in einem wenige Schritte entfernt liegenden Gebäude und kam nicht wieder.

Geduldig machte sich Jacop an die Arbeit. Jetzt, wo ihn die Erschütterungen der Fahrt nicht mehr ständig aus dem Gleichgewicht brachten, zeigte sich, dass es weniger schlimm um ihn stand als angenommen. Die Finger der Linken gaben sich noch eine Weile störrisch und wollten den Planken partout nicht Lebewohl sagen, die Rechte rutschte dann fast von selber heraus, und Jacop fiel von der Deichsel in den Staub.

Aufatmend lag er da und versuchte, sich zu beruhigen. Dann betrachtete er seine Hände. Die Knöchel waren blutig und schmerzten, aber es war ihm gleich. Einzig zählte, dass er seinen Häschern entkommen war.

Nur – wohin?

Wie eine Maus kroch er unter dem Karren hervor, geräuschlos und auf allen vieren, und ließ seinen Blick über das Gelände schweifen. Dem ersten Eindruck zufolge befand er sich in einem weiträumigen Innenhof, mehr ein sanft ansteigender Platz, der links und weiter vorne an einer efeubewachsenen Mauer endete. Dahinter zeigte sich dichter Baumbestand. Rechts erstreckte sich eine lange Reihe flacher Gebäude, in ihrer Gesamtheit einem klösterlichen Dormitorium nicht unähnlich, die den Platz von einem angrenzenden, größeren Areal trennte und zugleich einen breiten Durchgang ließ. Der plumpe Turm einer kleinen Kirche ragte weiter hinten in den Himmel, ebenfalls von Bäumen umstanden. In dem vordersten Gebäude war der Kutscher verschwunden. Jacop hörte von dort schwach Stimmen herüberdringen.

Er ging um den Wagen herum und gewahrte eine Mauer und ein Tor darin, durch das sie offenbar eingebogen waren.

Ein Tor, das soeben von zwei Männern geschlossen wurde.

Schnell zog er die Kapuze wieder über den Kopf, die ihm während der Höllenfahrt heruntergerutscht war. Er konnte sich auf das Gelände keinen rechten Reim machen. Ein Kloster schien es nicht zu sein, ebenso wenig ein Dorf oder Weiler, und für eine Burganlage war es zu flach. Die Männer waren vermummt, aber keine Mönche. Am liebsten wäre er einfach auf und davon gelaufen, aber das ging nicht mehr. Jeden Augenblick konnten sich die beiden umdrehen. Besser, er packte den Stier bei den Hörnern.

Mit klerikaler Würde ging er auf einen der Vermummten zu und tippte ihm auf die Schultern. »Verzeiht«, sagte er.

Der Mann drehte sich um.

Jacop prallte zurück. Er starrte in einen faulenden Totenschädel ohne Nase und Lippen. Wo das linke Auge hätte sein müssen, glänzten die Ränder eines Lochs in eitrigem Gelb. Das andere sah ihn ausdruckslos an.

Unfähig, ein Würgen zu unterdrücken, trat Jacop einen Schritt nach hinten.

Das Wesen streckte etwas nach ihm aus, das keine Hand mehr war, und kam näher. Aus seiner Kehle drang ein unartikuliertes Grunzen. Gleichzeitig war der zweite Mann herangetreten. Ein wilder Bart spross in seinem Gesicht, das bis auf einige nässende Stellen unversehrt war. Argwöhnisch musterte er Jacop, der immer weiter zurückstolperte, ohne seinen Blick von der schrecklichen Gestalt abwenden zu können. Dann lachte er rau.

Langsam kamen sie ihm nach.

Jacop drehte sich um und rannte auf die Kirche zu, wo einige Männer und Frauen zusammenstanden und sich leise unterhielten. Bei seinem Herannahen hoben sie die Köpfe und drehten sich zu ihm um.

Zerstörte Gesichter. Fehlende Gliedmaßen.

Im selben Moment öffnete sich die Tür des vorderen Gebäudes, in dem der Kutscher verschwunden war. Jemand ohne Unterschenkel kroch daraus hervor und schaute neugierig herüber. Mühsam quälte er sich in Jacops Richtung, während die zwei vom Tor ihn einholten und die vor der Kirche Anstalten machten, ihn einzukreisen. Entsetzt suchte Jacop nach einem Fluchtweg, aber wohin er schaute, war das Gelände von Mauern eingegrenzt. Er saß in der Falle. Sie hatten ihn umringt, bereit, sich auf ihn zu stürzen, ihn zu zerreißen, zu ihresgleichen zu machen. In Jacops Schädel schlug eine große Glocke. Er taumelte und sank in die Knie.

Einer der Männer öffnete ein Loch von Mund, aus dem der Geifer lief, und ging in die Hocke.

»Können wir Euch helfen?«, fragte er freundlich.

Helfen? Jacop blinzelte und sah verwirrt in die Runde. Eigentlich, vorurteilslos betrachtet, konnte man nicht sagen, dass sie ihn umzingelt hatten. Im Gegenteil. Sie sahen scheu zu ihm herüber, hielten aber gebührenden Abstand.

Wieder lachte der Bärtige vom Tor. »Vor Hannes erschrecken sie beim ersten Mal alle«, dröhnte er. Es klang überhaupt nicht feindselig, nur wohlwollend und amüsiert. Aus der Brust des Gesichtslosen kamen wieder die seltsamen Laute, bis Jacop begriff, dass auch er lachte, so wie eben jemand lacht, der keinen Mund und wahrscheinlich auch keine Zunge mehr besitzt.

Die Glocke in Jacops Schädel pendelte aus.

»Wo bin ich?«, fragte er und stellte sich wieder auf die Füße. Sein Herz klopfte zu weit oben, direkt unterhalb des Gaumens.

Der Mann wechselte mit den anderen einen verständnislosen Blick und sah dann wieder Jacop an.

»Wie könnt Ihr den *Campus leprosorum* nicht kennen, wo Ihr doch selber hergekommen seid? Wir sind in Melaten.«

Der *Campus leprosorum*! Kölns größtes Wohngelände für die Leprakranken lag westlich der Stadt an der großen Straße nach Aachen. Er war unter die Aussätzigen geraten.

Man nannte sie die lebenden Toten. An Lepra zu erkranken,

hieß, für die Welt gestorben zu sein, weggebracht zu werden von den Verwandten und Freunden und nicht mehr an ihrem Leben teilnehmen zu dürfen. Die Gesetze waren unerbittlich. Leprose wurden in einem rituellen kirchlichen Verfahren, mit Begängnis und Commendation, aus der Gemeinde ausgesegnet wie Verstorbene. Danach begann ihr Leben abseits der Zivilisation in der Gemeinde der Aussätzigen. Jeder Kontakt zu den Gesunden war ihnen bei Strafe untersagt, ob in der Kirche, auf dem Markt, im Wirtshaus, in der Mühle, am Backofen, in Volksversammlungen. Sie durften ihre Hände nicht in Quellen mit fließendem Wasser waschen. Wollten sie etwas kaufen, durften sie den Gegenstand nicht mit der Hand berühren, bis sie ihn erworben hatten. Geschah es doch, dass sie mit einem Gesunden sprachen, mussten sie ihm aus dem Wind gehen. Das Gelände der Leprosorie durften sie nur mit Genehmigung des Hospitalmeisters verlassen, die Stadt nur an wenigen Tagen im Jahr zum Betteln besuchen, kenntlich gemacht durch Joppe und Kniehose, den bis zu den Knien reichenden weißen Siechenmantel, weiße Handschuhe, einen großen Hut und die Klapper, eine lärmende Holzrassel, damit man sie kommen hörte.

Sie waren die Toten, die den Tod noch vor sich hatten. Die Leprosen starben zweimal. Ausgestoßen und mit nichts zurückgelassen als ihrer Hoffnung auf das Himmelreich. Wer vermögend genug war, kaufte sich in ein Leprosenhaus wie Melaten ein, eines der größten im deutschen Reich, die anderen bauten sich auf eigens dafür zugewiesenen Grundstücken primitive Hütten oder wanderten durchs Land.

Sie hatten alles Mitleid der Welt auf ihrer Seite. Es wurde nur übertroffen von der Abscheu.

Jacop fröstelte. Er zog seine Kutte um den Körper und verschränkte die Arme.

»Verzeiht, aber –« Er schielte zu dem Tor hinüber.

»Seid Ihr mit dem Wagen eingetroffen?«, fragte der Mann.

»Ja, ich –«

»Dann seid Ihr der Pfarrer, den man uns schicken wollte! Dem heiligen Dionysius sei Dank. Kommt, Vater, er liegt im letzten Haus. Ich weiß nicht, ob er überhaupt noch lebt.«

Sie hielten ihn für einen Geistlichen. Auch das noch! Sollte er einem von ihnen die letzte Ölung erteilen?

»Ich muss eigentlich wieder gehen«, sagte Jacop hilflos.

Der Mann schüttelte den Kopf. »Es wird ja nicht lange dauern, aber wer soll für ihn beten?«

»Beten? Ich bin kein – nein, wartet.« Jacop rieb sich die Augen und überlegte. Er trug eine Kutte, also war er ein Mönch. Würden sie ihn fortlassen, wenn er zugab, jemand anderer zu sein?

Irgendwie würde er sich schon aus der Situation herauslavieren. »Gut«, sagte er. »Gehen wir hinüber.«

»Nein!«, erscholl eine wohl bekannte Stimme.

Jacop fuhr herum.

»Jaspar!«, rief er, mindestens so verblüfft wie dankbar.

»Ich werde das übernehmen«, sagte Jaspar ungerührt. »Du bist schon vor mir eingetroffen? Bist du wieder heimlich irgendwo mitgefahren? Na, egal. Warte hier. Er ist mein Novize«, erklärte er dem Mann. »Leider ein wenig schreckhaft und auch nicht ganz richtig in seiner hohlen Nuss von Kopf. Ständig vergisst er alles, manchmal sogar seinen Namen.«

»Ein wenig alt für einen Novizen ist er aber auch«, meinte der Mann zögernd und mit einem Seitenblick auf Jacop.

»Ja, wegen seiner geringen Intelligenz. Da wird er nie was anderes werden.«

Jacops Kinnlade sank herunter.

»He, Jaspar! Was soll das?«

»Halt den Mund und warte hier, hörst du? Lauf nicht weg und rede nicht mit den Leuten, bis ich zurück bin.«

»Aber –«

»Keine Widerrede! Setz dich rüber an die Mauer.«

Jacop sah ihm sprachlos nach, wie er an der Seite des Mannes und einiger anderer zu den Gebäuden ging und im letzten verschwand. Die verbliebenen Kranken wandten sich ab und gingen ihrer Wege. Jacop blieb alleine zurück. Kopfschüttelnd ließ er sich an der Kirchenwand nieder und betrachtete wieder seine aufgerissenen Finger.

Es dauerte eine ganze Weile, bis Jaspar endlich zurückkam. Er war wieder in Begleitung des Mannes von vorhin.

»Ich bin froh, dass er es überstanden hat«, hörte Jacop ihn sagen.

»Die Gnade des Herrn ist unermesslich, und seine Wege sind uns ein Mysterium«, antwortete Jaspar fromm. »Friede seiner Seele, und betet für ihn in der Nacht. Er ist ein Kind des ewigen Lebens. Aber sein Weg wird beschwerlich sein und voller Gefahren. Die Teufel lauern am Rande der Glückseligkeit wie Diebe, sie wollen seine Seele rauben.«

»Wir werden beten, ich verspreche es. Darf ich Euch einstweilen noch auf einen Becher Wein in unser Wirtshaus einladen?«

»Ich danke Euch für so viel Freundlichkeit, aber mein Novize und ich haben noch einen langen Weg zum Leprosenheim am Judenbüchel.« Jaspar zog eine betrübte Miene. »Dieselbe schlimme Geschichte, es ist ein Trauerspiel.«

»Der Herr ruft viele vor seinen Thron in diesen Tagen.«

»Er ruft sie, ihn zu preisen und seinen Ruhm zu singen.«

»Ja, gewiss. Gab es nicht auch in Köln ein paar seltsame Todesfälle?«

»Ich –«, begann Jacop und trat zu ihnen.

»Du hältst den Mund«, unterbrach ihn Jaspar knapp und fuhr fort: »Wenn Ihr mir aber einen Gefallen tun wollt, so bitte ich Euch um zwei weiße Mäntel, zwei Paar Handschuhe und Hüte. Wegen eines Feuers in der Waschstube ist man am Judenbüchel etwas knapp damit, und sie wollen morgen in die Stadt. Ach ja, und zwei Klappern. Sofern Ihr dergleichen entbehren könnt, versteht sich.«

»Wartet«, bedeutete ihnen der Mann. »Ich will sehen, was sich auftreiben lässt.«

Jaspar sah ihm nach, wie er zwischen den Gebäuden verschwand, und lächelte zufrieden.

»Was soll das heißen, ich bin nicht richtig im Kopf?«, zischte Jacop.

Jaspar hob auf seine unnachahmliche Art die Brauen.

»Irgendwie musste ich Euch schließlich aus dem Schlamassel ziehen. Oder hättet Ihr die Salbung lieber selber vorgenommen?«

»Natürlich nicht.«

»Na eben. Es ist zu Eurem Besten, wenn man Euch für beschränkt hält. Immerhin seid Ihr unter dem Wagen des Weinkutschers hierhergelangt, der Melaten regelmäßig beliefert, und der würde wohl im Nachhinein ein bisschen böse werden.«

»Böse ist gar kein Ausdruck«, sagte Jacop. »Man hat ihm gesagt, ich sei ein Dieb.«

»Wer? Die Kerle, die den Wagen angehalten haben?«

»Mhm.«

»Interessant! Was sollt Ihr denn gestohlen haben?«

»Einen Gulden.«

»Wie ungehörig«, höhnte Jaspar.

»Nein, lasst die Scherze. Angeblich habe ich nämlich –«

Jaspar schüttelte den Kopf und legte den Finger auf die Lippen. »Reden wir später weiter. Da kommt unser Freund, der Hospitalmeister.«

Der Mann, der also der Hospitalmeister war, hatte tatsächlich ein Bündel Kleider für sie geschnürt und auch zwei Klappern beigelegt.

»Ihr seid zu gütig«, dankte ihm Jaspar mit einer Verbeugung. Nase und Kinn schossen nach unten, als wollten sie sich in die Erde bohren. Jacop zögerte und folgte dann schnell seinem Beispiel.

»Aber ich bitte Euch!«, rief der Mann. »Das ist alles keine Ursache. Wir haben Euch zu danken, Vater.«

»Ihr erhaltet die Sachen zurück.«

»Es eilt nicht. Sie sind übrigens frisch gewaschen, Ihr braucht also keine Angst zu haben, sie zu berühren.«

»Nochmals danke.«

»Gott sei mit Euch auf Eurem schweren Weg.«

Sie verabschiedeten sich von dem Hospitalmeister und verließen das Gelände durch den Obstgarten. Dort war eine schmale Pforte, die den ganzen Tag über offen stand, und dort war Jaspar auch hereingekommen.

Jacop war überglücklich, das Gelände der Aussätzigen verlassen zu dürfen, aber zugleich schämte er sich seiner Furcht und wäre gerne noch geblieben. Es nagte an ihm, wieder weggelaufen zu sein, als habe er sich etwas Wichtigem nicht gestellt. Die Situation trieb fatale Erinnerungen an die Oberfläche seines Bewusstseins. Verschiedene Male sah er sich um, während sie die Landstraße nach Köln entlangschritten. Er spürte, dass er diesen unfreiwilligen Besuch so bald nicht vergessen würde. Und dann, ganz plötzlich, fühlte er sich wieder stark und voller Leben. Die Aussätzigen hatten alles verloren. Er konnte immer noch gewinnen.

Jaspar schien seine Gedanken zu erraten.

»Sie gehen leichter mit ihrer Krankheit um als die Gesunden«, sagte er. »Wenn einer unheilbar krank und für die Welt gestorben ist, was hindert ihn dann noch, über sich selbst zu lachen? Sie sind ohne Hoffnung, aber genauer müsste es heißen, dass sie frei von Hoffnung sind. Ein gewaltiger Unterschied! Der Sieg über Mutlosigkeit und Verzweiflung liegt oft gerade im endgültigen Scheitern.«

»Wart Ihr schon früher hier?«, fragte Jacop.

Jaspar nickte. »Verschiedene Male.«

»Hattet Ihr niemals Angst, Euch anzustecken?«

»Nein. Wisst Ihr, das wird alles etwas übertrieben. De facto, obwohl es keiner wahrhaben will, muss man schon verdammtes Pech haben, um sich anzustecken. Ihr habt nur die Kranken gesehen, aber zwei von ihnen leben mit ihren Ehepartnern in Melaten, und die sind gesund.«

»Ich dachte, der Kontakt mit Gesunden sei den Aussätzigen untersagt.«

»Ist er auch, es sei denn, ein Gesunder sucht ihn seinerseits aus freien Stücken. Es kommen ja auch Leute nach Melaten wie der Weinkutscher oder die Waschmägde. Und Ihr kennt den Schellenknecht, der in Köln für sie bettelt. Er hat ständig mit ihnen zu tun, aber man hat selten gehört, dass die Krankheit auf solche Leute übergeht, und wenn, dann erst nach langen Jahren. Nein, die Aussätzigen sind keine wirkliche Gefahr. Sie sind eine Mahnung an die Hochmütigen. Jeden kann es erwischen. Die Lepra macht keine Unterschiede zwischen Arm und Reich. Eine gerechte Strafe Gottes, die er den verfluchten Kreuzrittern mitgegeben hat als Begleiterin der Schätze, die sie dem Morgenland gestohlen haben.« Er sah Jacop an und grinste. »Der gute Hannes hat Euch ganz schön den Schrecken in die Glieder getrieben, was?«

»Hannes ist der ohne Gesicht?«

»Der schlimmste Fall in Melaten, ja. Seltsamerweise lebt er. Ich meine, immer noch.«

»Er konnte auch lachen«, sagte Jacop. »Übrigens, wie habt Ihr mich gefunden? Was ist Euch überhaupt passiert, nachdem wir uns vor Klein St. Martin getrennt hatten?«

Jaspar hob die Hände und machte flatternde Bewegungen.

»Entwischt«, lachte er. »Ich glaube, die Burschen hatten gar nicht den Auftrag, uns am Kragen zu packen, sie sollten uns einfach auf den Fersen bleiben, bis unser verrückt gewordener Kreuzritter uns in irgendeinem verschwiegenen Winkel erledigt. Bei Euch verhielt es sich vielleicht ein wenig anders, aber mich kann man nicht einfach auf offener Straße entführen oder gar umbringen. Aber womit sie eben nicht gerechnet hatten, war, dass wir den Braten riechen. Sie hatten einfach nicht erwartet, dass wir davonlaufen. Und da waren sie nun plötzlich ratlos und bekamen Angst, sie könnten uns aus den Augen verlieren, wofür man sie später zur Rechenschaft ziehen würde, also ließen sie alle Tarnung fallen und liefen uns hinterher. Gott sei Dank hat man uns nicht die intelligentesten Exemplare der Christenheit auf den Hals gehetzt, denn ich bin natürlich sofort bei St. Maria im

Kapitol reinmarschiert. Das haben sie ebenso wenig gesehen wie vermutet, die Idioten, dass ich mich in der nächstbesten Kirche verstecke. Mir war klar, dass sie frühestens auf der Hochpforte einen klaren Gedanken fassen und zurückkommen werden. Also bin ich durch den Seitenausgang sogleich wieder raus und stehenden Fußes aufs Forum geeilt, in der Hoffnung, Euch dort aufzuspüren. Das ist mir auch gelungen, Ihr wurdet nämlich gerade recht spektakulär von einem Rettich verdroschen. Aber ich kam nicht an Euch ran. Alles Weitere habe ich miterlebt, aus sicherer Entfernung. Als mir klar wurde, dass Ihr unter dem Karren fürs Erste außer Gefahr seid, bin ich hinterhergegangen. Rumpelt ja langsam genug vor sich hin, so eine Kiste. Irgendwann wird er wohl mal halten, dachte ich. Dann sah ich Euch in der Einfahrt von Melaten verschwinden und hab die Beine in die Hand genommen! Na, zu spät, sie hatten schon das Tor geschlossen. Aber wie gesagt, ich kenne Melaten und damit auch das Hintertürchen.« Er nickte selbstzufrieden. »Habe Euch also gerettet. Schickt mir ein Dankesschreiben, ach nein, das könnt Ihr ja gar nicht. Und die ganze Zeit über, während ich Euch hinterherlief, habe ich mich gefragt, warum springt der Fuchs nicht ab? Ich hab's nicht begriffen, um ehrlich zu sein, bis jetzt nicht.«

»Weil der Fuchs in der Falle saß«, sagte Jacop säuerlich. »Er hatte die Pfoten zu tief zwischen die Bretter gesteckt.«

»Und kam nicht mehr raus?« Jaspar lachte aus vollem Halse. »Das ist allerdings wert, in jedem Gruithaus erzählt zu werden.«

»Danke. Erspart mir den Ruhm.«

»Wenn das Eure Häscher wüssten! Aber die wissen gar nichts. Ich vermute, die Burschen sind nicht mal eingeweiht, man hat ihnen lediglich gesagt, dass sie uns aus irgendwelchen fadenscheinigen Gründen verfolgen sollen.«

»Warum sie mich verfolgen sollen, wussten sie aber verdammt genau«, versetzte Jacop.

»Euch? Ach richtig, Ihr habt ja einen Gulden geklaut! Schurke. Wem eigentlich?«

»Mathias Overstolz.«

Jaspar blieb stehen und riss die Augen auf.

»Dem? Warum denn gerade dem, um Herrgotts willen?«

»Ich habe ihn ja nicht gestohlen«, verteidigte sich Jacop. »Er hat ihn mir geschenkt, das war gestern Morgen, und plötzlich soll ich ihn gestohlen haben.«

»Augenblick mal«, sagte Jaspar. Er schien verwirrt. »Warum schenkt Euch Mathias Overstolz einen Gulden?«

»Ich stand vor dem Haus in der Rheingasse und versuchte, mir das Wams um den Kopf zu wickeln. Hatte ich das nicht erzählt?«

»Nein«, sagte Jaspar mit gerunzelter Stirn. »Wer weiß, was Ihr noch alles vergessen habt zu erzählen.«

Schweigend gingen sie wieder nebeneinander her. Im Licht der tiefstehenden Sonne leuchteten die Felder und Wiesen um sie herum in unnatürlicher Intensität.

»Füchschen, sagt Ihr mir eigentlich die Wahrheit?«

»Warum?«

»Wir sind uns gestern das erste Mal begegnet. Mein Vertrauen in Euch ist groß, aber nicht grenzenlos. Darum noch einmal: Habt Ihr bis jetzt in allem die Wahrheit gesagt?«

»Ja, verdammt!«

»Gut«, nickte Jaspar. »Dann kennen wir jetzt wahrscheinlich einen der Auftraggeber für Gerhards Ermordung.«

»Mathias Overstolz?«, fragte Jacop entgeistert.

»Und nicht nur den«, sagte Jaspar. »Mir wird schlagartig einiges klar! Ich habe mir nämlich das Hirn zermartert, wie unsere Verabredung mit den Zeugen durchsickern konnte. Ich fürchte, dass ich Bodo gegenüber zu viel verraten habe, und er hatte natürlich nichts Besseres zu tun, als es im Schöffenkollegium herumzuerzählen. Aber im Schöffenkollegium –«

»– sitzt Theoderich Overstolz«, ergänzte Jacop.

Das ist ja furchtbar, dachte er. Eine der mächtigsten Kölner Dynastien will meinen Tod?

»Aber was haben die Overstolzen mit alldem zu tun?«

Jaspar zuckte die Achseln. »Wie Ihr schon selber festgestellt habt, ist eine größere Sache im Gange, und Gerhard war ihnen vermutlich zu schlau geworden. Selber machen sie sich die Hände aber nicht schmutzig. Wenngleich Mathias Overstolz zu allem Überfluss einen persönlichen Hass auf Euch entwickelt haben dürfte.«

»Warum denn das?«

»Ist das nicht offensichtlich? Ihr habt ihn genarrt. Wie muss ihm zu Mute gewesen sein, als ihm klar wurde, dass er ausgerechnet Euch, einem, den er verzweifelt sucht, einen Gulden geschenkt hat. Mathias gilt als kalter Denker, nur der Logik unterworfen. Viele sagen, er ginge lediglich zur Kirche, weil seine Berechnungen die Eventualität zulassen, es könne vielleicht doch einen Gott geben. Er hätte Euch jedes nur erdenklichen Verbrechens bezichtigen können, um seine Knechte – denn das sind sie meines Erachtens, Knechte der Overstolzen – auf die Jagd nach Euch zu schicken. Aber nein, er klagt Euch des lächerlichen Diebstahls eines einzigen Guldens an. Wenn dahinter keine Rachegelüste stecken, weiß ich nicht, wie man Rache buchstabiert.«

Jacop holte tief Luft. »Mit anderen Worten, ich bin tot.«

»Ihr scheint mir recht lebendig«, versetzte Jaspar munter.

»Ja. Noch.«

Jaspar rieb ausgiebig seinen Nasenrücken. »Nehmen wir an, der Hintergrund des Ganzen ist höhere Politik«, sagte er. »Wenn ein Patriziergeschlecht beginnt, Dombaumeister umzubringen, und jeden liquidieren lässt, der zufällig Wind davon bekommt, wage ich mir kaum auszumalen, was sie wirklich vorhaben. Wir können stolz sein, Füchschen. Man wird uns vielleicht allen den Hals umdrehen, aber wenigstens können wir uns nicht beklagen, drittklassigen Halunken in die Hände gefallen zu sein. Nur, ohne mich dem Willen des Herrn widersetzen zu wollen, mir gefällt mein Hals, so wie er ist, recht gut, und Eurer auch. Widmen wir uns also der Frage, wie wir sie retten können.«

»Indem wir die Overstolzen unter Druck setzen«, schlug Jacop vor.

»Gute Idee. Spielen wir's mal durch. Ihr habt zwei Namen und einen Verdacht. Schön! Ihr selber seid nun, entschuldigt die harschen Worte, ein abgehalfterter Halunke und Tagedieb, tretet aber, Herz in der Hand, vor das Schöffenkollegium, um zu beweisen, dass die Overstolzen Gerhard Morart vom Gerüst geschmissen haben. Mathias Overstolz ist ein Teufel, sagt Ihr, er hat sich schlimmster Verbrechen schuldig gemacht, von denen er eines allerdings nicht selber begangen hat und die Natur des anderen mir unbekannt ist. Außerdem gibt es da einen Kerl mit langen Haaren, ich weiß zwar nicht, wer's ist, aber summa summarum bitte ich hiermit die hohen Richter, meine persönlichen Bauchschmerzen zum Anlass zu nehmen, Kölns bedeutendste Kaufmannsfamilie in den Kerker zu werfen.«

»Sitzen da nicht schon ein paar von ihnen?«

»Ja, aber die hat der Erzbischof reingebracht und nicht der Dechant von St. Maria Magdalena, von Euch kleinem Gauner ganz zu schweigen. Und was zudem, wenn Mathias und Theoderich nur zwei von vielen sind, Mitglieder einer mächtigen Verschwörung? Vielleicht lauft Ihr mit Eurem Wissen zum Bürgermeister, und ausgerechnet der ist mit im Bunde?«

Jacop ließ den Kopf hängen.

»Was können wir dann noch tun?«, fragte er ratlos.

»Was ich Euch gestern schon geraten habe«, erwiderte Jaspar. »Angreifen. Wir werden nie die Wahrheit finden, wenn wir uns auf das bereits Gefundene beschränken. Sagte schon Gilbert von Tournai. *Ceterum censeo Carthaginem esse delendam.* Unsere einzige Chance ist, rauszufinden, was sie vorhaben, um ihnen im entscheidenden Moment einen Schritt voraus zu sein. Gestern betraf der Ratschlag Euch. Heute betrifft er uns beide.«

Er legte den Kopf in den Nacken und sah einem Strich Gänse nach, die auf ihrem Weg nach Süden über das Land zogen.

»Wenn es nicht schon zu spät ist«, murmelte er.

Richmodis

Es war ein gleichmäßiges Holpern und Quietschen, das sie wieder zu sich brachte. Ihr erster Eindruck war, sie müsse ersticken. Sie versuchte, sich zu bewegen. Es gelang ihr nicht, obgleich sie einige ihrer Gliedmaßen schmerzhaft spürte und andere dafür gar nicht. Eine Weile dachte sie darüber nach, woher die Schmerzen kamen. Dann begriff sie, dass jemand sie von oben bis unten mit Riemen verschnürt hatte, die tief ins Fleisch schnitten.

Sie wollte schreien, aber etwas Dickes, Weiches steckte in ihrem Mund. Kein Wunder, dass sie kaum Luft bekam. Schwach hörte sie Rufen, das Wiehern von Pferden, Straßenlärm. Nach einer Weile nahmen die Geräusche ab, nur das Holpern blieb. Sie lag auf einer schiefen Ebene in völliger Schwärze und fühlte Panik in sich aufsteigen. Wieder versuchte sie, sich zu bewegen. Etwas legte sich fest auf ihre Schulter.

»Ruhig«, sagte eine sanfte Stimme. »Oder ich muss Euch töten.«

Sie erzitterte und wagte nicht mehr, sich zu rühren. Das Letzte, woran sie sich erinnern konnte, war Rolof gewesen, wie er sich auf den großen Fremden gestürzt hatte, einen Fremden, den sie erkannt zu haben glaubte, ohne dass sie ihn je zuvor gesehen hatte. Jacop hatte von ihm erzählt. Der Fremde war Gerhards Mörder. Er hatte sie niedergeschlagen.

Kaum fähig zu atmen, lag sie da und versuchte, ihre Angst niederzukämpfen. Sie war kurz davor durchzudrehen. Aber wenn sie die Nerven verlor, würde er seine Drohung vielleicht wahrmachen.

Endlich hörte das Holpern auf. Sie fühlte sich von der Ebene heruntergezogen und fiel weich zu Boden. Unmengen von Decken wurden von ihr genommen, bis sie den Blick wieder frei bekam. Sie musste ausgesehen haben wie ein unförmiges Paket, nicht mehr als Mensch zu erkennen.

Der Mann beugte sich über sie. Seine schimmernde Mähne fiel bis zu ihr herab, so dass sie sich fühlte wie im Innern einer Trauerweide. Dann wurde sie aufgehoben. Er löste einige der Riemen. Endlich konnte sie ihren Körper wieder strecken, aber es tat höllisch weh, als das Blut zu zirkulieren begann und in die tauben Gelenke zurückfloss. Der Mann zog ihr den Knebel aus dem Mund, und keuchend lag sie auf dem Rücken, voller Furcht und zugleich dankbar für die frische Luft. Zumindest der Erstickungstod war ihr erspart geblieben.

Sie hob den Kopf. Ihr Blick schweifte hin und her, versuchte zu ergründen, wo sie sich befand. Die Wände waren grob gemauert, die Decke mit den wuchtigen Querbalken rußgeschwärzt. Durch winzige Scharten fiel ein wenig Licht herein, in dessen Schein sie Jaspars Handkarren sah.

Sie war auf dem Handkarren hergebracht worden! Wo, um alles in der Welt, war Rolof?

Der Fremde betrachtete sie reglos. Vorsichtig versuchte sie, die Hände auszustrecken, aber abgesehen von den Schnüren, die ihren Körper zusammengedrückt hatten, war sie immer noch an allen Gelenken gefesselt und unfähig, sich zu rühren.

»Wo bin ich?«, fragte sie schwach.

Er trat wortlos hinter sie und zog sie hoch, bis sie aufrecht und zitternd zu stehen kam. Mühelos stemmte er sie weiter in die Höhe und trug sie zu einem der massiven Pfeiler, welche die Decke stützten.

»Bitte sagt mir, wo Ihr mich hingebracht habt«, flehte sie.

Er lehnte sie gegen den Pfeiler und begann, sie festzubinden, bis sie fast ein Teil davon geworden war.

Dann durchzuckte sie ein Hoffnungsschimmer. Wenn er sich so viel Mühe gab, konnte er unmöglich vorhaben, sie zu töten. Wenigstens nicht sofort. Offenbar wollte er sie hier zurücklassen und sicherstellen, dass sie ihm nicht entkam. Er hatte etwas anderes mit ihr im Sinn. Fraglich allerdings, ob es besser oder schlechter war, als getötet zu werden.

Die Riemen wurden fester gezurrt, und sie stöhnte unwillkürlich auf.

Mit gemächlichen Schritten trat er vor sie hin und musterte ausgiebig sein Werk. Wieder überfiel Richmodis namenlose Angst vor der Leere hinter seinem Blick. Was sie sah, war nur eine Larve, eine schöne Hülle, und sie fragte sich, wie Gott ein solches Wesen hatte schaffen können.

Jacop hatte nicht ausschließen wollen, er sei der Teufel. Sollte er am Ende Recht behalten?

Na gut, dann bist du eben in der Hölle, dachte sie. Aber das war ja Unsinn! Wer hatte je gehört, dass man per Handkarren in die Hölle kam?

»Wo ist Rolof?«, machte sie einen weiteren Versuch, ihn zu einer Äußerung zu bewegen. Der Fremde hob leicht die Brauen, wandte sich ab und ging hinüber zu einer schweren Bohlentür.

»Warum habt Ihr mich hergebracht?«, rief sie verzweifelt.

Er blieb stehen und drehte sich zu ihr herum.

»Ich hatte schon die Hoffnung aufgegeben, eine intelligente Frage von Euch zu hören«, sagte er und kam zurück. »Wir leben in keiner sonderlich intelligenten Zeit, findet Ihr nicht auch? Mit wem soll ein gebildeter Mensch heute noch gelehrte Bemerkungen austauschen und das Neue diskutieren? Die Doctores und Studiosi an den Universitäten haben sich zu Handlangern der Päpste erniedrigt, und denen hat schon Bernhard der Mystiker seine Befehle in die Feder diktiert, als er beschloss, es könne nichts Neues geben, wie auch dem Diesseits keinerlei Bedeutung zukomme. Gut, wenn er meint. Machen wir der Welt den Weg frei ins Jenseits.«

Seine Finger glitten über ihre Wange. Sie drehte den Kopf zur Seite, die einzige Bewegung, zu der sie fähig war, und erschauderte.

Er lächelte.

»Weder werde ich Euch verraten, wo Ihr seid, noch, was ich mit Euch zu tun gedenke.«

»Wer seid Ihr?«

»Nicht doch!« Er drohte ihr spielerisch mit dem Zeigefinger. »Ihr hattet versprochen, intelligente Fragen zu stellen. Das ist keine intelligente Frage.«

»Ihr habt Gerhard Morart getötet.«

»Habe ich ihn getötet?« Der Fremde zog in gespielter Verwunderung die Brauen hoch. »Nun, ich kann mich erinnern, ihm einen Stoß versetzt zu haben. Ist es meine Schuld, dass er die Breite des Gerüsts so knapp bemessen hatte?«

»Und das Mädchen habt Ihr umgebracht, das Mädchen auf dem Berlich«, stieß sie hervor. »Warum tut Ihr so etwas?«

»Sie stand im Weg, als ich zielte.«

Richmodis spürte, wie ihr die Tränen in die Augen stiegen. Zornig kämpfte sie dagegen an.

»Wer wird Euch als Nächstes im Wege stehen?«, flüsterte sie.

»Hört auf zu fragen, Richmodis.« Er breitete die Hände aus. »Ich kann nicht alles wissen. Die kleinen Überraschungen des Lebens kommen unvermutet. Was mich betrifft, so könnt Ihr hundert Jahre alt werden.«

Sie musste husten. Ihre Lungen schmerzten.

»Und was muss ich dafür tun?«, fragte sie tonlos.

»Nichts.« Er zwinkerte ihr zu, als seien sie alte Freunde, und zog den Knebel wieder hervor. »Verzeiht, wenn ich jetzt fort muss und unsere kleine Unterhaltung nicht vertiefen kann. Ich habe mich einer wichtigen Aufgabe zu unterziehen und bedarf ein wenig der Ruhe. Ein heiliges Werk!« Er lachte. »Wie es vielleicht jemand ausdrücken würde, der töricht genug ist, an einen Gott zu glauben.«

Merkwürdig. So sehr sie ihn hasste und verabscheute, Furcht vor ihm empfand, umso schlimmer schien ihr der Gedanke, er könne gehen und sie alleine an diesem kalten, schrecklichen Ort zurücklassen.

»Wer sagt Euch, dass es Gott nicht gibt?«, stieß sie hastig hervor.

Er hielt inne und betrachtete sie aufmerksam.

»Eine kluge Frage. Beweist mir seine Existenz.«

»Nein! Beweist Ihr mir seine Nichtexistenz.«

Sie hatte Jaspar und Goddert zur Genüge solche Unterhaltungen führen hören. Plötzlich schien es ihr, als liege in der Macht der Dialektik die einzige Möglichkeit, eine Brücke zu dem Fremden zu schlagen.

Er kam näher, so dicht, bis sie seinen Atem auf ihrem Gesicht spürte.

»Beweist mir, dass es keinen Gott gibt«, wiederholte Richmodis mit bebender Stimme.

»Das könnte ich tun«, sagte er leise. »Aber es würde euch nicht gefallen.«

»Nur keine falsche Rücksichtnahme«, zischte sie ihn an. »Oder sollte ich am Ende annehmen, dass Gerhards Mörder kneift? Ihr seid doch sonst nicht so zimperlich.«

Seine Brauen zogen sich zusammen.

»Ich habe kein persönliches Interesse daran, Euch zu quälen«, sagte er. Seltsamerweise klang es aufrichtig.

»Ach, nein?«

»Nein. Was ich tue, dient einfachen Zwecken. Weder finde ich Vergnügen im Töten noch belastet es mich. Ich habe einen Auftrag angenommen, in dessen Verlauf der Tod einiger Menschen notwendig wurde, das ist alles.«

»Das ist noch lange nicht alles, habe ich Recht?«

»Ihr seid zu neugierig, schöne Richmodis. Ich werde jetzt gehen.«

»Warum fügt Ihr den Menschen so viel Leid zu?«

Er schüttelte den Kopf. »Es obliegt nicht mir, jemandem Leid zuzufügen. Ich trage keine Verantwortung für den Tod. Mir ist es gleich, wie viele Menschen auf welche Weise sterben. Es spielt keine Rolle. Die Welt ist ohne Ziel. Sie bleibt, was sie ist, ob mit oder ohne Menschen.«

Wut stieg in ihr auf.

»Wie könnt Ihr so zynisch sein? Jedes Menschenleben ist heilig, jeder Mensch von Gott geschaffen und gewollt.«

»Gott existiert nicht.«

»Dann beweist es mir!«, beharrte sie.

»Nein.«

»Weil Ihr es nicht könnt.«

»Weil ich es nicht will.«

»Beweist es!«

»Wozu?« Er sah sie beinahe mitleidig an. »Ich weiß, dass er nicht existiert. Aber Ihr habt keinerlei Recht, den Beweis seiner Nichtexistenz von mir einzufordern. Wenn Ihr partout meint, ich sei dessen nicht fähig, kann ich gut damit leben. Glaubt meinethalben, was Ihr wollt.«

Er hob den Knebel.

Ich verliere ihn, dachte Richmodis. Ich muss mehr über ihn erfahren, es muss doch irgendwo noch ein Funke Gefühl in ihm stecken.

»Was hat man Euch angetan, dass Ihr so geworden seid?«, fragte sie, erstaunt über ihre eigenen Worte.

Seine Miene erstarrte zu Stein.

Einen kurzen Moment lang glaubte Richmodis, es geschafft zu haben, zu ihm vorgedrungen zu sein. Dann lächelte er plötzlich wieder.

»Das war nicht übel.« In seiner Stimme mischten sich Spott und Bewunderung. Rasch stopfte er ihr den Knebel zwischen die Zähne, drehte sich um und schritt mit wehendem Umhang zur Tür.

»Aber leider nicht gut genug! Sorgt Euch nicht, mein Stern, ich werde zurückkommen, und vielleicht lasse ich Euch sogar frei. Einstweilen seid Ihr hier gut aufgehoben. Weder der Fuchs noch Euer geliebter Onkel dürften es jetzt noch wagen, abstruse Geschichten über einen angeblichen Mord zu verbreiten.«

Die Scharniere knarrten, als er die Tür aufzog. Kurz sah Richmodis einen leeren Hof mit einer Mauer davor.

»Benehmt Euch ziemlich, wie es sich für ein wohlerzogenes Fräulein gehört.« Im hereinbrechenden Licht des späten Nachmittags war er nurmehr ein Schatten, eine Einbildung, ein böser Traum. »Und wenn Ihr unbedingt einen Beweis braucht für das Fehlen jeglicher göttlicher Vorsehung und die absolute Sinnlosigkeit menschlicher Existenz, denkt einfach an mich. Ich bin der Beweis. Einer von Millionen.«

Krachend flog die Tür hinter ihm zu. Sie war alleine mit den Ratten.

Urquhart ließ sich gegen die Mauer des alten leer stehenden Lagerhauses fallen und schloss die Augen.

Die Bilder drohten wieder lebendig zu werden. Er spürte, wie es ihn hinabzog in den roten Strudel der Erinnerungen, aus dem ihm die Geräusche entgegenbrandeten, diese merkwürdig hohen Töne, von denen er nie gedacht hatte, dass Menschen sie hervorbringen konnten.

Nein! Das bin nicht ich, dachte er. Es sind die Erinnerungen eines anderen. Ich habe keine Geschichte.

Er entspannte sich.

Mathias hatte dem Knecht, der ihm den Weg ins Lagerhaus beschrieben hatte, eine Nachricht mitgegeben, aus der hervorging, dass Jaspar und der Fuchs unter Klein St. Martin entkommen waren. Im Grunde hatte Urquhart damit gerechnet. Jetzt beglückwünschte er sich zu seinem Besuch in der Severinstraße. Es machte nichts, dass sie entwischt waren. Nicht das Geringste. Sie konnten die Suche einstellen.

Kurz überlegte er, ob es besser sei, wieder hineinzugehen und die Frau zu töten. Er würde sie ohnehin töten, wenn alles vorbei war, warum also nicht schon jetzt? Aber möglicherweise war es klüger, sie vorerst am Leben zu lassen. Er brauchte sie, um Jaspar und den Fuchs in die Falle zu locken und alle, die seine Geschichte gehört hatten. Er würde den folgenden Abend für die Übergabe der Geisel ansetzen, hier in dem verlassenen Lagerhaus der Overstolzen. Hatte er sie alle beisammen, konnte er sie nacheinander töten und das Gebäude dann in Brand setzen. Man würde einige verkohlte Leichen finden. Ein Unfall, nichts weiter.

Falls dergleichen nach dem morgigen Tag überhaupt noch eine Rolle spielte.

Interessiert betrachtete er die langen Schatten der Mauerzinnen auf dem Hof. Sie krochen auf das Haus zu, als wollten sie danach greifen. Das Bild gefiel ihm. Die schwarzen Finger des Schicksals, geradezu poetisch! Vielleicht sollte er Gedichte schreiben. Inzwischen besaß er so viele Reichtümer, dass er für den Rest seines Lebens tun konnte, was das einzig Erstrebenswerte war. Genießen! Ohne Rücksicht und Reue, ohne Schranken, ohne Sinn und Plan und Schuldgefühle, ohne einen einzigen Gedanken an Vergangenheit und Zukunft. Seine Vergnügungen würden grenzenlos sein, sein Schwelgen unendlich, und die Bilder würden endgültig verblassen und nie wiederkommen. Vielleicht gefiel es ihm, sich zu einem Gelehrten aufzuschwingen und sich einen Palast der Weisheit zu errichten, dessen Hof das Santiago de Compostela abendländischen Forscherdrangs werden könnte und zu dem die größten Geister der Christenheit pilgerten. Er würde ihre Kühnheit ermutigen und sich dann königlich amüsieren über die Narren, die nach einem Sinn des Lebens suchten. Er würde sie fördern und im richtigen Moment fallen lassen. Er würde beweisen, dass Gott nicht existierte und nichts, was ihm gleichkam, dass die Welt nichts als ein schwarzer Abgrund war, in dem es kein Ziel gab außer der Hingabe an den Augenblick, bar jeder Moral, Verpflichtung und Tugend, dass nicht einmal diesem lächerlichen Nominalismus eine Bedeutung zukam, weil es hinter den Begriffen keine Wirklichkeit gab, kein Gut und kein Böse, nichts!

Er wäre der Herrscher des Nichts. Ein reizvoller Gedanke.

Diese eine Aufgabe blieb noch zu erfüllen, hier in Köln, dann würde er Schluss machen mit dem Töten und sich dem Genießen hingeben. Es war beschlossen!

Urquhart stieß sich von der Mauer ab und verließ den verfallenen Hof. Von jetzt an bis zum frühen Morgen hatten Mathias und er verabredet, sich alle zwei Stunden zu treffen, falls etwas Unvorhergesehenes passierte. Dazwischen blieb ausreichend Gelegenheit, nach dem Mädchen zu sehen. Vielleicht fand er ja doch noch Lust an einer Unterhaltung.

Die Botschaft

Vor der Stadtmauer, außer Sichtweite der Torwachen, zogen sie die Kleider der Leprosen an. Jacop hatte immer noch Angst, sich anzustecken, aber Jaspar versicherte ihm, es bestehe keine Gefahr. Sie nahmen die Klappern und näherten sich dem Stadttor. Es war den Versuch wert. Obgleich es den Aussätzigen nur an wenigen Tagen im Jahr gestattet war, Köln zu besuchen, nahm man es damit nicht so genau, vorausgesetzt, die Bettler wiesen sich vorschriftsmäßig durch ihre Tracht und die Klapper aus.

Heute schien so ein Tag der Barmherzigkeit zu sein. Die Wachen ließen sie passieren. Sie wanderten unter der Porta hanonis hindurch und machten reichlich Lärm. Wer sie sah, unterzog sich nicht der Mühe einer genaueren Betrachtung, und darum fiel es auch niemandem auf, dass unter den weißen Mänteln Kutten statt Kniehosen hervorschauten und die beiden Verdammten bei näherem Hinsehen vor Gesundheit strotzten.

Jacop hatte seine Zweifel angemeldet.

»Eine ziemlich auffällige Tarnung.«

»Und darum eine besonders gute«, hatte Jaspar erwidert. »Die beste überhaupt. Der ideale Weg, nicht aufzufallen, ist ein möglichst auffälliges Benehmen.«

»Verstehe ich nicht.«

»Himmeldonnerwetter! Wozu lasse ich seit zwei Tagen das Licht meiner Weisheit über Euch leuchten? Jeder, der uns an den Kragen will, würde doch davon ausgehen, dass wir uns wie Diebe durch die Gassen schleichen. Sie halten Ausschau nach zwei geduckten, dahineilenden Hasenfüßen. Dass wir uns sogar noch bemerkbar machen, käme ihnen niemals in den Sinn.«

»Den Knechten nicht. Dem Langhaarigen vielleicht schon.«

»Auch der ist nicht allwissend.«

So hatten sie sich ohne besondere Hast durch die Stadt begeben, während die Sonne unterging und die Schatten in den Straßen zu einheitlichem Grau verschmolzen. Immer wieder musste der Physikus Jacop am Mantel festhalten.

»Lauft nicht.«

»Haben wir etwa Zeit zu verlieren?«, schimpfte Jacop.

»Nein, nur das Leben. Aussätzige laufen nicht.«

Von Osten kam Wind auf. Er trieb Blätter und Unrat vor sich her. Sie überquerten den Neumarkt, auf dem gerade der Viehmarkt zu Ende ging, schlenderten entlang St. Peter in die Sterngasse und von dort auf die Hochpforte. Ihre einzige Schwierigkeit bestand darin, der Mildtätigkeit einiger frommer Christen aus dem Wege zu gehen, die ihnen Geld oder Lebensmittel schenken wollten. Sie murmelten etwas von einem Gelübde, das es ihnen verbiete, auf offener Straße, und so weiter und so fort. Gelübde mochten noch so unsinnig sein, sie galten als unantastbar. Niemand stellte ein Gelübde in Frage.

Als sie in die Severinstraße einbogen, fielen die ersten Regentropfen, und es wurde merklich kälter.

»Können wir jetzt ein bisschen schneller gehen?«, drängte Jacop. »Es ist ja kaum noch einer auf der Straße.«

»Gerade hier werden wir schleichen wie die Todgeweihten«, gab Jaspar ungerührt zurück. »Wenn sie immer noch nach uns suchen, haben sie jemanden in der Nähe meines Hauses postiert. Niemand wird etwas dabei finden, wenn Leprose an den Türen betteln, aber wenn sie sich im Wettlauf messen, dürfte auch der Dümmste stutzig werden.«

Missmutig fügte sich Jacop in sein Schicksal und zog den Hut in die Stirn. Der Regen wurde heftiger. Als sie Jaspars Haus erreichten, waren sie nass wie die Katzen.

»Was nun?«, fragte Jacop.

»Nun? Wir werden anklopfen und betteln. Rolof öffnet, lässt uns ein, und –«

»Ausgerechnet Ihr erzählt mir solchen Schwachsinn«, unterbrach ihn Jacop. »Kein vernünftiger Mensch würde einen Aussätzigen über seine Schwelle lassen.«

»Rolof ist aber nicht vernünftig, das weiß jeder. Seid jetzt nicht päpstlicher als der Papst, wir haben es immerhin bis hierher geschafft. Wenn wir drinnen sind, entledigen wir uns der Trachten, und dann soll uns ein Mensch beweisen, er habe Aussätzige hineingehen sehen.«

Er pochte mehrmals laut und vernehmlich gegen seine eigene Haustür.

»Keiner da«, konstatierte Jacop.

»Das kann nicht sein.« Jaspar schüttelte verwundert den Kopf und ließ seine Faust erneut gegen die Bohlen knallen. Der Schlag hallte durch das ganze Haus. »Rolof ist um diese Zeit immer anwesend.«

»Vielleicht schläft er.«

»Wäre möglich«, stimmte der Physikus aufgebracht zu. »Ja, Ihr habt Recht, Füchschen, der Bursche hat sich aufs Ohr gelegt! Na warte!«

Mit beiden Fäusten bearbeitete Jaspar die Tür, als gelte es, ein Loch hineinzuhauen. Jacop sah sich nervös um. Das war nicht mehr das Verhalten von Aussätzigen. Jaspar schien zum gleichen Schluss zu gelangen. Er stellte das Hämmern ein und zog ein sorgenvolles Gesicht.

»Und was«, flüsterte Jacop, »wenn sie uns erwarten?«

»Das wollte ich auf diese Weise ja herausfinden«, brummte Jaspar.

»Ist Euch aber nicht gelungen.«

»Bah, und wenn! Diese Häscher sind dumm wie Bohnenstroh. Sie werden uns gar nicht erst ins Gesicht schauen. Angst werden sie bekommen!«

»Falls jedoch –«

»Falls Euer langhaariger Freund zugegen ist, nehmen wir eben die Beine in die Hand.«

Jacop trat unbehaglich von einem Fuß auf den anderen und lärmte zur Sicherheit ein bisschen mit seiner Klapper. Dann fasste er Jaspar beim Arm. »Ich meine, wir sollten verschwinden, solange noch Zeit ist.«

Jaspar bedachte ihn mit einem missbilligenden Blick. »Und wohin?«

»Ich –« Ja, wohin? »Keine Ahnung, zu Richmodis und Goddert vielleicht?«

»Meinen Beifall!«, höhnte Jaspar. »Die Idee ist an Genialität nicht zu überbieten. Ihr seid zu feige, da reinzugehen, aber Richmodis wollt Ihr in Gefahr bringen?«

»Schon gut.« Jacop wandte sich ab. Die Schamesröte stieg ihm ins Gesicht. »Es war dumm.«

»Ja, das war es. Aber wir reden alle dummes Zeug. Kommt, wagen wir's einfach, und damit basta!«

Jaspar stieß die Tür auf, und sie traten ein. Im Raum war es düster, nur im Kamin glomm schwach die Asche.

»Nicht mal ein Feuer hat er gemacht, der Hundsfott!«

Jacop kniff die Augen zusammen.

»Man sieht nichts.«

»Gleich sieht man was. Wo ist der Leuchter?«

Jaspar tapste durch die Stube zu einem dem Kamin gegenüberliegenden Bord, während Jacop versuchte, in den dunklen Konturen etwas zu entdecken. Sein Blick wanderte über Tisch und Hocker zur Kaminbank.

Ein Schatten, massig und starr.

»Jaspar –«

»Stört mich nicht. Wo ist dieser vermaledeite Leuchter?«

»Es ist jemand hier.«

»Was?« Etwas schepperte. Dann sah Jacop einen Funken aufflammen und noch einen. Im nächsten Moment tauchte der Kerzenschein die Stube in weiches, goldenes Licht. Es fiel auf die Kaminbank und auf Rolof.

»Gott im Himmel«, flüsterte Jaspar.

Zögernd traten sie näher. Jacop hatte das Gefühl, sich übergeben zu müssen. Er wollte wegsehen, aber es gelang ihm nicht.

»Was haben die bloß mit ihm gemacht?«

Rolof hatte den Blick starr an die Decke gerichtet. Sein Nasenbein war eingeschlagen. Aber das war nicht das eigentlich Furchtbare an seinem Anblick, sondern vielmehr die Art, wie der Mörder ihn hergerichtet hatte. Eine Strähne dicker, dunkler Locken fiel aus seinem weit geöffneten Mund über die Brust herab und kringelte sich über den Wanst. Und dort –

»Sie haben ihn aufgeschlitzt«, keuchte Jacop.

Jaspar mahlte mit den Zähnen.

»Ja.«

»Aber warum? Oh, verdammt, was hat er ihnen denn getan, er war doch keine Gefahr für sie! Er –«

Seine Stimme versagte. In plötzlicher Erkenntnis griff er nach den abgeschnittenen Locken und zog sie aus Rolofs Mund.

»Richmodis«, flüsterte er.

Jaspar zeigte auf Rolofs Stirn.

»Seht.«

Er wirkte fast sachlich, als untersuche er ein hochinteressantes physikalisches Phänomen. Nur sein Zeigefinger zitterte.

Jacop beugte sich vor. »Was ist denn das?«

Die Stirn des Toten war an mehreren Stellen beschmiert. Verschlungene Zeichen bildeten ein kompliziertes Muster.

»Es ist Schrift«, erwiderte Jaspar. »Darum wurde er so zugerichtet. Sein Mörder brauchte Blut zum Schreiben.«

»Und was –«

»Eine Botschaft.« Er sank neben Rolof auf die Bank und legte das Gesicht in die Hände.

Jacop schauderte. Er hatte Angst, die Wahrheit zu erfahren, obwohl er sie längst ahnte.

»Schon raus damit«, sagte er heiser. »Wie lautet die Botschaft?«

»Sie lebt. Schweigt.«

Rheingasse

Johann stützte das Kinn in die Hände und betrachtete unschlüssig sein Gegenüber.

Nachdem Mathias einen der Bediensteten losgeschickt hatte, um Urquhart den Weg zum alten Lagerhaus zu weisen, hatte Johann versucht, eine Blitzversammlung einzuberufen – ein hoffnungsloses Unterfangen an einem arbeitsreichen Wochentag. Immerhin waren Theoderich, ein ziemlich angetrunkener Daniel und Heinrich von Mainz erschienen. In kurzen Zügen hatte er sie über die Geiselnahme informiert. Die Reaktionen der Männer fielen unterschiedlich aus. Während Heinrich wie immer ohne rechte Meinung war, schaute Theoderich unglücklich drein. Johann verstand ihn. Sie hatten eine Lawine von Ereignissen ausgelöst. Die Situation begann sich zu verselbstständigen. Urquhart machte inzwischen die Spielregeln, während die Reinheit ihres Bundes zunehmend vom Schmutz abscheulicher Notwendigkeiten besudelt wurde. Das Mittel schwang sich auf zum Zweck.

Daniel hingegen zeigte sich begeistert und pries Urquharts Scharfsinn in den höchsten Tönen. Sein eigener Sohn widerte Johann an. Natürlich hatte Daniel Recht. Allerdings nur, solange es die Position des Verstandes betraf. Zunehmend jedoch fragte sich Johann, ob sie nicht in Wahrheit Sklaven eines Ungeistes geworden waren, der sie in die falsche Richtung wies. Ob die Richtung überhaupt je gestimmt hatte.

Anschließend hatte er noch eine Stunde gearbeitet, ohne recht bei der Sache zu sein. Schließlich hatte er es aufgegeben und war nach Hause gegangen, um zu beten und dann zum Zimmer der alten Frau hochzusteigen, um auch sie zu informieren und sich an ihrer Standhaftigkeit zu wärmen.

Aber die alte Frau schlief.

Er hatte lange am Fenster gestanden und hinaus auf den einsetzenden Regen geschaut. Der Abend rückte näher und damit die Zeit, da im Haus gegessen wurde, aber er verspürte keinen Appetit. Müde bat er Hadewig, ihn eine Weile alleine zu lassen, zog sich in sein Arbeitszimmer zurück und hoffte, die Nacht würde schnell vorübergehen, auch wenn ihm vor dem morgigen Tag graute.

Lange blieb er nicht allein.

Es war Kuno. Der junge Patrizier bat ihn eindringlich, wieder an ihren Versammlungen teilnehmen zu dürfen.

Johann schwieg und versuchte, seine Unsicherheit hinter Ausdruckslosigkeit zu verbergen. Tief im Innern verstand er sogar Kuno immer besser. Aber sie waren schon zu weit gegangen. Sie konnten nicht mehr zurück, und hierin mochte Kunos fataler Irrtum liegen. Alles rückgängig machen zu wollen, auch wenn er vorgab, ihrer Sache wieder aus ganzer Überzeugung anzuhängen.

Johann legte die Hände zusammen und schüttelte langsam den Kopf.

»Nein«, beschied er.

»Was fürchtet Ihr?«, fragte Kuno.

»Eure Inkonsequenz«, erwiderte Johann. »Ihr habt Euch zu einem Kampf gemeldet, den Ihr ohne Waffen austragen wollt. Besiegen möchtet Ihr den Feind, ihn aber gleichzeitig schonen. Schlachten werden auf dem Feld geschlagen, nicht im Kopf. Ich würde Euch zutrauen, uns alle zu vernichten, nur weil Ihr glaubt, jemand anderen damit retten zu können.«

»Das ist nicht –«, begehrte Kuno auf.

Johann hob die Hand und schnitt ihm das Wort ab.

»Ich sage das, weil ich glaube, dass Ihr viel zu sentimental seid. Nicht, dass ich etwas gegen Gefühle habe. Aber wir hätten Euch nie in den Bund aufnehmen dürfen. Nun, es blieb uns keine

Wahl. Keinem von uns. Jetzt immerhin habe ich die Wahl, Euch zu trauen oder Vorsicht walten zu lassen.«

»Und Ihr traut mir nicht?«

»Nein. Ihr lügt, wenn Ihr mir weismachen wollt, Gerhards Tod verschmerzt zu haben und zu billigen.«

»Das habe ich nicht behauptet! Ich glaube nur nach wie vor an unsere Sache.«

»Auch das tut Ihr nicht.«

Kuno wollte etwas erwidern. Dann zögerte er.

»Nun?«, fragte Johann.

»Alles, was ich weiß«, sagte Kuno bedächtig, »ist, dass Menschen sterben müssen, die uns keinen Schaden zugefügt haben. Wir empfinden Unrecht angesichts der Unsrigen, denen man Leben und Freiheit raubte, obgleich auch sie niemandem etwas Böses taten, sondern nur versuchten, ihre Rechte zu schützen. Ja, es stimmt, ich habe einem Vorhaben zugestimmt, dessen Konsequenzen ich verneine. Ich bin mir bewusst, dass darin etwas Paradoxes liegt.« Er beugte sich vor und sah Johann ruhig an. »Aber auch Ihr, Johann Overstolz, habt Euch diesem Vorhaben verschrieben. Kommt Euch nicht allmählich der Gedanke, dass man Unrecht nicht bekämpfen kann, indem man selber unrecht handelt?«

Johann nickte.

»Doch. Und ich achte Eure Worte, Kuno. Aber soeben habt Ihr mir endgültig bewiesen, dass auf Euch kein Verlass ist. Meine Antwort lautet, nein. Wir werden Euch nicht wieder aufnehmen.«

Kuno sah ihn ausdruckslos an. Dann erhob er sich.

Ohne ein weiteres Wort verließ er den Raum.

Er war unglücklich und erleichtert zugleich. Wenn Johann keinen Frieden mit ihm schließen wollte, würde es auch von den anderen niemand tun. Johann und Mathias hatten alle Prinzipien über Bord geworfen, verblendet von Blithildis' Hass. Aber mit dieser letzten Entscheidung Johanns war er frei. Nicht frei von Schuld, dass er für den Bund gestimmt und damit unwissentlich Gerhards Tod provoziert hatte. Davon würde ihn niemand je freisprechen können. Aber der unheiligen Gemeinschaft gegenüber war er nicht länger verpflichtet.

Er hatte sich losgesagt!

Auf der Treppe wandte er sich noch einmal der geschlossenen Tür zu, hinter der Johanns Arbeitszimmer lag. Er fühlte keinen Groll gegen den Alten. Johann musste wohl so handeln. Es interessierte ihn nicht länger.

»Ach, sieh mal an!«

Kuno wandte seinen Blick nach unten. Am Fuß der Stiege lehnte Daniel und grinste wie die Katze, die die Nachtigall gefressen hat.

Einen Moment lang war Kuno versucht, ihn mit ein paar wohlgezielten Worten zu beleidigen, als Rache für die Schmach, die Daniel ihm auf Gerhards Begängnis angetan hatte. Dann siegte sein Stolz. Auch das lag hinter ihm. Ohne besondere Eile schritt er die Stufen hinab, bis er dem jungen Overstolzen Auge in Auge gegenüberstand. Eine Wolke aus Alkohol schlug ihm entgegen. Daniel war sturzbetrunken wie seit langem nicht mehr.

»Na, junger Freund tapferer Männer?« Daniel schob seine Zungenspitze vor und ließ sie zwischen seinen Zähnen hin- und herschnellen. »Willst du wieder mitspielen? Wir lassen dich aber nicht.«

Kuno betrachtete ihn und empfand nichts als Abscheu.

»Du bist eine Schande für deine Familie«, sagte er leise und machte Anstalten, weiterzugehen.

Daniel hielt ihn am Arm fest.

»Lass mich los«, flüsterte Kuno mühsam beherrscht.

»Warum denn? Hast du plötzlich was gegen Männerhände?« Daniel krauste verächtlich die Nase und ließ Kunos Arm fahren, als habe er die Pocken. »Bah, wer schert sich schon um dich und dein Geheule? Widerlich! Beklagst du immer noch die Toten?«

Er fletschte die Zähne. »Lass ein paar Tränen übrig, Memme, es werden noch welche folgen!«

Kuno wandte sich ab. Es werden noch welche folgen –

»Wie meinst du das?«, fragte er, ohne Daniel anzusehen.

»Wie ich das meine?« Daniel spuckte aus und bohrte ihm den Zeigefinger zwischen die Rippen. »Soll ich dein sensibles Gemüt wirklich damit belasten, wo du doch immer gleich zusammenbrichst? Das kann ich dir nicht antun, Kuno, ich weiß doch, wie sehr du darunter leidest – oder sollte ich doch?« Er tänzelte um Kuno herum und sah ihm aus geduckter Haltung in die Augen. »Ahhh! Ein Blick wie Eisen! Etwa doch ein Mann? Ich bin beeindruckt, Kuno, huuuh! Krieg richtig Angst vor dir!«

Plötzlich stolperte er und torkelte schwer gegen das Treppengeländer.

»Du bist ja nicht mal im Stande, die Last deines eigenen Körpers zu tragen«, meinte Kuno verächtlich. »Geschweige denn, mich zu belasten.«

»Ach ja?«, grinste Daniel. »Bist du nicht schon belastet genug mit deinem wurmstichigen Gerhard Morart? Oooch, armer Gerhard, armer, armer Gerhard! Vom Gerüst gefallen, so ein Pech aber auch, und du bist schuld.« Er taumelte auf Kuno zu und kam schwankend vor ihm zu stehen. »Aber du bist ja noch viel mehr schuld, du bist überhaupt an allem mitschuldig. Geh mal ins alte Lagerhaus, wenn du wissen willst, wer als Nächstes stirbt.«

»Was redest du da, du nach Gruit stinkendes Schwein von einem Overstolzen?«

»Ah!« Daniel vollführte eine theatralische Geste, die ihn um ein Haar wieder aus dem Gleichgewicht brachte. »Dafür sollte ich dich töten, auf der Stelle. Aber dann würdest du ja nicht mehr leiden. Ja, mein lieber weicher Freund, Urquhart hat ein blühendes Ding aus dem Kreis seiner Lieben gerissen. Damit hat er sie alle in der Hand, den Fuchs, den Dechanten –«

»Wer ist das, der Dechant?«

Daniel verzog höhnisch den Mund und winkte ab.

»Nein, nein, Kunokindchen, du musst nicht alles wissen. Es reicht, wenn's dir im Arsch kocht.«

»Du weißt doch gar nicht, was du redest.«

»Sie ist ein schönes Weib, hab ich gehört. Urquhart hat Mathias geschrieben, sie sei die Tochter des Dechanten, bei dem der Fuchs Unterschlupf gefunden hat –«

»Welcher Fuchs?«

»Der gesehen hat, wie dein geliebter Meister Gerhard das Fliegen lernte, der –«

»Ja? Weiter!«

Daniels Blick klärte sich. Mit einem Mal wirkte er beinahe nüchtern.

»Was soll das, Kuno?«, fragte er, jedes Wort betonend.

»Was soll was?«

»Da stimmt was nicht, du bist mir plötzlich zu hellhörig.«

»Ich höre dir nur zu, mein Freund.«

Daniels Augen verengten sich zu Schlitzen.

»Hau ab, du ekelhafter –«

»Spar dir die Worte«, erwiderte Kuno ruhig. »Ich gehe.«

Er ließ Daniel stehen und eilte aus dem Haus hinaus auf den Filzengraben.

»– Ekel erregender Wurm, Ausgeburt aus Schleim, Warze, du Dreck, du –«, schrie ihm Daniel hinterher.

Kuno beachtete ihn nicht weiter. Er wusste endlich, was er zu tun hatte.

Daniel lehnte sich schwer atmend an den Pfosten des Geländers, während die Pforte hinter Kuno zufiel. Oben öffnete sich die Tür zu Johanns Zimmer.

»Was soll das Geschrei, Daniel?«

Er wandte den Kopf und zuckte die Achseln.

»Nichts. Kuno ist unverschämt geworden, da –«

Johann sah ihn zornig an. »Kuno mag ein Narr sein und eine Gefahr, aber er ist weit davon entfernt, unverschämt zu werden.«

»Vater –«

»Nein! Ich will dich hier nicht herumbrüllen hören. Tu das in deinem eigenen Haus, wo deine Frau schon viel zu lange auf dich wartet, aber nicht hier, hast du verstanden?«

Daniel knirschte mit den Zähnen.

»Verstanden.«

»Ich habe dich nicht gehört. Lauter.«

»Ja, verstanden! Verstanden!!!«

Daniel stieß ein wütendes Knurren aus. Er ging mit wackeligen Schritten durch die Halle und riss die Tür auf. Vor ihm prasselte der Regen auf den Lehm.

Du hast einen Fehler gemacht, dachte er. Du hättest nicht so viel quatschen sollen.

Besser, du bringst das in Ordnung.

Severinstraße

»Wir dürfen nicht hier bleiben«, stellte Jacop fest.

Sie hatten Rolof auf die Bank gelegt und seine Augen geschlossen. Mehr konnten sie jetzt nicht tun. Jaspars Leutseligkeit war brodelndem Zorn gewichen. Hatte er bisher trotz der Hetzjagd auf ihn selber ein eher akademisches Interesse für Jacops Fall an den Tag gelegt, so sah er sich wohl nun als unmittelbar Betroffenen, in dessen Haus man eindrang, dessen Familie man bedrohte und dessen Dienstboten abgeschlachtet wurden. Und noch etwas an ihm war anders als sonst. Unter seiner vibrierenden Wut war Unsicherheit. Erstmalig schien er Angst zu empfinden.

Das hielt ihn allerdings nicht davon ab, neben Rolofs Leiche niederzuknien und seine Reise in die Ewigkeit mit stummen Gebeten zu begleiten. Jacop stand daneben und wusste nicht recht, was er dem Herrn hätte sagen sollen. Er kannte kaum ein Gebet. Also bat er ihn, Rolofs armer Seele gnädig zu sein, wiederholte mehrmals seine Bitte und befand, damit sei es genug.

»Wir müssen weg«, wiederholte er eindringlich.

Jaspar betete, ohne ihn zu beachten.

»Versteht Ihr?«

»Und warum?«, fragte Jaspar knurrig.

»Warum? Herrgott, weil sie alles über uns wissen!«

»Na und?«

»Sollen wir warten, bis sie zurückkommen und uns Rolof hinterherschicken?«

»Erstens«, sagte Jaspar in gereiztem Tonfall, während er sich erhob, »denke ich, dass es keine sie waren, sondern ein er, nämlich Gerhards Mörder. Zweitens, warum sollte er wiederkommen? Er hat eine Geisel. Die Mühe braucht er sich gar nicht zu machen. Keiner von uns wird ein Sterbenswörtchen verraten.«

»Seid Ihr da so sicher?«, fragte Jacop zweifelnd.

Jaspar schwieg.

Irgendwie schwieg er zu lange.

»Na gut.« Jacop setzte sich auf einen der Hocker. »Es tut mir Leid, in Euer Haus gekommen zu sein. Ich mache mir schreckliche Vorwürfe wegen Richmodis und trauere um Rolof. Der Gedanke, dass Euch oder Goddert etwas zustoßen könnte, quält mich. Verdammt, es tut mir Leid! Aber ich kann es nicht rückgängig machen. Es war Euer Entschluss, mir zu helfen. Wenn Ihr wollt, dass ich gehen soll, werde ich gehen und versuchen, Richmodis zu finden. Wenn Ihr wünscht, dass ich Euch nie wieder unter die Augen trete, werde ich auch das akzeptieren. Nur, so sehr ich Euch auch zu Dank verpflichtet bin, gebt mir nicht die Schuld, dass Ihr Euch für mich entschieden habt.«

Jaspar runzelte die Stirn.

»Wann hätte ich Euch je irgendwelche Schuld gegeben?«

»Ihr habt es nicht gesagt, Jaspar, aber Ihr habt es gedacht. Ihr macht mich verantwortlich für all das. Stimmt ja auch in gewisser Weise. Aber Ihr hattet die freie Wahl. Niemand hat Euch gezwungen. Versteht das nicht als Undankbarkeit! Ich will lediglich, dass Ihr offen seid. Werft mich meinethalben raus, aber tut nicht so, als wolltet Ihr mir helfen, während Ihr innerlich beginnt, mich zu hassen.«

»Wer behauptet, dass ich Euch hasse?«

»Niemand. Aber im Moment denkt Ihr, hätte ich diesen gottverdammten Strolch bloß nie getroffen – oder meinetwegen, hätte ich ihm nie geholfen – und Rolof würde leben, niemand wäre in Gefahr, und Ihr wägt die Bedeutung meines Lebens gegen das von Rolof und Richmodis ab. Ich ziehe dabei den Kürzeren. Weiß ich. Aber ich weiß auch, dass Ihr jetzt vielleicht ein letztes Mal Gelegenheit habt, Euch zu entscheiden, und ich will nicht, dass Ihr mich und Euch belügt. Ich kann mit allem leben oder sterben, nur nicht mit der Verachtung eines Samariters, der mir zwar beisteht, aber nicht um meinetwillen, sondern um sich selbst nichts vorwerfen zu müssen.« Er senkte die Stimme. »Ich brauche niemanden, der mir sagt, dass mein Leben weniger wiegt als das anderer. Schickt mich fort, wenn Ihr meint. Aber nehmt mir nicht meinen Stolz.«

Jaspar legte den Kopf schief und blinzelte.

»Ihr haltet es für den richtigen Moment, mir das zu sagen?«

»Ja,«

»Mhm.« Er ließ sich Jacop gegenüber nieder und massierte seinen Nasenrücken. Eine Zeit lang hörte man nur das Prasseln des Regens gegen die Fensterläden.

»Es stimmt, ich habe Euch verantwortlich gemacht. Ich dachte, wie kann er sich das Recht herausnehmen, überhaupt weiterhin zu leben, während seinetwegen mein Diener sterben musste und Richmodis werweißwo ist, falls sie überhaupt noch lebt? Er müsste vor Schuldgefühlen im Boden versinken, dachte ich! Und da wagt er noch, mich zu fragen, ob ich mir meiner Vermutungen sicher bin? Der Mann verdient nicht zu leben! Wie kann Gott es zulassen, dass wertvolle Menschen eines Abschaums wegen leiden müssen?‹

Er machte eine Pause.

»Aber ich hatte einen Moment lang vergessen, dass es kein unwertes Leben gibt. Was viel schlimmer ist, ich war dabei, mich aus der Verantwortung zu stehlen. Es ist eben leichter, Euch zu verdammen, als mir einzugestehen, selber für alles verantwortlich zu sein.«

Jaspar zögerte. Dann hob er den Kopf und sah Jacop gerade in die Augen.

»Ich danke Euch für die Lektion, Füchschen. Würdet Ihr meine Hilfe weiterhin annehmen?«

Jacop sah ihn an und musste plötzlich lachen.

»Was ist denn?«, fragte Jaspar konsterniert.

»Nichts. Nur – Ihr habt einen etwas ungewohnten Gesichtsausdruck, wenn Ihr Euch entschuldigt.«

»Ungewohnt?«

»Ein bisschen wie –«

»Wie was?«

»Ich kannte da mal einen Kapaun –«

»Unverschämter Bengel!«, schnaubte Jaspar. »Das kommt davon, wenn man einmal im Leben einen Fehler zugibt!«

»Vielleicht darum. Einmal im Leben.«

Jaspar starrte ihn bösartig an. Dann musste auch er lachen, und sie gackerten eine Zeit lang um die Wette, nervös, überreizt, hysterisch. Trotzdem tat es gut.

»Armer Rolof«, sagte Jaspar schließlich.

Jacop nickte.

»Und nun?«

»Nun?« Jaspar zog die Stirn in tausend Falten. »Ich meine immer noch, wir sollten angreifen.«

»Wen? Wie? Richmodis ist –«

Jaspar beugte sich vor. »Richmodis ist verschwunden. Vergossene Milch. Wir tun nichts für sie, indem wir untätig herumsitzen, und für Rolof schon gar nicht. Ich denke im Übrigen, dass man ihrem Entführer nicht trauen kann, er wird uns alle töten. Aber wisst Ihr, was ich glaube? Dass wir ihn bereits ein bisschen in die Enge getrieben haben.«

»Womit?«, fragte Jacop ungläubig. »Bis jetzt gab es nur auf unserer Seite Opfer.«

»Schon. Aber warum hat er Richmodis nicht einfach umgebracht? In dieser Hinsicht bin ich sicher, dass er die Wahrheit sagt, sie lebt. Ich meine, warum hat er sie überhaupt entführt?«

»Weil es ihm so passte. Er macht mit uns, was er will.«

»Nein, zum Teufel, weil er nicht anders konnte! Versteht Ihr, seine Bemühungen, die Zeugen des Mords an Gerhard aus dem Weg zu räumen, sind gescheitert. Selbst wenn er Richmodis und uns beide töten würde und Goddert obendrein, wüsste er nicht, wem wir es sonst noch erzählt haben. Bezüglich dessen hat er schon verloren. Die Zahl der möglichen Mitwisser ist unüberschaubar geworden, die bisherigen Morde damit sinnlos. Er kann nicht einfach weitermorden. Also musste er einen Weg finden, alle gleichzeitig zum Schweigen zu bringen. Er ist einen Schritt zurückgegangen, versteht Ihr, in die Verteidigung. Er hat Fehler gemacht. Und er wird vielleicht einen weiteren Fehler machen, wenn wir ihn dazu bringen.«

»Wir können ihn nicht dazu bringen«, winkte Jacop ab. »Wir kennen weder seinen Namen noch seinen Aufenthaltsort.«

»Wir wissen, dass er ein Kreuzritter war.«

»Abertausende waren das.«

»Ja, schon, aber dieser ist was Besonderes. Wahrscheinlich von Adel, ein ehemaliger Ritter oder Kleriker, denn er kann schreiben, wenngleich er für meinen Geschmack die falsche Tinte benutzt. Hat in Paris studiert.«

»Woher wollt Ihr das nun wieder wissen?«, stöhnte Jacop.

Jaspar zog ein Gesicht. »Leider von Rolof. Ich sagte ja, unser Mörder beginnt, Fehler zu machen. Jedes universitäre Zentrum hat mit den Jahren seine eigene Schriftvariante herausgebildet. Da gibt es die bolognesische, die englische und die Pariser Variante, um nur einige zu nennen. Die Buchstaben auf Rolofs Stirn sind reinste Pariser Schule.«

»Wenn schon! Ihr vergesst die Patrizier. Ganz gleich, was wir sonst noch über ihn in Erfahrung bringen, sie sind es, die gegen uns stehen.«

»Und auch wieder nicht. Wozu heuern sie einen Mörder an, he? Um die Arbeit zu machen, die sie selber weder verrichten können noch wollen. Dazu gehören Mord, Entführung und Folter. Ich kann mir sogar vorstellen, dass sie ihm vieles einfach überlassen haben.«

»Trotzdem«, wandte Jacop ein. »Was bringt es, ihn zu kennen?«

»Kenne deinen Gegner, und du kennst seinen Plan.«

»Wer hat das nun wieder gesagt?«

»Ich. Nein, dieser römische Imperator Gaius Julius Cäsar, aber es hätte von mir sein können. Egal!«

Jacop seufzte. »Das mag ja sein. Aber ich wüsste nun mal keinen Weg, etwas über ihn in Erfahrung zu bringen.«

»Sicher. Darum seid Ihr der Fuchs, wenngleich ein blöder, und ich ein – wie beliebtet Ihr mich zu nennen?«

»Kapaun.«

»Ein Kapaun, jawohl, ein sehr ausgeschlafener Kapaun, der nicht vorhat, sich schlachten zu lassen, sondern diesen Kampf zu gewinnen, und das wird er auch!«

»Ich fürchte, damit hat der Kapaun Unrecht«, sagte Jacop.

»Nein, hat er nicht!«

»Sondern?«

»Er hat eine Idee!«

Kuno

Das alte Lagerhaus –

Kuno saß im Speisezimmer seines Hauses und versuchte zu ergründen, von welchem Lager Daniel gesprochen hatte. Der Overstolze mochte sturzbetrunken gewesen sein, aber in diesem Punkt hatte er sich wohl an die Tatsachen gehalten. Eine Frau wurde dort gefangen gehalten. Kuno kannte sie nicht. Vieles von dem, was Daniel leichtfertig herausgeplappert hatte, war ihm ein Rätsel. Die Schlussfolgerung verstand er hingegen sehr wohl. Als Resultat des verfluchten Bundes waren wieder Menschen in Bedrängnis, dieser Rothaarige, den sie den Fuchs nannten, eine Frau, vielleicht noch andere.

Die Frau war im alten Lagerhaus. Aber in welchem?

Er lehnte sich zurück und dachte fieberhaft nach.

Verschiedenes wusste er über die Besitzverhältnisse der Overstolzen. Johann und Ida Kone, seine Eltern, hatten regen Kontakt gepflegt mit Johann Overstolz und seiner Mutter Blithildis, der alten Despotin, wie man sie unter der Hand nannte, denn sie beherrschte den Geist der Overstolzen mehr denn je. Etwas Unheimliches haftete der alten, blinden Frau an, die vor Jahren schon einmal irrtümlich für tot erklärt worden war, ein Irrtum, der seinen Weg in die Schreinsbücher und damit vermutlich unwiderrufbar in die Geschichte gefunden hatte. Drei Tage hatte sie wie tot gelegen und war dann wieder erwacht, hilflos und an den Stuhl gefesselt. In Wirklichkeit zog sie die Fäden und lenkte die Geschicke der mächtigsten Patrizierfamilie Kölns, mehr noch als der alte Gottschalk Overstolz, und Kuno wusste, dass nur der Hass sie noch am Leben hielt, der Hass auf alle, die ihrem Geschlecht Schaden zugefügt hatten, ohne Strafe zu erleiden.

Vor zwei Jahren, lange nach seiner Mutter, war dann auch sein Vater gestorben, und Kuno hatte das große Stammhaus der Kones mit den Familien seiner Brüder bewohnt, Bruno und Margaretha, Hermann und Elisabeth. Es war eine kurze, aber glückliche Zeit gewesen, bis zu dem schicksalhaften Tag.

Margaretha und Elisabeth lebten nun bei Verwandten, aus Angst vor Repressalien seitens der Kölner Justiz. Bruno und Hermann versteckten sich am Hof des Grafen von Jülich. Kuno bewohnte den Stammsitz alleine.

Er fühlte sich einsam dort. Er dachte, dass seine anfängliche Begeisterung für den Bund vielleicht nur darauf zurückzuführen war, dass er mit seiner Einsamkeit nicht umzugehen vermochte. Dann wieder wurde ihm bewusst, dass er immer einsam gewesen war. Sein Vater hatte ihn nicht sonderlich geschätzt, er war ihm zu weich und rätselhaft geblieben, und seine Mutter war allzu früh gestorben. Das Verhältnis zu seinen Brüdern gestaltete sich unkomplizierter, aber zugleich unverbindlich. Nur Gerhard Morart, der Dombaumeister, und seine Frau Guda, alte Freunde der Familie und seit Erteilung des großen Auftrags durch Konrad von Hochstaden gern gesehene Gäste in den Häusern der führenden Familien, erwuchsen ihm zu wirklichen Freunden. Irgendwann ertappte sich Kuno bei der Gewissheit, dass Gerhard seinen Vater verdrängt und dessen Rolle eingenommen hatte, wahrscheinlich ohne sich dessen bewusst zu sein. Kuno hing an ihm, er liebte den Alten, und plötzlich kamen seltsame Gerüchte auf, von denen er nicht wusste, was sie zu bedeuten hatten, ob sie Phantasmagorien waren oder einer Wahrheit entsprachen, vor der ihm selber graute, Gerüchte, die Daniel streute –

Kuno fuhr sich über die Augen und zwang sich, über das Lagerhaus nachzudenken.

Warum hatte ihn nie jemand ernst genommen? Zeit seines Lebens war er ein Anhängsel gewesen. Es mangelte ihm an der Entschlossenheit seiner Brüder, die früh schon in die Kölner Politik eingriffen, am Geschäftssinn seines Vaters, an allem. Und doch war er der einzig Verbliebene in Köln.

Der Einsamste von allen.

Das Lagerhaus. Das Lagerhaus!

Er kannte die Lagerhäuser der Overstolzen. Die meisten zumindest. Alt waren sie fast alle, immer gemessen an der Frage natürlich, was unter alt zu verstehen sei. Was also konnte Daniel gemeint haben, respektive, was verstand er unter alt?

Daniel war ein Aufsässiger, ein selbstverliebter Rebell ohne Ideologie. Ein Nachkomme der Goliarden ohne deren Armut, der Traditionen verachtete, einfach weil sie Traditionen waren. Wie definierte so einer alt?

Alt im Sinne des Nutzlosen?

Zu alt.

Alt und verlassen!

Kuno schnippte mit den Fingern. Das war es. Daniel hatte über ein verlassenes Lagerhaus gesprochen, eines, das nicht mehr in Gebrauch war.

Es gab niemanden, den er weiter darüber befragen konnte. Aber das war vielleicht auch gar nicht nötig. Er erinnerte sich einer Reihe alter, verlassener Lagerhäuser, die den Overstolzen gehörten. Sie lagen im Bereich der Stadtmauer gegenüber dem Werthchen. Triste, halb verfallene Kästen, für die keiner einen Zins zahlen mochte, weil die Overstolzen sie lieber verrotten ließen, als den Gewinn aus den Einnahmen zu versteuern.

Eine gute Idee, dort nachzusehen.

Kuno lächelte. Endlich konnte er etwas Sinnvolles tun.

Der Verrückte

St. Pantaleon ragte düster und eindrucksvoll vor ihnen auf, als sie, gegen den Wind gestemmt, in die Walengasse einbogen. Das Regenwasser lief Jacop unter die Kapuze und in den Nacken. Im Laufe der letzten Stunde war es empfindlich kalt geworden. Er freute sich auf die Klosteranlage, wie er sich über jeden trockenen Ort gefreut hätte.

Die Leprosenkleider hatten sie zurückgelassen, sie konnten ihnen jetzt eher schaden als von Nutzen sein. Nachdem sie, wie Jaspar vermutete, nicht länger gejagt wurden, gab es keinen Grund mehr, sich zu tarnen. Nur sein Haar hatte Jacop nicht freilegen wollen, weshalb er nach wie vor Jaspars abgelegte Kutte trug. Die Hände hatte er in die Ärmel gesteckt und wirkte auf diese Weise, von dem unchristlich schnellen Gang abgesehen, sehr fromm und in sich gekehrt. Jaspar hingegen stapfte ihm mit geballten Fäusten voraus wie ein Bauer. Die Kapuze war nach hinten geflogen, es prasselte heftig auf seinen kahlen Schädel, und mit jedem Schritt schien er einen Durchgang zur Hölle in den aufgeweichten Lehm stampfen zu wollen.

Niemand begegnete ihnen. Es war weiß Gott kein Vergnügen, bei Sturm durch Köln zu laufen.

Zuvor hatten sie dem Haus auf der Bach einen kurzen und ergebnislosen Besuch abgestattet. Goddert war nicht da, was sie zuerst mit Schrecken erfüllte. Aber es gab keinerlei Hinweis darauf, dass ihm etwas zugestoßen war, und wozu sollte der Mörder Goddert mitnehmen, wenn er schon Richmodis hatte.

Dann waren sie weitergezogen in Richtung Walengasse, und der Physikas hatte Jacop erläutert, was er in St. Pantaleon herauszufinden gedachte:

»Ihr erinnert Euch, dass ich einen Krüppel erwähnte, der mir von den kleinen Armbrüsten erzählt hat? Der Mann ohne Beine. St. Pantaleon verfügt über ein großes Hospital. Seit einigen Jahren ist er dort untergebracht. Ich habe ihn zwei-, dreimal in der Zeit gesehen, ohne mit ihm zu sprechen. Keine Ahnung, ob er noch auf Menschen reagiert, er war damals schon ein bisschen durchgedreht. Jedenfalls, wenn meine kleine Theorie stimmt und unser Mörder wirklich ein Kreuzritter ist, müssen er und der arme Teufel in den gleichen Schlachten gekämpft haben. Unter all dem menschlichen Auswurf, der da zusammenkam, wird so ein gebildeter Kerl mit gürtellangen Haaren aufgefallen sein.«

»Was? Unter tausenden von Menschen?«

»Befehligt wurden die Heere immer nur von einer Hand voll Könige, Grafen und Bischöfe, und unter denen vermute ich ihn.«

»Eine kühne Vermutung.«

»Ich weiß, es klingt aberwitzig. Den Versuch ist es trotz allem wert.«

»Jeder Versuch ist besser als das verfluchte Nichtstun«, stimmte Jacop zu. Inzwischen trennten sie nur noch wenige Meter von der Klosteranlage, die neben einer weithin berühmten Bronzewerkstatt auch das Hospital einschloss. Über dem verschlossenen

Tor in der massiven Mauer schwang eine Öllampe hin und her und schlug in unregelmäßigen Abständen gegen den Stein.

Mit hochgezogenen Schultern drückten sie sich unter das schmale Vordach und klopften. Es dauerte nicht lange und in der Tür wurde ein kleines Fensterchen aufgeschoben. Wässrige Augen unter zottigen, weißen Brauen zuckten unruhig hin und her.

»Es ist nach Vesper«, knarrte eine Greisenstimme.

»Gewiss, ehrwürdiger Bruder«, sagte Jaspar. »Ich hätte auch nicht die Stirn, Euch um diese Zeit um Einlass zu bitten, wenn nicht ein Werk höchster christlicher Nächstenliebe, nämlich die Vereitelung teuflischer Einflussnahme auf Leib und Seele unschuldiger Menschen, mich geleitet hätte und meinen Mitbruder Jacop dort.«

»Und wer beliebt Ihr zu sein?«

»Der Dechant zu St. Maria Magdalena, Jaspar Rodenkirchen, Physikus und Magister artium.«

Die Pupillen wanderten noch hektischer hin und her.

»Ich muss den Abt fragen.«

»Dafür haben wir vollstes Verständnis«, beeilte sich Jaspar zu versichern, »und ehren die fromme Weitsicht Eures Alters. Einzig bitten wir Euch, Eure Schritte möglichst rasch zu ihm zu lenken, da es dem Herrn gefällt, den Himmel über die Sünden der Gottlosen weinen zu lassen.«

»Wartet hier.«

Die Klappe flog wieder zu.

»Verdammter alter Sack«, knurrte Jaspar. »Der heilige Benedikt hat gesagt, werde ein Tor um Christi willen, als er den Mönch meinte, nicht aber, er solle die Gabe des Verstandes leugnen.« Wütend lief er vor der Mauer auf und ab. »Ich muss den Abt fragen, ich muss den Abt fragen! Und wen soll der Abt fragen? Soll Gott über jede Tür entscheiden, ob sie geöffnet oder verschlossen wird? Können diese Mönche niemals denken?«

Es verging reichlich Zeit, dann endlich schwangen die Türflügel quietschend auf, und sie eilten hastig ins Innere.

Ein tatsächlich sehr alter und gebeugter Bruder deutete auf den hoch gewachsenen Mann an seiner Seite, der sie mit mildem Blick betrachtete. Er und Jaspar fassten einander bei den Schultern und tauschten einen flüchtigen Kuss.

»Was kann ich für Euch tun um diese späte Stunde, Bruder Jaspar?«, fragte der Abt.

»Eine Kleinigkeit. Mir ist daran gelegen, jemanden im Hospital zu besuchen.« Jaspar lächelte. »Wenn es keine Umstände macht, versteht sich.«

Der Abt setzte eine gewichtige Miene auf und verschränkte die Arme auf dem Rücken. Er gab sich den Anschein, die Sache ausgiebig zu erwägen.

»Ihr seid spät dran«, meinte er skeptisch.

»Ich weiß.«

»Spracht Ihr nicht zu Bruder Lorenz hier von teuflischen Machenschaften? Ihr wisst, die Brüder in diesem Kloster fürchten den Teufel zu jeder Zeit, aber die Erfahrung lehrt uns, dass er gerade nach Dunkelheit sein schlimmstes Unwesen treibt, weshalb wir so späte Gäste einer besonders kritischen Prüfung unterziehen müssen. Missversteht unsere Vorsicht, es ist nur –«

»Keineswegs«, unterbrach ihn Jaspar. »Und um den Teufel zu benennen, von dem ich sprach: Es ist der Teufel, der aus der Vergangenheit entsteigt, um uns im Innersten zu quälen. Alte Wunden brechen auf. Aber oft sind es gerade die alten Wunden, aus denen man auf neue Waffen schließen kann – wenn Ihr versteht, was ich meine.«

Der Abt verstand es eindeutig nicht, aber er neigte leutselig den Kopf.

»Des Weiteren«, fuhr Jaspar fort, »manifestiert sich der Teufel im Wahnsinn, und er spricht aus den Mündern der Verwirrten. Ich will damit nicht sagen, dass Ihr den Teufel beherbergt – da die Salbe Eurer Wohlfahrt, wie ich hörte, auch die Pein jener armen Seelen lindert, deren Gedanken in babylonischer Verwirrung ziellos durcheinanderrasen –«

»Wir haben eine entsprechende Abteilung dafür eingerichtet«, bemerkte der Abt nicht ohne Stolz.

»Ja, sie wird hochgerühmt, und dem Ruf Eurer Barmherzigkeit eilt nur die Kunde Eurer Gelehrtheit voraus. Oder war's umgekehrt? Ich weiß auch, dass einige Eurer Mitbrüder über ganz erstaunliche Erkenntnisse auf diesem Gebiet verfügen. Was allerdings den Kern meines Anliegens betrifft, so lebt in ebendieser Abteilung ein armer Mensch, dessen Name, glaube ich, Hieronymus ist, und der uns vielleicht helfen kann, dem Teufel auf die Spur zu kommen.«

Der Abt wurde hellhörig. »Wie ist das zu verstehen?«

»Genauere Einzelheiten«, sagte Jaspar geheimnisvoll, »bitte ich mir zu erlassen, die Angelegenheit ist von äußerster Delikatesse und findet das Interesse höchster Kreise.«

»Hier in Köln?«, raunte der Abt.

»Eben hier. Der arme Mann, nach dem ich suche, verlor in Akko beide Beine –«

»Ja, das ist Hieronymus!«

»Bestens! Wir müssen ihn sprechen.«

»Hm. Das geht so einfach nicht, liebe Brüder. Er wird schlafen. Hieronymus schläft viel in diesen Tagen, ich glaube, der Schlaf des Ewigen ist ihm nahe.«

»Umso wichtiger dann, dem Schlaf des Ewigen zuvorzukommen«, stellte Jaspar fest. »Es wird nicht lange dauern, und wenn Hieronymus nichts zu berichten hat, soll er getrost weiterschlafen.«

Jacop fröstelte. Sie befanden sich im Kreuzgang rund um den Innenhof, und durch die schmalen Rundbogenfenster blies der Wind und zerzauste das Feuer der Pechfackeln in den eisernen Wandringen.

Wieder dachte der Abt lange nach.

»Nun gut«, ließ er sich endlich herab. »Einem heiligen Werk will ich mich nicht entgegenstellen und auch nicht einer gewissen – sagen wir, Aura der Hilfsbereitschaft und mystischen Größe, die unser Kloster von jeher glänzen macht, ein Glanz, der natürlich genährt sein will –«

»Es wird noch mehr erglänzen, das verspreche ich Euch!«

»Ihr würdet – ähm – Zeugnis ablegen?«

»Wo immer ich kann!«

»So sei es denn. In Demut loben wir den Schöpfer. Bruder Lorenz wird Euch zu Hieronymus führen, aber ich bitte Euch, ihn nicht zu lange aus seiner göttlichen Versunkenheit zu reißen. Er ist umweht von der Gnade des Herrn.«

Der Abt entließ sie mit einem Wink, und sie folgten dem schlurfenden Alten durch den Kreuzgang. Nach einer Weile bogen sie in einen unbeleuchteten Korridor ein, an dessen Ende Lorenz eine Tür aufstieß.

Im Halbdunkel sahen sie einen Raum voller Pritschen, darauf schlafende Menschen oder das, was das Schicksal von ihnen übrig gelassen hatte. Die Abtei nahm keine Pfründe, sondern pflegte die Kranken um Gottes Gnade und Barmherzigkeit willen, sofern der Rat der Stadt eine entsprechende Empfehlung aussprach. Damit hielt sich das Maß der Verwirrung zwischen den Mauern von St. Pantaleon einigermaßen in Grenzen. Wahrhaft harte Fälle, Tobsüchtige und Gemeingefährliche, steckte man in die Türme der Stadtmauer, die Fenster zum Land gerichtet, damit ihr Geschrei nicht die Anwohnenden störe. Die Schlimmsten lagen in eisernen Ketten. Das Stroh in ihrer Zelle wurde viermal jährlich gewechselt, dann kam auch der Bartscherer, um sie zu rasieren und kahl zu scheren, was im Allgemeinen die Anwesenheit kräftiger Männer erforderte. Vereinzelt überantworteten die überforderten Familien ihre Geisteskranken auch den Schaustellern, die vor den Toren der Stadt große hölzerne Verschläge für sie bauten, Tollkisten genannt. Man entrichtete ein paar Heller und durfte dafür dem Sabbern, Grimassenschneiden und den ständigen Anfällen zuschauen, bis man den Spaß leid war.

So gesehen ging es den Verwirrten im Hospital St. Pantaleon

vergleichsweise gut, auch wenn sie mit Lederriemen an die Pritschen gebunden waren und aus eisernen Pfannen aßen. Die Mönche betrachteten sie als gottgegebene Studienobjekte zur Erforschung der Grenze zwischen Wahn und Teufelei, denn die Kenntnis dieser Grenze war von äußerster Wichtigkeit für das Seelenheil der Betroffenen, wandten Benedictionen und andere kirchliche Mittel zur Heilung an und verbuchten hin und wieder sogar Erfolge.

Zwischen den Pritschen kam ein Mönch mit einer Kerze herbeigeeilt. Offenbar hatte er schon geschlafen. Er rieb sich die Augen und reckte den Kopf vor.

»Wie, was?«, brummte er. »Ah, Bruder Lorenz.«

»Was hast du gemacht, Henricus?«, knurrte der Alte ungnädig.

»Mich auf die Komplet vorbereitet.«

»Du hast geschlafen!«

»Aber nein«, wehrte der Mönch ab. »In tiefer Meditation weilte ich, um –«

»Du hast geschlafen. Ich muss es dem Abt sagen.«

Der Mönch sah die beiden Besucher über die Schultern des Alten an und verdrehte die Augen. »Gewiss, ehrwürdiger Lorenz, sagt es dem Abt. Seid Ihr deswegen hergekommen?«

»Bring die Brüder zu Hieronymus, sie wünschen ihn zu sprechen.«

»Er dürfte schon schlafen.«

»Dann weck ihn.«

Jaspar nickte dem Mönch freundlich zu. Er zuckte die Achseln und drehte sich um.

»Kommt mit.«

Sie folgten ihm durch die Reihen der Pritschen. Die meisten der Verrückten schliefen oder starrten vor sich hin. Einer murmelte unablässig Litaneien von Tiernamen. Als Jacop sich kurz umdrehte, sah er den Alten kopfschüttelnd im Gang verschwinden.

Aber Hieronymus schlief keineswegs. Er saß auf seiner Pritsche und stocherte in seinem linken Ohr herum. Die Tätigkeit schien ihn aufs höchste in Anspruch zu nehmen, so dass er ihre Ankunft völlig ignorierte. Ein zerschlissenes Jutetuch bedeckte ihn bis zur Hüfte. Wo die Konturen seiner Beine hätten sein müssen, erstreckte es sich flach über die Bettstatt.

»Hieronymus«, sagte Henricus freundlich und strich dem Alten übers Haar. »Man kommt dich besuchen, schau.«

Der Greis sah ihn an, ein zahnloses, verbogenes Antlitz mit weißen Stoppeln, und kniff die Augen zusammen.

»Nicht jetzt«, sagte er.

»Warum nicht? Es ist lange her, dass du Besuch erhalten hast.«

Hieronymus bohrte seinen Finger noch tiefer ins Ohr.

»Lass mich in Ruhe!«

»Aber Hieronymus, wir haben heute noch nicht zum heiligen Paulus gebetet. Der heilige Paulus wird das nicht mögen. Und nun verschmähst du gar deinen Besuch.«

»Nein, warte, warte!«, schrie Hieronymus plötzlich. »Ich habe ihn, er sitzt in der Falle. Ha! Er glaubt, er kann mir entwischen, hähä. Gleich hab ich dich.«

Henricus warf ihnen einen vielsagenden Blick zu.

»Was macht er da?«, flüsterte Jaspar.

»Er ist der festen Überzeugung, dass jemand vor einigen Jahren in das Ohr eingezogen ist. Mit Hausrat und allem Drum und Dran. Im Winter macht er angeblich Feuer, und dann klagt Hieronymus über Ohrenschmerzen.«

»Warum lässt er ihn nicht einfach da wohnen?«

Henricus senkte seine Stimme. »Weil der da drin ihm schlimme Geschichten erzählt. Sagt er. Wir haben schon in diversen Büchern nachgeschlagen, da sich hier natürlich die Anwesenheit des Leibhaftigen manifestiert, das ist ganz offensichtlich und für jedes Kind zu sehen! Andererseits, dass der Teufel im Ohr wohnt, ist eigentlich neu.«

»Er wohnt in der Hölle, und als solche würde ich ein schmerzendes Ohr durchaus bezeichnen.« Jaspar beugte sich zu Hieronymus hinunter und zog ihm sanft den Finger heraus.

»Wir brauchen Eure Hilfe«, sagte er leise.

»Hilfe?« Hieronymus schien so verwirrt, dass die Wohnverhältnisse in seinem Ohr vorübergehend seiner Aufmerksamkeit entglitten.

»Nun, Ihr seid ein tapferer Mann, Hieronymus. Ihr habt für das Kreuz gekämpft, wisst Ihr noch?«

Hieronymus betrachtete Jaspar misstrauisch und presste die Lippen aufeinander. Dann nickte er heftig.

»Das wusste ich.« Jaspar grinste. »Ein Held vor dem Herrn. Habt mit den Tapfersten der Tapferen gefochten! Das ist fürwahr beeindruckend.«

»Seite an Seite«, raunte Hieronymus.

»Erinnert Ihr Euch an die stolzen Ritter damals?«

»Ich war kein Ritter«, sagte Hieronymus im Tonfall des Bedauerns. »Musste zu Fuß gehen. Ich gehe gerne zu Fuß, auch heute noch. Nicht wie die Ritter. Steigen immerzu auf irgendeine Mähre, schwer von Eisen. Aber ist nix drin in dem Eisen.«

»Was soll das heißen, er geht gerne zu Fuß?«, fragte Jacop.

»Na ja.« Henricus breitete die Arme aus. »Er tut's halt gerne.«

»Aber er hat doch überhaupt keine –«

»Ruhe da hinten!«, rief Jaspar. »Mein Freund Hieronymus und ich haben einiges zu besprechen.«

»In den Rüstungen ist nix drin«, kicherte Hieronymus. »Hab in eine reingeguckt, lag im Sand.«

»Aber an die Ritter werdet Ihr Euch doch sicher noch erinnern, die edlen Herren?«

»Natürlich. Ich geh gern zu Fuß.«

»Ja, ich weiß. Alle sind damals gerne zu Fuß gegangen, nicht wahr, bis nach Akko seid Ihr gekommen.«

Hieronymus zuckte zusammen.

»Akko«, flüsterte er. »Bis Akko. Verfluchtes Akko.«

»Erinnert Ihr Euch –«

»Wenn Hieronymus es will, erinnert er sich an alles«, erklärte Henricus stolz, als könne er was dafür.

»Macht mir aber nicht den Eindruck«, zweifelte Jacop.

»So geht das jedenfalls nicht!« Jaspar wies mit ausgestrecktem Finger zur gegenüberliegenden Seite des Raums. »Verschwindet und legt Euch auf die Pritschen oder tanzt oder macht sonstwas, aber verschwindet! Los!«

Jacop wagte keine Widerrede. Henricus zeigte sich sogar hocherfreut, dankte dem Physikus und legte sich weiter hinten sofort aufs Ohr. Nach kurzer Zeit begann er leise zu schnarchen. Jacop betrachtete ihn neidisch, lehnte sich gegen die Tür und hing seinen Gedanken nach.

Nach einer Weile sah er, wie Hieronymus heftig zu gestikulieren begann. Seine Finger formten die absonderlichsten Dinge in der Luft. Einige davon weckten in Jacop das unangenehme Gefühl, der Krüppel beschreibe Foltermethoden.

Dann schrie er jämmerlich auf und legte das Gesicht in die Hände. Jaspar umfasste seine Schulter und redete beruhigend auf ihn ein.

Hieronymus lachte meckernd und begann wieder zu gestikulieren.

Jacop lauschte dem Wind, der um die Klostermauern sang.

Eine halbe Ewigkeit später, wie es schien, kam Jaspar herüber und weckte Henricus, um sie hinauszulassen. Schweigend gingen sie durch den Kreuzgang zum Klosterportal und verabschiedeten sich mit knappen Worten.

»Vergesst nicht die Komplet«, sagte Jaspar lächelnd.

»Pah!«, machte Henricus. »Wann hätte ich die je vergessen? Übrigens, was hat der alte Narr denn so erzählt?«

»Er hat erzählt, die Mönche in diesem Kloster seien zu neugierig.«

»So?«, stieß Henricus verblüfft hervor. »Na ja.«

Sie ließen ihn stehen und eilten durch den Schlamm zurück auf die Bach. »Und?«, fragte Jacop. Er musste laut reden, so sehr pfiff ihnen der Wind um die Ohren. »Habt Ihr was rausgekriegt?«

»Ja und nein.«

»Was denn nun? Ja oder nein?«

»Nein. Ja. Hieronymus' Gedächtnis hat seine Lücken, aber an die Armbrüste konnte er sich noch erinnern. Wusste auch, dass sie seinerzeit ein paar der kleinen Dinger erbeuteten. Und er erwähnte erstaunlich viele Namen adliger Ritter und Grafen, hat sogar König Ludwig kennen gelernt – ach, was heißt kennen gelernt, er hat ihn reden hören –, aber alles in allem weiß er noch sehr viel. Dann hat er vom Krieg erzählt und was sie damals nach der Einnahme von Damiette mit den Ungläubigen gemacht haben.«

»Und was?«

Jaspar schüttelte den Kopf. »Seid froh, wenn Ihr es nicht wisst. Sie haben die Kinder zusammengetrieben und die jungen Mädchen. Es wäre maßlos untertrieben, wollte man sagen, dass sie alle einfach umgebracht haben, sie taten andere Dinge - aber reden wir nicht davon. An einen mit gürtellangen Haaren konnte er sich jedenfalls nicht erinnern.«

»Also sind wir umsonst da gewesen?«

Jaspar sah ihn missbilligend an. »Nichts ist umsonst. Merkt Euch das.«

Kuno

Zwischen der Dreikönigenpforte im Süden und dem Neckelskaulentor, gegenüber dem Werthchen gelegen, erstreckte sich hinter der Stadtmauer ein Areal alter Steinbauten, die ursprünglich zur Lagerung von Fisch gedient hatten. Der Stein hielt die Hitze ab. Mehrere der Gebäude waren im Besitz der Overstolzen, aber ungenutzt. Rückwärtig stießen sie an die Mauer und besaßen teils schmale Durchgänge zum Ufer. Nach Einbruch der Dunkelheit herrschte in den Sommermonaten dort geheimes Treiben, weil das Werthchen Liebespaaren als romantisches Versteck diente. Man konnte beieinanderliegen und den Sternenhimmel genießen, während von den Silhouetten der Schiffe leises Knarren ausging, vermischt mit dem schläfrigen Plätschern des Stroms. Auf dem Wasser floss das Mondlicht dahin wie geschmolzenes Silber, und im Hintergrund waren eben noch der Bayenturm und die Spitzen von St. Severin zu erahnen, mit dem Finger nachzuzeichnen und doch fast schon jenseits der Grenze zur Unwirklichkeit. Rheinau war die Insel der Fantasie. Hier war alles erlaubt, sofern es niemand mitbekam, und man fand sich in den absonderlichsten Konstellationen ein, zahlreich und doch ohne einander zu stören. Es war ein schöner und friedlicher Ort.

Oder auch nicht.

Kuno huschte am inneren Ring der Mauer entlang, während ihm der Sturm durch die Bayenstraße entgegenraste und das Wasser von allen Seiten gleichzeitig zu kommen schien, von oben, unten, hinten und vorne. Die Sintflut mochte ähnlich angefangen haben. Bis jetzt hatten sie in Köln schöne Tage gehabt, trotz der fortgeschrittenen Jahreszeit, aber in dieser Nacht würde die große Wende eintreten. Es war kein warmer Regen mehr, keines der schwülen Gewitter, das die Luft nur für die Dauer weniger Stunden reinigte. Der Himmel schickte eine Vorahnung von Frost, der Wind brachte die eisige Kälte der Nordmeere mit. Auch diesen Winter würde der Rhein wieder zufrieren, und sie könnten zu Fuß hinüber zum Kastell Deutz gehen.

Seltsam, überlegte Kuno, warum denke ich ausgerechnet jetzt daran? Ich würde gern noch einmal zum Kastell gehen. Ich würde gern wieder den Schnee sehen auf den Zinnen und Türmen, Schrägdächern und Mauerkronen der Kirchen, Kapellen und Abteien, auf den Bäumen der Obstgärten und auf dem Forum, wenn die Leute vorsichtig zwischen den Ständen herumstapfen, sorgsam darauf bedacht, nicht auszurutschen und das Gelächter der anderen auf sich zu ziehen.

Er schüttelte sich im Regen wie ein Hund. Links vor ihm begann die triste Reihe der alten Lagerhäuser. Es gab Wichtigeres zu tun, als Erinnerungen nachzuhängen.

Einige der zur Dreikönigenpforte hin gelegenen Lager besaßen eine Umfriedung und einen Vorhof, zum Teil hinter fauligen, aber schweren Holztoren verborgen, die man als Einzelner kaum öffnen konnte. Kuno nahm sich zuerst die anderen Gebäude vor. Es waren mehr, als er gedacht hatte. Schon das Erste erwies sich als verschlossen. Er versuchte, durch die Fensteröffnungen hineinzuspähen. Sie lagen zu hoch für ihn, er musste klettern. Die Außenmauern waren schlüpfrig vom Regen. Mehrfach rutschte er ab, dann gelang es ihm mit einiger Mühe, hinaufzukommen, nur um in undurchdringliche Schwärze zu starren.

»Ist jemand hier?«

Das Echo seiner Stimme verband sich mit dem Heulen des Sturms zu einem geisterhaften Choral. Er zog sich höher, schwang die Beine über den Rand und ließ sich auf der anderen Seite herunterfallen. Aus seinem Gürtel zog er eine Fackel, entzündete sie und sah sich im Schein des Feuers um. In den Winkeln des Gemäuers liefen aufgeregt ein paar Ratten durcheinander. Sonst war hier niemand.

Noch einmal den Weg durch das Fenster zu nehmen, gefiel ihm nicht. Die Tür war von innen mit einem Balken verriegelt worden, wozu auch immer. Er stemmte ihn hoch und gelangte zu ebener Erde wieder hinaus auf die Bayenstraße. Unglücklich wanderte sein Blick die stummen, schwarzen Fassaden entlang. Zwischen den dahinjagenden Schauern war der Bayenturm schon nicht mehr auszumachen. Die ganze Strecke hatte er noch vor sich, und er war jetzt schon durchnässt bis auf die Knochen.

Und wenn Daniel ihn belogen hatte? Womöglich saß er jetzt im Warmen, trank noch mehr Wein und lachte sich halb tot.

Wenn, wenn –

Kuno lief geduckt zum nächsten Lager. Diesmal ging es einfacher, es war überhaupt keine Tür mehr da, nur rostige Scharniere, halb herausgerissen. Aber auch hier war niemand.

Er wusste nicht, wie viel Zeit verstrichen war, als endlich das erste Gebäude mit Hof vor ihm lag und damit die Aufgabe, hineinzugelangen. Er würde wieder klettern müssen. Seine Finger schmerzten, aber es half alles nichts. Das Portal war fest verschlossen. Er tastete nach Mauervorsprüngen, fand endlich eine Stelle, griff zwischen die Ziegel und begann erneut die mühsame Kraxelei. Aber weder im Hof noch im dahinter liegenden Gebäude fand er jemanden. Eine Leiter ragte durch einen Schacht ins Obergeschoss. Es knirschte verdächtig in den Sprossen, als er nach oben kletterte. Das Erste, was er sah, waren wieder Ratten. Hier war es allerdings heller, bedingt durch die höhere Lage und fünf breite Fenster zum Rhein hinaus. Vor einiger Zeit war hier ein Kontor gewesen. Jetzt lagen ein paar Bretter herum. Durch einen Riss im Dach tropfte es unablässig herein. Er strich sich das angeklatschte Haar aus der Stirn, trat zu den Fenstern und sah hinaus auf den Fluss. Er erschien ihm wie ein graues, raues Wesen, dahinschießende Massen, Strudel und Wirbel im Verlangen, sich aus ihrem viel zu engen Bett zu erheben und nur daran gehindert durch den göttlichen Plan.

Wenn das Wetter anhielt, konnten sie ihn morgen vor den Toren zum Trocknen aufhängen.

Als er wieder herunterstieg, fiel ihm die schmale Pforte an der Rückseite auf, die zum Ufer führte. Auch sie war von innen verriegelt. Er öffnete sie und lief ein Stück auf die Werft hinaus. Der Wind schlug ihm den Mantel um die Beine. Er sah die Lastenschiffe an ihren Tauen zerren, die mit Baumaterial für den neuen Dom vom Drachenfels gekommen waren. Mit lautem Knall flog eine Kiste gleich hinter ihm gegen die Mauer. Zwischen der Dreikönigenpforte und seinem Standort konnte er schwach zwei weitere der schmalen Durchgänge in der Stadtmauer ausmachen, aber sie waren beide verschlossen und mit Sicherheit fest verriegelt. Fluchend lief er wieder ins Innere und verließ den Hof auf ähnlich mühselige Weise, wie er hineingelangt war. Als er keuchend auf der Bayenstraße stand, war er nahe daran, aufzugeben.

Er sah sich um. Einmal stündlich patrouillierten Nachtwächter auf dieser Strecke. Jetzt war ihr Licht nirgends zu entdecken. Also weiter.

Dann erlebte er eine Überraschung. Das Tor zum nächsten Innenhof bestand nur noch aus zwei zerfressenen Bohlen, die hin- und herschwangen. Eine Mauer weniger, die er zu erklettern hatte. Schnell eilte er hinein. Seine Augen suchten den Hof ab, ohne etwas zu entdecken. Er lief weiter zu dem Gebäude und drückte gegen die Tür. Sie war nur angelehnt und ging viel leichter auf, als er gedacht hatte, so dass er um ein Haar den Halt verloren hätte. Rechtzeitig fing er sich und tastete nach seiner Fackel. Hinter ihm schwang die Tür geräuschlos wieder zu. Er wartete, bis das Pech brannte und machte ein paar Schritte nach vorne.

Direkt vor ihm lag ein großer Handkarren. Er sah nicht aus, als gehöre er in einen dieser Trümmerhaufen. Der Boden ringsum war bedeckt mit Tüchern. Das Bild mutete so bizarr an, dass er eine Weile daraufstarrte, bis ihn plötzlich das Gefühl überkam, in das Heulen des Windes mische sich noch etwas anderes, ein schwaches Wimmern wie von einem Kind oder einem verletzten Tier. Unsicher hielt er die Fackel höher und ging an dem Karren vorbei. Der Lichtschein erfasste eine massive gemauerte Säule, dann noch eine, eine weitere.

Die vierte Säule sah ihn an.

Das Mädchen war mit einer Unzahl von Riemen an den Stein gefesselt worden. Mit Sicherheit konnte sie keinen Finger rühren. Sie war geknebelt, nur die Augen hatte man ihr nicht verbunden. Eine Flut dunkler Locken fiel ihr in die Stirn und über beide Schultern.

Sie bot einen erbarmungswürdigen Anblick, aber trotzdem lachte Kuno triumphierend auf. Er rammte den Griff der Fackel zwischen die Bretter des Handkarrens, eilte zu der Säule und band mit fliegenden Fingern das Tuch von ihrem Mund. Den Knebel dahinter spuckte sie von selber aus.

»O Gott!«, keuchte sie. Dann sog sie die Lungen voll Luft und hustete. »Ich dachte, ich muss ersticken.«

»Wie heißt Ihr?«, fragte Kuno aufgeregt.

»Was?« Sie schüttelte verwirrt den Kopf.

»Schon gut.« Kuno strich ihr beruhigend über die Wange und zog seinen Dolch aus der Gürtelscheide. Rasch zerschnitt er die Riemen, mit denen sie an die Säule gefesselt war. »Ich hole Euch hier raus, habt keine Angst. Ich bin Euer Freund.«

»Mein Freund?«

Sie sackte in die Knie. Kuno fing sie rechtzeitig auf. Immer noch war ihr Körper umwunden von Riemen. Sein Messer fuhr ein ums andere Mal dazwischen. Er arbeitete ruhig und konzentriert, bekam ihre Füße frei, dann ihre Arme. Sie versuchte sofort, auf die Beine zu kommen und stöhnte laut auf. Ihre Gliedmaßen mussten wie abgestorben sein.

»Wartet, ich helfe Euch.«

»Nein!«

Mit zusammengebissenen Zähnen zog sie sich an der Säule hoch. »Das muss ohne Euch gehen. Wer seid Ihr überhaupt?«

»Ich heiße Kuno.«

Zitternd kam sie zu stehen und begann, ihre Handgelenke zu massieren. Wieder knickte sie ein und fing sich.

»Kommt Ihr von Jacop?«, fragte sie atemlos. »Von Jaspar?«

»Jaspar?«, echote Kuno. Daniel hatte von einem Dechanten gesprochen und einem –

»Ihr meint den Fuchs?«

»Ja!« Sie taumelte einen Schritt auf ihn zu und krallte sich an ihm fest. »Wo sind sie?«

»Ich weiß es nicht. Ich weiß es wirklich nicht, ich kenne ja nicht mal Euren Namen.«

»Richmodis. Aber wie –«

»Glaubt Ihr, dass Ihr gehen könnt?«

»Einigermaßen.«

»Wartet.« Er sah sich um. An einer der Säulen lehnten mehrere Holzstecken. »Ihr braucht etwas, um Euch aufzustützen.«

Sie folgte seinem Blick und schüttelte den Kopf.

»Unsinn, Kuno, das sind Keulen, keine Stützen. Es geht schon.«

»Bestimmt?«

»Bestimmt. Wie kommt Ihr überhaupt –?«

»Später. Erst mal müssen wir verschwinden.«

Sie durchquerten den Raum, er schnell, sie ungelenk, aber fest entschlossen, mit ihm Schritt zu halten.

»Und wohin?«, fragte sie.

»Ich kann Euch in mein Haus bringen«, sagte er mit zufriedenem Grinsen. »Es ist nur ein kleiner Spaziergang, und das Wetter ist famos, geradezu lieblich. Hakt Euch ein.«

Sie lächelte, und Kuno zog die Türe auf.

Daniel stand direkt davor.

Goddert

Goddert von Weiden fühlte sich, als hätte man ihn in Stücke gehackt und dann notdürftig wieder zusammengeflickt. Er hatte seit Jahren nicht mehr so viel gearbeitet wie an diesem Tag. Gleich würden die Glocken die neunte Stunde schlagen, er war immer noch nicht zu Hause, und jetzt wurde er zu allem Überfluss triefnass. Gut, man mochte einwenden, dass er die letzten zwei Stunden eigentlich weniger gearbeitet, als bei einem seiner Abnehmer dunkles Bier getrunken hatte, das dieser ihm in krugweiser Großzügigkeit kredenzte. Aber sie hatten übers Geschäft gesprochen – jawohl, das hatten sie!

Du bist dennoch ein alter Esel, stellte Goddert fest, während er durch den Matsch die Hochpforte entlangstapfte. Wer ging bei diesem Wetter schon vor die Tür? Nicht ein Schwein oder Köter lief ihm über den Weg. Mit jedem neuen Regenschwall, der auf ihn niederging, fühlte er den Rheumateufel jubilieren und seinen Herrschaftsbereich ausdehnen. Er dachte sehnsüchtig an ein Kaminfeuer und Jaspars Weinvorräte. Selbst die Geräusche seiner

Schritte, wenn der Schlamm auseinander spritzte, schienen ihn zu verhöhnen. Alter, sagte der linke Fuß. Esel, der rechte. Links, rechts. Links, rechts. Alter Esel! Alter Esel!

Dann dachte er an den Fuchs und schüttelte den Kopf. Richmodis hatte Recht. Was wollte er ihr beweisen? Dass ohne ihn, Goddert von Weiden, die Welt stillstehen würde? Er konnte sie schlecht ans Haus ketten. Aber noch dümmer war es, sich mit dem jungen Burschen in einen Wettstreit zu begeben, den außer ihm keiner wollte und den er nur verlieren konnte, schmählich, jämmerlich, eine Juxfigur.

Er beschloss, sich bei Richmodis zu entschuldigen. Heißer Stolz durchglühte ihn deswegen. Wer hatte schon die Größe, seine eigene Tochter um Verzeihung zu bitten! Dann würde sie ihm erzählen, was es Neues gab von der merkwürdigen Geschichte, auf die Jaspar sich eingelassen hatte, er würde dem gemütlich prasselnden Feuer im Kamin die Füße entgegenstrecken und Gott für die Gnade danken, ein Dach überm Kopf zu haben.

Seine Füße sagten nicht mehr Alter Esel.

Mit pfeifendem Atem kroch er das letzte Stück die Bach hinauf. Vor ihm lag sein Haus. Die Fensterläden waren verschlossen, durch die Ritzen drang kein Licht nach draußen. Ob Richmodis schon schlief?

Er betrat die Stube. Es war tatsächlich alles dunkel.

»Richmodis?«, rief er und presste sofort die Hand auf seine Lippen. Was war er für ein ungehobelter Bauer! Das arme Kind zu wecken. Dann fiel ihm ein, was er heute alles getan hatte, und dass ihm eigentlich ein Abendessen zustand. Und der Kamin war kalt, und überhaupt war es keine Art, ins Bett zu gehen, bevor der Vater nach hartem Tag zurückgekehrt war. Wenigstens einen Krug Wein hätte sie bereitstellen können.

»Richmodis?«

Er entzündete ein Öllicht. Ächzend stieg er hinauf, wo die Schlafstube war, und machte ein erstauntes Gesicht. Sie war nicht hier. Sie war überhaupt nicht im Haus!

»Natürlich nicht, du Träumer«, entfuhr es ihm. Sie hatte zu Jaspar gewollt, aber viel eher wohl zu dem Rothaarigen. Und da saß sie nun und konnte sich nicht lösen, während Jaspar emsig Wein nachschenkte. Eine behagliche Runde mochte das sein.

Eine Runde ohne Goddert von Weiden. Aber es gab keine Runden ohne Goddert von Weiden.

Mit entschlossenem Kopfnicken stieg er nach unten, löschte die Lampe und machte sich wieder auf den Weg.

Lagerhaus

Sie hatte den Mann, der ihnen mit blankgezogenem Schwert gegenüberstand, schon gesehen. Er hieß Daniel Overstolz und war früher Schöffe gewesen, bevor Konrad von Hochstaden die Patrizier entmachtet und die Ämter neu verteilt hatte. Seitdem galt Daniel in Köln als trinkfreudiger Draufgänger, der jedem Rock hinterherlief. Man sah ihn oft genug mit Kumpanen durch die Straßen reiten. Die Mädchen mochten ihn, weil er gut aussah und ständig bester Laune zu sein schien, aber zugleich sagte man ihm nach, er sei herzlos und obendrein nicht sonderlich klug.

Jetzt sah er nicht mal mehr gut aus. Das Haar klebte ihm in wirren Strähnen am Kopf, seine Züge wirkten seltsam aufgedunsen und verzerrt.

»Judas«, zischte er.

Kuno nahm sie beim Arm und trat einen Schritt zurück.

»Langsam, Daniel. Du verstehst das falsch.«

Daniel Overstolz kam ihnen nach, und sie wichen weiter zurück.

»Ach ja?«, höhnte er. »Ich verstehe das also falsch? Wo wolltest du denn hin mit der kleinen Hure?«

»Daniel, bitte, es hat keinen Sinn, wenn wir uns schlagen.«

»Oh! Du bittest mich? Da bin ich aber geschmeichelt! Unlängst wolltest du mir noch an die Kehle, und plötzlich sabberst du vor Höflichkeit und Ehrerbietung? Schwein! Was glaubst du, wer du bist? Wer gibt dir das Recht, dich aufzuspielen und dich für was Besseres zu halten? Moraltriefende Sau, Verräter! Du maßt dir an, unseren Bund auseinander zu reißen und uns alle an den Galgen zu liefern?«

Kuno hob beschwichtigend die Hände.

»Darum geht es nicht«, sagte er eindringlich. »Versteh doch, der Bund ist schon zerbrochen. Wir haben zu viel Schuld auf uns geladen, das war es nicht, was wir gemeinsam beschlossen hatten, das ist nicht mehr unsere Sache.«

Daniel starrte ihn finster an, dann Richmodis. Ohne zu wissen, worum es überhaupt ging, nickte sie.

»Kuno hat Recht, wir –«

»Du hältst das Maul, verdammte Hure!«, schrie er sie an. Mit wenigen Schritten war er bei ihr und riss sie an den Haaren von Kunos Seite. Richmodis wollte sich wehren, aber ihre schmerzenden Beine versagten den Dienst, und sie stürzte zu Boden. Kuno sprang entsetzt hinzu. Im nächsten Moment lag Daniels Schwertspitze auf seiner Brust.

»Wage es nicht, näher zu kommen, Auswurf.«

»Daniel«, sagte Kuno mit bebender Stimme, aber so beherrscht wie möglich. »Bitte lass uns miteinander reden. Du warst einmal Schöffe –«

»Ja. Ich war Schöffe!«

»Du hast Gerechtigkeit geübt, hast du das vergessen? Du warst ein guter Richter, man hat dich bewundert und verehrt, weil du unbestechlich warst, weil du die Gewalt verachtet und nach Wahrheit gesucht hast. Du hättest nie das Blut Unschuldiger vergossen!«

Richmodis erhob sich zitternd. Daniel hielt sie immer noch bei den Haaren, aber er rührte sich nicht.

Kuno hob vorsichtig die Hand und schob die Schwertklinge langsam zur Seite. Dann kam er einen Schritt näher. Seine Augen glänzten.

»Denk zurück, Daniel. Denk daran, wie gerecht du warst. Wir haben uns einem gemeinsamen Ziel verschrieben, weil wir an eine höhere Wahrheit geglaubt haben, und ich glaube immer noch daran. Aber unser Ziel war das Gute, und jetzt ist etwas Böses daraus geworden, im Augenblick, da wir Unschuldige geopfert haben. Sieh in dein Herz, Daniel. Du hast dein Amt verloren, aber nicht deine Würde. Ich weiß, was es heißt, zu verlieren! Ich habe meine Eltern verloren und den einzigen Freund, wir haben ihn geopfert in unserer Verblendung. Ich gebe mir nicht weniger Schuld daran als euch. Ich kann dir alles nachfühlen, die Wut, die Enttäuschung, den Wunsch nach Rache. Aber Verzeihen ist kostbarer, viel kostbarer als Rache. Bitte, Daniel! Hilf mir, diesen Wahnsinn zu beenden.«

»Bleib stehen.«

»In Ordnung, Daniel! Schon gut.«

Daniel drehte Richmodis' Kopf in seine Richtung.

»Das waren schöne und kluge Worte. Was meint Ihr dazu? Ich will Eure Meinung hören.«

Sie sah in seine Augen. Die Angst schnürte ihr die Kehle zusammen.

»Ja«, flüsterte sie. »Ihr solltet auf ihn hören. Kuno hat Recht. Ich weiß nicht, was das alles hier zu bedeuten hat, aber Ihr seid bestimmt kein schlechter Mensch. Ich glaube fest, dass Ihr gut seid, dass Ihr Frieden wollt.«

»Hörst du?«, rief Kuno. In seiner Stimme schwang Hoffnung mit.

Immer noch stand Daniel unbeweglich da. Dann nickte er bedächtig.

»Es ist schön, dass Ihr an mich glaubt. Es ist wahrhaftig eine schöne Erkenntnis.« Er grinste. »Denn jetzt wird es mir noch mehr Spaß machen, euch zur Hölle zu schicken!« Er lachte unbändig auf und hob das Schwert. »Lebt wohl, ihr Narren! Ich war nie unbestechlich, Kuno, ich habe Geld und Güter genommen, wo es nur ging. Gerechtigkeit hat mich niemals interessiert, aber ich hatte Macht, verstehst du, Macht! Darum ging es, Macht! Und jetzt habe ich die Macht, dir den Kopf von den Schultern zu hauen und diese Hure hier zu schänden und sie dir dann hinterherzuschicken und – uhhhg!«

Richmodis hatte sich blitzartig gebückt und Daniel den Ellbogen in die Magengegend gerammt. Der Overstolze klappte zusammen. Kuno holte aus und schlug Daniel die Faust in den Nacken. Er taumelte und sackte in die Knie.

»Lauft weg!«, schrie Kuno.

Das Schwert fuhr hoch und bohrte sich in Kunos Bein. Er stöhnte auf und wankte nach hinten. Seine Hand tastete nach dem Dolch.

Daniels Züge hatten nichts Menschliches mehr, als er hochkam. Er knurrte wie ein Wolf. Seine Klinge sauste durch die Luft. Kuno entging ihr knapp, stolperte und fiel.

Richmodis sah sich gehetzt um. Ihr Blick fiel auf die Holzknüppel an der Säule.

»Lauft weg, um Himmels willen!«, schrie Kuno ein weiteres Mal. Er rollte sich zur Seite und hielt im nächsten Augenblick den Dolch in der Hand. Daniels Klinge krachte auf den Stein herunter und schlug Funken.

»Schwein«, keuchte er.

Sie konnte nicht einfach fliehen. Tausend Messer schienen in ihrem Körper zu stecken, als sie zu der Säule lief und einen der Stecken nahm. Er war rau von Splittern und schwer.

Kuno wehrte sich verzweifelt, kam wieder auf die Beine. Sein Dolch parierte Daniels Schläge, so gut es eben ging. Blut lief an seinem Oberschenkel herunter.

Ein zorniges Fauchen kam aus Daniels Kehle. Er stürzte sich erneut auf seinen Gegner. Helles Klirren hallte durch das Lager, und Kunos Klinge flog im hohen Bogen davon. Daniel lachte. Er senkte sein Schwert in Kunos Seite. Als er es herauszog, war es rot von Blut.

Kuno starrte ihn ungläubig an. Dann fiel er auf die Knie.

»Lebewohl, liebster Kuno«, hechelte der Overstolze und hob die Waffe zum letzten Schlag.

»Daniel!«, schrie Richmodis. Mit aller Kraft holte sie aus.

Daniel drehte sich um, begriff – zu spät. Der Knüppel flog heran und krachte ihm mitten ins Gesicht. Die Wucht des Aufpralls schleuderte ihn über Kuno hinweg. Er fiel hart auf den Rücken. Das Schwert entglitt seiner Hand.

Richmodis warf den Knüppel weg, packte die Klinge und hob sie über ihren Kopf.

»Nein«, stöhnte Kuno. »Nicht!«

Er hielt sich mit einer Hand die Seite, die andere streckte er nach Richmodis aus.

»Nicht. Wir müssen – weg – lasst ihn –«

Schwer atmend stand Richmodis, die Waffe immer noch erhoben, über Daniel, der wimmernd beide Hände vor Nase und Augen geschlagen hatte.

»Gut«, sagte sie heiser.

»Ihr müsst – mich stützen. Gebt – gebt mir das Schwert.« Kunos Gesicht war wachsweiß. Richmodis versuchte, ihn hochzuziehen. Er stützte sich ab und schaffte es, den Arm um ihre Schulter zu legen.

»Wo ist Euer Haus?«

Er schüttelte den Kopf. »Wir können nicht in mein Haus. Nicht mehr. Wenn Urquhart herausfindet –«

»Sprecht nicht«, sagte Richmodis grimmig. »Versucht, eine Weile durchzuhalten.«

Sie packte fest zu. Gemeinsam taumelten sie nach draußen in den Sturm.

Goddert

Goddert zog seinen Mantel fest um die Schultern. Er ging so schnell, wie ihn seine kurzen Beine tragen konnten. Nichts gegen Regen! Aber das war nun wirklich ein bisschen viel des Guten. Sollte es am Ende schon so weit sein? Die Apokalypse?

Weiter hinten am Severinstor glaubte er kurz das Licht der Nachtwächter zu sehen, dann kam eine neue Böe und wischte alle Konturen hinweg.

»Uääääh«, sagte Goddert, womit er seine Meinung über die herrschenden Zustände präzise zusammenfasste, schüttelte sich und pochte gegen Jaspars Türe.

»Was macht Ihr da drin? Ich will was zu trinken!«

Er bekam keine Antwort. Das war nun wirklich die Höhe! Der Bruder seiner verstorbenen Frau ließ ihn nicht ein? Übellaunig schlug er noch einmal gegen die Tür. Sie schwang auf.

Goddert sah verwundert ins Innere. Auch hier war es stockdunkel, nur in der Kaminasche glimmte es. Wo zum Teufel steckten denn alle? Und warum hatte er kein Licht mitgenommen?

Doch ein alter Esel!

Er tastete sich hinein und überlegte, wo Jaspar seine Kerzen verwahrte. Wo er schon mal hier war, konnte er ebenso gut einen Schluck trinken. Niemand durfte von einem, der schon zum zweitenmal durch dieses Sauwetter gestolpert war, erwarten, dass er nun unverrichteter Dinge wieder nach Hause ging. Zumindest eine kleine Stärkung würde Jaspar ihm nicht verwehren, auch wenn er sich ständig ausbat, gefragt zu werden.

Goddert schleuderte den nassen Mantel aufs Geratewohl in eine Ecke und hangelte sich am Tisch entlang zur Kaminbank. Er musste sich erst mal setzen. Inzwischen hatten sich seine Augen halbwegs an die Dunkelheit gewöhnt. Stand da ein Leuchter auf dem Tisch? Er bekam ihn zu fassen, tastete damit zum Kamin und versuchte, den Docht an der Glut zu entzünden. Nach ein paar vergeblichen Versuchen gelang es ihm. Einigermaßen zufrieden trug er den Leuchter zum Tisch, um ihn dort abzustellen und sich dann der Suche nach etwas Trinkbarem zu widmen.

Sein Blick fiel auf Rolof.

Er erstarrte.

»Vater unser, der du bist im Himmel«, wisperte er.

Dann begann er unkontrolliert zu zittern. Der Leuchter polterte zu Boden, die Flamme verlosch. Rückwärts stolperte er zur Tür.

»Richmodis«, jammerte er. »Jaspar. Rolof. O Gott, was soll ich tun, o Herr, was –«

Eine Hand legte sich schwer auf seine Schulter.

»Nichts«, sagte eine Stimme.

Lagerhaus

Daniel kroch auf allen Vieren ins Nichts. Jede Richtung war wie die andere. Vor seinen Augen flimmerte es, aber das Licht kam aus seinem Kopf. Ansonsten sah er nicht das Geringste.

Er betastete sein Gesicht. Nase und Stirn schmerzten höllisch. Seine Finger fuhren durch klebriges Nass. Und dann kam ihm ein schrecklicher Gedanke.

Die Hure hatte ihm die Augen ausgeschlagen!

Die Vorstellung brachte ihn hoch. Mit einem Aufheulen rannte er blindlings drauflos, stolperte über etwas und stürzte wieder der Länge nach hin. Erneut rappelte er sich auf. Jemand wimmerte. Er versuchte, auszumachen, woher die Geräusche kamen, bis ihm klar wurde, dass er selber sie hervorbrachte. Beide Hände von sich gestreckt tapste er vorwärts, ohne die Spur einer Ahnung, wo es hinging. Seine Finger glitten über Mauerwerk. Nach einer Weile stieß er auf einen Winkel. Er würde sich einfach immer weiter vortasten, beschloss er, bis er den Weg nach draußen erreichte. Dann durch den Hof und an den Häuserwänden entlang –

Plötzlich fühlte er etwas anderes. Stoff.

Stoff, der sich bewegte –

Daniel fuhr zurück und presste seinen Rücken gegen die Mauer.

»Kuno?«, flüsterte er.

Jemand machte einen Schritt nach vorn.

»Du siehst, dass ich hilflos bin«, stieß Daniel hervor. »Du wirst doch keinen Wehrlosen – ich meine, Kuno, die Hexe hat mich geblendet, sieh nur, sie hat mir die Augäpfel zerquetscht – o Gott, Kuno, ich bitte dich um Barmherzigkeit, jetzt bin ich es, der dich bittet, hörst du, ich bin blind, ich –«

»Übertreibt nicht so maßlos. Ihr seid nicht blind. Es würde helfen, wenn Ihr einfach Eure Augen öffnet.«

Daniel erstarrte. Dann blinzelte er. Die Lider waren verklebt vom Blut, aber mit einem Mal konnte er wieder sehen. Vor ihm zeichneten sich in der Dunkelheit des Lagerhauses die Umrisse eines sehr großen Mannes ab.

»Du bist nicht Kuno.«

»Nein. Ich bin Euer ergebenster Diener. Wie ich sehe, hat sich mein charmanter Gast aus dem Staub gemacht. Solltet Ihr der Dame etwa die Türe aufgehalten haben?«

»Urquhart?«, rief Daniel überrascht.

»Das bliebe festzustellen.« In der Stimme schwang Vorsicht mit. »Wichtiger ist einstweilen, wer Ihr seid. Ich mache Euer Schicksal von Eurer Identität abhängig, also antwortet gut. Es müsste allerdings schon ein sehr überzeugender Name sein.«

»Ist Euch Daniel Overstolz überzeugend genug?«

»Erwägenswert. Für den Fall, dass Ihr die Wahrheit sagt, werde ich Urquhart sein. Falls nicht, bin ich immerhin Euer Verhängnis.«

»Ihr seid unverschämt!« Daniel fühlte seine alte Überlegenheit wiederkehren. »Mein Vater ist Johann Overstolz, einer der Mächtigsten in Köln. Wir bezahlen Euch für Eure Dienste. Ihr habt keine anmaßenden Reden zu schwingen, sondern zu gehorchen!«

Ein kurzes Schweigen trat ein. Dann klatschte es, und Daniels Kopf wurde zur Seite gerissen.

»Was –?«, keuchte er.

»Die nächste Backpfeife empfangt Ihr aus der anderen Richtung«, sagte Urquhart ruhig. »Die darauf folgende wieder aus dieser. Wir können das Spiel bis zum Morgengrauen fortsetzen, wie Ihr wisst, verfüge ich über die entsprechende Zeit. Offenkundig seid Ihr ein Overstolze. Nur reiches Kaufmannspack, das sich die Ritterehre erschachert hat und nie im Leben ein gelehrtes Buch in der Hand hielt, macht sich durch solch dümmliches Kläffen bemerkbar. Was habt Ihr hier zu suchen?«

»Ich werde meinen Vater –«

»Nein, ich werde Euren Vater! Ich werde ihn unterrichten, dass mein Unterpfand entkommen ist und seinen Sohn zurückgelassen hat, der, wie es aussieht, Prügel bezogen hat. Am Ende von der Entflohenen? Wird ihm das gefallen, was meint Ihr? Wird er stolz sein? Oder seid Ihr vielleicht doch nicht sein Sohn? Aber auch das ließe sich recht einfach herausfinden.«

Daniel fühlte sich am Kragen gepackt und nach vorne gerissen. »Rasch jetzt«, drängte Urquhart. »Ich will mit Mathias sprechen.«

»Mathias wollte sich aber doch alle zwei Stunden mit Euch –«

»Das ist zu spät, du Ochse. Wo ist er jetzt?«

»Ich weiß es nicht«, jammerte Daniel.

»Dann wird es Euer Vater wissen. Wenn er Euer Vater ist.«

Er ließ Daniel los und stieß ihn wieder gegen die Mauer. Daniel hustete gurgelnd.

»Ich konnte doch nichts dafür«, murmelte er schwach.

»Nein, gewiss nicht.« Urquhart lächelte. »Nie kann jemand was dafür, was? Für gar nichts in der Welt. Nie kann einer was dafür. Los, erzählt. Was ist geschehen?«

Goddert schrie auf. Er schüttelte die Hand ab und vollführte einen Satz, den er sich selber niemals zugetraut hätte.

»Herrgott!«, schrie er. »Hast du mich erschreckt!«

»Tut mir Leid.« Jaspar betrachtete seine Hand, als sei sie eine giftige Spinne. Achselzuckend bückte er sich nach dem Leuchter und verschwand damit in der Dunkelheit der Stube. Sie hörten ihn eine Weile im Hintergrund kramen. Dann wurde er im Schein des aufflackernden Kerzenlichts wieder sichtbar.

»Wo wart ihr?«, heulte Goddert. Jacop sah, dass er mit den Nerven völlig fertig war. Rolof lag unverändert auf der Bank, als verschlafe er wie üblich das Weltgeschehen.

»Goddert, wir müssen dir was sagen –«, begann Jaspar.

»Sagen? Und was ist mit – mit dem da?« Godderts Finger wies zitternd auf Rolof.

»Er ist tot.«

»Allmächtiger, das sehe ich!«

»Das ist jetzt nicht wichtig, Goddert –«

»Nicht wichtig?« Goddert rannte aufgelöst zu Rolof und dann wieder zurück. Er krallte die Finger in seinen struppigen Bart und sah sich wild um.

»Wo ist überhaupt Richmodis?«, krächzte er.

»Das will ich dir ja die ganze Zeit erzählen. Tu mir einen Gefallen und setz dich hin, ja?«

Goddert wurde noch blasser, als er schon war, und sank auf einen Schemel. Jacop wäre am liebsten nach draußen gerannt. Es war seine Schuld, dass alles so gekommen war. Er brachte allen nur Unglück. Was sollten sie Goddert sagen?

»Ihr auch, Füchschen«, befahl Jaspar.

Betreten nahm er Goddert gegenüber Platz.

»Richmodis ist doch nichts passiert?«, fragte der alte von Weiden wie ein Kind.

»Ich weiß es nicht.« Jaspar schüttelte den Kopf. »Ich weiß nicht. Keine Ahnung, Goddert. Sie ist entführt worden.«

»Entführt?«

»Gerhards Mörder, wir vermuten es zumindest, hat sie an einen unbekannten Ort gebracht. Sie lebt, wenn man ihm glauben darf, und im Augenblick glaube ich ihm.«

»Entführt«, flüsterte Goddert mit stierem Blick.

»Wir müssen –«

»Was ist denn bloß geschehen?«, fragte Goddert weinerlich. »Gestern war doch noch alles in Ordnung. Wer entführt denn mein Kind! Sie hat doch keinem was getan, sie –«

Jacop und Jaspar wechselten einen Blick. Dann brachten sie Goddert behutsam bei, was sich seit ihrem letzten Beisammensein ereignet hatte.

Aber Goddert schien nur die Hälfte zu verstehen. Immer wieder wanderte sein Blick zu Rolofs Leiche. Schließlich war offensichtlich, dass er überhaupt nicht mehr zuhörte. Er jammerte nur ständig Richmodis' Namen.

»Es hat keinen Zweck«, sagte Jaspar leise zu Jacop. »Der Schock sitzt zu tief.«

»Was sollen wir mit ihm machen?«, flüsterte Jacop zurück.

»Mit wem? Goddert oder Rolof?«

»Beiden.«

»Goddert nehmen wir in den Arm und bringen ihn nach Hause, da muss er wenigstens nicht immer meinen armen Diener sehen. Wird vorläufig das Beste für ihn sein. Was Rolof betrifft – ich weiß nicht, es gefällt mir nicht, dass ein aufgeschlitzter Mann in meinem Haus liegt, den man mit seinem eigenen Blut beschriftet hat. Sieht verdächtig nach heidnischen Ritualen aus. Ich denke, wir sollten ihn fürs Erste verschwinden lassen, so sehr mich die Vorstellung auch schmerzt, dem guten Rolof kein anständiges Begräbnis zukommen zu lassen. Bringen wir Goddert nach Hause. Ihr bleibt bei ihm. Ich gehe zurück und«, er hüstelte, »räume auf.«

Goddert ließ sich widerspruchslos an den Armen fassen und hinausbringen. Seine Augen waren blind vor Tränen. Das Wüten des Sturms hatte unterdessen noch zugenommen, und mehrfach konnten sie nur um ein Haar vermeiden, alle zusammen in den Matsch zu rollen. Es grenzte an ein Wunder, dass Goddert überhaupt einen Fuß vor den anderen bekam. Er verfiel zusehends in Apathie. Jacop erinnerte sich, wie er selber vor zwei Tagen den Entenpfuhl entlanggestolpert war, nachdem er Marias Leiche entdeckt hatte, bereit, jede Lüge zu akzeptieren, wenn sie nur besser wäre als die Wahrheit, erschüttert und doch seltsam unbeteiligt, ein interessierter Beobachter des eigenen Elends.

Der alte Mann tat ihm unendlich Leid.

Weiß schraffiert vom Sturm tauchten endlich die Häuser auf der Bach vor ihnen auf. Sie beschleunigten ihr Tempo, die Köpfe zwischen die Schultern gezogen. Goddert wimmerte vor sich hin.

Jacop presste die Kiefer aufeinander. Dann sah er etwas –

Abrupt blieb er stehen.

Es gab einen ordentlichen Ruck, als Jaspar weiterstapfen wollte. Goddert entglitt ihm, und er stürzte der Länge nach hin, so dass es nach allen Seiten spritzte.

»Zum Teufel, Füchschen«, schimpfte er. »Was soll das werden?«

»Da vorne«, sagte Jacop.

Jaspar kniff die Augen zusammen. Zwischen den Fensterläden von Godderts Haus zeichneten sich schwach schimmernde Linien ab.

Licht.

»Goddert«, sagte Jaspar langsam, während er sich aus dem Schlamm erhob. »Hast du irgendwas brennen lassen, als du fortgingst?«

Goddert hob den Kopf und sah Jaspar verständnislos an. »Nein.«

»Keine Kerze, keine Öllampe, kein Feuer im Kamin?«

»Bestimmt nicht. Warum fragst du?«

»Entschuldige, ich hatte vergessen, dass der Herr dir die Gabe der Weitsicht geraubt hat. Es sieht so aus, als hättest du Besuch bekommen. Erwartest du welchen?«

»Ich erwarte überhaupt niemanden. Du musst dich irren.« Dann ging ein Leuchten über Godderts Gesicht. »Aber vielleicht – vielleicht ist Richmodis zurückgekommen!«

Er versuchte, sich loszumachen. Jaspar packte ihn.

»Unsinn, Goddert, sieh den Tatsachen ins Auge. Sie wurde entführt.«

»Nein!«, schrie Goddert. »Es ist Richmodis, mein Kind ist zurückgekommen! Mein Kind! Siehst du, Jaspar, es war alles nur ein schrecklicher Irrtum, und sie ist wieder da, lass mich endlich los!«

»Goddert, verdammt noch mal!«

»Nein, lass mich!« Mit einem Mal schienen sich seine Kräfte verdreifacht zu haben. Er riss sich los und rannte auf das Haus zu.

»So ein Narr!«, fluchte Jaspar. »Goddert, bleib hier! Du hast doch keine Ahnung, wer da drin ist.«

»Richmodis!«

Beide schlitterten ihm hinterher, aber Goddert war zu flink. Sie sahen ihn die Tür aufreißen und im Rahmen verschwinden, dann ertönte sein Aufschrei.

»Um Himmels willen«, stöhnte Jaspar.

Mit wenigen Schritten waren sie beim Haus, polterten in die Stube und blieben wie angewurzelt stehen.

»Richmodis«, sagte Jaspar mit hängender Kinnlade.

Goddert hielt sie an sich gedrückt, als wolle er eins mit ihr werden, damit kein Schicksal der Welt sie ihm je wieder entreißen könnte. Er weinte. Richmodis tätschelte ihm den runden Rücken. Ihr Haar hing zerzaust und triefend herab. Vorsichtig löste sie seine Arme und strich ihm übers Gesicht.

»Alles in Ordnung, Vater?«

Goddert lachte und heulte zugleich. »Wen schert es, was mit mir ist? Der Heiligen Jungfrau sei Dank! O Gott, ich dachte schon, ich sehe dich niemals wieder!« Sein Kopf ruckte zu Jaspar und Jacop. »Ha! Ich hab's dir doch gesagt, Jaspar. Mein Kind!«

Jaspar grinste. Er trat hinzu und umfasste beide mit ausladenden, nie endenwollenden Armen.

»Goddert«, verkündete er feierlich, »man kann über deine Allgemeinbildung sagen, was man will. Dein Bauch jedenfalls ist dem meinen weit überlegen.«

Sie lachten und hielten einander umklammert. Jacop stand in der Tür und sah zu, wie ihr Glück für einen kurzen Moment alles andere überstrahlte. Dann fühlte er Traurigkeit in sich aufsteigen und wandte sich ab.

»Genug jetzt«, sagte Richmodis. »Kommt mit nach hinten.«

Sie folgten ihr. Auf dem schweren Tisch in der Küche lag ein Mann. Sein Gesicht war von erschreckender Blässe, seine Kleidung an mehreren Stellen von Blut getränkt. Bei ihrem Eintreten hob er mühsam den Kopf.

Sofort war Jaspar bei ihm.

»Was ist passiert?«

»Schwerthiebe. Einer ins Bein, der andere hat ihn an der Seite verletzt. Ich wollte ihn gerade verbinden.«

»Wir müssen ihn waschen. Hol mir Wein, Essig und Wasser, außerdem Tücher, schnell.«

»Den Wein hole ich«, sagte Goddert.

»Ich will ihn damit waschen, Goddert, waschen! Hast du das auch verstanden?«

Goddert bedachte ihn mit einem vernichtenden Blick und eilte davon. Richmodis holte Tücher. Jaspar untersuchte den Verletzten mit ausdrucksloser Miene, betastete seinen Körper, fühlte den Puls und strich den Schweiß von seiner Stirn.

»Wie fühlt Ihr Euch?«, fragte er.

Der Mann ächzte und versuchte, sich aufzurichten. Jaspar drückte ihn sanft zurück.

»Nicht bewegen, wir müssen Euch erst was um die Rippen wickeln. Sagt mir Euren Namen.«

»Kuno Kone«, flüsterte der andere.

Jaspar hielt einen Moment lang inne.

»Der Kuno aus dem Geschlecht der Kones? Der Kaufmann?«

Kuno nickte.

»Donnerwetter, das wird ja immer schöner.«

Jacop sah auf den Mann herunter und kam sich nutzlos vor. Er wollte etwas sagen, aber im selben Augenblick drückte ihn Goddert zur Seite und platzierte einen randvollen Wasserbottich neben dem Tisch sowie zwei Krüge. Jaspar schnupperte daran.

»Der da riecht nach Essig«, befand er und griff nach dem anderen. »Das dürfte Wein sein. Ich muss ganz sicher gehen.« Er setzte den Krug an die Lippen und nahm einen gewaltigen Schluck.

»He«, protestierte Goddert. »Die Rede war vom Waschen.«

»Erstens«, erwiderte Jaspar und leckte sich die Lippen, »werde ich unseren armen Freund hier mit nichts waschen, was nicht meinen ausdrücklichen Segen gefunden hat, und zweitens könntest du ein Messer holen, anstatt dummes Zeug von dir zu geben. Ich muss seine Kleider aufschneiden.«

Grummelnd hastete Goddert wieder in die Küche, während Richmodis einen weiteren Arm voller Lappen heranbrachte. Niemand schenkte Jacop Beachtung.

»Kann ich was tun?«, fragte er zaghaft.

Jaspar sah kurz auf.

»Spielt Flöte«, sagte er.

Jacop riss überrascht die Augen auf. »Ich soll was?«

»Spielt Flöte, rede ich in der Sprache Babylons? Solange, bis wir ihn verbunden haben.«

Kuno keuchte und bäumte sich auf.

»Und Ihr haltet den Schnabel«, wies Jaspar ihn an. »Später können wir reden. Goddert, das Messer. Richmodis, das Tuch da mit Essig tränken. Jacop, was ist denn? Habt Ihr keine Flöte mehr, ich denke, die Dinger wachsen an Euch wie die Affen auf dem Baum? Los schon. Ich will Musik, wenn ich um diese Zeit arbeiten muss.«

Jacops Finger fuhren unter seinen Mantel. An alles hätte er jetzt gedacht, nur nicht an seine Flöte. Aber sie war noch da, hatte den Fischmarkt überstanden, die Höllenfahrt unter dem Karren. Er zog sie aus seinem Hosenbund und drehte sie hilflos hin und her.

In diesem Augenblick hob Richmodis den Kopf und sah ihn an. Sie lächelte.

Es war dieses kleine, warme Lächeln.

Jacop begann mit der lustigsten Weise, die er kannte. Und während Jaspar wortlos Kunos Kleidung auftrennte, er und Richmodis ihn wuschen, behutsam die Wunden säuberten, Goddert gehorsam neues Wasser brachte und Lappen auswrang, schien die Melodie den Raum allmählich zu erwärmen. Mit jedem silbrighellen Ton strömten Ruhe und Kraft hinein, mit jedem Flagolet und Arpeggio wichen die Gespenster der Angst ein wenig von ihnen ab. Die Gesichter der anderen entspannten sich, und Jacop fühlte sich durchloht von der Lust am Spiel wie lange nicht mehr. Seine Flöte wurde zur Waffe gegen die Mutlosigkeit, sie erklang in dieser ausweglosen Situation, als gäbe es einen Grund zu feiern, verhöhnte die Gefahr mit spöttischen Trillern, bannte die Furcht durch den Zauber ihres Klangs, brandete auf zu immer neuen funkelnden Kaskaden der Schöpfung, sprach von sternglitzernden Firmamenten und Perlenregen, fremdartigen Städten mit Minaretten und schlanken Jaspistürmen, frohlockte und gebar Fantasien und Geschichten, wie es ihm der alte Bram beigebracht hatte, der vielleicht kein Kreuzritter gewesen war, aber dafür ein Magier der Freude. Jacop holte etwas von der Lebendigkeit zurück, die sie im Sturm gelassen zu haben glaubten, glättete die Wogen der Verwirrung und erquickte ihren geschundenen Geist, bis das Blut in seinen Adern glühend zirkulierte und Goddert plötzlich laut und fröhlich auflachte.

Schuldbewusst ließ er die Flöte sinken. Sofort kühlte die Stimmung wieder etwas ab, aber das Eisige, Hoffnungslose war gewichen.

Jaspar wusch sich die Hände und schaute befriedigt drein.

»So. Der schläft. Ich könnte einen Schluck vertragen. Was meinst du, Goddert, trinken wir –« Jaspars Blick wanderte zu Richmodis und dann zu Jacop. »Was meint ihr, trinken wir einen?«

»Trinken wir einen!«

Sie füllten die Becher, gingen in die vordere Stube und erzählten sich gegenseitig, was passiert war. Jaspar täuschte vor, er sei zu erschöpft zum Reden, und überließ es Jacop, die anderen ins Bild zu setzen. Aber Jacop wusste, was der Physikus damit bezweckte. Er schien Jacops Gefühl der Isoliertheit gespürt zu haben. Er handelte wie ein guter Freund.

Danach saßen sie eine Weile schweigsam da, und jeder hing seinen Gedanken nach.

»Geben wir uns keinen Illusionen hin«, sagte Jaspar schließlich. »Unsere Lage ist schlimmer denn je.«

»Warum?«, fragte Goddert erstaunt. »Richmodis ist wieder da, und den armen Rolof kann keiner mehr lebendig machen. Es war Gottes Wille.«

»Hör mir um Gottes willen auf mit Gottes Willen«, schnaubte Jaspar. »Ich finde es sehr merkwürdig, dass ständig Gott an allem schuld sein soll.«

»Jaspar hat Recht«, sagte Jacop. »Wenn der Mann, der Richmodis gefangen genommen hat – und der ganz offenbar identisch ist mit dem, den ich auf dem Dom gesehen habe –, wenn der also rausfindet, dass sie entkommen ist, wird er nach uns suchen. Er hat jetzt nichts mehr, womit er uns erpressen kann. Alles ist wie vorher, er muss uns töten, wenn er uns am Reden hindern will. Früher oder später –«

»Früher oder später taucht er hier auf«, ergänzte Jaspar.

»Aber er kennt doch gar nicht unser Haus«, sagte Goddert mit bebender Stimme.

»Er kannte auch meines, ohne dass ich ihm eine schriftliche Einladung mit Wegbeschreibung geliefert habe. Außerdem hat er mit Rolof gesprochen, und Rolof kann man leicht ausquetschen.«

»Konnte«, berichtigte ihn Richmodis leise.

»Zu dumm.« Jaspar zog ein zerknirschtes Gesicht. »Was bin ich für ein Esel! Nebenbei, ich müsste eigentlich zurück und den armen Kerl fortschaffen, am Ende fällt es meiner Wirtschafterin ein, wieder gesund zu werden und das Haus richten zu wollen. Ich höre schon ihre spitzen Schreie über die Severinstraße hallen, wie Pfeile fliegen sie in die Nachbarhäuser, und es wird heißen, Jaspar Rodenkirchen hat seinen Knecht verhext. Gott weiß, was dieses Weibervolk sich alles zusammenfantasiert.«

»Dann geh doch schnell«, meinte Goddert.

»Ich kann nicht, Trottel.«

»Pah! Feigling. Ich werde gehen.« Er nahm einen kräftigen Schluck und schlug entschlossen auf den Tisch. Jaspar sah ihn mit einer Mischung aus Nachsicht und Verständnislosigkeit an.

»Was willst du denn da? Denkst du immer nur mit dem Magen? Wo wird der Mörder wohl zuerst suchen, was meinst du? Er müsste uns zwar schon für ausgemachte Idioten halten, wollte er annehmen, dass wir uns bei mir versammelt halten, aber ich will ihm nicht den Gefallen tun, auch noch einer zu sein.« Er dachte kurz nach. »Vielleicht wird er als Erstes Kunos Haus aufsuchen. Wenn Daniel alles erzählt hat, ist er ebenso in Lebensgefahr wie wir. Wir werden wohl oder übel hier bleiben müssen, sonst hätte ich ja vorgeschlagen, uns in meiner Kirche zu verkriechen. Ich fürchte nur, Kuno würde den Weg dorthin nicht durchstehen.«

»Wir können ihn tragen«, schlug Jacop vor.

»Auch dann nicht.«

»Es wäre ohnehin zwecklos«, sagte Richmodis. »Wenn er dein Haus kannte, kennt er auch deine Kirche.«

»Anzunehmen. Hast du Waffen im Haus, Goddert?«

Goddert zuckte zusammen. »Du willst kämpfen?«, fragte er entsetzt.

»Ich will nicht, ich muss vielleicht. Oder Jacop muss es oder Richmodis. Oder –« Jaspar fletschte die Zähne, »Du! Von wegen, Feigling.«

»Ich hab aber nur das Übliche«, sagte Goddert kleinlaut. »Den Harnisch und zwei Speere.«

»Kein Schwert?«

»Doch«, sagte Richmodis. »Wir haben eines. Es liegt unter der Kastenbank am Fenster. Wir haben es Daniel abgenommen.«

»Na, wenigstens etwas.«

»Nein, gar nichts! Wie willst du dich gegen einen so übermächtigen Gegner verteidigen?«, fragte Goddert skeptisch.

»Hat Richmodis sich nicht auch verteidigt?«, fragte Jacop zornig.

Jaspar grinste. »Da, Goddert, sieh mal, wie schön der Fuchs gebellt hat! Ja, was willst du eigentlich alles unterlassen, um dein feistes Leben zu retten? Ist dir das Waid ins Hirn gezogen, dass du vergessen hast, wie man kämpft? Selbst Abaelardus wusste mit dem Schwert umzugehen, und der war geistlich.«

»Abaelardus war ein Abenteurer. Er wurde geistlich, weil man ihm das Abenteuer abgeschnitten hat.«

»Ja, entmannt haben sie ihn, mach dich nur lustig! Was weißt denn du? Pfui, wie kleinmütig ist der dicke Goddert! Übermächtiger Gegner, das hätte David sagen sollen, als die Philister bei Efes-Dammim ihr Lager aufgeschlagen hatten. Sechs Ellen und eine Spanne war Goliath groß, auf seinem Kopf hatte er einen Helm aus Bronze, und er trug einen Schuppenpanzer aus Bronze, der fünftausend Schekel wog, und David? Nicht mal eine Rüstung, nur ein paar Steine und eine Schleuder.«

»Das war ein Kampf Mann gegen Mann«, brummte Goddert. »Und alles war allen offenbar. Es gab keine Geheimnisse in diesem Krieg, den die Philister führten. David kannte seinen Gegner, während wir gegen einen Schatten kämpfen, ein Phantom, hinter dem sich mächtige Kräfte verbergen.«

»Jaja, Goddert, die Zeiten haben sich geändert. Wie raffiniert der Böse vorgeht.« Jaspar massierte seine Nasenwurzel. »Aber was er nicht weiß, ist, wer ihn alles erwartet, wenn er uns tatsächlich aufspüren sollte. Jacop und mich haben sie aus den Augen verloren. Ohnehin wird er vor allem nach Kuno suchen. Er scheint der Einzige zu sein, der wirklich etwas weiß – und offenbar bereit ist, alles zu verraten. Wenn er noch mal wach wird«, fügte er gedämpft hinzu.

Er stand auf.

»Goddert«, sagte er mit entschlossener Stimme. »Du solltest das Haus verschließen gehen. Sieh zu, dass dieser Teufel nirgendwo rein kann. Verriegel und verrammel alles, als wolltest du die Welt zunageln, und dann soll er ruhig kommen!«

Richmodis stützte den Kopf in die Hände und sah ihn zweifelnd an.

»Ich habe seine Augen gesehen«, sagte sie.

Jaspar runzelte die Stirn.

»Mhm. Und was haben sie dir gesagt?«

»Dass es für ihn keine verschlossenen Türen gibt.« Sie zögerte. »Bis auf eine, glaube ich.«

»Welche?«

»Sie ist in ihm.«

Rheingasse

»Der Plan ist gescheitert«, sagte Johann sehr bestimmt. »Geben wir auf.«

»Nein!«, erwiderte Mathias scharf.

Das ging schon eine Weile so, immer hin und her. Nachdem Daniel zurückgekehrt war, verletzt und kaum in der Lage, aufrecht zu gehen, hatten sie in Windeseile eine Versammlung einberufen. In dieser Nacht hätte ohnehin niemand schlafen können. Also hatten sie beschlossen, sich in der Rheingasse einzufinden, oben im ersten Stock, wo alles begonnen hatte. Einzig Blithildis fehlte. Auch wenn es vom Filzengraben bis zur Rheingasse nur ein kurzes Stück war, hatte sie es abgelehnt, sich in ihrem Stuhl dorthin tragen zu lassen. Es war weniger der Sturm, der sie abhielt, als ihr Unverständnis für die ganze Aufregung. Für sie gab es keinen Zweifel, dass alles so geschehen würde, wie sie es geplant hatten.

Johann zweifelte inzwischen umso mehr.

»Die Sache ist uns entglitten«, stimmte Theoderich ihm zu. »Als ich hörte, dass wir eine Geisel haben, dachte ich einen Moment lang, Urquhart hätte die Kontrolle zurückgewonnen. Nun treiben wir steuerlos dahin.«

»Nichts haben wir erreicht, gar nichts!« resümierte Heinrich von Mainz düster.

Mathias sprang auf. »Aber das ist nicht wahr! Ich kann es einfach nicht glauben. Wollt Ihr jetzt, so kurz vor dem Ziel, den Schwanz einziehen? Wir haben es so gut wie geschafft!«

»Was haben wir denn deiner Meinung nach Großartiges geschafft?«, fragte Johann mit bitterem Spott.

»Wir –«

»Wir haben uns Gerhard Morarts entledigt«, sagte Theoderich. »Das ist alles. Der Rest ging schief. Besser, Urquhart hätte den Rothaarigen einfach laufen lassen.«

»Hätte er ihn laufen lassen, wüsste es jetzt halb Köln.« Mathias begann zornig herumzugehen.

»Niemand hätte dem Strolch geglaubt.«

»Das ist einfach nicht wahr! Wir wissen nicht, was Gerhard ihm zugeflüstert hat. Wir hatten keine andere Wahl.«

»Korrigiert mich, wenn ich mich verrechne«, sagte Johann bedächtig. »Aber mit dem Fuchs, dem Dechanten und dessen Nichte sind es schon mal mindestens drei, die uns gefährlich werden können. Zuzüglich alle, die wir gar nicht kennen, wohlgemerkt. Jeder von denen hatte und hat ausreichend Gelegenheit, mit seinem Wissen hausieren zu gehen. Dann wäre da noch dieser Bodo Schuif, dem der Dechant den Floh bereits ins Ohr gesetzt hat –«

»Bodo ist ein Dummkopf«, bemerkte Theoderich.

»Er war jedenfalls nicht dumm genug, es einfach als Hirngespinst eines versoffenen Klerikers abzutun. Was ist nun, sollen wir auch Bodo töten?«

»Wenn es nicht zu vermeiden ist«, sagte Mathias.

»Aber es würde nichts nützen. Mathias, es ist zu spät, irgendwelche Leute zum Schweigen zu bringen! Geben wir auf. Geh zu Urquhart und sag ihm, dass er aus der Stadt verschwinden soll. Mit etwas Glück wird alles Weitere im Sande verlaufen. Noch weiß ja niemand, dass wir hinter den Morden stecken. Uns können sie nichts beweisen, und ohne Urquhart kein Mörder. Entsagen wir unserer Absicht, solange noch Zeit ist.«

»Entsagen!«, schnaubte Mathias. »Ich höre ständig nur dieses Gewinsel. Was spielt das jetzt noch für eine Rolle? Glaubst du ernsthaft, das würde etwas ändern? Gerhards Tod kannst du nicht rückgängig machen, aber genau hier liegt das Risiko, dass man uns eben doch nachweist, ihn veranlasst zu haben. Dein Edelmut in allen Ehren, aber gemessen an dem, was wir schon getan haben, ist es gänzlich irrelevant, was morgen geschieht.«

»Das hat nichts mit Edelmut zu tun. Ich versuche nur das Schlimmste zu vermeiden.«

»Das Schlimmste ist schon längst passiert. Du kannst ja alles abblasen, dennoch wirst du nicht verhindern können, dass ein paar Schwachköpfe durch Köln laufen und behaupten, die Patrizier hätten Gerhard umgebracht.«

Johann setzte zum Sprechen an, dann ließ er langsam den Atem entweichen und schüttelte den Kopf.

»Ich bin ja deiner Meinung«, beteuerte Mathias. »Es darf nicht dahinkommen, dass wir ein Blutbad anrichten. Aber wir sind zu weit gegangen. Es gab einen Punkt, da hätten wir umkehren können, aber wir haben ihn überschritten.«

»Mit Gerhard.«

»Genau. Mit Gerhard. Gerhard ist tot. Es gab einen Zeugen. Zugegeben, einiges ist nicht so gelaufen, wie wir es geplant hatten, aber wenn wir jetzt entsagen, war alles umsonst. Die Menschen sind umsonst gestorben. Gerhard ist umsonst gestorben.«

Johann schwieg.

Mathias setzte sich wieder und sah sie der Reihe nach an. »Ich glaube, wir haben noch eine Chance. Wenn wir nachweisen können, dass der Rothaarige ein Dieb und Lügner ist, wird man auch denen nicht glauben, die er beschwatzt hat. Ergo gibt es augenblicklich nur einen, der uns wirklich gefährlich werden kann.«

»Kuno«, murmelte Daniel.

Alle Köpfe fuhren zu ihm herum.

»Du hältst den Mund«, knurrte Johann. »Du hast schon genug angerichtet.«

Daniel beugte sich vor. Er sah schrecklich aus. Sein Gesicht war verschwollen und stellenweise blauschwarz verfärbt. Die Nase hatte jede Form verloren, aber in seinen Augen funkelte unverändert der Hass.

»Ich weiß, was ich angerichtet habe«, sagte er ruhig. »Trotzdem. Wenn Mathias zu Urquhart geht, soll er ihm einschärfen, Kuno zu erledigen.«

»Wir werden nicht noch jemanden opfern, nur weil es dir gefällt!«, schrie Johann. »Es sind endgültig genug –«

»Doch, genau das werden wir!«, fiel ihm Mathias ins Wort. »Dieses eine Mal bin ich Daniels Meinung. Wenn Kuno sich entschließt, gegen uns auszusagen, haben wir tatsächlich ein Problem, und zwar ein verdammt großes.«

»Warum sollte Kuno so weit gehen?«, fragte Heinrich.

Daniel stieß ein ersticktes Lachen aus. »Warum? Weil ich ihn fast getötet hätte, darum!«

»Solange ich diesem Bund vorstehe –«, begann Johann.

Mathias fuhr hoch. »Du stehst ihm aber nicht mehr vor.«

»So? Wer sagt das?«

»Ich. Wenn wir überhaupt jemandem verpflichtet sind, dann deiner Mutter Blithildis.«

»Als ob das für dich eine Rolle spielte. Ich frage mich, ob du überhaupt jemals an ein gemeinsames Ziel geglaubt hast. Du tust doch nichts für meine Mutter, erzähl doch keine Märchen, geschweige denn für unsere Verbannten und Eingekerkerten. Alles, was du je vollbracht hast, diente nur dir selber und deinen Handelsbilanzen.«

»Und wem dient dein plötzlicher Rückzug, deine lächerlichen Skrupel?«

Heinrich von Mainz stand auf. »Ich gehe. Wir kommen ja doch zu keinem Resultat.«

»Nein, Ihr bleibt!«, herrschte Mathias ihn an.

»Wie könnt Ihr –«

»Setzt Euch hin!«

Unbehagliches Schweigen breitete sich aus. Heinrich starrte Mathias wütend an. Dann senkte er den Kopf und nahm auf dem golddurchwirkten Polster wieder Platz.

Mathias wartete einen Moment, aber niemand sagte etwas. Dann trat er ans andere Ende der Tafel und stemmte die Handknöchel auf die Platte. Sein Blick war unverwandt auf Johann gerichtet.

»Was wir tun, ist richtig«, sagte er eindringlich. »Ich will keinen Streit. Johann, verzeih mir, wenn ich es an der nötigen Ehrerbietung habe fehlen lassen. Unsere Situation ist schwierig, und ich verstehe, wenn einige von uns den Belastungen der letzten Tage nicht länger standzuhalten glauben. Aber wir alle sind, denke ich, einen zu weiten Weg miteinander gegangen, um jetzt aufzugeben. Ich beschwöre Euch ein letztes Mal, für unseren Plan zu stimmen, mir ein allerletztes Mal zu vertrauen. Ich beschwöre Euch! Morgen werden wir in Jubel ausbrechen, unsere Feinde werden aufschreien, und dann fragt niemand mehr nach irgendwelchen Wichtigtuern, die behaupten, jemand hätte Gerhard in die Tiefe gestoßen. Morgen entsteht eine neue Welt. Ich verspreche Euch zudem, dass Kuno nichts geschehen soll, Urquhart soll ihn lediglich ruhig stellen, bis alles vorüber ist. Ich schwöre bei Gott, dass niemand mehr sterben muss. Glaubt mir! Glaube an unsere Sache, Johann, ich bitte dich. Wir werden triumphieren! Wir werden triumphieren!«

Johann rieb sich die Augen und ließ sich in seinem Stuhl zurückfallen.

»Was meinst du, wohin Kuno und diese Frau geflohen sind?«, fragte er müde.

»Ich weiß es nicht. Vielleicht zu ihm, vielleicht ins Haus des Dechanten. Oder zu ihr.«

»Wo wohnt sie?«

»Ich werde es herausfinden.«

»Jetzt? Es ist mitten in der Nacht. Urquhart erwartet dich.«

Mathias lächelte dünn. »Ich habe schon ganz andere Sachen in viel kürzerer Zeit herausgefunden.«

Macht

Goddert saß am Feuer, das Kinn auf die Brust gesunken, und schnarchte leise vor sich hin. Neben ihm lag Daniels Schwert. Auf der Kastenbank zwischen der vorderen und der hinteren Stube lag Kuno in tiefer Bewusstlosigkeit. Sie hatten ihn vorsichtig dorthin getragen, weil es der wärmste Platz im Haus war. Es war Jaspar gelungen, den Blutfluss zu stoppen, aber der junge Patrizier war übel zugerichtet.

Sie hielten die Hände vor die Flammen und warteten, dass er zurück ins Leben finden und ihnen verraten würde, warum die Welt sich seit Gerhard Morarts Sturz so fürchterlich verändert hatte.

Draußen rüttelte der Wind unvermindert an den Läden. »Wird er durchkommen?«, fragte Jacop nach einer Weile.

»Mhm«, machte Jaspar.

Jacop sah auf. »Was heißt mhm?«

»Er hat viel Blut verloren, aber die Wunden sind nicht ausgerissen und offenbar sind keine wichtigen Organe verletzt. Sonst wäre er längst tot. Jetzt hat ihn das Fieber gepackt. Wir können nur warten.«

»Ich hoffe, er wird aufwachen«, seufzte Richmodis. »Er kennt die Wahrheit.«

»Verlass dich nicht drauf. Wir müssen selber dahinter kommen, was geschehen wird.« Jaspar strich sich über die Glatze. »Ich frage mich nur, wer noch alles in der Sache mit drinsteckt.«

Goddert knurrte im Schlaf und schmatzte ein paarmal.

»Der Teufel«, meinte Richmodis.

»Wie fantasielos«, sagte Jaspar tadelnd. »Lass dir gefälligst was einfallen, was uns weiterhilft. Der Teufel steckt hinter jeder Schweinerei, das ist nichts Neues.«

»Nein, das meine ich nicht. Heute in dem Lagerhaus stand ich ihm gegenüber, ich meine, dieser Fremde – der Teufel war vielmehr in ihm, es war seltsam. Er flößte mir Angst ein, aber zugleich hatte ich das Gefühl einer starken Nähe, als bedürfe es einer winzigen Kleinigkeit, und er würde ein ganz anderer werden, das völlige Gegenteil. Und ich verspürte plötzlich den Drang –«

»Ja?«, fragte Jaspar lauernd. »Was?«

»Lieber nicht. Am Ende lässt du mich noch exorzieren.«

»Du verspürtest den Drang, ihn zu berühren.«

Sie sah ihn überrascht an und errötete.

»Schon gut«, meinte Jaspar. »Christ und Antichrist, ein und derselbe. Weißt du, was die Faszination des Bösen ausmacht? Seine Tragik. Der Teufel ist ein gefallener Engel. Sieh dir Kuno an, er scheint sich entschlossen zu haben, der Hölle zu entkommen und wieder ein Engel zu werden. Es geht also auch umgekehrt. Und das lässt mich hoffen. Unsere Feinde stehen nicht nur gegen uns, sie stehen offenbar auch gegeneinander.«

»Aber es ist ein Unterschied, gegen Menschen zu kämpfen oder gegen den Teufel«, sagte Jacop. »Und ich bin nicht sicher, wen oder was ich auf dem Gerüst gesehen habe. Ich sagte ja, es kann ein Mensch gewesen sein, aber wie er mir nachkam, das war einfach zu schnell für einen Menschen. Er sprang wie eine Katze nach unten, und vielleicht war es ja auch ein Schweif, der hinter ihm herwehte.«

»Schluss damit!« Jaspar wurde zornig. »Ihr plappert denselben Unsinn daher wie alle Leichtgläubigen, denen man mit ein bisschen *casisa, hasisa, mesisa medantor* Glotzaugen macht. Herrgott, wollt Ihr so dumm sein wie die Bauern, die am Gallustag keine Schweine schlachten, damit der Speck nicht gallig wird? Hatte er einen Schweif, Richmodis?«

»Nein. Seine Haare reichten bis zum Gürtel. Das war der Schweif.«

»Na also.«

»Aber der Teufel war in seinem Blick!«

»Schon wieder Bauerngeschwätz!«, stöhnte Jaspar. »Was soll dieser geistige Rückfall, wie oft hast du mich deinem Vater ein bisschen Vernunft eintrichtern hören, hast du denn selber nichts dabei gelernt?«

»Schon gut! Wenn du mich ausreden ließest –«

»Und Ihr, Jacop, gottloser Bettler? Habt Ihr Euch je um den Glauben bekümmert, um Himmel und Hölle, Ihr kennt ja nicht mal ein Gebet! Was faselt Ihr also plötzlich vom Teufel? Glaubt Ihr tatsächlich, Ihr habt da oben den Teufel gesehen? Oder wollt Ihr es nur glauben, weil es so hübsch einfach ist?«

Jacop und Richmodis wechselten einen Blick. Sie zuckte unsicher die Achseln.

Es ist tatsächlich einfach, den Teufel für alles verantwortlich zu machen, dachte Jacop. Eigentlich glaube ich nicht, dass es der Teufel war auf dem Gerüst. Warum habe ich es dann gesagt?

»Des Weiteren«, fuhr Jaspar etwas milder fort, als er sah, dass seine Worte ihre Wirkung nicht verfehlt hatten, »wissen wir von mindestens vier Patriziern, die zweifellos eine wichtige Rolle in dem bösen Spiel innehaben. Auch das klingt mir ganz und gar nicht nach dem Teufel, eher nach einer ausgemachten Intrige.«

Er stand auf und begann im Raum herumzulaufen. Seine Nasenflügel bebten. »Wir müssen dahinter kommen, was sie vorhaben. Ihre schwache Stelle finden.«

Richmodis nickte langsam. »Kuno sprach zu Daniel von einem

Bund, der zerbrochen sei, was immer er damit meinte. Es klang, als hätten sie anfangs auf derselben Seite gestanden und sich später entzweit.«

Jaspar blieb stehen.

»Da, bitte! Genau, wie ich sagte!«

»Aber die Bedeutung seiner Worte blieb mir unklar.«

»Mir vielleicht nicht! Denk nach.«

»Ich weiß nicht. Es ging alles zu schnell. Ich hatte nur furchtbare Angst. Ich glaube, ich betete, ohne dass ich mich traute, einen Laut von mir zu geben, während Kuno ständig auf Daniel einredete.«

»Was sagte er?«

»Etwas von gemeinsamen Zielen und einer höheren Wahrheit, irgend so was in der Art. Und dass – dass sie Schuld auf sich geladen hätten.«

»Was für Schuld?«

»Sie haben jemanden geopfert – Kunos einzigen Freund –«

»Gerhard«, rief Jaspar triumphierend. »Ich wusste es. Gerhard kannte ihr Geheimnis, darum musste er sterben. Kuno hat sich von ihnen losgesagt, er hat die Seiten gewechselt. Ich wusste es. Ich wusste es!«

»Warte!« Richmodis Miene hellte sich auf. »Da war noch was! Kuno hat Daniel an seine Vergangenheit erinnert, an seine Gerechtigkeit.« Sie kräuselte die Lippen. »Aber das ist seltsam. Ich kann mir kaum vorstellen, dass dieser Bastard jemals gerecht war.«

»War er auch nicht«, knurrte Jaspar. »Daniel gehörte unter den Schöffen zu den jüngsten, ein korruptes Großmaul mit Geld, aber ohne Intelligenz. Ein Trick von Kuno, um Daniel einzulullen. Ist ihm misslungen.« Er hielt inne und schlug sich gegen die Stirn. »Und Daniel ist der Sohn von Johann Overstolz! Mein Gott! Wenn der auch mit drinsteckt, hätten wir ja fast die gesamte Führungsriege der Overstolzen gegen uns. Ein Bund der Overstolzen mit den Kones. Was soll das werden? Ein Patrizieraufstand?«

»Warum sollten die Patrizier einen Aufstand planen?«, fragte Jacop.

»Grund genug hätten sie.«

»Aber warum?«

»Um sich ihre alte Vormachtstellung zurückzuholen.«

Jacop warf einen Blick auf Kuno. Bildete er es sich ein, oder hatte der Verletzte sich bewegt?

»Jaspar«, sagte er verzweifelt, »das hat so keinen Zweck. Ich komme einfach nicht mehr mit. Ich verstehe nichts von Politik und Machtgeschäften. Ich weiß nichts über die Patrizier, ich weiß überhaupt nichts. Wie soll ich mich gegen etwas verteidigen, das ich nicht verstehe?«

»Aber Ihr lebt in dieser Stadt«, sagte Jaspar. Es klang nicht vorwurfsvoll, nur verwundert.

»Ja, seit wenigen Monaten. Ich war zu lange weg. Und als ich zurückkam, hab ich mich einfach nicht weiter drum gekümmert, was in Köln passiert ist, ich wollte einfach leben.«

»Habt Ihr Euch überhaupt je wirklich um irgendwas gekümmert?«, fragte Richmodis.

Ihre Bemerkung gab ihm einen Stich.

»Mag sein«, sagte er kühl.

Jaspar trat näher und ging vor Jacop in die Hocke.

»Irre ich mich, oder kann es sein, dass Ihr vor irgendetwas auf der Flucht seid?«

»Das wisst Ihr doch.«

»Nein, das weiß ich nicht. Ich meine etwas, dem Ihr nicht entkommen könnt. Immer nur die Augen zumachen, sich den Dingen nicht stellen, sich für nichts interessieren, nicht mal richtig für Eure Flöte, obwohl Ihr sie ausgezeichnet spielt, da stimmt doch was nicht.«

Jacop sah ihn an. Seine Handflächen schmerzten. Er stellte fest, dass er seine Fingernägel hineingebohrt hatte, und zwang ein Grinsen auf seine Lippen.

»Selig, die da arm im Geiste, heißt es nicht so?«

»Nicht bei Abaelardus.«

»Geht mir zum Henker mit Eurem Abaelardus!«

»Füchschen!«

»Warum sollten die Patrizier einen Aufstand planen?«

»Ihr lenkt ab.«

»Ja, ich lenke ab«, schnauzte Jacop ihn an. »Und wenn, ist das einzig und alleine meine Sache! Ihr habt gesagt, wir sollen angreifen, also macht mich klüger, falls Ihr es überhaupt könnt.«

»Oh, ich kann Euch klüger machen. Die elementarsten Dinge dürften im Hinblick auf Euren Lernwillen etwa ein Menschenleben in Anspruch nehmen, ohne dass ich meine Hand dafür ins Feuer legen würde, dass Ihr sie dann verstanden habt.«

»Jaspar«, sagte Jacop leise. »Bevor ich Euch traf, war ich vielleicht dumm, aber ich hatte nicht das Gefühl, es zu sein.«

»Ach so.« Jaspar kratzte sich am Hinterkopf. »Der Herr tut sich Leid. Sicher, es ist einfacher, dumm zu sein.«

»Ich will mir das nicht anhören.«

»Ihr wollt Euch überhaupt nichts anhören! Ihr seid nämlich nicht dazu fähig. Immer zieht Ihr den bequemen Weg vor. Wenn's unangenehm wird, kneift Ihr und nehmt die Beine in die Hand. Ihr wollt nichts lernen, Ihr wollt nichts wissen, nicht mal jetzt.«

»Ich will die Wahrheit.«

»Ihr könnt die Wahrheit doch gar nicht vertragen!«

Jacop atmete tief durch und versuchte, sich zu beruhigen. Am liebsten hätte er Jaspar zwischen die höhnischen Augen geschlagen. Dann spürte er plötzlich Richmodis' Hand in seinem Haar. Sie kraulte ihn wie einen Hund. »Lasst das«, brummte er.

»Jacop.«

Er versuchte, sie abzuschütteln.

»Jacop, wenn du dich aufregst, werden deine Haare noch roter. Wusstest du das?«

Er schwieg und starrte in die Flammen.

»Und sie stellen sich auf wie bei einem Igel«, keckerte sie.

»Nein, eher wie bei einem Hahn. Einem kleinen zornigen Hahn. Einem Hähnchen.«

Er fühlte seine Wut verrauchen und biss sich auf die Lippen. Er war unglücklich, und sein Unglück hatte nichts zu tun mit den Geschehnissen der letzten Tage. »Ich bin der Fuchs«, sagte er lahm.

»Und der Fuchs ist schlau«, lächelte sie. »Ich bin nur eine dumme Gans. Aber ich bin eine, die dem Fuchs das Fell krault, also Vorsicht.«

Jaspar verzog sich wieder ans Feuer. Jacop schien es, als sei er zugleich verärgert und amüsiert. Im Widerschein des Feuers glühte sein Gesicht. Er fuhr mit dem Schürhaken zwischen die Scheite und verursachte einen knisternden Funkenregen.

»Also gut«, seufzte Jacop. »Ich weiß nichts. Ich weiß nichts über den Kaiser und den Papst und wozu überhaupt ein Erzbischof da ist, und so weiter und so fort. Zufrieden?«

»Nein«, sagte Jaspar in die Flammen. »Dafür habt Ihr zu viel erzählt. Ihr wisst eine Menge. Ihr könnt Euch an erstaunliche Einzelheiten erinnern. Bis zu dem Tag, an dem Ihr von zu Hause ausgerissen seid.« Er wandte den Kopf und grinste. »Aber macht Euch nichts draus, Füchschen. Wir können ohnehin nicht viel tun im Augenblick, also verabreiche ich Euch ein bisschen Historie in der Hoffnung, Euer hohler Schädel möge sich füllen und überquellen vor Weisheit. Interessiert?«

»Sicher«, seufzte Jacop.

»Gut. Im Grunde läuft alles auf die Frage hinaus, wer das Sagen hat. Nach dem Zusammenbruch der römischen Herrschaft war das Reich zersplittert. Es wurde nach langen Kämpfen und Zeiten dunkelster Verwirrung wiedervereint unter der geistlichen Regentschaft des Papstes und der weltlichen der Kaiser und Könige, *gaudium et laetitia et cetera,* aber die alleine waren mit dem Riesenreich natürlich überfordert – zumal der Pontifex de facto nur den Vatikan regiert. Es mussten also welche her, die ich spaßeshalber Säkularkleriker nenne, der Herr verzeihe mir meine

Eitelkeit – Unterkönig und Unterpapst in einer Person, Verwalter und Machthaber jeweils festgesetzter Territorien, die Erzbischöfe, unterstellt sowohl der Weltlichkeit als auch der Kirche. Nun liegt es aber in der Natur der Sache, dass die Gewaltigen einander ständig an die Gurgel gehen. Der Papst möchte das Reich in einen Kirchenstaat verwandeln und alles der geistlichen Autorität unterwerfen. Der Kaiser reklamiert seinerseits, ebenfalls Gottes Sache zu vertreten, – wie auch anders, da Gott ja die unzweifelhafteste aller Autoritäten ist?! –, spricht dem Papst jedoch jede politische und territoriale Entscheidungsgewalt ab. Jeder versucht, den anderen in seinen Kompetenzen zu beschneiden und im Hinblick auf seine eigenen Interessen zu schwächen, und darum sind die Kreuzzüge *exempli causa* auch keine frommen Werke, sondern ein Krieg zwischen Weltlichkeit und Geistlichkeit vermittels desselben Heeres. Man einigt sich auf einen gemeinsamen Feind, aber am Ende hat gewonnen, zu wessen Gunsten der Sieg ausgefallen ist, Kaiser oder Kirche. Das wahre Dilemma wurde allerdings erst offenbar, als Kaiser und Papst begannen, offen gegeneinander anzutreten. Die Erzbischöfe, Diener zweier Herren, konnten schließlich schlecht gegen sich selber kämpfen. Also mussten sie befürchten, zerrieben zu werden. Ihr versteht?«

»Konrad von Hochstaden«, warf Richmodis ein, »kommt mir nicht vor wie einer, der zerrieben ist.«

»Kluges Kind. Siehst du, genau darauf läuft's hinaus. Der Erzbischof musste mächtiger werden. So sehr, dass er sich im Zweifelsfall für einen seiner Herren entscheiden und den anderen auf diese Weise in Bedrängnis bringen konnte. Mit Loyalität hat das nicht viel zu tun. Die Erzbischöfe scheren sich im Grunde einen gewaltigen Dreck um Kaiser und Papst. Sie betreiben auch keine Seelsorge, sondern Politik, das ist alles. Aber ihre Strategie ging auf. Im Lauf der Jahrhunderte wurden sie mächtig genug, dass sie ihre Parteinahme wie eine Gunst vergeben konnten. Aber daraus ergab sich ein neues Dilemma. Wem dient die Stadt?«

»Dem Erzbischof?«

»Einerseits. Er ist ihr Landesherr. Andererseits natürlich dem Kaiser, immerhin ist sie Teil seines Reichs und die Bürger seine Untertanen.«

»Aber wenn sich Erzbischof und Papst gegen den Kaiser verbünden«, wagte Jacop zu schlussfolgern, »stellt sich damit auch die Stadt gegen den Kaiser, ob sie will oder nicht.«

»Eben! Ob sie will oder nicht! Um selber entscheiden zu können, mussten die Bürger also ihrerseits die Unabhängigkeit vom Erzbischof betreiben. Er kann nämlich nicht ohne sie und ihr Geld. Wenn der Erzbischof in den Krieg ziehen will, um in wessen Namen auch immer das Land mit Gewalt zu überziehen, braucht er gefüllte Truhen. Also was taten die Erzbischöfe? Versuchten, die Städte auf ihre Seite zu ziehen. Buhlten um ihre Gunst. Vergaben Privilegien und versprachen das Blaue vom Himmel. Im Wesentlichen ist es ihnen solcherart gelungen, die Städte ihrer unumschränkten Herrschaft zu unterwerfen. Nur nicht in Köln.«

»Warum gerade hier nicht?«

»Warum?« Jaspar hob die Brauen. »Schaut Euch um. Was für eine reiche, eine feiste Stadt! Weinhandel, Textilgewerbe, Goldschmiedekunst, Metallverarbeitung, Waffen! Außenhandel bis an die äußersten Grenzen der bekannten Welt, Hochburg der Pilger. Nirgendwo in der Christenheit gehen heißeste religiöse Inbrunst und kaltes Gewinnstreben eine solch perfekte Allianz ein wie in Köln. Wir sind nicht nur ein Zentrum der Heiligkeit, sondern zudem die stärkste Wirtschaftsmacht im Reich. Kein Wunder, dass die Kölner irgendwann begannen, die Herrschaft der Erzbischöfe in Frage zu stellen. Sie haben ihnen zwar einige Male geholfen, aber nur, wenn die erzbischöflichen Ansinnen den städtischen Interessen entgegenkamen.«

»Ich verstehe es trotzdem nicht. Der Erzbischof herrscht über Leute, die sich seiner Herrschaft entziehen. Herrscht er nun oder nicht?«

»Tja.« Jaspar lehnte sich zurück und verschränkte die Arme hinterm Kopf. »Man hat ja hier schon Mühe, Kaiser oder Papst anzuerkennen, wenn man an deren Wahl nicht selber mitgewirkt hat. 1198 gab es einen Thronstreit, den gewann Otto IV. Aber warum? Weil die Kölner Führungsschicht England als Wahlmacher Ottos unterstützte und damit den Ausschlag gab. Und warum wieder das? Um die Kölner Interessen im Englandhandel zu begünstigen. Versteht Ihr, das ist Köln, das sind die Kölner! Sie wollen sich niemandem beugen, sie wollen profitieren, und ihr wesentliches Interesse besteht nun mal darin, diesen verhassten Erzbischof loszuwerden, der sie schröpft und bevormundet. Nicht als Person, sondern als Institution, wohlgemerkt. Aber gut, was soll der Erzbischof auch anderes tun, als sie zu schröpfen und zu bevormunden? Wenn er nicht mehr herrscht, ist er überflüssig. Das ist die Wurzel des ewigen Konflikts, zumal es ja auch Zeiten gab, da die Kölner ihre Erzbischöfe ganz gern gesehen haben.«

»Als sie noch christlicher waren, was?«, spottete Richmodis.

»Pah! Die Kölner waren immer fromm, niemals christlich. Nein, aber einer wie Reinald von Dassel, der vor hundert Jahren die Gebeine der Heiligen Drei Könige nach Köln brachte, stärkte damit nicht nur seine Position als Erzbischof, sondern auch die der Stadt. Viele Pilger, viele neue Gaststätten und Herbergen, viele Einnahmen. Die Kölner verdanken der Politik der Erzbischöfe hohes Ansehen, und Philipp von Heinsberg, Reinalds Nachfolger, gründete auf dieses Ansehen seine beispiellose Herrschaft. Er kaufte Burgen, Güter und Rechte, erwarb Westfalen und Engern, nachdem Heinrich der Löwe gestürzt war, er wurde binnen kurzem einer der mächtigsten Fürsten im ganzen Reich, und alles, was er tat, förderte gleichzeitig die Bedeutung Kölns. Nur, nachdem die Kölner es mit Hilfe der Erzbischöfe soweit gebracht hatten, begannen sie nun darüber nachzudenken, wie man sich ihrer entledigen könnte. Darum bauten sie die Mauer. Einerseits aus Angst vor Philipps Feinden, denn der führte ja unablässig Krieg, zum anderen, weil man wohl wusste, dass es irgendwann auch zwischen Stadt und Erzbischof zur bewaffneten Auseinandersetzung kommen würde.«

»Aber wenn Philipp so mächtig war«, bemerkte Richmodis, »warum konnte er sich nicht durchsetzen?«

»Weil seine Macht im Geld bestand, und das hatte er sich bei den Kölner Kaufleuten geliehen. Was auch jeder wusste. Der Kaiser hätte niemals seinen Segen zu einer gewaltsamen Unterwerfung gegeben, er war daran interessiert, die erste Handelsmacht in seinem Reich blühen zu sehen. Philipp hätte einen Prozess riskiert.«

»Er hätte den Papst auf seine Seite ziehen können.«

»Aussichtslos. In Rom hatte er sich erst recht verschuldet. Er konnte nichts machen, und Köln bereitete in aller Stille die Autonomie vor – und jetzt passierte es! Der Kaiser gab den Kölnern Recht! Woran Ihr sehr schön sehen könnt, was Wirtschaftskraft vermag. Sie mussten zwar eine Art Buße bezahlen, aber durften ihre Mauer weiterbauen. Von da an haben die Erzbischöfe immer mehr an Einfluss verloren. Bruno und Adolf, Engelbert, Heinrich von Müllenarck, und als der schließlich starb, war Köln so gut wie selbstständig und sah sich ganz anderen Problemen gegenüber. Nämlich, wer von den Städtern das Sagen hatte.«

Jacop überlegte. »Ihr sagtet, wer das Geld hat, hat auch die Macht.«

»*Punctum saliens est!* Stimmt. Im Grunde waren es die Patrizier, die die Unabhängigkeitsbestrebungen vorangetrieben hatten. Dafür kontrollierten sie jetzt den größten Teil von Handel und Gewerbe. Die Richerzeche ist nichts anderes als eine Interessengemeinschaft der Patrizier zur Durchsetzung ihrer Ziele – Ihr wisst, dass aus den Reihen der Richer die beiden Bürgermeister kommen, aber vielleicht wisst Ihr nicht, dass bis vor kurzem einer davon zugleich Schöffe sein musste. Irgendwann kam es soweit, dass überhaupt jeder Schöffenanwärter aus dem Kreis der Geschlechter zu stammen hatte. Von Anfang an haben die Patrizier versucht, die städtischen Behörden zu verfilzen, um alle Ämter zu besetzen. Die Schöffen, ursprünglich der objektiven Gerichtsbarkeit verpflichtet, wurden zum Podium der Richer. Das Patriziat begann, Steuern zu erheben, aus denen sich die Verwaltungsorgane finanzierten, zum Beispiel die Bürgermeister. Die sind aber ihrerseits verpflichtet, den Dienst zu leisten –«

»Was ist der Dienst?«

»Die Bürgermeister versorgen während ihrer Amtszeit die Genossenschaften mit Naturalien und Geld, das ist der Dienst. Anders gesagt, die Patrizier lassen die Steuern solange durch die Ämter zirkulieren, bis das Geld in ihrer Tasche landet. Die Bürgermeister sind natürlich darauf bedacht, möglichst glanzvoll aufzutreten. In den letzten Jahren haben sie rauschende Feste gegeben, die offiziell als notwendige Finanzierungsmaßnahmen der Behörden deklariert wurden, aber die Behörden waren die Patrizier, ihr versteht! Dabei entstand den Bürgermeistern so manches Loch in der Kasse, weil sie sich ständig übernahmen, also hoben sie die Steuern an. Mit Bürgervertretung hatte das kaum noch etwas gemein. Die edlen Geschlechter, wie sie sich so gerne nennen, zeigten ihre Verachtung für das Handwerk immer deutlicher, schlossen die Handwerker von allen Ämtern aus, was sie jedoch nicht daran hinderte, allen kräftig in die Tasche zu langen und sich von den Handwerkszünften gar zu Meistern wählen zu lassen.«

»Aber warum haben die Handwerker das überhaupt zugelassen?«

»Ihr müsst andersrum fragen. Warum lassen sich Patrizier zu Zunftmeistern wählen?«

»Um das Handwerk zu durchsetzen.«

»Und politisch zu schwächen«, bekräftigte Jaspar. »Dafür versprachen sie den Handwerkern Schutz gegen die erzbischöfliche Richtergewalt, denn sie kontrollierten ja die entsprechenden Stellen, ein weiterer Schritt zur völligen Entmachtung des Erzbischofs. Ein unglaublicher Sumpf von Beziehungen und Abhängigkeiten.« Jaspar seufzte. »Ich bin sicher, eines Tages werden sie in Köln ein Wort dafür finden. Das war jedenfalls die Situation, als Konrad von Hochstaden Erzbischof wurde.«

»Und er will die alte Macht zurück?«

Jaspar nickte.

»Ich verstehe«, sagte Jacop nachdenklich. Plötzlich begann ihn die ganze Geschichte ungemein zu interessieren. »Aber jetzt sind nur noch wenige Patrizier unter den Schöffen.«

»Sie sind so gut wie gestürzt.«

»Durch wen?«

Jaspar sah ihn an.

»Könnt Ihr das nicht erraten?«

»Konrad?«

»Wer sonst? Konrad hat von Anfang an alles darangesetzt, die absolute Herrschaft der Erzbischöfe wiederherzustellen. Anfangs ging er dabei vor wie ein Lämmchen. Bestätigte den Kölnern ihre Privilegien, gab sich kooperativ und verständig. Etwa solange, bis er sich gegen den Kaiser stellte und im Einvernehmen mit dem Papst die Wahl eines Gegenkönigs betrieb. Köln war aber schon immer dem Kaiser treu ergeben, was Wunder auch, er garantierte ihnen wirtschaftliche Freiheiten und Stabilität. Dann, obwohl er das Recht der Kölner anerkannt hatte, eigenes Geld zu prägen, brachte Konrad plötzlich eine eigene Münze in Umlauf, die nicht mal was wert war, aber sein Konterfei trug, der eitle Hund. Dessen nicht genug, errichtete er neue Zollgrenzen, völlig ungerechtfertigterweise, womit er den blühenden Kölner Handel empfindlich traf. Köln legte Protest ein. Konrad zeigte sich wenig beeindruckt, trommelte ein Heer zusammen und belagerte seine eigene Stadt, aber die hatte ja jetzt eine feine Mauer. Es half alles nichts. Schließlich einigte er sich mit der Stadt auf ein Schiedsgericht unter Vorsitz unseres hochgelehrten und verehrungswürdigen Doctor Albertus magnus, Gott schenke ihm die Ewigkeit, und der gab Konrad in allen Punkten Unrecht.«

»Der kleine Schied«, murmelte Richmodis.

»Der kleine Schied, genau! Konrad musste seine strittigen Maßnahmen zurückziehen. Eine Farce! Er brauchte ganze fünf Jahre, um neuen Streit vom Zaun zu brechen, indem er die Kölner beschuldigte, einen Anschlag auf sein Leben geplant zu haben –«

»Und?«, fragte Jacop. »Hatten sie das?«

Jaspar grinste. »Wer weiß? Angeblich sind die Kleingedancks vor drei Jahren über einen seiner Verwandten hergefallen, zu allem Überfluss gleich vor seinem Palast, während er dort gerade zu Gericht saß. Es war eine Privatfehde, aber Konrad stellte es so hin, als hätte man ihm selber nach dem Leben getrachtet. Schon gab's wieder Rauben und Brennen, bis dem Erzbischof die Gefolgsleute laufen gingen. Ein weiterer Krieg, den die Patrizier gewannen, eine weitere Niederlage für den Erzbischof. Dann –«

»Richmodis«, flüsterte Kuno.

Alle Köpfe fuhren zu ihm herum. Kuno hatte sich mühsam ein Stück aufgerichtet. Sein Gesicht war weiß wie Schnee.

Richmodis sprang auf und stützte ihn.

»Er soll sich hinlegen!«, rief Jaspar.

Goddert schmatzte ein paamal, räusperte sich und öffnete die Augen. »Was ist denn los?«, fragte er schläfrig.

Niemand beachtete ihn. Sie standen um Kuno herum, während Jaspar ihm den Schweiß von der Stirne strich.

»Regt Euch nicht auf«, sagte er sanft. »Ihr seid in Sicherheit.«

Kuno schüttelte matt den Kopf.

»Keiner ist in Sicherheit.« Seine Augenlider flackerten.

»Wasser her!«, befahl Jaspar. Er tätschelte Kuno die Wangen. »Er darf uns nicht wieder entgleiten.«

»Der Bund –«, hauchte Kuno.

Richmodis brachte in fliegender Hast einen wassergetränkten Lappen. Jaspar rieb Kuno das Gesicht damit ab. Der Patrizier begann krampfhaft zu husten und sank dann schwer atmend zurück.

»Erzählt von dem Bund!«, sagte Jaspar eindringlich.

»Es ist zu spät.«

»Es kann nicht zu spät sein, solange Ihr versucht, uns umzubringen.«

»Nicht ich.« Kunos Brust hob und senkte sich, als bekomme er keine Luft. »Ich habe mich losgesagt. Ich will, dass der Bund auseinanderbricht. Es – es ist falsch.«

»Gerhards Worte«, stieß Jacop hervor.

»Es ist falsch.«

»Wer gehört dem Bund alles an?«, drängte Jaspar.

Sie warteten. Kurze Zeit schien es, als sei Kuno wieder eingeschlafen. Dann erklang heiser seine Stimme.

»Heinrich von Mainz –«

»Verheiratet mit Sophia Overstolz«, ergänzte Jaspar. »Immer wieder die Overstolzen.«

»Meine Brüder, Bruno und Hermann.«

»Beide im Exil.«

»Johann und Daniel – und Mathias Overstolz – und – und Theoderich –«

»Also hatten wir Recht. Wer noch?«

»Lasst mich. Ich bin müde, ich –«

»Wer!«, schrie Jaspar. Er packte Kuno an den Schultern und begann ihn zu schütteln. Kuno stöhnte auf. Jacop packte Jaspars Handgelenke und riss ihn von dem Verletzten los.

»Verzeiht.« Jaspar fuhr sich über die Augen.

»Die Hexe«, keuchte Kuno.

»Hexe?«

»Blithildis. Die Hexe. Die blinde Hexe.«

Jaspar sah fassungslos in die Runde.

»Blithildis Overstolz?«, flüsterte er tonlos. »Mein Gott, was habt Ihr bloß vor?«

»Es war ihre Idee«, stieß Kuno hervor. Das Sprechen bereitete ihm Schwierigkeiten. »Alles ihre Idee. Ich verfluche den Abend, an dem wir zusammensaßen, als wir uns in der Rheingasse eingefunden hatten, wir wollten einfach nur feiern und schlemmen. –

O Gott! Gebt mir Wasser, ich bin durstig, ich bin – so – durstig –«

Sie holten einen Becher und warteten, bis er getrunken hatte. Es dauerte lange.

»Wir hatten ein paar gute Geschäfte abgeschlossen«, fuhr Kuno fort. »Die Overstolzen und die Familie von Mainz und –«

»Ja? Weiter.«

»Und ich selber. Handelsgeschäfte mit den Engländern, und Johann – eigentlich wollte er Blithildis nur eine Freude machen, er sagte, sie habe schon solange nicht mehr an Gesellschaften teilgenommen, sie saß immerzu in ihrer Kammer wie eine lebende Tote, seit Gott ihr das Augenlicht genommen hatte. Ich bat, Gerhard mitbringen zu dürfen, er – er war mein einziger Freund. Wir saßen da, es floss Wein, und – dann schickte Blithildis plötzlich die Bediensteten weg und begann, voller Hass zu reden, sie lachte, schrie und weinte und verhexte uns und vernebelte unsere Sinne mit blutigen Gedanken, es war das Böse, das uns durch ihren Mund dazu verführte, lauthals einzustimmen, und – und Gerhard sagte –«

»Was, um Herrgotts willen? Er sagte, es sei falsch, nicht wahr?«

Kuno verzog das Gesicht, als wolle er weinen und könne es nicht.

»Er war so traurig. Er versuchte, uns davon abzubringen, und wir beschworen ihn, sich uns anzuschließen. Johann sagte, er wolle Gerhards rechtschaffene Haltung respektieren, sofern er gelobe, zu schweigen.«

»Und Gerhard? Konnte er diesen Eid leisten?«

Kuno schüttelte verzweifelt den Kopf. »Er wusste nicht, was er tun sollte! Er verdankte der Kirche alles, aber er hätte seine Freunde verraten müssen, um – er hatte überhaupt keine Wahl, versteht Ihr?« Kuno klammerte sich an Jaspar fest und sah ihn flehentlich an, als könne der Physikus den Lauf der Zeit umkehren. »Ganz gleich, was er getan hätte, in seinen Augen wäre es Verrat gewesen. Seine Loyalität hat ihn getötet. Ich habe die anderen angebettelt, ihm zu vertrauen, ohne selber zu wissen, ob wir ihm noch trauen konnten, er wusste ja von allem. Welcher Wahnsinn mochte Blithildis genarrt haben, dass sie meinte, den Dombaumeister für ihre Pläne gewinnen zu können!?«

»Welche Pläne, Kuno?«, fragte Jaspar atemlos.

Aber Kuno schien ihn nicht zu hören.

Er stierte an Jaspar vorbei. Dann lösten sich seine Finger aus dem Gewand des Physikus, und er sank zurück.

»Schließlich holten wir Urquhart«, flüsterte er. »Wir legten Geld zusammen und holten uns den Teufel in die Stadt.«

»Urquhart?«

»Er kommt einen teuer zu stehen, der Teufel.« Kuno stieß ein grobes Lachen aus. »Wilhelm von Jülich empfahl uns einen, der wieder ihm empfohlen worden war, einen, der für Geld tötet. Mehr wusste niemand von ihm als das. Wir dachten, Urquhart sei einfach nur ein gedungener Mörder, aber –«

»Wer hat Gerhard umgebracht? War es Urquhart?«

Kuno nickte.

»Urquhart. Er metzelt alles nieder. Ein Schlächter, ein Satan. Die Hure auf dem Berlich, der Bettler, die beiden Mönche –«

»Welche Mönche?«

»Seine – Zeugen.«

Jaspar warf Jacop einen schnellen Blick zu.

»Kuno«, sagte er, »was hat Urquhart vor? Was hat der Bund vor? Antwortet, um alles in der Welt, antwortet!«

Aber Kuno war wieder eingeschlafen.

Goddert sah hilflos in die Runde. »Soll ich ihn –?«

»Nein«, sagte Jaspar. »Lassen wir ihn ein wenig ruhen. Er braucht Schlaf, ich kann es nicht ändern.«

»Wie spät ist es?«, fragte Richmodis.

»Ich weiß nicht. Kurz vor Mitternacht, schätze ich.«

»Mir ist lausig kalt«, klagte Goddert.

»Mach dir nichts draus«, knurrte Jaspar. »Ich kann mir vorstellen, dass es dir heute Nacht noch höllisch heiß wird.«

Mathias

Johann war schwach geworden. Der Geist der alten Overstolzen lebte in ihm nicht fort.

Mathias rümpfte angewidert die Nase, während er sich gegen den Sturm stemmte. Er verachtete Schwäche, und er verachtete Johann. Dieser Gestank von Sentimentalität, wie er ihn sein Leben lang gehasst hatte! Dieser Moder, er war einfach nicht loszuwerden. Immer gab es jemanden, der seinen Plänen irgendeinen greinenden Kommentar entgegenzusetzen hatte. Es ist Sünde. Es ist nicht recht. Es ist gegen Gottes Gesetz.

Übel konnte einem davon werden.

Er huschte durch die Gässchen des Marktviertels bis zur Markmanstraße, die direkt auf das Forum feni mündete. Seinem Rang entsprechend hätte er reiten sollen, aber ein Reiter fiel zu sehr auf. Selbst bei diesem Wetter waren die Nachtwächter unterwegs. Der Augenblick war denkbar ungeeignet, um gesehen zu werden.

Die letzten beiden Stunden hatte er damit verbracht, alles in Erfahrung zu bringen, was Urquhart wissen musste, um der leidigen Geschichte ein für alle Mal ein Ende zu setzen. Mathias gab sich keinen Illusionen hin. Es war so gut wie unmöglich, alle zum Schweigen zu bringen, die von Gerhards gewaltsamem Tod erfahren hatten. Wenn doch, umso besser. Er glaubte zwar nicht, dass Jacop der Fuchs und Jaspar Rodenkirchen es groß herumerzählt hatten, aber das war pure Spekulation. Worauf es ankam, war, Kuno auszuschalten. Wenn Kuno redete, mochten er und seine neuen Freunde bis zum Morgengrauen noch Gelegenheit finden, alles zu verderben. Jede hochgestellte Persönlichkeit in Köln würde Kuno Glauben schenken, und er konnte mit Milde seitens der Richter rechnen, wenn er sich stellte. Kein faselnder Bettler oder versoffener Kleriker würde hingegen eine wirkliche Gefahr für die Overstolzen darstellen.

Beziehungsweise, eine Gefahr für mich, dachte Mathias. Was scheren mich die anderen? Sollen sie die Kones und den Mainzer doch an den blauen Stein stoßen oder Daniel oder Theoderich.

Binnen weniger Stunden würde es ohnehin vorbei sein.

Aber bis dahin galt es, die Nacht zu überbrücken. Urquhart musste noch einmal handeln, bevor er dann das große Werk vollbringen würde, nach dessen Erfüllung Mathias lechzte. In grimmiger Befriedigung dachte er daran, dass er vielleicht nicht in Johanns Sinne handelte, dafür aber den Beifall Blithildis' finden würde. Sie war die Einzige, die er wirklich bewunderte. Sie war eine Overstolze, sie war die Kraft, die Macht! – auch wenn sie blind war und in einem Stuhl saß. Sie hätte seine Mutter sein sollen, nicht die Johanns.

Kurz rekapitulierte er, was er in Erfahrung hatte bringen können. Urquharts Geisel war eine Richmodis von Weiden. Sie lebte zusammen mit ihrem Vater auf der Bach. Das Haus kannte er. Jaspar Rodenkirchen hatte sonst keine Verwandten, nur einen Diener und eine Köchin und Zugehfrau. Wo Letztere sich aufhielt, wusste er nicht. Der Diener war tot.

Sie waren ein kleiner, verlorener Haufen. Urquhart würde sie finden.

Plötzlich fühlte Mathias neue Siegesgewissheit in sich aufsteigen. Er sah sich rasch um, ob ihm jemand gefolgt war, und verschwand in einem Torweg. Dahinter gähnte ihm die Verlassenheit eines riesigen Innenhofs entgegen. In dem geschützten Areal tobte der Sturm nicht ganz so schlimm. Tagsüber bot man hier Flachs und Kerzen an, jetzt war alles verlassen. Vor seinen Augen bauschten sich dichte Vorhänge aus Regen.

Er blinzelte und rieb sich das Wasser aus den Augen. Dann sah er den gewaltigen Schatten. Er kam durch das Unwetter auf ihn zu.

»Ich hatte Euch früher erwartet«, sagte Urquhart. Seine Stimme klang ruhig wie immer, fast freundlich, aber ein Anflug von Schärfe schwang darin mit.

»Ich bin so schnell gekommen, wie ich konnte.«

»Natürlich.«

»Was habt Ihr inzwischen erreicht?«

Urquhart winkte ab. »Bei dem Dechanten war ich schon. Niemand dort. Er ist nicht dumm.«

»Dann geht zu Kuno. Nein, wartet, das wäre die letzte Möglichkeit, es wohnen da zu viele andere Leute, die Frauen seiner Brüder und jede Menge Gesinde.«

»Ich wäre überhaupt nicht zum Haus der Kones gegangen. Der kleine Kuno ist mit der Frau geflohen. Daniel – übrigens ein beachtenswerter Vertreter Eures edlen Geschlechts – war so freundlich, ihn hier und da zu durchbohren.« Urquhart lächelte spöttisch, legte den Kopf in den Nacken und ließ das Wasser über sein Gesicht laufen. »Frauen sind so fürsorglich. Warm und weich im Herzen. Finden sie einen verletzten Hasen, nehmen sie ihn mit zu sich nach Hause und pflegen ihn gesund.«

Mathias lächelte zurück. »Ich werde Euch sagen, wo Ihr sie findet. Tut, was Ihr könnt. Meinetwegen macht sie alle nieder.«

»Alle? Ich wüsste nicht mehr zu sagen, wer alle sind. Etwa Ihr?«

»Nein. Es reicht, wenn Ihr einen erledigt.«

»Wen?«, fragte Urquhart im Tonfall eines Mannes, der längst schon alles wusste.

Mathias spuckte aus.

»Den Schwächling.«

Auf der Bach

»Und das Ende der Geschichte?«, fragte Jacop.

»Ist rasch erzählt«, sagte Jaspar.

Goddert betrachtete sie missmutig und legte ein paar Scheite nach, um das Feuer zu nähren. Knackend und pfeifend entwich Luft und ein Rest von Feuchtigkeit.

»Wir sollten lieber was unternehmen, statt über Geschichte zu philosophieren«, brummte er.

»Wir unternehmen etwas, indem wir über Geschichte philosophieren«, wies ihn Jaspar zurecht. »Wir kennen jetzt die Verschwörer, und wir wissen, dass sie etwas vorhaben, nur noch nicht, was und wann. Die Antwort muss in der jüngsten Vergangenheit liegen.« Er massierte seine Nasenwurzel. »Es hat etwas mit der Zeit nach dem großen Schied zu tun.«

»Ich denke, kleiner Schied?«, sagte Jacop.

»Nein, es gab noch einen anderen«, sagte Richmodis. »Vor zwei Jahren, als Konrad behauptet hatte, die Kölner trachteten ihm nach dem Leben.«

»Konrad hatte auch diesen Krieg verloren«, setzte Jaspar hinzu. »Notgedrungen schloss er mit den Patriziern Frieden. Aber er war und blieb gefährlich. Zu dieser Zeit war das Zerwürfnis zwischen Patriziat und Handwerk so weit fortgeschritten, dass es immer wieder zu bewaffneten Auseinandersetzungen kam. Zudem drohte ein weiterer Bürgerkrieg zwischen den Patriziern selbst, die sich in zwei Lager gespalten hatten, die Overstolzen und ihnen verbundene Geschlechter auf der einen Seite, die Weisen von der Mühlengasse und der Pforte auf der anderen. Verglichen mit den Weisen sind die Overstolzen Neureiche, die Weisen bilden das älteste Kaufmannsgeschlecht in Köln, und die beiden Parteien hatten einander nie besonders lieb. Aber solange es einen gemeinsamen Feind gab, den Erzbischof, zogen sie mehr schlecht als recht an einem Strang. Dann allerdings begannen die Weisen, einen Verbündeten gegen die immer einflussreicher werdenden Overstolzen zu suchen, und schlugen sich auf die Seite Konrads.«

»Nicht wirklich«, bemerkte Goddert. »Sie haben sich mit Würde in die Ministerialität begeben.«

»Indem sie sogar ministeriale Kleidung trugen! Das nennst du würdig? Sie haben sich verkauft. Unklug, wenn du mich fragst, Konrad zu trauen.«

»Er ist unser Herr«, fuhr ihn Goddert an. »Es steht Untertanen nicht zu, seine Autorität in Frage zu stellen, allenfalls seine vielleicht etwas zu weltliche Auffassung von den Dingen –«

»Du redest wie ein Pfaffe!«

»Bist doch selber einer!«

»Ich bin Dechant, du begossener Pudel. Im Übrigen hat den Weisen ihr Verrat nicht das Geringste genützt.«

»Aber –«

»Lass mich ausreden. Konrad zu trauen ist, als reiche man einem bissigen Köter die Hand. Jeder weiß, was Anno domini 1255 in Neuss geschah.«

»Das wurde nie erwiesen!«

»Was? Es wurde nicht erwiesen, dass Konrad Feuer legte an das Zelt König Wilhelms von Holland und des päpstlichen Legaten Petrus Capocci, als beide in der Stadt weilten, um ihn zur Freilassung des Paderborner Bischofs Simon zu bewegen? Es wäre nicht das erste Mal, dass Konrad durch Hinterlist und Gewalt versucht, sich durchzusetzen. Dass er sich nach seiner zweiten großen Niederlage gegen die Kölner vom Saulus zum Paulus wandelte, war reine Taktik. Er hatte einen Prozess vor der Kurie am Hals wegen seiner Schulden, der musste erst mal ausgestanden werden, während er zugleich in aller Ruhe beobachten konnte, wie sich die Patrizier untereinander und alle zusammen mit den Zünften überwarfen.«

Jaspar machte eine Pause und wartete, ob Goddert etwas erwidern würde, aber der Färber hatte offenbar die Lust verloren.

»Jedenfalls«, fuhr er fort, »war der Streit der Kölner Bürgerschaft mit Konrad um die Verteilung der Rechte und Privilegien immer noch nicht ausgestanden, und es bedurfte eines weiteren Schiedsgerichts, die offenen Fragen zu klären. Wieder führte der große Doctor Albertus den Vorsitz, bestellte fünf Schiedsleute, und um nicht den Eindruck der Parteinahme zu erwecken, rekrutierte er sie sogar aus den Reihen der Parteigänger Konrads. Und doch musste sich Konrad ein weiteres Mal beugen! Seine Wut dürfte ausgereicht haben, Himmel und Hölle zu erschüttern, aber noch musste er sich fügen und in Geduld fassen. Albertus wies alle Forderungen Konrads an die Stadt zurück, aber diesmal wies er auch die Patrizier in die Schranken mit ihrem Filz von Verbindungen. Die Zünfte witterten Morgenluft. Das dürfte ausgereicht haben, Konrad noch einmal zum Abwarten zu bewegen. Der große Schied glättete nach außen hin die Wogen.«

Jacop stützte das Kinn in die Hände. »Nicht für lange, nehme ich an.«

»Nein. Letztes Jahr im Frühling enthob Konrad sozusagen über Nacht die Münzerhausgenossen, Münzprüfer und Münzmeister all ihrer Ämter, Privilegien und Lehen – angeblich wegen Überschreitungen ihrer Befugnisse. Damit war das Kölner Münzwesen entmachtet. Die Patrizier schrien Zeter und Mordio, die Zünfte hingegen sahen ihren Tag gekommen und klagten öffentlich gegen Bürgermeister und Schöffen, woraufhin Konrad sämtliche Schöffen ihrer Ämter enthob, bis auf einen. Zwar wurde er nicht müde zu betonen, der große Schied sei dadurch in keiner Weise beschränkt, aber das war natürlich Schönfärberei. Tatsächlich verfügte Konrad, dass er künftig die Ernennungen im Schöffenkollegium selber vornehmen werde, womit die Patrizier außen vor waren. Gestern noch hatten sie die Stadt praktisch regiert, jetzt sahen sie sich aus den Ämtern verbannt. Konrad bezichtigte sie schwerster Verbrechen, lud sie vor und erklärte fünfundzwanzig von ihnen für geächtet, als sie seiner Aufforderung nicht Folge leisteten, darunter Hermann und Bruno Kone, Kunos Brüder. Sie mussten aus Köln fliehen, andernfalls hätte das Volk sie zerrissen. Dann setzte er neue Schöffen ein, klugerweise auch ein paar Patrizier, ansonsten aber Handwerker und Zunftmeister wie etwa Bodo Schuif.«

»Der Brauer, dem wir unsere Enttarnung verdanken?«

»Ja. Leider.«

»Und was willst du jetzt damit sagen?«, mischte sich Goddert wieder ein. Seine Stimme bebte vor Zorn. »Es ist ganz richtig, was Konrad getan hat. Die Patrizier haben auf die Zünfte herabgesehen, als wären wir eine Schweineherde! Sie haben uns besteuert, bis Blut kam. Der Bürgermeister von der Mühlengasse war korrupt bis auf die Knochen, das ganze Schöffengeschmeiß prasste und hurte auf dem Buckel der ehrlichen, einfachen Leute, sie drehten und wendeten die Gesetze, wie es ihnen beliebte; Gewinnsucht, Bestechlichkeit und Amtsmissbrauch, das ist es, womit sich die Patrizier hervorgetan haben, und dass sie halbe Kinder in den Schöffenstand erhoben wie den Verbrecher Daniel. Konrad hat Gericht gehalten, und es war gut so, ich bekenne mich zu unserem Erzbischof, und wenn du tausendmal behauptest, er sei ein Lügner und Mörder!«

»Er ist ein Lügner und Mörder.«

»Na und?« Goddert sprang mit hochrotem Kopf auf. »Was sind denn deine sauberen Patrizier, schau mich an, was ist denn aus mir geworden? Wann hätte ich je im Leben etwas von meiner Arbeit gehabt, was sie mir nicht gestohlen haben?«

»Vater –«, sagte Richmodis beschwichtigend.

»Nein, jetzt rede ich! Sie haben uns ausbluten lassen, und dafür geschieht es ihnen recht, dass Konrad sie zur Rechenschaft gezogen hat. Und Köln wird eine Stadt sein, in der die Zünfte regieren, das sage ich euch, irgendwann werden wir endgültig Schluss machen mit den Dreckskerlen auf ihren hohen Rössern in ihren teuren Roben und Pelzen, wir werden sie zur Stadt rausjagen, Konrad wird sie rausjagen, damit die Zünfte endlich bekommen, was ihnen zusteht!«

»Sie verdienen einen Schlag aufs Maul!«, bellte Jaspar zurück. »Weil sie sich verkauft haben.«

»Sie haben sich nicht verkauft!«

»Ach nein? Goddert, verdammt noch mal, du hast ja Recht, dieses eine Mal hast du tatsächlich Recht. Ja, die Schöffen waren korrupt. Ja, sie haben das Volk ausgenommen. Ja und nochmals ja, es geschieht den Patriziern recht, dass sie eins in die Zähne kriegen. Aber begreifst du nicht, dass ihr Handwerker auch nur ein

Werkzeug in Konrads Hand seid? Ihm ist es doch letzten Endes egal, wer ihm zu neuer Macht verhilft! Letztes Jahr noch hat er versucht, sich mit den Patriziern zu verständigen, schon nachdem er sie ihrer Ämter enthoben hatte, hat ihnen Versprechungen gemacht, er werde die Verbannten gnädig wieder aufnehmen, der Himmel weiß, was er ihnen alles geboten hat, nur damit sie ihm die städtischen Freiheiten verkaufen. Erst, als die Patrizier standhaft blieben und ablehnten, hat er sich mit den Webern und den übrigen Zünften gegen die Geschlechter verbündet! Begreif das doch endlich, Konrad ist nicht Euer Erlöser, er wird Euch genauso betrügen, wie er die Patrizier hintergangen hat.«

»Er wird Recht sprechen«, sagte Goddert trocken und wandte sich ab.

»Du lieber Himmel«, stöhnte Jaspar. »Wir sind alle in Todesgefahr, und ich muss mich mit einem delirierenden, gichtverbogenen Sabbermaul über Politik streiten.«

»Selber delirierend.«

»Ja, aber wenigstens von meinem eigenen Wein.«

»Ich kann auf deinen Scheißwein verzichten«, knurrte Goddert. »Ich habe selber genug davon.«

»So? Ist mir noch nicht begegnet.«

Goddert pumpte sich voller Luft, überlegte kurz und ließ sie langsam wieder entweichen.

»Ähm«, sagte er.

Jaspar legte die Stirn in tausend Falten. »Frag mich jetzt bloß nicht, ob wir einen trinken sollen!«

»Schon gut. Trinken wir einen?«

»Trinken wir einen.«

»Nein«, sagte Jacop.

Jaspar starrte ihn verblüfft an. »Wieso nein?«

»Ihr habt noch nicht zu Ende erzählt.«

»Doch. So gut wie.«

»Ich finde immer noch keine Erklärung in Euren Worten, was die Patrizier vorhaben. Und – ich habe immer noch Angst.«

Jaspar blinzelte und schwieg eine Weile.

»Ja, ich auch.« Er sah flüchtig zu Kuno hinüber. Der Patrizier lag auf der Bank am Feuer. Sein Brustkorb hob und senkte sich schwach. »Richmodis«, sagte er leise. »Du hast diesem Urquhart in die Augen gesehen. Wird er kommen?«

Richmodis nickte wortlos.

»Na schön. Goddert hat alles verriegelt und verrammelt, stimmt's, Goddert?«

»Mit diesen meinen Händen!«

»Gut. Wir dürften also einigermaßen sicher sein bis zum Tagesanbruch, wenn wieder genug Leute in den Straßen sind.« Er machte eine Pause. »Also, den Schluss: Zu Beginn dieses Jahres bricht in Köln die Hölle los. In der Kirche zu den Weißen Frauen verspottet ein Fleischer den Patrizier Bruno Hardefust, weil Konrad ihm das Schöffenamt entzogen hat. Es kommt zum Disput, Bruno zieht einen Dolch und sticht den Fleischer nieder. Der Tropfen, der das Fass zum Überlaufen bringt. Die Zünfte, denen der Fleischer angehörte, schreien nach Rache! Ganze Völkerscharen rotten sich zusammen, ziehen zum Haus der Hardefusts und setzen es in Brand. Riesentumult, Plünderungen, was ihr euch nur denken könnt! Hardefust trommelt seine Freunde aus den Reihen der Geschlechter zusammen, und sie dreschen auf die Handwerker ein. Es gibt Tote und unzählige Verwundete. Die Schöffen lassen sich Zeit, sie geben den Patriziern ausreichend Gelegenheit zum Morden, wohl, weil sie glauben, auf diese Weise die Last der Anklage zu vergrößern. Erst am Abend gebieten sie Frieden und bitten Konrad, Recht zu sprechen. Der hatte sich bis dahin nämlich elegant zurückgehalten.« Jaspar lachte grimmig. »Aber das war seine Stunde. Er verurteilte beide Seiten zu einer Geldbuße, aber die Patrizier sollten zudem öffentlich vor ihm erscheinen und ihn barfuß kniend um Verzeihung anflehen, während die ganze Stadt zuschauen durfte. Welch eine Demütigung! Ha! Die meisten Patrizier unterziehen sich zähneknirschend der entwürdigenden Prozedur – vor über zwanzigtausend Beifall johlenden Menschen! Einer kauft sich für eine Unsumme Geldes von dem Kniefall los, andere fliehen aus der Stadt. Drei von ihnen werden noch am selben Tag gestellt, zurück in die Stadt geschleift und sofort enthauptet.«

»Ich erinnere mich«, knurrte Goddert. »Es war ein Freudentag.«

»Dann, Füchschen«, fuhr Jaspar ungerührt fort, »im Mai, kurz bevor Ihr nach Köln zurückkehrt, klagen die Patrizier gegen die neuen Schöffen. Sie fordern ihre Absetzung. Konrad reagiert klug, er verspricht Gerechtigkeit. Es kommt zur Gerichtssitzung. Anfangs versucht Konrad, die Sache gütlich beizulegen, aber die Patrizier bestehen auf einem Urteil. Währenddessen rotten sich die Zünfte unter der Führung von Hermann dem Fischer zusammen, sämtlich bewaffnet. Die Patrizier reagieren sofort. Sie ziehen mit entrolltem Banner gegen den Palast des Erzbischofs, weil sie Konrad verdächtigen, die Handwerker gegen sie aufgestachelt zu haben – möglicherweise zu Recht. Sie bilden zwei Bastionen, eine in der Rheingasse, eine weitere an St. Kolumba. Konrad lässt seinerseits Bewaffnete anrücken. Es fehlt nicht viel zur Schlacht – und ich danke Gott, dass sie nicht stattgefunden hat –, da schickt Konrad Gesandte in das Patrizierlager in der Rheingasse. Sie werben dort für eine waffenlose Zusammenkunft zur Sühne beim Erzbischof und behaupten, die von St. Kolumba hätten dem bereits zugestimmt. In St. Kolumba verfahren sie genauso.«

»Eine ziemliche Schweinerei.«

»Und was für eine! Konrad verspricht den Patriziern freien Hin- und Rückgang. Die Patrizier erscheinen in gutem Glauben und waffenlos vor Konrad, dessen Leute sofort über sie herfallen. Vierundzwanzig von ihnen werden verhaftet, gefesselt und auf den Burgen Altenahr, Godesberg und Lechenich eingekerkert. Etliche andere fliehen aus der Stadt. Konrad lässt sie vorladen, aber natürlich ist keiner so blöde, ihm nochmal zu glauben, und das will er ja auch gar nicht. Hauptsache, er hat einen Grund, sie zu ächten. Das tut er, und der Papst gibt zu allem seinen Segen. So ist die Situation.«

Jacop grübelte darüber nach. Dann kam ihm ein Gedanke.

»Können die Patrizier Gnade von Konrad erwarten?«

Jaspar schüttelte den Kopf.

»Kaum vorstellbar. Vor wenigen Wochen hörte ich, die Gefangenen in Godesberg hätten ihm ihre Not geklagt und ihn angefleht, sie freizulassen. Er hat mit noch härteren Haftbedingungen geantwortet. Ich glaube, täglich gehen aus den Reihen der Patrizier Bitten bei Konrad ein, die Eingekerkerten und Verbannten zu begnadigen, aber das Scheitern der Godesberger scheint die Patrizier endgültig entmutigt zu haben.«

»Oder auch nicht«, sagte Jacop gedehnt.

Jaspar hob den Kopf und sah ihn prüfend an. »Der Bund?«

»Ja. Kuno hat nicht gesagt, wann dieses Patriziertreffen war, auf dem sie sich zusammengeschlossen haben, aber es muss kurz nach dem ergebnislosen Vorstoß von Godesberg gewesen sein.«

»Donnerwetter, Füchschen. Ich erkenne Euch nicht wieder.«

Jacop zuckte die Achseln.

»Ihr habt so viel Geschichte vor uns ausgebreitet, dass Ihr die Lösung des Rätsels überseht. Mir ist sie gerade klar geworden.«

»Wie meint Ihr das?«

Jacop konnte sich ein zufriedenes Grinsen nicht verkneifen. Der kleine Triumph, Jaspar überflügelt zu haben, war alles, was er im Augenblick hatte, aber er wollte ihn auskosten, solange es ging.

»Ist das nicht offensichtlich?«, fragte er.

Jaspar legte den Kopf schief. »Es müsste wohl offensichtlich sein, nehme ich an.«

»Es ist klar wie Rheinwasser. Die Patrizier wollen –«

Von der Eingangstür erklang ein leises, aber unüberhörbares Scharren.

»Still!«, gebot Jaspar.

Sie horchten hinaus in das Heulen und Prasseln des Sturms.

»Das muss der Wind gewesen sein«, sagte Richmodis. Ihre Stimme zitterte unmerklich.

»Nein«, flüsterte Jaspar. »Das war nicht der Wind. Er ist da draußen.«

Jacop schloss die Augen und bündelte seine gesamte Konzentration auf die Stelle draußen vor der Tür. Er hatte über die Jahre lernen müssen, auf jedes Geräusch, jede Kleinigkeit zu achten.

Da war es wieder.

Scharren. Rascheln.

Dann etwas, das an der Hauswand entlangschabte. Schritte, leise und verhalten. Wieder ein Kratzen an der Wand, diesmal höher.

Goddert presste die Hände vor den Mund und starrte sie der Reihe nach mit aufgerissenen Augen an.

»O Gott«, sagte er mit erstickter Stimme.

Jacop fühlte sein Herz irgendwo direkt unterhalb der Kinnlade schlagen. Wieder hatte er das gleiche Gefühl wie vor wenigen Tagen, als er sich in der kleinen Kirche versteckt und durch einen Spalt die schattenhafte Gestalt beobachtet hatte, die ihn suchte, ihn zu wittern schien, so dass er sich einem Impuls folgend den ganzen Schwall Weihwasser zugemutet hatte. Bilder geisterten ihm durch den Kopf, von Maria, Tilman, Rolof und – Er zwang sich, ruhig zu bleiben. Die anderen sahen ihn erwartungsvoll an. In ihren Augen war ausnahmslos Angst.

»Ja«, sagte er. »Urquhart ist da draußen.«

Johann

Die Nachtwächter hatten längst die elfte Stunde ausgerufen, ihre Stimmen zerfetzt vom Wind, aber Johann saß in seiner Arbeitsstube und sah zu, wie die Kerze niederbrannte.

Ursprünglich hatte der Bund die Nacht zusammen durchstehen wollen. Dieser Beschluss schien Jahre zurückzuliegen. Daniel hatte sich verzogen, Theoderich ebenso, der Mainzer war nach Hause geritten, und Mathias nicht wieder aufgetaucht. Jeder Gedanke an irgendeine Form von Gemeinsamkeit zwischen ihnen erschien Johann mittlerweile absurd.

»Es ist richtig«, murmelte er.

War es das? Die Worte erschienen ihm nun wie blanker Hohn. Was war richtig daran, Menschen zu töten? Richtig war nur das gemeinsame Ziel, und richtig war es, Opfer zu bringen. Aber was war das für ein Ziel?

Er versuchte, es sich in Erinnerung zu rufen, Klarheit zu gewinnen. Es wollte ihm nicht gelingen. Er fühlte sich verwirrt und müde, außer Stande zu sagen, was sie eigentlich mit ihrem Tun bezweckten. Und doch hatte alles deutlich vor ihnen gelegen, jeder von ihnen hatte den Eid geschworen, weil jeder durchdrungen war vom Glauben an die große Sache.

Die Sache.

Ihm fiel auf, dass sie seit Tagen immer nur von der Sache sprachen. Nie erwähnten sie den Zweck ihres Vorhabens. Sie schlichen sich wie Diebe um die Worte und Begriffe herum, als wolle niemand von ihnen damit in Verbindung gebracht werden, als könnten sie ihre Täterschaft leugnen wie unartige Kinder, die sich die Augen zuhalten im Glauben, für andere unsichtbar zu werden.

Die Sache.

Aber es hatte ein gemeinsames Ziel gegeben! Es war da gewesen, so unmissverständlich, so klar, ein Ziel, dem sie sich alle gebeugt hatten, ohne Rücksicht auf die eigenen Interessen –

Johann musste loslachen und drückte die Handknöchel gegen die Lippen. Hatte Mathias jemals etwas gegen seine Interessen unternommen? Oder Daniel? Es war tatsächlich zum Schreien.

Aber der Mainzer wenigstens. Und Kuno!

Ach nein, Kuno war ja drauf und dran, sie alle zu verraten. Wenn er es nicht schon getan hatte.

Theoderich? Vielleicht, aber –

Johann sprang auf und begann, im Raum umherzulaufen. Er fühlte sich wie im Fieber. Sie hatten das Ziel verloren! Er würde nicht mehr ruhig schlafen können, nie wieder einen glücklichen Tag verleben. Irgendwo gab es eine Rechtfertigung, eine Absolution. Das alles hier taten sie nicht für sich, sie taten es für andere, für einen höheren Zweck.

Er legte die Hände auf die Kante des Arbeitspultes und suchte tief in seinem Innern.

Aber da war nur Schwärze.

Angriff

»Ist er weg?«, fragte Richmodis nach einer Weile.

»Wir hätten das Licht löschen sollen«, meinte Goddert. Auf seiner Stirn hatten sich feine Schweißperlen gesammelt.

Jacop schüttelte den Kopf. »Zu spät. Und sinnlos.«

»Ich höre nicht das Geringste.«

Jaspar legte den Finger an die Nasenspitze. »Soll das heißen, er hat einfach so aufgegeben?«

»Ich weiß nicht«, sagte Jacop.

Richmodis betrachtete die Tür.

»Er gibt nicht auf«, sagte sie leise. »Er wird niemals aufgeben.«

»Schon gut, uns kann nicht viel passieren.« Goddert ballte die Fäuste. »Das ist ein starkes Haus. Türe und Läden sind von innen verriegelt, er müsste einen Rammbock mitbringen.«

»Vielleicht hat er einen mitgebracht.«

»Unsinn.«

Jacop horchte weiter hinaus, aber außer dem Sturm vermochte er nichts auszumachen. Trotzdem wuchs sein Unbehagen. Es passte nicht zu Urquhart, die Dinge unverrichtet zu lassen.

»Er braucht keinen Rammbock«, flüsterte er. »Ohne ist er viel schlimmer.«

»Was kann er tun?«, überlegte Jaspar.

»Die Hintertür!«, entfuhr es Richmodis.

»Was?«

»Ich hab's deutlich gehört, er ist an der Hintertür!«

Goddert schüttelte energisch den Kopf. »Hab ich eigenhändig verriegelt, nicht mal der Leibhaftige käme da durch!«

»Wie soll er überhaupt hinters Haus gekommen sein?«, fragte Jaspar. »Über die Dächer?«

»Wie sonst«, sagte Jacop.

Goddert starrte ihn entgeistert an.

»Ich bin selber das eine oder andere Mal über die Dächer abgehauen«, erklärte Jacop. »Wenn Urquhart an der Fassade hochgestiegen ist –«

»Das ist ein sehr schmales und sehr spitzes Dach«, verkündete Goddert, als sei damit alles erledigt.

»Na und? Für mich wäre das kein Problem, für ihn erst recht nicht.«

Goddert wischte sich den Schweiß von der Stirn.

»Wenn schon«, sagte er bemüht sorglos. »Er kann ja nirgendwo rein.«

Kuno stöhnte leise.

Von der Hintertür waren keine weiteren Geräusche mehr zu hören.

Sie warteten.

Nach einer Weile begann Jacop sich zu entspannen.

»Sieht aus, als wäre er tatsächlich fort.«

»Ich kann's kaum glauben.«

Jaspar kratzte sich am Kinn und ging nach hinten in die Küche. Als er zurückkam, wirkte er nicht mehr ganz so beunruhigt.

»Alles dicht.« Er setzte sich neben Jacop und gab ihm einen Schlag auf die Schulter. »Los, Füchschen, Ihr wolltet mir was erzählen. Des Rätsels Lösung aus Eurem Munde, das will ich mir nicht entgehen lassen.«

Jacop nickte, aber er war nicht bei der Sache. Ihm schien, als hätten sie etwas Wichtiges vergessen, etwas, das –

»Goddert?«, flüsterte er.

»Mhm?«

»Leise jetzt, ganz leise. Ihr habt alles verschlossen?«

»Ja, doch! Wie oft soll ich es denn noch –«

»Gibt es hier eine Dachluke?«

Goddert sah ihn an. Sein Gesicht wurde plötzlich kalkweiß.

»Oh, mein Gott.«

»Gibt es eine?«

»Die – die habe ich ganz vergessen. Oh, mein Gott.«

Jacop hatte das Gefühl, als zittere der Boden unter seinen Füßen.

»Ruhig«, wisperte er. »Wir müssen uns was einfallen lassen. Urquhart ist schon im Haus.«

»Aber was –?«

»Unterhaltet Euch weiter, los. Über irgendwas.«

»Oh, Gott! Oh, Gott!«

Jaspar räusperte sich umständlich. »Also, wenn du mich fragst, Goddert«, sagte er laut, während er Jacop unverwandt ansah, »kommt der Bastard nicht zurück. Er wird begriffen haben, dass wir uns zu schützen wissen.«

»Vielleicht hat er ja auch Angst und ist geflohen«, meinte Richmodis in kräftiger Tonlage.

Jacop hörte nicht zu, wie sie drauflosredeten. Er dachte fieberhaft nach. Urquhart mit Körperkräften beizukommen, war aussichtslos. Er war stärker als sie alle zusammen, und er würde bewaffnet sein. Vermutlich saß er jetzt gerade auf dem Speicher, die kleine Armbrust gespannt.

Über der Stiege zwischen der Wohnstube und der Küche gähnte das schwarze Viereck zum ersten Stockwerk. War er schon dort und belauschte sie? Würde er sofort angreifen oder sie zappeln lassen, bis sie völlig zermürbt waren? Aber das waren sie ja schon jetzt.

Einen Moment lang dachte Jacop daran, sich nach oben zu pirschen und ihn zu stellen.

Träumer, schalt er sich, Urquhart wird dich töten, sobald dein dämlicher feuerroter Schopf in der Luke auftaucht.

Feuerroter Schopf. Plötzlich kam Jacop ein Gedanke.

Er zupfte Goddert am Ärmel. Der Kopf des Färbers fuhr zu ihm herum. Er sah aus, als sei er nahe daran, durchzudrehen. Jacop legte den Finger an die Lippen.

»Habt Ihr Lampenöl?«, fragte er leise.

»Waaas?«

»Lampenöl, verdammt. Oder anderes Öl, einen Krug voll!«

Goddert sah verwirrt von ihm zu Jaspar. Der Dechant und Richmodis bemühten sich nach Kräften um einen halbwegs sinnvollen Dialog.

»J – ja, hinten unter der Küchenbank steht ein Krug.«

»Holt ihn.«

Goddert wurde noch weißer, sah hinauf zur Luke und begann zu zittern. Jacop verdrehte die Augen und tätschelte ihm die Wange.

»Schon gut.«

Es hing alles nur noch von ihrem Glück ab. Er hoffte inständig, Gott möge ihnen diesen Augenblick mehr geben, diesen einen Augenblick in der Christenheit, dieses Nichts an Zeit, das er brauchte, um den Krug zu holen. Er musste unter der Luke hindurch. Wenn Urquhart ihm von oben einen Pfeil in den Balg schoss, war alles aus. Jaspar war ein Riese an Geist, aber körperlich hatte er einem wie Urquhart ebenso wenig entgegenzusetzen wie Goddert. Und Richmodis mochte einen betrunkenen Patrizier übertölpeln, aber das war's dann auch.

Herr, dachte er, ich weiß, ich bete nicht oft genug zu dir. Hab Dank für alle Äpfel, die ich jemals stehlen durfte. Sei gnädig mit mir. Nur dieses eine Mal noch.

Sei gnädig mit Richmodis!

»Ich hole uns einen Schluck Wein«, sagte er laut und vernehmlich.

»Gute Idee!«, rief Jaspar.

Er straffte sich und ging aufrecht nach hinten, wobei er sich zwang, nicht hinauf zur Luke zu sehen. Ihm war eiskalt vor Angst. Im Hinterhaus hatten sie keine Kerze brennen lassen. Es war ziemlich düster dort. Er stieß sich schmerzhaft an der Tischkante.

Die Küchenbank stand unter dem Fenster.

Jacop sah darunter und tastete nach dem Krug. Seine Finger griffen etwas Bauchiges, Kühles. Er zog das Gefäß hervor und roch daran.

Tranig. Öl.

»Hab den Wein!«, rief er nach vorne. »War unter der Bank. Macht die Becher leer, ich komme.«

»Schon passiert!«, krähte Richmodis.

Ihre Stimme klang zu schrill.

Er hat es gemerkt, dachte Jacop voller Panik. Er weiß, dass wir wissen, dass er –

Mühsam unterdrückte er das Zittern seiner Hände und schlenderte bewusst langsam zurück. Über ihm klaffte die Luke wie das Tor zur Hölle. Als er zum zweitenmal darunter hindurchging, versagten ihm die Beine fast den Dienst, aber er schaffte es. Die Zunge klebte fest an seinem Gaumen, als er sich neben Jaspar niederließ, ihm den Krug in die Hand drückte und einige Worte ins Ohr flüsterte. Dann bückte er sich nach einem Scheit, trat neben den Kamin und hielt es ins Feuer.

Richmodis und Goddert sahen ihm ratlos zu. Jacop zeigte stumm zur Luke und versuchte, im Geiste abzuschätzen, ob sein Plan funktionieren würde. Es kam einzig auf Jaspars und seine Schnelligkeit an. Richmodis und Goddert saßen zur Straße hin, sie waren nicht im Weg. Ihm gegenüber hatte sich der Physikus erhoben, den Krug fest gepackt und unablässig belangloses Zeug erzählend. Kuno lag seitlich vom Durchgang zur hinteren Stube auf der Kaminbank und damit der Luke am nächsten, aber er schlief.

Es konnte gelingen.

Komm endlich, dachte Jacop. Wo bleibst du, lass uns nicht warten.

Zeig dich.

»Und wenn er gar nicht durch das Dach –«, begann Goddert zaghaft. Seine Hand lag auf dem Schwertgriff, aber seine Finger zitterten jetzt so sehr, dass er die Waffe kaum halten konnte.

»Halt's Maul«, zischte Jaspar.

Jacop runzelte die Stirn.

Plötzlich spürte er Unsicherheit in sich aufsteigen. Und wenn Goddert Recht hatte? Standen sie hier am Ende wie die Narren, während es überhaupt keinen Anlass dazu gab? Urquhart konnte es drauf angelegt haben, sie solange im eigenen Saft schmoren zu lassen, bis er seine eigentlichen Pläne in die Tat umgesetzt hatte. Er wusste, dass sie das Haus vor Tagesanbruch nicht verlassen würden – wusste er es wirklich? Wer sagte denn, dass er ihr Versteck überhaupt kannte? Selbst das war nicht sicher. Richmodis hatte etwas an der Hintertür gehört, aber es konnte auch der Wind gewesen sein. Und die Schritte vor dem Haus – was hatte ihn so sicher gemacht, es sei Urquhart? Vielleicht war es einer der Nachtwächter gewesen. Oder einfach ein Hund.

Die Zeit quälte sich dahin.

Kuno murmelte etwas und öffnete die Augen. Es lag ein unnatürliches Leuchten darin. Das Fieber war offenbar stark angestiegen. Er stützte sich auf die Ellbogen.

Jacop bedeutete ihm per Handzeichen, sich nicht zu bewegen, aber Kuno schien ihn nicht zu sehen. Er richtete sich langsam auf und streckte die Hand aus, als wolle er nach etwas greifen. Sein Gesicht glänzte vor Schweiß.

»Gerhard?«, fragte er.

»Runter!«, flüsterte Jacop.

»Gerhard!«

Mit unerwarteter Behändigkeit sprang Kuno von der Bank und taumelte hoch. Er stand genau im Durchgang. Sein Blick war ins Nichts gerichtet.

»Gerhard!!!«, heulte er.

»Weg von der Luke!«, schrie Jacop. Er sprang auf den Verletzten zu und packte seinen Arm, um ihn fortzuziehen. Kunos Kopf fuhr zu ihm herum, Augen und Mund weit aufgerissen. Seine Hände schossen vor und umklammerten Jacops Schultern wie zwei Schraubstöcke. Jacop machte verzweifelte Anstrengungen, um sich loszureißen, aber Kuno schien ihn nicht zu erkennen. Er hielt ihn in eisernem Griff, entwickelte die Kräfte eines Wahnsinnigen, während er mit überschlagender Stimme Gerhards Namen brüllte.

Dann ging alles sehr schnell.

Jacop sah hinter Kuno etwas Großes, Schwarzes aus der Luke kommen und hörte ein schnappendes Geräusch. Ein Ausdruck unsäglicher Verwunderung trat in Kunos Augen. Jacop brauchte einen Moment, um zu begreifen, woher die Pfeilspitze kam, die plötzlich aus dem weitgeöffneten Mund des Patriziers ragte. Dann erschlaffte Kunos Körper, sackte gegen ihn und riss ihn mit sich zu Boden.

Das Scheit entglitt Jacops Hand und schlitterte über den Holzboden fort.

»Jaspar!« schrie er.

Urquharts Gestalt kam in sein Blickfeld. Kurz erhaschte Jacop einen Blick auf das Gesicht des Mörders.

Es war vollkommen ausdruckslos.

Mit einem Aufschrei schwang Jaspar den Krug. Das Öl ergoss sich gegen Urquhart. Der Mörder wirbelte herum und holte aus. Jaspar flog wie ein Spielzeug durch die Stube und prallte gegen Richmodis. Mit aller Kraft stieß Jacop Kunos Leiche zur Seite und gewahrte Goddert im wohl tapfersten Moment seines Lebens auf Urquhart zurennen, das Schwert mit der Rechten über dem Kopf schwingend. Seine verkrümmten Finger hielten den Griff, als könne keine Macht der Welt sie je wieder davon lösen.

Urquhart packte sein Handgelenk.

Goddert keuchte. Sie standen einander gegenüber wie Statuen, zur Regungslosigkeit verschmolzen, während Richmodis vergeblich Jaspars Körper wegzustemmen versuchte und Jacop fieberhaft nach der Fackel suchte.

In Godderts Augen trat ein merkwürdiger Ausdruck, eine Mischung aus Wut, Entschlossenheit und Schmerz.

Sein Keuchen wurde zu einem Stöhnen.

»Vater!«, schrie Richmodis. »Lass das Schwert los!«

Urquharts Züge wiesen nicht die geringste Regung auf. Langsam sackte Goddert in sich zusammen.

Wo war die verdammte Fackel?

Da lag sie! Da unter der Bank! Mit einem Satz war Jacop dort, fingerte nach dem Scheit, zog es hervor und rollte sich auf den Rücken.

»Vater!«, schrie Richmodis wieder.

Sie hatte sich unter Jaspar hervorgekämpft und stürzte sich nun auf Urquhart. Jacop sah die Armbrust hochfahren und fühlte sein Herz zu Eis werden.

»Nein«, flüsterte er.

Dann fiel ihm ein, dass ja kein Bolzen darin war. Im nächsten Moment traf die Waffe Richmodis gegen die Stirn und warf sie zurück. Urquhart stand wie ein Baum inmitten der Stube, unverändert seine Finger um Godderts Handgelenk geschlossen.

»Jaspar«, wimmerte Goddert. Das Schwert kippte langsam aus seiner Handfläche.

Jacop hörte Godderts Knochen brechen im selben Augenblick, als er die Fackel schleuderte. Sie wurde im Flug von der fallenden Schwertklinge getroffen, erhielt zusätzlichen Schwung und streifte Urquharts Umhang.

Das Öl entzündete sich sofort.

Urquhart starrte Jacop fassungslos an, während die Flammen ihn einzuhüllen begannen. Kein Laut kam von seinen Lippen. Im nächsten Moment war er zu einer Feuersäule geworden.

Und diese Feuersäule wälzte sich rasch auf ihn zu.

Jacop stockte der Atem. Zwei brennende Arme reckten sich ihm entgegen. Er fühlte sich gepackt und hochgehoben. Das Feuer griff auf ihn über. Jacop schrie auf, dann prallte er mit dem Rücken gegen das verschlossene Fenster, immer und immer wieder. Ihm war, als zersplittere alles in ihm zu winzigen Teilchen, aber es war nur das Bersten der Läden, das er hörte, als sie unter der Wucht des Aufpralls nachgaben. In einer Wolke aus Funken und Spänen brach er durch und fiel hart hinaus in den Schlamm.

Regen peitschte ihm ins Gesicht. Er japste nach Luft, sah gewaltige Blitze über den Himmel zucken und Urquhart über sich hinwegspringen.

Mühsam rollte er sich auf den Bauch. Die lichterloh brennende Gestalt hielt mit langen Sätzen auf den Flusslauf in der Mitte der Straße zu. Wasser spritzte auf, dann war sie verschwunden.

Jacop rutschte auf allen Vieren durch den Schlamm, kam hoch, torkelte weiter.

Er würde ihn ersäufen. Er würde Urquhart solange unter Wasser halten, bis er tot war, sofern man dieses Ungeheuer überhaupt töten konnte.

Dort, wo die Flammengestalt im Bach verlöscht war, fiel er auf die Knie. Seine Hände zerteilten die schmutzigbraunen Fluten, griffen überall hin.

»Wo bist du?«, keuchte er. »Wo bist du?«

Nichts war in dem Wasser.

Wie rasend suchte er den Grund ab, robbte weiter. Er sah nicht, wie auf der Bach Türen geöffnet wurden, Menschen durcheinanderliefen, neugierig rufend und Talglichter schwenkend. Er sah nicht, wie Jaspar mit unsicheren Schritten und blutender Nase hinaustrat und beschwichtigend auf die Frager einredete. Er sah Richmodis nicht, den zitternden Goddert im Arm. Er sah nur das Wasser.

Als ihm endgültig klar wurde, dass Urquhart entkommen war, wütete er trotzdem weiter, bis er einfach nicht mehr konnte.

Schwer atmend hielt er inne und sah hinauf zum Himmel.

Dann schrie er los, reckte die Hände, und sein Schrei verlor sich im Getöse des Sturms.

14. September

Nach Mitternacht

Jacop saß tropfnass auf der Kaminbank und sah zu, wie Godderts Arm geschient wurde. Er fühlte sich elend, hilflos und müde.

Goddert stöhnte leise, aber er trug seine Verletzung tapfer und beinahe mit einem Anflug von Stolz. Die aufgeschreckten Nachbarn hatten sofort den nächsten Wundarzt aus dem Bett getrommelt. Er war im Gegensatz zu Jaspar in der Chirurgie bewandert. Jetzt untersuchte er Goddert mit fachmännischer Miene, während der Physikus die breite Platzwunde auf Richmodis' Stirn verarztete. Die Verletzung sah schlimmer aus, als sie war. Jaspar selber hatte außer Nasenbluten und einer Eindruck schindenden Beule keine wesentlichen Blessuren davongetragen.

Das eigentliche Wunder war Jacop. Er hätte tot sein müssen oder mindestens zerschmettert. Tatsächlich fühlte er sich auch ziemlich tot. Dass er stattdessen mit unzähligen Prellungen, Hautabschürfungen und leichten Verbrennungen davongekommen war, verdankte er wohl einzig der Tatsache, dass Godderts Fensterläden noch morscher waren als die Knochen der Heiligen Drei Könige.

Er legte den Kopf zur Seite und ließ seinen Blick durch die Stube wandern. Wo das Fenster gewesen war, gähnte ein Loch. Der Wind pfiff erbarmungslos hinein. Noch bevor die Nachbarn herbeigelaufen kamen, war Richmodis zum Brunnen auf dem Hinterhof gestürzt und hatte die plötzlich aufflackernden Brände löschen können, aber dafür sah es jetzt aus wie nach einem Tatarenangriff. Umgestürzte Möbel, wohin man sah, überall Spuren des Feuers.

Quer über den Boden gestreckt lag Kuno. Jacop versuchte, Trauer für ihn zu empfinden, aber es gelang ihm nicht. Alles war einfach zu viel. Nur die grenzenlose Erleichterung, Richmodis wohlauf zu sehen, verriet ihm, dass ihn die Flammen innerlich nicht völlig ausgebrannt hatten.

Mittlerweile herrschte vor dem Haus und im Innern ziemliches Gedränge. Jeder wollte wissen, was vorgefallen war, und Jaspar wurde nicht müde, ein ums andere Mal vom Überfall des unheimlichen Mörders mit der Armbrust zu berichten, der die Stadt – wie allgemein bekannt – in den letzten Tagen ja schon mehrfach heimgesucht hatte. Und dass Kuno, der ein Freund, eigentlich eher ein flüchtiger Bekannter gewesen sei, an diesem Abend Unterschlupf vor dem Sturm bei ihnen gesucht habe, nein, er wisse nicht, wo Kuno vorher gewesen sei und habe auch nicht gefragt, und jetzt könne man ihn ja nicht mehr fragen, Gott sei seiner armen Seele gnädig.

Jacop verstand nicht, warum Jaspar nicht einfach die ganze Wahrheit erzählte, aber für den Augenblick war es ihm gleichgültig.

Jemand hielt ihm eine Schale mit heißer Brühe hin. Er sah verwirrt auf und blickte in das freundlich besorgte Gesicht einer älteren Frau.

»Ihr müsst ja völlig durchgefroren sein«, sagte sie.

Jacop starrte sie verständnislos an. Wie lange saß er eigentlich schon hier? Wie viel Zeit war vergangen, seit –

»Ist alles in Ordnung mit Euch?«

»Wie?«

»Hier ist etwas Suppe für Euch.«

»Oh – oh, ja, danke.« Er schaffte es, die Frau anzulächeln, nahm die Schale und setzte sie an die Lippen. Das Zeug war heiß und wohltuend. Er schmeckte Rindfleisch und Gemüse. Erst jetzt merkte er, wie hungrig er war. Gierig leerte er die Schale bis auf den Grund und wollte sie der Frau zurückgeben, aber sie war schon wieder verschwunden.

»Die Schöffen kommen!«, rief jemand von draußen herein. In die Menschenansammlung geriet Bewegung. Schöffen? Ach richtig, Jaspar hatte jemanden losgeschickt, die Schöffen zu wecken. Hatte er nicht sogar ausdrücklich darum gebeten, Bodo Schuif zu holen, den Bierbrauer?

Jacop wusste es nicht mehr. In seinem Kopf herrschte ein heilloses Durcheinander. Er konnte nichts anderes denken, als dass Urquhart ihm entkommen war, dass er ihn nicht hatte ertränken können.

Er fragte sich, wie verletzt Urquhart wirklich war. Als der Mörder ihn gepackt und gegen die Läden geschleudert hatte, hatte er instinktiv die Augen gegen die Hitze geschlossen. Alles war so rasend schnell gegangen. Vielleicht hatte Urquhart nur einen gewaltigen Schrecken davongetragen. Jacop war sich nicht einmal sicher, ob man Urquhart auf diese Weise überhaupt erschrecken konnte. Alles, was er getan hatte, selbst als ihn die Flammen einhüllten, deutete auf einen messerscharf arbeitenden Verstand hin. Jaspar und Richmodis hatte er zu Boden geschickt, Goddert den Arm gebrochen. Den Einzigen, der ihm gefährlich werden konnte, als das Öl in Brand geriet, hatte er augenblicklich angegriffen und wie einen Rammbock benutzt, um sich einen Fluchtweg zu schaffen.

Wie es schien, hatte er auch seine Armbrust retten können. Sie war nirgends zu finden.

Er stellte die leere Schale neben sich und gesellte sich zu Jaspar und Richmodis. Im selben Moment schob sich Bodo Schuif zwischen den Umstehenden durch und warf einen Blick in die Stube. Sein Blick wanderte über Goddert und den Chirurgen, erfasste Jaspar, Richmodis und Jacop und fiel auf Kuno.

»Heilige Mutter Gottes«, murmelte er.

»Wir sind überfallen –«, begann Jaspar.

Bodo machte eine Kopfbewegung in Richtung Türe.

»Los, raus mit dir. Wir haben zu reden.«

Jaspar sah ihn verständnislos an, zuckte die Achseln und folgte

Bodo auf die Straße. Jacop zögerte einen Moment, dann ging er ihnen eilig nach.

»– was um alles in der Welt du eigentlich angestellt hast?«, sagte Bodo gerade in heftigem Tonfall zu Jaspar. Er drehte den Kopf, sah Jacop herankommen und machte eine scheuchende Handbewegung.

»Lass ihn«, sagte Jaspar. »Er kann alles mitanhören.«

Bodo musterte Jacop misstrauisch.

»Kommt«, sagte er. »Gehen wir ein Stück beiseite, schnell.«

Sie entfernten sich einige Meter, wo niemand sie hören konnte. Der Sturm hatte sich inzwischen gelegt, so dass nur noch der Regen herniederfiel und sie noch mehr aufweichte. Jacop spürte es nicht mehr.

»Ich weiß nicht, was ich mit dir machen soll!«, herrschte Bodo den Physikus an. »Ich weiß es wirklich nicht. Das kann alles nicht wahr sein.«

»Bodo, keiner von uns kannte diesen Unhold. Er kam übers Dach, ich weiß nicht, was er wollte, er –«

»Darum geht's doch gar nicht. Verdammt, Jaspar, ich bin gerannt, so schnell ich konnte. Sie kommen dich verhaften, verstehst du? Sie wollen dich in den Turm werfen.«

»Wer?«, fragte Jaspar verblüfft.

»Theoderich Overstolz.«

Für einen Moment war Jaspar tatsächlich sprachlos.

»Woher weißt du das?«, stieß er hervor.

»Woher weißt du das, woher weißt du das! Hast du keine anderen Sorgen? Kurz bevor Godderts Nachbarn bei mir klopfen kamen, haben mich die Gewaltrichter aus dem Bett geholt. Ursprünglich sollte ich nämlich Theoderich Overstolz in die Severinstraße folgen, es hieß, man habe einem Verdacht folgend dein Haus durchsucht und einen Toten gefunden, und sie sagten weiter, du hättest das arme Schwein auf dem Gewissen, den Bauch hättest du ihm aufgeschlitzt, du lieber Gott! Aber dann kamen die da«, Bodo machte eine weitausholende Armbewegung über die Bach, »und berichteten von dem Desaster hier, und wieder wurde dein Name erwähnt – um Himmels willen, Jaspar, Theoderich wird nicht lange brauchen, um herauszufinden, wo du bist! Kannst du mir erklären, was hier eigentlich vor sich geht?«

»Bodo, pass mal auf«, sagte Jaspar so ruhig wie möglich. »Du kennst mich nicht erst seit gestern. Bin ich einer, der anderen Leuten die Bäuche aufschlitzt?«

»Nein, natürlich nicht. Sonst wäre ich nicht hier.«

»Erinnerst du dich, dass ich gestern Morgen erwähnte, der Tod Gerhard Morarts könne möglicherweise etwas anderes gewesen sein als ein Unfall?«

»Was hat das jetzt damit zu tun?«

»Bis ich dir das erklärt habe, sitze ich im Turm, da kann ich gleich selber hinlaufen. Es hat was damit zu tun. Ende.«

Bodo sah sich nervös um.

»Du musst mir schon mehr erzählen, wenn ich dir helfen soll.«

»Du willst uns helfen? Ausgezeichnet!«

»Dir will ich helfen«, betonte Bodo. »Wem denn noch?«

»Jacop hier. Richmodis und Goddert. Wir brauchen Zeit.«

»Und wie stellst du dir das vor?«

»Haben Theoderichs Leute irgendetwas erwähnt, wonach auch Richmodis oder Goddert in den Fall verwickelt seien?«

»Unsinn, es geht um dich. Was sollten deine Verwandten damit zu tun haben?«

»Umso besser. Dann kannst du tatsächlich was für uns tun. Wir brauchen ein Versteck, Jacop und ich.«

»Ein Versteck?«, echote Bodo verblüfft. »Augenblick mal, ich –«

»Ich dachte an deine Brauerei.«

»Aber –«

»Jetzt sofort. Lass uns keine Zeit verlieren. Brauchen wir einen Schlüssel, oder ist irgendwo offen?«

»Bist du noch zu retten?«, zischte Bodo. »Ich meinte mit helfen, dass ich vielleicht ein gutes Wort für dich einlege.«

»Mit guten Worten ist uns nicht gedient.«

»Himmel noch mal, Jaspar!« Bodo sah verzweifelt drein. »Weißt du, was du da von mir verlangst? Wenn rauskommt, dass ich einen mutmaßlichen Mörder verstecke, bin ich die längste Zeit Schöffe gewesen.«

»Ja, du bist sogar die längste Zeit Besitzer eines Kopfes gewesen. Tu's trotzdem. Alles andere wäre ein Fehler.«

Bodo schnappte nach Luft und griff sich vorsorglich an den Kopf.

»Oh, Mist! Oh, zum Teufel, was für ein Mist!«

»Die Schlüssel«, wiederholte Jaspar.

»Mist! Mist!«

»Es wird kein Gold draus, wenn du's ständig wiederholst. Ich gebe dir mein Wort, dass ich meinen Diener nicht ermordet habe. Hier ist eine beispiellose Intrige im Gange, es mussten Menschen sterben, und irgendeiner wird der Nächste sein, wenn wir dem Spuk nicht bald ein Ende machen.« Jaspar sah Bodo vielsagend an. »Vielleicht sogar du«, fügte er hinzu.

»Ich? Alle Heiligen, warum denn ich?«

»Weil Gerhard Morart ermordet wurde«, flüsterte ihm Jaspar zu. »Und weil bis jetzt so gut wie keiner, der es wusste, lange genug gelebt hat, um es weiterzuerzählen. Hiermit weißt du es auch.«

Bodo schüttelte fassungslos den Kopf.

»Mach schnell!«, drängte Jaspar. »Entscheide dich, was du zu tun gedenkst, aber dann tu's auch endlich!«

Bodo sah Jacop an, als könne der ihn von dem Albtraum erlösen, in den er da so unvermittelt geraten war. Jacop zuckte die Achseln.

»Er hat Recht«, sagte er.

Der Braumeister stieß einen nicht wiederzugebenden Fluch aus. »Das kann alles nicht wahr sein. Ich stehe hier und – verdammich! Der Schuppen neben der Brauerei ist offen. Im Augenblick sind keine Fässer drin; werden euch also nicht die Hunde beißen.

Aber, Jaspar!« Er hielt dem Physikus die geballte Faust unter die Nase. »Morgen früh seid ihr da raus, und mir ist es scheißegal, was ihr dann macht.«

Der Physikus breitete die Arme aus und drückte den Brauer unvermittelt an sich.

»Und wenn du mich zum Narren hältst«, drang Bodos Stimme dumpf aus den Falten von Jaspars Kutte, »bringe ich dich eigenhändig an den Galgen und deinen rothaarigen Kumpan dazu, ist das klar?«

»Ich danke dir, mein Freund.«

»Ob das klar ist?«

Jaspar warf Jacop einen raschen Blick zu. »Wie sagtet Ihr eben so schön, Füchschen? Klar wie Rheinwasser. – Bodo, wenn dich jemand fragt, sind wir dir entwischt, als du uns gerade festnehmen wolltest. Pass auf Goddert und Richmodis auf, hörst du, und sag Richmodis, wir seien in Sicherheit. Pass gut auf sie auf.«

»Natürlich«, seufzte Bodo. »Natürlich! Und ich trage den Dom für dich nach Deutz und besorge dem Papst eine Frau. Ich muss von Sinnen sein. Haut endlich ab.«

Sie gingen los, ohne sich noch einmal umzudrehen,

Nach einer Weile, als sie das Kloster zu den Weißen Frauen passiert hatten und die Einmündung zur Keygasse vor ihnen auftauchte, wandte Jaspar den Kopf und sagte:

»Da wir gerade mal zu Atem kommen – was haben die Patrizier denn nun Eurer Meinung nach vor, Füchschen?«

Jacop sah ihn an.

»Ganz einfach«, sagte er. »Sie wollen den Erzbischof ermorden.«

Filzengraben

Irgendwo schrie ein Hahn.

»Du bist zu früh«, murmelte Johann.

Er hatte sich hinaufgeschlichen in Blithildis' Stube, hin- und hergerissen zwischen dem Wunsch, sie aufzuwecken und der Angst vor dem, was sie ihm sagen könnte. Sie schlief oder schien zu schlafen. Bei seinem Eintreten hatte sie kein Wort gesprochen und sich nicht bewegt, aber das musste nichts heißen. Oft lauschte sie einfach nur und hörte Dinge in der Stille, die anderen verborgen blieben. Sie besaß die Gabe, in die Zeit hineinzuhorchen. Die Zukunft wurde zur Vergangenheit und die Vergangenheit zur Zukunft.

Nachdem seine Augen sich an die Dunkelheit gewöhnt hatten, konnte er ihr Gesicht betrachten und fand, dass es dem einer Toten ähnlicher sah denn je. Die Feststellung flößte ihm keinen Schrecken ein, nur Trauer, dass Gott sie so leiden ließ.

Er wollte sie nicht verlieren, aber trotzdem wünschte er ihr die Wiedergeburt in Christus. Sie würde ihren Frieden finden.

Oder war es vielmehr sein Frieden, den er zu finden hoffte, wenn sie hinüberging?

Das Ziel. Die Sache.

Es war Blithildis' Idee gewesen. Seit Konrad die gefangenen Patrizier noch strenger in Gewahrsam genommen hatte, war ihnen allen klar geworden, dass sie von ihm zu seinen Lebzeiten keine Gnade erwarten durften. Und Konrad von Hochstaden war zäh. Er, dessen Siegel ihn unter Gottes segnender Hand zeigte, eine Darstellung beispiellosen Selbstbewusstseins, ließ keinen Zweifel daran, dass ihm die Patrizier aus tiefster Seele verhasst waren. Es ging ihm nicht um Gerechtigkeit, so viel stand außer Frage. Er hatte ein Exempel statuiert, das war es, worauf sich seine Macht gründete. Er hatte klargestellt, was denen blühte, die seine Autorität anzweifelten.

Es war Blithildis gewesen, die sie an jenem Abend zurechtgewiesen hatte, als sie feiern wollten: Wie könnt ihr feiern, während die unsrigen in der Verbannung um ihr Leben fürchten und in kalten, feuchten Verliesen allmählich verfaulen? Wie könnt ihr euch an teurem Wein berauschen, während dieser gottlose Erzbischof den Geschlechtern all ihre Freiheiten nimmt, sie um ihre Privilegien betrügt und ausplündert, sein Wort bricht und jedermanns Ehre in den Dreck zieht? Wie könnt ihr eure Sinne vernebeln, da Köln, die stolze Stadt, zu einem Pfuhl von Vasallen und Verrätern wird und die Angst regiert? Wie könnt ihr euch zu euren Geschäften gratulieren, derweil sich niemand mehr traut, seine Meinung öffentlich kundzutun aus Angst, Konrad könne ihn ergreifen und in derselben Stunde hinrichten lassen?

Sie hatte alle beschämt – und dann ihren Gedanken zu Ende gesponnen. Würde Konrad sterben, konnte sich von heute auf morgen alles ändern. Die Verbannten und Gefangenen würden heimkehren. Sie würden eine neue, stabile Ordnung in Köln errichten, eine Ordnung des Patriziats, in der jeder seinen Platz hatte, und kein neuer Erzbischof würde es überhaupt erst so weit bringen, sie daran zu hindern. Denn es hieß auch, dass Konrad, so hoheitsvoll er sich gebärden mochte, im Grunde die letzte Hoffnung des Kölner Erzbistums war. Falls er es nicht schaffte, die alte Macht der Erzbischöfe dauerhaft wiederherzustellen, würde es keinem mehr nach ihm gelingen.

Blithildis hatte ihre zufällig zusammengewürfelte Gruppe an diesem Tag zu einem Bund zusammengeschlossen, ob sie es wollten oder nicht. Aber bis auf Gerhard waren sie alle in einen Taumel verfallen. Die Patrizier würden triumphieren! Zugegeben, sie hatten Fehler gemacht, aber aus Fehlern konnte man lernen. Die Sache war es wert. Sogar wert, einen Erzbischof umzubringen.

Wenigstens war sie es wert gewesen. Aber was war richtig?

»Ich kann deinen Atem vernehmen«, flüsterte Blithildis.

Also war sie wach gewesen. War es Einbildung, oder klang ihre Stimme dünner als sonst?

Johann verkrampfte sich. »Und was sagt er dir?«
»Dass du dir immer noch Sorgen machst.«
Er nickte. Es war merkwürdig. Ständig verhielt er sich in ihrer Gegenwart so, als könne sie ihn sehen.
»Es ist einiges vorgefallen, Mutter«, sagte er. »Du hast lange geschlafen. Mathias hat Urquhart aufgesucht. Die Geisel ist entkommen, und wie es aussieht, haben wir Probleme mit Kuno.«
»Kuno kann uns nichts bedeuten«, erwiderte Blithildis. »Ich weiß, du sorgst dich, ob unsere Sache –«
»Du meinst den Mord an Konrad«, berichtigte sie Johann.
Sie hielt inne und reckte das Kinn. Ihre Nasenflügel blähten sich, als könne sie seine Gedanken wittern.
»– ob der gerechten Hinrichtung dieser Hure von Erzbischof Erfolg beschieden sein wird. Ich habe gebetet, Johann, nicht geschlafen, und der Herr hat mich erhört. Konrad wird sterben, wie wir es beschlossen haben.«
Johann schwieg eine Weile.
»Mutter«, sagte er zögernd, »ich habe nachgedacht. Wenn Gott unseren Glauben prüfen will, führt er uns zuweilen auf Irrwege. Er verschleiert die Klarheit unseres Denkens und nimmt uns den Blick auf das, was wahr und wahrhaftig ist. Wir erkennen unser Ziel nicht mehr und fallen den Mächten anheim, die uns verderben, und wir erkennen die Verderbtheit nicht, sondern halten sie für das einzig Göttliche, so wie das Volk Mose sich um Aaron versammelte und ihn anhielt, Götter zu machen aus Gold. Aber ich glaube, es war weniger der Hochmut als die Unsicherheit und die Angst, die sie das goldene Kalb gießen ließ, sie wussten eben einfach nicht mehr weiter. Manchmal denke ich, sie waren der göttlichen Gebote überhaupt nicht würdig, weil sie auch vorher schon nicht wirklich Gott gefolgt sind, sondern nur einem anderen goldenen Kalb mit Namen Mose. Aber dieser Mose lebte, er war – er war eindeutig, er war wenigstens jemand, eine Persönlichkeit, und er war erleuchtet! Das Kalb hingegen war Glanz, nichts weiter, und er tat recht daran, es zu verbrennen. Aber wer

weiß – vielleicht hätten sie auch ohne Mose irgendwann erkannt, dass dieses Kalb sie in ihrer Verlorenheit nicht einen kann, weil es nur ein hohler Körper aus Metall ist, dem jeder Sinn und alles, was die Menschen in Demut und Selbstlosigkeit zum wahren Gott erhebt, abgeht. Sie hätten es gemerkt, sobald sie uneins untereinander geworden wären, und hätte man dann jeden von ihnen gefragt, wer sein Gott sei, hätte jeder eine andere Antwort gegeben, so wie es ihm gerade am bequemsten erschienen wäre.«

Er machte eine Pause. Blithildis regte sich nicht.

»Sie hätten gesehen, dass sie keinem gemeinsamen Gott gefolgt sind«, fuhr er fort, »sondern jeder nur seiner Vorstellung von einem Gott, unterschiedlich von der Vorstellung eines jeden anderen, und dass alles, was sie im Namen dieses Gottes taten, ergo falsch war. Falsch und sündig.«

Blithildis legte die weißen Hände auf die Lehnen des Stuhls und brachte ihren Körper langsam in eine andere Position, weg von Johann und hin zu den geschlossenen Läden des Fensters.

»Zweifelst du an unserer Aufgabe?«, fragte sie schroff.

»Ich weiß es nicht. Ist es überhaupt eine Aufgabe? Ich meine, in wessen Sinne? Ich bin gekommen, um mir Klarheit darüber zu verschaffen, ob wir Gott folgen oder einem Kalb. Ob es ein Ziel gibt, das uns eint, das Gültigkeit hat. An dir habe ich nie gezweifelt, Mutter, jedoch –«

»Dann bete mit mir gemeinsam«, wisperte Blithildis. »Bete, dass Konrad den kommenden Tag nicht überlebt. Er hat uns gedemütigt vor der ganzen Christenheit! Unserem Geschlecht gebühren Glanz und Herrlichkeit, nicht Exil und Kerker. Der Ruhm der heiligen Stadt hätte unser Ruhm sein sollen, nicht der von Pfaffen und einem Gewaltmenschen, der unser Vermögen und unseren Besitz gestohlen hat. Ich hätte mir gewünscht, am Ende meines Lebens stolz sein und meinen Stolz zeigen zu dürfen. Aber ich sitze wie eine Verlorene hier dank des verfluchten Hochstadeners, er hat mich erniedrigt, und dafür soll ihn die Hölle verschlingen und alle Teufel sollen ihn peinigen bis zur

Apokalypse, und danach soll er verbrennen und sogar seine Seele soll ausgelöscht werden!«

Schwer atmend hielt sie inne. Die dürren Finger hatten sich wie Krallen um die Lehnen gebogen. Jetzt entspannten sie sich langsam wieder, und sie wandte den Kopf zu Johann.

In der Dunkelheit sah er ein zaghaftes Lächeln über ihre Züge huschen. Züge, die schon lange nicht mehr für ein Lächeln gemacht waren.

»Dein Vater ist so früh gestorben«, sagte sie.

Johann schwieg.

Es lag eine Endgültigkeit in ihren Worten, die keine Erwiderung mehr zuließ. Er sah sie an und wusste plötzlich, dass Blithildis nur für ihre Rache gelebt hatte. Sie war die Tochter des Stammvaters aller Overstolzen. Sie hatte den glanzvollen Aufstieg ihres Geschlechts miterlebt, Erbin eines grenzenlosen Selbstbewusstseins, Sinnbild des Glücks. Aber dann hatte das Glück sie verlassen. Vor dreißig Jahren war ihr Gatte gestorben, den sie liebte. Ihre Seele war verwelkt, ihre Augen erblindet, und der steingewordene Traum von der Herrlichkeit der Overstolzen, das Haus in der Rheingasse, ihr Haus, starrte aus leeren Fensterhöhlen auf ein anderes Köln und einen anderen Glanz, der sie verhöhnte.

Es hatte nie ein gemeinsames Ziel gegeben. Weder Mathias noch Daniel, Hermann oder Theoderich, nicht Kuno und nicht einmal Blithildis strebten nach einer höheren Gerechtigkeit. Daniel wollte Konrad aus persönlicher Erbitterung töten, dass er ihm das Schöffenamt entzogen hatte. Auch Mathias war Schöffe gewesen, aber ihn interessierten lediglich seine Handelshäuser, die einer anderen Politik bedurften als Konrads. Theoderich war ein Mitläufer, ein Opportunist. Kunos Interesse galt seinen Brüdern, und seine Brüder wollten zurückkehren, das war alles. Heinrich von Mainz dachte wie Mathias an Geschäfte, Lorenzo war gekauft, und Blithildis hing einer Besessenheit nach.

Und hinter alldem verbarg sich der geheime Neid der Overstolzen, dass nicht sie die Ersten unter den Geschlechtern waren, sondern immer noch die Weisen. Dass die verhasste ältere Familie die Richerzeche beherrschte, das Kollegium der Reichsten und Mächtigsten in Köln, gekauft von Konrad, während die Overstolzen ihre endgültige Niederlage fürchten mussten.

Nicht die Patrizier sollten triumphieren, sondern die Overstolzen. Konrads Ende wäre auch das Ende der Weisen, das Ende des jahrzehntelangen Kampfes zwischen den Geschlechtern.

Macht um jeden Preis.

Der Bund war nicht zerbrochen. Es hatte ihn nie gegeben. Sie waren einem Glanz gefolgt, und das Einzige, was sie für kurze Zeit vereint hatte, war Gold gewesen, zusammengelegt für die Bezahlung eines Mörders, der ihnen nun eine grausige Lektion erteilte.

Zu spät, jemanden zu retten. Konrad würde sterben und Jacop der Fuchs und Jaspar Rodenkirchen und alle um sie herum. Die Dinge würden sich ändern, zum Guten für die einen, zum Schaden der anderen.

Johann stand auf, ging hinüber zu Blithildis und nahm sie in die Arme. Lange hielt er den dürren Körper sanft umschlungen und war überrascht, wie zerbrechlich und klein er war, fast wie der eines Kindes.

Er gab ihr einen Kuss auf die Stirn und erhob sich.

»Ich liebe dich, Mutter. Du solltest vielleicht ein wenig schlafen.«

Sie schüttelte energisch den Kopf.

»Ich werde nicht schlafen. Ich werde warten, und dann werden sie kommen und mir sagen, dass es vollbracht ist. Ich werde glücklich sein.«

»Ja, Mutter«, sagte Johann schweren Herzens. »Das wirst du. Das wirst du ganz bestimmt.« Er zog leise die Tür hinter sich zu und ging zurück in seine Arbeitsstube.

Keygasse

Sie hätten eine Lampe mitnehmen sollen, fand Jacop. In dem Schuppen sah man die Hand vor Augen nicht. Nach einigem Umherstolpern entdeckte Jaspar einen größeren Haufen leere Säcke, vermutlich zum Transport von Gerste gedacht, und sie ließen sich darauf nieder. Die Säcke waren klamm und kalt. Keinen von ihnen störte es sonderlich.

»Warum sind wir bloß nicht früher daraufgekommen?«, stieß Jaspar ärgerlich hervor.

Jetzt, in der undurchdringlichen Schwärze, fiel Jacop auf, dass die Stimme des Dechanten kein bisschen zu seiner äußeren Erscheinung passte. Sie war wohltönend und kräftig. Dem Klang nach hätte sie einem hoch gewachsenen, breitschultrigen Mann gehören müssen, einem Kerl vom Format Urquharts. Dann fiel ihm ein, dass Jaspar dieses Format durchaus besaß, nur dass man es nicht sah.

»Vielleicht wären wir früher drauf gekommen, wenn man nicht ständig versucht hätte, uns umzubringen«, versetzte er.

»Der Bund geht mir allmählich auf die Nerven«, knurrte Jaspar. »Schätze, Urquhart hat sich was dabei gedacht, als er Rolof mit dem Messer tötete. Dass ich mit Bolzen um mich schieße, wird kaum einem in den Sinn kommen, aber vielleicht habe ich ja meinen Diener aufgeschlitzt. Wie bequem, mich einfach in den Turm zu werfen.« Er schnaubte verächtlich. »Und doch, wie dämlich, es zu verpatzen. Theoderich ist ein Wicht. Er hätte warten sollen, bis er mich in die Finger bekommt, bevor er meine angeblichen Schandtaten herausposaunt.«

»Ich versteh's ohnehin nicht«, meinte Jacop. »Wenn er Euch vor die Richter bringt, muss er doch erst recht befürchten, dass alles rauskommt.«

»Glaubt Ihr?« Jaspar stieß ein trockenes Lachen aus. »Nein, es hätte ja gar kein Gericht gegeben. Wäre alles nach Theoderichs

Plan verlaufen, säße ich jetzt im Turm. Und da breche ich mir vielleicht das Genick, bevor mich überhaupt ein anderer Schöffe zu Gesicht kriegt. Was ist nicht schon alles vorgekommen beim Ersteigen einer Treppe! Ein bedauerlicher Unfall. Oder ich versuche zu fliehen, wobei unglücklicherweise einer sein Messer zieht, zu dumm. Auch während der peinlichen Befragung soll schon der eine oder andere verstorben sein, wenn die Schinder es etwas übertrieben haben, aber vorher werde ich die glühenden Zangen vielleicht leid und verrate Euch und Goddert und Richmodis und erzähle denen sogar, dass Bodo Schuif Bescheid weiß, jeden verrate ich.«

Jaspar schwieg, und eine Zeit lang gab es keinerlei Beweis für seine Existenz.

»Und nun?«, fragte Jacop schließlich.

»Gute Frage.«

»Immer noch angreifen?«

»Was sonst?« Jaspar klang zunehmend wütend. »Ich denke die ganze Zeit darüber nach, wie Urquhart es geplant haben könnte.«

»Er wird wohl kaum in den erzbischöflichen Palast spazieren.«

»Weiß nicht. Inzwischen traue ich dem Hurensohn alles zu. Die Sache ist nur, dass an Konrad so gut wie gar nicht ranzukommen ist. Er hat aus der Geschichte Verschiedenes gelernt. Die Bluttat an Engelbert liegt keine vierzig Jahre zurück. Ich kann mich nicht entsinnen, Konrad in der Öffentlichkeit je anders gesehen zu haben als umringt von Geharnischten.«

Jacop überlegte.

»Ich kann mich nicht entsinnen, ihn überhaupt je gesehen zu haben.«

»Kunststück. In den paar Monaten, die Ihr hier seid.«

»Trotzdem. Wann lässt er sich schon mal blicken?«

»Nie.«

»Und wann das nächste Mal nicht?«

Es sollte ein magerer Scherz sein, aber dann konnte Jacop förmlich hören, wie Jaspar die Kinnlade herunterfiel. »Ich Schafskopf!«, rief er. »Der Kreuzzug! Er wird die Messe lesen und dann von der Kanzel den Kreuzzug gegen die Tataren predigen, wie es ihm der Papst befohlen hat.«

Jacop fuhr hoch. »Wann?«

»Morgen. Nein, das ist ja schon in wenigen Stunden. Kein Wunder, dass Theoderich so überhastet reagiert hat. Sie haben Angst, wir könnten es auf die letzte Minute verderben. Sie müssen mit den Nerven völlig am Ende sein.«

»Offen gestanden, ich auch«, sagte Jakop matt. Jetzt war ihm zu allem Überfluss auch noch die ehrenvolle Aufgabe zugefallen, den Kölner Erzbischof zu retten. Prächtig! Warum nicht gleich den Kaiser?

»Ihr hättet vorhin auf der Bach alles erzählen sollen«, meinte er. »Vielleicht hätten wir dort Hilfe gefunden.«

»Hätten, hätten! Vielleicht hättet Ihr bitteschön früher damit rausrücken können, dass die Verschwörer es auf Konrad abgesehen haben, da ich alter Bock einen Klumpen Talg auf den Schultern trug. Aber selbst dann wäre es keine gute Idee gewesen. Theoderich hätte uns so oder so eingesackt.«

»Nicht, wenn wir trotzdem geflohen wären.«

»Na und? Er hätte sich auf Goddert und Richmodis gestürzt. Ah, ein Anschlag auf Konrads Leben! Wer sagt das? Was, Jaspar Rodenkirchen? Und was weiß das hübsche Fräulein darüber und der alte Sack da mit den krummen Händen? Ab in den Turm, Verhör. Nein, Füchschen, solange die beiden nur Opfer irgendeines Überfalls sind, hat Theoderich keine Handhabe, sie mitzunehmen. Und was uns betrifft, beklagen wir uns nicht. Noch sitzen wir nicht im Turm.«

Jacop seufzte.

»Nein. Wir sitzen in einem eiskalten Schuppen und haben nicht den Schimmer einer Ahnung, wo Urquhart in wenigen Stunden sein wird.«

»Dann finden wir es eben heraus.«

»Gerne. Habt Ihr eine Idee, wie?«

»Nein. Ihr?«

Jacop ließ sich zurücksinken und verschränkte die Arme hinter dem Kopf.

»Ich denke, Urquhart wird vor der Kirche lauern.«

»Das ist eben nicht sicher. Die Messe liest Konrad in der Achskapelle des neuen Dombaus. Dort wird er auch predigen. Er hätte tausend gemütlichere Orte wählen können, aber da er nun mal in eben dieser Achskapelle begraben sein will – na ja. Es wird jedenfalls das erste Mal sein, dass im neuen Dom eine Messe gelesen wird, also ein Riesenereignis. Aber zuvor gibt es eine Prozession von der Pfaffenpforte entlang Unter Guldenwagen, Spormacher, Wappensticker und so weiter bis zur St.-Stephanus-Kapelle, dann links in die Platea gallica, vorbei an St. Maria im Kapitol über das Forum, nochmal links durch die Marspforte und zurück zum Dom. Das dauert etwa eine Stunde.«

»Ihr meint, Urquhart wartet irgendwo auf dieser Strecke?«

»Ich meine, es wäre möglich.«

»Wenn Konrad so vorsichtig ist, wie Ihr sagt«, grübelte Jacop, »wird Urquhart ihm nicht sehr nahe kommen können.«

Wieder herrschte Schweigen.

»Und was, wenn er das gar nicht muss?«, sagte Jaspar gedehnt.

»Wieso?«

»Nun, ich würde mich an den Gedanken gewöhnen, dass er auch auf größere Entfernungen ein ausgezeichneter Schütze ist. Die Armbrust ist ein Werk höchster Präzision, von einer geradezu fatalen Zielgenauigkeit. Meint Hieronymus, und der muss es wissen. Will sagen, vielleicht ist die Distanz ja gerade Urquharts großer Vorteil. Etwas, womit niemand rechnet. Stellen wir uns vor, der Erzbischof stürzt während der Prozession plötzlich zu Boden. Ein Riesendurcheinander! Keiner wird so schnell begreifen, was geschehen ist, geschweige denn, woher der Bolzen kam, und schon gar nicht, dass der Schütze ein ordentliches Stück weit weg ist – oder besser, war, denn Urquhart wird schneller fort sein, als Konrad braucht, um mit dem Schädel aufzuschlagen.«

Jacop versuchte, sich vorzustellen, wo die Entfernung ausreichend war. Die Straßen gesäumt von Menschen, gleich dahinter die Häuser, die Enge – wenn überhaupt, dann auf dem Forum. Aber da standen wiederum zu viele Leute zwischen dem Mörder und dem Erzbischof – und jemand mit einer Armbrust würde auffallen. Selbst wenn es ihm gelänge –

»Ein Haus!«, rief er überrascht.

»Was für ein Haus?«, fragte Jaspar verwirrt. Seine Gedanken hatten offenbar andere Wege angetreten.

»Urquhart kann Konrad nur treffen, wenn er sich an einem höheren Punkt befindet. Er muss über die Köpfe der Leute hinwegschießen. Er wird in einem Gebäude sein.«

»Wahrscheinlich habt Ihr Recht«, pflichtete ihm Jaspar nachdenklich bei. »Dann sind wir allerdings die Dummen. Wir können schlecht alle Häuser durchsuchen.«

»Es gibt noch eine weitere Möglichkeit«, sagte Jacop zögernd. Er hätte sie am liebsten für sich behalten. Sie flößte ihm Angst ein.

»Welche?«

Angst, weil er dann nicht mehr weglaufen konnte. So, wie er es immer getan hatte. So, wie damals, als –

»Füchschen! He!«

Er ließ langsam die Luft entweichen und gab sich einen Ruck.

»Ich habe uns die Suppe eingebrockt. Also werde ich zum erzbischöflichen Palast gehen und Konrad warnen.«

Jaspar verschlug es einen Augenblick lang die Sprache.

»Seid Ihr von Sinnen?«

»Nein.«

»Nun mal langsam. Natürlich könnt Ihr versuchen, Konrad zu warnen. Ich bezweifle nur, dass man Euch überhaupt anhören wird.«

»Den Versuch ist es wert.«

»Herrgott, Füchschen. Wer sagt Euch, dass die Overstolzen zwischenzeitlich nicht überall breitgetreten haben, dass Ihr ein

Dieb seid? Ihr werdet ebenso gesucht wie ich. Wenn sie mir einen Mord anhängen können, um mich unschädlich zu machen, werden sie Euch erst recht denunzieren. Ihr habt ihm einen Gulden gestohlen, sagt Mathias. Woher wollt Ihr wissen, dass es mittlerweile nicht hundert oder tausend sind? Ihr begebt Euch freiwillig in die Hände der erzbischöflichen Obrigkeit in der Hoffnung, dass sie Euch glauben, aber vielleicht ergreifen sie Euch lediglich und werfen Euch ohne Diskussion in den Turm. Wer soll denn einem wie Euch vertrauen?«

Jacop nagte an seiner Unterlippe.

»Euch würden sie glauben«, sagte er.

»Ja, mir würden sie glauben, und ich würde auch gehen. Aber dieser Dummkopf Theoderich hat alles verpatzt.«

Plötzlich wurde Jacop klar, dass Jaspar falsch dachte.

»Physikus«, sagte er langsam, »was würdet Ihr zu dieser Stunde tun, wenn Ihr Theoderich wäret?«

»Wahrscheinlich nach uns suchen lassen.«

»So? Nun, ich würde mich ohrfeigen und das genaue Gegenteil tun.«

»Wozu, schließlich sind wir ihm ent –« Jaspar hielt inne und pfiff durch die Zähne. »Ach so. Zum Teufel!«

»Ihr habt es selber gesagt. Hätte Theoderich uns vorhin in die Finger bekommen, wäre sein Plan aufgegangen. Aber er hat alles verkehrt herum angefangen. Seine Chancen, uns zu finden, sind mehr als gering. Wenn jetzt bekannt wird, dass Ihr Rolof getötet habt, stellt Euch über kurz oder lang eben ein anderer, man bringt Euch vor andere Schöffen, und dann kann er gar nichts mehr beeinflussen, sondern nur noch zuhören, wie Ihr ihn bloßstellt. Immerhin seid Ihr im Gegensatz zu mir ein geachteter Mann, also wird man Euren Worten jede nur erdenkliche Aufmerksamkeit widmen. Ich meine, was würdet Ihr in dieser Stunde tun an Theoderichs Stelle?«

Jaspar lachte leise. »Ich würde schnellstens dafür sorgen, dass die Anklage gegen mich zurückgezogen wird.«

»Das hat er wahrscheinlich schon getan.«

»Ich würde behaupten, es habe sich um einen Irrtum gehandelt. Vielleicht sogar, der wirkliche Mörder sei schon gefasst, irgendwas. Ja, zum Teufel, das ist seine einzige Chance, die Scharte wieder auszuwetzen! Ihr habt Recht! Dem Bund kann augenblicklich nur daran gelegen sein, dass sich niemand für uns interessiert, wenigstens solange, bis Urquhart seine Aufgabe erledigt hat.«

»Eben. Und darum glaube ich auch nicht, dass sie weitere Gerüchte gegen mich geschürt haben. Ich kann also zum erzbischöflichen Palast gehen und versuchen, gehört zu werden. Wenn es misslingt, nun gut.« Er zog die Knie an und versuchte, seine Stimme fest und entschlossen klingen zu lassen, aber der Drang, einfach fortzulaufen, wurde beinahe unerträglich. Die Angst kroch in ihm hoch, klamm und grau, und plötzlich wusste Jacop, dass es nicht Urquhart oder die Overstolzen wären, vor denen er davonlaufen würde, sondern etwas völlig anderes und viel Gewaltigeres. Aber das Etwas würde ihn finden wie all die Jahre, und wieder würde er fliehen, immer wieder, bis er sich selber zu Tode gehetzt hätte –

Urquhart war sein persönlicher Dämon, nur für ihn bestimmt. Gott hatte aus Jacops Angst ein Wesen geschaffen, dem er sich stellen musste, wenn er jemals frei sein wollte.

»Ich habe keine Wahl«, sagte er. Es klang gut und mutig, fast verwegen.

Jaspar schwieg.

»Ich habe keine Wahl«, sagte er noch einmal.

»Füchschen.« Jaspar räusperte sich umständlich. »Habt Ihr mir nicht selber erklärt, ich hätte die Wahl gehabt, Euch zu helfen oder nicht? Das waren schöne Worte. Aber Ihr handelt nicht danach. Ihr hättet sehr wohl eine andere Wahl, jeder hat eine Wahl, immer. Was hält Euch also in Köln? Warum macht Ihr Euch nicht einfach auf und davon?«

»Und was wird mit Euch und Richmodis?«

Konnte der verfluchte Physikus Gedanken lesen?

»Das ist nicht wichtig«, sagte Jaspar ruhig.

»Natürlich ist es wichtig!«

»Wozu? Tut doch einfach so, als sei alles nur ein Traum gewesen. Die ersten Tage wird es Euch vielleicht ein bisschen schwer fallen, aber wenn Ihr nur ausreichend daran glaubt, entschwinden Goddert, Richmodis und ich ohne ein böses Wort ins Reich der Fiktion, so, als existierten wir nur in einem Buch. Belügt Euch! Vielleicht sind wir ja tatsächlich nur Possenreißer in einem Buch, nichts weiter. Sogar Ihr! Seid einfach eine Figur, eine – Fantasie! Das ist gut, Füchschen. Fantasien müssen sich nicht verantworten.«

»Ich verstehe nicht, was Ihr wollt.«

»Ich will einfach nur, dass Ihr Euch rettet. Lauft weg.«

»Nein.«

»Warum nicht?«

»Ich habe keine Lust mehr, wegzulaufen«, hörte Jacop sich sagen.

Wo Jaspar saß, raschelte Stoff. Offenbar hatte er sich hingelegt. Jacop wartete darauf, dass er etwas erwidern würde, aber es erfolgte keine Reaktion.

Jacop gab auf.

»Gut, Jaspar«, sagte er müde. »Was wollt Ihr wissen?«

»Ich?«, brummte der Physikus. »Gar nichts. Ich will überhaupt nichts wissen.«

Eine Weile lagen sie still da. Jacop lauschte auf das Klopfen seines Herzens, und es schien lauter zu werden, bis es wie von Hammerschlägen in ihm dröhnte.

Plötzlich stellte er fest, dass er weinte.

Er war verwundert und beglückt zugleich. Hatte er je Tränen vergossen? Er konnte sich nicht erinnern. Von einer stürmischen Trauer durchflutet, überfließend vor Unglück, verspürte er zugleich grenzenlose Erleichterung. Voller Neugier und Ratlosigkeit gab er sich der neuen Erfahrung hin, heulte und schniefte, und das Weinen war, als nähre sein Kummer ein strahlendes, hochauflodernde s Feuer, in dem er allmählich verging, während eine neue, unbekannte Kraft in seinen Adern zu pulsieren begann. Er sah eine alte, zu lange verschwiegene Geschichte an sich vorüberziehen, und mit jedem Bild, jedem Laut, jeder Empfindung schmolz seine Angst ein wenig dahin und wich dem Wunsch nach einem Zuhause.

Jaspar ließ ihn in Ruhe.

Nach einer halben Ewigkeit, wie es Jacop schien, waren die Tränen endgültig versiegt. Er starrte in die Dunkelheit und stellte fest, dass sich sein Herzschlag wieder beruhigt hatte. Sein Atem ging ruhig und gleichmäßig. Eigentlich fühlte er sich gar nicht übel.

»Jaspar?«

Seine Stimme war zittrig. Keine Spur von Entschlossenheit und Stärke mehr. Es war ihm egal.

»Jaspar, als ich damals zurückgekommen bin – ich meine, als Kind zum Haus meines Vaters –, ich habe Euch erzählt, es sei nur noch eine qualmende Ruine übrig gewesen, sonst nichts.« Er machte eine Pause. »Aber da war noch etwas anderes.«

»Ich weiß«, sagte Jaspar gelassen.

»Ihr wisst davon?«, rief Jacop überrascht.

»Nein, Füchschen. Ich weiß im Grunde gar nichts, nur, dass Ihr Euch an alles erinnern konntet, was vor diesem Tag geschehen ist. Oder erinnern wolltet. An jede Kleinigkeit. Ein aufgeweckter Bursche seid Ihr gewesen. Ihr seid es immer noch, aber eines Tages habt Ihr einen Haufen Trümmer gesehen und die Flucht ergriffen. Von da an wurde Euer Leben zu einem verwischten Eindruck, fast, als sei es das eines anderen. Ich dachte vorgestern, als wir erstmals zusammensaßen, wenn er weiterhin so ausholt in seinen Erinnerungen, wird mein Weinkeller wohl darüber hingehen. Und dann endete plötzlich alles an einer Ruine, und den Rest beschriebt Ihr mit ein paar nichts sagenden Kalligrafien. Ihr habt etwas gesehen damals, nicht wahr? Etwas, das

Euch bis heute verfolgt. Als Ihr Euch von der zerstörten Hütte abwandtet, hat Eure Flucht begonnen, aber sie hat nie aufgehört. Egal, wovor Ihr in all den Jahren geflohen seid, vor den Gewaltrichtern, vor den Frauen, vor der Verantwortung, im Grunde lauft Ihr immer nur vor dieser Hütte weg. Und auch, wenn Ihr jetzt Reißaus nehmen würdet, wäre es die Hütte.«

»Woher wisst Ihr das alles? Ihr kennt mich kaum.«

»Doch, ich kenne Euch ganz gut. Ich erkenne andere in Euch, Füchschen. Was habt Ihr damals gesehen?«

Jacop setzte sich langsam auf und starrte in die Dunkelheit, aber er erblickte etwas anderes. Eine Landschaft, Felder, eine Rauchsäule –

»Meinen Vater und meinen Bruder«, sagte er.

»Waren sie tot?«

»Sie lagen vor der Hütte. Es sah so aus, als hätte man sie niedergemacht. Ich stand ein ganzes Stück weit weg und fühlte mich außer Stande, noch einen weiteren Schritt zu tun. Ich war zu feige, zu ihnen zu gehen und ihnen ins Gesicht zu sehen, aus Angst, ihren Tod bestätigt zu finden. Ich dachte, wenn du wegschaust, alles einfach ganz schnell vergisst, dann wird es eben nicht passiert sein. Alles einfach leugnen.« Er schluckte schwer. »Dann habe ich mich abgewandt. Und da, als ich den Blick von ihnen nahm, glaubte ich aus den Augenwinkeln eine Bewegung gesehen zu haben, als hätte mein Vater mir zugewunken.«

»Und Ihr seid trotzdem losgerannt.«

»Ja. Ich hatte nicht den Mut, hinzugehen. Ich werde nie erfahren, ob ich vor zwei Toten geflohen bin, oder ob ich mit meiner Angst jemanden zum Tode verurteilt habe, dem ich hätte helfen können. Ich wollte mich nicht davon überzeugen, dass sie tot sind, und darum konnte ich mich auch nicht überzeugen, ob sie vielleicht noch lebten.«

»Träumt Ihr manchmal davon?«

»Selten. Aber wenn, dann sehe ich das Winken. Manchmal ist es das verzweifelte Winken eines Sterbenden. Dann wieder, als entrichteten mir die Toten einen höhnischen Abschiedsgruß. Das ist die Wahrheit, Jaspar. Ich habe sie im Stich gelassen, und ich frage mich unablässig, was wäre, wenn ich alles rückgängig machen könnte.«

»Man kann nichts rückgängig machen.«

»Ich weiß. Aber ich kann an nichts anderes mehr denken. Ich wünschte, ich könnte alles ungeschehen machen.«

Er hörte, wie Jaspar sich den Schädel kratzte.

»Nein«, sagte der Physikus. »Das ist kein guter Wunsch.«

»Doch! Dann wäre alles nicht passiert!«

»Meint Ihr? Mit solchen Wünschen verleugnen die Menschen ihre Ziele, ihre Überzeugungen, ihr ganzes Dasein. Es ist der Wunsch der Unentschlossenen und Schwachen. Wisst Ihr, dass Abaelardus zu keiner Zeit, solange er lebte, seine Liebe zu Héloise bereut hat? Sie haben ihn grausam dafür bestraft, aber er hätte sich jederzeit aufs Neue für sie entschieden.«

»Ihr sprecht viel von diesem Abaelardus«, sagte Jacop.

»Er ist mein Vorbild«, entgegnete Jaspar. »Auch wenn er schon über hundert Jahre tot ist. Petrus Abaelardus war einer der überragenden Intellektuellen Frankreichs, demütig vor Gott und doch vermessen genug, sich auf dem Höhepunkt seines Ruhms als der größte aller Philosophen zu bezeichnen. Man sagt, der Disput sei das Turnier der Kleriker; darin war er ungeschlagen! Und er liebte es geradezu, sich Feinde zu machen. Seine Überzeugung, dem Mensch sei ein freier Wille zu Eigen, stand ja in heftigstem Widerspruch zur Lehre der Mystik. Schließlich verliebte er sich in Héloise, die Nichte eines Domherrn, die ihm als Schülerin anvertraut war. Eine verbotene Liebe. Es folgte eine Reihe skandalöser Verwicklungen, an deren Ende eine nächtliche Strafexpedition in sein Haus stattfand. Der Domherr ließ ihn entmannen.« Er lachte leise. »Aber die Liebe der beiden konnte er nicht rückgängig machen, und ebenso wenig konnte er verhindern, dass sie zum guten Schluss nebeneinander begraben wurden. Abaelardus hat nie mit der Vergangenheit gehadert, und das hat ihn groß gemacht. Alles war seine freie Entscheidung gewesen.«

»Mein Vater«, sagte Jacop sinnend, »hat immer nur von der Ohnmacht des sündigen Menschen gesprochen. Dass wir keine Wahl hätten, uns für irgendetwas zu entscheiden.«

»Und glaubtet Ihr das auch?«

»Nein.«

»Goddert glaubt es«, seufzte Jaspar. »Und viele wie er, die keine wahre Überzeugung haben und Schwäche mit Glauben verwechseln. Er trudelt zwischen den Auffassungen hin und her. Von jeder versteht er ein bisschen was und doch von keiner etwas Richtiges, und daraus bastelt er sich dann das, was er für seine Meinung hält. Oh, er ist streitbar! Wir liefern uns von früh bis spät quodlibetische Disputationen, aber sie machen keinen Sinn. Es ist nur Spaß, hinter dem sich die traurige Erkenntnis verbirgt, dass Goddert überhaupt keine Meinung hat. Ich weiß, ich dürfte nicht so über ihn reden, aber er ist nun mal ein Vertreter dieser fatalen Geisteshaltung, die unsere Zeit beherrscht. Aber wenn die Menschen aufhören, sich eine Meinung zu bilden, wenn sie Fragmente für ein Ganzes nehmen und nicht mehr nach Zusammenhängen forschen, dann wird die Welt zu einer Kirche ohne Mörtel zwischen den Steinen. Sie wird in aller Pracht zusammenbrechen, und man wird von der Ankunft des Antichristen sprechen, den der heilige Bernhard mit glühenden Worten heraufbeschworen hat wie kein anderer vor und nach ihm. Aber der Antichrist ist kein höllischer Zerstörer, kein gehörnter Teufel und kein Tier, das aus dem Meer steigt. Der Antichrist ist das Produkt der Christen. Er ist die Leere hinter einem Glauben, der nur Stillstand kennt und Bestrafung. Und ebenso ist er die Leere hinter dem Fatalismus, in den Ihr Euch begeben habt, die Leere in Eurem Leben. Man könnte sagen, der Teufel lauert darauf, Euch in Besitz zu nehmen.«

Jaspars Worte taten ihm beinahe körperlich weh.

»Hat er das nicht schon?«, fragte er. »Damals an der Hütte. Bin ich nicht schon für alle Zeiten verloren?«

»Das seid Ihr nicht!«, sagte Jaspar mit Nachdruck. »Eure Weigerung, anzuerkennen, dass das Leben weitergeht und Ihr die Vergangenheit nicht ändern könnt, einfach aufzugeben, davonzulaufen – das ist der Teufel, nichts sonst!«

»Ihr meint, es gibt ihn gar nicht?« Jacop schüttelte den Kopf. »Nicht als – Wesen?«

»Es ist teuflisch, dem Menschen abzusprechen, was ihm eigentümlich ist, seine Befähigung zur Vernunft und zum freien Willen, so wie blindwütige Ketzerprozesse im Namen eines allmächtigen Gottes tatsächlich Teufelswerk sind. Es gibt nichts Anmaßenderes als fanatische Demut. Aber ebenso ist Vernunft ohne Glauben etwas Teuflisches, und jeder, sei er Sklave der Vernunft oder des Glaubens, ist auf seine Weise blind. Die Christenheit verzehrt sich in einem Krieg, der von Blinden ausgetragen wird. Das ist es, was die Zisterzienser, was Bernhard oder Wilhelm von Saint-Thierry unter der Ohnmacht des sündigen Menschen verstehen, dass er gar nicht handeln könne, weil Gott nicht gewollt habe, dass er handelt. Weil jede eigenmächtige, selbstverantwortliche Handlung eine Verleumdung des allmächtigen Gottes und damit Ketzerei darstelle, und weil, wer nicht handeln könne, ruhig blind sein darf, ja, sogar muss! Aber wollte man diesen Gedanken folgerichtig zu Ende denken, dürften die Blinden nichts Eigenes unternehmen und nichts entscheiden, sie dürften keine Sehenden oder andere Blinden auf den Scheiterhaufen bringen, keine Kriege führen, nicht öffentlich lehren, sie dürften rein logisch gesehen gar nicht existieren. Aber sie tun es doch, sie sprechen von der Ohnmacht und praktizieren Macht, sie bekennen Demut und demütigen andere. Welch eine Schwachheit des Geistes! Das, Füchschen, das ist der Teufel, an den ich glaube!«

Jacop versuchte, das zu verdauen.

»Wenn so der Teufel aussieht«, sagte er langsam, »wer oder was ist dann Gott?«

Jaspar antwortete ihm nicht sofort. Als er es tat, lag milder Spott in seiner Stimme.

»Woher soll ich wissen, wer Gott ist?«

»Nein, ich meine – ich dachte immer, Gott und Teufel sind –« Er rang nach Worten.

»Ihr denkt, Gott und Teufel sind irgendwie Personen.«

»Ja!«

»Ich weiß es nicht, um ehrlich zu sein. Ich kann Euch nur sagen, was Gott für mich ist, wenn Eure Frage darauf abzielt. Abaelardus vertrat die Auffassung, dass der Mensch entscheiden kann zwischen Sünde und Nichtsünde. Er hat die Wahl. Natürlich wird er nie, wie Ihr eben so steinerweichend geseufzt habt, etwas rückgängig machen können, aber er kann sich zu seinen Handlungen bekennen und die Verantwortung dafür übernehmen. Begreift Ihr, was das heißt? Alles ist gottgemacht, aber vielleicht ist nicht alles gottgewollt. Vielleicht will Gott, dass wir selber wollen, dass wir nicht blind sind, dass wir seine Gedanken fortentwickeln, weil wir seine Gedanken sind. Wenn Gott in allem ist, und wir sind ergo Gott, dann wäre unsere Ohnmacht auch die Ohnmacht Gottes, und das kann ich mir beim besten Willen nicht vorstellen. Aber wenn Gott das Schöpferische ist, dann müssen auch wir schöpferisch sein, um seinen Willen zu erfüllen, dann müssen wir verantworten, was wir tun. Gott ist die Allianz zwischen der Schönheit des Glaubens und der Vernunft, das, was der Scholast die *ratio fide illustrata* nennt. Er ist die Harmonie, das Verbindende und nicht das Trennende, das schöpferische Fortschreiten in der Zeit. Aber zuallererst ist Gott der freie Wille der gesamten Schöpfung, die sich selber immer wieder neu erschafft, und der freie Wille eines jeden Einzelnen. Und darum könnt Ihr immer noch umkehren, Jacop. Ihr habt Euch der Vergangenheit gestellt. Man kann Sünden vergeben. Vergebt Euch. Flieht nicht länger, es gibt Menschen, die Euch brauchen.«

Der Regen prasselte leise auf den Schuppen. Jacop lauschte dem Geräusch, als höre er es zum ersten Mal. Er hatte das Gefühl, als müsse er hinaus und die Welt überhaupt erst entdecken.

»Danke«, sagte er leise.

»Nichts zu danken, Füchschen. Aber jetzt lasst mich ein Stündchen schlafen, seid so freundlich.«

»Schlafen?«, entfuhr es Jacop überrascht. »Jetzt?«

»Ja. Warum nicht?«

»Wir müssen etwas unternehmen, Urquhart wird –«

»Urquhart wird seine Wunden lecken. Es ist mitten in der Nacht. Wollt Ihr Konrad aus dem Bett holen? Wir haben weiß Gott ein bisschen Ruhe nötig. Keine Angst, ich werde Euch zur rechten Zeit wecken.«

Jacop legte sich zögernd auf den Rücken.

»Ich kann aber nicht schlafen«, sagte er.

»Schade.«

Wie soll ich schlafen, dachte er, nach allem, was passiert ist? Ich werde wachliegen, und irgendwann wird Jaspar anfangen zu schnarchen, und ich werde noch weniger einschlafen können. Wir sollten die Zeit nutzen!

Seine Gedanken wanderten zu Richmodis.

Ich werde nicht schlafen, dachte er.

Jacop

»Wacht auf!«

Jemand rüttelte ihn. Einen Moment lang wähnte er sich in seinem Mauerbogen, dann fuhr er hoch.

Immer noch war alles dunkel, aber er erkannte schwach Jaspars Silhouette. Der Physikus lachte.

»So, Ihr seid also der Bursche, der nicht schlafen kann.«

»Wie spät ist es?«

»Kurz nach Laudes. In zwei Stunden wird die Prozession losgehen, Ihr habt also ausreichend Zeit, im erzbischöflichen Palast um Gehör zu bitten. Wir treffen uns dann zwischen der vierten und fünften Stunde im Seidenmachergäßchen, da ist es Sonntags morgens hübsch einsam. Sagen wir, an der städtischen Waage.«

»Augenblick.« Jacop rieb sich die Augen. »Was redet Ihr da von treffen? Ich dachte, wir gehen zusammen.«

»Dachte ich auch. Aber mir ist da eine Idee gekommen, während Ihr geschlafen habt. Hat was mit Eurer Geschichte zu tun. Ich gehe woanders hin.«

»Wollt Ihr etwa zu Godderts Haus?«

»Das würde ich gerne.«

»Ich auch, verdammt noch mal!«

»Aber wir wären Narren, wenn wir uns zu diesem Zeitpunkt auf der Bach blicken ließen. Nicht jetzt. Geht und seht zu, dass Ihr Euren Waldbrand von Haaren bedeckt haltet, wenn Ihr zum Palast lauft.«

Jacop erhob sich und reckte die Glieder. Es gelang ihm kaum. Wahrscheinlich war sein Körper grün und blau vom Sturz durch die Fensterläden. »Was habt Ihr eigentlich vor?«, stöhnte er.

»Ich will –«Jaspar klopfte ihm auf die Schulter. »Erzähle ich Euch später. Wisst Ihr, wo die Waage ist?«

»Ja.«

»Gut. Falls ich Euch dort nicht antreffe, werde ich zum Palast nachkommen in der Hoffnung, dass Eurer Mission Erfolg beschieden war.«

»Warum könnt Ihr mir nicht sagen, wo Ihr hingeht?«

»Weil es Euch im Augenblick nicht weiterhilft und zu viel Zeit in Anspruch nimmt, es zu erklären. Los jetzt, und lauft Urquhart nicht in die Hände. Er wird vor Zorn auf Euch regelrecht in Flammen stehen.«

Ehe Jacop etwas erwidern konnte, hatte Jaspar ihn bei den Schultern genommen und auf die Straße hinausgeschoben. Der Regen hatte aufgehört, aber es war immer noch kalt. Jacop sah sich um. Vor Bodos Haus neben den Brauereigebäuden pendelte ein Öllicht hin und her. Gegenüber lag der Keyenhof in tiefem Frieden. Niemand war unterwegs.

»Lauft«, sagte Jaspar.

Jacop legte den Kopf in den Nacken und pumpte seine Lungen

bis zum Bersten voll. Trotz der Schmerzen war es ihm, als habe er nach langer Zeit neu zu leben begonnen. Dann umarmte er den Physikus, drückte ihn so heftig an seine Brust, dass es irgendwo knackte, und gab ihm einen schmatzenden Kuss auf die Glatze. Jaspar starrte ihn verblüfft an.

»Ist sonst nicht meine Art«, grinste Jacop, machte kehrt und huschte die Keygasse hinauf.

Die erzbischöfliche Pfalz, auch Saal genannt, erstreckte sich südlich entlang des Domhofs zwischen der Drachenpforte im Osten und der Hachtpforte im Westen. Erzbischof Reinald von Dassel hatte den Palast hundert Jahre zuvor erbauen lassen, eine imposante, zweistöckige Burg mit einer Reihe großer Arkaden auf hintereinander stehenden Doppelsäulen im Obergeschoss, die den verschwenderisch ausgestatteten Saalraum schmückten. Dort pflegte Konrad Gericht zu halten, und dort war es auch gewesen, wo er die Patrizier überlistet hatte, als sie zu der angeblich waffenlosen und friedlichen Zusammenkunft erschienen waren.

Rückwärtig davon, gegenüber dem Dom und von der Straße nicht einsehbar, hatte Reinalds Nachfolger Philipp von Heinsberg einen Anbau errichtet. Er lag in der Flucht des älteren Teils und diente Konrad als eigentlicher Wohnsitz, wenn er gerade in der Stadt weilte. Dort eingelassen zu werden, war illusorisch. Wer etwas vom Erzbischof wollte, hatte sich an seine Soldaten und Ministerialen zu halten, und das hieß, am Vordereingang in Bittstellung zu gehen.

Jacop hatte die Hauptstraßen gemieden und sich durch die engsten Gässchen gewunden wie ein Salamander. Es war nicht auszuschließen, dass die Patrizier immer noch nach ihm und Jaspar suchten, aber sie konnten nicht in jeden Winkel kriechen. Und gerade da kannte sich Jacop bestens aus.

Er hielt einen Moment inne, um zu verschnaufen. Er hatte nun das Ende des Pützgässchens erreicht. Es mündete auf die Straße Am Hof: breit, repräsentativ, mit stolzen Gebäuden wie dem

Haus zur Krone, das den Herzögen von Brabant als Kölner Hof diente, und dem Klockring, dem Hauptquartier der Gewaltrichter. Direkt Jacop gegenüber lag nun der erzbischöfliche Palast. Im Untergeschoss waren einige Fenster erleuchtet, und die Flügel des Portals standen offen. Jacop gewahrte eine Gruppe Geharnischter, die sich mit zwei berittenen Nachtwächtern unterhielten. Ihre Stimmen drangen gedämpft zu ihm herüber. Er konnte nicht verstehen, worüber sie sprachen. Raues Gelächter war zu hören, dann gaben die Wächter ihren Pferden die Fersen, und die Soldaten zogen sich wieder ins Innere des Baus zurück. Hinter ihnen schlugen die Torflügel quietschend und mit lautem Knall zu.

Vorsichtig äugte er hinaus auf den breiten Straßenzug. Weiter oberhalb sah er in der Dunkelheit ein paar Mönche in die Dompropstei eilen. Wohin man schaute, lag Unrat. Starke Regenfälle wie der vorangegangene spülten alles, was die Kölner auf die Straße warfen, durch den abschüssigen Kölner Osten zum Rhein hinunter, und es gab nichts, was die Kölner nicht auf die Straße warfen. Der allgegenwärtige Schweinekot vermischte sich mit dem Konglomerat verfaulter Gemüsereste und abgenagter Knochen zu einer Beleidigung der Sinne. Trotzdem gingen sämtliche Appelle, den Dreck ausschließlich in die Latrinen zu werfen, ins Leere oder wurden mit der Bemerkung abgetan, die Goldgräber verrichteten zu selten ihren Dienst, und dem war leider nichts hinzuzufügen.

Jacop beschloss, nicht länger zu warten. Er vergewisserte sich, dass kein Haar unter der Kapuze hervorsah, lief hinüber zum Tor und pochte heftig dagegen.

Sofort wurde eine Klappe zurückgeschoben. Ein Augenpaar erschien und musterte ihn. Jacop spürte Hoffnung in sich aufsteigen.

»Ich habe eine wichtige Nachricht für den Erzbischof«, sagte er atemlos.

»Was für eine Nachricht?«

»Es geht um sein Leben.«

»Was?«

»Herrgott, lasst mich einfach herein, bevor es zu spät ist.«

Die Klappe wurde zugeknallt. Dann öffnete sich einer der Türflügel, und Jacop sah sich einem Mann in Harnisch und Helm gegenüber. Hinter ihm standen drei weitere und sahen neugierig herüber.

»Der Herr sei – ach, egal«, murmelte Jacop, vollführte eine segnende Gebärde und hastete ins Innere. Hinter ihm fiel das Tor ins Schloss.

Er sah sich um. Die Halle war von Pechfackeln erleuchtet, die je zu zweit in kunstvoll gearbeiteten Wandhaltern steckten. Seitwärts führte eine breite Steintreppe mit massivem Säulengeländer ins Obergeschoss. Zwischen den Fackeln hingen Teppiche, auf denen sich Chimären und Giganten, Sphinxe, Nixen und Zentauren, Wesen mit Schlangenköpfen und Fledermausflügeln, Manticore mit gebleckten Fängen und hundsgesichtige Zwerge, Zyklopen, schuppenleibige Teufel und Gorgonen, Vögel mit Frauenköpfen und Werwölfe tummelten, ein Kranz fröhlichen Grauens um die verklärten Heiligen mit ihren himmelwärts blickenden Gesichtern, die Glieder entstellt von den Wunden des Martyriums, die Hände erhoben zu den Engeln mit ihren mächtigen goldblautürkisen Schwingen und geflügelten Aureolen, und über allem Jesus Christus, die Rechte zum Schwur erhoben, den Blick ernst geradeaus gerichtet. Die dunklen Augen schienen alles zu überschauen und dabei jedem Einzelnen in sein Inneres zu sehen, und Jacop erbebte. Er sah den lebendigen Gott und fühlte sich stark und von neuem Mut durchdrungen.

Eine eisenbewehrte Hand legte sich auf seine Schulter. Er wandte sich von den trostspendenden Augen Christi ab und sah in die des Soldaten.

»Was ist das für eine Geschichte, Mönch?«, fuhr ihn der Geharnischte an.

Mönch? Ach, natürlich.

»Ich muss den Erzbischof sprechen«, sagte Jacop wider alle Vernunft.

Der Mann starrte ihn an und brach in schallendes Gelächter aus. Seine Kameraden stimmten mit ein.

»Man spricht nicht so einfach den Erzbischof, Bruder Grobian. Hat man Euch nicht beigebracht, mit gesenktem Kopf um eine Audienz zu bitten?«

»Und was hat man dir beigebracht?«, schnauzte Jacop zurück. »Konrad von Hochstaden befindet sich in höchster Gefahr, und du lachst den Boten aus, der ihm vielleicht das Leben retten kann. Willst du an den blauen Stein gestoßen werden, weil du es vorgezogen hast, mich zu verspotten?«

Das Gelächter der anderen verstummte. Der Soldat kratzte sich unschlüssig den Bart. »Was soll das überhaupt für eine Gefahr sein?«, fragte er.

»Todesgefahr!«, schrie Jacop. »Der Blitz soll dich treffen, wenn du mich nicht augenblicklich zu Konrad bringst.«

»Ich kann dich nicht zu Seiner Exzellenz bringen!«, schrie der Soldat zurück. »Der Erzbischof ist mit den Vorbereitungen für die Prozession beschäftigt.« Er schnaubte unwillig und fuhr ruhiger fort: »Aber ich kann den Sekretarius des Erzbischofs rufen. Bist du damit zufrieden?«

Jacop frohlockte.

»Ja«, sagte er bewusst mürrisch. »Zur Not.«

Der Soldat nickte und schickte zwei seiner Kameraden die Treppe hoch. Jacop verschränkte die Hände auf dem Rücken und wartete. Er wusste nicht genau, was ein Sekretarius war, aber es klang wichtig.

Überraschend schnell tauchte oben an der Treppe ein kleiner, magerer Mann in Begleitung der beiden Soldaten auf und kam mit zierlichen Schritten herunter. Auf seiner lilaschwarzen Robe prangte eine goldene Kette, die Hände steckten in Handschuhen aus weinfarbenem Leder. Ein flockiger weißer Bart umgab ein gütiges Gesicht mit wasserblauen Augen. Er kam auf Jacop zu und lächelte. Als er sprach, bemerkte Jacop einen südländischen Akzent in seiner Stimme.

»Der Herr sei mit dir und mit deinem Geiste.«

Jacop zog verlegen die Nase hoch.

»Ja, gewiss. Sicher doch.«

Der Sekretarius legte den Kopf schief. »Was kann ich für dich tun, mein Sohn? Mir wurde zugetragen, du hättest eine Nachricht für den Erzbischof, willst aber nicht darüber reden.«

»Ich muss mit ihm selber reden«, sagte Jacop. »Der Erzbischof ist in großer Gefahr.«

»Gefahr?« Der Sekretarius kam näher und senkte die Stimme. »Sprich nicht so laut vor den Soldaten, mein Sohn. Sie sind uns treu ergeben, aber man kann nie wissen, da die Erzbischöfe zuweilen von ihren eigenen Neffen gemeuchelt werden. Sag es mir ins Ohr, wer unserem Erzbischof etwas antun will.«

Jacop beugte sich vor und flüsterte: »Konrad soll heute ermordet werden. Ich weiß nicht, ob es während der Prozession sein wird oder beim Gottesdienst, aber sie wollen ihn töten.«

In die blauen Augen des Sekretarius trat Entsetzen. Er schlug beide Hände vor den Mund und wich zurück.

»Wer will das tun?«, hauchte er.

»Ich fürchte, die Patrizier. Es gibt eine Verschwörung –«

»Warte!« Der Sekretarius sah unsicher zu den Wachen hinüber. »Das sollten wir nicht hier besprechen. Ich bin erschüttert über deine Worte, mein Sohn, zutiefst getroffen. Ich kann es nicht glauben. Du musst mir alles erzählen, was du weißt, hörst du, alles!«

»Nichts lieber als das.«

»Anschließend werde ich dich zu Konrad geleiten. Komm.«

Er drehte sich um und erstieg die Treppe. Jacop folgte ihm. Etwas belustigt studierte er die manirierte Gangart des Sekretarius. Eitel wie ein Pfau, schoss es ihm durch den Kopf. Wahrscheinlich ein Italiener. Bram hatte ihm oft erzählt, die italienischen Adligen und Kleriker bevorzugten feine Stoffe und ließen sich kostspielige Kappen aus Hermelin und Zobel fertigen. Sein Blick wanderte die schmale Gestalt entlang, vom Kopf bis zu den Füßen –

Fast wäre er die Treppe hinuntergefallen.

Zitternd griff er nach dem Geländer und überlegte, was er tun sollte. Es gab sicher viele wohlhabende Kölner Bürger, die teure Schuhe trugen. Aber bisher hatte er nur ein Paar mit einer violetten Lilie darauf gesehen.

Jetzt sah er es wieder.

»Verzeiht, Herr – äh –«, sagte er.

Der Sekretarius drehte sich auf der Treppe zu ihm um und ließ seine Güte auf ihn niederstrahlen.

»Ich heiße Lorenzo von Castellofiore, mein Sohn.«

Jacop lächelte verkrampft. », Nun, Lorenzo von – nun, mir fällt gerade ein, ich muss – ich muss noch –«

In Lorenzos Augen trat ein wachsamer Ausdruck.

»Ja, mein Sohn? Was denn?«

»Mein Pferd. Ich glaube, ich habe vergessen, es anzubinden, wenn Ihr so freundlich sein wollt, einen Moment zu warten, dann gehe ich nach draußen und –«

Lorenzos Miene vereiste.

»Wachen!«, schrie er. »Ergreift diesen Mann!«

Jacop blickte gehetzt nach unten. Die Soldaten kamen mit blankgezogenen Waffen zur Treppe gestürzt. Einen Moment lang war er völlig ratlos. An den Soldaten vorbeizukommen, war unmöglich, und selbst wenn, würde er das Tor entriegeln müssen, und bis dahin –

Er wirbelte herum und rammte Lorenzo die Faust in den Magen. Der Sekretarius klappte mit einem erstickten Schrei zusammen. Jacop packte ihn und stieß ihn den Soldaten entgegen. Ohne das Ergebnis abzuwarten, nahm er mit langen Sätzen die letzten Stufen der Treppe, während es hinter ihm schepperte und krachte und Lorenzos spitze Schreie von den Wänden widerhallten.

Vor ihm erstreckte sich ein Gang, der ein ganzes Stück weiter an einer Mauer endete. Links davon öffneten sich zwei Durchgänge. Jacop zögerte einen Augenblick. Offenbar lange genug für die Wachen, um wieder auf die Beine zukommen, denn er hörte sie die Treppe heraufpoltern.

Ohne weiter nachzudenken, lief er durch einen der Durchgänge.

»Haltet ihn fest!«, brüllte Lorenzo aus Leibeskräften. »Verfluchte Bande, gottloses Pack von Nichtsnutzen, eure Mütter hätten euch ersäufen sollen! Er darf nicht entkommen!«

Jacop drehte sich einmal um seine Achse und riss die Augen auf. Er befand sich in einem riesigen, prachtvollen Raum mit geschnitzten Balken und Säulen. Das ganze hintere Ende nahm ein gewaltiges Gestühl aus schwarzpoliertem Holz ein. Über den Boden erstreckte sich ein Labyrinth kunstvoll verschachtelter Intarsien, während die gegenüberliegende Seite von einem lang gezogenen Erker unterbrochen war, eingefasst von Lilienfenstern und im mittleren Teil offen.

Die Arkaden. Er war im erzbischöflichen Saal.

»Da ist er!«

Die Soldaten tauchten in den Durchgängen auf und fuchtelten bedrohlich mit ihren Schwertern, gefolgt von Lorenzo, dessen Gesicht rot angelaufen war. Jacop suchte verzweifelt nach einem anderen Ausgang, aber es gab keinen, nur noch die Arkadenfenster, und die lagen zu hoch über der Straße für einen Sprung. Er wich zurück und sah, wie ein triumphierender Ausdruck in Lorenzos Augen trat.

»Der Mann, der Mathias Overstolz einen Gulden gestohlen hat«, zischte er. »Wie schön, dich bei uns zu Gast zu haben. Besser, du ergibst dich in dein Schicksal, wenn du nicht willst, dass wir deinen stinkenden Kadaver über den Saal verteilen. Was meinst du?«

Die Wachen kamen näher. Jacop stolperte und sah nach hinten. Und wenn er doch sprang? Aber es war zu hoch, er würde sich nur die Beine brechen.

Etwas ragte vor den Arkaden in die Höhe, verästelte sich.

Ein Baum.

Er ließ die Schultern sinken und nickte ergeben.

»Ihr habt gewonnen, Lorenzo. Ich werde mit Euch kommen.«

Die Soldaten entspannten sich. Ihre Schwerter sanken herunter. Lorenzo grinste.

»Ein kluger Entschluss, mein Sohn.«

»Ja«, sagte Jacop. »Ich will's hoffen.«

Er schnellte herum und war mit einem Satz am Fenster. Lorenzo kreischte auf. Jacop sprang auf das Sims. Unter ihm zog sich die Straße dahin. Der Baum war viel weiter weg, als er gedacht hatte.

Zu weit. Er würde es nicht schaffen.

»Los doch«, schrie Lorenzo. »Greift ihn euch, ihr lasst ihn ja entkommen!«

Wird das denn nie ein Ende nehmen?, stöhnte Jacop innerlich.

Er ging leicht in die Knie und federte ab. Sein Körper segelte aus den Arkaden hinaus über die Straße. Einen wunderbaren Moment lang fühlte er sich leicht wie eine Feder, beschwingt wie ein Vogel, schwerelos wie ein Engel.

Dann krachte und prasselte er ins Geäst.

Zweige schnitten ihm in Gesicht und Glieder. Er versuchte, einen Halt zu finden, um seinen Sturz zu bremsen, aber es ging unerbittlich abwärts, und der Baum verabreichte ihm die Prügel seines Lebens. Schmerzhaft schlug ihm etwas ins Kreuz. Jacop sah das Unterste zuoberst und das Oberste zuunterst, grapschte wie eine Katze nach dem nächsten Ast und hing einen Moment strampelnd über dem Erdboden. Dann ließ er sich fallen, kam aufrecht auf beiden Beinen zu stehen und rannte in die nächstbeste Gasse hinein.

Als die Wachen in ihren schweren Rüstungen endlich das Tor entriegelt hatten und auf die Straße hinauseilten, war er schon weit genug, dass sie ihn nicht mehr einholen konnten.

»Du hast *was* getan?«, fuhr Johann auf.

Theoderich sah betreten drein.

»Urquhart hatte mir erzählt, dass er diesen Diener vorsorglich so zugerichtet hat, dass es auch der Dechant hätte gewesen sein können«, sagte Mathias beschwichtigend. »Da kam mir eben die Idee, den Druck auf Jaspar Rodenkirchen noch ein bisschen zu verstärken.«

Johann schüttelte ungläubig den Kopf.

»Den Druck verstärken! Nichts können wir weniger gebrauchen als eine Hetzjagd der Gewaltrichter auf diesen Jaspar, und du gehst den Druck verstärken! Warum hast du nicht wenigstens gewartet, bis du ihn hast?«

»Das wollte ich ja«, verteidigte sich Theoderich.

»Du wolltest? Du wusstest doch gar nicht, wo er war.«

»Ich dachte es mir.«

»Du dachtest es dir. Aber gewusst hast du es nicht?«

»Wir konnten davon ausgehen, dass er sich bei seinen Verwandten versteckt hält, was sich ja dann auch bestätigte«, erklärte ihm Mathias.

»Ach, das ist natürlich etwas anderes«, sagte Johann mit nicht zu überhörendem Sarkasmus. »Ihr konntet davon ausgehen. Wahrscheinlich habt ihr euch die Zukunft aus den Händen lesen lassen von irgendwelchen zauberkundigen Weibern. Narren!«

»Wir hatten ja auch Recht!«, rief Theoderich wütend. »Konnte ich wissen, dass er sich aus dem Staub macht, bevor wir kamen? Jemand muss ihn gewarnt haben.«

»Und wer?«

»Das liegt doch auf der Hand. Bodo Schuif natürlich.«

»Und was willst du jetzt gegen Bodo Schuif unternehmen?«

Theoderich zögerte.

»Gar nichts kannst du nämlich gegen ihn unternehmen«,

schloss Johann. »Gegen nichts und niemanden kannst du noch was unternehmen. Von Anfang an ist alles schief gegangen, alles, was wir angefasst haben, misslang. Bravo! Hervorragend, meine Herren.«

Mathias winkte ab. »Wir haben nicht weiter verbreitet, dass Jaspar den Diener umgebracht hat.« Er ging zum Fenster und sah hinaus auf die dunkle Straße. »Und wir werden es auch nicht tun. Gut, es war ein Fehler. Was soll's? Urquhart hat Kuno getötet, das dürfte reichen, die anderen vom Plaudern abzuhalten.«

Johann biss die Zähne aufeinander, bis es schmerzte. Er konnte sich nicht erinnern, je so wütend gewesen zu sein.

»Ja, getötet, immer nur Töten«, knirschte er. »Wir sind zu einer elenden Bande von Metzgern verkommen. Du hattest mir versprochen –«

»Herrgott, was sollte ich denn machen?«, schrie Mathias. »Du tust ja den ganzen Tag nichts anderes, als mir von deinen moralischen Zweifeln vorzuheulen. Zum Kotzen! Ich kann es nicht mehr hören, wir haben uns schuldig gemacht, wir haben Blut an den Händen, quak, quak, quak!« Er schlug mit der Faust gegen den Fensterrahmen. »Kuno hätte uns verraten. Er musste weg. Wenn es nach mir ginge, würde ich sie alle noch in dieser Nacht erledigen. Ich würde ein paar Burschen auf die Bach schicken und diesem Goddert und seinem Täubchen die Kehlen durchschneiden lassen, das sind zwei Mitwisser weniger, und die anderen kriegen wir auch noch, verlass dich drauf.«

»Du wirst niemanden mehr kriegen. Es reicht, Mathias.«

»Ja, es reicht! Johann, denk doch mal nach! Weißt du, was ich glaube? Die haben es niemandem sonst erzählt. Die hatten gar keine Zeit dazu. Lass Theoderich Goddert und Richmodis von Weiden in den Turm werfen, mir ist völlig egal, ob es einen Grund gibt, wir erfinden eben einen.«

»Nein.«

Mathias rang die Hände. »Johann, wir müssen uns schützen.«

»Ich sagte, nein. Wo ist Urquhart?«

»Was?« Mathias wirkte verwirrt. »Wieso? Ich weiß nicht, wo er ist. Wie es aussieht, hat ihn das Feuer nicht so schlimm erwischt, dass er seine Aufgabe nicht erfüllen kann. Er hätte mir sonst eine Nachricht zukommen lassen.«

»Und wo wird es sein, wenn es soweit ist?«

Mathias musterte ihn argwöhnisch. Dann lächelte er dünn.

»Solltest du etwa vorhaben –«

»Wo, zum Donnerwetter?«

»An einem guten Platz.«

Johann trat dicht vor ihn hin.

»Ich werde Konrads Tod wohl nicht mehr verhindern können.« Seine Stimme bebte vor Zorn. »Auch wenn ich mittlerweile zu der Überzeugung gelangt bin, nie etwas Verderbterem und Sündhafterem zugestimmt zu haben als diesem Bund. Es ist nicht zu ändern. Aber ich kann verhindern, dass weiterhin Menschen sterben für diese unheilige Sache, die nichts weiter ist als feiger Mord, damit jeder von uns seine persönlichen Gelüste befriedigt sieht. Ich habe zu lange mitangesehen, wie hier jeder macht, was er will. Jede weitere Entscheidung liegt ab sofort wieder in meinen Händen, Mathias, hast du das gehört? Jede! Niemand wird mehr sterben.«

Mathias kräuselte die Lippen.

»Du bist wahnsinnig«, sagte er.

»Ja, ich bin wahnsinnig, dass ich meiner Mutter überhaupt zugehört habe. Ich hätte von Anfang an –«

Von unten drang ein Pochen. Sie verstummten und sahen einander in die Augen. Es pochte ein weiteres Mal. Schlurfende Schritte wurden hörbar, als eine der Dienstmägde herbeieilte, um nachzusehen, wer um diese Zeit Einlass begehrte. Leise Stimmen drangen nach oben, dann kam die Magd selber.

»Es ist Seine Exzellenz, der Sekretarius Lorenzo von Castellofiore, Herr!«

Theoderich fiel die Kinnlade herunter.

»Was will der denn hier?«

»Führe ihn nach oben«, befahl Johann barsch. Die Magd nickte demütig und verschwand. Johann runzelte die Stirn und fragte sich, was passiert sein mochte. Theoderich hatte Recht. Lorenzo hätte im Palast sein müssen. Es war kaum zu verantworten, dass er sich jetzt hier blicken ließ.

Der Sekretarius stürmte herein. Er war völlig außer Atem.

»Wein!«

»Was?«

Lorenzo ließ sich auf einen Schemel fallen.

»Gebt mir was zu trinken. Schnell, ich kann mich nicht lange aufhalten.«

Mathias sah ratlos in die Runde und ging zur Anrichte, wo er einen goldenen Becher füllte. Er reichte ihn Lorenzo. Der Sekretarius trank wie ein Verdurstender.

»Johann hat soeben festgestellt, dass wir eine Bande von Narren sind«, bemerkte Mathias spitz.

Lorenzo wischte sich den Mund und starrte ihn an.

»Ja«, keuchte er. »Das kann man wohl sagen.«

Die Suche

Jaspar schien in tiefe Meditation versunken, als er gemessenen Schrittes über das Forum schritt, das Gesicht unter der Kapuze und die Hände in den Ärmeln verborgen. Vor dem Seidenmachergäßchen blieb er reglos stehen, während seine Augen die Gebäude zu beiden Seiten absuchten. Es ging auf die fünfte Stunde zu. Noch schliefen die Leute. Die Verkaufsstände der Kürschner und Sattler lagen ebenso verlassen da wie die Kramhäuser gegenüber, aber heute würden sie ohnehin keine Waren feilbieten. Es war der Tag des Herrn.

Zur Linken zeichneten sich die Umrisse der städtischen Waage ab. Nichts regte sich.

Er machte ein paar Schritte in das Gässchen hinein und fühlte

Nervosität in sich aufsteigen. Wenn Jacop nicht hier war, musste er wohl oder übel zum Saal gehen. Jacops Abwesenheit konnte ein gutes Zeichen sein. Genauso gut konnte es bedeuten, dass er es gar nicht erst bis zum Palast geschafft hatte. Alles war möglich.

Er wanderte an der gezackten Fassade der Kramhäuser entlang und murmelte ein Vaterunser.

Sofort schaute Jacop hinter einer Torsäule hervor und winkte ihn heran. Jaspars Herz machte einen Satz. Trotzdem zwang er sich, mit quälender Langsamkeit weiterzugehen, bis er neben dem Fuchs zu stehen kam.

»Ordensbrüder wedeln nicht mit den Armen«, bemerkte er strafend. »Zumindest nicht öffentlich.«

Jacop stieß ein Knurren aus und sah unruhig in alle Richtungen.

»Ihr kommt verdammt spät.«

Jaspar zuckte die Achseln. »Wir hatten gesagt, zwischen der vierten und fünften Stunde. Ich habe es vorgezogen, den Weg in einer gottgefälligen Geschwindigkeit zurückzulegen. Der Herr sieht Geistliche nicht gerne laufen.«

»Wie fromm!«

»Nein, nur vorsichtig. Was habt Ihr im Palast erreicht?«

»Fliegen gelernt.«

»Was?«

Jacop erzählte es ihm.

»So eine Schweinescheiße!«, entfuhr es Jaspar. »Es gibt also noch einen Verschwörer.«

»Wer ist dieser Lorenzo eigentlich?«

»Ein Mailänder. Steht in Konrads Diensten, allerdings erst seit wenigen Monaten. So viel ich weiß, besorgt er Konrads Korrespondenz. Ein undurchsichtiger Bursche. Eitel und ungelitten, freundlich wie Haferschleim. Wahrscheinlich haben ihn die Patrizier bestochen, um alles über den Ablauf der Prozession und die Verteilung der Wachen zu erfahren.« Jaspar stampfte wütend auf. »Dieser korrupte Klerus! Kein Wunder, dass die Christenheit zerrissen ist, wo jeder jeden verkauft.«

»Sie müssen ihm ordentlich was zugesteckt haben.«

»Bah!«, maulte Jaspar verächtlich. »Mancher tut's für einen Teller Linsen. Rom ist eine Hure geworden, was will man anderes erwarten!«

»Konrad zu warnen, können wir jedenfalls vergessen«, meinte Jacop niedergeschlagen.

»Ja«, stimmte Jaspar zu. »Urquhart zu finden, wahrscheinlich auch. Ich schätze, auf dem Domhof werden sie sich gerade zur Prozession sammeln.« Er legte die Stirn in Falten. »Uns bleibt nicht mehr viel Zeit.«

»Suchen wir ihn trotzdem«, sagte Jacop entschlossen.

Jaspar nickte düster. »Beginnen wir hier. Ihr nehmt Euch die rechte Straßenseite vor, ich die linke. Als Erstes passieren wir die Marspforte, da kommt der Zug durch. Wir werden den Weg vor ihnen abschreiten.«

»Und wonach halten wir Ausschau?«

»Wenn ich das wüsste. Herrgott! Offene Fenster. Auffällige Bewegungen. Nach allem.«

»Genial.«

»Habt Ihr eine bessere Idee?«

»Nein.«

»Dann los.«

Sie ließen den Blick über die Fassaden der Häuser schweifen. Viel war nicht zu sehen. Im Osten krönte eine erste, zarte Ahnung von Tageslicht die Hügel, aber in den engen Gassen herrschte immer noch finstere Nacht.

Wenigstens die Wolken hatten sich verzogen. Von dem Sturm zeugten nur noch die Pfützen und der durcheinander gewirbelte Dreck.

»Wo kommt Ihr eigentlich her?«, fragte Jacop, als sie unter der Marspforte durchschritten.

»Was?« Jaspar blinzelte verwirrt. »Ach so. Von St. Pantaleon.«

»Ihr wart nochmal da?«, staunte Jacop. »Wozu?«

»Weil –« Jaspar winkte gereizt ab. »Ich sag's Euch später. Das ist jetzt wirklich nicht der Moment.«

»Was soll die Geheimnistuerei?«

»Nicht jetzt.«

»Ist es was Wichtiges?«

Jaspar schüttelte den Kopf. Er hatte ein verdächtiges schwarzes Loch im Obergeschoss eines zurückgebauten Hauses entdeckt und verrenkte sich fast den Hals.

Es war kein Loch. Nur schwarze Läden.

»Ist es was Wichtiges?«, fragte Jacop noch einmal.

»Kommt drauf an.«

»Kommt worauf an?«

»Ob wir Urquhart finden.«

»Und dann?«

»Später, später.« Jaspar fühlte sich plötzlich hilflos. Er blieb stehen und sah Jacop an. »Bis hierhin habe ich nichts gesehen, wo er sich verstecken könnte. Ich meine, nichts Offensichtliches. Oder wie?«

»Ich meine, was wir hier tun, ist albern«, sagte Jacop. »Er kann sich überall verstecken. Jedes Haus ist hoch genug.«

»Aber zu nah.«

»Zu nah wofür? Für einen Schuss aus der Armbrust?«

»Schon gut, Ihr habt ja Recht.« Jaspar entließ einen Stoßseufzer. »Trotzdem. Ergeben wir uns in die Gnade der Vorsehung. Wenn Gott es will, werden wir den Mörder finden.« Er senkte den Kopf und sagte demütig: »Herr, zwei Sünder sind wir und erflehen deinen Beistand. Schau gnädig auf uns herab in Ewigkeit und, wenn es dir gefällt, besonders jetzt. Ja, ganz besonders jetzt in dieser Stunde der Verzweiflung, o Herr, allmächtiger Gott! Sei mit uns und gib uns ein Zeichen. Amen.«

Er nickte bekräftigend und setzte sich wieder in Bewegung.

Jacop blieb stehen. Von offensichtlicher Ehrfurcht ergriffen hob er den Blick zum Himmel.

»Was ist denn?«, rief Jaspar ungeduldig.

Jacop zuckte zusammen. »Ich dachte nur –«

»Vergesst es. Steht hier nicht rum, Gott ist ein viel beschäftigter Mann.«

Die nächste Abzweigung war Unter Goldschmied. Hier hatten die Münzer ihr Domizil, stand das Zunfthaus der Goldschmiede, gruppierten sich um St. Lorenz die alten Kurien- und Rathausbauten. Östlich davon begann das Judenviertel. Sie wanderten am jüdischen Backhaus, der Synagoge und dem Spielhaus entlang, zur anderen Seite das Haus zum goldenen Horn, wo die Goldschmiede zusammenkamen, die Ratskapelle, das Haus des Kämmerers zur Buysen, alles ehrbare Adressen. Die ersten Menschen begegneten ihnen auf dem Weg zur Kirche. Niemand schenkte ihnen Beachtung, obwohl es Jaspar schien, als sei ihr ständiges Köpferecken mehr als auffällig.

Mit jedem Schritt sank sein Mut. Urquhart konnte überall sein. Sie benahmen sich wie die Kinder. Falls sie ihn finden würden, dann hätte sich sein zweiter Besuch beim verrückten Hieronymus vielleicht gelohnt. Vielleicht – vorausgesetzt, Hieronymus hatte sich nicht einfach alles nur zusammenfantasiert.

Aber Urquhart würde sich nicht finden lassen.

Nach einer Weile tauchte vor ihnen wieder der erzbischöfliche Palast auf.

»Wartet«, sagte Jacop.

Jaspar sah sich nach ihm um und massierte seinen Nasenrücken.

»Ihr meint, sie erkennen Euch wieder?«

»Möglich.«

»Ich denke, sie werden kaum erwarten, dass Ihr Euch hier nochmal blicken lasst. Ihr seid nur einer aus der *gens cucullata,* vergesst das nicht. Der Mönch hat kein Gesicht.«

Jacop sah ihn zweifelnd an.

»Ihr mögt das wissen.« Er zeigte zum Palast. »Aber wissen die das auch?«

»Wollt Ihr lieber umkehren?«

»Nein«, sagte Jacop voller Ingrimm. Er stapfte an Jaspar vorbei und auf die Straße am Hof hinaus. Schräg gegenüber erhob sich der Baum, durch den er heruntergeprasselt war.

»Langsam«, zischte Jaspar. Er nahm Jacop beim Arm und zog ihn am Palast vorbei in Richtung Pfaffenstraße. Sie sahen, wie sich dort vor dem Domkloster Priester, Bischöfe und Brüder verschiedenster Orden zu einem langen Zug gruppierten. Novizen liefen dazwischen herum und brachten Kreuze und Reliquien angeschleppt. Jaspar konnte kurz das obere Drittel eines hohen, breiten Baldachins ausmachen. Es stand zu erwarten, dass Konrad darunter einherreiten würde, umringt von Bewaffneten. Der Erzbischof bewegte sich ungern zu Fuß.

Auf einmal verspürte Jaspar Unsicherheit. Der Baldachin war riesig. Er würde Konrad völlig verdecken. Wie wollte Urquhart ihn von einem erhöhten Standpunkt aus überhaupt sehen, geschweige denn treffen?

Oder hatte Urquhart etwas völlig anderes vor?

»Aber was?«, murmelte er.

Dann kam ihm plötzlich eine Idee, so einleuchtend, dass er alle Vorsicht fahren ließ und seinen Gang beschleunigte.

Jacop wäre am liebsten mit großen Schritten den Prozessionsweg abgeschritten, aber Jaspar hatte Recht. Solange sie in Sichtweite des Palasts waren, empfahl es sich, so unauffällig wie möglich zu bleiben. Und das Unauffälligste war nun mal ein langsam einherschreitender Mönch.

Langsam wurde ihm heiß unter seiner Kutte. An der Witterung konnte es nicht liegen.

Angstschweiß?

Nimm dich zusammen, fuhr er sich an. Du hast schon ganz andere Sachen durchgestanden.

Sein Blick fiel auf die Menschenansammlung weiter vorne. In der einsetzenden Morgendämmerung konnte er Purpur, Blau und Gold ausmachen. Eine Gruppe Berittener kam hinter der Dompropstei zum Vorschein, eindrucksvoll in ihren schimmernden Rüstungen, die im ersten Licht der Morgendämmerung an flüssiges Zinn erinnerten. Zwischen ihnen tat sich für die Dauer eines Augenblicks eine Lücke auf, und Jacop sah einen weiteren Reiter – schlank, steif aufrecht sitzend, scharfes, bartloses Profil, graues, gelocktes Haar. Dann war er verschwunden, und ein Baldachin wurde in die Höhe gereckt. Schwach drangen Klänge geistlicher Musik herüber. Den großen Prozessionen fuhr immer ein Wagen mit einer Orgel voraus.

Jacop hatte viele dieser Prozessionen gesehen, und immer hatte die Musik ihn an die wunderbaren Schiffe erinnert, die zu Ehren der schönen Isabella über Land gefahren waren. Einen Moment beschlich ihn Wehmut.

Eine andere Zeit. Ein anderer Mensch.

Mit einem Mal stellte Jacop fest, dass er hundemüde war.

Es war die Müdigkeit der Ratlosen. Was sollten sie hier? Lächerlich, an den Häusern hinaufzuschauen, als lehne Urquhart am Fenster, um ihnen freundlich zuzuwinken – hier bin ich, hier oben. Fein, dass ihr da seid, kommt hoch und hindert mich am Morden.

Zu viele Straßen. Zu viele Gebäude. Wenn Urquhart das Feuer einigermaßen heil überstanden hatte, würde der Erzbischof sterben. Nichts konnte den Mörder daran hindern, seinen Auftrag auszuführen, weil sie ihn nicht finden würden.

Er wandte den Kopf hinüber zum Dom.

Hier hatte alles angefangen. Mit ein paar Äpfeln.

Verfluchte Äpfel! Seit Anbeginn der Menschheit waren sie nichts als eine Quelle ständigen Ärgers.

Er betrachtete das dichte Röhrenwerk des Gerüsts und sah wieder Gerhard darüber hinwegschreiten, oben auf der höchsten Plattform, und dann Urquharts schwarzen Schatten –

Der Schatten.

Verwirrt kniff Jacop die Augen zusammen und sah noch einmal hin. Kurz war es ihm vorgekommen, als hätte sich der Vorgang tatsächlich wiederholt. Aber das war ja kompletter Unsinn. Nichts an dem Bauwerk war anders als sonst.

Er schaute weg und widmete sich wieder der Prozession.

In diesem Moment murmelte Jaspar etwas Unverständliches und ging schnell davon. Jacop starrte ihm mit offenem Munde nach, stieß einen leisen Fluch aus und eilte hinterher.

»Jaspar«, zischte er.

Der Physikus hörte ihn nicht. Offenbar hatte er eine Entdeckung gemacht, die ihn seine eigenen Ratschläge vergessen ließ. Schnurstracks hielt er auf die Prozession zu.

»Jas –«

Die Glocken begannen zu läuten.

Augenblicklich setzte sich der Zug in Bewegung. Jacop lief ein paar Schritte weiter und hielt dann inne. Jaspar verschwand zwischen den umstehenden Menschen. Wahrscheinlich ging er davon aus, dass Jacop ihm folgte.

Aber etwas bannte Jacop auf die Stelle und zwang ihn, sich wieder zu der Kirche umzudrehen.

Sie war wie immer.

Nichts daran war außergewöhnlich. Gar nichts. Der helle Stein des Chors. Die Gerüste. Niemand darauf. Natürlich nicht, es war zu früh, und es war Sonntag. Heute würde überhaupt keiner da raufsteigen.

Aus den Reihen der Prozession erscholl frommer Gesang, aber Jacop hörte nicht hin. Ein Gefühl der Beklemmung hatte ihn erfasst.

Was war mit der Kirche?

Gerhard auf dem Hochgerüst. Dann plötzlich der Schatten. Der Schatten war aus dem Nichts gekommen. Aber der Schatten war nicht der Teufel gewesen, sondern Urquhart, und der war ein Mensch.

Aus dem Nichts –

Kein Mensch kam aus dem Nichts.

Jacop sah unschlüssig zu dem Zug hinüber und versuchte, Jaspar auszumachen, aber der Physikus war nicht mehr zu sehen. Aus den umliegenden Häusern kamen immer mehr Menschen, Herren und stolze Bürgerfrauen, viele vornehm gekleidet, während andere in kleinen Gruppen oder einzeln herbeiritten, um der Prozession zu folgen. Dazwischen einfache Handwerker, Knechte und Mägde, Pilger und Bauern, die am Tag zuvor nach Köln gekommen waren, um dem Ereignis beizuwohnen, Kranke, Tagediebe, Bettler, alle.

Langsam ging Jacop zurück und am Palast vorbei. Von den Soldaten war keiner mehr zu sehen. Er lief weiter, bis er fast am Rhein war, und hielt sich rechts. Nach wenigen Schritten stand er am Frankenturm, wo die Verdächtigen der peinlichen Befragung unterzogen und die Delinquenten an den erzbischöflichen Greven überwiesen wurden.

Er befand sich jetzt ostwärts vom Dom. Zwischen ihm und dem Chorbau lagen nur ein weiträumiger Platz und die kleinere Kirche St. Maria ad Gradus. Wieder legte er den Kopf in den Nacken und studierte die gewaltige Fassade mit den unglaublich hohen, schlanken Fenstern.

Vom Frankenturm aus konnte er dorthin gehen, ohne durch ein bewachtes Tor zu müssen.

Als er über den Platz schritt, gemächlich und scheinbar ins Gebet versunken, wusste er plötzlich, woher der Schatten gekommen war.

Und mit einem Mal wusste er alles.

Und mit einem Mal wusste er alles.

Er war der Prozession hinterhergelaufen, weil ihm plötzlich der Gedanke gekommen war, Urquhart könne sich darunter gemischt haben, verkleidet als Priester, Mönch oder vielleicht sogar als gepanzerter Reiter. Er hatte den Unwillen der Umstehenden auf sich gezogen, die seine Ellbogen zu spüren bekamen, als er an den Singenden und Betenden entlanggehastet war. Weiter vor ihm ritt Konrad unter dem Baldachin, je zwei Geharnischte neben, vor und hinter sich. Der Wind spielte mit seinen Haaren. Zwischen den lebhaften, hellblauen Augen entsprang eine Nase, die ihm etwas von der animalischen Würde eines Falken verlieh. Der Erzbischof war weder groß noch besonders kräftig gebaut, aber seine Erscheinung beherrschte alles und jeden.

Urquhart war nicht unter den Mitgliedern der Prozession gewesen. Bei dem Gedanken, dem Zug wie ein Hofnarr vornewegzulaufen und die Häuser anzugaffen, kam sich Jaspar unsagbar albern vor. Er sah sich um und stellte überrascht fest, dass er fast schon an der Einmündung zur Schildergasse war.

Um ihn herum nahm das Gedränge zu.

Sein Blick suchte nach Jacop.

Wie ein Esel war er losgetrabt, einer dummen Idee folgend. Verärgert schob er sich zwischen den Schaulustigen durch, um zurück zu Jacop zu gelangen.

»Hör nur«, sagte eine zerlumpte Frau direkt neben ihm zu dem kleinen Mädchen, das sie auf dem Arm trug, »wie schön die heiligen Männer singen. Sie singen alle im Chor.«

»Alle im Chor«, plapperte das Mädchen nach.

Im Chor –

Domchor!

Die Erkenntnis traf Jaspar wie der Blitz.

Er stöhnte auf. Fast wurde ihm übel. Mit Fäusten und Ellbogen begann er sich seinen Weg zurück zu bahnen.

Dom

Gemessen an dem, was einmal die erhabenste Kirche der *societas christiana* werden sollte, mutete die Choranlage des neuen Doms eher bescheiden an. Gerhard hatte nur das Erdgeschoss vollenden können mit dem Kapellenkranz und dem größten Teil einer angrenzenden Sakristei im Norden.

Verglichen allerdings mit allem Übrigen, was sich in Köln erhob, war das Resultat schon jetzt titanisch. Das gewaltige Halbrund des Chors stieß mit der flachen Seite an die Reste des ursprünglichen Doms, so dass man erst ihn durchqueren musste, um ins Innere des Neubaus zu gelangen. Es war ein seltsames Bild. Der alte Dom, eine mächtige, rund einhundert Meter lange Basilika mit Chören und Querhäusern im Osten und Westen, war wenige Monate vor der Grundsteinlegung des neuen abgebrannt. Nur die westliche Hälfte hatte man provisorisch wieder aufgebaut. Jetzt sah es aus, als sei die alte Kirche in der Mitte wie von einem Schwerthieb zerteilt worden. Dahinter begann nicht nur ein neues Gotteshaus, sondern ein neues Zeitalter.

Jacop stand davor und ließ seinen Blick die luftige Konstruktion der Gerüste hinaufwandern. Hoch oben konnte er Treträder, Seilwinden und Kräne ausmachen.

Ihm war unvermittelt klar geworden, dass er nicht einfach ein Halbrund vor sich hatte. Der Chor war ein Hufeisen. Und gemäß der Form des Hufeisens zogen sich die Dachkonstruktionen nur über die Kapellen. Als Urquhart plötzlich aus dem Nichts zu kommen schien, hatte er sich nicht wunderbarerweise manifestiert, sondern war aus dem offenen Innern des Hufeisens emporgestiegen, während Gerhard außen entlangging. Urquhart hatte nicht *auf* dem Dom gewartet, sondern *im* Dom.

Aber woher sollte das einer wissen, der viel vom Äpfelstehlen verstand und nichts von der Baukunst? Jacop hatte einfach vorausgesetzt, über das ganze Werk ziehe sich ein einziges, lückenloses Dach.

Stattdessen lag das Innere unter freiem Himmel. Was bedeutete, dass man vom Dach aus jede der Chorkapellen einsehen konnte, je nachdem, wo man sich befand, und mit einigem Geschick so, dass man selber nicht gesehen wurde. Man konnte hineinsehen – und hineintreffen.

Jacop schritt unter das Gerüst und legte die Stirn gegen den kühlen Stein. Zur Prim, wenn die Prozession den Dom wieder erreicht hatte, würde die Messe beginnen. Konrad würde in die Achskapelle treten, um zu predigen. Und es würde genauso kommen, wie Jaspar es vorausgesagt hatte, nur eben nicht in den Straßen, sondern im Dom. Konrad würde getroffen zu Boden stürzen, ohne dass jemand auf die Idee käme, nach oben zu schauen. Man würde den Schützen in der Menge suchen, während Urquhart Gelegenheit fände, über das Dach und das Außengerüst zu entkommen.

Jaspar hatte berichtet, Konrad wolle in der Achskapelle beigesetzt werden. Wie es aussah, würde er sogar darin sterben.

Es blieb weniger als eine Stunde.

Und wenn er nach den Gewaltrichtern Ausschau hielt? Aber wem konnte er noch trauen, nachdem sich selbst der Sekretarius des Erzbischofs als Verräter entpuppt hatte?

Eine Stunde.

Jacop ertappte sich dabei, wie er mit den Fingern seinen Nasenrücken zu massieren begann, ganz so, als sei er Jaspar, der Denker. Wann würde Urquhart hinaufsteigen, wo überhaupt in Stellung gehen? Dann fiel ihm ein, dass der Mörder gar keine Wahl hatte. Um in die Achskapelle zielen zu können, musste er sich an eines der beiden Hufeisenenden begeben. Über die Südfassade konnte er aber nicht fliehen, weil er auf diese Weise im Domhof herauskam und durch die Drachenpforte oder Hachtpforte musste, also vorbei am schwerbewachten erzbischöflichen Palast. Zur anderen Seite hingegen zog sich die Dranckgasse an der Dombaustelle vorbei. Ein weitaus besserer Fluchtweg.

Am nördlichen Ende also. Dort würde Urquhart auf Konrad lauern. Falls ihm nicht jemand zuvorkam und versuchte, den Mord zu verhindern.

Jacop schaute erneut nach oben.

Er stand seitlich der Sakristei, dort, wo der Chor sich allmählich zu runden begann. Gleich vor ihm strebte eine Leiter in die Höhe, beinahe, als hätte ihn die Vorsehung an den richtigen Platz geführt, damit er hinaufsteigen und sein Leben opfern konnte.

Sein Leben. Am Ende doch?

Zögernd umfasste er die senkrechte Leiter, die zur unteren Gerüstempore führte. Bis auf zwei Drittel der Chorhöhe hatte man die Konstruktion aus Balken, festem Schilfrohr und Bretterböden auf ein Minimum reduziert, das nötig war, um in höhere Regionen zu gelangen. Die Arbeiten im unteren Teil waren weitgehend abgeschlossen. Weiter oben hingegen wurde am Blendmaßwerk der Kapellenfenster Feinarbeit geleistet, die Verstrebungen des Gerüsts begannen wieder dichter zu werden, um sich dann über den Bau hinauszuschwingen in Vorbereitung der nächsten Gerüststufe und des nächsten Stockwerks auf dem Weg zum Himmel.

Oh, Babylon –

Und wenn er doch davonlief?

Jacop hatte den Gedanken noch nicht zu Ende gedacht, als er schon kletterte. Niemand beobachtete ihn. Ganz Köln säumte noch den Prozessionsweg. Oben würde er vielleicht ein Werkzeug finden, ein Breitbeil oder Brecheisen, mit dem er sich verteidigen konnte, wenn Urquhart kam. Sein einziger Vorteil war, vor ihm dort zu sein. Der Mörder würde kaum damit rechnen, jemanden auf dem Dach vorzufinden. Jacop konnte sich in einem der Treträder oder hinter einem Kran verbergen und von hinten auf ihn losgehen. Das war zwar feige. Aber mutig zu sein, konnte schnell bedeuten, tot zu sein. Urquhart mit Mut beizukommen, war sinnlos.

Während er weiter nach oben gelangte, staunte Jacop, wie riesig die Fenster in Wirklichkeit waren. Verengten sie sich aus Straßensicht mit zunehmender Höhe zu graziler Schlankheit, erschienen sie ihm jetzt gewaltig und breit und die Strebepfeiler beinahe wehrhaft. Das Glas, obschon bunt, bot sich Jacop im Dämmerlicht als schwarze, von Bleiadern durchzogene Fläche dar. Er zog sich weiter hoch und erreichte den ersten Gerüstboden. Als er nach unten blickte, sah er schon auf die Dächer der gegenüberliegenden Häuser.

Vor ihm strebte die nächste Leiter in die Höhe. Langsam nahm Jacop Sprosse um Sprosse. Er hatte nicht vorgehabt, länger als nötig auf dem Gerüst zu verweilen, aber was er sah, übte eine eigenartige Faszination auf ihn aus. Er war jetzt in Höhe der Spitzbögen des zweibahnigen Chorfensters, an dem vorbei ihn sein Weg nach oben führte. Darüber begann der eigentliche Fensterbogen, spitz zulaufend und ausgefüllt von ornamentaler Pracht. Nichts von der Schwere des Steins schien der Architektur noch anzuhaften, es war beinahe, als könne man jede Leiter und jeden Halt fahren lassen und würde doch von der aufstrebenden Leichtigkeit des Gedankens hochgetragen, der dieser Kirche aller Kirchen zugrunde lag –

Es war Gerhards Gedanke gewesen. Aber Gerhard war nicht aufgestiegen. Er war gestürzt.

Jacop riss sich von dem Anblick los. Seine Hände griffen nach der höheren, der nächsthöheren, der darüberliegenden Sprosse. Er passierte die zweite Ebene und kletterte weiter. Die Dachkante rückte näher.

Plötzlich schrak er zusammen und wäre um ein Haar abgestürzt. Aber es war nur ein bizarrer Wasserspeier mit aufgerissenem Maul, der neben ihm aus dem Stein ragte. Kein Grund zur Beunruhigung. Noch nicht.

Dann hatte er die Dachkante passiert und sah staunend hinaus auf das große Rund der segmentartig angeordneten Dächer über den Kapellen, flach gehaltene Giebeldächer, so gut wie ungeeignet, sich darauf zu bewegen. Kurz fühlte sich Jacop an eine geschwungene Hügelkette erinnert, in deren Mitte eine tiefe, düstere Schlucht klaffte. Darüber erstreckten sich die Hochwege und Emporen des Gerüsts, eine Landschaft über einer Landschaft. In unwirklicher Entfernung versuchten sich die Türme des Alten Doms gegen das Monument zu behaupten, aber aus dieser Perspektive waren sie nichts als frommes Spielzeug.

Rasch nahm Jacop die letzten Sprossen und stand im nächsten Moment auf der Gerüstempore. Von hier aus konnte man sich über schmale Stege und Plattformen kreuz und quer über den Chorbau bewegen. Niemand war zu sehen. Ein gutes Stück entfernt, am nördlichen Ende, konnte er zwei Treträder ausmachen, hoch und breit genug, dass zwei Männer nebeneinander darin Platz fanden. In einem davon würde er sich verstecken und warten, bis Urquhart kam. Hinter den Rädern lugte ein grob gezimmerter, flacher Kasten hervor. Jacop hoffte, er diene der Aufbewahrung von Werkzeug. Ohne Waffe konnte er gleich wieder heruntersteigen.

Vorsichtig bewegte er sich über die luftigen Stege hinweg. Als er die Räder fast erreicht hatte, trat er an den Innenrand des Chors und sah hinab.

Es war atemberaubend.

Die Innenpfeiler, auf denen die Konstruktion ruhte und die die Kapellen voneinander trennten, schienen jeder eine Bündelung vieler kleiner Säulen unterschiedlichen Durchmessers zu sein, gekrönt von Kapitellen aus versteinertem Laub, bevor sich die Arkaden und Kreuzgewölbe darüber hinwegschwangen. Es war eine Schlucht, in die Jacop blickte, ebenso Furcht erregend wie wunderbar, ein Abgrund, in dem es nichts Plumpes und Breites gab, sondern nur senkrechte Linien ohne Ende.

Plötzlich wurde Jacop bewusst, wen Urquhart da vom Gerüst gestoßen hatte.

Sein Blick wanderte zur Achskapelle. Deutlich konnte er die Kanzel sehen, von der Konrad predigen würde. Der Erzbischof hätte sich gar keinen besseren Platz aussuchen können aus der Sicht des Mörders.

Jacop trat einen Schritt zurück und ließ seine Augen über die Dächer der Stadt hinaus bis zur Hügelkette des Bergischen Landes schweifen. Bald würde die Sonne aufgehen. Verwaschen drang Lärm an seine Ohren. Er konnte die Prozession nicht sehen, die Gassen waren dafür zu eng, aber er hörte den Gesang und das Rauschen der Menschenmenge. Der Wind zerzauste ihm das Haar. Es war schön hier oben. Ob auch Gerhard geflohen war, die Flucht des Baumeisters in die Höhe? Die einen laufen weg, dachte Jacop, und die anderen versuchen, sich emporzuschwingen.

Er beugte sich wieder nach vorne, so weit es ging. Vielleicht sah er da unten noch mehr Wunderbares.

Geh, raunte etwas in ihm. Versteck dich endlich!

Gleich. Es ist so schön hier.

Mach schnell!

Gleich.

Schnell!

Ja, gleich! Ich will nur –

»Was für ein Jammer, dass ich dich nicht da runterschicken kann!«

Jacop spürte, wie Tausende kleiner Vögel in seinem Bauch aufstiegen und panisch durcheinanderflatterten. Bevor er sich umdrehen konnte, wurde er nach hinten gerissen und fiel hart auf die Bretter.

Urquhart grinste auf ihn herab. Er sah schrecklich aus. Seine linke Gesichtshälfte war übel zugerichtet, die Augenbrauen abgesengt. Von der blonden Mähne war nicht viel geblieben.

»Erstaunlich, unter welchen Umständen sich alte Freunde manchmal wiedertreffen, was?«

Jacop rutschte hastig nach hinten und versuchte aufzustehen. Urquharts Arm fuhr auf ihn nieder. Die Finger schlossen sich um seine Kutte und zerrten ihn wie einen Sack in die Höhe.

»Hast gedacht, du bist mich losgeworden.« Urquhart lachte. Seine Faust flog heran. Ein riesiger Blitz zuckte quer durch Jacops Kopf. Er prallte schmerzhaft gegen die Kante des vorderen Tretrads, ging in die Knie und wurde wieder hochgerissen.

»Falsch gedacht.«

Der nächste Schlag ging in die Magengegend. Schmerz raste durch seinen ganzen Körper. Gekrümmt fiel er vor das Rad.

»Niemand wird mich los.«

Jacop würgte krampfhaft. Er stemmte sich hoch und brach

wieder zusammen. Sein Mund war erfüllt vom metallischen Geschmack des Blutes. Urquhart bückte sich und zog ihn mit beiden Händen in die Höhe. Jacops Füße lösten sich vom Boden. Hilflos trat er um sich, ruderte wild mit den Armen und versuchte, Urquharts Kehle zu erreichen.

»Niemand, hörst du?«, flüsterte Urquhart. »Ich bin in deinem Kopf. Du kannst mich nicht vertreiben, nicht verbrennen und nicht ertränken. Dein Hass reicht nicht aus, mich zu besiegen, er macht mich nur stärker. Ich nähre mich von Hass. Ich bin stärker als ihr alle, ich bin schneller und klüger. Du wirst mich niemals los! Ich bin ein Teil von dir. Ich bin in dir! Ich bin in euch allen!«

Immer weiter fühlte Jacop sich emporgehoben, über Urquharts Kopf hinweg, dann gingen Himmel und Bretter ineinander über. Er flog durch die Luft und landete auf der Seite. Der Aufprall ließ das Gerüst erzittern. Haltlos rollte Jacop an den Rand der Empore und sah tief unter sich die Dranckgasse.

Seine Hände griffen ins Leere. Er fiel.

Ein fürchterlicher Ruck ging durch seine Kopfhaut, als Urquhart seine Haare packte und ihn zurückzog. Der Schwung beförderte ihn über die Empore und geradewegs ins Innere des Tretrads.

Im nächsten Moment war Urquhart heran und beugte sich über ihn.

»Ungünstig, dich Gerhard hinterherzuschicken«, sagte er. Seine Augen funkelten vor perfidem Vergnügen. »Es wäre meiner Mission hinderlich. Zuviel Aufsehen, dich da unten liegen zu haben, findest du nicht? Wir sollten uns oben weiter unterhalten –«

Jacop wollte etwas erwidern. Ein gequetschtes Stöhnen entrang sich seiner Kehle. Mit flatternden Fingern griff er nach der Achse des Rades, um sich hochzuziehen.

Urquhart holte aus.

»– wo es doch gerade so gemütlich ist!«

Der Schlag raubte Jacop beinahe die Besinnung. Sein Kopf schlug gegen die Innenwand des Rades.

Er musste hier raus. Urquhart war dabei, ihn totzuprügeln.

»Nein«, keuchte er.

»Nein?« Urquharts Rechte umfasste den oberen Rand des Rades. »Doch!«

Raus, raus hier, dachte Jacop. Nur raus! Er taumelte hoch und stürzte sofort wieder, als sich das riesige Gebilde langsam und knirschend in Bewegung setzte. Plötzlich sah er seine Füße über sich, dann kippte sein Körper weg und kullerte wieder in die Mitte. Das Rad bewegte sich schneller, es gab kein Oben und Unten mehr. Mit ausgestreckten Händen drehte Jacop sich im Kreis. Er hörte Urquharts Gelächter; es kam aus allen Richtungen gleichzeitig, und ihm wurde schwarz vor Augen.

Mit letzter Kraft bäumte er sich auf, stemmte sich mit beiden Händen ab und warf sich zur Seite.

Er fiel aus dem Rad zu Boden.

In seinem Kopf drehte sich alles weiter. Ohne Orientierung kroch er über die Bretter. Er hörte ein paar rasche Schritte, hob den Kopf und sah gerade noch Urquharts Fuß heranschnellen. Die Stiefelspitze traf ihn vor die Brust. Er prallte zurück und wurde mit dem Rücken auf die Empore geworfen.

Die Welt um ihn begann kälter zu werden.

Urquhart trat neben ihn und schüttelte nachsichtig den Kopf.

»Du hättest nicht herkommen sollen«, sagte er.

Es klang fast mitfühlend.

Jacop hustete und spürte Blut über sein Kinn laufen. Seine Lungen schienen jede Luftaufnahme zu verweigern.

»Weiß ich selber«, presste er hervor.

»Ich verstehe dich nicht. Warum bist du nicht einfach weggelaufen?«

»Ich war zu langsam.«

»Du bist nicht langsam.«

»Doch«, ächzte Jacop. Er sog pfeifend den Atem ein. »Wenn man wegläuft, ist man immer zu langsam.«

Urquhart zögerte. Dann nickte er unerwartet. Seine Hand verschwand unter seinem Umhang. Als er sie wieder hervorzog, erblickte Jacop die wohl bekannte kleine Armbrust. Die zerstörte Fratze über ihm verzog sich zu einem Lächeln.

»Willkommen im Nichts, Jacop.«

Jacop drehte den Kopf weg.

»Urquhart von Monadhliath!«, gellte eine Stimme.

Die Wirkung war verblüffend. Pures Entsetzen trat in Urquharts Gesicht. Er fuhr herum und hielt die Waffe mit ausgestrecktem Arm in die Richtung, aus der die Stimme gekommen war.

Jaspars Stimme!

Schwer atmend rollte sich Jacop auf die Seite und kroch auf allen Vieren zu dem Tretrad.

Weg von Urquhart, war sein einziger Gedanke.

Aber der Mörder schien ihn vergessen zu haben. Er sah sich wild nach Jaspar um. Der Physikus war nirgendwo auszumachen, nur seine Stimme war weiterhin zu hören:

»Erinnerst du dich an die Kinder, Urquhart? Was sie mit den Kindern gemacht haben? Du wolltest es verhindern, weißt du noch?«

Es kam von unterhalb der Dachkante. Jaspar musste irgendwo auf dem Gerüst sein. Unter Schmerzen zog sich Jacop an dem Rad hoch und kam schwankend auf die Beine. Urquhart sprang über die Bretter zum Rand des Gerüsts und sah hinab in die Dranckgasse. Zugleich erschien Jaspars Kopf ein Stück weiter.

»Aber du konntest es nicht verhindern!«, rief er.

Mit einem wütenden Aufschrei wirbelte Urquhart in seine Richtung. Jaspar war schon wieder verschwunden.

»Du lügst!«, schrie er zurück. »Ich war nicht dabei, als das passierte!«

Weiter unten erklangen trappelnde Geräusche wie von laufenden Füßen. Sie entfernten sich. Urquhart machte einen Schritt vorwärts, aber da war nichts mehr, kein Brett und kein Gestänge. Er zuckte zurück.

Dann drehte er sich wieder zu Jacop um.

Die Kälte war aus seinem Blick gewichen. Nacktes Grauen stand darin. Der Bolzen in seiner Waffe wies genau auf Jacops Stirn.

»Träumst du manchmal von den Kindern?«, schallte Jaspars Stimme über das Dach.

Urquharts Hand begann zu zittern. Im nächsten Moment rannte er die Plattform entlang, fort von Jacop, übersprang die Kluft zum nächsten Gerüstboden, hastete bis an den Dachrand – und taumelte. Sein Körper krümmte sich. Er ließ die Armbrust sinken und hob die freie Hand zum Kopf.

Jacop hielt den Atem an.

Direkt vor Urquhart tauchte Jaspar auf den Sprossen auf. Seine Haltung war aufs Äußerste gespannt. Er warf Jacop einen raschen Blick zu und kletterte langsam auf die Empore. In seinen Augen spiegelte sich eine Höllenangst, aber seine Stimme war fest und jedes Wort wie ein Schwerthieb.

»Du bist Urquhart, der Fürst von Monadhliath«, sagte er.

Urquhart wich einen Schritt zurück.

»Du bist aus dem schottischen Hochgebirge herabgestiegen und hast dich Ludwig dem Franzosen zum sechsten Kreuzzug angeschlossen. Die Auld Alliance, Urquhart. Du wolltest dem Herrn deinem Gott dienen und das Heilige Land zurückerobern, aber was du gesehen hast, als ihr Damiette eingenommen hattet, war das Antlitz des Satans.«

Urquhart rührte sich nicht.

»Denk an Damiette!«

Ungläubig sah Jacop, wie Jaspar neben die riesige Gestalt trat und langsam die Hand ausstreckte. Er musste den Verstand verloren haben!

»Ihr habt die Ägypter niedergemetzelt. Erst die Männer. Dann sind Ludwigs Soldaten über die Frauen hergefallen. Du wolltest es nicht, ich weiß es, Urquhart, du wolltest den Namen Gottes nicht entehren, du hast all deinen Einfluss geltend gemacht, aber umsonst. Du kamst zu spät.« Er machte eine Pause. »Und dann haben Ludwigs Schergen die Kinder zusammengetrieben, weißt du noch?«

»Nein«, murmelte Urquhart.

Jetzt zitterte auch Jaspars Hand. Er griff nach der Armbrust. Urquhart stöhnte auf und machte einen Satz zurück. Es war ein groteskes Bild, als führten die beiden ungleichen Gestalten dort am Rande des Abgrunds einen geheimnisvollen heidnischen Tanz auf.

»Erinnere dich an die Kinder«, wiederholte Jaspar. »Die Soldaten haben ihnen –«

»Nein. Nein!«

»Hör mir zu! Du sollst mir zuhören.« Jaspar ballte die Fäuste und kam näher. »So wie du zuhören musstest, als sich der Franzosenkönig lustig machte über ihr Wimmern, als er sagte, es erinnere ihn an den Gesang von Möwen, so wie du zusehen musstest, als die Schwerter heruntersausten und sie in Stücke hieben und ihnen die Bäuche aufschlitzten, und die Kinder haben gelebt, Urquhart, sie haben gelebt, und der Wahnsinn hat dich darüber erfasst, und –«

Aus Urquharts Kehle entrang sich ein Schrei, wie Jacop nie zuvor einen Menschen hatte schreien hören.

Der Physikus griff nach der Armbrust.

Er erreichte sie nicht.

Jacop sah, wie Urquhart sich aufrichtete. Alles schien sich mit quälender Langsamkeit zu vollziehen. Sein Arm hob sich, die Spitze des Bolzens wanderte höher, und in Jaspars Augen trat die Erkenntnis, dass er verloren hatte.

Sein Gesicht entspannte sich. Lächelnd richtete er den Blick zum Himmel.

Er fügte sich.

Jaspar hatte aufgegeben.

Es war zu absurd, um hingenommen zu werden.

Kein Laut kam über Jacops Lippen, als er loslief. Er vergaß seine Schmerzen. Er vergaß seine Angst. Er vergaß alles, was in den letzten Tagen geschehen war. Er vergaß Goddert und Richmodis, Maria, Tilman, Rolof und Kuno.

Dann vergaß er die rauchende Hütte, seinen Vater und seinen Bruder.

Er sah nur Urquhart und Jaspar.

Mit langen Schritten hielt er auf sie zu. Zwischen seinen Herzschlägen schienen sich Ewigkeiten zu dehnen. Jahrhunderte zogen vorbei. Wie in einem Traum schwebte Jacop über das Hochgerüst, während die Armbrust höher und höher wanderte und vor Jaspars Brustbein zur Ruhe kam.

Irgendwie schaffte er es über die Kluft zur nächsten Plattform. Er lief weiter.

Urquharts Zeigefinger krümmte sich.

Die Zeit stand still.

Jacop streckte die Hände vor und legte alles, was sein Körper an Kraft noch hergab, in diesen letzten Sprung. Er fühlte eine wunderbare Leichtigkeit. Der Stoß, den er Urquhart versetzte, war beinahe sanft. Er umfasste den Arm des Fürsten von Monadliath, als wolle er ihn heimgeleiten, schob ihn über den Rand des Gerüsts hinaus und folgte ihm bereitwillig.

Urquhart hatte Recht gehabt. Sie waren eins geworden.

Vielleicht, dass sie zusammen aufsteigen konnten. Ohne den Hass und die Furcht und die schrecklichen Erinnerungen.

Eine Woge des Glücks erfasste ihn, und er schloss die Augen.

»Es ist einfach nicht zu glauben«, sagte Jaspar.

Jacop blinzelte.

Er hing über der Dranckgasse. Tief unter ihm schnupperte ein Hund an Urquharts Körper.

Verblüfft wandte er den Kopf nach oben und sah in Jaspars spitzes Gesicht. Der Physikus hielt ihn mit beiden Händen fest gepackt. Schweiß glänzte auf seiner Stirn.

»Da hab ich ja nun wirklich den dümmsten Fuchs gefangen«, polterte er. »Glaubt im Ernst, er könnte fliegen.«

Stadtmauer

Niemand erfuhr, was Jaspar Rodenkirchen und Johann Overstolz an jenem Vormittag des 14. September Anno domini 1260 miteinander ausmachten.

Aber am Ende der Unterredung gab es keine Bedrohung mehr, und im Gegenzug hatte nie eine Verschwörung existiert. Der Tod des Dombaumeisters war ein Unfall, und den armen Rolof hatten Räuber überfallen. Nachdem nun nichts mehr an ihr stimmte, war die Welt wieder in Ordnung.

So hatte Konrad zur Prim die Messe gelesen und einen weiteren heiligen und gottgefälligen Krieg gepredigt, ohne je zu erfahren, dass er dem Tod nur knapp entgangen war. In der Dranckgasse fand man die Leiche eines Unbekannten, Gesicht und Körper von Brandwunden entstellt, und identifizierte ihn als den gesuchten Armbrustmörder. Die Waffe neben ihm ließ keinen Zweifel daran, dass er in Köln mindestens drei Menschen umgebracht hatte. Weder kannte man seinen Namen noch seine Herkunft, und über seine Motive konnte der Tote nichts mehr sagen, also brachten ihn die Schinder auf dem Henkerkarren hinaus zur Richtstätte auf dem Judenbüchel, wo man ihn ohne Aufhebens verscharrte und schnell vergaß.

Goddert platzte vor Stolz. Er trug seine Armschiene zur Schau, dass man glauben konnte, er sei in den Ritterstand erhoben worden. Inzwischen wusste ganz Oursburg, dass er sich mit einem übermenschlichen Gegner im Schwertkampf gemessen und den Eindringling – nun, vielleicht nicht vertrieben hatte, aber so ähnlich. Immerhin!

Richmodis lächelte dazu und hütete sich, auch nur ein Wort abzustreiten.

Und Jacop verschwand.

Es war früher Abend, als Jaspar ihn endlich aufstöberte. Er fand ihn oben auf der Stadtmauer, nicht weit entfernt von der verfallenen Hütte im Mauerbogen. Jacop lehnte an der Brüstung und sah hinaus auf die Felder. Er sah aus, als wäre eine Herde Rinder über ihn hinweggetrampelt, aber auf seinen Zügen lag eine beinahe heitere Gelassenheit.

Wortlos stellte sich Jaspar neben ihn. Sie betrachteten gemeinsam den Sonnenuntergang.

Nach einer Weile wandte Jacop den Kopf.

»Geht es Richmodis gut?«

Jaspar lächelte. »Warum fragt Ihr sie nicht selber?«

Jacop schwieg.

»Wollt Ihr etwa wieder davonlaufen?«

»Nein.«

»Ihr habt nichts mehr zu befürchten, Füchschen. Johann hat mit dem Säbel gerasselt und ich auch. Jeder hat dem anderen die Hölle auf Erden versprochen, wenn nicht augenblicklich Frieden herrscht.« Jaspar schmunzelte. »Und ich habe zwecks dessen geflunkert. Aber nur ein bisschen.«

»Was habt Ihr ihm erzählt?«

»Besser, niemand weiß davon. Reden wir nicht drüber. Ich bin ein Freund des Wissens, aber zu viel davon bringt manchmal Unglück.«

»Was Ihr über Urquhart wusstet, brachte Glück.«

»Nun, Füchschen«, erklärte ihm Jaspar, »Eure Geschichte ging mir einfach nicht mehr aus dem Kopf. Ich hatte mich die ganze Zeit über gefragt, was einen offensichtlich klugen und gebildeten Mann wie Urquhart zu dem gemacht haben mochte, was er war. Und plötzlich kam mir die Idee, er sei Euch ähnlich, mit einem Fluch belastet, der in seiner Vergangenheit zu suchen war. Ich lief noch einmal zum Kloster St. Pantaleon, um ein weiteres Mal mit Hieronymus zu sprechen. Jetzt kannte ich ja den Namen des Mörders. Trotzdem nur eine vage Hoffnung, und Hieronymus bei seinem letzten bisschen klaren Verstand zu packen, war dann auch ein ziemliches Trauerspiel.«

»Darum kamt Ihr so spät.«

»Hieronymus konnte sich an keinen Mann mit langen blonden Haaren erinnern. Aber nur, weil Urquhart zu dieser Zeit gar keine langen Haare trug. Dafür löste der Name einiges in ihm aus. Am Ende wusste ich, wer Urquhart wirklich war.«

»Und wer war er?«

Jaspar schaute nachdenklich hinaus. Die Sonne vergoldete die Felder.

»Er war ein Opfer«, sagte er nach einer Weile.

»Ein Opfer«, sinnierte Jacop. »Und habt Ihr auch einen Täter gefunden?«

»Den Krieg, Füchschen. Das, was uns tötet im Augenblick, da wir töten. Urquhart war der Fürst von Monadhliath in Schottland. Seine Burg erhob sich über die Gewässer des Loch Ness. Aber er gehörte nicht zu den dumpfen Schlächtern an der Spitze der Clans. Urquhart war im Zuge der Auld Alliance nach Paris gelangt und hatte dort gute Lehrer gehabt. Hieronymus schilderte ihn als einen Mann von kühnem und edlem Geist. Schnell bereit, die Waffe in die Hand zu nehmen, aber ebenso, Streitigkeiten mit Worten auszufechten. Einer, der den Zweikampf liebte, aber nicht das Metzeln. Unter den Edlen, die dem Kreuzzug voranritten, galt er als einer der Ehrenvollsten, leider wie so viele dem Irrglauben verfallen, Gottes Samen könne auf blutgetränktem Boden gedeihen. Dann nahmen Ludwigs Truppen Damiette ein. Aber nun begann etwas, das Urquhart nicht verstand. Das Schlachten. Ludwig ließ Hunderte von Kindern zusammentreiben, um ein für alle Mal klarzustellen, wie er über die Ungläubigen dachte. Sie wurden gefoltert und niedergemetzelt, so dass viele im Zug, selbst die Härtesten und Grausamsten, sich bekreuzigten und schaudernd abwandten von dem Frevel.«

Jaspar seufzte.

»Wie verächtlich gehen die Herrschenden über Worte hinweg, die den Krieg verdammen, wie gelangweilt die Intellektuellen, weil diese Worte weder originell noch neu sind. Aber sie werden gelten, solange wir Kriege führen. Wir werden uns die Schöpfung untertan machen, wie selbst Gott es sich nicht hat träumen lassen. Keine Zwerge auf den Schultern von Riesen werden wir sein, sondern ein Volk von Riesen, die einander viel zu schnell über den Kopf wachsen – aber wenn es drauf ankommt, schlagen wir einander den Schädel ein wie in den dunklen Zeitaltern. Als sie in Damiette die Kinder geschlachtet hatten, ging eine Veränderung in Urquhart vor. Der Krieg kennt subtilere Methoden, Menschen zu zerstören, als sie umzubringen. Er verfiel in Tobsucht und Irrsinn. Dann begann sein Herz zu erkalten. Am Ende hatten alle Angst vor ihm, selbst Ludwig. Er schickte ein Dutzend seiner besten Männer in das Zelt des Fürsten von Monadhliath. Sie schlichen nachts herein, um ihn im Schlaf niederzumachen.«

»Was geschah?«

»Nur einer fand wieder nach draußen. Er kam auf dem Bauch herausgekrochen. Seine letzten Worte waren, sie hätten im Zelt keinen Menschen angetroffen, sondern ein Tier, und das Tier sei der Teufel gewesen. Am folgenden Morgen war Urquhart verschwunden. Er war ebenso geflohen wie Ihr. Vor sich selber, vor dem, was sich nicht mehr rückgängig machen ließ. Aber während Ihr am Ende damit fertiggeworden seid, hat Urquhart sich der dunklen Seite ergeben. Das Böse, das er zu bekämpfen glaubte, wurde seine Natur. Urquhart erkannte sich nicht mehr, sonst hätte er gewusst, dass man jederzeit umkehren kann.«

Jacop schwieg eine Weile.

»Nein«, sagte er. »Ich glaube nicht, dass er noch umkehren konnte.«

»Ihr seid es doch auch.«

»Ich hatte Hilfe.«

»Mhm.« Jaspar massierte seinen Nasenrücken. Lange Zeit fiel kein weiteres Wort.

»Was gedenkt Ihr nun zu unternehmen?«, fragte er schließlich.

»Weiß nicht. Nachdenken. Flöte spielen. Nicht mehr weglaufen jedenfalls.«

»Lobenswert. Ich will Euch ja auch keineswegs beschwatzen,

aber – na ja, Goddert wird die Färberei endgültig an den Nagel hängen müssen, und Richmodis – also, sie hat Euch, glaube ich, ganz gern –«

»Ich habe Richmodis mehr als ganz gern.«

»Na, sehr gut!« Jaspar schlug mit der flachen Hand auf den Stein. »Was steht Ihr dann hier auf der Mauer?«

»Jaspar.« Jacop schüttelte den Kopf. Es war das erste Mal, dass er lächelte. »Man kann auch weglaufen, indem man bleibt. Ich muss mich eine Weile mit mir selber beschäftigen. Für mich ist das alles noch nicht zu Ende. Ich meine, einfach zu sagen, Urquhart ist tot und der Bund zerschlagen, das beendet die Geschichte nicht. Es reicht, dass ich einmal zu früh weggesehen habe. Gebt mir einfach ein bisschen Zeit.«

Jaspar betrachtete ihn lange.

»Werdet Ihr fortgehen?«

Jacop zuckte die Achseln. »Vielleicht. In gewisser Weise waren wir uns wirklich ähnlich. Urquhart hat sich nicht mehr erkannt, und ich bin so lange weggelaufen, dass ich mich über die Jahre verloren habe. Glaubt Ihr, Richmodis könnte mit einem glücklich werden, der sich selber nicht kennt?«

Jaspar dachte darüber nach.

»Nein«, gab er leise zu. Plötzlich war er traurig. Und zugleich ein bisschen stolz auf diesen Fuchs.

Der Himmel färbte sich rosa. Über ihnen schoss eine Schar Schwalben hinweg. Auch sie würden bald verschwunden sein.

»Aber wenn Ihr auf die Suche geht –«

Jacop sah ihn an.

»– und wenn Ihr gefunden habt, wonach Ihr sucht –« Jaspar breitete die Hände aus. »Ich meine: Ihr habt die Wahl.«

Jacop nickte.

»Abaelardus«, sagte er und lächelte.

Jaspar grinste breit. Hatte er nicht verdammt noch mal Grund, wirklich stolz zu sein?

»Ja«, sagte er. »Abaelardus.«

Epilog

Konrad von Hochstaden stirbt am 28. September 1261, ohne die gefangenen Patrizier begnadigt zu haben. Alle Bitten bleiben umsonst. Ob es weitere Pläne gab, ihn umzubringen, ist nicht bekannt. Unbestritten hat er die Macht der Kölner Erzbischöfe zu neuer – und letzter – Blüte getrieben. Er wird zuerst im Alten Dom und später in der Achskapelle des neuen Doms beigesetzt. Heute findet man sein Grabmal in der Johanneskapelle. Die Achskapelle hingegen ist dem Gedenken an die Heiligen Drei Könige vorbehalten – und gewissermaßen dem an Gerhard, den ersten Dombaumeister. Verfolgt man den Bogenlauf des Mittelfensters bis zur Spitze, stößt man auf einen Bildniskopf mit langen, lockigen Haaren und offenem Mund, als rufe er den Steinmetzen immer noch seine Anweisungen zu. Ob es die Stelle ist, an der Gerhard in den Tod stürzte, ob es tatsächlich sein Bildnis ist, wird nie ganz geklärt werden.

Engelbert II. von Falkenburg, Konrads Nachfolger, zerstört zunächst alle Hoffnungen der Patrizier auf Freilassung, bis diese ihre Sache kurzerhand selber in die Hand nehmen und fliehen. Im Zuge eines groß angelegten Kuhhandels sollen sie nach Köln zurückkehren dürfen – Engelbert erhält dafür 1500 Mark. Zur gleichen Zeit mehren sich die Klagen gegen das neue Schöffenkollegium wegen Unmäßigkeit und Korruption. Aber Engelbert kommt seinen Zusagen, die Patrizier wieder ins städtische Regiment einzusetzen, nicht nach, sondern schwingt sich zum Gewaltherrscher auf und lässt den Bayenturm und den Kunibertsturm zu wahren Zwingburgen ausbauen. Als Folge schließen sich die Patrizier mit den Zünften und Gemeinden noch einmal zusammen. Es kommt zum Krieg. Engelbert bela-

gert erfolglos die Stadt, der Bischof von Lüttich und der Graf von Geldern eilen herbei und schlichten den Streit, an dessen Ende Engelbert den Großen Schied von Anno 1258, dem sich schon Konrad hatte beugen müssen, anerkennt, und die Patrizier und alten Schöffen endgültig zurückkehren.

Engelberts Macht ist dahin. Er muss es sich gefallen lassen, dass ihn die Kölner Bürger zwanzig Tage inhaftieren, weil er angeblich eine bewaffnete Intrige gegen die Patrizier gesponnen habe. Im Folgenden versucht Papst Urban IV., dem die Unabhängigkeitsbestrebungen der Kölner immer weniger zusagen, mehrfach zu intervenieren, obschon er von Engelbert nichts hält. Der wiederum greift zu allen Mitteln, wiegelt die Zünfte auf, die den Geschlechtern in einem blutigen Bürgerkrieg unterliegen, und erreicht immerhin einen Schiedsspruch – die Patrizier müssen wieder einmal barfuß um Verzeihung flehen. Was aber unter Konrad der Beginn eines Albtraums war, wird unter Engelbert zur Farce. Der Erzbischof versucht erneut, Köln militärisch zu unterwerfen, und zettelt eine Verschwörung an, die völlig missglückt und ihn zwingt, nach Bonn auszuweichen. Notgedrungen kommt es zur Aussöhnung. Aber während sich Engelbert nach außen verständig zeigt, schürt er insgeheim den alten Hass zwischen den Geschlechtern und wiegelt die Weisen gegen die Overstolzen auf. Mit Hilfe des Grafen Wilhelm von Jülich, dem alten Feind Konrads und der Erzbischöfe im Allgemeinen, wird ein offener Konflikt in letzter Sekunde vermieden. Engelbert sucht daraufhin Streit mit dem Jülicher, verwüstet dessen Land und gerät prompt für die nächsten dreieinhalb Jahre in Jülicher Gefangenschaft.

Mittlerweile fruchten alle Bemühungen nichts – die Weisen und die Overstolzen gehen einander an die Kehle. Bürgermeister Ludwig Weise und Mathias Overstolz geraten aneinander, der Weise unterliegt und wird erschlagen. Die anderen Weisen flüchten sich in die kirchliche Immunität, und nur der eilends in die Stadt geeilte Wilhelm von Jülich kann die Overstolzen davon abbringen, das Geschlecht der Weisen auszulöschen. Sie werden aus der Stadt vertrieben, und die Overstolzen übernehmen das Regiment.

Zeit für eine neue Intrige. Engelbert, Herrscher Kölns nur noch auf dem Papier, schließt einen Bund mit den Weisen und den Kölner Handwerkern. Geld fließt, woraufhin unter der Kölner Stadtmauer ein Tunnel gegraben wird, durch den die Weisen zurückkehren wollen. Auch dieser Plan geht schief, obwohl die Weisen in die Stadt eindringen – in einer blutigen Schlacht werden sie zurückgeschlagen. Unter den Toten ist Mathias Overstolz.

1271 kehrt Engelbert geläutert aus der Haft des Jülichers zurück und schließt Frieden mit den Kölnern. Drei Jahre später stirbt er.

Siegfried von Westerburg, sein Nachfolger, versucht noch einmal, die von Konrad installierte Macht zurückzugewinnen. Er versteht sich als Kriegsherr und lebt mit den Kölnern in halbwegs guter Beziehung, bis seine ständigen Fehden nicht mehr zu finanzieren sind. Aber Siegfried ist klüger als sein Vorgänger Engelbert. Mittlerweile der mächtigste Herr am Niederrhein, hält er längere Zeit die Balance zwischen territorialer Gewaltherrschaft und Toleranz, bis seine Pläne endgültig mit den Autonomiebestrebungen Kölns in Widerspruch geraten. In der berühmten Schlacht bei Worringen unterliegt er den Kölnern und ihren Verbündeten, versucht ein letztes Mal, sich durchzusetzen, und scheitert endgültig. Köln erhebt sich zur freien Reichsstadt. Die Macht der Erzbischöfe ist für alle Zeiten gebrochen.

Und auch in einem anderen Landstrich endet eine Herrschaft. Das schottische Castle Urquhart wird verwüstet. Der Fürst von Monadhliath war nach den Kreuzzügen nicht zurückgekehrt, das Land führerlos.

Heute ist die zerstörte Burg an den Ufern des Loch Ness eine der Sehenswürdigkeiten, die sich selbst beweist – im Gegensatz zu dem nicht ganz unbekannten Monster, dem die katholische Kirche noch vor wenigen Jahren einen Exorzisten auf den schuppigen Leib schickte. Er sprenkelte Weihwasser in die Fluten und sprach viele Gebete. Wie es aussieht, mit Erfolg. Das Monster wurde seither nicht mehr gesehen.

Erläuterung der Namen, Begriffe und Zitate

Alltuende – Gemeinde

Ante portas – vor den Toren

Aufs Rad flechten – Hinrichtungsart. Die Delinquenten wurden auf ein hölzernes Wagenrad gebunden. Dann zerschlug man ihnen mit einer Axt Arme und Beine und setzte das Rad auf eine hohe Stange vor den Toren der Stadt. Manche der Verurteilten lebten noch tagelang unter schlimmsten Qualen.

Auld Alliance – eine alte Allianz zwischen Frankreich und Schottland gegen die Engländer

Benedictionen – geistliche Maßnahmen, um den Teufel zu exorzieren

Blauer Stein – ein großer, flacher Stein auf dem erzbischöflichen Domvorplatz, eingelassen in eine Säule. Zum Tode Verurteilte wurden dreimal dagegengestoßen, während der Henker sagte: »Ich stüssen dich an dä blaue Stein, du küss din Vader un Moder nit mih heim.« Erst dann war das Urteil rechtsgültig.

Bruch und Beinlinge – derbe Bauernkleidung

Büttel und Gewaltrichter – Sie bildeten zusammen mit den Gewaltrichterdienern die städtische Polizei.

Campus leprosorum – Platz der Leprosen, Bezeichnung für das Leprosenheim Melaten

Canonicus – kirchliches Amt

Cäsarius von Heisterbach: *Vita, passio et miracula beati Engelberti*

Coloniensis Archiepiscopi – Heisterbach war ein berühmter Kölner Chronist und Geschichtenerzähler. Seine *Vita* ist die Chronik über das Leben und Sterben des Kölner Erzbischofs Engelbert.

Casisa, hasisa, mesisa medantor – Zauberspruch

Ceterum censeo Carthaginem esse delendam – Übrigens bin ich der Ansicht, dass Karthago zerstört werden muss. Redewendung, die besagt, dass nun endlich dies und das zu geschehen hat.

Citharista – Harfenistin

Credo, Te Deum – Gebete

Der große Schied – Nach neuen Streitigkeiten zwischen Konrad und den Kölner Bürgern verfügte Albertus Magnus, dass die höchste geistliche und weltliche Macht zwar beim Erzbischof liege, es aber dennoch Richter und Amtleute gäbe, die eine gewisse eigene Gerichtsbarkeit hätten. Man einigte sich zudem über Fragen des Steuerrechts und der Monopolbildung. Insgesamt schnitten die Kölner Bürger besser ab als Konrad, der allerdings versprach, sich dem Schied zu beugen – woran er sich nicht lange hielt, wie man weiß.

Der kleine Schied – Schiedsspruch unter Leitung Albertus' Magnus anlässlich einer Streitigkeit zwischen Erzbischof Konrad von Hochstaden und den Kölner Bürgern. Den Ausschlag hatte Konrads Entschluss gegeben, eine neue, minderwertige Münze mit seinem Bildnis in Umlauf zu bringen. Es kam zu Gefechten. Der Kleine Schied stellte den Frieden wieder her und verpflichtete Konrad, die strittige Münze zurückzuziehen.

Deus lo volt – Gott will es

Diabetes mellitus – der honigsüße Fluss. Mit dem Fluss war der Urin gemeint, den der Arzt kostete, um eine Zuckerkrankheit festzustellen.

Dies irae – Gebet über den Tag des Zorns, das Jüngste Gericht

Domus civium – Bürgerhaus, später Rathaus

Domus, in guam cives conveniunt – das Haus, in dem die Bürger zusammenkommen

Dormitorium – Schlafraum der Mönche
Exempli causa – beispielsweise
Fiat lux – Es werde Licht
Forum feni – Heumarkt
Gademen – Verkaufsstände
Gaudium et laetitia et cetera – Freude, Frohsinn und so weiter. Heute würde man sagen: Friede, Freude, Eierkuchen.
Gens cucullata – Das Volk der Kapuzenträger; ironische Bezeichnung für Mönche
Goldgräber – Kloakenreiniger
Goliarden – Studenten des 12. Jahrhunderts, zum Teil zwar geistlich, aber auf Gewinn, Genuss und schöne Frauen aus. Die Goliarden sind in gewisser Weise die Halbstarken des Mittelalters, allerdings auch Vorkämpfer der späteren Scholastik.
Gottfried Hagen – Verfasser der Reimchronik, einer umfangreichen Chronik der damaligen Geschehnisse. Hagen bemühte sich um Objektivität, stand aber klar auf Seiten der Patrizier.
Greve – Burggraf und Richter
Gottschalk Overstolz – Gottschalk Overstolz der Ältere, zum Zeitpunkt des Geschehens schon lange tot, war der Stammvater des Overstolzengeschlechts. Gottschalk Overstolz der Jüngere wurde daraufhin Oberhaupt der Overstolzen. Anno 1260 war jedoch auch er schon sehr betagt und überließ die Familienangelegenheiten weitgehend den Jüngeren.
Gruithaus – Gruit war aus Kräutern gewonnenes Bier, das Gruithaus ein Brauhaus.
Hacht – erzbischöfliches Gefängnis gegenüber dem Dom, im weiteren Sinne auch das umliegende Gelände
Hag – Wäldchen
Hufe – ein Stück Land festgelegter Größe
Initiator nove fabrice maioris ecclesie – sinngemäß: Derjenige, der unseren großen Kirchenbau begonnen hat
Ioculator – Gaukler. Manche brachten es zu Geld, jedoch begegnete man ihnen mit Misstrauen.

Kacks – Pranger. Ein Käfig, in dem unter anderem betrügerische Händler öffentlich ausgestellt wurden

Katharer, Publicaner, Albingenser – Ketzergruppen

Klapper – ein hölzerner Krachmacher, mit dem Aussätzige sich bemerkbar zu machen pflegten, damit ihnen die Gesunden rechtzeitig aus dem Weg gehen konnten

Leyen – Dachschiefer

Lira und Garkleinflötlein – Die Lira war eine Art Drehleier. Das Garkleinflötlein hieß so, weil es in der Tat ein sehr kleines, für heutige Ohren übrigens unerträglich schrilles Flötlein war.

Magister lapicide, rectori fabrice ipsius ecclesie – sinngemäß: Gerhard, der Meister der Steinmetze und Leiter des Baus dieser Kirche

Manus manum lavat – Eine Hand wäscht die andere

Memento mori – Gedenke des Todes. Der Gedanke an den Tod beherrschte das damalige Leben weitaus stärker als heute.

Memento mori, memento Ijob – In dieser Form wird zugleich der tragischen Bibelgestalt Hiob gedacht, dem Gott alles nahm, um seinen Glauben zu prüfen.

Novo mercato – Neumarkt

Oculi videant, sed ratio caecus est – Die Augen sehen, aber der Verstand ist blind.

Parisiana fames – Der Pariser Hunger. Scherzhafte Redewendung Pariser Studenten, die alle so arm waren, dass sie der geistigen Nahrung kaum feste entgegenzusetzen hatten.

Periculum in familia – Risiko in der Familie

Petitores – Bittsteller, Geldsammler

Porta hanonis – Hahnentor

Psalmum, miserere mei deus est – Gebet, dass der Herr sich der armen Seele erbarmen möge

Punctum saliens est – Das ist der springende Punkt.

Purgatorium – Fegefeuer

Quod esset demonstrandum – was zu beweisen wäre

Quodlibetische Disputationen – eine unter den Scholastikern beliebte Diskussionsform. Einer warf ein beliebiges Thema in die Runde, das nun von allen Seiten beleuchtet wurde.
Ratio fide illustrata – die vom Glauben erleuchtete Vernunft
Regelsberen – Königsbirnen, gebraten und mit Zucker bestreut. Arme Leute konnten davon im Allgemeinen nur träumen.
Reichsacht – öffentliche Ächtung
Richer – Bezeichnung für Reiche, vornehmlich Patrizier.
Richerzeche – Verwaltungsorgan der Reichen
Sabbatati – leichte, offene Sandalen
Sancta simplicitas – Heilige Einfalt
Schöffenkuchen – Wie der Name schon sagt: eine süße Leckerei für betuchte Leute, zu denen die Schöffen ja gehörten.
Seldschukisch, petschenegisch – Seldschuken und Petschenegen gehörten zu den islamischen Völkerstämmen.
Societas christiana – die christliche Gesellschaft
Tartareum flumen – der Höllenabgrund
Ut desint vires, tarmen est laudanda voluntas – Wenn auch die Anstrengungen erfolglos bleiben, so ist doch der gute Wille zu loben.
Vellum – Pergamentart
Vita Annonis – Chronik vom Leben und Sterben des Kölner Erzbischofs Anno
Vita apostolica – Strenge Regeln des heiligen Benedikt für Mönche, allen voran der Aufruf zu Armut und Askese.
Waldenser – Gruppierung von Mönchen, deren Glaubenslehren als ketzerisch galten
Wenn es dem schrecklichen Gott gefällt – Urquhart bezieht sich auf einen Ausspruch Barbarossas anlässlich seiner Kaiserwahl: Dass auch der Höchste unter den Menschen machtlos sei, wenn es dem schrecklichen Gott gefalle, ihn abzuberufen.
Werthchen – die Insel Rheinau.

Der Tagesablauf in einem mittelalterlichen Kloster.
Die Begriffe prägten teilweise auch den bürgerlichen Alltag, dessen Zeiteinteilung nicht durch die Uhr, sondern vom Läuten der Glocken geregelt wurde:

1 Uhr Matutin – Das hieß aufstehen. Nur von November bis Januar schlief man ein wenig länger. Man begab sich sofort zum Nachtgottesdienst, Vigilien oder Matutin genannt.
3 Uhr Laudes – Weitere Gebete
6 Uhr Prim – Zeit für das eigentliche Morgengebet
9 Uhr Terz
12 Uhr Sext – Zwischen Sext und Non wurde die einzige Mahlzeit eingenommen. Nur von Ostern bis Pfingsten gab es zwei Mahlzeiten.
15 Uhr Non – Zur Prim, Terz, Sext und Non wurde je ein Hymnus mit drei Psalmen gesungen.
18 Uhr Vesper – Vier Psalmen und ein Hymnus. Während der vierzigtägigen Fastenzeit, der Quadragesima, wurde die einzige Tagesmahlzeit erst nach Vesper eingenommen.
21 Uhr Komplet – Abendgebet und Schlafenszeit.

Mein besonderer Dank gilt den Mitarbeitern im Historischen Archiv der Stadt Köln für ihre freundliche und unbürokratische Hilfe. Ebenfalls danken möchte ich Frau Gerta Wolff, unter deren eloquenter Führung ich den Dom bis in seine luftigsten Höhen und Winkel auskundschaften durfte, und Herrn Dr. Arnold Wolff für die Überlassung seiner Doktorarbeit über die erste Bauphase des Kölner Doms. Ich hätte gerne mehr daraus verwendet, aber die Geschichte ließ es leider nicht zu. Dank an Josi Ilmberger, der dem Teufel seine Hörnchen gab. Zu Dank verpflichtet bin ich auch Loy Wesselburg, Jörg Herzog, Christian Geisler, Rolf Hülsebusch, Herbert Gmünd, Helmut Klinken, Anne Rossenbach, Heike Teegler, Jürgen Milz und Judith Erpenbach. Sie alle haben mit kleinen und großen Freundschaftsdiensten, Anregungen und Interesse dazu beigetragen, dass *Tod und Teufel,* wie ich hoffe, ein gutes Buch geworden ist. Mein Dank gilt außerdem den Verfassern der vielen Fachbücher, die sich während des Schreibens um mich stapelten (die Bücher, nicht die Verfasser), überhaupt allen, die Anteil genommen haben – und natürlich Liz für ihre Liebe, Aufmunterung und Engelsgeduld – es ist sicher nicht einfach, mit jemandem zu leben, der ein halbes Jahr lang jede freie Minute im 13. Jahrhundert verbringt. Danke.